書目題跋叢書

藏園羣書校勘跋識錄

上

中華書局

傅增湘 撰
王菡 整理

圖書在版編目(CIP)數據

藏園羣書校勘跋識録/傅增湘撰;王菡整理. —北京:
中華書局,2012.12
（書目題跋叢書）
ISBN 978 - 7 - 101 - 08268 - 5

Ⅰ.藏… Ⅱ.①傅…②王… Ⅲ.題跋－中國－當
代－選集 Ⅳ.I267

中國版本圖書館 CIP 數據核字（2011）第 213163 號

書　　名	藏園羣書校勘跋識録
撰　　者	傅增湘
整 理 者	王　菡
叢 書 名	書目題跋叢書
責任編輯	李肇翔
出版發行	中華書局
	（北京市豐臺區太平橋西里 38 號　100073）
	http://www.zhbc.com.cn
	E-mail:zhbc@zhbc.com.cn
印　　刷	北京瑞古冠中印刷廠
版　　次	2012 年 12 月北京第 1 版
	2012 年 12 月北京第 1 次印刷
規　　格	開本/880×1230 毫米　1/32
	印張 28⅛　插頁 7　字數 450 千字
印　　數	1 - 3000 册
國際書號	ISBN 978 - 7 - 101 - 08268 - 5
定　　價	88.00 元

藏園石齋（書房）中書案前坐像　1941 年 70 歲

藏園霜紅亭前與友人合影　1936 年 65 歲

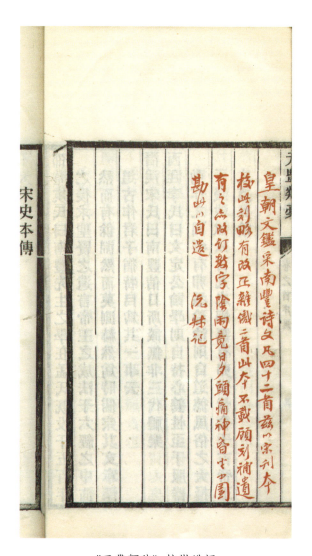

皇朝文鑑采南豐詩文凡四十二首兹以宋刊本

校此刻略有改正雜識二首此本不載顧刻補遺

有之此改訂數字陰雨竟日夕頭痛神昏書此圖

勘此八自遺　　　　　汽姝記

宋史本傳

《元豐類稿》校勘識語

聖宋名賢五百家播芳大全文粹卷二上

賀講和表

奏捷　講好

岳少保

臣伏惟敕書即文。金人許割河南地歸本朝者觀時
制變仰聖哲之宏規善勝不專寶帝王之妙筭念此
艱難之久始從和好之宜廑澤誕敷與情胥悅中賀
篇以蓋景獻言於漢帝魏絳發策於晉公盟墨未乾
歡血猶在俄驅南牧之馬遂興北伐之師蓋毒虜不
情而犬羊無義莫守金石之約克壺鼇之求圖觀
安而朝倒懸猶之可也砍長虜而尊中國宣其然來
伏惟
皇帝大德有容神武不殺體乾之健行巽之

早起偕涂厚卷游香山歷見心齋芙蓉屏玉華山莊
研清別墅諸勝松枝綴雪拍岸鈍冰昇騰絕頂朗
如五山上行群峰皓耀極銀涵泚似之觀題名在閣
鳳亭以在鳴爪特十一月望日正冬至也

野來日尚赤夕偶坐舟首速畢此卷仍仿明鈔
本對勘　　　藏園手記

《聖宋名賢五百家播芳大全文粹》校勘識語

之無益於盛德引之入閤人皆驚駭豈臣愚識

獨用不妄殿下必須上副至尊聖情下兑黎元

本望不可輕微惡而不避無容累小善而不爲

理敦杜漸之方須有防萌之術屛絕不肖狎近

賢良如此則善道日隆德音自遠承乾大怒遣

刺客張師政紇于承基就舍殺之志寧是時丁

母憂起復爲詹事二人潛入其第正見寢處苦

盧竟不忍而止及承乾敗太宗知其事益勉勞

之

七月初六日校畢訂正六十八字

八月二十六日復第十二章脫誤猶多何可勝圖

《貞觀政要》

藏書印

《書目題跋叢書》出版說明

書目題跋,是讀書的門徑,治學的津梁。

早在漢成帝時,劉向奉詔校經傳、諸子、詩賦,每一書成,"輒條其篇目,撮其指意,錄而奏之"(《漢書·藝文志》),並把各篇書錄編輯在一起,取名《別錄》。這裏所謂的"條其篇目",就是在廣泛搜集傳本、考證異同的基礎上,確定所錄各書的篇目、次序;所謂的"撮其指意",就是撰寫各書的書錄。劉向所撰書錄,在內容上應該包括:書名篇目、文本鑒別、文字校勘、著者生平、著述原委、圖書主旨及學術評價等,實際上就是我們今天所說的書目題跋或提要之濫觴。劉向死後,其子劉歆又在《別錄》的基礎上,"撮其指要,著為《七略》",對後世書目題跋的發展產生了深遠的影響。

此後,隨着圖書事業的日益繁榮,官私藏書的日趨豐富,圖書目錄的著錄形式也變得多種多樣。在官修目錄、史志目錄之外,各種類型的私家目錄解題也大量涌現。

南朝劉宋時,王儉依劉向《別錄》、劉歆《七略》之體,撰成《七志》。《七志》雖無解題或提要,却在每一書名之下,為撰著者作一小傳,豐富了圖書目錄的內容,開創了書目而有作者小傳的先河。梁阮孝緒的《七錄》則增撰了解題,繼承了劉向《別錄》的傳統,是私家解題的創新之作。唐代的毋煚撰有《古今書錄》,其自序云"覽錄而知旨,觀目而悉詞",可知,《古今書錄》也應該是書目解題一類的著作。

到宋代,官修《崇文總目》,不僅每類有小序,每書都有論說,而且在史部專列目錄一類。這不僅說明圖書目錄的高度發展,而且說明當時對書目題跋的重視,此後的許多官私書目也大都有書目解題或題跋。尤袤的《遂初堂書目》，羅列版刻，兼載版本，為自來書目之創格。而流傳至今、最為著名的是晁公武的《郡齋讀書志》。晁公武曾接受井度（字憲孟）的大批贈書，加上自己的收藏，"躬自校讎，疏其大略"，撰成《郡齋讀書志》，成為我國現存最早的私家書目解題或稱書目題跋；稍後的陳振孫（號直齋）利用自己傳錄、積累的大量書籍，仿照晁公武《郡齋讀書志》的體例，撰為《直齋書錄解題》，並首次以"書錄解題"名其書。晁氏《讀書志》、陳氏《書錄解題》是書目解題的傑作，號稱為宋代私家圖書目錄的"雙璧"。《四庫全書總目》評價《書錄解題》說："古書之不傳於今者，得藉是以求其崖略；其傳於今者，得藉是以辨其真偽，核其異同。亦考證之所必資，不可廢也。"（卷八五）

到了明代，隨着藏書、刻書事業的發展，私家題跋也日見增多，如徐𤊹的《紅雨樓題跋》、毛晉的《隱湖題跋》，都是當時的名作；又如高儒（自號百川子），所撰《百川書志》，也部分撰有簡明提要。

入清以後，由於文禁森嚴，許多文人學者埋頭讀書，研究學問，私人藏書盛況空前，私家解題的撰述也豐富多彩。明末清初，錢曾的《讀書敏求記》，專門收錄所藏圖書中的宋、元精刻，記述其授受源流，考訂其繕刻異同及優劣，開啟了以後編輯善本書目的端緒。稍後，黃丕烈的《百宋一廛書錄》和《藏書題識》，注重辨別刊刻年代，考訂刊刻粗精，成為獨闢蹊徑的鑒賞派目錄學著作。瞿鏞的《鐵琴銅劍樓藏書目錄》每書必載其行款，陳其異同；楊紹和的《楹書隅錄》在考核同異，檢校得失的同時，又詳錄前人序跋，間附己意。周中孚號鄭堂，其《鄭堂讀書記》仿《四庫全書總目》的體例，著錄圖書四千餘種，被譽為《四庫提要》的"續編"。至於藏書家張金吾所撰《愛日精廬藏書志》，把"宋、元舊槧及鈔帙之有關實學而世鮮傳本者"，逐一著明版式，鈔錄序跋，對《四庫全書》不曾收入的圖書,則"略附解題"。陸心源仿照張氏的成規,撰成《皕宋樓藏書志》,專門收錄元代以前所撰序跋,"於明初人之罕見者",亦"間錄一二",陸氏"間有考識,則加'案'字以別之"。上述諸書,既著錄了眾多古籍善本,又保存了前人所撰大量序跋,其中,間有著錄原書或本人文集不見記載的資料,不僅查閱方便,而且史料價值很高。丁丙的《善本書室藏書志》,既著錄明人著作,又留意鄉邦文獻,鑒賞、考證兼而有之。沈德壽的《抱經樓藏書志》則仿張、陸二氏而作,收錄範圍延至清代。繆荃孫的《藝風藏書記》、耿文光的《萬卷精華樓藏書記》也都各有所長。所有這些,都可歸之為藏書家自撰的書目題跋。

此外,有些藏書家和學者,不是為編撰書目而是從學術研究入手,邊收集圖書,邊閱讀、研究,遇有讀書心得和見解,隨得隨記,這便是類似讀書札記的書目題跋。清人朱緒曾性嗜讀書,邊讀邊記,日積月累,被整理成《開有益齋讀書志》,其內容皆與徵文考獻有關,被稱為"方駕晁、陳,殆有過之"。除了藏書家自撰或倩人代撰書目題跋之外,有些學者或藏書家在代人鑒定或借觀他人藏書時,也往往撰有觀書記錄或經眼錄,有的偏重於記錄版本特徵,有的鑒定版本時代,有的則兼及圖書內容、作者行實,這些文字,也可以歸於書目題跋之內。

總之,書目題跋由來久遠,傳承有緒。書目題跋,既可以說它是伴隨圖書目錄而產生,又可以說它是圖書目錄的一個流派。有書目不一定都有題跋,有題跋也不一定有相同的體例、相同的內容。書目題跋既是一個相當寬泛的概念,又是一種相對靈活的著錄形式。不同的撰者有不同的背景、不同的學問專長、不同的價值取向,因此,所撰題跋又各有側重、各有特色,各有其參考價值。與普通圖書目錄相比,書目題跋具有更廣的內容、更多的信息、更高的參考價值,對讀者閱讀、研究古籍,也更能發揮其引導作用。一部好的書目題跋,不啻為一部好的學術著作。而且,近人自撰或編輯他人題識、札記,也往往以"題跋"名書,如陸心源所撰《儀顧堂題跋》、《儀顧堂續跋》,潘祖蔭、繆荃孫等人所編黃丕烈《士禮居藏書題跋記》,吳壽暘所編其父吳騫所撰《拜經樓藏書題跋記》,今人潘景鄭先生所編錢謙益所撰《絳雲樓題跋》,可見,"書目題跋"之稱,已被學者廣泛採用。

有鑒於此,我局於1990年出版了《清人書目題跋叢刊》十輯,2006年又在該叢刊的基礎上,增編為《宋元明清書目題跋叢刊》十九冊,雖說還不夠完善,但已為讀者提供了重要而有價值的參考資料。由於上述叢刊所收書目題跋僅至清代為止,晚清以來的許多重要書目題跋尚付闕如,而已經收入叢刊的,也有個別遺漏,加之成套影印,卷帙較大,不便於一般讀者參考,於是決定編輯出版這套《書目題跋叢書》。

這套《書目題跋叢書》與上述叢刊不同,以收集晚清以來重要、實用而又稀見的,尤其是不曾刊行的書目題跋為主,同時適當兼收晚清以前重要題跋專書的整理本或名家增訂本、批注本;以提要式書目和題跋專著為主,同時適當兼收重要學者和著名藏書家所撰題跋的輯錄本;以圖書題跋為主,同時適當兼收書畫題跋及金石、碑傳題跋。在出版方式上,不采用影印形式,而是按照古籍整理的規範,標點排印,以方便廣大的文史研究者、工作者、愛好者,尤其是年輕的讀者閱讀和使用。

我們希望,這套叢書的出版,能夠得到國內外學者的支持和協助,並受到廣大讀者的歡迎。

中華書局編輯部
2011年10月

整理説明

　　作為著名藏書家,傅增湘先生先後把所藏編為《雙鑒樓善本書目》四卷,《雙鑒樓藏書續記》二卷,收入善本一千二百三十八種,又把所藏供校勘研究之用的普通書籍編為《藏園外庫書目》,收書三千三百四十七種,十萬餘卷。七十歲時,他又把六十歲以後所收書編為《藏園續收善本書目》。晚年曾重新甄別鑒定生平所收宋元善本,囑其哲嗣傅忠謨先生編撰為《雙鑒樓珍藏宋金元秘本書目》,著録宋刊本一百零八種、宋寫本一種、金刊本一種、元刊本五十九種①。

　　作為著名版本學家,傅增湘先生將歷年南北訪書所見詳記於筆記上,積累至肆拾冊,題名為《藏園瞥録》或《藏園經眼録》,1980年經傅熹年先生整理,編為《藏園羣書經眼録》出版②。藏園先生同時將所見各書摘記在《邵亭知見傳本書目》上,隨身攜帶,供外出訪書時參考。因注記內容豐富,後來亦編為《藏園訂補邵亭知見傳本書目》出版③。

　　作為著名學者,傅增湘在收藏古籍善本之始,已經著手校勘。傅先生曾撰有"西涯校書記"④,記1913年於京師圖書館借居什刹海旁廣化寺時讀書校書事略。倫明《辛亥以來藏書紀事詩》曰:

---

　　① 參見傅熹年《記先祖藏園老人與北京圖書館的淵源》,《北京圖書館館刊》,1997(3)。
　　② 中華書局,1983年。
　　③ 中華書局,1993年。
　　④ 《藏園老人遺稿》,國家圖書館藏。

"手校宋元八千卷，書魂永不散藏園。"①是藏園手校羣書概況。章鈺《四當齋集》卷十三有詩曰："豈況富藏更富校，當年研削曾同調。"②描繪出學者之間研討佳話。校勘羣書所得重要見解集中編為《藏園羣書題記》，該書於民國年間陸續出版，1989 年傅熹年先生再次整理結集出版（以下簡稱《題記》）③。余嘉錫先生該書序言亦曰："暇時輒取新舊刻本躬自校讎，丹黃不去手，矻矻窮日夜不休。凡所校都一萬數千餘卷。"此《題記》中，處處可以見到藏園校書情形。

　　晚年，傅增湘清理平生所校書，再命傅忠謨編為《藏園校書錄》四卷，收錄所校書七百九十七種，一萬六千三百零一卷。1947年，首先將生平手校羣書捐贈北平圖書館，當時清點為三百三十七種，三千五百八十一冊，五百餘部，此次捐贈受到當時教育部表彰，頒發"有功文獻"匾額④。1948 年，因家庭經濟困難，傅增湘分兩次出讓少數明刊本及名家鈔校本轉給北平圖書館。此時傅增湘身體狀況日衰，曾囑長子傅忠謨日後將"雙鑒"捐贈北平圖書館，與手校羣書並儲。

　　傅熹年在《題記》"整理說明"中開首便曰："先祖父藏園先生研究目錄、版本、校勘之學近五十年。生平藏書二十萬卷，其中經過用善本手自校勘的約一萬六千卷。每校勘一書，都在卷尾綴寫

　　①　北京燕山出版社，1999 年，第 55 頁。
　　②　章鈺《四當齋集》中《傅沅叔屬題雙鑑樓圖圖為顧鶴逸隱君作》一詩曰："萬葉元槧百衲宋，藏園藏書此星鳳。年年香火長恩供，陸沈故園今重遊。百城言言君其侯，賞奇同憶雙照樓。豈況富藏更富校，當年研削曾同調。君兮江海我行潦，琅嬛福地今何托。畫中山水差不惡，出塵我羨西津鶴。"《近代中國史料叢刊》三編，第十八輯，臺北文海出版社，1986 年。
　　③　上海古籍出版社，1989 年。
　　④　見諸《北京圖書館大事記》(1909－1982)，內部印發。

小記，說明此書的學術淵源、版刻源流和校勘的所得。"諸節小記
跋識，便是藏園校勘成就另一組成部分。這批手校書進入北京圖
書館以後，少數讀者在專書研究中有所關注、借鑒、採納。贈書六
十餘年之後，筆者開始進行全面整理，基本依據傅熹年先生提供
《藏園校書錄》，首先就藏園先生手自校勘諸書卷尾跋識作一輯
錄。

　　輯錄工作剛剛完成經部之時，筆者已經被小記豐富內容深深
吸引，諸如版本來源、尋求善本種種途徑、與友朋聚會、山水雅游、
民初政治風雲之變幻，於是影隨彼等境界，甚至曾經追尋藏園屐
痕，一遊大覺寺和妙峰山。當經史子集四部題跋輯錄完成時，更加
欽服其每日校書之堅韌，校例之嚴謹，搜求善本之多，見解之明晰。

　　在《藏園校書錄》所記載諸書之外，筆者又不斷看到一些本館
藏善本書之跋，未被收錄《題記》內，這些善本多為藏園故物，大約
是傅先生當年書寫之後並未錄副，於是亦將之輯錄此書中。比如
元刊本《王狀元集百家注分類東坡先生詩》，卷首有藏園跋文二
則，其一見諸《藏園羣書題記》，文字大略相同，另一則跋文撰於戊
寅年(1938)，記敍此熊氏刊本轉藏涂子厚處原委①，可知時局動
盪，給藏書家帶來的困擾，以及同道朋友之熱心幫助。部分校勘之
書，不僅僅只寫小記，亦有長篇，如《東萊先生集》校勘之校本，是
宋刊殘本和涵芬樓影印日本內閣藏宋刊本，底本是抄本《紫薇
集》，底本上既有張宗祥先生 1919 年校跋，又有傅先生 1937 年專
跋，堪可寶珍②。諸如此類，不勝枚舉。

　　同時，筆者還得到其他圖書館庋藏曾經傅跋諸書信息，於是訪

① 國家圖書館善本部，書號 5745。
② 國家圖書館善本部，書號 382。

書、徵求並舉，收穫可觀，以上海圖書館和北京大學圖書館為多。
如上海圖書館藏清康熙五十八年刊本查慎行撰《敬業堂詩集》一
書，該書曾經張元濟先生六世從祖手批，與百衲本《資治通鑒》同
時為藏園先生所得，特轉張元濟收藏，該書卷四十九之首有張、傅
二人跋文，張文刊諸《張元濟古籍書目序跋彙編》下冊，而傅文從
未刊佈，其文生動描述得書曲折經過，字裏行間，與張元濟情誼宛
轉深切，頗堪一讀。北京大學圖書館所藏，則多與李盛鐸藏書相
關。

　　關於藏園先生校書成就，余嘉錫先生在《題記》之序中曾經如
此表達："至於校讎之學，尤先生專門名家。平生所校者，於舊本
不輕改，亦不曲徇，務求得古人之真面目，如段若膺所謂'以鄭還
鄭，以孔還孔'。其於向、歆父子雖未知如何，至於宋之劉原父、岳
倦翁，清之何義門、顧千里，未能或之先也。"的確，藏園校書，傾心
竭力，有些書，校勘不止一次，使用多種版本，比如，僅《東坡奏
議》，就使用五種校本：宋刻大字本（朱筆），圖書館藏，殘本；宋黃
州刻本（朱筆），繆、袁分藏；明鈔本（題上加朱圈）；明翻宋本《奏
議》十五卷（藍筆）；宋本《諸臣奏議》（朱筆注明）①。還有些書，是
多種相關資料校勘而成，比如，清光緒九年浙江書局本《鄂國金佗
稡編》②，就曾據宋刊殘本《鄂國金佗稡編》、家藏宋刊《岳忠文王
紀事實錄》、舊抄本《中興四將傳》校勘，又據經鉏堂鈔本補缺字脫
文，《題記》為此有專跋。此本綜合多書校勘所得，洵當重視。傅
先生還很重視舊鈔本，如明鈔本《薩天錫詩集》跋曰："余平生見澹
生堂寫本，取校時刻，往往多異，以所據多擇善本也。此雖殘帙，寧

---

① 國家圖書館善本部，書號348。
② 國家圖書館善本部，書號77。

可忽視哉?"①又重視楊守敬攜歸的日本鈔本,重視敦煌卷子,等等。再有,過錄前賢批校是藏園校勘不可忽視部分,所過錄何焯批校、陸貽典校跋、黃丕烈校跋、顧千里校跋,以及李盛鐸、朱文鈞校跋等,有些跋語曾經後世人搜集,如黃、顧、李之跋,但仍有些真知灼見至今僅保存在藏園校書中,格外值得珍視。

說到前賢手澤,還應該提到吳慈培校勘。藏園所捐贈五百餘部手校書中,有十數部為吳慈培所校。吳慈培,字佩伯,別字偶能,雲南保山縣人。其祖父吳樹藩,以軍功署涉縣,其父吳炳,為光緒十二年進士,翰林院編修②。慈培乃直隸總督兼北洋大臣楊士驤之婿③。民初與章鈺、傅增湘、鄧邦述往來密切④,好學問,富收藏,精校勘。館藏明嘉靖十五年潘侃前山書屋刊本《山海經》,甲寅年臘月(當在1915)八日吳慈培於此書上過錄吳寬題識,卷末有其跋文一則,曰:"時以久病來京師就醫,今日吐血三口,然猶能伏案校書踰十卷,作楷數百字,或者疾尚未至沉篤也。"⑤他因病早卒,過世時,遺言將手校諸書鄭重託付給藏園,《題記·校漢紀書後》一文中曰:"佩伯歿後,其手校諸書,遺言鄭重相付,隱然有依附青雲之意。今得薶圃校本,乃檢佩伯所勘,比類觀覽……喜奇書之見投,傷良執之長逝,賞奇析異,牢落寡儔,不覺起天地悠悠,愴然涕下之感矣。"在此次輯錄時,筆者也收其中有關藏園之題跋。

① 北京大學圖書館 SB/811.159.4445。
② 方國瑜撰《保山縣志稿·人物·吳樹聲傳》(雲南民族出版社,2003年)附傳。
③ 見顧廷龍為《章氏四當齋藏書目》"前漢書"所加按語。
④ 鄧邦述(1868-1939),字孝先,號正闇,江蘇江寧人。與傅增湘同年進士。有羣碧樓藏書。鄧邦述《寒瘦山房鬻存善本書目》卷七《中吳紀聞》一書跋語中指出:"余前十年校書殊不工,後與亡友吳佩伯交,見其讎事精能,奄有蟬隱之長,不覺勉力赴之,故續校稍勝。"
⑤ 此跋全文見諸《藏園群書經眼錄》。

藏園手勘諸書，有時請同好代校，曾經請周叔弢先生代校數部，是為學林佳話。有些由友朋共同完成，如清康熙席氏琴川書屋刊《唐人百家詩》，曾以明活字本、宋本、影宋寫本等校勘，是書吳慈培、章鈺、朱文鈞受藏園先生邀請，亦參與校勘，本次亦將眾人跋語輯錄其中①。

此次輯錄整理，僅就跋識而言，未及各書校記，難以全面體現藏園校勘成就，切盼專門研究者能夠深入利用整理其校勘諸書。

由於筆者學養尚淺，在輯錄過程中，一定存在粗疏之處，敬希方家批評指正。

王　菡

2012 年 5 月 16 日

---

①　此本存國家圖書館，書號 314。

凡　例

　　1947 年,藏園老人傅增湘將生平手校羣書捐贈國立北平圖書館(即今國家圖書館),據當時交點為三百三十七種,三千五百八十一冊,五百餘部,約一萬六千卷。每校勘一書,都在卷尾綴寫小記,說明此書學術淵源、版刻源流和校勘所得。書上跋識小記,至今六十年首次進行全面整理。在整理這批校勘題識之同時,筆者亦關注國家圖書館和國內外其他圖書館藏書中藏園手書題跋,逐漸訪得美國國會圖書館數則題跋及日本京都大學藏書中一則題跋,北京大學圖書館、上海圖書館、中山大學圖書館、天津圖書館、中國社會科學院圖書館、臺灣“中央圖書館”和中研院史語所圖書館等均有少量經藏園先生跋識之古籍,一一設法過錄。在這一過程中,整理工作遵循以下原則:

　　一、分類一同《藏園羣書經眼錄》。

　　二、凡《藏園羣書題記》已有之題跋基本不贅錄。

　　三、一部書,多人題跋,抄錄與傅增湘有交往者文字,以及與傅跋內容相關之跋。

　　四、國家圖書館善本部藏書,徑標示書號××;非國家圖書館善本部藏品,均標明館名。少數無館藏者,係原藏傅熹年處最近移贈國家圖書館之藏書。

　　五、同一種書校勘多部,以版本遠近為先後次序。

　　六、明代及明代以前版本標示行款,清代版本不標示行款。

　　七、題跋中涉及藏書家、學者或藏園友人,只註釋與傅增湘同時代,且有交往者。以遠者多已載入各種工具書,故不註釋。

八、須註釋之人物，只在首次出現時註釋。

九、各書撰者依據《藏園羣書經眼録》及《北京圖書館古籍善本書目》著録。

十、藏園先生手書跋識中所用"曰"（因）、"叚"（假）等字儘量保留。

以上諸則在輯録過程中逐漸形成，大約仍存在粗疏率意之處，懇請方家指正。

目　錄

一、經　部

（一）易類

周易略例一卷

魏王弼撰。明萬曆二十年程榮《漢魏叢書》本。此書據天一閣明鈔本校於己未年（1919）。

該書卷末藏園跋曰：天一閣鈔本半葉九行行十八字，宋帝諱皆缺筆，其原可知。夏間南行，得之來青閣架①。今日略暇，乃取此刻本校勘一遍，佳字亦殊少也。己未八月二十二日，傅增湘。（書號524）

周易正義十四卷

唐孔穎達撰。宋刻遞修本，半葉十五行行二十六字，白口，左右雙邊。曾經俞琰、季振宜、翁方綱、徐坊、傅增湘、陳澄中收藏。《藏園羣書經眼錄》著錄。自傅氏藏園轉入陳氏郁齋，藏印故又有"郁齋"、"祁陽陳澄中藏書記"之印記。

全書卷末另加白紙，藏園老人手書長跋，文字基本同于《藏園羣書題記》所載，不贅錄。

---

①　來青閣，著名古舊書店。原址在蘇州，1913年在上海開設分店。店主楊壽祺在古書業中頗有聲望，精通目錄學，為鑒別古籍版本專家。

　　國家圖書館文津街古籍館另藏一部乙亥年（1935）傅氏影印本①，題作“宋監本周易正義十四卷 乙亥嘉平月朔藏園傅氏印行”，卷末亦加白紙，為藏園老人長跋，文字全同上書，惟其落款之後比宋監本之跋多“奉贈 北平圖書館鑑藏 第十部 丙子二月沅叔記於讀易樓”數字。鈐“沅叔持贈”、“藏園祕笈”諸印記。（書號9581）

周易兼義九卷音義一卷略例註一卷

　　撰者依次為唐孔穎達、陸德明、邢璹。明萬曆十四年北京國子監刻《十三經注疏》本，半葉九行行二十一字，小字雙行同，白口，左右雙邊。鈐有“章印雲鷺”、“紀綱古訓永垂來嗣”印記。甲戌除夕至丙子年（1935－1936）據紹興監本校勘。卷三至卷九、《釋文》、《略例》均未校。

　　各卷識語如下：

　　《易》疏序文末跋曰：甲戌除夕據宋刻單疏校定。藏園老人記。

　　卷一末葉跋曰：乙亥七月初二日校於萬壽山邵窩，宋刊《正義》本為第三卷，至訟卦止。藏園老人記。《正義》改訂一百十二字，其經注先後失次尚不可勝計。

　　卷二末葉跋曰：丙子三月二十有七日游管家嶺、鷲峰寺、普照寺，遍覽杏林，夜宿清泉吟社，張鐙校畢《大有》、《謙》、《豫》三卦。學易庵主人記。（書號1）

周易要義十卷

　　宋魏了翁撰。清光緒十二年江蘇書局刊本。癸酉年（1933）

---

① 　書號為文津街分館普通古籍1823。

據宋刊殘本校，內中藏園老人朱筆校勘甚多。卷九有抄補，卷十夾頁似摘抄，用藏園稿紙。卷三至卷六無校，函套粘有原書簽：“《周易要義》十卷 江蘇書局刻本 卷一、二、卷七、八、九、十凡六卷據宋刻本手校。”

各卷藏園先生識語錄如下：

卷首末葉識曰：假涵芬樓宋刊殘本校定，時舟行嚴陵瀨。癸酉四月二十日，藏園記。

卷一上末葉跋曰：余從涵芬樓假此殘宋刻，載以北歸。時日軍迫近郊，飛機翔空，潞河隱隱聞礮聲，兵甲環城殆二十萬，居民惶駭，攜家四出竄避，留者一日數驚。余兀坐危城，心情惡劣，殆不能堪。今日弭戰之說似聞有成，意緒差寧，迺重理筆硯，日未移晷，遂竟此卷。聊記之卷尾，俾後人覽之，知老人嗜書如命，雖倉皇戎馬之中，尚鉛丹不輟於手也。癸酉夏曆五月朔，藏園老人鐙下記。

卷一中末葉跋曰：五月初六日宿香山甘露寺，坐聽法松間校畢。時惠文女兒養疴山中已將匝月，余自南游婺江歸燕[1]，局處圍城，頗用馳系。祇以敵騎迫城下，居人一日數驚，不敢遠出。近者弭戰之議已開，四郊解嚴，昨夕大雨達旦，炎歊頓解，遠望西山，鮮麗如洗，遂乘興馳車入山，偷得片刻清閒，為此冷淡生活，斯亦入夏以來第一愉快之日也。藏園老人記。

卷一下末葉識曰：初七日薄暮，移硯就香山寺前聽法松下校畢，龍孫侍側[2]。山風送寒，可御重棉。藏園老人記。

卷二上末葉識曰：五月初三日校定。清泉逸叟。

---

[1]　1933 年 4 月藏園老人曾到金華一游，有“金華蘭溪游記”（《藏園游記》卷九，印刷工業出版社，1995 年）。

[2]　龍孫為外孫李治崇。

卷二下末葉識曰:癸酉端午節校。

卷七上末葉識曰:五月初九日校。

卷七下末葉識曰:五月初九日校。

卷八末葉識曰:五月初十日校。

卷九末葉識曰:五月初十夜雨窗校。

卷十末葉識曰:五月十一日校完。(書號2)

周易程朱傳義音訓十卷易圖一卷

宋程頤、朱熹撰,呂祖謙音訓。元至正六年虞氏務本堂刻本,半葉十二行行二十一字,小字二十五字,黑口,四周雙邊。鈐"平陽汪氏藏書印"、"汪士鐘讀書"、"鶴儕"、"寒雲秘笈珍藏之印"、"曾在周叔弢處"等印記。《藏園羣書經眼錄》及《藏園羣書題記》均未及此書。藏園丁巳年(1917)跋之。

封面内副葉跋曰:元本《周易程朱傳義》及《詩經朱子集傳》,舊為沈經笙相國家藏書,壬子夏余見之孫伯恆許①。余今年與叔弢②兄游廠市,重見此書,叔弢出善價得之。初印精美,至可寶愛。近世收書者喜子集小帙而薄羣經,至宋人說經之書尤無人過問。此帙流轉廠市已五六年,而叔弢獨能銳意收之,所謂讀書者之藏書與流俗耳食者異矣。假讀經月,鄭重歸之,因題數語以志欽佩。丁巳閏月二十六日,江安傅增湘識。

《周易傳義》有"至正丙戌良月虞氏務本堂刊"木記。考虞氏

---

① 孫伯恆(?－1943),名壯,號雪園。大興人,原籍浙江餘姚,曾任商務印書館北京分館經理。《張元濟傅增湘論書尺牘》中多次提及。

② 周暹(1891－1984),字叔弢,安徽建德人,著名藏書家,與傅增湘為世交。其重要善本捐贈國家圖書館,可參閱冀淑英《自莊嚴堪善本書目》,天津古籍出版社,1985。

務本堂刊書存於今日者,瞿《目》有宋本《老子道德經》,目後有"建安虞氏刊於家塾"一條;《楹書隅錄》元本《王狀元注東坡先生詩》有"虞平齋務本書堂刊"木記;《䣲宋廔目》元本《趙子昂詩集》目後有"至元辛巳春和建安虞氏務本堂編刊"一行;瞿《目》《周易經傳集解》為洪武戊辰務本堂刊本。以一姓刊書之役,子孫世守,緜歷三朝,流風餘韻,與其人名字俱馨,亦云幸矣。增湘又記。(書號7910)

古三墳一卷

明萬曆二十年程榮《漢魏叢書》本,半葉九行行二十字,白口,左右雙邊。鈐"二十年中萬卷書"、"增湘"、"藏園"印記。癸丑年(1913)據寶康藏宋紹興十七年婺州刊本校。藏園老人校正甚多,朱筆燦然。序言之末過錄歷代藏家題識及藏書印。此宋紹興十七年婺州刊本今藏國家圖書館,參見《藏園羣書經眼錄》。

各卷藏園先生識語錄如下:

卷末葉過錄宋刻本刊記,藏園旁註曰:此跋在二十一葉後半葉。

卷末葉識曰:癸丑夏,江安傅增湘校宋本訖。

鈐"沅叔手校"印記。(書號3)

(二)書類

尚書注疏二十卷

題漢孔安國、唐孔穎達撰,唐陸德明釋文。明萬曆十五年國子監《十三經注疏》本,半葉九行行二十一字,白口,左右雙邊。鈐"長春室主"、"書潛"、"增湘私印"、"雙鑑樓主人"、"藏園校定羣書"、"沅叔"等印記。戊午年(1918)據金刊本校勘。眉批甚多。

　　各卷藏園先生識語如下:

　　卷一首葉書眉識曰:此首葉依瞿氏藏本校。

　　卷六末葉識曰:戊午六月十四日校畢。

　　鈐"增""湘"印。

　　卷七末葉識曰:六月十五日。八月二十八日再校。

　　鈐"湘"印。

　　卷八末葉識曰:"七月十八日校,八月二十九日覆校。

　　鈐"湘"印。

　　卷九末葉識曰:七月十九日校。

　　鈐"湘"印。

　　卷十末葉識曰:七月二十日校,八月二十九日覆校。

　　鈐"湘"印。

　　卷十六末葉識曰:七月二十一日校。

　　鈐"湘"印。

　　卷十七末葉識曰:七月二十三日校。

　　鈐"湘"印。

　　卷十八末葉識曰:七月二十五校。

　　鈐"湘"印。

　　卷十九末葉識曰:七月二十六日校。

　　卷二十末葉跋曰:金刊本《尚書注疏》存六至十、十六至二十,共十卷,內閣藏書移庋圖書館者。半葉十三行行二十五字,注疏雙行三十五字。白口,四周雙闌,版心上記字數,下記人名。《釋文》

附每卷後①。從館中假校，作輟不常，三月乃畢。戊午九月十五日，傅增湘記。

鈐“沅叔”印。（書號4）

程尚書禹貢論二卷後論一卷山川地理圖二卷

宋程大昌撰。清康熙《通志堂經解》本。丙子（1936）至翌年據宋淳熙八年泉州刊本校。鈐“藏園”、“沅叔”印。參見《藏園羣書經眼錄》。

《禹貢論》卷末識曰：丁丑三月初六日，校宋刊本畢。沅叔記於清泉吟社。

《禹貢論圖敘》末葉識曰：丙子重陽節，據影宋本校定。

《後論》之末葉識曰：丁丑三月初六日，宿於清水院②，秉燭校此卷。藏園老人。（書號5）

（三）詩類

韓詩外傳十卷

漢韓嬰撰。明嘉靖十六年薛來芙蓉泉書屋刊本，半葉九行行十八字，白口，左右雙邊。鈐“獨山莫氏銅井文所藏書印”、“莫棠楚生父印”、“藏園”、“傅沅叔藏書記”、“沅叔手校”、“二十年中萬卷書”、“傅印增湘”、“傅增湘讀書”、“三十年前舊史官”、“江安傅沅叔藏書記”、“雙鑑樓藏書記”、“江安傅沅叔攷藏善本”、“雙鑑

---

① 今國家圖書館所藏蒙古刊本《尚書註疏》殘本，其行款、版式及存卷同藏園老人校書跋文所述。

② 清水院在西山大覺寺，寺內一遼代石碑，鐫有《陽臺山清水院創造藏經記》碑文。此處乃燕京名勝之一。《藏園老人遺墨》中有多首詩吟詠陽臺山大覺寺。

樓”等印記。丙辰年(1916)據方地山藏黃丕烈校元本傳錄。參見《藏園羣書經眼錄》。

明嘉靖十八年陳明序言之末有莫友芝識語，曰：舊藏此刻脱葉十許，而此序獨存，今有兼本手寫補之。庚子三月記。

鈐“獨山莫棠”印。

卷一至卷八藏園臨黃丕烈題跋多則。

各卷藏園先生識語如下：

卷二末葉識曰：丙辰二月初二日校。

鈐“增湘”印。

卷四末葉識曰：丙辰二月初三驚蟄節移校竟。沅叔。

鈐“增湘之印”、“沅叔”印。

卷八末葉識曰：丙辰二月初七日校畢。增湘。

鈐“增”“湘”印。

卷八封底內副葉為藏園跋文，曰：揚州方君地山近年頗購書①，在南方時得善本，余曾借校數種，獨此書未得見。前日伴友人往談，無意覯此，急抱以歸。竭七日之力移校一遍。惜九、十卷已佚，無復可考。卷中致疑之處頗多也。原本是沈辨之本，與此本稍有不同。余先以沈本用墨筆校改於旁，再以朱筆識之，以醒眉目。然凡此本與沈本不同者，大抵八九與元本合，知此刻實勝野竹齋也。原校非一次，大抵先以家藏元本校，嗣以影元本補校，又以袁氏五硯樓再校。茲概以朱筆校於上方，其陸東蘿攷證語仍以墨筆臨之。又卷中朱筆考證語，地山謂是仲魚，余頗疑似竹汀，今仍用朱筆移寫而以墨圈識於旁。他日倘得後兩卷，此疑當可釋也。

---

① 方地山(1873－1936)，名爾謙，字地山，別號大方，以字行，江蘇揚州人。曾為袁世凱家館西席。於金石古泉頗有研究，善聯語。

丙辰二月十一日傅增湘記。取趙刻本一勘,知趙氏未見元本,豈其刻書在前,與黃、袁不相知耶?

鈐“增湘”、“藏園”、“書潛”印。(書號6)

韓詩外傳十卷

漢韓嬰撰。明萬曆二十年程榮《漢魏叢書》本。一至三卷據元殘本校,臨毛表校元本,又臨木石居士校宋本。該書校自甲辰年(1904),再校於己巳年(1929)。書眉、行間可見藏園老人朱、藍兩色批校。朱筆過錄項子京印文。

各卷藏園先生識語錄如下:

卷一末葉識曰:甲辰正月二十九日,元本較一過。己巳十二月二十四日,沅叔臨校。

卷二末葉識曰:甲辰正月晦日,元本校一過。己巳十二月二十四日,沅叔臨。

卷三末葉跋曰:閼逢執徐如月朔日,元本校一過。沅叔臨。

該葉後面為朱筆題跋:元刊《詩外傳》卷三存四葉,卷四存七葉,亦得之於內閣紅本袋中①,每半葉十行,每行二十字,細黑口,左右雙闌,板心上記字數下記寫工姓名。庚申九月從館中假得,校於此刻上,視余昔年所逢蕘夫校元刊本乃一一相合也。校本今存周叔弢家。元刊則此為創見也。江安傅增湘記。

卷四末葉識曰:四月十四日,校於米市伯兄宅中。

卷五末葉識曰:辛酉四月十五日校。

卷六末葉識曰:四月望校。

---

① 內閣紅本袋,指藏園老人1918年長教育部時,挑選庋藏國子監敬一亭內府檔案圖書,從中得到宋元版書,事載《藏園羣書經眼錄·史部》。

卷七末葉識曰：四月十五日巳刻校。

卷八末葉識曰：四月十五日巳刻校。

卷九末葉識曰：十二月二十五日，依毛斧季校元本過錄①。

卷十末葉有四則跋文，一則為藍筆書寫，餘三則朱筆書寫。藍筆題跋曰：羅君子經自申江寄《詩外傳》二冊②，乃依元本校勘者，卷末有毛表之印白文印，當是奏叔所校，因就此本照錄之。惜所寄秖首尾五卷耳。此本曾據元刊殘卷校過數葉，未審奏叔所見是否同為一本也。己巳十二月沅叔記。

朱筆題跋三則，前兩則為過錄之文，其一過錄宋刊本刊記，其二過錄木石居士題跋。第三則朱筆題跋係藏園自述，曰：前日得此本於南陽山房③。木石居士不知為何許人，據宋嘉定時刻本校於胡文煥本上，余復臨寫於程刻。程刻似出於胡，其脫誤十九相同，《津逮》本則直據宋刻，第不知為何時刻耳。此書世無宋刊，元刊亦僅見殘帙，今世貴通津本，其實去芙蓉泉及《津逮》遠甚。然此秖能為讀書者道耳。辛酉四月十五日，傅增湘書於藏園之霜紅亭下。（書號524）。

（四）禮類

周禮注十二卷（存卷三至六）

漢鄭玄注，陸德明釋文。國家圖書館著錄元刻本，半葉八行行十七字，小字雙行。鈐“雙鑑樓”、“藏園秘籍孤本”、“沅叔審定”、

---

① 按，據下文，應為毛表奏叔之誤。
② 羅子經即羅振常，字子經，號邈園。浙江上虞人。工詩古文辭，兼通版本目錄之學。在上海自榜“蟫隱廬”以藏書刻書，居書肆30年。與藏園時有往來。
③ 南陽山房，民國時期北京舊書肆。

"雙鑑樓珍藏印"、"江安傅增湘沅叔珍藏"、"忠謨繼鑑"、"江安傅忠謨晉生珍藏"、"周暹"諸印。

封面內副葉夾一紙,藏園跋文其上,曰:《周禮》鄭氏注四卷,宋刊殘本,存卷三到六,《地》、《春》二官。每半葉八行,每行十七字,注雙行同。黑口,左右雙闌。版心上記大小字數,下記刊工姓名。凡經注句讀以小黑圈斷之,坿音即在每節注下,左闌外有耳記篇名。卷三末有鐘式墨記,未經刊字。每卷鈐:清真軒、文府、恩榮、華夏私印、真賞齋印、百宋一廛、黃丕烈印、復翁、汪士鐘印白文各印,閬源真賞、宋本朱文各印①。

跋文之後,為"藏園先生七十歲小像"。(書號7923)

周禮注十二卷

漢鄭玄注,唐陸德明釋文。清嘉慶道光年間士禮居刊光緒十三年上海蜚英館石印本。依《經眼錄》,當是據袁克文藏宋刊本校勘。

藏園先生跋識語錄如下:

《周禮》卷一末葉識曰:丁巳七月二十四日校。

卷二末葉識曰:七月二十六日校。

卷四末葉識曰:七月二十八日校。

卷六末葉識曰:八月初三日校。

卷七末葉識曰:八月初四日校。

---

① 此跋文與《藏園羣書經眼錄》卷一對相台岳氏家塾刊本《周禮注》之著錄當指同一部書,但跋文中未確指此乃相台岳氏家塾刊本。向以為相台岳氏家塾刊本為宋刊本,《經眼錄》中指出:"此書字體粗鬆,印工亦不精,卷中宋諱不避,雕號稱宋刊,終不無疑義。"上世紀四十年代張政烺先生曾有考證,説明相台岳氏家塾刊本《九經三傳》係元初宜興岳氏據廖瑩中世綵堂本校正重刻,乃元刻本。

卷八末葉識曰：八月初五日校。

卷九末葉識曰：八月初六日校。

卷十末葉識曰：八月初六日校。

卷十一末葉識曰：八月初六日校。

卷十二末葉識曰：八月初七日校。

全書末葉跋曰：此重雕嘉靖本，其誤字則經蕘夫校改。今校宋本，凡與黃校合而嘉靖本原誤者，於本字旁加雙朱圈以識之，既可見宋刻之本來面目，又為黃校增一佐証也。時丁巳八月廿八日，津寓被水，將移家入都，倚裝書此。增湘。（書號539）

鬳齋考工記解二卷

宋林希逸撰。清康熙《通志堂經解》本。乙丑年（1925）三月藏園先生據查慎行藏宋刊本補校，並錄查慎行題跋。同年五月又據慈溪李思浩（湛侯）藏宋刊本校，卷首及卷上末葉兩則校刊跋文可見於《藏園羣書題記》，故不復再錄。

卷上末葉識曰：乙丑五月初二日校。（書號7）

儀禮識誤三卷

宋張淳撰。清《武英殿聚珍版書》本。癸未年（1943）十月臨盧文弨校本。正文中過錄盧氏校文甚多。

卷首宋張淳序文之末有藏園跋文，曰：抱經先生《羣書校記》四十五種，其糾正聚珍版叢書者殆十居八九，皆未經刊行，舊為袁氏臥雪廬所藏，後歸德化李椒微師①。余列門牆數十年，亦未以相示。春季從大學書樓假出移錄者，祗成十餘種。今日以遷居邵窩衝寒來園，夜中靜寂，乃研朱展卷，迄子刻遂臨校三卷畢。明日如得閑，當從事於《蠻書》矣。沅叔傅增湘識，時年七十有二矣。

卷一末葉識曰：癸未十月二十一日，校於清華軒。

卷三末葉識曰：癸未十月二十一日，校於昆明湖上清華軒。雪後朔風寒嚴，湖上已結冰矣。藏園老人識。（書號8）

新定三禮圖二十卷

宋聶崇義集注。清康熙《通志堂經解》本。藏園先生據汲古閣舊藏蒙古定宗二年析城鄭氏家塾刊本校補。鈐"沅叔校勘"、"校書亦已勤"印。此蒙古刊本今存國家圖書館，《藏園羣書經眼錄》著錄。

各卷藏園先生識語如下：

卷一末葉識曰：四月二十八日校。

卷二末葉識曰：四月二十九日校。

卷七末葉識曰：四月二十七日校。

卷十五末葉識曰：四月廿一日校。

卷二十末葉識曰：四月二十四日，在津寓早起校畢。（書號9）

大戴禮記十三卷

漢戴德撰，北周盧周辯注。《四部叢刊》影印明嘉靖袁褧刊

①　李椒微，即李盛鐸，著名藏書家，其藏書後大部歸北京大學圖書館。可參見張玉範整理《木犀軒藏書題記及書錄》。《藏園居士六十自述》稱"余自辛亥解官始事校讎，初請益於椒微先生"。

本。鈐“雙鑑樓”、“藏園”、“書潛”、“沅叔”、“傅印增湘”、“沅叔手校”印。校而無跋。（書號1991）

（五）春秋類

春秋經傳集解三十卷（存十五卷）

晉杜預撰，唐陸德明釋文。明刊本，半葉八行行十七字，小字雙行，白口，四周雙邊。據宋撫州刊本校於癸酉年（1933）。

卷一末識曰：癸酉二月十三日，依撫州本校定，凡改正十二字。藏園雪窗記。

卷二末識曰：癸酉二月二十四日，依撫州本校定，改訂十有二字。藏園傅增湘記①。（書號11）

春秋經傳集解三十卷

晉杜預撰，唐陸德明釋文。日本安政三年（1856）仙台書舖靜嘉堂刊本。鈐“大學藏書”官印。乙卯年（1915）據楊守敬影鈔日本古鈔卷子本校。

序文之末空白處藏園跋曰：日本楓山官庫藏古鈔卷子本《左傳》三十卷，稱是六朝之遺。楊惺吾先生東游時曾借出影鈔一本。辛亥壬子之交解后上海②，始得見之，以索價太昂不及收也。甲寅夏，先生以參議入都，曾以借校為請，先生許之，而因循數月不及檢付，先生遂於是冬歸道山。今春從先生文孫申前諾，乃舉以相假，

---

① 據《藏園羣書題記》卷一，宋撫州刻本僅存一、二兩卷，故止校兩卷。關於宋刊本及校訂概況，可參見《題記》。

② 解后即邂逅。

因與伯兄雨農分校其半①，自十七卷以下則屬以霸州門人陳瀛。凡二十日而畢，佳處至不可勝紀，當別為札記以傳之，惜原本尚有校語不及詳錄。今先生遺書，余為作緣，歸之公家②，異日尚欲重校以竟其志也。沅叔，乙卯十月。

卷一末葉識曰：甲寅十二月十九日校。

卷二末葉識曰：二十一日校。

卷四末葉識曰：乙卯元日校竟，沅叔。

卷五末葉識曰：正月初六日校畢。

卷六末葉識曰：正月初七日校。

全書末葉為日本仙臺書鋪刊記，藏園識曰：日本寬政丙辰當中國嘉慶元年。沅叔記。（書號12）

春秋權衡十七卷

宋劉敞撰。清康熙通志堂本。己巳年（1929）十一月據世學樓藏明鈔本校。

各卷藏園先生識語錄如下：

卷一末葉識曰：己巳十一月初九日，據世學樓藏鈔本校讀③。

---

① 雨農，即傅增湘長兄傅增淯，字雨農。光緒壬辰年（1892）進士。曾任翰林院編修，貴州學政。

② 楊守敬觀海堂藏書，先已有部分流失，後歸國家，部分庋藏故宮博物院圖書館，部分庋藏松坡圖書館。孫楷第曾在《日本訪書志補》序言中曰：“民國己未（1919），觀海堂書將出售，吾師沅叔先生時長教部，慫慂當局買之，書遂為國有，初庋於集靈囿，旋歸于故宮圖書館。”大致即指“余為作緣，歸之公家”事，然此跋語與孫楷第所記年代頗不同。按，藏園老人於1919年因不滿北洋政府所作所為，憤然掛冠而去，故觀海堂書歸國有事，當以此跋文所記乙卯年（1915）為准。

③ 世學樓，明代紹興藏書家鈕緯藏書處。《藏園羣書題記》對世學樓明鈔本有較詳敍說。

沅叔記。訂正三十有八字。

卷二末葉識曰：此卷訂正凡二十八字。十一月初九日，書潛記。

卷三末葉識曰：此卷凡改正四十有二字。初九日三更記。

卷四末葉識曰：雪霽月出，大風屬寒，圍爐校畢已三鼓矣。改訂凡二十字。書潛。

卷五末葉識曰：薄暮瓊島步雪，憩於蟠青書屋，校畢此卷，凡訂正二十有六字。書潛記，十四日。

卷六末葉識曰：是卷改正四十有二字。十四夕，沅未志。

卷七末葉識曰：是卷改正三十有二字。十四夜，沅未記。

卷八末葉識曰：十五日晨起，呵凍校此，改訂二十字。

卷九末葉識曰：此卷改正三十有五字。十五日校。

卷十末葉識曰：大雪飛舞，園林皜潔，擁爐校此，寒意蕭然。凡增減改正六十字。

卷十一末葉識曰：向晚北風怒發，雪止月出，清寒逼人，呵凍強竟此卷，凡訂正三十八字。沅叔。

卷十二末葉識曰：園居寒冽，十指如椎，移就長春室中校畢，正訂五十字。藏園居士，十六夜。

卷十三末葉識曰：此卷增改四十二字。藏園。

卷十四末葉識曰：風屬不得寐，更竟此卷以遣寒夜。訂正二十有二字。

卷十五末葉識曰：十七日午刻校訂二十一字。

卷十六末葉識曰：十七日北風嚴寒，蟄伏斗室不敢出，然客來尚不絕，何哉？改正二十有二字。

卷十七末葉識曰：十七日校畢，訂正二十有六字。藏園居士。

（書號14）

春秋五禮宗例十卷（存卷一至三，七至十）

宋張大亨撰。宋刻本，半葉十一行行十九至二十四字。該書曾藏徐乾學、喬松年處，後入藏吳慈培家①，藏園老人於吳家觀之。《藏園羣書經眼錄》中對此書行款、版式、刊工、避諱、鈐印有詳細著錄。1915 年後，該書進入袁克文收藏②，於是又增加“寒雲秘笈珍藏之印”、“與身俱存亡”、“後百宋一廛”、“寒雲鑑賞之寶”、“皇二子”、“佞宋”諸印。是書識於乙卯年（1915）。

全書卷末有藏園題識：乙卯三月十八日，獲觀於吳氏偶能書齋，字畫嶄方，結体謹嚴，與余所得《廣韻》同。然此為秘笈孤本，尤可貴也，偶能其善寶之。江安傅增湘謹志。（書號 8647）

春秋五論一卷

宋呂大圭撰。清康熙通志堂本。鈐“沅叔手校”、“雙鑑樓”、“藏園”印記。甲子年（1924）及壬申年（1932）據明寫本校。

封面內副葉有跋文一則：樸鄉先生此論舊坿《春秋或問》後，故《四庫總目》於春秋類不別出也。余昔年獲明人寫本於海王邨

---

①　吳慈培，字佩伯，別字偶能，雲南保山縣人。民初與章鈺、傅增湘、鄧邦述往來密切，好學問，富收藏，精校勘。所校勘之書現存國家圖書館數部。

②　袁克文，字豹岑，一字抱存，號寒雲。袁世凱之子，嗜宋元版書。其《寒雲手寫所藏宋本提要二十九種》中未著錄此書，然《寒雲日記》乙卯年（1915）九月二十日記曰：“得北宋本宋印《春秋五禮例宗》七卷，半葉十一行，行十八至二十字不等。墨色沉厚，紙如蟬翼，而完整不啻新帙。此書原為七卷，存者一之三、七之十耳，蓋《四庫》所據諸家所藏名抄本俱無四至六卷之軍禮三卷，《永樂大典》所引亦之，是缺當在明初前也。刊本從未見諸著錄，惟傳樓有之，即此一帙。粵雅人刊亦作抄本，斯此書之可貴已。卷中有‘徐乾學’、‘健庵’、‘周松靄’、‘喬松年’諸藏印。”（見《王子霖古籍版本學文集》第二冊《古籍善本經眼錄》附錄，上海古籍出版社，2006 年）

中,以通志堂刊本校讀,寥寥二十四葉中改補乃達五十字。曩聞健
菴刻此書以校勘之事屬之方靈皋,耗金至四十萬,然靈皋於茲事即
非當行,又急於成書以媚權貴,倉促藏工,各書多未訪求善本,何義
門嘗深譏之。今以此書觀之,則何氏所言似非過為詆訶也。壬申
三月十一日裝成記之。藏園老人。

卷末跋文一則,曰:昔年得舊寫本於廠甸。蓋出明嘉、隆人手
筆,而為季滄葦、王北堂遞藏者也。今日天氣鬱蒸不可耐,乃取此
刻對誦以遣長晝。寥寥廿餘葉中,增改幾及百字,為之愉快不已。
藏園居士傅增湘,甲子夏至後五日。(書號15)

春秋繁露十七卷

漢董仲舒撰。明嘉靖三十三年趙維垣刊本,半葉九行行十七
字,黑口,四周雙邊。藏園先生辛未年(1931)至戊寅年(1938)據
黃丕烈校宋本移錄,又臨張元濟校,並有張元濟跋①。

各卷藏園識語如下:

卷一末葉識曰:辛未四月十二日,書潛校於藏園。

卷五末葉識曰:四月十二日校畢,是日凡得五卷矣。書潛記。

卷六末葉識曰:十二夜校完。

卷七末葉識曰:辛未四月十三日校。

卷八末葉識曰:四月十三日校於書庫。

卷九末葉識曰:十三夜校。

卷十一末葉識曰:辛未四月十四日校定。

---

① 張元濟(1866 – 1959),字筱齋,號菊生,浙江海鹽人。與傅增湘之兄傅增淯同
為光緒十八年進士。張元濟此跋已經刊諸《張元濟古籍書目序跋彙編》(下)(商務印
書館,2003 年)。

卷十二末葉識曰：四月十四日校。

卷十三末葉識曰：四月十四日夜校畢，雨止月上矣。是日新曆為五月晦日。

卷十五末葉識曰：四月十五日早興，坐清泉榭校此。

卷十七末葉有藏園老人臨黃丕烈跋文兩則，又有張元濟跋文一則。張元濟跋文之後，乃藏園老人識語，曰：余校此本已近十年，頃菊生前輩假閱，取所藏胡氏鈔本為覆勘一過，凡簽記六十五條，余遂竭一日之力，盡移寫於卷中，並識於此，以誌良友之雅惠云。戊寅六月十二日傅增湘記。（書號 16）

春秋繁露十七卷

漢董仲舒撰。明刻本，半葉九行行十七字，黑口，四周雙邊。據《藏園羣書題記》，此書校訂於己巳年（1929）。

第十七卷末藏園老人過錄孔繼涵識語①。（書號 17）

（六）羣經總義類

經典釋文三十卷

唐陸德明撰。清康熙通志堂本。壬戌年（1922）據內府宋刻本校。跋文所述各善本、均見諸《經眼錄》。

封面內副葉有藏園長跋一則，曰：《經典釋文》宋刊本世不得見，余有顧抱沖校本，亦袛據朱文游家影宋本耳。別有《禮記釋文》四卷，疑為撫本《禮記》所附刊，非本書也。昨於廠市文德堂見

---

① 孔氏識語可參見《藏園羣書題記》卷一第 35 頁。孔繼涵校跋本今存國家圖書館。

宋刊兩卷,言是内府付出裝訂者,亟往一觀。行款與通志堂本同而每行字數時參差,則自别爲一本矣。卷首尾御璽數方,有"天祿琳琅"、"天祿繼鑑"、"文淵閣印"。白口,左右雙闌,板心上記大字數,下記人名,補刊頁不盡記,且時有墨釘,避諱至慎字止,則亦刻在孝宗後矣。半葉十一行,行十五六七字不等,小字約二十二,字體方整,猶是南渡初風範。因愛不忍去手,商允假歸一讀。取此刻對勘,改正殆數百字,即宋板顯然誤者,亦畢録不遺。原本蝕損及刓敝不可辨者,加朱點於本字旁。屏除百事尚力爲之,一日夜而畢。聞全書今存濤貝勒邸中①,異日當求窺全豹,俾此書得竟全功。或許印行世間,流布萬本,亦藝林之一快也。壬戌十一月初一日,傅增湘記於藏園長春室。

卷一末葉識曰:壬戌十月二十九日,據御府藏宋刊本校定。增湘謹記。

卷八末葉識曰:壬戌十一月朔,據御府藏宋刊校。江安傅增湘。(書號18)

公是先生七經小傳三卷

宋劉敞撰。清康熙《通志堂經解》本。壬戌年(1922)朱文鈞因藏園囑以宋刊本校勘。

卷上末葉識曰:壬戌九月朔校。

卷中末葉識曰:九月二日校。

卷下末葉朱文鈞跋曰②:壬戌秋,傅沅叔先生將有錢塘觀潮之

---

① 濤貝勒即醇賢親王奕譞第七子載濤,其府邸在什刹海旁柳蔭街,今爲北京市第十三中學。關於此内府宋刊本,可參見《藏園羣書經眼録》卷二第105頁。

② 朱文鈞,字幼屏,號翼庵,浙江蕭山人。其藏書甚富,且精於鑑定。朱家溍《故宫退食録》(北京出版社,1999年)中"我家的藏書"一文言及朱文鈞與傅增湘交往。

行,行前數日語予曰:"適見宋本《七經小傳》,留以校之。"予以無新本對,亦既置之矣。歷旬日,沅叔自滬肆寄此本通志堂刻也,爰專呈取宋本至,與此對勘,三日而畢,殊無異同,但補數字耳,足徵當日校刻之審。宋本每半頁十一行,行廿字,特首頁則半頁十行,此本行款並無變更,惟宋本字數偶見參差,又大小字則不無外列歧異之處,故面目頓異。校畢因附識之。

鈐"翼盫"、"朱文鈞印"印。(書號19)

十一經問對五卷

元何異孫撰。清康熙通志堂本。癸亥年(1923)據盧文弨寫本校。卷首夾傅氏稿紙,闌邊上印有"江安傅氏鈔本",下印有"仿紹興本通鑑行格",共四葉,每半葉十二行,臨何異孫原序一則,盧文弨跋一則,嚴元照跋一則。之後為藏園老人跋文,此跋文及所臨三則跋文俱可見於《藏園羣書經眼錄》卷一及《藏園羣書題記》卷一,故不贅錄。

各卷藏園識語如下:

卷一末葉識曰:癸亥二月十四日,沅叔於杭州許氏安吟樓。

卷二末葉識曰:癸亥二月十八日上海客次。

卷三末葉識曰:癸亥二月二十六日,沅叔錄於清泉吟社。是日大風忽作,杏花飄落如雪,城中諸人牽延不至,對此能無惋嘆?

卷四末葉題識:三月三日晨起將赴津門,倚裝畢此卷。

卷五末葉題識:癸亥三月初七日校畢。(書號20)

十一經問對五卷

元何異孫撰。清乾隆四十一年盧氏抱經堂鈔本。盧文弨、嚴元照、傅增湘手跋。鈐"虎林盧文弨寫本"、"抱經堂藏"、"嚴氏元

照字久能今改字修能”、“香修”、“張氏秋月字香修一字幼憐”、
“曾經東山柳蓉邨過眼印”等印。

藏園識曰:癸亥春仲,從密韻樓主人假得①,以通志堂刊本勘
讀,補自序一首,補正數百字,此書差可誦矣。藏園居士記。(臺
灣中央圖書館藏,書號01223②)

(七)小學類

新刻廣雅十卷

魏張揖撰,隋曹憲音解。明胡文煥《格致叢書》本,半葉十行
行二十字,白口,左右雙邊。辛酉年(1921)據蔣汝藻藏明皇甫錄
刊本黃丕烈以影宋本校者傳錄。

卷首有魏張楫“新刻廣雅表”,表末空白處藏園跋曰:密韻樓
主人得皖南洪氏書,中有明正德皇甫錄本《博雅》,士禮居主人道
光甲申二月用影宋本校過。日前孟蘋召飲出示,訝其罕秘,假歸於
此本照臨一遍。從山水窟中得此佳趣,幾不知人間何世矣。辛酉
三月二十七日,傅增湘記於岫雲寺延清閣。

各卷藏園先生識語如下:

卷一末葉識曰:三月十九日早起,就憩雲軒廊下朝旭校畢此
卷。自密韻樓借此本攜歸正一月矣。

卷二末葉識曰:游大工回寺午饍,更畢此卷。

卷三末葉識曰:同日再竟此卷。

---

① 蔣汝藻(1876－1954),字元采,號孟蘋,別署樂庵,浙江南潯人。近代藏書家,
密韻樓,即蔣汝藻藏書樓,有《傳書堂善本書目》。傅增湘與之借書校勘多次。

② 錄自中央圖書館特藏組編輯《中央圖書館善本題跋真跡》,1982年出版。以下
引用中央圖書館古籍,均出自該書,不再一一注明。

卷四末葉識曰:三月二十日,校於香水院行宮。

卷五末葉識曰:同日校竟。並錄黃丕烈跋文一則。

卷六末葉識曰:三月二十八日,自岫雲寺回都校畢。

卷七末葉識曰:三月二十九日辰刻校。

卷八末葉識曰:三月二十九日巳刻,客來不止,抽暇僅得畢此卷。

卷九末葉識曰:三月二十九日未刻,坐廊下聽泉校畢。

卷十末葉識曰:辛酉三月二十九日酉刻校畢。沅叔。

藏園題識之後,又臨黃丕烈五則跋文,《藏園羣書經眼錄》著錄此明刻本,未錄黃跋。(書號21)

羣經音辨七卷

宋賈昌朝撰。清康熙五十三年澤存堂本。鈐"潤洲法嘉蓀讀書印"、"京江法氏"、"法辛侶珍藏印"印。據《藏園校書錄》,丙辰年(1916)以宋本校卷三、四,又據影宋本校卷二、五。

卷三末葉有附紙長跋,未詳作者。

卷四末葉識曰:借寒雲主人所藏紹興寧化刊本校勘[1],原書存第三、四卷,添改刪易七十餘事。增湘,丙辰中秋。

其後藏園附紙跋曰:《羣經音辨》三、四卷,八行行約十四字,黑口,左右雙綫,板心下方記刊工,惟黃七、黃戩人名,薄皮紙,濕墨印。首行書名,次三行撰人官銜、姓名,四行字同音異。有"天祿繼鑑"白、"乾隆御覽之寶"朱、"毛晉私印"朱、"汲古閣"朱、"子晉書畫"朱、"毛氏子晉"朱、"天祿琳琅"各印璽。前後葉有"五福五代堂古稀天子寶"、"八徵耄念之寶"、"太上皇帝之寶"各印。用金

---

[1]　該南宋紹興寧化刊本著錄於《藏園羣書經眼錄》,可參閱。

粟藏經紙裝訂,疑是汲古原裝。(書號22)

羣經音辨七卷

宋賈昌朝撰。清康熙五十三年澤存堂本。鈐"士禮居"、"黃印丕烈"、"蕘圃"、"宋本"、"平江黃氏圖書"、"葉樹廉印"、"石君"印。據國家圖書館《古籍善本書目》著錄,該書有傅增湘跋,徐鴻寶校並錄陸貽典題識①。書中有校語曰宋本如何,當是據宋本校過,但未見藏園老人署名題跋。(書號23)

埤雅二十卷

宋陸佃撰。明天啟二年郎氏堂策檻刊本,半葉九行行二十字,白口。壬申年(1932)據舊抄本臨錄。

各卷藏園先生識語如下:

卷二末葉題識:壬申正月二十七日校。

卷六末葉臨苪庵題識一則。

卷八末葉題識:正月三十日校。

卷十末葉題識:二月朔日校。

卷十二末葉題識:壬申二月初一日校,沅叔記。

卷十四末葉題識:二月朔校。

卷十六末葉題識:壬申二月二日,約林貽書前輩諸人小園宴集②,酒罷校此。

---

① 徐鴻寶(1881－1971),字森玉,吳興人,著名文物學家、版本目錄學家,曾任國立北平圖書館主任,1949年以後任上海市文物管理委員會主任。"藏園三友"之一,見《藏園羣書題記》卷七"方百川先生經義跋"。

② 林開謩,字貽書,福建長樂人,光緒二十一年進士,為翰林院編修。辛亥之後辭官居京,與傅增湘頗有交往。

卷十七末葉題識:壬申二月初二日校。

卷十八末葉題識:二月初二日三更校。

卷二十末葉題識:壬申廿二月初二日校畢,藏園居士記,時年六十有一。(書號24)

重刊埤雅二十卷

宋陸佃撰。上海圖書館著錄明初刻本,半葉十行行十九字,四周雙邊,版心上下黑口。鈐"經腴眼福"印。《藏園羣書經眼錄》著錄此書,以為元末刊本。

卷二十末葉藏園老人識曰:辛未九月從文友書坊假觀[①],此為真正元刊,與明初黑口本迥不相侔,非真鑒者固不能辨也。此書宣和七年子宰所刊第一本,後五世孫軽又刊於贛州郡庠。兹帙宰序尚沿舊式,或從宣和本出耶。暇日當以時本勘之文字異同,宜足資攷索矣。藏園居士沅未手記。

鈐"傅""沅叔"印。(上海圖書館 773626 – 31)

續廣雅三卷

清劉燦輯,清王堃訂。清道光六年刻本。鈐"國立北平圖書館珍藏"印記。書簽注"江安傅氏捐"字樣。

書衣有朱字題識:此書便於訓詁,檢付定郎隨手披閱,可增益智識不少也。藏園記。(文津街分館普通古籍字 113.9/867.1)

---

①　北京琉璃廠文友堂書店于光緒八年(1882)開設,店主為河北冀縣人魏占良、魏占雲兄弟。民國初年,魏占雲子魏文厚、魏占良子魏文傳,繼承父業。魏文厚,字經腴;魏文傳,字升甫。文友堂開設歷六十年,是當時北京經營古籍規模最大最有影響力書坊之一,與傅增湘、李盛鐸、周叔弢等大藏書家交往多年,尤與藏園往來最密,交情最深,其匾額亦由傅氏所題。

切韻指掌圖二卷

題宋司馬光撰。一九二九年嚴式誨貴園刊本。鈐"龍龕精舍"、"沅叔手校宋本"、"雙鑑樓"、"沅叔手校"印記。據《藏園校書錄》,壬申年(1932)依宋紹興三年越州讀書堂刊本校。補錄司馬光從孫紹定三年刊書跋語。

卷首為《四庫全書總目》提要,提要之後,藏園老人跋曰:壬申正月初十日,依宋刊本校正。

宋本序例及圖表行格參差不能記,白口,雙闌,版式寬大,為內府舊藏,有沈弘正、徐健庵、季滄葦、陳惟寅各家印記,又鈐有"嘉慶御覽之寶"、"天祿繼鑑"、"天祿琳琅"諸璽。其卷末從孫跋語,刊本均不載,茲並錄存之。江安傅增湘志於藏園長春室①。

鈐"傅""沅叔"印。(書號25)

增補互注禮部韻略五卷

宋毛晃增注,毛居正重增。宋嘉定年國子監刊本,半葉十行行十六字,註文雙行二十六字,白口,雙闌。《藏園羣書經眼錄》著錄,云此本係徐坊遺書。鈐"賜龍堂"、"彭瑞毓圖書記"、"定丞過眼"、"鴻寶堂印",以及藏園多枚藏書印,此書大約在四十年代轉到山陰沈仲濤處,所以尚有"研易樓"印。

該書卷首附紙藏園手書跋文,曰:此本據《魏鶴山集》"毛氏增韻跋",知為嘉定十六年癸未國子監刊本,乃其子居正出家藏原稿付梓者,在是書為第一刻。昨歲於廠肆富晉書社見一宋本,其行款

① 此宋刻本今存國家圖書館。《藏園羣書經眼錄》卷一及《藏園羣書題記》卷一均記此宋刻本,較此題識更詳,可參閱。

與此悉合，而字體已趨工麗，即從此本覆雕，惟卷末"雲間洞天"牌記，審為偽造補入。北平圖書館藏有宋刊本，行格亦同，然韻字蟬聯而下，不空格，不分排，且標題已列"居正重增"一行，其授梓當在此本之後。若皕宋樓所藏，板匡縮小，行款改移，審為元版，而冒題宋刊，更不足論矣。余考此本，諸家著錄皆不之及，且楮墨精湛，卷帙完整，不特為毛《韻》之祖，實推為海內孤本，可謂驚人祕笈。余別有題記，考訂翔實，載入《雙鑑樓藏書續記》中，文繁不備錄，茲特舉其梗概誌之卷首，願與當代方聞之士共商討之。癸未九月既望，江安傅增湘書於藏園之企驎軒，時年七十有二①。（臺灣故宮博物院圖書館）

①　此跋文轉錄自臺灣故宮博物院編委會《沈氏研易樓善本圖錄》，1986年。上海博物館柳向春博士告知。以下有關研易樓藏書中藏園之跋，均出於此，不另。

二、史　部

(一)紀傳類

史記集解一百三十卷

漢司馬遷撰。明崇禎十四年毛氏汲古閣刻本，半葉十二行行二十五字，小字雙行三十字左右，白口，左右雙邊。鈐"琴川毛鳳苞氏審定宋本"、"吳印錦繡"、"綺園"、"江安傅增湘沅叔珍藏"等印。《藏園校書錄》和《藏園訂補邵亭知見傳本書目》中記載據家藏北宋景祐刊本校①。從題識知，該書校勘於辛巳年（1941）至甲申年（1944）之間。

各卷藏園先生識語錄如下：

卷七末葉識曰：辛巳冬月二十五日校。沅未記。

卷八末葉識曰：癸未二月二十四日，校於昆明湖上清華軒。

卷九末葉識曰：甲申三月十一日，藏園手校。

卷十末葉識曰：甲申二月十九日校。（書號26）

五代史記七十四卷

宋歐陽修撰，徐無黨注。清光緒元年成都書局刊本。乙丑年

---

① 此北宋景祐刊本《史記》著錄於《藏園羣書經眼錄》。1947年由胡適先生居間，轉入中央研究院史語所傅斯年圖書館，可參閱《傅斯年圖書館善本古籍題跋輯錄》中"天祿琳琅外一章"一文。以下涉及傅斯年圖書館藏書著錄，均引自該書，不另。

（1925）據家藏南宋初年撫州刊本校勘，甲戌年（1934）又據殘宋本再校。關於南宋初年撫州刊本，《藏園羣書經眼錄》著錄。

各卷藏園先生識語錄如下：

卷一末葉識曰：乙丑六月初三日，校宋刊十二行本。藏園。是卷訂正凡九字。

甲戌三月覆校，又改訂十一字。

卷二末葉識曰：乙丑六月初四夜校。大雨三日不止，恐為災害，奈何？沅叔。是卷訂正凡十有八字。

卷三末葉識曰：六月初三日校。是卷訂正凡十字。沅叔。

卷四末葉識曰：乙丑六月初四日校。是卷訂正凡十四字。

卷五末葉識曰：初四夜，是夕共校得四卷。是卷訂正凡十四字。

卷六末葉識曰：六月初五日早起雨又作。是卷校定十三字。

卷七末葉識曰：六月初五日。是卷共訂正五字。覆校又訂正五字。

卷八末葉識曰：是卷訂正五字。

卷九末葉識曰：乙丑六月初六日。是卷訂正七字。

卷十末葉識曰：六月初六日。是卷訂正凡四字。

卷十一末葉識曰：六月初六日。是卷訂正凡四字。

卷十二末葉識曰：六月初六日。是卷訂正三字。

卷十三末葉識曰：甲戌七月二十五日，假文友堂殘宋本補校此卷，改訂十一字。（書號39）

五代史記七十四卷

宋歐陽修撰，徐無黨注。清光緒二十九年同文書局石印本。書眉行間頗有校記。據《藏園校書錄》丙辰年（1916）以宋慶元刊本校,識語中未及校勘用本。《藏園羣書題記》有跋文,既言及"魯郡曾三異校定"之語,又言及文友堂殘宋本,可以參見。

各卷藏園先生識語錄如下:

卷六末葉識曰:丙辰十一月十一日校。

卷二十二末葉識曰:丙辰十一月十二日校。沅叔。

卷二十三末葉過錄:魯郡曾三異校定。

卷二十四末葉過錄:魯郡曾三異校定。

卷三十四末葉過錄:魯郡曾三異校定。

卷三十五末葉識曰:丙辰十一月十三日校。

卷四十一末葉識曰:丙辰十一月十四日校。

卷四十二末葉識曰:十四夜再校此卷。

卷五十四末葉識曰:十一月十五日校。

卷五十七末葉過錄:魯郡曾三異校定。

卷五十八末葉過錄:魯郡曾三異校定。

卷六十一末葉識曰:十一月十六日校。

卷七十四末葉識曰:丙辰十一月十七日校畢。(書號40)

漢書注一百卷

漢班固撰,唐顏師古注。清同治八年金陵書局刻本。甲寅年(1914)校。《藏園校書錄》記據北京圖書館藏宋紹興刊大字本校勘卷七十二至八十。《藏園羣書經眼錄》著錄北京圖書館藏宋紹興刊本原藏內閣,

各卷藏園先生識語錄如下:

卷七十二列傳第四十二末葉識曰:甲寅正月二十二日校。

卷七十三列傳第四十三末葉識曰:正月二十四日。

卷七十六列傳第四十六末葉識曰:正月二十六日校。此卷皆

元大德刊,其元統刊及無年號者各記每卷葉下方。

卷七十七列傳第四十七末葉識曰:正月三十日。

卷七十八列傳第四十八末葉識曰:二月望日。(書號27)

後漢書補志三十卷

晉司馬彪撰。版本、行款見跋文。《藏園羣書經眼錄》著錄與此跋近似。

藏園跋曰:宋本《後漢書補志》三十卷。宋紹興時杭州刻本,半葉九行每行十六字,板心上記字數下記刻工姓名。司馬彪《續志》本附刻范書之後,故此三十卷可以單行,不為殘缺也。《後漢書》以此本為最善,此書出於內閣大庫,蝶裝巨幅,書衣簽題猶存古式,彌足寶玩。惟間有補版,已入元代,當為元時所裝褙也。(藏美國國會圖書館)①

後漢書九十卷志三十卷(存十卷:卷一至十)

劉宋范曄撰,唐李賢注;晉司馬彪撰志,梁劉昭注。宋紹興江南東路轉運司刻元明遞修本,半葉九行十六字,小字雙行十八至二十字,白口,左右雙邊,雙魚尾有刻工。傅增湘、許漢卿題識。鈐印"食舊德齋"、"詩孫"、"許氏漢卿珍藏"。

跋文二則,其一曰:宋刻《後漢書·帝紀、后紀》,自第一卷至第十卷完全,無,乃紹興初年蜀刻進呈本,為蝴蝶裝。舊藏清內閣大庫,清末流出,寶應劉氏得之。甲申十月,歸於淳齋。展視稍一不慎,最易觸損,務謹慎翻閱。古籍難得,藏者拜求。

---

① 該跋複製件係美國國會圖書館亞洲部居蜜博士提供。以下凡美國國會圖書館藏書皆同此,不另。

卷一下邊框外藏園跋曰:范書紹興刻,殘本,存帝、后紀十卷,寶應劉氏所藏。丙子春為付文友書坊覓良工重裝訖。丁丑長夏,藏園老人坿記。(上海圖書館綫善801102-06)

後漢書九十卷志注補三十卷

劉宋范曄撰,唐李賢注;晉司馬彪撰《志》,南朝梁劉昭注。清同治八年金陵書局刻本。《藏園校書錄》記甲寅年(1914)據北京圖書館藏宋紹興刊大字本校,然據書中識語,此書又於癸丑年(1913)及庚申年(1920)據宋慶元本校。宋慶元本《後漢書》見諸《藏園羣書題記》之跋。

各卷藏園先生識語錄如下:

卷二末葉識曰:七月二十四五日。

卷三末葉識曰:七月二十四日。

卷四末葉識曰:七月二十一日。

卷五末葉識曰:七月二十一日。

卷六末葉識曰:七月二十二日。

卷七末葉識曰:七月二十二日。

卷八末葉識曰:七月二十二日。

卷九末葉識曰:庚申十一月初四,據宋慶元本校。

卷十上末葉識曰:以監本校正四十一字。庚申十一月初六日,據慶元本校。

卷十下末葉識曰:庚申十一月初七日,據慶元本校。

卷十一末葉識曰:癸丑六月二十五日。

卷十三末葉識曰:六月二十五日。

卷十七末葉識曰:六月二十六日。

卷十八末葉識曰:六月二十六日。

卷二十一末葉識曰:六月二十七日。

卷二十七末葉識曰:六月二十七日。

卷二十九末葉識曰:六月二十八日。

卷三十三末葉識曰:六月二十九日。

卷四十下末葉識曰:七月初二日。

卷四十八末葉識曰:七月初四日。

卷五十三末葉識曰:七月初六日。

卷五十五末葉識曰:庚申十月二十五日校,據慶元本。以監本校正二十八字。

卷五十六末葉識曰:庚申十月二十六日據慶元本校。

卷五十八末葉識曰:七月初六日。

卷六十上末葉識曰:卷內校正八十五字,庚申十月三十日校。

卷六十下末葉識曰:劉攽曰:此卷內詔字多改作制字,待詔作待制,是也。又言:誥羣臣各言政要,亦本是詔字。蓋武太后諱照,此時悉回避。照字後人既已改還本字,尚有遺者故爾。庚申十一月初二日,校慶元本。

卷六十一末葉識曰:庚申十一月初二日,校慶元本。

卷六十二末葉識曰:劉攽曰:案,凡人相語,言及所論議,皆當作'謂',以彼物為某事乃當作'為',其字從平聲。後人傳寫之誤,為、謂相亂,難為悉解。學者宜知之。改正五十字。庚申十一月初二日。

卷六十四末葉識曰:七月十二日。

卷六十七末葉識曰:七月十三日。

卷六十九末葉識曰:七月十三日。

卷七十三末葉識曰:七月十四日。

卷七十四下末葉識曰:七月十五日。

卷七十七末葉識曰：七月十五日。

卷八十末葉識曰：七月十六日。

《續漢志》第一末葉識曰：七月二十二日。

第二末葉識曰：七月二十四日。

第六末葉識曰：七月二十五日。

第八末葉識曰：七月二十五日。

第九末葉識曰：七月二十五日。

第十一末葉識曰：七月二十六日。

第十二末葉識曰：七月二十六日。

第十五末葉識曰：七月二十六日。

第十九末葉識曰：七月二十七日。

第二十三末葉識曰：七月二十八日。

第三十末葉識曰：七月二十九日。（書號28）

三國志注六十五卷

晉陳壽撰，劉宋裴松之注。清同治年金陵書局刊本。《藏園校書錄》記辛巳年十一月據宋刊殘本校《蜀志》，不過此書校書題識於庚申（1920）、壬戌（1922）、丙寅（1926）、辛巳（1941）諸年，其中《蜀書》的確校勘於辛巳年。

各卷藏園先生識語錄如下：

《魏書》卷九末葉識曰：壬戌六月十四日校。

卷十五末葉識曰：庚申二月二十九日，校於藏園萊娛室。

卷十七末葉識曰：三月朔日，自法源寺看丁香回，校畢此卷。

卷十八末葉識曰：上巳節，自湯山坐泉歸，校此卷。

卷十九末葉識曰：庚申三月初四日，校於霜紅亭下。

卷二十末葉識曰：三月初五日，宿秀蓮花寺，早起校此卷。午後移居秀峰寺校畢。

卷二十一末葉識曰:三月初六日,校於秀峰寺古松下。

卷二十二末葉識曰:庚申三月初七日辰刻,在秀峰寺小樓校得半卷,即踰暘臺登妙峰,訪仰山寺,由三家店回都。翌日申刻乃得勘畢。

卷二十三末葉識曰:庚申三月初十日,游上方山,宿兜律寺。翌日諸公往探雲水洞,余獨留寺中校得此卷。時山雨霏微,嵐翠落筆硯間,怡然自適,視諸公搜奇選勝之樂,未易較短長也。沅叔。

卷二十四末葉識曰:同日午刻,視郝雨蒼,在寺齋僧後校此卷。

卷二十五末葉識曰:三月十六日,晨起校於藏園。

《蜀書》六(三國志卷三十六)末葉識曰:辛巳十一月十七日,依宋本校讀。沅未記於清華軒。

《吳書》二十(三國志卷六十五)第十二葉書眉識曰:右北涼高昌王魏嘉時寫本《吳志》一段,通二十四行。頃白堅甫①得之於新民梁素文②,因假歸校讀。凡得異字三十有六,皆精確可信,真曠古之奇寶也。丙寅十一月十日,沅叔記③。(書號29)

晉書一百三十卷

唐房玄齡撰。元刊明正德十年司禮監,嘉靖、萬曆南京國子監

① 白堅,字堅甫,四川人。早年留學日本,嗜金石學,上世紀二十年代數次經手將珍稀文獻轉售至日本。與藏園售書往來數次。

② 梁素文,清末西北地方官員,他所收藏敦煌遺書及土峪溝出土高昌時期寫本殘卷現存日本書道博物館。今日本書道博物館存《三國志·吳志》北涼寫本,影印於《中村不折舊藏禹域墨書集》(亞洲善本叢刊第二集),卷中第346頁第140號、141號均為《三國志·吳志》,140號為第十二卷,141號為第二十卷。

③ 據北涼寫本校勘大約一整葉。筆者曾撰文"藏園校書所用敦煌遺書、吐魯番文書",介紹此北涼寫本流傳情況,見《中國典籍與文化》,2008(4)。

遞修本,半葉十行行二十字,細黑口,左右雙邊。徐森玉校。鈐
"貞""元"、"仲雅"、"漢晉齋印"、"商丘宋犖所藏善本"、"臣筠"、
"三晉提刑"、"八千卷樓所藏"、"善本書室"等印章。參見《藏園
羣書經眼錄》記載。

全書正文之末葉有徐森玉過錄毛晉題識①。(書號30)

宋書一百卷

梁沈約撰。明萬曆國子監刊本,半葉九行,行十八字,白口,四
周雙邊。《藏園校書錄》記據北京圖書館藏宋本校。書中浮簽頗
多。

目錄葉之後夾一浮簽,係藏園先生記校書目錄,曰:校宋刊本
《宋書》卷數,凡八十三卷:《本紀》卷二至十九,《志》一二、卷四至
十八、卷二十、二十一、二十九二十,《傳》卷一至八,卷十二至三十
二,卷三十五至四十三,卷五十三至五十八五十四。宋本《孟子註
疏》十四卷:凡十卷,卷一至六,卷十一至十四。《博雅》十卷,辛酉
三月臨黃蕘圃校本,用皇甫錄刊本景宋本。《羣經音辨》七卷,徐
君森玉代校陸敕先臨毛斧季宋本校,又借斧季鈔本用筆記②。

各卷藏園先生識語錄如下:

《本紀》卷二末葉識曰:八月二十日。

《本紀》卷三末葉識曰:八月二十日校。

《本紀》卷五末葉識曰:八月二十三日。

---

① 《藏園訂補邵亭知見傳本書目》卷四記曰:"徐森玉代余用江南圖書館藏宋小
字建本校,佳字殊少。"

② 此浮簽不僅記錄本書中以宋本相校的卷次,也指出以往校書情況,特別指出
徐森玉代校之書。如徐先生曾校之《羣經音辨》,今存北京國家圖書館,書號23,見經
部。

《志》卷十二第二十六葉版心下方用朱筆填"至元十八年杭州陳元錫刊"數字。

《志》卷十二第二十七葉版心下方用朱筆填"至元十八年杭州仁刊"數字。

《志》卷十二第二十八葉版心下方用朱筆填"至元十八年杭州坿"數字①。

《志》卷十四末葉識曰:八月二十四日。

《志》卷十五末葉識曰:八月二十四五日。

《志》卷十六末葉識曰:八月二十六日。

《志》卷十七末葉識曰:八月二十七日。

《志》卷十九末葉識曰:八月二十七日。

《志》卷二十三末葉識曰:八月二十九日。

《志》卷二十六末葉識曰:九月初一日。

《志》卷二十九末葉識曰:九月初三日。

《列傳》第一卷四十一末葉識曰:九月初三日。

《列傳》第二卷四十二末葉識曰:九月初三日。

《列傳》第三卷四十三末葉識曰:九月初三日。

《列傳》第四卷四十四末葉識曰:九月初三日。

《列傳》第五卷四十五末葉識曰:九月初四日。

《列傳》第七卷四十七末葉曰:九月初四日校。

《列傳》第八卷四十八末葉識曰:九月初四日。

《列傳》第十二卷五十二末葉識曰:九月初四日。

《列傳》第十三卷五十三末葉識曰:九月初四日。

《列傳》第十四卷五十四末葉識曰:九月初四日。

---

① 版心下方藏園先生朱筆填字,説明該卷係以元刊本校。

《列傳》第十五卷五十五末葉識曰:九月初四日。

《列傳》第十六卷五十六末葉識曰:九月初四日。

《列傳》第十七卷五十七末葉識曰:九月初五日。

《列傳》第十八卷五十八末葉識曰:九月初五日。

《列傳》第十九卷五十九末葉識曰:九月初五日。

《列傳》第二十卷六十末葉識曰:九月初五日。

《列傳》第二十一卷六十一末葉識曰:九月初五日。

《列傳》第二十二卷六十二末葉識曰:九月初五日。

《列傳》第二十三卷六十三末葉識曰:九月初五日。

《列傳》第二十四卷六十四末葉識曰:九月初五日。

《列傳》第二十五卷六十五末葉識曰:九月初六日。

《列傳》第二十六卷六十六末葉識曰:九月初六日。

《列傳》第二十七卷六十七末葉識曰:九月初六日。

《列傳》第二十八卷六十八末葉識曰:九月初六日。

《列傳》第三十卷七十末葉識曰:九月初七日。

《列傳》第三十一卷七十一末葉識曰:九月初七日。

《列傳》第三十二卷七十二末葉識曰:九月初七日。

《列傳》第五十三卷九十三末葉識曰:九月十一日。

《列傳》第五十四卷九十四末葉識曰:九月初十一日。（書號31）

梁書五十六卷

唐姚思廉撰。清乾隆四年武英殿刻《二十一史》本。有章鈺題款。鈐"雙鑑樓珍藏印"。

目錄葉末空白處章鈺先生跋曰:江安傅沅未增湘校宋眉山七

史本於京師圖書館。庚申六月長洲章鈺傳校一過①。

　　鈐“章式之校宋本”印。

　　各卷藏園先生識語錄如下：

　　卷一末葉識曰：八月十一日。

　　卷二末葉識曰：八月十一日。

　　卷三末葉識曰：八月十一日校。

　　卷四末葉識曰：八月十二日。

　　卷五末葉識曰：八月十二日。

　　卷六末葉識曰：八月十二日。

　　卷十一末葉識曰：八月十二日。

　　卷十二末葉識曰：八月十二日。

　　卷十三末葉識曰：八月十三日。

　　卷十四末葉識曰：八月十二日。

　　卷十五末葉識曰：八月十二日。

　　卷十六末葉識曰：八月十二日。

　　卷十七末葉識曰：八月十二日。

　　卷十八末葉識曰：八月十三日。

　　卷十九末葉識曰：八月十三日。

　　卷二十末葉識曰：八月十三日。

　　卷二十一末葉識曰：八月十四日。

---

①　章鈺(1864～1934)，字式之，江蘇長洲(今蘇州)人。近代藏書家、校勘學家。光緒二十九年(1903)進士，官至外務部主事。辛亥革命後，久寓天津，以收藏、校書、著述為業。家有藏書室名“四當齋”。其金石藏品多移藏國家圖書館，有《章氏四當齋藏書目》。《四當齋集》中“傅沅叔屬題雙鑑樓圖圖為顔鶴逸隱君作”一詩曰：“豈況富藏更富校，當年研削曾同調。”《藏園居士六十自述》中記敍與章鈺等人研討校讎事。庚申係1920年，傅增湘校勘時間當早于此。

卷二十六末葉識曰：八月十三日。

卷二十八末葉識曰：八月十三日。

卷三十二末葉識曰：八月十九日。

卷三十五末葉識曰：八月二十日校。

卷四十一末葉識曰：八月二十一日。

卷五十四末葉識曰：八月二十二日。（書號33）

陳書三十六卷（存十卷）

唐姚思廉撰。宋刻宋元明遞修本，半葉九行行十八或十九字。白口，左右雙邊。版心可見到嘉靖八年、嘉靖九年補刊字樣。鈐"雙鑑樓珍藏印"。《藏園校書錄》記據宋刊本校。書眉校記甚多，未見校書跋識。（書號34）

陳書三十六卷

唐姚思廉撰。清乾隆四年武英殿刊《二十一史》本。鈐"藏園先生六十以後手校"、"傅增湘"印。《藏園校書錄》記癸酉年（1933）據宋刊本校。《藏園羣書題記》卷一有記，並曰曾於1913年校勘，後北平圖書館陸續收得宋刊殘本，遂據之再校。據本書各卷末葉識語，確為1933年校勘。

各卷藏園先生識語錄如下：

卷五末葉識語：癸酉八月初九日，依宋本校定。藏園居士。

卷七末葉識語：八月初十日校。

卷十七末葉識語：癸酉八月初六日，校於靜宜園。

卷十八末葉識語：八月初六日，校於香山無量殿。

卷十九末葉識語：八月初六日，湯菊侯自城中採訪，因留宿山齋。沅未手記。

卷二十一末葉識語:座客盡散乃得握管,校完茲卷更漏三轉矣。八月初六日藏園記。

卷二十二末葉識語:八月初八日回城,夜午校畢。

卷二十八末葉識語:癸酉中秋之夜,偕蔭北①、文藪②、厚菴③、蟄人④、滌菴⑤、珠山諸君泛舟昆明湖⑥,步月登景福閣,三更還宿於挹管院。張燈小坐,點畢此卷。藏園記。

卷二十九末葉識語:八月十六日,游玉泉裂帛湖,登峰頂華嚴洞,仍泛棹循長河入昆明湖而歸。旋還城中,夜乃校畢此卷。沅未記。

卷三十末葉識語:八月十七夜,自日本使館赴宴回校畢。

卷三十二末葉識語:八月初七日,校於靜宜園中。藏園記。

卷三十三第十葉眉批:宋本以下缺失,又得別本補校完。

本卷末葉識語:癸酉八月十一日校。

卷三十四末葉識語:癸酉八月二十日入香山,移居來青軒東楹校此。清泉逸叟記。

卷三十六末葉識語:癸酉八月二十日校畢,時宿古洪光寺之來

---

① 楊壽樞,字蔭北,號壺公,清金匱(今屬江蘇無錫)人。辛亥革命後,曾任參政院參政,清末民初收藏家。

② 袁毓麐(1873－1934),號文藪,浙江仁和人。歷任浙省視學、財政部錢幣司司長等職。

③ 涂鳳書(1887－1940)字子厚,號厚庵,雙江鎮(今屬四川)人。曾任黑龍江省提學使,辛亥革命後任黑龍江省教育司司長,北洋政府期間任國務院參議、國史統籌處處長。後歸隱專心著述,有《石城山人文集》。

④ 邢端(1883－1959),字冕之,別號蟄人,貴陽人,清代末科(光緒三十年,1904)進士,著名書法家,與藏園往來密切。

⑤ 袁翼,號滌庵,浙江剡溪人。曾任浙江紹興府中學堂監督,後定居北京,在八大處證果寺附近祕魔崖建有別墅,藏園先生多次造訪、小住,並有詩"壽袁滌庵六十"。

⑥ 傅熹年先生告知,珠山姓楊,名已失考。

青軒。藏園鐙右記。

　　鈐"增湘"、"藏園"印。（書號35）

魏書一百四十卷

　　北齊魏收撰。宋刊眉山本七史之一，字體方整、皮紙堅韌，六十四巨册。《藏園羣書經眼錄》著錄與以下跋文稍有不同，當彼此參閱。

　　藏園先生跋曰：宋本《魏書》一百四十卷。宋刊元脩本，大版心，半葉九行每行十八字，黑口，左右雙闌，版心上記字數，下記刻工姓名。鈔配九册，自卷三《帝紀》三至卷十九《列傳》下七上共十七卷。藏書印章有"禮部官書"大官印、"少谿主人"朱文印、"季振宜印"、"滄葦"朱文印。禮部官書明初官印。季振宜字滄葦清初藏書大家。鈔配各册有季氏印，斷爲明末清初所寫，亦三百年前物也①。（藏美國國會圖書館）

北齊書五十卷

　　唐李百藥撰。清乾隆四年武英殿刊《二十一史》本。《藏園校書錄》記癸酉年（1933）據北京圖書館藏宋刊本校《列傳》二十七至四十二。壬午年（1942）又據宋刊本校前十六卷。關於校書及宋刊本，《藏園羣書題記》有跋文。

　　各卷藏園先生識語錄如下：

　　卷一末葉識語：壬午三月十四日，據宋刊本校。

　　卷二末葉識語：夜三更將盡，又校畢此卷。沅未。

　　卷三末葉識語：三月十五日燈右校。

---

　　①　商務印書館1934年出版百衲本二十四史，即據此本。

卷四末葉識語:三月十九日,自崇效寺看牡丹歸,校畢。

卷六末葉識語:三月十九日燈右校畢。

卷七末葉識語:壬午三月二十四日,校於昆明湖上石丈亭。

卷八末葉識語:三月二十四日,泛舟游暢觀堂,歸校此卷。

卷九末葉識語:三月二十五日,校於清華軒,時微雨初止。沅叔記。

卷十末葉識語:三月二十八日校訖。

卷十一末葉識語:三月二十八日,校於清華軒。

卷十二末葉識語:三月二十九日,自頤和園回,燈下校畢。

卷十三末葉識語:壬午四月朔,校定於企驎軒。

卷十四末葉識語:四月初二日校此卷,宋本多脫誤,何也? 沅叔記。

卷十五末葉識語:四月十三日,坐園中松石間校。

卷十六末葉識語:五月二十八日,校於昆明湖上宿雲簷。

《列傳》二十七卷三十五末葉識語:此卷與《北史》同,依內閣大庫宋眉山本校定。癸酉九月初三日來青軒記。

《列傳》二十八卷三十六末葉識語:九月初二夜,藏園校於香山來青軒。

《列傳》二十九卷三十七末葉識語:此《傳》與《北史》同,但不序世家,又無論讚,疑非正史。九月初三日游獅子窩、秘魔崖歸校畢。

《列傳》三十卷三十八末葉識語:九月初四日,大風拔木,寒威忽厲。自香山回校此。

《列傳》三十一卷三十九末葉跋曰:自前日入城後,人事紛冗。旋復結伴游淶水,登釜山,至易州謁崇陵,陟荊軻山,訪黃金臺,經行數日乃返。今日友人招宴於萬壽山景福閣,乃獲乘暇來園,入夜重復展卷校勘,屈指計之,輟筆已踰旬矣。歲月如流,學殖荒落,為之慨然。九月二十五日,沉朱記於香山來青軒。

《列傳》三十三卷四十一末葉識曰:山中大雪,竟日飄揚,四望羣峰,皚皚若羣玉矣。登半山亭賞眺而歸,圍鑪校此二卷。潛耕野叟記,九月二十六日。

《列傳》三十四卷四十二末葉識語:癸酉十月初十日校定。

《列傳》三十五卷四十三末葉識語:癸酉十月二十一日校。

《列傳》三十六卷四十四末葉識語:十月二十三日夜間援庵①、羹梅來談②,三鼓乃散。

《列傳》三十七卷四十五末葉識語:十月二十四日校於石齋。

《列傳》三十八卷四十六末葉識語:十月二十四日校於長春室③。

《列傳》四十卷四十八末葉識語:十月二十九日校。

《列傳》四十二卷五十末葉識語:癸酉十月二十九日校畢此卷,補刊之葉脫漏訛誤至多。(書號36)

隋書八十五卷

唐魏徵等撰。明萬曆二十二年至二十三年南京國子監刻明清遞修本,半葉九行行十八字,細黑口,四周雙邊。《藏園校書錄》記據家藏宋刊本校。校勘於庚申年(1920)至辛酉年(1921)之間。關於家藏宋刊本,見諸《藏園羣書經眼錄》卷三,係庚申年獲諸寶應劉啓瑞家,今存國家圖書館。

---

① 援庵即著名史學家陳垣先生。陳垣,字援庵,書齋號勵耘,廣東新會人。曾長國立北平圖書館,此時任職輔仁大學。與傅增湘往來頗多,參見《陳垣來往書信集》,上海古籍出版社,1990年。
② 沈兆奎(1885 - ?),字羹梅,號無夢,清江蘇吳江人,沈桂芬之孫,為“藏園三友”之一。有《無夢盦遺稿》。
③ 企驪軒、石齋、長春室均為藏園宅中室名。

　　首葉夾藏園手書浮簽,曰:《隋書》,北宋刊本校南監本:《本紀》
卷一至五;志一至四《禮儀志》;志八至十一,《音樂志》全、《律曆志》
上不全;志十四至二十一,《天文志》、《五行志》、《食貨》、《刑法》、
《百官志》上;志二十七至三十《藝文》;《列傳》一至四十一。通計得
七十三卷。《列傳》卷三十六末"史臣論"後補脫文一百二十九字。

　　南京國子監刊書銜名葉末,藏園題識曰:校北宋本得六十六
卷,《本紀》一至五,志一至四,志八至十一,志十四至廿一,志二十
七至三十,《列傳》一至四十一。庚午七月檢查附記。書潛。

　　各卷藏園先生識語錄如下:

　　卷一末葉題識:庚申冬至日校。

　　卷二末葉題識:冬至夜校筆。

　　卷三末葉題識:十一月二十九日校。

　　卷四末葉題識:辛酉七月十九日校。

　　卷六末葉題識:辛酉七月二十日,秀峰小樓聽雨,校讀此卷。

　　卷七末葉題識:同日校畢此卷。雨止,鳥聲樂甚。

　　卷八末葉題識:七月二十一日早起,坐小樓校畢。

　　卷九末葉題識:七月二十一日,校於秀峰南樓。仰挹山嵐,俛
聽澗籟,怡神悅性,殆忘目涉之疲。

　　卷十三末葉題識:七月二十九日,校米市大兄寓齋。改正十七
字,增補二字。

　　卷十四末葉題識:辛酉八月初三日,校於香山園雨香館。改正
十九字,增補二字。

　　卷十五末葉題識:八月初三日,游盧師山回,炳燭校此,翌晨乃
畢。改正二十九字,增補四字。

　　卷十九末葉題識:八月初七日早,校完此卷,從事三日矣。改
三十九字,增補八字。

卷二十末葉題識：辛酉八月初七日小極，竟日不出，得完此卷。改正十七字，增補八字。

卷二十一末葉題識：八月初八日晨起校，改正十字，增補四十一字，刪四字。

卷二十二末葉題識：八月初十日校，改三十字，增二字損五字。

卷二十三末葉題識：八月十二日校，改十字，增十七字，損二字。

卷二十四末葉題識：辛酉中秋，扶病校訖，改正十九字，增補四字。

卷二十五末葉題識：辛酉八月十七日，校於北山清泉吟社，改正十五字，增補二字，損一字。

卷二十六末葉題識：八月十八日，校於清泉吟社，改正十三字，增補十六字。

卷三十二末葉題識：辛酉七月初九日校畢。

卷三十三末葉題識：自七月七日校，越二日乃畢，可謂艱矣。

卷三十四末葉題識：辛酉中元節校定。

卷三十五末葉題識：辛酉七月十六日，晨起校竟一卷。

卷三十六末葉題識：辛酉七月二十三日，校於清泉吟社之東軒，改正八字，增二字。

卷三十七末葉題識：是日午刻移居雙峰草堂，仍登南樓校此卷。沅叔記。改正十一字，補一字。

卷三十八末葉題識：辛酉七月二十三日，同內人序珊游金山庵朝陽洞歸校畢，改正九字，補三字。

卷三十九末葉題識：二十四日晨起，就松陰下校讀終卷，改正六字。

卷四十末葉題識：同日巳刻校定，改正六字。

卷四十一末葉題識：七月二十九日校，改正六字，補一字。

卷四十二末葉題識：七月二十九日校，改正二十八字，增補十一字。

卷四十三末葉題識：八月二十日歸自暘臺，校畢，改正六字。

卷四十四缺末葉。

卷四十五末葉題識：八月二十日，校於食字齋，改正十二字，增補五字。

卷四十六末葉題識：同日校竟，改正八字，增補四字。

卷四十七末葉題識：八月二十一日早起校畢，改正十字，增補二字。

卷四十八末葉題識：改定十九字。九月二十一日校。

卷四十九末葉題識：八月二十一日校，改正二十字，增補三字，損一字。

卷五十末葉題識：八月二十一日燈右校，改正十四字，增補一字。

卷五十一末葉題識：八月二十二日校，改正八字，增二字，損一字。

卷五十二末葉題識：八月二十二日校，改正二十三字，增補九字，損去三十四字。

卷五十三末葉題識：八月二十三日校畢，改正八字，增補二十一字。

卷五十四末葉題識：八月二十五日校，改十二字，增一字。

卷五十五末葉題識：八月二十五日校，改四字，損三字。

卷五十六末葉題識：八月二十五日校畢，改字七，補字二。

卷五十七末葉題識：八月二十六日校正，改字一十九，補字二。

卷五十八末葉題識：八月二十六日校，改正十有五字，沅叔記。

連日日色紅慘若凝血,未知是何祥也。

卷五十九末葉題識:八月二十八日校,改五字,增補二字。

卷六十末葉題識:八月二十八日校,改八字,增一字。

卷六十一末葉題識:八月二十九日校,改十字,增二字,損一字。

卷六十二末葉題識:九月朔日,校於清泉唫社,改正八字,增補九字。

卷六十三末葉題識:九月初二日,校于清泉唫社,改正十六字,增補二十字,損一字。

卷六十四末葉題識:九月初二日,校於清泉吟社之東軒,改正十一字,損一字。是日胃痛甚劇,不得登陟,扶病僅完此卷。

卷六十五末葉題識:九月初二日夜,秉燭校畢,改字二十,增字十九,損字一。

卷六十六末葉題識:九月初三日,校於清泉唫社,改正三十四字,增補七字。是日霧氛盡清,羣山皆出,清秋麗矚,最為勝觀。

卷六十七末葉題識:九月初三日,宿於清泉吟社,校改十一字。

卷六十八末葉題識:九月初三日,游蕭齋、秀峰、金仙諸寺歸,燈右勘此,改正六字,增補十九字。

卷六十九末葉題識:夜二鼓再校畢,改正十二字,增一字。

卷七十末葉題識:九月初四日晨起校此。是日仍返都門。改正十八字,增補二十一字,損一字。

卷七十一末葉題識:九月初八日校。改正二十四字,增補一百三十一字,損去十一字。

卷七十二末葉題識:九月初七日校。改正七字,增補三字,損一字。

卷七十三末葉題識:九月初十日,校於清泉吟社,改正十三字,補一字,損一字。

卷七十四末葉題識:大風橫甚,披裘坐斗室中,校畢此卷。改正十字,增補七字。重陽後日,沅叔記於清水院。

卷七十五末葉題識:初十日,游塔院歸,秉燭校完。改正三十五字,增五字,損二字。

卷七十六末葉題識:九月十一日,游妙峰山、大雲寺,看紅葉,歸就鐙右校訖。改正二十五字,增補五字,損七字。(書號37)

唐書二百二十五卷(存一百二十四卷:九十七至二百七,二百十二至二百二十二中,二百二十四下至二百二十五)

宋歐陽修、宋祁等撰。宋刻本(卷一百六十三至一百六十四,二百十二至二百十三配明刻本),半葉十六行,行二十九字,白口,左右雙邊。鈐印有"宋筠"、"蘭揮"、"微子世家"、"江安傅增湘沅叔珍藏"等。關於本書概況,可參見《藏園羣書經眼錄》。

首有傅增湘長跋,其文主體可見于《藏園羣書題記》,然其中頗有異文,一是此本跋文認定此本為北宋本,而《題記》稱之"南宋初本"[1],二是此本跋文中論及行款字體一節,《題記》所無,三是本書跋文之末有關時局感慨,《藏園羣書題記》亦無。跋文末鈐"藏園"印。

以下錄《藏園羣書題記》所無部分:

一、宋諱桓、慎字皆不避闕,蓋北宋本也。字體秀勁,筆意在褚、顏之間,斷為閩中所刻。余舊藏百衲本《通鑑》,其小字十五六

---

[1]　1944年,傅增湘因患風痺,書寫艱難,遂對歷年撰寫題記、瞥錄反復披閱、增刪,進行全面訂正。1981年,上海古籍出版社出版《題記》,就是根據當時刪定稿本排印,參見傅熹年為《題記》所寫"整理說明"。

行者與此正同，日本官庫所藏《初學記》、江南館所藏《晉書》，其密行細楷亦類此，各家書目皆不著錄。歷來言《唐書》板刻亦不及此本，洵秘籍也。陸氏皕宋樓有北宋嘉祐十四行本，號為罕秘，然北平館中尚有殘本與之同種，此則別無殘卷流傳，可稱海內孤本矣。

二、若盡發此百許卷詳為勘誦，其獲益又當何如耶！戰禍將發，憂心如焚，何時假我以優閒之歲月，肆力丹鉛，一償此願乎？（書號2509）

新唐書糾謬二十卷

宋吳縝撰。明代趙開美刊本。每半葉九行行十八字，白口，四周單邊。傅增湘辛巳年（1941）以不同墨色臨吳翌鳳、盧文弨、翁同書批校題識。目錄葉之末葉過錄吳翌鳳跋文，已經刊於《藏園羣書經眼錄》。有長篇題記，可以參見《藏園羣書題記》，然此書中跋文與《藏園羣書題記》刊出者相較，文字頗有出入，但因文意相同，不贅錄。盧文弨、翁同書批校過錄於書眉。鈐“傅沅叔藏書記”、“增湘”、“藏園”、“雙鑑樓藏書印”印。

卷二十末葉識曰：辛巳二月十九日校畢。沅未。（書號38）

南唐書合刻四十九卷

《南唐書》十八卷《音釋》一卷

宋陸游撰。清蔣國祥刊本。傅增湘癸酉年（1933）於趙世延序後過錄黃丕烈清嘉慶十年（1805）冬十月題識三則，臨陸貽典校記，並跋。黃氏所據版本，《藏園羣書題記》有詳細敍說，不贅。

過錄黃丕烈題識三則之後為藏園先生跋語，曰：前歲得屈伯雙校本①,是陸敕先所校遵王鈔本也。新春多暇,因取此初刻傳錄,並寫蕘翁跋於首,以誌是書源委焉。癸酉燕九節,傅增湘誌於藏園。

鈐"傅"、"沅未"印。

各卷藏園先生識語錄如下:

卷四末葉識曰:癸酉正月初九日,藏園手校。

卷六末葉識曰:正月初十日校。

卷十三末葉識曰:癸酉正月十四日校,沅叔。

卷十八末葉過錄陸貽典題識,其後識曰:癸酉正月十五日,傳錄校本訖。藏園居士記。

《南唐書》三十卷

宋馬令撰。清蔣國祥刊本。校勘陸游撰《南唐書》之後,僅相隔一二日,藏園先生以藍朱兩色墨筆校此,據宋本及姚舜咨鈔本。卷三十末葉藏園過錄姚舜咨跋文,該跋文刊諸《藏園羣書題記》,僅個別字有異,不贅錄。

馬令序言之後,有藏園先生跋文,文曰:昔歲游吳門,得馬令《南唐書》,為近人屈君臨校之本。余以其刻本粗陋訛謬,乃取此蔣氏初印本照臨一通,朱筆為姚舜咨鈔本所校,藍筆則據宋本也。姚氏本舊藏愛日精廬,今不見各家藏目,蓋已無可追尋,此校本孤行天壤,彌足貴矣。癸酉正月十七夜,長春室主人記。

是夕張潛若②、邢蟄人來譚。頃檢瞿氏書目,乃知姚氏鈔本尚

---

① 屈伯雙當即是屈伯剛,《藏園羣書經眼錄》卷三《南唐書》條記"兩書為吳江屈伯剛爐所錄,今讓歸余齋"。

② 張國淦(1876－1959),字乾若,又作潛若,號仲嘉,一號石公,湖北蒲圻縣(今赤壁市)城關人。清末曾任內閣統計局副局長。中華民國之後,歷任北洋政府國務院秘書長、教育總長、農商總長、司法總長、京師圖書館(今國家圖書館前身)館長等要職。

存其家,特記於後,以誌余之疏失。三月朔,沅未識。

卷十三末葉識曰:癸酉正月十五日校。（書號41）

（二）編年類

資治通鑑音注二百九十四卷

宋司馬光撰。清同治八年江蘇書局重修胡克家影元刊本。丙辰年(1916)冬傅增湘據家藏百衲宋本校勘,丁巳年(1917)以京師圖書館藏北宋本校勘,乙丑年(1925)以潘氏所藏紹興本校勘。是書校勘所據之百衲宋本《資治通鑑》,1916年得之於端方家,為藏園雙鑑樓"雙鑑"之一,故校勘格外用心,共校三遍,且每卷末必有校勘統計,幾乎沒有隨筆文字,僅一日記載段祺瑞執政事,比其他書校勘題識似更嚴格。《藏園羣書題記》收錄關於百衲宋本《資治通鑑》長跋。《藏園羣書經眼錄》卷三略記校勘過程。

目錄葉藏園題識:此本戊戌八月購於蘇州來青閣。

各卷藏園先生識語錄如下:

卷一末葉識曰:丙辰冬至後一日校,改十三字,增八字,刪三字。增湘記。

丁巳二月廿一日再校,增三字,乙二字。七月初五日補校一葉,改一字,增一字。

卷二末葉識曰:十一月二十九日校畢,改四字,增六字,乙四字。

丁巳二月廿一日再校,改一字,增一字,刪二字。補校缺葉,改四字,增六字。

卷三末葉識曰:二十九日校,添十二字,改十四字,刪三字,乙九字。

　　丁巳二月廿一日再校，改一字，增三字，刪一字，乙四字。是日三校，又增三字。

　　卷四末葉識曰：十一月二十九日校，改六字，增二十三字，刪一字。

　　丁巳二月廿二日再校，改三字，增四字，刪一字。

　　卷五末葉識曰：同日又校竟此卷，改十一字，增四十字，刪一字，乙五字。是日連校五卷。增湘記。

　　丁巳二月廿二日再校，改二字，增三字，刪一字，乙二字。

　　卷六末葉識曰：三十日校，翌日乃終卷。改九字，增六十八字，刪三字。沅叔。

　　丁巳二月廿二日再校，改八字刪一字，乙二字。

　　卷七末葉識曰：十二月朔校，改七字，增十五字。

　　丁巳二月廿二日再校，改三字，增三字，刪一字，乙二字。

　　卷八末葉識曰：十二月朔校，改十一字，增十六字，刪七字。沅叔。

　　丁巳二月廿二日再校，增五字。

　　卷九末葉識曰：是夕再竟此卷。

　　丁巳正月十一日，校京師圖書館北宋本，改七字，增二字。

　　乙丑五月初七日，以潘氏藏紹興本校正①。

　　卷十末葉識曰：正月十一日，再校於圖書館，改十六字，增五字，刪一字，乙二字。

　　卷十一末葉識曰：初一夜校畢，改六字，增四字，乙二字。

　　丁巳二月廿三日校，改二字，增一字，刪一字。

---

　　①　潘氏藏紹興本，指潘復所藏之本，參見《藏園羣書經眼錄》。潘復（1883－1936），字馨航，山東濟寧人。曾任北洋政府末任國務總理。

乙丑五月二十六日,據紹興本校。

卷十二末葉識曰:十二月初二日早起校,改二字,增十三字。

丁巳二月廿二日再校,改三字,增一字,刪一字。

卷十三末葉識曰:初二日午刻校,改五字,增三字,刪一字。

丁巳二月廿二日再校,改三字,增一字,刪一字。

卷十四末葉識曰:午後校,改五字。

丁巳二月廿二日再校,改二字,增一字。

卷十五末葉識曰:同日校,改十字,增二字,乙二字。

丁巳二月廿二日校,刪二字。

卷十六末葉識曰:同日校畢,改七字,增五字。

丁巳二月廿二日再校,改二字。補校缺葉,改一字。

卷十七末葉識曰:丁巳正月十一日,校於京師圖書館,改十二字,刪一字。

卷十九末葉識曰:初二夜校,改三字,增六字。

再校,改二字,增二字,刪一字。

卷二十末葉識曰:十二月初三日校,改二字,增九字。

再校改三字刪二字。

卷二十一末葉識曰:初三日午刻校,改五字,增四字。

再校,改二字,增二字,刪一字。

卷二十二末葉識曰:十二月初三日校,改四字,增二字,乙二字。

再校,改一字,增三字。補校缺葉,改一字。

卷二十三末葉識曰:十二月初三夜校,改二字,增一字,刪六字。

再校,增一字,乙三字。

卷二十四末葉識曰:初四日早校,改三字,刪一字。

再校,改三字,乙六字。

卷二十五末葉識曰:十二月初四日校,改七字,增六字,刪一字。

再校,改二字,增三字,刪一字,乙二字。

卷二十六末葉識曰:同日校,改五字,增一字,乙二字。

再校,改四字,增二字,刪一字。

卷二十七末葉識曰:同日校畢,改五字,增二十字,刪二字。

再校,改五字,增十二字,刪二字,乙四字。

卷二十八末葉識曰:六月二十七日,校京師圖書館宋進修堂本①,改十三字,增十四字,刪一字,乙十四字。

卷二十九末葉識曰:同日再校進修堂本,改十二字,增七字,刪一字。

卷三十末葉識曰:十二月初四日校,改十一字,增五字,刪一字。

再校,改二字,增二字。

卷三十一末葉識曰:初四日燈右校,改五字,增五字,刪一字。

再校,改四字,增九字。

卷三十二末葉識曰:十二月初五日校,改四字,增十四,字刪一字。

再校,改二字,增八字。

卷三十三末葉識曰:同日校,改七字,增六字。

再校,改三字,增六字。

卷三十五末葉識曰:初五日校,改四字,增十五字,刪一字。

再校,改四字,增十一字,刪一字,乙二字。

---

①　進修堂本係宋代四川廣都費氏私塾刊大字本《資治通鑑》,俗稱龍爪本。

卷三十六末葉識曰：同日校，改七字，增十字，刪一字，乙四字。

再校，改二字，增十七字，刪二字。

卷三十七末葉識曰：十二月初四日校，改二十五字，增十六字。

再校，改四字，增七字，刪三字，乙二字。

三校，改一字，增二字，乙六字。

卷三十八末葉識曰：十二月初五日校，改四字，增二十五字，刪二字。沅叔。

再校，改六字，增七字，刪一字。

卷三十九末葉識曰：初五日燈下校，改六字，增六字。

再校，改五字，增十字，刪三字，乙四字。

卷四十末葉識曰：十二月初六日校，改八字，增四字，乙四字。

再校，改二字。

卷四十一末葉識曰：同日校，改三字，增一字。

再校，改二字，增六字，刪一字。

卷四十二末葉識曰：同日校，改五字，增七字。

再校，改六字，刪一字。

卷四十三末葉識曰：初六日燈下，校未畢，因寒雲來閣筆，翌晨乃竟。改六字，乙二字。

再校，增一字。

卷四十四末葉識曰：初七日校，改十四字，增一字，刪一字。

再校，改六字，又改一字。

卷四十五末葉識曰：同日校，改六字，增一字。

再校，改二字，增二字。

卷四十六末葉識曰：初七日即陽歷之除夕，校改三字，刪一字。

再校，改五字，刪一字，乙二字。

卷四十八末葉識曰：臘八日即新曆元旦，改十二字，增十五字，删三字。沅叔。

再校,改四字,增三十一字。

卷四十八末葉識曰:同日校,改三字,增七字,删二字。

再校,改七字,增十一字,删一字,乙二字。

卷四十九末葉識曰:初九日校,改十字,增二十字,删二字。

再校,改三字,乙二字。

卷五十末葉識曰:初十日校,改十一字,增一字,删一字,乙二字。

再校,改九字,增十三字,删一字,乙二字。

卷五十一末葉識曰:十二月初十日校,改九字,增十三字,删一字。

再校,改七字,增五字,乙二字。

卷五十二末葉識曰:十一日校,改十四字,增二十九字。

再校,改二字,增六字,删一字。

卷五十三末葉識曰:同日校,改九字,增五字,删一字,乙二字。

再校,改五字,增八字。

卷五十四末葉識曰:同日燈下校,改七字,增七字。增湘。

再校,改八字,增一字,删一字,乙四字。

卷五十五末葉識曰:十三日在京寓校,改一字,增一字,删一字。

再校,改三字。

卷五十六末葉識曰:同日校,改三字,增二字。

卷五十七末葉識曰:十二月初三日校,改二字,删一字。

十四日再校,改一字,增三字。

三校,又改一字。

卷五十八末葉識曰:十四日校,改二字,增五字。

再校,增二字。

卷五十九末葉識曰:十六日校畢,改三字,增三字。

再校,改三字。

補校缺葉,乙二字。

卷六十末葉識曰:十二月十七日校,改四字,刪一字。

再校,增四字,改二字。

卷六十一末葉識曰:十九日校畢,改七字,增二字,刪二字。

再校,改二字,增二字,乙二字。

卷六十二末葉識曰:二十一日校畢,改二字,增一字。

再校,改四字,增一字,刪一字。

卷六十三末葉識曰:二十二日校,增二字。

再校,改三字,增二字,刪一字。

卷六十四末葉識曰:二十二日校,改五字,增七字。

再校,改一字,增八字。

卷六十五末葉識曰:二十二日校,改四字,增一字。

再校,改三字,增五字,乙二字。

卷六十六末葉識曰:十二月二十三日校,改二字。

再校,改二字,增二字,乙二字。

卷六十七末葉識曰:二十四日校,改一字,增一字。

再校,改一字。

卷六十八末葉識曰:二十四日校,改二字,增三字。

再校,改二字,增二字。

卷六十九末葉識曰:二十五日校,改十二字,增二字。

再校,改五字,增六字,刪一字。

卷七十末葉識曰:二十六日校,改八字,增一字。

再校,改五字,增六字,乙二字。

卷七十一末葉識曰：十二月二十六日校，改六字，增陸字，乙二字。

再校，改增四字，刪三字，乙二字。

卷七十二末葉識曰：二十七日校，改十五字，增七字，刪二字，乙二字。

再校，改六字，增十六字，刪二字，乙六字。

卷七十三末葉識曰：十二月廿八日，改十二字，增八字，刪二字。

再校，改六字，增十三字，刪三字，乙二字。

卷七十四末葉識曰：自除夕起，至丁巳正月初三日校畢此卷，改十四字，增三字，乙二字。

再校，改十字，增五字，刪一字，乙四字。

卷七十五末葉識曰：丁巳正月初四日校，改十四字，增四字。

再校，改一字，增十字，刪三字，乙二字。

卷七十六末葉識曰：丁巳二月廿一日校，改十六字，增二十二字，刪二字，乙二字。

再校，改四字，增四字，刪二字，乙四字。

卷七十七末葉識曰：二月二十一日校，改七字，增四十五字，刪一字，乙十一字。

再校，改二字，刪二字。

卷七十八末葉識曰：二月廿一日校，改八字，增十三字，刪一字，乙二字。

再校改二字增一字。

卷七十九末葉識曰：丁巳正月十五日校，改九字，增十八字，刪二字。

再校，改二字，增三字，刪三字。

卷八十末葉識曰:丁巳元宵校,改一字,增三字。

再校,改二字,增七字。

卷八十一末葉識曰:正月十六日校,改二字,增五字。

再校,改四字,增八字,刪三字。

卷八十二末葉識曰:正月十八日校,改四字,增六字。

再校,改六字,增十二字,刪一字。

卷八十三末葉識曰:正月二十日校,改四字,增十一字。

再改八字,增一字,乙二字。

卷八十四末葉識曰:丁巳正月二十二日校,改五字,增七字。

再校,改三字,增十六字,刪一字。

卷八十五末葉識曰:丁巳正月二十二日校,改二字,增二十四字。

再校,改十一字,增八字,刪二字,乙二字。

卷八十六末葉識曰:正月廿五日校,改五字,增三十一字,刪一字。

再校改四字增十字刪三字乙二字。

卷八十七末葉識曰:正月廿六日校,改二字,增二字。

再校,改一字,增一字。

卷八十八末葉識曰:正月二十七日校,改一字,增九字,刪一字。

再校,增一字,乙二字。

卷八十九末葉識曰:正月廿七日校,增十一字。

再校,改三字,增三字。

卷九十末葉識曰:正月廿八日校,刪一字。

再校,刪一字,增一字。

卷九十一末葉識曰:二月初一日校畢,改一字,增二字。

再校,改三字,乙二字。

卷九十二末葉識曰:二月初三日校,增一字。

卷九十三末葉識曰:二月初七日校,改二字。

再校,改一字,增二字。

卷九十四末葉識曰:二月初九日校。

再校,改二字。

卷九十五末葉識曰:二月初十日校,改二字,增十六字。

再校,改三字,增二字,乙二字。

卷九十六末葉識曰:二月十一日校,改五字,增三十字,刪二字。

再校,改四字,增一字,刪一字。

卷九十七末葉識曰:二月十五日校畢,改三字,增十八字,刪四字,乙四字。

再校,改五字,增一字,刪一字,乙二字。

卷九十八末葉識曰:二月十六日校,改六字,增四十三字,刪一字。

再校,改二字,增十字,乙二字。

卷九十九末葉識曰:丁巳二月十九日校,改六字,增二十二字,乙四字。

再校,改三字,增二字。

卷一百末葉識曰:二月十九日校,改四字,增九字。

再校,改五字,增四字,乙二字。

卷一百一末葉識曰:二月二十日校,改二字,增十六字,刪七字。

再校,改二字,增一字,乙二字。

卷一百二末葉識曰:丁巳二月廿四日校,改七字,增二十三字,刪三字。

再校,改三字,增二字。

卷一百三末葉:二月二十八日校,改六字,增二十一字,刪一字。

再校,改二字,增四字,刪二字。

卷一百四末葉識曰:丁巳閏月初一日校,改八字,增二十字。

再校,改二字,增八字。

卷一百五末葉識曰:翌晨校畢,改六字,增五十六字。

再校,改一字,增二字。

卷一百六末葉識曰:閏月初二日校,改六字,增四十字。

再校,增一字,刪一字,改一字。

卷一百七末葉識曰:閏月初二日校,改十字,增六十二字,刪六字,乙二字。

再校,改一字,增三字。

卷一百八末葉識曰:閏月初三日校,改三字,增十字,乙二字。

再校,增一字。

卷一百九末葉識曰:閏月初九日校畢,改三字,增一字。

再校,改八字,刪一字。

卷一百一十末葉識曰:閏月二十一日校,改五字,增一字。

再校,改一字。

卷一百一十一末葉識曰:閏月二十三日校,改四字,增六字,刪一字。

再校,改一字。

卷一百一十二末葉識曰:閏月二十四日校,改二字,增五字。

再校,改二字。

卷一百一十三末葉識曰:二十四日校,改三字,刪一字。

再校,改一字。

卷一百一十四末葉識曰:閏月二十五日校,改七字,增三字。

再校,乙四字。

卷一百一十五末葉識曰:閏月二十五日校,改七字,增一字。

再校,改二字。

卷一百一十六末葉識曰:閏月二十六日校,增七字,乙二字。

再校,改一字,增一字。

卷一百一十七末葉識曰:閏月二十六日校,改七字,增一字。

卷一百一十八末葉識曰:閏月二十六日校,改五字,增十字。

再校,改一字,增一字,刪一字。

卷一百一十九末葉識曰:三月初八日校,改八字,增七字,刪三字。

再校,改一字,刪一字。

卷一百二十末葉識曰:三月初八日校,改六字,增六字,乙二字。

再校,改二字,增一字。

卷一百二十一首葉鈐"沅叔手校"印。末葉識曰:三月初九日校,改五字,增十一字,乙二字。

再校,改二字,乙二字。

卷一百二十二末葉識曰:三月初九日校,改三字,增三字,刪一字,乙二字。

卷一百二十三末葉識曰:三月十三日校,改七字,增三字。

再校,改三字,增刪一字。

卷一百二十四末葉識曰:三月十四日校,改四字,增三十三字。

再校,增一字,改一字,刪二字。

卷一百二十五末葉識曰:三月廿四日校,改八字,增十八字,刪六字。

再校,改三字。

卷一百二十六末葉識曰:三月廿五日校,改十字,增十六字,乙二字。

再校,增二字,刪一字。

卷一百二十七末葉識曰:三月廿六日校,改十字,增廿一字,刪三字。

再校,改四字。

卷一百二十八末葉識曰:三月廿七日校,改十一字,增十九字,刪三字。

再校,改二字,增五字,乙二字。

卷一百二十九末葉識曰:三月廿七日校,改五字,增十四字,刪一字。

再校,改四字,增一字。

卷一百三十末葉識曰:三月廿八日校,改六字,增十八字,刪去二字。

卷一百三十一末葉識曰:三月廿八日校,改十九字,增二十九字,刪三字。

再校,改二字,增二字,刪四字。

卷一百三十二末葉識曰:三月廿九日校,改二字,刪二字。

再校乙二字。

卷一百三十三末葉識曰:三月廿九日校,改四字,增二字。

再校,改一字,刪一字。

卷一百三十四末葉識曰:三月三十日校,改五字,增五字。

再校,刪一字。

卷一百三十五末葉識曰:四月初一日校,改一字,增四字。

再校,乙四字。

卷一百三十六末葉識曰:四月十一日校,改六字,增二字,刪二字。

再校,改二字,乙二字。

卷一百三十七末葉:四月十一日校,改七字,增七字,刪二字。

卷一百三十八末葉:十一日校,改三字,增十字。

再校,增一字。

卷一百三十九末葉識曰:四月十二日校,改十一字,增六字,刪二字。

再校,改六字。

卷一百四十末葉識曰:四月十二日校,改九字,增十字,乙四字,刪一字。

再校,改三字,刪二字。

卷一百四十一末葉識曰:四月十三日校,改二字,增二十七字,刪四字。

再校,改二字,刪一字。

卷一百四十二末葉識曰:四月十三日校,改五字,增九字,乙五字。

再校,增一字。

卷一百四十三末葉,識曰:四月十四日校,改七字,增十七字,刪一字。

再校,改一字,增一字,刪一字。

卷一百四十四末葉識曰:四月十四日校,改五字,增二十一字,刪一字。

再校,改四字,增五字。

卷一百四十五末葉識曰:四月十五日校,改七字,增十六字,刪一字,乙二字。

再校,改二字,增一字,刪一字,乙二字。

卷一百四十六末葉識曰:四月十五日校,改三字,增八字,刪一字。

再校,改二字。

卷一百四十七末葉識曰:四月十六日校,改二字,增八字,刪一字。

再校,改三字,增一字,乙四字。

卷一百四十八末葉識曰:四月十六日校,改六字,增十六字乙六字。

再校,改二字,增三字,刪一字。

卷一百四十九末葉識曰:四月十七日校,改十四字,增二十九字,刪四字。

再校,改三字,增一字。

卷一百五十末葉識曰:四月十七日校,改十字,增三十五字,刪六字,乙二字。

再校,改一字。

卷一百五十一末葉識曰:四月十七日校,改十三字,增七字。

再校,改一字。

卷一百五十二末葉識曰:四月十七日校,改十三字,增七字,乙四字。

再校,改三字。

卷一百五十三末葉識曰:四月十七日校,改三字,增五字。是日共校五卷。

再校,改一字,乙二字。

卷一百五十四末葉識曰:四月十八日校,改十字,增十字,刪二字,乙二字。

卷一百五十五末葉識曰:四月十八日校,改六字,增七字,刪一字。

再校,改五字。

卷一百五十六末葉識曰:四月十八日校,改十字,增十字,刪二字。

再校,改三字,增三字。

卷一百五十七末葉識曰:四月十八日校,改四字,增三字,刪一字。

再校,增三字。

卷一百五十八末葉識曰:四月二十二日校,改八字,增十八字,刪二字。

再校,改二字,刪一字。

卷一百五十九末葉識曰:四月二十三日校,改七字,增十字。

再校,改二字,增二字,刪一字。

卷一百六十末葉識曰:四月二十四日校,改五字,增六字。

再校,改四字,增一字。

卷一百六十一末葉識曰:四月二十五日校,改七字,增十八字,刪二字。

再校,改三字,增一字。

卷一百六十二末葉識曰:四月二十五日校,改六字,增二十二字,刪二字。

再校,改三字,增一字,刪一字。

卷一百六十三末葉識曰:四月廿五日,改六字,增四字。

再校,改二字,增一字,刪一字。

卷一百六十四末葉識曰:四月二十五日校,改八字,增六字,刪二字,乙二字。

再校,增一字,改一字。

卷一百六十五末葉識曰:四月二十六日校,改六字,增九字,刪三字,乙二字。

再校,改四字。

卷一百六十六末葉識曰:四月廿六日校,改九字,增二十九字,刪一字,乙二字。

再校,改五字,去一字。

卷一百六十七末葉識曰:四月廿七日校,改十一字,增八字,乙二字。

再校,改四字,增一字,刪一字。

卷一百六十八末葉識曰:四月二十七日校,改六字,增九字。

再校,增五字,刪一字。

卷一百六十九末葉識曰:四月二十八日校,改十五字,增二十七字,乙四字。

再校,改三字。

卷一百七十末葉識曰:四月廿八日校,改十四字,增二十九字,刪一字,乙四字。

再校,改一字,增二字,刪一字。

卷一百七十一末葉識曰:四月二十八日校,改六字,增三十四字,乙二字,刪二字。

再校,改五字,增一字。

卷一百七十二末葉識曰:四月二十九日校,改十字,增二十五字,乙二字,刪一字。

再校,改三字,增一字。

卷一百七十三末葉識曰:四月二十九日校,改十字,增二十四字,删一字。

再校,改二字,增三字。

卷一百七十四末葉識曰:丁巳端午日校,改五字,增十七字,删六字。

再校,删一字,乙二字。

卷一百七十五末葉識曰:五月初六日校,改十九字,增二十七字,删一字。

再校,改一字,增二字,乙二字。

卷一百七十六末葉識曰:五月初七日校,改十六字,增三十七字,删四字,乙四字。

再校,改二字。

卷一百七十七末葉識曰:五月初七日校,改六字,增五十字,删一字。

再校,改四字,增三字,删一字。

卷一百七十八末葉識曰:五月初七日校,改十字,增四十二字,删二字。

再校,改三字,增三字。

卷一百七十九末葉識曰:五月初八日校,改十二字,增二十八字,删一字,乙二字。

再校,改四字,删三字,乙三字。

卷一百八十末葉識曰:四月初八日校,改八字,增四十八字,删二字,乙六字。

再校,改五字,增二字。

卷一百八十一末葉識曰:五月初九日校,改六字,增二十四字,删四字。

再校,改六字,增二字,乙二字。

卷一百八十二末葉識曰:初九日校,改三字,增十七字。

再校,改二字,增二字。

卷一百八十三末葉識曰:五月初九日校,改六字,增十六字,刪三字。

再校,改五字,增三字。

卷一百八十四末葉識曰:五月初九日校,改九字,增二十五字,刪三字。

再校,改三字,增一字。

卷一百八十五末葉識曰:五月初十日校,改五字,增二十二字,刪四字,乙六字。

再校,改二字,增四字,刪一字。

卷一百八十六末葉識曰:五月初十日校,改七字,增二十二字,乙四字。

再校,改二字,增四字,刪一字。

卷一百八十七末葉識曰:五月十一日校,改十字,增九字。

再校,改二字,增二字,刪一字。

卷一百八十八末葉識曰:五月十一日校,改七字,增二十三字,刪三字。

再校,改二字,增三字,刪一字。

卷一百八十九末葉識曰:五月十一日校,改九字,增三十四字,刪二字。

再校,改一字,增四字,刪二字。

卷一百九十末葉識曰:五月十一日校,改十二字,增二十一字。

再校,改二字,增一字,刪一字。

卷一百九十一末葉識曰:五月十一日校,改六字,增十四字。

再校,改二字,增一字,刪一字。

卷一百九十二末葉識曰:五月十二日校,改七字,增十三字,刪二字。

再校,改二字,增三字。

卷一百九十三末葉識曰:五月十二日校,改十三字,增十七字。

再校,改三字,增三字。

卷一百九十四末葉識曰:五月十二日校,改七字,增九字,乙二字。

再校,改四字,增四字,刪一字。

卷一百九十五末葉識曰:五月十二日校,改五字,增三字,刪一字,乙二字。

再校,改一字,增一字,刪一字。

卷一百九十六末葉識曰:五月十三日校,改七字。

再校,改三字,刪一字。

卷一百九十七末葉識曰:五月十三日校,改九字,增二字。

卷一百九十八末葉識曰:五月十四日校,改二字,增七字。

再校,改三字,刪一字。

卷一百九十九末葉識曰:五月十四日校,改三字,增七字,乙四字。

再校,改三字,增二字,刪一字。

卷二百末葉識曰:五月十五日校,改五字,增九字,刪一字。

再校,改三字,增五字,刪一字。

卷二百一末葉識曰:五月十六日校,改八字,增十三字,乙五字。

再校,改三字,增二字,乙二字。

卷二百二末葉,識曰:五月十六日校,改一字,增十四字。

再校,改三字,刪二字。

卷二百三末葉識曰：五月十七日校，改五字，增四十五字，刪一字。

再校，改一字，增二字，刪一字。

卷二百四末葉識曰：五月十七日校，改六字，增三十二字，刪二字。

再校，改四字，增三字，刪一字，乙六字。

卷二百五末葉識曰：五月十八日校，改八字，增九字。

再校，改四字，增三字，乙二字。

卷二百六末葉識曰：五月十八日校，改七字，增十字。

再校，改六字，增七字，刪一字，乙二字。

卷二百七末葉識曰：五月十八日校，改四字，增二十字，刪二字。

再校，改二字，增二字。

卷二百八末葉識曰：五月十九日校，改三字，增十三字，刪三字。

再校，改二字，增二字。

卷二百九末葉識曰：五月十九日校，改四字，增五字，刪二字。

再校，改二字，增二字。

卷二百十末葉識曰：五月十九日校，改三字，增十字，乙二字。

再校，改二字，增二字，刪二字。

卷二百一十一末葉識曰：五月二十日校，改八字，增二十六字，刪一字。

再校，改五字，增五字，刪二字。

卷二百一十二末葉識曰：五月二十日校，改二字，增二十八字。

再校，改二字，增二字，乙二字。

卷二百一十三末葉識曰：五月二十日校，改五字，增十一字。

再校,改三字,增三字,刪一字。

卷二百一十四末葉識曰:五月二十一日校,改五字,增十字,刪一字,乙二字。

再校,改三字,增七字,刪一字。

卷二百一十五末葉識曰:五月二十一日校,改十字,增五字,刪四字。

再校,改六字,增一字,刪一字。

卷二百一十六末葉識曰:五月二十一日校,改十二字,增十字。

再校,改一字,增四字,刪一字,乙四字。

卷二百一十七末葉識曰:五月二十七日校,改二字,增八字。

再校,改三字。

卷二百一十八末葉識曰:五月二十二日校,改七字,增二十一字,刪二字。

再校,改一字。

卷二百一十九末葉識曰:五月二十二日校,改八字,增二十三字,刪三字。

再校,改一字,增二字。

卷二百二十末葉識曰:五月二十二日校,改七字,增三十八字,刪二字。"

再校,改一字,增二字,乙二字。"

卷二百二十一末葉識曰:五月二十二日校,改八字,增三十七字,刪三字,乙二字。

再校,改二字,增一字。

卷二百二十二末葉識曰:五月二十二日校,改一字,增二十一字,刪一字。

再校,改二字,增四字,刪一字。

卷二百二十二末葉識曰：五月二十三日校，改五字，增十二字，刪二字。

再校，改四字，增五字。

卷二百二十三卷末葉識曰：五月二十三日校，改五字，增十二字，刪二字。

再校，改四字，增五字。

卷二百二十四末葉識曰：五月二十三日校，改四字，增十九字，刪一字。

再校，改六字，刪一字，乙一字。

卷二百二十五末葉識曰：五月二十四日校，改七字，增三十六字，乙二字。

再校，改三字，增二字，刪一字。

卷二百二十六末葉識曰：五月二十三日校，改十字，增三十字，刪二字。

再校，改五字，增一字，刪三字。

卷二百二十七末葉識曰：五月二十五日校，改九字，增四十四字，刪一字，乙四字。

再校，改二字，增八字。

卷二百二十八末葉識曰：五月二十五日校，改六字，增十七字，刪一字，乙二字。

再校，改二字，增五字，乙二字。

卷二百二十九末葉識曰：五月二十五日校，改十字，增十七字，刪一字。

再校，改二字，增一字，刪一字。

卷二百三十末葉識曰：五月二十五日校，改四字，增十九字，刪三字。

再校,改三字,增九字。

卷二百三十一末葉識曰:辛亥九月二十三日閱至此卷,袁總理到京。今日閱至此,適段總理入都,亂庶有豸乎?五月二十六日校,改十二字,增十六字,刪一字。

再校,改二字,增六字。

卷二百三十二末葉識曰:五月二十六日校,改八字,增十三字。

再校,改四字,增六字,刪一字。

卷二百三十三末葉識曰:五月二十六日校,改五字,增二十六字,乙四字。

再校,改三字,增五字,刪一字。

卷二百三十四末葉識曰:五月二十七日校,改十六字,增十三字,刪一字。

再校,改六字,增一字,刪一字。

卷二百三十五末葉識曰:五月二十七日校,改十四字,增四十九字,乙二字。

再校,改七字,增二字,刪二字。

卷二百三十六末葉識曰:五月二十七日校,改九字,增十六字,刪一字。

再校,改二字,增一字,刪一字。

卷二百三十七末葉識曰:五月二十八日校,改十一字,增四十字,刪三字。

再校,增三字,刪一字。

卷二百三十八末葉識曰:五月二十八日校,改十字,增二十二字。

再校,改一字,增二字,乙四字。

卷二百三十九末葉:五月二十八日校,改一字,增二十九字,刪二字,乙二字。

　　再校,改一字,增二字,刪一字。

　　卷二百四十末葉:五月二十九日校,改二字,增三十二字,刪二字。

　　再校,改三字,增二字。

　　卷二百四十一末葉識曰:五月二十九日校,改八字,增十七字,刪一字。

　　再校,改五字,刪三字。

　　卷二百四十二末葉識曰:五月二十九日校,改三字,增二十字,刪二字。

　　再校,改二字,增二字,刪一字,乙四字。

　　卷二百四十三末葉識曰:五月二十九日校,改六字,增四字,刪一字。

　　再校,增三字。

　　卷二百四十四末葉識曰:五月三十日校,改十三字,增十七字,刪一字。

　　再校,改七字,增一字。

　　卷二百四十五末葉識曰:五月三十日校,改四字,增十一字。

　　再校,改一字,增五字,刪一字。

　　卷二百四十六末葉識曰:五月三十日校,改十字,增十七字。

　　再校,改三字,乙二字。

　　卷二百四十七末葉識曰:六月初一日校,改七字,增十一字。

　　再校,改二字,刪一字。

　　卷二百四十八末葉識曰:六月初二日校,改二字,增十六字,刪一字。

　　再校,改二字,增二字。

卷二百四十九末葉識曰:六月初一日校,改三字,增二十三字。

再校,改五字,增一字,刪一字。

卷二百五十末葉識曰:六月初二日校,改十三字,增十七字。

再校,改一字,刪一字,乙二字。

卷二百五十一末葉識曰:六月初二日校,改八字,增十五字。

再校,改一字,增五字,刪一字。

卷二百五十二末葉識曰:六月初二日校,改十六字,增十二字,刪一字。

再校,改一字,增三字,刪一字,乙二字。

卷二百五十三末葉識曰:六月初二日校,改十二字,增三十七字,刪二字,乙二字。

再校,改三字,增一字。

卷二百五十四末葉識曰:六月初二日校,改十字,增十字,刪一字。

再校,改五字,增五字,刪一字。

卷二百五十五末葉識曰:六月初三日校,改七字,增二十一字,刪二字。

再校,改三字,刪一字。

卷二百五十六末葉識曰:六月初三日校,改四字,增三十二字,刪一字。

再校,改三字增一字。

卷二百五十七末葉識曰:六月初三日校,改九字,增十五字。

再校,改三字,增二字,刪一字。

卷二百五十八末葉識曰:六月初八日校,改四字,增十八字。

再校,改五字,刪一字。

卷二百五十九末葉識曰:六月初四日校,改三字,增二十二字,刪二字。

再校,改二字,刪一字。

卷二百六十末葉識曰:六月初三日校,改五字,增二十字,刪二字。

再校,改二字,刪一字。

卷二百六十一末葉識曰:六月初五日校,改五字,增十三字。

再校,改一字。

卷二百六十二末葉識曰:六月初五日校,改三字,增三十五字,刪一字。

再校,改四字,增一字,刪一字,乙四字。

卷二百六十三末葉識曰:六月初六日校,改十字,增十七字,刪二字。

再校,改四字,增五字,刪四字,乙四字。

卷二百六十四末葉識曰:六月初五日校,改五字,增四十二字,刪一字。

卷二百六十五末葉識曰:六月初五日校,改五字,增二十三字,刪一字,乙二字。

再校,改五字,增二字,刪一字。

卷二百六十六末葉識曰:六月初六日校,改七字,增十二字,刪一字。

再校,改二字,增九字,刪一字。

卷二百六十七末葉識曰:六月初六日校,改七字,增三十二字,刪二字,乙十字。

再校,改二字,增四字,刪一字。

卷二百六十八末葉識曰:六月初六日校,改一字,增三十一字,刪八字。

再校,改增三字,删二字。

卷二百六十九末葉識曰:六月初八日校,改三字,增十九字,删一字,乙二字。

再校,改二字,增四字,删一字。

卷二百七十末葉識曰:六月初九日,改一字,增二十二字。

再校,改五字,增四字,乙二字。

卷二百七十一末葉識曰:六月初九日校,改五字,增十七字。

再校,改三字,增二字。

卷二百七十二末葉識曰:六月初十日校,改五字,增十四字,删一字。

再校,增一字,删一字。

卷二百七十三末葉識曰:六月十一日校,改五字,增十四字,删三字,乙四字。

再校,改四字,增二字。

卷二百七十四末葉識曰:六月十一日校,改四字,增十三字,删一字。

再校,改二字,增三字,乙六字,删一字。

卷二百七十五末葉識曰:六月十二日校,改三字,增十九字,删一字。

再校,改三字,增一字,删二字。

卷二百七十六末葉識曰:六月十二日校,改六字,增十三字,删一字。

再校,改二字,删二字。

卷二百七十七末葉識曰:六月十二日校,改四字,增十二字,删二字。

再校,改一字,增四字。

卷二百七十八末葉識曰：六月十二日校，改三字，增十四字，刪二字。

再校，改一字，增三字，刪五字。

卷二百七十九末葉識曰：六月十二日校，增二十四字刪一字。

再校，增二字，刪一字。

卷二百八十末葉識曰：六月十三日校，改三字，增十二字，刪一字。

再校，改二字，增六字，刪一字。

卷二百八十一末葉識曰：六月十三日校，改五字，增十四字，刪一字。

再校，增三字，刪二字。

卷二百八十二末葉識曰：六月十四日校，改七字，增六十三字，刪三字。

再校，改二字，刪一字。

卷二百八十三末葉識曰：六月十四日校，改五字，增二十五字。

再校，改三字，增一字。

卷二百八十四末葉識曰：六月十四日校，改十字，增九字，刪四字。

再校，改一字，增二字，乙二字。

卷二百八十五末葉識曰：六月十四日校，改十字，增二十六字，乙二字。

再校，改一字，增一字，刪二字。

卷二百八十六末葉識曰：六月十五日校，改七字，增三十字，刪一字。

再校，改四字，增一字。

卷二百八十七末葉識曰：六月十五日校，改五字，增十二字，刪一字。

再校,改二字,增二字。

卷二百八十八末葉識曰:六月十五日校,改七字,增七字,刪一字。

再校,增四字,刪一字。

卷二百八十九末葉識曰:六月十五日校,改三字,增二字。

卷二百九十末葉識曰:六月十五日校,改三字,增二十六字,刪二字,乙二字。

再校,改三字,增九字,刪二字。

乙丑五月二十四,以紹興本覆勘。藏園。

卷二百九十一末葉識曰:六月十五日校,改七字,增十二字,乙二字。

再校,改二字,增三字,刪二字。

卷二百九十二末葉識曰:六月十五日校,改六字,增四十一字,刪一字。

再校,改一字,增二字,刪二字。

卷二百九十三末葉識曰:六月十六日校,改十五字,增二十六字,刪四字,乙五字。

再校,改一字,增一字,刪二字。

卷二百九十四末葉識曰:六月十六日校明刊本,改三字,增三十一字。"

再校,改二字,增四字,刪一字。

乙丑五月十七日,假潘氏藏紹興本校勘一過。沅叔。(書號44)

入注附音司馬溫公資治通鑑一百卷

（存八十一卷：卷一至十四，卷廿四至四十八，卷五十一至六十二，卷六十七至七十九，卷八十四至百二）

宋刻本，半葉十四行行二十三字，小字雙行二十五字，黑口，左右雙邊，有耳。《藏園羣書題記》稱此書"不著編輯姓名，蓋南宋建陽書坊《通鑑》節本之一"。1914 年購於上海。鈐"大興朱氏竹君藏書之印"、"閩中督學使者"、"溫葆淳讀"、"溫印葆淳"、"彥荀"、"江安傅沅叔收藏善本"、"增湘私印"、"海鹽張元濟經收"、"涵芬樓"諸印。《藏園羣書題記》有此書之跋，《藏園羣書經眼錄》也有較詳記載，均與此跋文近似而不相同。

全書卷末葉傅增湘跋文，曰：此書既非詳節，亦非陸狀元《通鑑》，全書一百卷，各家著錄皆不之及。每卷後附考異，或大字或雙行小字不等，音釋皆不注為何人，史事則注明出某書。注中間宋史論若呂、葉、胡、林之類。然以胡氏為多，大要取自《讀史管見》也。《鑑》注在胡三省前，除龍爪本外不多見，雖為刪節之本，要自可珍。惜序跋全失，無所考證耳。

配本細審標題皆割補填寫，足成卷數。椒微師謂是《呂大著點校標抹增節備註通鑑》，考其行款信然。呂本除瞿《目》外，亦罕見。

杭州吳氏藏書①，辛亥後久懸萬元出售之說，余見其目屢矣，

---

① 吳氏，當是吳煦（1809－1873），字曉帆，清錢塘（今杭州）人。家富藏書。1914年傅增湘先生赴上海，所閱書還有校宋本《太平廣記》，亦出自杭州吳氏。

菊生亦曾往觀,最後書友李寶泉①為介於上海王培生以七千元得
之②。此書為吳目中上乘,舍此更無宋版,不知何以漏出。甲寅
夏,余至上海,杭估鄭長發持此來,以重值收得。卷中藏印只有溫
葆淳印,蓋沈霾於世久矣。丁巳九月二十六日,傅增湘識于太平湖
醇王故邸。（書號7377）

前漢紀三十卷後漢紀三十卷

　　漢荀悅撰《前漢紀》,晉袁宏撰《後漢紀》。明嘉靖年黃姬水刊
本,每半葉十一行行二十字。明末馮舒朱筆校、清黃丕烈墨筆校
《前漢紀》。馮、黃二人校跋已收錄於《藏園羣書經眼錄》,不贅。
此書為周叔弢收藏,正文首葉鈐“周暹”白文小印。目錄葉鈐“校
書亦已勤”、“興志讀書不求聞達”印。周叔弢跋。傅增湘亦有長
跋,在《藏園羣書題記》中。

　　前護葉有周叔弢跋文一則,曰:余所得善本書,每鈐“曾在周
叔弢處”六字朱文印,蓋收書只以遮眼,本無世藏之心,非好為曠
達之語以欺人也。今此印刓斃不堪復用,遂改鈐“周暹”二字白文
小印。自此書始,後皆從之。丙寅夏,弢翁。

　　鈐“周暹”印。

　　書末附傅增湘致周叔弢手劄二通。一信寫於乙丑年末
(1926),一信大約寫於己巳年(1929)。此兩通手札,均與《漢紀》

---

①　李寶泉,杭州書估,書坊名述古堂,常為傅增湘收集善本。
②　王培生即為王培孫,《藏園羣書題記》“校宋本太平廣記跋”即稱上海利川書屋
王培孫。王植善字培孫,後以字行。上海南翔人。曾留學日本。民國初年創辦利川書
局,該書局以杭州丁氏八千卷樓所藏地方志及吳煦所藏明清史籍為基礎。《藏園羣書
經眼錄》記此書得之於利川書局。可參見沈津《書城風弦錄》(廣西師範大學出版社,
2006年)之“王培孫和南洋中學藏書”一文。

相關，或因之附書末。

藏園手劄其一：叔弢三兄閣下：前日手書，回京與攸方商辦，《簡齋詩》竟非四百五十元不可①因書已售出，非徐氏所有，他人轉售者須此價。《史通》、《兩漢紀》後漢紀略有校語有跋、《宏秀集》三書已貴至伍百元，《漢紀》總合三百以外。然實為秘笈，愛不能釋。竢晤面時再商可也。《困學紀聞》屢索不見，據云德寶經手似已售出矣②。專此，敬候年安。弟增湘拜啓，乙丑除日。

其二：《東維子詩集》奉呈③，較各本多詩四十餘首，改董刻十干集字句不可枚舉。上車時又送來《漢紀》黃、馮校本，索五百元，視各本補脫漏極多，罕秘之至。若二百餘元可得擬自留之，再多則或捨去。然公能留亦大妙，可從容臨校也。餘竢面罄。此上叔弢三兄。增湘叩首。

三點時或在北安利一敍何如？我有約十二點半至一點半起士林早餐，或來此亦可。（書號 8015）

前漢紀三十卷

漢荀悅撰。《四部叢刊》影印明嘉靖黃姬水刻本。乙丑丙寅交替之春節（1926）臨黃丕烈校本並校勘。鈐"茂陵儒林世家"、"馬印士龍"、"沅叔"、"傅印增湘"、"企驊軒"、"藏園"、"沅叔手校"、"傅"、"沅叔"、"雙鑑樓"印。

---

①　宋陳與義《簡齋詩集》，《藏園羣書經眼錄》記載有"因迫欲乘車赴津，遂攜末冊來津，子刻手書五跋如右。原書因火急催還，不能久留，又索價至四百五十元，歲暮無力舉之。書此志嘅。乙丑十二月廿四日記，沅叔"語，與此信相合。所議之《簡齋詩集》為元刊本，黃丕烈跋數則，今藏國家圖書館。

②　德寶齋，琉璃廠書鋪。

③　元楊維楨《東維子文集》三十一卷，傅增湘校勘，1929 年商務印書館出版，收入重印《四部叢刊初編》。校本今存國家圖書館，是正、補錄甚多。

各卷藏園先生識語錄如下：

卷一末葉識曰：乙丑除夕校，增訂七十三字，前後標題不計。

鈐“傅”印。

卷二末葉識曰：乙丑除夕校，增改五十九字。

鈐“沅叔”印。

卷三末葉識曰：丙寅元日校，增改二十六字。

鈐“藏園”印。

卷四末葉識曰：丙寅元日校，增改六十三字。

鈐“書潛”印。

卷五末葉識曰：丙寅元日校，增改六十二字。

鈐“沅叔”、“傅印增湘”、“沅叔校勘”印。

卷六末葉識曰：添改九字。

鈐“藏園”印。

卷七末葉識曰：是卷增訂六十六字。

鈐“沅叔”印。

卷八末葉識曰：是卷增改六十三字。

鈐“藏園”印。

卷九末葉識曰：是卷增訂一百十二字。

鈐“書潛”印。

卷十末葉識曰：丙寅元日開校，共畢十卷。是卷增訂凡九十二字。校官銜名不計。

鈐“傅”、“沅叔”、“沅叔手校”印。

卷十一末葉識曰：是卷增改六十四字。

鈐“藏園”印。

卷十二末葉識曰：此卷正定差失凡五十四字。

鈐“書潛”印。

卷十三末葉識曰:此卷添改凡七十一字。

卷十四末葉識曰:是卷改正凡五十七字。

鈐"傅"印。

卷十五末葉識曰:是卷增改二十六字。

鈐"傅"印。

卷十六末葉識曰:增改三十六字。

鈐"沅叔"印。

卷十七末葉識曰:是卷訂正九十六字,刪衍文二行。

鈐"傅"印。

卷十八末葉識曰:是卷訂正六十九字。

鈐"藏園"印。

卷十九末葉識曰:是卷校正七十二字。

鈐"書潛"印。

卷二十末葉識曰:丙寅正月二日,竟日校得十卷,訂正一百十五字。

鈐"傅""沅叔"印。

卷二十一末葉識曰:正月初三日校,是卷增改一百六十字。

鈐"傅"印。

卷二十二末葉識曰:正月初三日校,此卷添改差失一百十八字。

鈐"沅叔"印。

卷二十三末葉識曰:正月初四日校畢,改正六十八字。

鈐"沅叔"印。

卷二十四末葉識曰:初四日,此卷添改六十一字。

鈐"藏園"印。

卷二十五末葉識曰:增易六十二字。

鈐“書潛”印。

卷二十六末葉識曰：初四日校，凡增易五十字。

鈐“傅”印。

卷二十七末葉識曰：初四日戌刻，增訂五十三字。

鈐“沅叔”印。

卷二十八末葉書眉識曰：黃校所補二十六字，尋文義咸為複出，何也？沅叔記。

卷尾識曰：丙寅正月初四日校，改訂五十九字，複出二十六字不計。

鈐“藏園”印。

卷二十九末葉識曰：凡增訂四十二字。

鈐“書潛”印。

卷三十末葉識曰：是卷增訂一百十七字，全書共校定二千一百三十五字。丙寅正月初四日校完。沅叔。

鈐“沅叔”、“沅叔手校”、“企驎軒”、“藏園”印。並過錄屠守老人題識。（書號1992）

續資治通鑑長編五百二十卷

宋李燾撰。清光緒九年浙江書局刊本。卷首序言部分殘損嚴重。是書僅校前四十二卷。校於丁巳年（1917）至壬戌年（1922）之間。《藏園校書錄》記載係據徐虹亭藏舊抄本校勘。

各卷藏園先生識語錄如下：

卷一末葉識曰：庚申三月十六日，校於藏園。

卷二末葉識曰：庚申三月十七日校。是日為新曆端午。

卷三末葉識曰：三月十七日校。

卷四末葉識曰：三月二十五日校。

卷五末葉識曰：三月二十五日校。此卷鈔本多刪落。

卷六末葉識曰：三月二十八日，攜豫文女兒、蘭姬游秀峰妙峰回。翌晨校讀此卷。沅叔。

卷七末葉識曰：三月十九日校。

卷八末葉識曰：三月十九日校。

卷九末葉識曰：三月十九日校。

卷十末葉識曰：三月十九日校。

卷十一末葉識曰：三月十九日校。

卷十二末葉識曰：三月十九日校。

卷十三末葉識曰：四月初一日校。

卷十四末葉識曰：四月初一日校。

卷十五末葉識曰：四月初二晨起校。

卷十六末葉識曰：四月初二日校。

卷十七末葉識曰：四月初二日校。

卷十八末葉識曰：四月初二日校。

卷十九末葉識曰：四月初二日校。

卷二十末葉識曰：初二日校，初三日早起乃畢。

卷二十一末葉識曰：四月初三日校。

卷二十二末葉識曰：四月初三日校。

卷二十三末葉識曰：四月初三日校。

卷二十四末葉識曰：四月初三日校，此卷以上多刪節。

卷二十五末葉識曰：四月初三日校。

卷二十八末葉識曰：丁巳七月初六日校。

卷二十九末葉識曰：壬戌九月初十日，校於清泉吟社。

卷三十末葉識曰：壬戌九月十一日，自清泉吟社抵水塔院，復齋上公留午饟①。因啓篋校竟此卷。沉叔記。

卷三十一末葉識曰：四月初四日校。

卷三十二末葉識曰：四月初四日校。

卷三十三末葉識曰：四月初四日校。

卷三十四末葉識曰：四月初四日校。

卷三十九末葉識曰：丁巳七月初九日校。

卷四十末葉識曰：壬戌九月十一日，自晹臺山飫霜葉回，大風號空，剪燭勘此。沉叔。

卷四十一末葉識曰：壬戌七月十七日校。

卷四十二末葉識曰：壬戌九月二十二日燈下勘竟。連日大風，甚寒，可著重裘。（書號45）

靖康要錄十六卷

清光緒十二年陸心源刻《十萬卷樓叢書》本。據蕭山王宗炎鈔本校勘於壬申年（1931）至癸卯年（1932）。行間及眉批校記甚多。鈐"沉叔手校"印。《藏園羣書題記》有長跋於此書校勘。

書衣上藏園先生以朱筆題識曰：此書據蕭山王宗炎鈔本校勘，改正刪乙凡二千八百四十六字。壬申十月二十有日，藏園先生記。

鈐"藏園校定羣書"印。

各卷藏園先生識語錄如下：

卷一末葉識曰：依蕭山王氏萬卷樓鈔本校畢，改定一百十七字。辛未五月二十五日，沉叔記。

卷二末葉識曰：此卷改訂一百四字。五月二十七日，沉叔記。

---

① 復齋上公即溥侗，愛新覺羅·溥侗（1877－1950）字厚齋，號西園，別署紅豆館主，成親王奕紀之孫。朱家溍《故宮退食錄》有"記溥西園先生"一文。

鈐"增湘"印。

卷三末葉識曰：此卷改訂弍百十五字。六月初一日校於藏園水廊，晨風甚涼，可着裌衣。

卷四末葉識曰：此卷改訂一百十五字。

卷五末葉識曰：六月初七日，攜硯訪文藪於盧師山致爽居，展卷校畢。校茲卷凡改定一百六十二字。藏園記。

卷六末葉識曰：此卷改正一百二字。六月初七日校。

卷七末葉識曰：此卷改正一百十字。

卷八末葉識曰：秋冬以來，迫於校勘他書，遂擱置此種不閱。近日方假得朱幼平宋祝充本《韓文公集》①，昕夕斠誦，不遑幸已得半。今夕偶閑，乃取此卷校完之，因已入吾篋中，不汲汲也。辛未十二月十七日。此卷訂正一百七十二字。

卷九末葉識曰：此卷訂正一百五十六字。

卷十末葉識曰：壬申十月十一日至鳳阿掃墓，登絕頂，題詩於石壁而下，日色已銜山矣。此卷改訂一百八十五字。

卷十一末葉識曰：壬申立冬之夜，宿於清水院校畢。沇叔志。此卷訂正二百十一字。

卷十二末葉識曰：此卷改正二百九十六字。十月十二日周緝之世丈來訪②，定西峰寺為壽藏，此地余讓以歸之者也。

卷十三末葉識曰：此卷訂正二百九十七字。

卷十四末葉識曰：今日雲氣沉陰，殊有雪意。偕方師步至松岡，督工薙草。回時迂道過蓮花寺，尋內官傅厚田茗談③。向暮涉

---

① 關於朱文鈞藏宋祝充《音注韓愈文集》，《藏園羣書題記》有長跋，可參閱。

② 周學熙(1866－1947)，字緝之，別號止庵。安徽東至人。周馥第四子。北洋政府財政總長、實業家。晚年以讀經、賦詩自遣。壽藏即墓地。

③ 蓮花寺清末成為太監養老送終之所。題跋中記載藏園與傅監有數次往來。

澗而返,燒燭校竟此卷。壬申十月十三日,書潛記於大覺寺。此卷改正三百十三字。

卷十五末葉識曰:此卷改訂一百七十六字。

卷十六末葉識曰:壬申十月二十一日,依王氏十萬樓鈔本校畢。藏園。此卷改訂一百八十三字。

鈐"藏園"、"增湘"印。

翌年又識曰:此書經年乃校畢,別撰長跋刊入《羣書題記》中。老人於此致力甚勤,忠、定兩兒其善守之①。若能寫為校記以餉學者,則尤幸矣。癸酉三月朔,藏園記。(書號47)

三朝北盟會編二百五十卷

宋徐夢莘撰。清光緒三十四年許涵度刻本。許涵度序之後傅增湘過錄彭元瑞乾隆丁未重陽後七日題識,以及吳城、朱文藻、吳小谷等各家題識,再後是吳城乾隆四十年冬日長篇跋文。諸跋文可見於《藏園羣書經眼錄》,不贅錄。内中頗多卷眉批校。本書於辛酉年(1921)、己巳年(1929)、辛未年(1931)、癸酉年(1933)、己卯年(1939)據明抄本、舊抄本校勘多年。藏園先生為此書竭力校勘多年,所見版本最多,其校記甚當珍視。《藏園羣書題記》之兩跋文稱"平生所見寫本不下十許",可與以下跋識共觀。

各卷藏園先生識語錄如下:

卷一末葉識曰:辛未六月十八日,依舊鈔本校。

癸酉閏五月初一日,據張子謙藏明鈔本校②。

卷二末葉識曰:辛未八月初十日校。

① 即指傅忠謨和傅定謨。
② 張子謙藏明鈔本入藏涵芬樓,《藏園羣書題記》有此書跋文。

癸西閏月朔日夜三鼓校畢。藏園。

卷三末葉識曰:癸西閏月十九日,校於香山無量殿。

卷四末葉識曰:十九日鐙下校畢。是夕仍宿於無量殿。

卷五末葉識曰:十九夜清泉校。

卷六末葉識曰:辛酉七月十九日。

癸西六月初二日,校于香山無量殿。

卷七末葉識曰:辛酉七月十九日,校讀於秀峰寺。

癸西六月初十日,校於靜宜園。

卷八末葉識曰:七月十九日逭暑秀峰寺,校此卷。

癸西六月十一日,往翠微山訪友回校畢。

卷九末葉識曰:六月十一夜校。

卷十末葉識曰:十一日校畢,已子初矣。

卷十一末葉識曰:癸西八月二十一日,校於來青軒。

卷二十三末葉識曰:癸西十二月初七日,依明鈔本校正九十字。藏園。

卷八十三末葉識曰:己卯正月初九夜,依舊鈔本校。

卷八十六末葉識曰:己巳八月十八日,與滌菴同宿秘魔崖,然燭校此卷。是日為序珊夫人生辰,幽明判路,欣戚殊情,念之隕涕。沅叔記。

卷八十七末葉識曰:十九日游靈光寺,坐歸來菴,話匋齋遺事①,感愴不已。沅叔坿志。

卷八十八末葉識曰:今日游石景山觀桑乾河,入法海寺訪龍泉,回山已暮矣。沅叔二十一日坿記。

----

① 端方(1861－1911)字午橋,號匋齋,滿族正白旗人。曾在多省任封疆大吏,任職期間倡建公共圖書館多所,清末著名藏書家,精於金石之學。卒後其藏書盡散。

卷八十九末葉識曰:八月二十一日校畢,已子刻矣。

卷九十末葉識曰:此卷脫落四段,且次第前後多不同,當依明鈔本更定增補之。癸酉二月廿五日,藏園記。

卷九十一末葉識曰:癸酉二月二十八日校。

卷九十三末葉識曰:癸酉清明,入山掃墓,宿清水院。陰雨連日,不得展事,校書遣日而已。十二日,藏園志。

卷九十四末葉識曰:三月十三日校畢。

卷一百六末葉識曰:三月十三日校。

卷一百七末葉識曰:三月十三日鐙下校畢。

卷一百八末葉識曰:晨起大風振林,天宇開朗,然春寒尚屬。適家人專价送羊裘至,得以衝寒。武昌人回,更烹魚兩尾,為祭墓之品。下午遂已犯寒詣松岡杏園兩塋祭埽,薄暮乃歸。校書二卷,夜已半矣。十三日藏園記。

卷一百九末葉識曰:十四日越凡弟自城中來①,午後偕至鳳窩先墓,祭埽畢。陸世兄省初至,同登峰頂,觀摩崖字。近暮乃回寺。

卷一百十末葉識曰:三月十四日燈下校。

卷一百十一末葉識曰:四宜堂前玉蘭雙株,縞袂翩然欲舞矣,浴以月波,尤為清艷。十四日清泉記。

卷一百十二末葉識曰:三月二十五日,春陽澹蕩,杏林吐萼矣。

卷一百十三末葉識曰:下午同越凡、省初步入普照寺松蓋山房,小坐遂歸。游客咸散,理筆更點勘此卷。清泉逸老記。

卷一百十四末葉識曰:是夕張鐙又畢此卷。三月望清泉記。

卷一百十五末葉識曰:晨起送六弟回城。杏林紅萼漸舒,惜風起微寒,不得久留花下賞玩也。十六日清泉記。

---

①　傅增淞,字越凡,為藏園先生六弟。

卷一百十六末葉識曰：十七日旋城中。翊日率家人子婦再入山埽祭，仍留宿清水院。沅未十八夕記。

卷一百十七末葉識曰：是日風清日和，杏林爭放。午後乘驢游管家嶺秀峰寺。薄暮回寺。息菴①適至，歡言竟夕。十九日，清泉逸叟記。

卷一百十八末葉識曰：二十日校畢此卷，已夜漏三下矣。

卷一百十九末葉識曰：坐杏林中玩斜陽晚景，如置身錦繡屏障，穠華麗采照眼生纈，當為小詩以紀之。廿二日，清泉逸叟記。

卷一百二十末葉識曰：廿二日自暘台山回，入夜乃校此卷。

卷一百九十六末葉識曰：十一月初四日游日本回，抵家後小病二日，因校此傳以自遣。初七日，沅叔記。

卷二百二十三末葉識曰：改訂四十有一字。己巳八月十六日，依明鈔本校。書潛記。

卷二百五十末葉識曰：辛未六月十二夜，假袁滌安家鈔本校訖②。（書號46）

（三）紀事本末類

蜀鑒十卷

宋郭允蹈撰。清道光二十一年錢熙祚《守山閣叢書》本。壬申（1932）至癸酉（1933）年間據明抄本校勘。《藏園羣書題記》有跋文論及此抄本。

---

① 息菴大約係周學淵，字立之，晚號息翁。周馥第五子，光緒二十九年經濟特科二等第四十名。曾任山東大學校長。1932年曾與藏園先生同游陝西，參見《秦游日錄》（《藏園游記》，印刷工業出版社，1995年）。

② 袁翼（滌庵）藏本詳情見《藏園羣書經眼錄》。

各卷藏園先生識語錄如下：

卷一末葉識曰：壬申四月初四日，飲於福祥寺陳鳳韶宅中①，校畢此卷。凡校正五十二字。

卷二末葉識曰：壬申十月二十六日校。訂正四十五字。

卷三末葉識曰：壬申十一月初二日校，增改六十八字。

卷四末葉識曰：十一月初三日校，訂四十四字。

卷五末葉識曰：十一月初九日校，改正五十二字。

卷六末葉識曰：此卷訂正六十三字，癸酉清明節，暘台清水院記。是日微雨間作，峰頭雲嵐往還，杏萼初紅，玉蘭吐雪，清麗明潤之景，北地所難逢也。藏園居士。

卷七末葉識曰：清宵薄醉，煤燭更盡此卷。凡改訂者九十有九字。書潛記於清泉吟社。

卷八末葉識曰：清明入山，宿清泉吟社，中宵細雨，清趣泠然，不忍就枕，又閲完此卷，訂正五十字。又補卷尾奪文一百八字，為之愉快不已。藏園居士識。卷末補文六行。

卷九末葉識曰：早起濕雲罩羣峰，如披絮帽，細雨濛濛。畏寒閉戶校此自遣。是卷訂正九十二字。李柳溪前輩自黑龍潭來訪②。沅叔記。時三月十二日也。

卷十末葉識曰：癸酉三月十二日校畢，訂正五十有二字。

全書末葉藏園先生過錄吳岫跋文，曰：“鋪序整飭，記載詳到，雖其文句不能如《華陽志》之秀拔贍美，而每值郡邑地土，必能為標注，使考蜀事者不至混漫，此則有特長焉。嗚呼！恭擬於《華陽

---

① 陳鳳韶（1884－1968），號伯遠，原籍江蘇江寧，寄籍浙江瑞安。畢業于保定陸軍速成學堂。任職國民政府軍政部兵役署。

② 李家駒（1871－1938），字昂若，號柳溪。漢軍正黃旗人。光緒二十年進士。曾任湖北學政、京師大學堂監督、學部右丞等職。

志》可為合之則聯璧矣。其又歷唐抵宋，完千三百載上下之事蹟，為蜀全書美矣夫。姑蘇吳岫識。"

過錄之後，藏園識曰：按，此跋文字陋俗，決非方山筆，疑佔人偽托也。姑錄於此。（書號 48）

（四）雜史類

汲冢周書注十卷

晉孔晁注。清康熙八年汪士漢刊《秘書二十一種》本。鈐"沅叔手校"、"二十年中萬卷書"印。甲寅年（1914）據明章檗刻本校勘。

各卷藏園先生識語錄如下：

卷五末葉識曰：甲寅重九日校竟。沅叔。

卷十末葉識曰：明章檗刻本，九行二十字，白口，左右雙邊，板心下方有刻工姓名，獨山莫氏所藏。取此本校勘，惟王會解注文改正為多，餘所是正亦不出盧校外，蓋抱經當日亦親見此本也。甲寅九月十三日沅叔記。時陰雨連日，菊花盛開，伯兄自津移家來此。（書號 49）

華陽國志十二卷補三州郡縣目錄一卷

晉常璩撰，清廖寅撰補。清嘉慶十九年廖寅題襟館刻本。本書並無藏園先生校書題識，但清宣統二年（1910）經吳慈培校跋並錄顧廣圻題跋①，以及鄧邦述跋②，校跋者與藏園往來密切，該書又

----

① 顧跋原本在上海圖書館。

② 鄧邦述（1868－1939），字孝先，號正闇，江蘇江寧人。與傅增湘同年進士。有羣碧樓藏書。

曾為藏園庋藏，且《藏園羣書題記》特提及吳、鄧之校跋，鄧邦述曾
藏顧廣圻校本，故移錄吳、鄧題跋於此。《藏園羣書經眼錄》已著
錄顧跋，故不贅。

　　"補華陽國志梁益寧三州郡縣目錄"之後護葉有吳、鄧二先生
長跋，過錄如下，吳慈培曰：去年臘月從京師購此本歸，除夕前二日
又借得鄧正闇先生所藏顧澗薲手校舊抄本略一披閱，頗獲異處。
元旦後三日亟取對勘，凡原本暨校語與此不同者，一一標出，以見
李塈本之面目，及澗薲校讎之審，並錄澗薲兩跋，八日而卒業。原
本無校而此本有者，當是後來增訂，然亦似有出廖氏手者，其原有
校而此本無或不同者，當為後來改削或竟是寫刻訛敓，都未可知。
澗薲校此書歷四五過，而書刊成後補校不及追入者又若干條，可見
天下至難之事，未有過於校書者也。澗薲第二跋云癸酉為孫觀察
校刊於江寧，按廖氏刊此書，實澗薲為督工。在江寧開雕其年亦正
相符，而孫氏則實未嘗刻此書。廖氏自序校刊始末甚詳，並無孫氏
與於刊書之語，澗薲自校自跋，又不應有誤，其故百思而不可得，質
之正闇先生，先生亦無以解吾惑也，姑如食肉不食馬肝可耳。宣統
二年正月十一日，佩伯識。

　　此後為鄧邦述跋文，曰：此書余所收已是近時印本，有陶心耘
一跋。昨歲都中寄一抄本來，為顧澗薲手校，丹墨滿紙，因亟收之。
然余書多存吉林，未暇校也。佩伯道兄見之假歸，校勘一過，親其
自跋於此書，可謂勤矣。至澗薲指此書為淵如先生所刊，而書實廖
氏所校刻，用此自疑。余審此書端云於嘉慶甲戌刊成，澗薲則曰癸
酉，相去一年，其說固信。書端數字又確為淵如先生手跡，因思廖
氏時正筦鹺揚州，書則刻於金陵，或廖氏出貲而淵如為之校理，不
然淵如親自署耑而曰題襟館藏何耶？廖氏為余先祖母家，刻此書
者為余外曾王父，當時運使際世鼎盛，業鹽者以能網羅才俊，出入

風雅為豪,而運使歲入之貲,常揮斥以與商家鬥競,如曾賓谷、盧雅雨一時風尚,先後輝映,其尤顯者也。廖氏所刻序中,歷舉孫氏所刻諸地志,而言欲借刊此書已久,安知非孫氏先付梓人而廖氏適申前請,因屬之題襟館耶。余來瀋陽忽忽一年,夙好未忘,孤陋寡誚,獨佩伯一人時來過從,畫簪之雅,多聞之益,惠我多矣。撫今當遠,雖追念先輩風流,慨然傷我二人之遇,為非偶也。宣統庚戌三月,正闇學人邦述記。

鈐"羣碧樓"印。(書號50)

華陽國志十二卷補三州郡縣目錄一卷

晉常璩撰,清廖寅撰補。清嘉慶十九年廖寅題襟館刻,光緒十六年李氏悔過齋重修本。甲戌年(1934)據北平圖書館藏明劉大昌本校勘。鈐"藏園六十以後所校"、"藏園六十以後手校"印。《藏園羣書題記》有本書校勘後長篇跋文。

各卷藏園先生識語錄如下:

卷一末葉識曰:甲戌八月二十二日,依明劉大昌本校。藏園。

卷二末葉識曰:甲戌八月二十四日,校於頤和園。沅叔。

卷三末葉識曰:八月二十六日,宿於萬壽山永壽堂,校畢。

卷四末葉識曰:九月二十一日校畢。

卷五末葉識曰:十月初九日校。

卷六末葉識曰:甲戌十月初十日,偕陸君慎齋宿暘臺山清水院①,校畢此卷。是夜大風,振谷鈴鐸,聲喧如邊關夜戰,萬騎齊發,竟夕為之不寧。清泉逸叟。

_____

① 陸慎齋或是陸衷。下文有跋文記陸慎齋蕭山人,《藏園羣書題記》"宋衢州本居士集跋"文中記庚午年三月藏園聚會時即有蕭山陸衷。

卷七末葉識曰：十月初十日，校於大覺寺之北廊。

卷八末葉識曰：十月十二日午後，踰南嶺至松岡墓下，稚松翠色森然，越橫澗趨鳳窩拜謁，題字於石，以紀歲月。歸途迂道入蓮花寺，訪傅內監。回寺已夕，張燈研朱，不覺終卷。清泉逸叟記。

卷九末葉識曰：十月十三日，北游管家嶺，視石亭落成歸。後當題兩字以榜之。藏園翁記。

卷十末葉識曰：十月十四日，自大覺寺回城，夜中校畢。

卷十中末葉識曰：十月十八日，校於長春室中。藏園鐙右記。

卷十下末葉識曰：十月二十日校。是日為福嬛孫女周晬。

卷十一末葉識曰：十月二十二日校。

卷十二末葉識曰：甲戌十月二十三日校畢。是日未刻第二孫男誕生，暮年頻見孫枝，喜慰無量，記此以示後人。藏園鐙右書。

鈐“傅”、“沅叔”、“二十年中萬卷書”印。（書號51）

華陽國志十二卷補三州郡縣目錄一卷

晉常璩撰，清廖寅撰補。清光緒四年二酉山房刊本。壬戌年（1922）過錄何焯校本。

卷十末葉識曰：此上、中二卷何義門據錢叔寶影宋本鈔補於吳琯本上者，茲附校於此刻，以存其真。沅叔，壬戌十月十二日記。（書號52）

鄴中記一卷

晉陸翽撰。清光緒二十五年廣雅書局翻《武英殿聚珍》本。壬申年（1932）據盧文弨校本校並錄盧氏劄記。

正文卷首葉識曰：臨盧抱經校本，所據乃崔鴻《十六國春秋》也。壬申二月初九日藏園居士記。

鈐"藏園點勘羣書"印。（書號53）

渚宫舊事五卷

唐余知古撰。清光緒十九年孫星衍刊《平津館叢書》本。癸亥年（1923）據莫棠所藏兩種抄本校勘。

各卷藏園先生識語錄如下：

卷一末葉識曰：癸亥十月之望，據潛采堂寫本校。沅叔。

卷三末葉識曰：十月十五夜，陳仁先自南湖來訪①，夜分乃去。乘興又畢一卷。萊娛室主人記。

卷四末葉識曰：十月十五夜三鼓校畢。

卷五末葉識曰：十月十七日回上海校②。末條補二十五字。

補遺卷末葉識曰：十月十七日校畢，補齊代一條，然范鈔本亦闕五條。沅叔記。莫楚生世丈藏鈔本兩通③，一為晉府、范承謨、徐元夢、朱彝尊、葉名澧遞藏，一為朱彝尊藏，今以朱本校而參以范本，其補遺則一遵范本也。雙鑑樓主人記。（書號54）

貞觀政要十卷

唐吳兢撰。清刻本。鈐"敦夙好齋"、"葉名澧潤臣印"、"藏園校定羣書"、"校書亦已勤"、"耽書是宿緣"、"雙鑑樓"、"沅叔手校"、"沅叔"、"傅增湘"、"雙鑑樓藏書印"、"企驪軒"、"佩德齋珍

① 陳曾壽（1878－1949），字仁先，號蒼虬，湖北蘄水人。清光緒廿九年進士。晚清著名詩人，有《蒼虬閣詩集》傳世。民國年間以賣畫自給。

② 此時藏園先生為浙江之行。

③ 莫棠，字楚生，又字楚孫，貴州獨山人，莫友芝從子。有藏書室名銅井文房。其藏書於1930年前後散出。傅增湘父親傅世榕曾與莫友芝因藏書結誼，傅增湘庚申年（1920）至蘇州，曾寓居麒麟巷莫棠住所，觀其何焯手校《唐詩紀》殘帙。

藏印"諸印。《藏園羣書題記》有此書專跋。

　　書衣傅熹年先生題簽并記曰:藏園老人手校本　庚午正月,用明鈔本校卷七至十,用朱筆,朱筆色淡而字飄逸。乙亥六月,用明洪武庚戌金陵王氏勤有堂本通校,用朱筆。乙亥八月,用元本校卷一至卷六,用藍筆。洪武本校在後,所訂正多與明鈔本合,即於用明鈔本校改各字上加圈識之,其朱色濃而字凝重,雖與明鈔本同用朱筆,而筆蹟朱色均可辨識。後六十三年癸酉,孫熹年敬識。

　　各卷藏園先生識語錄如下:

　　卷一末葉識曰:據洪武庚戌王氏勤有堂刊本校過,增改三十有一字。乙亥六月二十一日,藏園老人記。八月依元刊本再校。

　　卷二末葉識曰:乙亥六月二十九日,宿頤和園,校畢此卷,訂正一百五十字,補奪文六百二十一字。藏園老人記。乙亥八月十九日,依元刊本校定。

　　鈐"沅叔手校"、"沅叔"、"傅增湘"印。

　　卷三末葉識曰:七月初二日,早起上山,坐湖山真意閣,望四山濃翠潑眼,旋循御路指宿雲簷而歸,校此卷畢。此卷訂正六十八字。八月十九日校元本。

　　鈐"沅叔手校"、"沅叔"、"傅增湘"印。

　　卷四末葉識曰:七月初六日校畢,訂正六十八字。八月二十六日校,第十二章脫誤獨多,何耶? 藏園。

　　鈐"沅叔手校"、"沅叔"、"傅增湘"印。

　　卷五末葉識曰:乙亥七月十八日,酷暑不解,避於秘魔崖僧舍。下午校竟此卷,訂正三十五字。乙亥九月初五日,坐綠畦亭校畢。藏園。

　　鈐"沅叔手校"、"沅叔"、"傅增湘"印。

　　卷六末葉識曰:乙亥七月十八日,校於秘魔崖亭子上。沅叔記。訂正三十八字。

鈐"沅叔"、"傅增湘"印。

卷七末葉識曰:庚午正月二十日,據明鈔本校,訂正八十一字。

六年後再識曰:校洪武本,訂正八十七字。乙亥七月十八日記。

鈐"沅叔手校"、"沅叔"、"傅增湘"、"沅叔校勘"印。

卷八末葉識曰:庚午正月二十一日校,訂正三十有四字。

六年後再識曰:乙亥七月十九日,用洪武本再校,訂正四十七字。

鈐"沅叔"印。

卷九末葉識曰:庚午正月二十二日校,訂正三十三字。

六年後再識曰:乙亥七月二十日,校於盧師山證果寺,訂正四十三字。

鈐"沅叔"印。

卷十末葉識曰:庚午正月二十二日校畢,訂正四十七字。凡校四卷,訂正一百九十五字。藏園居士記。

六年後再識曰:乙亥七月二十日,校洪武刊本訖。沅叔秘魔崖記。此卷訂正八十一字。

鈐"沅叔手校"、"沅叔"、"傅"、"二十年中萬卷書"、"耽書是宿緣"、"校書亦已勤"、"傅沅叔藏書記"印。

九國志十二卷

宋路振撰。清乾隆年間抄本。藏園先生丙寅年(1926)自商務印書館經理孫壯處借歸校勘,較之以下書號55之《九國志》之校勘又不相同。目錄葉鈐"有香手校"、"殿中司馬"印。

書衣上題識曰:此周夢棠有香校本,前載有香跋語。守山閣刊

行即從茲出，蓋是書最初之底本①，可寶也。丙寅夏，從伯恆孫君假勘，因題數語以歸之。藏園居士傅增湘。（書號19127）

九國志十二卷拾遺一卷

宋路振撰。清道光十一年《守山閣叢書》本。己未年（1919）據鮑廷博藏舊鈔本校勘。校畢之記，見於《藏園羣書題記》史部雜史類。

各卷藏園先生識語錄如下：

卷一末葉識曰：己未十月十四日校。

卷二末葉識曰：十月十四日，校於藏園。沅叔。

卷三末葉識曰：十月十四日校。

卷四末葉識曰：十月十四日午刻校。

卷五末葉識曰：十月十四日校。

卷六末葉識曰：十月十四日校。

卷七末葉識曰：十月十四日燈下校。

卷八末葉識曰：己未十月十五日晨起校。

卷九末葉識曰：十月十五日校。

卷十末葉識曰：十月十五日校。

卷十一末葉識曰：己未十月十五日午刻校完。沅叔。

卷十二末葉識曰：十月十四日校。（書號55）

五國故事二卷

清乾隆四十七年李調元刻《函海》本。乙亥年（1935）在邃雅

---

①　《九國志》久佚，四庫館臣自《永樂大典》中輯出，周夢棠又加以編次，成十二卷。

齋見汲古閣藏抄本,據之以校。關於汲古閣之藏本,見《藏園羣書經眼錄》。

卷上末葉識曰:乙亥正月二十有日,據汲古閣藏鈔本校正。玩易廬主人記。

卷下末葉識曰:正月二十二日校畢。(書號58)

錦里耆舊傳八卷(存四卷:卷五至八)

宋句延慶撰。清嘉慶四年顧修刻《讀畫齋叢書》本。鈐"沅叔手校"印。乙卯年(1915)以王士禎舊藏鈔本校勘。此舊鈔本概況見諸《藏園羣書經眼錄》。

卷八末葉識曰:乙卯十一月廿四日,校舊鈔本,舊為王阮亭所藏,因廠估索值太昂,改正數十字,仍還之。增湘漫記。

鈐"增"、"湘"印。(書號57)

蜀檮杌不分卷

宋張唐英撰。清勞權抄本,字體精絕。《藏園羣書經眼錄》著錄此勞權手寫本。書中鈐印中勞權諸印見於傅氏跋文,另有"二十年中萬卷書"、"雙鑑樓"、"雙鑑樓藏書記"、"沅叔心賞"、"江安傅沅叔收藏善本"諸印。

此書有傅增湘寫于戊寅年(1938)長跋一則,見諸《藏園羣書題記》,雖然有個別字句出入,但文意大體相同。惟此本跋文最後有購書小記,不見于《題記》中,故補錄於此,文曰:此書余於光緒乙巳得於杭州文元堂書坊楊耀松手①,同時並獲巽卿手鈔書十數

---

① 王松泉、王巨安《杭州百年書肆記》一文記文元堂出售勞氏批校本及手寫本事較詳,見《湖上拾遺》,杭州出版社,2007年。

冊,皆楊估於塘栖勞氏後人得之。校勘既竣,坿記卷耑,俾後來有
所考焉。戊寅歲二月初八日,藏園老人誌。(書號11296)

蜀檮杌二卷

宋張唐英撰。清光緒七年鍾登甲刻《函海》本。丁巳年
(1917)據明弘治抄本校勘,壬戌年(1922)再以宏遠堂舊鈔本校
勘。

張唐英自序末葉藏園先生識曰:此序《說郛》寫本失去,兹由
宏遠堂檢得舊鈔本校改數字。壬戌十一月初二日,沅叔記。

各卷藏園先生識語錄如下:

卷上末葉識曰:丁巳七月十四日校。

壬戌十一月初二日依舊鈔本再校。沅叔。

卷下末葉識曰:丁巳中元日校畢。明宏治鈔本《說郛》全收此
書,取此刻校勘,異字極多。余曾藏有勞季言手寫本①,亦不及也。
沅叔記。

陸昭迴後序末葉識曰:壬戌十一月初二日校訖,所改字旁加朱
記,以別於叢書堂本也。藏園主人。(書號59)

江南野史十卷

宋龍袞撰。清孔氏嶽雪樓抄本。辛巳年(1941)錄趙琦美、李
盛鐸題識並校。趙、李二人題識可見於《藏園羣書經眼錄》。本書
別有跋文見於《藏園羣書題記》。

各卷藏園先生識語錄如下:

---

①　依上書所記,當為勞權(字平甫)寫本,而非勞格(字季言)寫本。傅增湘於清
光緒三十一年(1905)收於杭州。

卷一末葉識曰：辛巳八月二十一日，臨趙清常本。

卷二末葉識曰：八月二十一日，雨窗校畢。

卷三末葉識曰：辛巳八月二十五日，校於昆明湖上之雲巖山館。

卷四末葉識曰：八月二十六日校。

卷五末葉識曰：八月二十六日，又校畢此卷。

卷七末葉識曰：八月二十八日，游金山寶藏寺回，校畢此卷。

卷十末葉識曰：八月二十九日校完。（書號56）

靖康傳信錄三卷

宋李綱撰。清乾隆四十一年李調元刻《函海》本。庚午年（1930）據劉履芬藏抄本校勘。關於劉履芬舊藏，可參見《藏園羣書經眼錄》。

序文末葉藏園先生識曰：序文補脫簡七行一百三十八字，改訂七字。

其後跋曰：翰文書肆有此書舊寫本，為劉泖生所藏，昔年曾取閱，校於巾箱本《函海》冊中。頃復叚來，更以此大本校勘，始知前校疏漏尚多。此書向無舊本，序文首七行，集本及邵武本皆脫，微得此帙，幾無人知其奪失矣。通計三卷，補正凡得三百六十六字，其中亦有不可盡從者，擇善而從，是在好學深思者。沅叔手志。八月十四日。

各卷藏園先生識語錄如下：

卷上末葉識曰：庚午八月初八日校，改訂七十四字。

卷中末葉識曰：庚午八月初十日，宿香山靜宜園周氏別墅，校此改訂凡五十四字。

卷下末葉識曰：八月十一日，校於香山松雲別墅之聽濤軒，時月色清涼,與立之丈談五十年前周愨慎公榷署舊事①,恍然如一夢,而余與立丈均頹然老矣。沉叔偶記。此卷改訂九十三字。(書號60)

靖康傳信錄三卷

宋李綱撰。清光緒七年鍾登甲刊巾箱本《函海》本。壬戌年(1922)以劉履芬舊藏鈔本校勘。

卷首補錄七行序文。

各卷藏園先生識語錄如下:

卷上末葉識曰:壬戌正月廿五日校。

卷中末葉識曰:同日校。

卷下末葉識曰:二十六日燈下校畢。

末葉之後白葉識曰:翰文齋持來舊寫本,為劉泖生所藏,十行二十字,開卷即多序文七行,對勘亦多異字,乃取此本校讀一過,竟日而畢。時余方讀《北盟彙編》②,其中事實頗多參證也。沉叔記。壬戌正月廿七日。(書號61)

建炎復辟記一卷

明姚咨抄本,半葉十行行二十字,藍格竹紙。《藏園羣書題記》及《藏園羣書經眼錄》均著錄此書,可參閱。鈐"姚舜咨圖書"、"歙鮑氏知不足齋藏書"、"唐百川收藏印"印。

書衣有傅增湘題簽:建炎復辟記　明姚舜咨晚年手寫本　甲戌

---

① 周愨慎公,即周馥(1837－1921),字玉山,號蘭谿,安徽東至人。曾跟隨李鴻章辦理洋務三十餘年,諸多籌劃,深受倚重。卒後謚愨慎。有《玉山詩集》、《周愨慎公全集》。周學淵,字立之,周馥之子。

② 《北盟彙編》即指《三朝北盟會編》,辛酉年(1921)藏園先生曾校勘。

秋後學傅增湘題。

　　鈐“增湘”、“藏園”二印。

　　卷末有藏園跋文一則,曰:詹亭得此本於廠肆①,為吾蜀唐百川家所藏②,祇存姚舜咨一印,而末葉佚去,無署款可證,頗以為疑。余取而觀之,與舊藏舜咨手書《續玄怪錄》,並列几案合參之,則筆趣古拙如出一手,皆七十以後所寫也,其為真跡殆無可疑,況兩本皆有“茶夢軒鈔”楷書格紙,更有可覈耶! 偶取照曠閣刊本校勘,其異字多有可取,余已歸之《藏園羣書題記》中,此不更贅。其篇中文字涉宋帝皆空格,是又出於宋本之確證,知其從出之源為古也。詹亭其祕惜寶藏之,勿輕以示恆人耳。乙亥正月下浣,藏園老人傅增湘識。

　　鈐“雙鑑樓”、“增湘”、“藏園”三印。(書號2125)

中興禦侮錄二卷

　　清咸豐三年伍崇曜刻《粵雅堂叢書》本。正文首葉鈐“沅叔手校”印。甲子年(1924)據舊抄本校勘。

　　卷下末葉識曰:甲子夏至,依舊鈔本校定。藏園居士記。

　　鈐“增湘”印。(書號62)

燼餘錄二卷

　　元徐大焯撰。清刻本。卷首有辛卯秋日李模小記。甲編補脫

---

　　① 邢之襄(1880－1972),字贊廷,一作詹亭,河北南宮人。傅增湘蓮池書院同學。曾任北洋政府司法部僉事,天津市政府秘書長,後致力於實業。嗜藏書,北方藏書家之一,將所藏善本悉數捐與北京圖書館。

　　② 唐鴻學,字百川,雲南人,其父乃四川提督唐友耕。雅好目錄、版本、校讎之學,晚年閒居,以校讎自娛。卒於1944年前後。

文三十五行，據舊寫本補錄。參見《藏園訂補邵亭知見傳本書目》。（書號68）

契丹國志二十七卷

宋葉隆禮撰。清乾隆五十八年承恩堂刻本。庚午年（1930）據醉經堂抄本校勘。《藏園訂補邵亭知見傳本書目》著錄此鈔本為影寫元刊本。

各卷藏園先生識語錄如下：

卷一末葉識曰：庚午三月廿九日，據醉經堂鈔本校讀，改訂凡三十四字。沅叔記。

卷二末葉識曰：庚午春盡日校，增訂凡四十字。是夕，蔭北、立之、子厚來訪，坐長春室中，譚諧至憊。書潛記。

卷三末葉識曰：四月初一日校，凡訂正二十六字。（書號63）

大金國志四十卷

題宋宇文懋昭撰。明抄本，半葉九行行二十字。書眉有標目。鈐“莫楚生印”、“藏園”、“增湘”、“雙鑑樓”、“傅沅叔藏書記”、“黃裳珍藏善本”、“草亭藏”、“墨軒因緣”、“黃”、“裳”諸印。癸酉年（1933）以此抄本與掃葉山房刻本相校勘。莫棠、章鈺、傅增湘跋，黃裳題識。章鈺跋文已經收錄在《四當齋文集》卷二中，又收錄在《藏園羣書題記》中，莫棠題識亦於其中，藏園先生有長文跋之，見諸《題記》。

卷末藏園先生跋曰：此天一閣舊物，余昔時南游，獲之上海坊肆，莫丈楚生為題識數語於篇首，回思已十七八年矣。嘗欲從事勘正，執筆盡一卷輒止。友人章君式之曾假讀數月，言其文字差可正

掃葉之失。今此書將隨閣中鈔本諸書二千八百餘卷同去①,惜別
將離,情難自抑,因竭日夕之力研朱校之。今日攜入香山,屏除百
事,乃舉後五卷校竟。頻年願力,幸得圓成,為之忻慰。然掩卷思
之,又不禁淒然欲絕矣。癸酉閏月十八日,藏園先生記。

　　藏園先生跋文之後,有黃裳題識一則:庚寅首夏四月十五日海
上所收,月明如水,清氣滿襟,展讀因記。(書號14415)

大金國志四十卷

　　題宋宇文懋昭撰。清嘉慶二年席世臣掃葉山房刻本。庚午年
(1930)、辛未年(1931)及癸酉年(1933)據天一閣抄本校勘。鈐
"鳳山藏書"印。行間書眉批改甚多。關於天一閣藏本,藏園先生
別有長跋,寫于癸酉年,收在《藏園羣書題記》卷二,可參閱,又與
以上本館14415號書相關。

　　各卷藏園先生識語錄如下:
　　卷一末葉識曰:庚午四月初三日,據明鈔本校。
　　卷二末葉識曰:辛未正月初二日,據天一閣鈔本校。
　　卷三末葉識曰:癸酉六月初八日校。
　　卷四末葉識曰:癸酉六月初八日。
　　卷五末葉識曰:六月初九日,移居香山無量殿,入夜校完此卷。
清泉。
　　卷六末葉識曰:六月初十日早起校。
　　卷七末葉識曰:初十日,午後微雨生涼,坐古柏林中校畢。
　　卷八末葉識曰:六月初十日,坐無量殿中校竟。

---

　　① 　跋文中所謂"今此書將隨閣中鈔本諸書二千八百餘卷同去"語,指癸酉歲售去
諸書以償宿債之事,有《藏園癸酉典書記》一文記其事。

卷九末葉識曰：六月十二日，以明善堂藏明寫本補校。

卷十末葉識曰：六月十二日鐙右校。

卷十一末葉識曰：六月十二日，晨起游碧雲寺、玉皇頂，聽澗泉聲清壯，頓袪煩暑。回園方巳初，振筆校得此卷。清泉記。

卷十二末葉識曰：十三日午後校竟。

卷十三末葉識曰：十三日午睡足，剖瓜滌暑，就柏根設案校此。

卷十四末葉識曰：同日又校。

卷十五末葉識曰：定兒浴於碧雲寺橋下，近暮尚未返，心殊念念。十三日記。

卷十六末葉識曰：日向夕矣，四山暮靄蒼然，坐松間又畢此卷。十三日記。

卷十七末葉識曰：六月十三日校。

卷十八末葉識曰：六月十四日校。

卷十九末葉識曰：六月十四日，盛暑逼人不敢出，坐殿中校此卷。以上皆依明善堂明鈔本。

卷二十末葉識曰：癸酉閏月初六日，依天一閣鈔本校。

卷二十一末葉識曰：癸酉閏月初七日校。

卷二十二末葉識曰：是日陰晴間作，坐園中勘竟。初七日。

卷二十四末葉識曰：閏月十四日校。

卷二十五末葉識曰：閏月十五日校。

卷二十六末葉識曰：自卷二十起，依明鈔明善堂藏本補闕上標目。沅叔附記。閏月十五日坐水廊校畢。

卷二十七末葉識曰：十五日午刻。

卷二十八末葉識曰：閏月十五日校。

卷二十九末葉識曰：閏月十五日校。

卷三十二末葉識曰：閏月望校。

卷三十四末葉識曰：閏月十五日藏園手校。

卷三十五末葉識曰：閏月十五日校。

卷三十六末葉識曰：閏五月十八日，校於香山半山亭古松下。

卷三十七末葉識曰：閏月十八日鐙下校。清泉逸叟。

卷三十九末葉識曰：同日又校。

卷四十末葉識曰：是日褉被宿香山無梁殿，校竟五卷，全功慶成，為之忻慰。藏園記。閏月十八日校畢。（書號64）

南遷錄一卷

題金張師顏撰。清道光十一年晁氏活字印《學海類編》本。戊辰年（1928）據黃丕烈傳葉樹廉校本過錄。黃丕烈題識見於《藏園羣書經眼錄》。

卷末藏園先生過錄黃丕烈辛未年三月廿九日校勘識語一通，其後識曰：借文友堂新收鈔校本照勘一過，並錄蕘夫跋於右。戊辰九月初四日，書潛記。（書號65）

遼小史一卷金小史八卷

明楊循吉撰。明萬曆徐元輝刊本，半葉九行行十八字，白口，四周單邊。鈐"傅印增湘"、"萊娛室"、"江安傅增湘沅叔珍藏"、"藏園"、"教育部北平購書委員會之章"印。此跋較《藏園羣書經眼錄》著錄詳細，可參閱。

《金小史》卷八末葉補抄二十行，鈐"藏園繕寫"印。

全書末葉跋曰：《遼金小史》，為明楊君謙所著。壬子春，意園書流出①，有一册為沈子培收去②，嗣久訪不得。秋間在上海，偶見此帙，因以廉價得之，後缺二葉，假別本手寫補之。君謙所著為《南峰集》，為書十種，此二書亦在焉。乙卯十月十四日題訖，並著目於左方。沅叔。

鈐"增湘長壽"、"藏園"印。（北京大學圖書館口915.4/4624）

黑韃事略一卷

宋彭大雅撰，徐霆疏證。清光緒二十九年江蘇通州翰墨林編譯印書局本。鈐"沅叔手校"印。甲子年（1924）據繆荃孫藏鈔本校勘。

卷末葉題識曰：甲子夏至後三日，依繆藝風藏鈔本校讀③。藏園。

鈐"增湘"印。（書號66）

黑韃事略一卷

宋彭大雅撰。清光緒三十四年胡思敬鉛印《問影樓輿地叢書》本。據《藏園校書錄》記載辛未年（1931）春據家藏東嘯軒抄本校勘，並云該本出自明姚咨抄本，據《藏園羣書經眼錄》，姚咨抄本曾經繆荃孫收藏。

正文末空白處有跋語云：辛未清明後三日，遊聖湖秣陵而歸，

---

① 盛昱（1850－1899），字伯希，又寫作伯羲，別署意園，滿洲鑲白旗人。其藏書精品甚多，身後散佚，景賢、袁克文、傅增湘、鄧邦述等人先後獲得部分。

② 沈曾植（1850－1922），字子培，號乙庵，清浙江嘉興人。辛亥年（1911）傅增湘因參加南北和議在滬期間，與沈曾植、楊守敬諸人交往密切。

③ 繆荃孫（1844－1919），字炎之，一字筱珊，號藝風老人，清末著名學者，曾任京師圖書館首任館長。富藏書。

歸即入山探杏，今日渡西峰、越松岡、坐傅亭，花事已十分爛熳矣。
夜寒小飲，餘興未闌，爰張燈弄翰，遂畢全帙。此本得之吳門，為禹
航嚴氏舊藏，初未珍異之，今取勘苟吳先生本，竟正定至三百許字，
為之抃喜無量。書不必古槧名鈔而要為可貴者，此類是也。其補
佚訂訛佳善之處，當別為說以詳之。藏園居士記於大覺寺之清泉
吟社，時夜已三鼓，泉韻清泠，正引人入夢矣。（書號67）

元朝秘史十卷續集二卷

　　清抄本。卷首有顧廣圻跋文。卷十末葉有周鑾詒光緒癸未年
校勘識語一則。顧、周跋識及本書鈐印，俱著錄于《藏園羣書經眼
錄》，尚鈐"涵芬樓"、"海鹽張元濟經收"印。

　　卷首有藏園先生壬申年（1932）長跋，其主體可見諸《藏園羣
書題記》，後半部分尚有一節未見諸《題記》，移錄於此，曰：……以
余假閱之故，竟逃浩劫①，不可謂非厚幸也。昔人謂奇書秘籍在處
有神物護持，此書二十年前自余手訪得之，二十年後又藉余手保全
之，冥漠中似有數存，余又烏敢貪天之功以為己力耶？頃以菊生來
書促還，爰志數語，俾後之讀者知有此一段因緣，而勤加愛護，是則
匪惟此書之幸，亦余之厚幸也乎。壬申六月，傅增湘記。

　　鈐"藏園"、"增湘"印。（書號7394）

何斠元聖武親征錄

　　清何秋濤校正。清光緒小汍巢刻本。丁巳年（1917）據明抄
《說郛》本校。

---

　　①　此書出自意園。1932年初日本飛機轟炸上海，當時商務印書館及東方圖書館
被炸毀，此書因藏園先生借閱，僥幸躲過，頗富傳奇。

藏園題跋曰：明鈔《説郛》卷五十五全收此書，據此本校勘，增改刪乙凡七百餘字，遠出翁、張、何、李所得之外①。異日當就柯鳳孫前輩考證刊行②，為此書增一善本也。丁巳九月二十日，江安傅增湘記。（藏日本京都大學）③

欽定蒙古源流八卷

清刻本。丙寅年（1926）傅增湘據故宫藏舊抄本校勘。該書有傅增湘臨彭楚克林沁校並錄善耆題識，以及壬申年（1932）陳垣校並跋、甲戌年（1934）張爾田跋。《藏園羣書題記》此書跋文作於1926年，故未言及陳、張二跋。行間頗多校記。

各卷藏園先生識語錄如下：

卷一末葉題識曰：丙寅二月初二日，據舊鈔本校。

卷二末葉題識曰：丙寅二月初三日，沅叔校于龍龕精舍。

卷三末葉題識曰：丙寅二月初四日校。

卷四末葉題識曰：二月初五日校。

---

① 翁或是指翁斌孫，國家圖書館藏翁斌孫校《説郛》明抄本。張即張穆，曾著《蒙古遊牧記》。何即何秋濤，除此《斠正元親征錄》，尚撰有《朔方備乘》。李即李文田，曾註釋《元朝秘史》。丙寅年（1926）王國維撰"聖武親征錄校注序"，詳述此書源流，亦及傅氏藏書："比來京師，膠州柯鳳孫學士為余言，'元太祖初起時之十三翼，今本《親征錄》不具，《説郛》本獨多一翼'，乃益夢想《説郛》本。旋知其本藏江安傅君沅叔所，乙丑（1925）季冬乃從沅叔借校。沅叔并言，尚有萬曆抄《説郛》本在武進陶氏。丙寅正月赴天津，復從陶氏假之，其佳處與傅本畧同。又江南圖書館有汪魚亭家鈔本，亦移書影鈔得之。合三本互校，知汪本與何氏祖本同出一源，而字句較勝，奪誤亦較少。《説郛》本尤勝，實為今日最古最備之本。"此本為内藤湖南舊藏，1929年傅增湘東游訪書，與内藤曾有一面之交。

② 柯劭忞字鳳孫，著有《新元史》。

③ 國家圖書館善本部史睿、趙前二先生日本京都大學開會期間，於人文科學研究所見此書卷末有藏園先生手跋，於是徵得書影。

卷五末葉題識曰：二月初五日校。

卷六末葉題識曰：二月初六日，晨起大雪，坐園中校畢。

卷七末葉題識曰：丙寅二月初六日校定。

卷八末葉朱筆過錄：彭楚克林沁過硃。乾隆癸丑五月十七日燈下記。

謹按，彭楚克林沁者，敖漢部落人也，乾隆時宿衛數十年，為台吉額駙博，通經籍，尤邃遼金元史，與裘曰脩談三史事，裘為瞠目不能對。高宗純皇帝稱之敖罕先生。和碩肅親王善耆恭紀於藕遂亭。

丙寅二月初七日，傅增湘校畢並錄跋語。

陳垣先生於書眉墨筆題識：自卷八第十四葉以後所謂空格，皆原係擡頭字樣，所缺不過三數字，今俱用墨筆添入。壬申五月六日，陳垣附識。

書末護葉為張爾田跋①，文曰：此彭楚克林沁點校而沅叔先生過錄者也。彭楚克所據舊鈔本不知何本，然與余所見別鈔本多同，其誤處亦復相合，如卷一格稜尼圖伽赫汗，此本作格梭，以滿語音紐讀之，自當是稜，故蒙文社本改為格仁伊圖奇業汗②，然別鈔本則正作棱；卷六翁圭，此本作翁主。玫翁圭即翁袞，蒙古語神也，作翁主即無義。然別鈔本正作主，故知其同出一源也。又如卷二，自拉托托哩特年松贊達克哩年資克納木哩蘇隆贊凡四代，各本皆如是，非取蒙文原本對勘不可。此本無特、松二字，資字作贊，彭楚克遂於贊字斷句，而以克字屬下讀，無論納木哩蘇隆贊下文已見，本

---

① 張爾田，字孟劬，杭州錢塘人。曾任北京大學教授。1930 至 1931 年之際，張爾田為沈曾植《蒙古源流箋證》校補，序言詳述始末，現有 1965 年臺灣文獻出版社本，可與此跋參閱。

② 1927 年北京蒙文書社曾經出版《譯註蒙古源流》。

無克字,即從其說,亦只三代,而非四代,其他斷句顯然不合處尚
多,若此之類,亦不免間涉武斷。《蒙古源流》別本最多,鈔者各以
意改,故往往不同。此本雖得失參半,要亦希有之秘籍。時方為沈
乙盦丈校《蒙古源流箋證》,沅叔先生出以見示,略采數條補入箋
中。一瓻之借,惠我良多矣。甲戌中秋,張爾田記。(書號71)

國史考異六卷

明潘檉章撰。清初刊本。跋文所提及潘檉章《松陵文獻》,今
亦在國家圖書館。鈐"藏園"、"增湘"、"雙鑑樓"、"雙鑑樓藏書
印"、"江安傅沅叔收藏善本"、"佩德齋"印。

内封有藏園辛酉年(1921)跋:辛酉十月二十有八日得於上海
冷攤。此為潘氏原刻,極為罕覯。潘文勤功順堂刻即從此出。余
別有《松陵文獻》,亦力田所著。力田傳世秖此二書,余皆獲之,信
於文字有宿緣矣。沅叔記。

鈐"藏園居士"印。(書號2174)

姜氏秘史一卷

明姜清撰。清抄本。鈐"韓氏藏書"、"玉雨堂印"、"江安傅氏
藏園鑑定書籍之記"、"江安傅氏洗心室藏"、"江安傅沅叔收藏善
本"。

書衣内護葉藏園先生題識曰:取胡氏刻刊本勘之,可增補三百
餘字,得者勿輕視之。

鈐"藏園"印。(書號2172)

甲申傳信錄十卷

明錢枅撰。清抄本。

卷首有藏園己酉年(1909)手錄全祖望語一則,曰:"左蘿石侍郎之烈,不待言矣,其卒殺陳洪範於身後,雖涉於恎,亦可以吐人不平之氣者也。國初凡三案,一則侍郎,再則錢鳳覽之殺謝陛,三則黄靖公之偕諸國殤殺田雄。或曰是皆遺民造為此言曰,然則司馬宣公亦受此言,而《通鑑》不之非,何也? 亦人心之公也。"《鮚埼亭集·外編》一則,己酉八月廿六日,沅叔燈右手錄。(藏天津圖書館)

滇載記一卷

明楊慎撰。清乾隆四十七年李調元刻《函海》本。丙寅年(1926)據陶湘藏祁氏澹生堂寫本校勘①。鈐"沅叔手校"、"龍龕精舍"、"沅未"印。

卷一末葉藏園先生識曰:據澹生堂寫本校正,凡得二十九字。丙寅初夏,沅叔記。(書號70)

平定羅刹方略四卷

清刻本。此本曾經葉昌熾收藏,鈐"昌熾"、"頌魯"印。壬戌年(1922)據繆荃孫藏抄本校勘。

各卷藏園先生識語錄如下:

卷一末葉題識曰:壬戌十月初六日,據鈔本校讀。增湘記於財部官廨②。

卷二末葉題識曰:十月初七日校。雪後甚寒,北風怒號。

卷三末葉題識曰:初七燈下。

① 陶湘(1870-1939),字蘭泉,號涉園。其藏書以明本、殿本、清初精刻為大宗。傅增湘曾為之作"涉園明本書目跋",見諸《藏園羣書題記》附錄二。

② 1922年董康任財政部長時,傅增湘被委任督辦財政清理處。詳參《藏園居士六十自述》。

卷四末葉題識曰：四卷共增改一百二十七字。初八日記。

江陰繆炎之前輩藏《平定羅刹方略》舊寫本，流入滬市，昨陳君立炎攜以北來①，因據以對誦並改定如干字。增湘記於藏園。時壬戌十月初七小雪之第三日也。（書號72）

朝鮮史略六卷

抄本。癸酉年（1933）據明萬曆四十五年趙宦光、葛一龍刊本校勘。此明萬曆四十五年刊本概況見諸《藏園羣書經眼錄》，另有跋文見諸《藏園羣書題記》。

各卷藏園先生識語錄如下：

卷一末葉識曰：共和癸酉六月二十六日，借北平館明刻本手校。時居香山無量殿。清泉逸叟記。訂正九十字。

卷二末葉識曰：此卷增改四十有八字。二十七日書潛記。

卷三末葉識曰：癸酉六月二十七日，校於靜宜園。是日蕭山陸慎齋偕其夫人來山，因相伴遍游園中勝跡，嚮夕方去，乃得研朱竟此卷。

七月初三日，假京館新收明刊本，補校第三十三以下各葉。改正二十五字。沅未附志。

卷四末葉識曰：六月二十八日，游退谷、鹿巖精舍歸。入夜雨作，獨坐校竟此卷。清泉。訂正凡八十有三字。

卷五末葉識曰：六月廿九日，自香山回城，夜赴宴，歸校此。改正二十二字。

卷六末葉識曰：七月朔，來無量殿張鐙校畢。藏園傅增湘記。

---

① 陳琰，字立炎，以字行。浙江海寧人。上海古書流通處店主，曾收購抱經樓藏書，該店一度為江南最大古舊書店。

改正二十五字。（書號73）

（五）詔令奏議類

注陸宣公奏議十五卷

唐陸贄撰，宋郎曄注。清光緒四年陸心源刊《十萬卷樓叢書》本。行間頗有眉批，但無校書題識。（書號74）

注陸宣公奏議十五卷制誥十卷
附錄一卷校記一卷年譜輯略一卷

唐陸贄撰，宋郎曄注。清光緒十二年淮南書局刻本。壬戌年（1922）據端方家藏宋蜀刻本校勘。鈐“沅叔手校”、“藏園”、“二十年中萬卷書”、“沅叔手校宋本”印。《藏園羣書題記》有寫於1938年之“宋刊郎注陸宣公奏議殘本跋”一篇，彼宋刊本僅“存卷十至二十”，係劉啓瑞舊藏，與端方舊藏不同。

各卷藏園先生識語錄如下：

卷一末葉識曰：壬戌七月十二日據宋刊本校定。

卷二末葉識曰：壬戌七月十二日校。

卷四末葉識曰：七月十三日晨起校。

卷五末葉識曰：十三日辰刻校定。

卷六末葉識曰：七月十四日校。

卷十一末葉識曰：七月望日校畢。

鈐“增湘”印。

書末護葉有藏園先生跋文，曰：校陸宣公奏議跋　匋翁沒後，篋中藏書盡散，余既得宋刊百衲本《通鑑》及《山谷集》、《劍南詩稿》，皆海內孤帙，可云拔其尤矣。昨歲復自其家出《陸宣公奏議》

十二卷求售，為嘉定徐星署獲之①。殘臘，藏園祭書之會，星署曾挾以俱來。每卷有"翰林國史院官書"朱文大印、"劉體仁公戢藏"印。每半葉十二行行二十一字，與余所藏《孟東野文集》及朱翼庵所藏《李昌谷》、《許丁卯》等二唐人集，袁寒雲所藏之《權載之》、《元微之》、《皇甫持正集》皆為同種，余定為南渡後閩中彙刻之本，蕘夫目為北宋蜀刻者，誤也。秋來酷暑初退，病後無以自遣，乃就星署假來，以淮南局翻郎注本校讀一過。分卷既不同，次第亦略有異，改正殆數百許字，撥去蒙翳，為之一快。然宋本亦時有脫誤，亦並著於篇，以待後來者有考焉。第十一、二兩卷原本抄寫補入，不復據勘，又制誥十卷亦不存。憶昔年為涵芬樓收得大字宋本，它日當更取正，以為諷誦之資可也。歲在壬戌七月廿三日，藏園主人傅增湘記。（書號75）

石林奏議十五卷

宋葉夢得撰。明毛氏汲古閣影宋抄本。明毛晉跋，傅增湘跋。

此本藏園長跋，同《藏園羣書題記》，然跋文之末，別有癸未年（1943）小記，曰：右跋為十餘年前所作，錄之校本上者。前月晤庸齋先生②，言及此本，新收入篋，叵從之假觀。故友重逢③，欣慰何似。庸齋屬錄前跋於後，以備異時攷證。燈右眼昏，徒以惡書點污寶帙，愧歉而已。癸未八月，傅增湘識。

----

① 　徐星署，即徐禎祥，多次參加藏園祭書會。曾藏庚辰本《紅樓夢》脂評本，詳參胡適"跋乾隆甲戌《脂硯齋重評石頭記》影印本"和"跋乾隆庚辰本《脂硯齋重評石頭記》鈔本"二文。

② 　陳夔龍（1857－1948），字筱石，號庸庵，占籍貴陽，光緒十二年進士。清末重臣，1941年、1943年傅增湘均有詩作贈"貴陽陳尚書"。

③ 　此本庚午年（1930）曾從文友堂借閱，校勘一過，見諸《藏園羣書經眼錄》，因此稱"故友"。

鈐"沉叔"印。① （藏中國社會科學院圖書館）

石林奏議十五卷

宋葉夢得撰。清光緒十一年陸心源酺宋樓影宋刊本。鈐"藏園校定羣書"、"沉叔手校"印。庚午年（1930）據汲古閣影宋本校勘。全書卷末有藏園先生長跋，因已經收入《藏園羣書題記》卷三，不贅錄。

卷十五末葉藏園先生識曰：昨歲東游②，登靜嘉堂，見此書宋本，不及比勘。今鳳禹門藏汲古影寫本出世③，因叚得對校一過，補得如干字，殊不可曉。沉叔記。庚午二月。（書號76）

（六）傳記類

廣卓異記二十卷

宋樂史撰。清道光廿七年黃秩模僊屏書屋活字印本。壬戌年（1922）據陶湘藏舊鈔本校勘。《藏園羣書經眼錄》著錄此鈔本。

各卷藏園先生識語錄如下：

卷一末葉識曰：壬戌長至節依舊寫本校。藏園。

卷二末葉識曰：壬戌冬至後日校。

卷三末葉識曰：壬戌十一月望日校。是日新曆十二年之元旦也。藏園居士。

---

① 此跋複製件係中國社會科學院文學所張劍博士提供。

② "昨歲東游"，指1929年傅增湘東渡扶桑訪書，事載彼時《國聞周報》。

③ 鳳山（？－1911），字禹門，號茗昌，漢軍鑲白旗人。世居北京，好藏書，以此影宋抄本《石林奏議》最著名。身後藏書散出，部分進入藏園。《藏園羣書經眼錄·史部》"通鑑紀事本末"之則記其藏書概況及二人交往點滴。

卷四末葉識曰：壬戌十一月十六日校。

卷五末葉識曰：十六日午刻。

卷六末葉識曰：十一月二十日校。

卷七末葉識曰：十一月二十日校。

卷八末葉識曰：十一月廿三日校。

卷九末葉識曰：十一月二十三日校。

卷十末葉識曰：同日燈右校。

卷十一末葉識曰：同日校訖。

卷十二末葉識曰：十一月二十四日校。

卷十三末葉識曰：廿四日。

卷十四末葉識曰：廿四日。

卷十六末葉識曰：廿四日午刻。

卷十八末葉識曰：十二月十七日校。

卷二十末葉識曰：壬戌十二月十七日校完。

并跋曰：陶蘭泉收得舊寫本於隆福寺，以此本校勘，"張子良"一條補一百六十餘字，餘亦改正極多，然大要與國初寫刻本同耳。立春前三日，沅叔記。（書號79）

四朝名臣言行錄□□卷（存四卷：卷一，二，六，八）

宋刊巾箱本，半葉十四行行十九字，細黑口，四周雙邊。書衣題簽："宋巾箱本名臣言行錄第四卷　玉硯堂珍藏，壬戌冬日，王邂篆。"鈐"嘉善曹秉章壬戌仲夏所得內閣叢殘典籍之一"①、"杜盦藏"、"國楨私印"印。卷末有傅增湘長跋，已收錄在《藏園羣書題記》中，不贅錄。

----

① 　曹秉章曾與傅增湘共事，與修《清儒學案》。

　　函套夾有藏園致謝國楨書劄一通,曰:剛主仁世先生左右[①]:
酷暑無地可逃,仍以丹鉛自遣,但亦不耐久坐耳。前記君言,欲得
宋刻書一冊,玆有故人遺物《宋名臣言行錄》一冊,袖珍本,精好可
玩,其值亦不昂,且為孤本。君得暇來一觀,何如? 此詢撰安。增
湘拜啓。六月十九日。(書號 6499)

草莽私乘一卷

　　元陶宗儀撰。清光緒十五年趙元益刻本。甲子年(1924)據
蕭山王氏紅鵝池館、吳江陳鍾英所藏鈔本校勘。兩抄本均見諸
《藏園羣書經眼錄》記載。

　　卷末葉藏園先生識曰:甲子正月下浣,據蕭山王氏紅鵝池館、
吳江陳鍾英兩鈔本參校改定。江安傅增湘。

　　鈐"沅叔校勘"印。(書號 80)

鄂國金佗稡編二十八卷續編三十卷

　　宋岳珂撰。清光緒九年浙江書局本。乙丑年(1925)據家藏
宋刊《岳忠文王紀事實錄》校勘卷一至卷九,庚午年(1930)據經鉏
堂鈔本補缺字脫文,並據舊抄本《中興四將傳》校勘《續編》部分,
戊辰(1928)至辛未年(1931)據宋刊本一校,癸酉年(1933)又據宋
刊殘本《鄂國金佗稡編》校勘卷十四至卷十九。關於經鉏堂鈔本,
可參見《藏園羣書經眼錄》史部。《藏園羣書經眼錄》記曰:"余歷
年校此二書,取殘宋本、元西湖書院本、舊鈔本、宋刊《忠文王紀事
實錄》、抄本《四將傳》諸書合參,補缺文十二葉,改訂數千字,然尚
有十餘缺葉未能補也。"《藏園羣書題記》卷三有"校金佗稡編續編

---

①　謝國楨,字剛主,明史專家。曾任職國立北平圖書館、中國社會科學院。

跋"和"宋本忠文王紀事實錄書後"二篇,考證精審,請參閱。此本綜合多書校勘所得,洵當重視。

各卷藏園先生跋識錄如下:

書名葉識曰:卷一至卷九據宋刊《岳忠文王行實錄》校定。乙丑十二月十七日,傅增湘謹識。

卷四補脱文十四行。末葉識曰:乙丑十二月十四日校。

卷五末葉補脱文十五行,并識曰:乙丑十二月十五日校。

卷六補脱文十四行。

卷八末葉識曰:乙丑十二月望日校。

卷九補脱文十六行。末葉識曰:自卷一至卷九據宋刊《岳忠文王行實錄》校定。傅增湘記,乙丑十二月十六日。

卷十補脱文十八行。

卷十二補脱文兩處,各十五行。

卷十三末葉識曰:四月二十八日,校宋本訖。

卷十四末葉識曰:戊辰三月初五日,據宋刊本校。

卷十六末葉識曰:癸酉六月初十日,據宋刊殘本校於靜宜園無量殿。清泉逸叟記。

卷十七末葉識曰:煙雨迷茫,羣峰盡失,步至松巔,極望而歸。初十日,清泉記。

卷十八末葉識曰:暮雨淒清,御棉衣坐玩山色,意象凜若深秋矣。

卷十九末葉識曰:《金佗》二編,余夙所嗜讀,昔年遍搜求宋刻及鈔本,手勘一通,惜所覯多殘帙,其中尚有缺文十餘番,未得補完,深以為憾。前日偶游文友書坊,搜其小屋架底,於塵埃蛛網中得宋刊一冊,存卷十四至十九,取舊校本核之,則有五卷為昔所未見者,遂攜來山中。今日伏雨連朝,無計出游,發興校之,抵暮乃畢。原書亦脫印，缺葉正同，然殘蝕之文依約可補者尚得十餘字，要可云意外之獲矣。癸酉六月十日，沅叔記於靜宜園。

卷二十六末補脫文十八行。

卷二十八末葉識曰：庚午六月二十八日，據經鉏堂鈔本，補缺字數十，脫文二葉。增湘記。

《鄂國金佗續編》卷一末葉識曰：辛巳十二月十六日，據宋刊校讀。沅叔記。

卷二末葉識曰：十二月十六日校宋本。

卷三末葉識曰：十六夜校。

卷四末葉識曰：十六夜再盡此卷。

卷五末葉識曰：十二月十六日校。

卷六末葉識曰：十二月十六日，校宋本訖。

卷七末葉識曰：十六日，校宋刊本訖。

卷八補脫文十八行，末葉識曰：十二月十七日校。

卷九末葉識曰：十二月十七日校。

卷十末葉識曰：辛巳十二月十七日，校宋本訖。藏園。

卷十一末葉識曰：辛未五月初二日，依宋刊本校正九字。

卷十二末葉識曰：五月初三日，校宋本增改二十六字。

卷十三末葉識曰：此卷改正十六字。

卷十四末葉識曰：五月初三日，校宋本訂正十七字。

卷十五末葉識曰：此卷校正三十有九字。

卷十六末葉識曰：五月初三日校畢，訂正六字。

卷十七末葉識曰：辛未五月初九日，依宋刊本校。

庚午七月二十八日，段涵芬樓藏舊鈔《中興四將傳》校。

卷十八末葉識曰：此卷補脫文五百四十六字，又補卷首脫葉五百十四字。

七月二十九日校畢,所據者涵芬樓藏鈔本也。

卷十九末葉識曰:此卷補脫文三百零三字。八月初五日校舊鈔本。

卷二十末葉識曰:辛未五月初九日依宋本校。

庚午八月初六日校。

卷二十一末葉識曰:補後論一首,凡二百二十二字。

自卷十七至二十一凡五卷,據涵芬樓藏舊鈔《中興四將傳》校勘,凡補脫文一千六百餘字,單詞改訂者不與焉。竢別為跋以記之。庚午八月初六日。書潛記。

卷二十二末葉識曰:五月初十日校。

卷二十三末葉識曰:五月十一日校。

卷二十四末葉識曰:五月十三夜,校改正十一字,補文一段增一百二十九字。

卷二十五末葉識曰:五月十五日雨窓校。

卷二十六末葉識曰:五月十五日,雨聲不息,竹窓閑坐校此。

卷二十七末葉識曰:午後雨聲不絕,易袷衣坐舟室校此。

卷二十八末葉識曰:十五日午後校。

卷二十九末葉識曰:五月望日校訖。(書號77)

鄂國金佗稡編二十八卷續編三十卷

宋岳珂撰。清光緒九年浙江書局本。戊辰年(1928)據影宋本校勘。

卷一末葉識曰:戊辰閏月十四日,據影宋本校。藏園,時客杭州。

卷十末葉識曰:戊辰清明節,沅叔校於杭州客邸。(書號78)

同光兩朝草題名錄不分卷

　　清同治光緒年間刻本。章鈺、夏孫桐①、傅增湘、袁毓麐跋，邵章題詩②。書衣為邵章題簽。内封亦為邵章題簽："有清同光兩朝各科草題名錄 癸酉正月得之，仁和夏氏章。"鈐"同治王壽邵章"、"伯褧別號倬盦"印。

　　首為邵章題跋，繼為邵章詩一首。邵章題詩曰：四書經義嗤陳腐，科舉論亡國亦隨。此是人間稀見本，珍藏不異泮室碑。倬厂再題。

　　鈐"邵章私印"。

　　正文部分為草題名錄及報紙所刊草題名之剪報粘貼本，有刊"對榜京報"者，刊刻草率，多簡體字俗字。卷末依次為章鈺、夏孫桐、傅增湘、袁毓麐跋文。其中夏孫桐跋文對草題名刊刻過程敍述較詳，故引錄相關文字如下，曰：故事：填榜之日，黎明内龍門啓外簾，各官始入，試官同坐衡鑑堂，其時外簾胥役及刻字工匠隨入，分列堂上。墻隅榜上，每填一名，隨刻草板，至亥子之間事竣，刷印亦就，隨榜出院。先是每填五名即寫片紙，由門隙傳出，報房購之，先向中式者報喜。又於琉璃廠預覓閒地，黏之壁上，曰賣紅錄，得錢始令入觀。凡獲售者不待榜出，早已得報。至題名錄出，已為過時之物，夜半沿街叫賣，聞者開門爭買，至次晨則僅直一文，惟市人取觀耳。官板大字題名，外省猶見之，京師則從未見，蓋榜發主試等覆命隨摺進呈，恭繕寫本，闈中無刊本，遲久進呈試錄時始有之，而

---

　　①　夏孫桐(1857－1941)，字閏枝，號悔生，江蘇江陰人。清光緒十八年進士，與傅增湘同年，亦選翰林院庶吉士。

　　②　邵章(1872－1953)，字伯炯，號倬庵，邵懿辰長孫，浙江仁和人。清光緒二十九年進士，選翰林院庶吉士。工詩文，擅書法。著名學者。

已無人過問，絕少傳者。草錄閱者隨手棄置，彙集多紙，流傳數十年間，洵為罕覯。

以上文字，可與傅增湘之跋文參閱。卷末為藏園癸酉年末（1934）之跋，文曰：余自十七歲即應春官試，歷己丑、庚寅、壬辰、甲午、乙未、戊戌凡六科①，試畢咸留京聽榜。當其寒宵深巷，官役抱錄疾馳，沿門叫賣，其聲淒戾動心，下第情懷，夏、章二公言之詳矣。至光緒戊戌，余家與試者，尚有十叔世銘、仲兄增濬。出闈後，叔赴榆關，兄還保陽，惟余孑然獨留。迨寫榜日辰巳間，報錄人已至，展視之，秖有"傅增"二字，於是內而舉場門，外而琉璃廠，凡看錄之所無不至，奔馳竟日夕，而名字仍付闕如。遲至夜午，聞街市喚賣，急取視之，乃始釋然，昔年所視為淒戾動心，今夕轉喜，其欣愉人耳。聞公謂此錄為過時之物，塵供市人之取觀，寧知三百八十人中，固有延頸企踵以竢者耶？此蓋由榜吏急遽私錄，偶奪一字，於是沿訛襲繆，一日而傳遍九城焉。余生平雅嗜讐書，補脫訂譌，自詡極盡精勤，獨於此區區一字，心知其誤，而不敢奮筆為之糾勘，由今追思，良足噱嗢。適伯絅先生出此冊命題，因迴憶舊事，書之冊尾，為題名錄增一故實。嗚呼！一代科名已成芻狗，而吾輩猶寶此斷爛朝報，得毋為識者所竊笑乎？癸酉嘉平月，傅增湘記。

鈐"傅增湘"印。（書號17803）

順治康熙雍正三朝會試鄉試題名錄不分卷

清抄本。一冊。鈐"時颿珍祕"、"詩龕居士存素堂圖書印"藏

---

① 　傅增湘係光緒二十四年（戊戌，1898）二甲第六名，選翰林院庶吉士。其仲兄傅增濬於光緒三十年（1904）中進士。因長兄傅增淯於光緒十八年（1892）中進士，亦選入翰林院庶吉士，故有"一門三進士兩翰林"之美譽。

印。内護葉朱文鈞題簽：順康雍三朝會試題名 法時驃先生藏書翼盦所收。

鈐"翼盦"印。

題簽之左傅增湘題跋：壬戌七月，從翼盦借觀，因錄存副本，以備科名故實。嗣於廠市收得《順康雍乾嘉五朝鼎甲策》十四冊，首尾完具，更足與此書相印證①。特附記於卷耑。藏園居士。（書號17166）

乾隆二十二年縉紳全本不分卷

清刻本。二冊。《藏園羣書題記》有此書跋文一則，文意近似而此本文字較詳，且有關於乾隆年間人才盛況之慨嘆一段。鈐"藏園借觀"印。

正文之前係傅增湘庚辰年（1940）題跋，文曰：此官版《縉紳》殘帙，前缺失序文及官制半葉。京秩自宗人府以下，至侍衛提督俱全，外省存盛京、直隸、江南、安徽、江西、浙江，蓋全帙得其半矣。滿漢大學士為傅恆、陳士倌、來保、黃廷桂四人，蔣溥以協辦大學士掌翰林院事。若考其年月，以科第證之，其庶吉士至甲戌科為止。以官缺證之，其選授官吏已至二十一年冬季，如北城兵馬司吏目，程廷芳下注二十一年十二月授，據此以推，則此冊可定為乾隆二十二年春季之縉紳，若遲至夏季，則庶吉士已考試散館，甲戌諸人不列於冊矣。冊內人物，著名者如盧文弨、梁同書、翁方綱、王鳴盛、謝墉、錢載尚書編脩，紀昀、朱筠，錢大昕方選庶吉士。豈知數十年後發揚文治、振興學術，皆在此數公者肩其任乎！嗚呼，觀於此冊而歎純皇帝初政英明，其作育人才之盛，殊使人低回慨慕於無窮

---

① 傅增湘撰有《清代殿試考略》。天津大公報社出版，1933年。

也。歲在庚辰六月朔，前史官傅增湘記，上距乾隆丁丑一百八十四年矣。

鈐"增湘"、"藏園"印。（書號9778）

爵秩新本不分卷

清乾隆間刻本。傅增湘庚辰年（1940）題跋。

書衣內附箋紙，藏園跋曰：此帙前有外藩各省輿圖，及赴任限期表，在爵秩全書最為罕見。版式亦極闊大，蓋坊刻之精善者也。至攷其年代，翰林院庶吉士至癸未為止，則此本當在乾隆二十八年以後。然細審各官除授，有在二十九年冬季者順天府采育巡檢二十九年十月調，最後順天府教授王某為三十年正月調。以此推之，知此帙必為乾隆三十年春季刊行之書。惟存者祇京官一冊，而卷尾尚佚數番，良足惜耳。　藏園老人題。庚辰冬月朔。

鈐"傅增湘"、"藏園詞翰"、"滿鐵北京事務所資料"印。（中科院圖書館　史部711/052）

（七）地理類

太平寰宇記二百卷目錄二卷（存一百九十四卷：一至三，五至一百十二，一百二十至二百，目錄全）

宋樂史撰。清光緒八年金陵書局刊本。己未年（1919）五月在揚州據舊鈔本開始校勘，至九月校畢于北京。據書中過錄趙琦美題識，知此舊寫本曾經于明萬曆三十六年（1608）趙琦美校勘，增其珍重。《藏園羣書經眼錄》及《藏園羣書題記》均未載。

各卷藏園先生識語錄如下：

卷一末葉識曰：己未五月初四日校。

卷二末葉識曰：己未五月初四日校。

卷三末葉識曰：己未五月初四日校。

卷五末葉識曰：己未端午校。

卷六末葉識曰：己未五月初六日早起校竟。

卷七末葉識曰：己未五月初六日校。

卷八末葉識曰：己未五月初六日校。

卷九末葉識曰：己未五月初六日校。

卷十末葉識曰：乙未五月初六日，午飯後校此卷。

卷十一末葉識曰：乙未五月初六日校。

卷十二末葉識曰：己未五月初六日燈下校。

卷十三末葉識曰：己未五月初七日校。

卷十四末葉識曰：己未五月初七日午刻。

卷十五末葉識曰：己未五月初七日校。

卷十六末葉識曰：己未五月初七日午刻。

卷十七末葉識曰：己未五月初七日午後校。

卷十八末葉識曰：己未五月初七日校。

卷十九末葉識曰：己未五月初七日校。是日共得七卷。

卷二十末葉識曰：己未五月初八日早起校。

卷二十一末葉識曰：己未五月初八日校。

卷二十二末葉識曰：己未五月初八日校。

卷二十三末葉識曰：己未五月初八日校。

卷二十四末葉識曰：己未五月初八日校。

卷二十五末葉識曰：己未五月初八日校。

卷二十六末葉識曰：己未五月初九日校。

卷二十七末葉識曰：己未五月初八日校。

卷二十八末葉識曰：己未五月初九日校。

卷二十九末葉識曰：己未五月初九日校。

卷三十末葉識曰：己未五月初九日校。

卷三十一末葉識曰：己未五月初九日校。

卷三十二末葉識曰：己未五月初九日校。

卷三十三末葉識曰：己未五月初九日申刻。是日共校七卷。

卷三十四末葉識曰：己未五月初十日校。

卷三十五末葉識曰：己未五月初十日校。

卷三十六末葉識曰：己未五月初十日校。

卷三十七末葉識曰：己未五月初十日校。

卷三十八末葉識曰：己未五月初十日校。

卷三十九末葉識曰：己未五月初十日校。

卷四十末葉識曰：己未五月十一日校。

卷四十一末葉識曰：己未五月十一日校。

卷四十二末葉識曰：己未五月十一日校。

卷四十三末葉識曰：己未五月十一日校。

卷四十四末葉識曰：己未五月十一日校。

卷四十五末葉識曰：己未五月十一日校，是日午前共校六卷。

卷四十六末葉識曰：己未五月十一日校。

卷四十七末葉識曰：己未五月十二日校。

卷四十八末葉識曰：己未五月十二日校。

卷四十九末葉識曰：己未五月十二日校。

卷五十末葉識曰：己未五月十二日校。

卷五十一末葉識曰：己未五月十二日校。

卷五十二末葉識曰：己未五月十二日，午後得雨，稍涼爽。

卷五十三末葉識曰：己未五月十二日校。

卷五十四末葉識曰：己未五月十二日校。

卷五十五末葉識曰:己未五月十三日校。

卷五十六末葉識曰:己未五月十三日校。

卷五十七末葉識曰:己未五月十三日校。

卷五十八末葉識曰:己未五月十三日校。

並過錄:戊申三十六年二月二十三日入酉校。清常記。

卷五十九末葉識曰:己未五月十三日校。

並過錄:廿三日亥時,清常。

卷六十末葉識曰:己未五月十三日校。

卷六十一末葉識曰:己未五月十三日校。

卷六十二末葉識曰:己未五月十三日校。

卷六十三末葉識曰:己未五月十三日校。是日共竟九卷。

卷六十四末葉識曰:己未五月十四日校。

卷六十五末葉識曰:己未五月十四日校。

卷六十六末葉識曰:己未五月十四日校。

卷六十七末葉識曰:己未五月十四日校。

卷六十八末葉識曰:己未五月十四日校。

卷六十九末葉識曰:己未五月十四日校。

卷七十末葉識曰:己未五月十四日校。

卷七十一末葉識曰:己未五月十四日校。

卷七十二末葉識曰:己未五月十五日校。

卷七十三末葉識曰:己未五月十五日校。

卷七十四末葉識曰:己未五月十五日校。

卷七十五末葉識曰:己未五月十五日校。

卷七十六末葉識曰:己未五月十五日校。

卷七十七末葉識曰:己未五月十五日乙未沅叔校。

卷七十八末葉識曰:己未五月十五日校。

卷七十九末葉識曰：己未五月十六日校。

卷八十末葉識曰：己未五月十六日校。

卷八十一末葉識曰：己未五月十六日校。

卷八十二末葉識曰：己未五月十六日校。

卷八十三末葉識曰：己未五月十六日校。

卷八十四末葉識曰：己未五月十六日校。

卷八十五末葉識曰：己未五月十六日。

卷八十六末葉識曰：己未五月十六日校。

卷八十七末葉識曰：己未五月十七日早起，雨窗校訖。

卷八十八末葉曰：同日校定。

卷八十九末葉識曰：己未五月十七日校。

卷九十末葉識曰：己未五月十七日校。此卷內上元、江寧二縣內鈔本少十四條，與萬刻同。

卷九十一末葉識曰：是日又盡此卷。沅叔。

卷九十二末葉識曰：己未五月十七日校。是日共得六卷。

卷九十三末葉識曰：己未五月十八日晨起校。

卷九十四末葉識曰：同日校竟。連日雨涼如深秋。

卷九十五末葉識曰：同日又校此卷。

卷九十六末葉識曰：同日午刻校竟。沅未。

卷九十七末葉識曰：同日午刻又校。

卷九十八末葉曰：己未五月十八日午後校定。

卷九十九末葉識曰：同日校，共得七卷。

卷一百末葉識曰：己未五月十九校。

卷一百一末葉識曰：同日校盡此卷。

卷一百二末葉識曰：同日校。

卷一百三末葉識曰：同日又校。薑耷。

卷一百四末葉識曰：同日午刻校竟此卷。

卷一百五末葉識曰：五月十九日午後校。

卷一百六末葉識曰：同日又校，薑莽。此卷鈔本刪削甚多，列如左方以備考：南昌三十六條、豐城十二條、分寧一條、靖安八條、奉新八條、武寧八條、高安十四條。

卷一百七末葉識曰：己未五月十九日薑莽校。是日共得八卷。

卷一百八末葉識曰：己未五月二十日早起校，薑莽。鈔本失載者：贛縣十一條、安遠二條、雩都七條、信豐九條、瑞金三條、石城四條。

卷一百九末葉識曰：同日校定。此卷失載者：宜春二十九條、萍鄉五條、新喻三條、萬載七條、廬陵二條、新塗七條、太和二條、安福三條、永新三條、吉水三條。

卷一百一十末葉識曰：同日午刻薑莽再校。此卷鈔本失載者：臨川三條、崇仁五條、南豐三條、南城四條。

卷一百一十一末葉識曰：同日午後校。薑莽。

卷一百一十二末葉識曰：同日校。

卷一百二十末葉識曰：同日又校此卷。薑莽。是日計得六卷。

卷一百二十一末葉識曰：六月初四日校。自游寶應、高郵回，曠課近半月矣。

卷一百二十二末葉識曰：六月初四校。

卷一百二十三末葉識曰：己未六月初五日校。

卷一百二十四末葉識曰：同日校。薑莽。

卷一百二十五末葉識曰：同日校。

卷一百二十六末葉識曰：同日校。

卷一百二十七末葉識曰：初五日午後校畢。

卷一百二十八末葉識曰：初五日午後睡起校此。

卷一百二十九末葉識曰:同日午後再校。

卷一百三十末葉識曰:己未六月初六日校。

卷一百三十一末葉識曰:同日校。

卷一百三十二末葉識曰:同日又校。自一百二十三卷至三十二卷係照萬刻補鈔。薑葇記。

卷一百三十三末葉識曰:己未六月初六日校。

卷一百三十四末葉識曰:己未六月二十六日校。

卷一百三十五末葉識曰:己未六月二十八日校。

卷一百三十六末葉識曰:六月二十八日校。薑葇。

卷一百三十七末葉識曰:同日又校。

卷一百三十八末葉識曰:同日校。

卷一百三十九末葉識曰:同日午刻校。

卷一百四十末葉識曰:二十八日午後又校。

卷一百四十一末葉識曰:是日又校。

卷一百四十二末葉識曰:己未七月十二日自西湖歸,校此卷。

卷一百四十三末葉識曰:七月十二日午刻又校。

卷一百四十四末葉識曰:十二日燈右校畢。

卷一百四十五末葉識曰:七月十三日校。

卷一百四十六末葉識曰:己未七月二十一日,自維揚旋都,人事坌雜,輟筆硯者數日。昨夜疏雨引涼,今晨遂竟此卷。廿九日,沅叔記。

卷一百四十七末葉識曰:七月二十九日校。

卷一百四十八末葉識曰:七月二十九日校於藏園。

卷一百四十九末葉識曰:閏月初一日校。

卷一百五十末葉識曰:是日再校此卷。

卷一百五十一末葉識曰:閏月初三日校。

卷一百五十二末葉識曰：閏月二十二日校。

卷一百五十三末葉識曰：閏月廿二日校。

卷一百五十四末葉識曰：同日校。

卷一百五十五末葉識曰：是日又竟此卷。董莽。

卷一百五十六末葉識曰：閏月廿四日校。

卷一百五十七末葉識曰：閏月廿四日校。

卷一百五十八末葉識曰：閏月廿四日校。

卷一百五十九末葉識曰：閏月廿五日校。

卷一百六十末葉識曰：同日午前校。

卷一百六十一末葉識曰：二十四日校。

卷一百六十二末葉識曰：八月初十日校。

卷一百六十三末葉識曰：同日校。

卷一百六十四末葉識曰：八月十七日校。

卷一百六十五末葉識曰：八月十七日校。

卷一百六十六末葉識曰：八月十七日校。

卷一百六十七末葉識曰：八月十九日校。

卷一百六十八末葉識曰：八月十九日校。

卷一百六十九末葉識曰：八月十九日校。

卷一百七十末葉識曰：八月二十五日校。

卷一百七十一末葉識曰：八月二十五日校。

卷一百七十二末葉識曰：八月二十七日校。

卷一百七十三末葉識曰：己未九月初八日晨起，校於暘臺山秀峰寺之南樓。是日為余四十八初度日，避客來此，得晤對古人，亦一樂也。沅叔。

卷一百七十四末葉識曰：九月初八日。

卷一百七十五末葉識曰：九月初八日，秀峰南樓。

卷一百七十六末葉識曰：己未重九，校於秀峰寺。

卷一百七十七末葉識曰：己未重陽後一日，校於秀峰寺。沅叔。

卷一百七十八末葉識曰：九月十日校。是日游大覺寺。

卷一百七十九末葉識曰：九月初十日，山居燈下校完。

卷一百八十末葉識曰：九月十一日，山樓曉窗校此。沅叔。

卷一百八十一末葉識曰：初十日，由秀峰寺回京，臨發校得此卷。沅叔記。

卷一百八十二末葉識曰：九月十五日校。

卷一百八十三末葉識曰：九月廿三日校。

卷一百八十四末葉識曰：己未九月廿三日，薑弆校。

卷一百八十五末葉識曰：九月二十三日校。

卷一百八十六末葉識曰：九月二十三日校。

卷一百八十七末葉識曰：己未九月廿四日校。

卷一百八十八末葉識曰：九月廿四日校。

卷一百八十九末葉識曰：九月廿四日校。

卷一百九十末葉識曰：九月廿四日校。

卷一百九十一末葉識曰：己未九月二十五日校。薑弆。

卷一百九十二末葉識曰：九月二十五日校。

卷一百九十三末葉識曰：九月二十五日校。

卷一百九十四末葉識曰：九月廿五日燈下校。

卷一百九十五末葉識曰：廿五日燈下又校此卷。

卷一百九十六末葉識曰：己未九月二十六日校。薑弆。

卷一百九十七末葉識曰：九月廿六日早窗校定。

卷一百九十八末葉識曰：九月二十六日校。

卷一百九十九末葉識曰：九月廿五日午刻校。

卷二百末葉識曰:己未九月二十六日午後校完。

並跋曰:自己未五月初四日在揚州開手校起,至九月二十六日在京師校完,計六閏月又二十三日。奔馳南北,涉歷夏秋,廑而畢事,可謂艱矣。此書名稱既美,而丹黃輟手,又適會五星聯珠之象,或天下擾擾將從茲太平乎。書此以竢之。菫蓀傅增湘記於藏園食字齋①。(書號81)

輿地廣記三十八卷校勘札記二卷

宋歐陽忞撰。清光緒六年金陵書局刻本,分元、亨、利、貞四冊。鈐"敬安"、"得一日閒假我福"、"藏園校定羣書"印。藏園先生乙丑年(1925)據原藏劉啟瑞家宋刊殘本校勘,該殘宋刊本僅存此十二卷。《藏園羣書經眼錄》有校勘記,《題記》亦有跋文。《輿地廣記》另有朱彝尊藏宋本和季振宜藏殘宋本,今藏國家圖書館。關於以往該書宋本刊刻校勘情況,可參見《思適齋書跋》、《士禮居藏書題跋》等書。

藏園先生在元冊封面朱筆跋曰:卷七至十一、卷二十五至三十一,據宋刻殘本校過,通校定十二卷。藏園主人記。

鈐"傅"、"沅叔"印。

各卷藏園先生識語錄如下:

卷七末葉識曰:乙丑正月十三日校宋本。

鈐"沅叔"印。

卷八末葉識曰:乙丑正月十四日校定。

鈐"湘"印。

① 是年五月,傅增湘因反對鎮壓學生和拒簽罷免蔡元培北京大學校長命令,而辭去教育總長一職,避地江浙,於此期間校勘本書,故有慨嘆。

卷九末葉識曰：乙丑正月十四日，校宋刊殘本。沅叔。

鈐"增""湘"印。

卷十末葉識曰：乙丑正月十四日。沅叔手校。

鈐"增湘"印。

卷十一末葉識曰：乙丑正月十三日校。

鈐"增湘"印。

卷二十五末葉識曰：乙丑正月十四日校。

鈐"增湘"印。

卷二十六末葉識曰：乙丑正月十四夕，藏園校。

鈐"沅叔"印。

卷二十七末葉識曰：乙丑正月十四夜。

鈐"增""湘"印。

卷二十八末葉識曰：乙丑正月十四夜三鼓。

鈐"增""湘"印。

卷二十九末葉識曰：乙丑上元日。

鈐"增""湘"印。

卷三十末葉生識曰：乙丑上元日，校宋殘本。

鈐"增""湘"印。

卷三十一末葉識曰：乙丑正月十五日，沅叔校殘宋本訖。僭朱罪甚。

鈐印"藏園"。（書號82）

大明一統名勝志二百八卷

明曹學佺撰。明崇禎三年自刻本（內三十四卷配抄本，即杭州、嘉興、湖州、福州、福寧、興化、泉州、漳州、汀州、建寧、延平、邵武、武昌、漢陽、黃州、承天、德安、鄖陽、襄陽、雲南府、曲靖府、尋甸府、臨安府、澂江府、廣西府、鎮沅府、元江府、楚雄府、姚安府、武定府、川寧府、景東府諸卷,行款相同,經過校勘),半葉十行行十九字,小字雙行同,白口,左右雙邊。鈐"雙鑑樓珍藏印"、"江安傅氏藏園鑑定書籍之記"。別有長跋見諸《藏園羣書題記》。

目錄之末葉藏園跋曰:全書通計二百七卷。

庚午十一月十九日,雪夜無事,屬三男定謨與妾渠妍手檢全書十二函,合計卷數記之,凡鈔補三十四卷。自昨歲十一月始,今歲正月寫完,三月乃裝成,營營一百五十日,蓋成書之艱若此,兒輩其善寶之,勿負老人勤勤補緝之苦心。藏園居士記。(書號2945)

歷代帝王宅京記二十卷

清顧炎武撰,席威、朱記榮編。清光緒十一年至三十二年朱氏槐廬家塾刻本。壬申、癸酉年間(1932–1933)據舊鈔本校勘。詳參《藏園羣書題記》。

藏園先生跋識語錄如下:

卷一末葉識曰:癸酉七月十一日,依舊鈔本校於香山無量殿,訂正刪改凡七十八字。藏園居士記。

卷二末葉識曰:七月十二日早起校畢,訂正三十九字。

卷四末葉識曰:"覆盎門"以下鈔本尚有八條,應照錄補入①。壬申正月十一日,飲季湘宅歸校此。沅叔記。

卷五末葉識曰:壬申二月廿八日校。

卷十三末葉識曰:壬申正月初六日,依舊鈔本校。

卷十四末葉識曰:壬申正月初六日,校舊鈔本。沅叔。

卷十五末葉識曰:正月初六日夜三鼓校畢。

---

① "覆盎門"處有眉批,可參閱。

卷十六末葉識曰:壬申人日,飲於惠文女兒南花園小樓中,酒後行選官格二局,乘暇得校完此卷。藏園記。(書號543)

[咸淳]臨安志一百卷(存九十六卷:一至八十九,九十一至九十七)

宋潛說友撰。清道光十年汪氏振綺堂刊同治宣統遞修本。鈐"藏園校定羣書"印。庚午(1930)、癸酉(1933)、丙子(1936)年分別依據宋刊殘本校勘。[咸淳]《臨安志》存世諸部宋刊殘本著錄于《藏園羣書經眼錄》,可參閱。

各卷藏園先生識語錄如下:

卷二十末葉識曰:癸酉十二月十六日,依宋本校。

卷二十一末葉識曰:丙子十月初十日,依宋本校。藏園。

鈐"沅未手校"印。

卷三十六末葉識曰:庚午十一月二十一日,據海源閣藏宋刊本校。沅叔。

卷三十七末葉識曰:庚午冬月二十一日,據宋刊殘本校。藏園居士。

卷三十八末葉識曰:同日又校一卷。沅叔志。

卷三十九末葉識曰:北風怒號,氣候嚴洌,十指如椎,匿袖不敢出。坐溫室中,以地爐煴火,歷數時方回煖。因奮勇研朱,校竟四卷,其異字別記之。十一月廿一日藏園居士記。

鈐"傅""沅叔"印。(書號83)

[至元]嘉禾志三十二卷

元單慶修,元徐碩纂。清鈔本。乙卯年(1915)傅增湘題跋。《藏園羣書經眼錄》著錄此書於丁巳年(1917),并過錄諸人校跋。

卷末有藏園題記:《嘉禾志》,世傳皆鈔本,然展轉移寫,訛謬至不可讀。此本經李實盦、唐端甫兩君校過。李校出於別下齋,唐校出於馮孟亭,流傳有緒,其改訂固多可信,非夫專己自封而望文臆斷者可比也。乙卯十月望日假讀訖並記,傅增湘。(文津街分館普通古籍地 240.83/1267)

[乾隆]西藏志四卷

清允禮撰。清鈔本。兩冊,每冊書衣均有藏園先生題簽,字體端整精嚴。癸酉年(1933)據舊鈔本校。行間校字頗多。上冊書衣題:"西藏志 上冊 乾隆果毅親王允禮撰。"下冊書衣題:"西藏志 下冊 癸酉夏獲於上海書坊 藏園先生記。時逭暑香山無量殿中。"

卷一"唐碑"之篇末有朱筆二行:癸酉八月二十一日宿香山來青閣,手校止此。沅未記。(書號 84)

中吳紀聞六卷

宋龔明之撰。1916 年董康誦芬室影刊明弘治本。乙亥年(1935)傅增湘撰"補題校本中吳紀聞",記汲古閣本之毛扆校本,今見於《藏園羣書題記》卷四。此本過錄毛扆跋文及劉喜海、鮑廷博、陸貽典題識,諸跋文及題識收錄於《藏園羣書經眼錄》,不贅。

各卷藏園先生識語錄如下:

卷一末葉識曰:六月十六日校。

卷二末葉識曰:六月十七日校。

卷三末葉識曰:六月十八日校。

卷四末葉識曰:六月二十一日校。

卷五末葉識曰:六月二十二日校。

卷六末葉識曰:六月二十四日校。(書號 86)

吳中舊事一卷

元陸友仁撰。清光緒七年鍾登甲重刻《函海》本。壬戌年（1922）據蕭山王宗炎万卷樓抄本校勘。頗多眉批。

卷一末葉藏園先生識曰：舊藏藍格寫本，此書乃蕭山王氏萬卷樓故物，前有閔裕仲太史手校本一行。前日撿書及此，因取此刻對校一過，異字殊少。是書殘缺甚多，世間未知有善本可以補正否？壬戌花朝日，沅叔手書。（書號87）

平江記事一卷

元高德基撰。清刊本，據鮑士恭家藏本刊。鈐“增湘”、“藏園”印。乙亥年（1935）以周叔弢所藏鈔本校勘。《藏園羣書題記》於子部“校明鈔本澄懷錄跋”一文中略及此明鈔本。

《四庫提要》之後空白處藏園先生跋：叔弢世兄新獲鈔本一帙於松江韓氏①。凡《澄懷錄》、《西臺慟哭記》、《平江記事》三種，卷首題“芝秀堂鈔”四字，未詳為明代何許人也。因取新刻本校此種，訂正得六十一字。其紀年干支下注某宗某年，或為後人所加，高氏本文必無是也。惟“龐山”一則，鈔本無之，當是傳錄時所脫佚。余別藏王宗炎家寫本，其異字不及茲本之多，可知傳本以古為貴，其沿襲之訛謬亦較稀矣。乙亥正月十一日校畢記之。藏園老人。（書號88）

---

① 松江韓氏即韓應陛，韓應陛（？－1860），字鳴塘，號綠卿，清松江（今屬上海）人，藏書家，收藏多部黃丕烈散出之書，室名“讀有用書齋”，有《讀有用書齋書目》。其書至咸豐十年之後逐漸散出，民國十九年韓氏藏書盡出，張元濟、傅增湘數次往返信函商討“衆擎以舉之”，希望北平圖書館和大學圖書館合力購買，未成，周叔弢購買其多部善本。

武林舊事十卷

宋周密撰。清乾隆嘉慶間鮑廷博刻《知不足齋叢書》本。癸亥年(1923)據明寫本校勘,《藏園羣書經眼錄》未載此明寫本。

序言末藏園先生識曰:癸亥仲冬,假獨山莫氏所藏錢遵王明寫本校訖。原本十行二十字,有朱筆校字。增湘記。

各卷藏園先生識語錄如下:

卷一末葉識曰:癸亥十月望校。時居杭州三台山許氏安巢①。藏園記。

卷二末葉識曰:十月十五日午刻校。

卷三末葉識曰:十月二十八日旋都,翌日大雪,甚寒,假爐校此。

卷四末葉識曰:十月三十日校。

卷五末葉識曰:十月三十夜間勘了。沅叔。

卷六末葉識曰:十一月初七日校。

卷七末葉識曰:初九日,攜蘭姬住清水院。是日日薄氣寒,過紅山口北風忽作,嚴慄不可支,犯風北行,午後三點乃至寺。薄酒取暖,張燈校得此卷。沅叔。

卷八末葉識曰:十一月初十日夜二更校畢。時霜月清嚴,萬籟俱寂,惟瓶笙與山泉時相應和耳。

卷九末葉識曰:初十夜校于清泉吟社。(書號85)

邊州聞見錄十一卷

清陳鼎恆撰。清抄本。共三冊。書衣上有傅增湘題簽"邊州

---

① 許引之,字汲侯,仁和(今杭州)人,當地望族。安巢為其住所。

聞見錄　武進陳矗恆著，凡十一卷”。鈐滿漢文合璧之“翰林院印”
官印，以及“華陽室印”、“雙鑑樓藏書印”、“傅印增湘”、“藏園”、
“晉生”、“傅印忠謨”印，書末鈐“洗心室圖書章”、“江安傅氏藏園
鑑定書籍之記”印。《藏園羣書經眼錄》記此書概況，《題記》有長
跋一則。

　　內護葉有藏園癸未年（1943）跋文一則，文曰：按光緒《武進陽
湖縣志》，陳矗恆題名錄作矗恆，後復姓陳，字曾起，康熙二十九年
舉人，三十九年進士，授廣西荔浦知縣。邑多獚猺姦民，挾以煽亂，
矗恆單騎抵其家，諸酋羅拜，因諭以禍福，令出荔民之居獚穴者。
調長寧縣，建清溪橋，捐置渡口、義田，民懷其德治最，授刑部主事，
改翰林院檢討。未幾，卒。著有《邊州聞見錄》十四卷、《嶺海歸程
記》十卷，並存。

　　按，此本秖十一卷，當是未完之帙。

　　今夏攜此書入園居，閱畢，撰後跋一首，刊入《中國公論》。他
日當寫附於編末焉。癸未八月，沅叔記。（書號2515）

桂林風土記一卷

　　唐莫休符撰。清抄本。清張載華跋，楊守敬、傅增湘跋。《藏
園訂補郘亭知見傳本書目》著錄此鈔本。參見國家圖書館所藏涵
芬樓影印本《學海類編》中藏園校勘此書之跋語（見本書子部）。
鈐印：“醉經樓”、“黃錫蕃印”、“飛青閣藏書印”、“宜都楊氏藏書
記”、“楊守敬印”、“古鹽張氏”、“芷齋圖籍”、“涉園”、“松下藏
書”、“張元濟印”。

　　書末葉藏園題識曰：壬戌八月，江安傅增湘借校一過，時寓杭
州西湖客邸。（上海圖書館線善 T12574）

河朔訪古記三卷

　　元迺賢撰。清光緒廿五年廣雅書局刻《聚珍版叢書》本。庚午年(1930)據蕭山王宗炎万卷樓抄本校勘。鈐"沅叔手校"印。關於此書校勘,別有跋文於《藏園羣書題記》。

　　各卷藏園先生識語錄如下:

　　卷上末葉識曰:庚午四月十七日校,訂正一百七字。

　　卷中末葉識曰:雨止夜靜,又校一卷。沅叔記。訂正一百三十六字。

　　卷下末葉識曰:此卷訂正凡三十有五字。四月十七日校畢。鈐"增湘私印"印。(書號89)

宣和奉使高麗圖經四十卷附錄一卷

　　宋徐兢撰。清嘉慶年鮑廷博刊《知不足齋叢書》本。戊辰年(1928)據故宮藏宋本校勘。此故宮藏本見諸《藏園羣書經眼錄》。

　　各卷藏園先生識語錄如下:

　　目錄葉末識曰:序目訂正八字。

　　卷一末葉識曰:戊辰月廿二日,依宋刊本校,訂正十五字。

　　卷二末葉識曰:同日校,訂正四字。

　　卷三末葉識曰:同日校,訂正十七字。

　　卷四末葉識曰:沅叔手校,訂正五字。

　　卷五末葉識曰:沅叔又校,訂正十九字。

　　卷六末葉識曰:廿二夜,沅叔校定,訂正九字。

　　卷七末葉識曰:廿二夕,沅叔勘畢,訂正二十六字。

　　卷八末葉識曰:訂正五字。

　　卷九末葉識曰:訂正九字。

卷十末葉識曰:廿四夜亥刻,訂正一字。

卷十一末葉識曰:訂正十字。

卷十二末葉識曰:訂正五字。是夜興發,連校得十二卷,亦一快意事也。二月廿二日,沅叔。

卷十三末葉識曰:訂正六字。

卷十四末葉識曰:二月廿三日校,訂正一字。

卷十五末葉識曰:訂正一字。

卷十六末葉識曰:訂正五字。

卷十七末葉識曰:訂正十四字。

卷十八末葉識曰:訂正四字。

卷十九末葉識曰:訂正一字。

卷二十末葉識曰:訂正五字。

卷二十一末葉識曰:訂正五字。

卷二十二末葉識曰:訂正十四字。

卷二十三末葉識曰:訂正八字。

卷二十四末葉識曰:訂正三字。

卷二十五末葉識曰:訂正二字。

卷二十六末葉識曰:訂正二字。

卷二十七末葉識曰:竟日匆遽,抽暇校得十五卷。沅叔記。訂正二十一字。

卷二十八末葉識曰:訂正七字。

卷二十九末葉識曰:訂正五字。

卷三十末葉識曰:訂正二字。

卷三十一末葉識曰:訂正三字。

卷三十二末葉識曰:訂正四字。

卷三十三末葉識曰:訂正六字。

卷三十四末葉識曰：意猶未饜，鼓勇更校得七卷。沅叔廿三日記。訂正八字。

卷三十五末葉識曰：訂正二字。

卷三十六末葉識曰：訂正四字。

卷三十九末葉識曰：訂正二字。

卷四十末葉識曰：戊辰二月二十四日校畢。訂正十字，又補文一篇，凡二百六字。

附錄末葉識曰：訂正十六字。（書號90）

宣和奉使高麗圖經四十卷附錄一卷

宋徐兢撰。清抄本。鈐“藏園”、“傅增湘”、“沅叔手校”、“藏園先生六十以後手校”、“沅叔手校宋本”、“沅叔校勘”印。全書卷末有海鹽胡夏客識語。癸酉年（1933）據故宮藏宋刊本校勘。

各卷藏園先生識語錄如下：

卷一末葉識曰：癸酉三月十八日，依宋刊本覆校。藏園暘臺清水院記。

鈐“傅”“沅叔”印。

卷三末葉識曰：三月十九日，校於清泉吟社。

卷四末葉識曰：十九夜覆校畢。

卷五末葉識曰：十九夜再校。

卷六末葉識曰：十九夜三更，月出東嶺矣。

卷八末葉識曰：十九夜校。今日共閱六卷。沅未志。

卷九末葉識曰：二十日午後，敷座於北園杏林下，研朱覆校。

卷十末葉識曰：花下覆校畢。

卷十二末葉識曰：以上四卷皆坐杏林中校畢，亦山居之一樂也。清泉逸叟記。

卷十八末葉識曰：以上各卷皆二十夜覆校。

卷二十二末葉識曰：夜中山風怒號，鈴鐸與松籟齊喧，未欲就枕，因更校此四卷。三月二十日清泉逸叟記。

卷二十三末葉識曰：二十一日早起校此卷。溥雪齋[1]、恆亮生來[2]，告以西峰杏林最茂，將往游焉。

卷二十七末葉識曰：此卷據宋本，闕三葉而前後次第紊亂特甚，宜重寫以補入之。清泉逸叟記。

卷四十末葉識曰：三月二十二日校畢。

《附錄》末葉識曰：三月廿二日，坐寺前紅杏林中補勘畢。清泉逸叟記。

鈐"沅叔手校"印。（書號91）

（八）職官類

大唐六典注三十卷

唐李林甫等撰。明正德十年席書、李承勛刊本，半葉十行行二十字，小字雙行同，白口，左右雙邊。藏園先生己未（1919）至庚午（1930）年間據宋紹興四年溫州州學刊本校。《藏園羣書經眼錄》及《藏園羣書題記》對此宋刊殘本均有詳載。鈐"積書巖"、"藏園校定羣書"印。

各卷藏園先生識語錄如下：

卷一末葉識曰：庚午寒食，宿清泉吟社，依宋紹興刊本校定。

---

[1]　愛新覺羅·溥伒（1893－1966）字樂山，號雪齋，又號雪道人，清朝皇族，其曾祖為道光皇帝。琴棋書畫皆精通，曾任輔仁大學美術系主任。

[2]　恒亮生即衡永，民國初年事收藏鑑賞者。

沅叔記。

卷二末葉識曰：庚午三月初八日，游龍泉寺歸校此卷。

卷三末葉識曰：此卷前半一至九葉依宋本補校。庚午三月初八日，沅叔記。

卷七末葉識曰：己未十月十五日午刻校宋本。薑庵。

卷八末葉識曰：十月十五日燈下校。

卷十末葉識曰：己未十月十六日校。

卷十三末葉識曰：三月初九日，自西峰草堂歸校此。

卷十四末葉識曰：三月初九日校于清水院。

卷十五末葉識曰：三月初十日校畢。

卷二十九末葉識曰：庚申八月二十八日，校宋本十一葉。

卷三十末葉跋曰：庚午寒食，依宋刻本校於清水院。計收得此卷已六年矣，會合各家所藏宋本，已得十五卷①，冀此後更續有。藏園居士書潛記。

鈐“積書巖”印。（書號92）

大唐六典注三十卷

唐李林甫等撰。清嘉慶五年掃葉山房本。藏園先生戊辰年（1928）據宋紹興四年溫州州學刊本校。鈐“自得齋藏書”印。

---

① 1918年傅增湘掌教育部時，從清內閣大庫移置於國子監敬一亭所存紅本麻袋中檢出宋殘本《大唐六典》卷七至十一，儲之歷史博物館。其散落於廠肆者尚有若干卷，傅增湘所得兩冊，今藏中國國家圖書館。卷三十後有刊書題記，凡十四行，其中曰：“紹興四年歲次甲寅七月戊申朔，左文林郎充溫州州學教授張希亮校正，左宣教郎知溫州永嘉縣主管勸農公事詹棫題誌。”說明此為南宋紹興四年溫州州學刻本，為現存最早之版本。《中國版刻圖錄》著錄曰：“此本宋時取入國子監，元時版送西湖書院，《西湖書院重整書目》中有《唐六典》一目，蓋即此本。蝶裝廣幅，世無二帙。存十五卷，約當全書之半，今分藏北京圖書館、南京博物院、北京大學圖書館。”

各卷藏園先生識語錄如下：

卷十四末葉識曰：是卷訂正一百三十六字。戊辰十一月校紹興本。

卷十五以欄外左側刻有"藏園鈔本，仿書棚本行格"字樣稿紙補抄四葉。該卷末葉識曰：是春訂正六十二字，補目錄三十一行。戊辰十一月廿八日，書潛校宋刻本訖並記。（書號93）

麟臺故事五卷拾遺二卷考異二卷

宋程俱撰，清孫星華考異並輯補拾遺。清光緒二十五年廣雅書局重刊本。據繆荃孫藏舊鈔本校勘。

程俱"進書表"之後有藏園先生跋：藝風老人藏舊寫本，蓋自錢叔寶影宋本錄出者①，半葉十行行二十字。取此廣雅本校之，次第各注於每條上，其溢出各條此後卷補遺已有之，但略改誤字而已。孫校所據宋殘本正與繆本同，但補遺中乃複出數條，何也？沉叔手記，二月十二日寓清泉吟社。（書號94）

翰苑羣書二卷

宋洪遵輯。明抄本，半葉十行行十八字至二十字不等，小字雙行同。字體端莊，極精嚴。鈐"毛晉"、"汲古主人"、"宋本"、"甲"、"湯煥之印"、"寒可無衣飢可無食至於書不可一日失此昔人詒厥之名言是可為拜經樓藏書之雅則"、"宗室文愨公家世藏"、"聖清宗室盛昱伯羲之印"印。書之概況見於《藏園羣書經眼錄》。卷首多位前清翰林題跋並題詩，依次為：傅增湘題跋並題

---

① 國家圖書館藏明抄本，有錢穀、黃丕烈跋語。

詩、陳寶琛①題詩、夏孫桐題詩、邵章題詩兩首、陳雲誥題詩兩首②、郭則澐題詩③、俞陛雲題詩④。《藏園羣書題記》錄夏孫桐長詩。其餘諸詩或已經分別收入別集，故不贅錄。

傅增湘題跋已收錄於《藏園羣書題記》中，其後有詩一首，不見于《題記》，故錄於此，詩曰：回首春明記夢餘，玉河西畔忍停車。漫愁避世無金馬，幸有遺編守石渠。觸詠經秋人易感，文章報國願終虛。瀛洲道古關吾輩，待訪陳驚續舊書。藏園漫題。

鈐"增湘"、"藏園"印。

卷末有陳雲誥署名短牋一紙，內容與題詩《翰苑羣書》有關，曰：貴少大人示悉：份金四百，乞費心轉交沅老，屬題《翰苑羣書》一冊，併懇代交為荷。尊大人暨文郎清恙想已霍然。尚復敬頌著生世大兄傳福。雲誥再拜。（書號11316）

鴻臚寺志略五卷

明楊爾繩撰。明崇禎刻本，半葉九行行十九字。上下雙邊，白口。首有楊爾繩崇禎癸酉年序，殘甚。

內護葉藏園先生跋文一則，曰：考黃氏《千頃堂書目》載《鴻臚寺志》四卷，不著撰人，且卷數不合，《四庫存目》載有《寺志》四卷，為桑學夔撰，則黃氏所記必桑氏作也。此志五卷，為渤海楊爾繩

---

①　陳寶琛（1848－1935年），字伯潛，號弢庵，閩縣（今福州市區）人。清同治七年進士，翰林。

②　陈雲誥（1877－1965），字紫綸，號蟄廬，易水（今屬河北省）人，清光緒二十九年進士，翰林。與傅增湘往來密切。

③　郭則澐（1884－1946），字嘯麓，號養雲、蟄雲，侯官（今福州）人，清光緒二十九年進士，翰林。曾任職北洋政府。傳世詩作甚豐，并撰有小說《紅樓真夢》。

④　俞陛雲（1867－1950），字階青，號斐庵、樂靜，浙江德清人，清光緒二十四年探花。與修《清史稿》。

輯,據自序言,寺本無志,至楊氏乃創為之。徧撿諸家書目不登著錄,是本寺自永樂北遷以後,典章制度賴此得存,卷末題名尤足資攷證,良足貴矣。勁莽世兄其善藏守之①。藏園傅增湘。

鈐“增湘”印。（書號18431）

為政忠告四卷（牧民忠告二卷風憲忠告一卷廟堂忠告一卷）

元張養浩撰。清道光十一年尹濟源碧鮮齋刊本,係清郭尚先寫刻本。壬戌年（1922）據元刊《雲莊類稿》校勘。行間校改甚多。目錄葉鈐“校書亦已勤”、“沇叔手校”印記。

各卷藏園題識錄如下:

《牧民忠告》卷末葉識曰:十月十二日校。

《廟堂忠告》卷末葉識曰:壬戌十月十二日,據元刻本校,並補缺文一百九十九字。藏園主人記。

又跋曰:三事忠告,元本《雲莊類稿》附入第二十五六七卷,周書昌刻本所無。今此刻乃郭蘭石影寫付刊者,亦出元本,而文字差異甚多,疑其子引所刻別行之本,然要以本集為是耳。《類稿》半葉九行行十八字。增湘校畢又記。

鈐“沇叔”、“傅增湘”印記。（書號95）

（九）政書類

通典二百卷

唐杜佑撰。明刻本,半葉十行行二十三字,白口,四周雙邊。

---

① 勁莽,即是李文田長孫李棫（1907－1997）,字勁莽。三十年代就讀于輔仁大學和北京大學,研究南明史和甲骨文。關於李文田藏書,可參閱《藏園羣書題記》“元彭寅翁刊本史記跋”一文。

1920年藏園先生曾往雁蕩山遊覽,歸程至淮南寶應劉啓瑞家,獲北宋本《通典》凡二十八册①,嗣後又得覆刻本七册,先後共得一百七十三卷,因此開始校勘。庚申年(1920)曾以此北宋本校勘,甲子年(1924)再校。丁卯年(1927)八月至翌年(戊辰)十一月又據宋刊元修本校勘。前後八九年間,據校之版本、所遭遇變故,不僅可見諸以下題識,還可參見《藏園羣書經眼錄》及《題記》。1929年日本訪書時,曾見宮內省圖書寮所藏北宋本,歸來另有《校勘記》,現存國家圖書館。《通典》之校勘,是藏園手校羣書重點之一。鈐"沅叔手校"印。

各卷藏園先生識語錄如下:

李翰序之末葉識曰:甲子六月初三日,依宋本校。

卷一末葉識曰:甲子七月初三日,校宋本訖。

卷二末葉識曰:甲子七月初三日,校宋本。

卷三末葉識曰:庚申六月二十三日,校北宋本六頁。

卷四末葉識曰:庚申六月二十三日,校宋本六頁。

卷五末葉識曰:庚申六月二十四日,校北宋本六頁。是日立秋。

卷六末葉識曰:甲子七月初四日校。

卷七末葉識曰:甲子七月初五日校。

卷八末葉識曰:七月初六日校。

卷九末葉識曰:甲子七月廿三日,病小愈,強起校此。

卷十末葉識曰:七月二十四日晨起校畢。天色清朗。

卷十一末葉識曰:丁卯八月二十二日晨起校。

卷十二末葉識曰:丁卯八月二十三日,校宋本於北海一房山。

---

① 詳參傅熹年整理"《藏園日記鈔》摘錄",《文獻》,2004年第2期。

卷十三末葉識曰:八月二十三日校定。

卷十四末葉識曰:八月二十日校畢,已三鼓矣。

卷十五末葉識曰:八月二十四日校。

卷十六末葉識曰:八月二十四日,校正五十四字。

卷十七末葉識曰:八月二十五日校。

卷十八末葉識曰:八月二十五日校定。

卷十九末葉識曰:八月二十六日校。

卷二十末葉識曰:八月二十六日,校於蟠青室。

卷二十一末葉識曰:八月二十七日,校於蟠青室。

卷二十二末葉識曰:八月二十七日,夜雨初過,秉燭校竟。

卷二十三末葉識曰:八月二十八日校。

卷二十四末葉識曰:八月二十八日校。

卷二十五末葉識曰:丁卯八月二十八日,小病不出,校得三卷。

卷二十六末葉識曰:八月二十九日校。

卷二十七末葉識曰:八月二十九日,夜雨滴窗,秋意蕭瑟。

卷二十八末葉識曰:八月三十日校。

卷二十九末葉識曰:八月三十日校。

卷三十末葉識曰:九月初二日校。

卷三十一末葉識曰:九月初二日校。

卷三十二末葉識曰:九月初二日校。

卷三十三末葉識曰:九月初四日校。

卷三十四末葉識曰:九月初五日校。

卷三十五末葉識曰:九月初四日校。

卷四十一末葉識曰:九月初五日,小極不出戶,得竟此帙。

卷四十二末葉識曰:九月初五日校畢,已三鼓矣。

卷四十三末葉識曰:九月初六日校。

卷四十五末葉識曰：重陽日又校此卷。

卷四十六末葉識曰：九月十二日校。

卷四十七末葉識曰：九月十三日校。

卷四十八末葉識曰：九月十四日校。

卷四十九末葉識曰：九月十四夜完。

卷五十末葉識曰：九月十四日校畢。已丑正矣。

卷五十一末葉識曰：九月十五日校。

卷五十二末葉識曰：九月十五日校。

卷五十三末葉識曰：九月十五日校。

卷五十四末葉識曰：九月十六日校。

卷五十五末葉識曰：九月十六夜三鼓校畢。

卷五十六末葉識曰：九月十七日校。

卷五十七末葉識曰：九月十九日，校於津寓。

卷五十八末葉識曰：九月十九日，沽上寓齋校。

卷五十九末葉識曰：九月十九日校。

卷六十末葉識曰：丁卯九月二十一日校。

卷六十一末葉識曰：丁卯九月二十三日，宿清水院校畢。不到此間已四月矣。隔山隱隱聞砲聲，一年一度，可勝嘆哉。

卷六十二末葉識曰：夜靜泉籟益清，萬慮澂澈矣。廿三二鼓。

卷六十三末葉識曰：廿三宿山寺，校畢此帙已亥盡矣。

卷六十四末葉識曰：九月二十四日，校於鳳藹丙舍。

卷六十五末葉識曰：二十四夜校。

卷六十六末葉識曰：廿四夕，鳳阿丙舍校定。

卷六十七末葉識曰：九月廿四夜校，凡得四卷。

卷六十八末葉識曰：九月二十五日晨起校。

卷六十九末葉識曰：九月二十五日校。

卷七十末葉識曰：九月二十五日校。

卷七十一末葉識曰：九月廿五日校，仍宿鳳窠。

卷七十二末葉識曰：九月二十六日校。

卷七十三末葉識曰：九月二十六日晨窗校畢。

卷七十四末葉識曰：九月二十六日午刻校。

卷七十五末葉識曰：九月二十六日校。

卷七十六末葉識曰：九月廿六日，夜校于鳳阿。

卷七十七末葉識曰：九月二十六日，是日共校六卷。

卷七十八末葉識曰：九月二十六日夜闌，更校此一卷。

卷七十九末葉識曰：九月二十七日，校於鳳窠丙舍。

卷八十末葉識曰：九月二十七日校。

卷八十一末葉識曰：九月二十七日校。

卷八十二末葉識曰：九月二十七日校。

卷八十三末葉識曰：九月二十七夜亥刻。

卷八十四末葉識曰：今日僅校完五卷，文字繁碎，難卒讀，疲困極矣。廿七夕，沅叔記。

卷八十五末葉識曰：九月二十八日校。

卷八十六末葉識曰：九月二十八日，移居清泉吟社校畢。

卷八十七末葉識曰：是日陰晴間作，時有微雨，秋色亦漸深矣。午後由鳳藘移居大覺寺，城中扶柩，曛黑始抵山，勞憊甚矣。校此書三卷，皆凶禮也。廿八日。

卷八十八末葉識曰：九月二十九日早起校。

卷八十九末葉識曰：九月二十九日校。

卷九十末葉識曰：九月二十九日，校于清泉吟社。

卷九十一末葉識曰：九月二十九日燈右勘完。

卷九十二末葉識曰：九月二十九日校，是月小建。

卷九十三末葉識曰：今日山氣清迥，出游脩真觀、闡福寺，歸理丹鉛，亦盡五卷。九月晦，書於大覺北寮。

卷九十四末葉識曰：十月朔，鳳薶設祭，攜硯校此。補鈔“奔喪及除喪而後歸制”一篇。

卷九十五末葉識曰：十月朔。

卷九十六末葉識曰：十月朔。

卷九十七末葉識曰：十月初一日，浴於石窩溫泉，回社校竟。

卷九十八末葉識曰：十月朔。

卷九十九末葉識曰：十月朔。

卷一百末葉識曰：十月初二日早起校。

卷一百二末葉識曰：十月初二日校。

卷一百三末葉識曰：十月初二夜校。

卷一百四末葉識曰：十月初二日夜三鼓校。

卷一百五末葉識曰：連朝經營北塋，奔走疲苦，胃痛增劇。今日履視杏園，忽爾致疾，汗出如漿，偃臥荒原，良久乃定，諸郎夾持得歸。聊志於此，知茲行冒險，抱疾力完，此願實具深心，九原有知，當所鑒佑。十月初二日共校六卷。

卷一百六末葉識曰：十月初三日校。

卷一百七末葉識曰：十月初三日。

卷一百八末葉識曰：十月初三日校。

卷一百九末葉識曰：十月初三日。

卷一百十末葉識曰：十月初三日未刻，安葬十叔、大兄、國侄及兄妾吳柩於杏園新塋。禮成返寺，天陰風起矣。入夜仍校此五卷。

卷一百十一末葉識曰：十月初四日校。是日北風驟寒。

卷一百一十二末葉識曰：十月初四日校。

卷一百一十三末葉識曰：十月初四日，薄暮校完。

卷一百一十四末葉識曰：十月初四日大北風，入夜不止。

卷一百一十五末葉識曰：十月初四日校。

卷一百一十六末葉識曰：十月初四日，是日風寒，不得出，校得六卷。晚御羊裘。

卷一百一十七末葉識曰：十月初五日校。

卷一百一十八末葉識曰：十月初五日校。

卷一百一十九末葉識曰：十月初五日校。

卷一百二十末葉識曰：十月初五日校。

卷一百二十一末葉識曰：今日風定回暄，午刻詣杏園新塋復土。下午登傅松亭，秋林爛若錦綺，徘徊獨賞，向夕始歸。初五日，沅叔記。

卷一百二十二末葉識曰：十月初六日校。

卷一百二十三末葉識曰：十月初六日校。

卷一百二十四末葉識曰：十月初六夜校。

卷一百二十五末葉識曰：今日游龍泉寺、鷲峰寺、朝陽院、金仙菴，歸仍校得四卷。初五日沅叔記。

卷一百二十六末葉識曰：初八日校。昨自山中歸，適有小疾，遂輟課一日。

卷一百二十七末葉識曰：丁卯十月初八日校。

卷一百二十八末葉識曰：戊辰正月初三日校。

卷一百二十九末葉識曰：戊辰正月初五日校。

卷一百三十末葉識曰：此卷共改訂一百七十餘字，何其多也。戊辰正月初三日，沅叔記。

鈐“沅叔”印。

卷一百三十一末葉識曰：戊辰二月十二日校。

卷一百三十二末葉識曰：戊辰六月二十八日校畢。自凌夫人殤後，匆匆已歷月餘，意興慘悽，懶親筆硯。近日雨後生涼，乃鼓勇復理前課，聊以遣日耳。書潛漫志。

卷一百三十三末葉識曰：今日水、王兩女為序珊夫人營齋於圓廣寺，因攜筆硯就小室中校此一卷。沅叔廿九日記。

卷一百三十四末葉識曰：廿九日燈下校完。

卷一百三十五末葉識曰：七月初一日校。

卷一百三十六末葉識曰：七月朔校定。

卷一百三十七末葉識曰：七月初二日校。

卷一百三十八末葉識曰：七月初二日校。

卷一百三十九末葉識曰：七月初五日，校於圓廣禪寺。

卷一百四十末葉識曰：七月初五夜校。

卷一百四十一末葉識曰：七月初十日校。

卷一百四十二末葉識曰：戊辰七月二十六日，校於清泉吟社。時山雨忽來，向晚乃霽。同游者楊蔭北、李揖珊、陸慎齋，酒後談文說藝，辯論甚樂。

卷一百四十三末葉識曰：戊辰九月廿六日，校於鳳薍丙舍。暮山陰沉，似有雪意。

卷一百四十四末葉識曰：戊辰立冬後日校。時宿鳳阿山莊。

卷一百四十五末葉識曰：立冬翌日，山居寒慄，就南榮映日校此卷。書潛。

卷一百四十六末葉識曰：九月二十九日，自西峰精舍還校畢。

卷一百五十一末葉識曰：戊辰十月朔日，校於鳳薍丙舍。沅叔。

卷一百五十二末葉識曰：戊辰十月朔校。

卷一百五十三末葉識曰：十月初一夜校。

卷一百五十四末葉識曰：十月朔，仍宿鳳阿。蘭妾、忠郎自城中來。是日共校得四卷。

卷一百五十五末葉識曰：戊辰十月初二日校。

卷一百六十一末葉識曰：此卷共改正二十字。十月初八日校於鳳阿丙舍。沅叔記。

卷一百六十二末葉識曰：初八夜三更，月色沉山，萬籟不作，獨坐校此。

卷一百六十三末葉識曰：十月初九日午後校畢，改正二十二字。

卷一百六十四末葉識曰：十月初九日校於丙舍，更定三十二字。

卷一百六十五末葉識曰：十月初九日午後大風，甚寒，蟄居山廬校此，訂正三十五字。

卷一百六十六末葉識曰：戊辰十月二十五日北河公誕日，設供畢，校此一卷。

鈐“沅叔手校”印。

卷一百六十七末葉識曰：戊辰十月二十五日校。書潛記。

卷一百六十八末葉識曰：戊辰十一月初九日。

卷一百六十九末葉識曰：戊辰十一月初九日校。

卷一百七十末葉闕。

卷一百七十一末葉識曰：戊辰十月初二日鳳阿丙舍校。

卷一百七十二末葉識曰：十月初三日晨起，環峰積雪，光照几案，呵凍校此。書潛記。

卷一百七十三末葉識曰：初三日薄莫校，訂正二十二字。雪霽，斜陽四山，光景萬變。潛耕主人。

卷一百七十四末葉識曰：雪夜嚴寒，擁爐展卷，復竟此帙。西峰居士記。訂正五十六字。

卷一百七十五末葉識曰：初三日夜三更勘竟，訂一百十五字，然宋刊亦有脫文也。

卷一百七十六末葉識曰：十月初四日校。

卷一百七十七末葉識曰：是卷改正七十七字。初四日三鼓，記於鳳阿。

卷一百七十八末葉識曰：十月初五日校。

卷一百七十九末葉識曰：十月初六日，遷葬雙親於鳳阿，平土新穴，禮畢，校此卷。

卷一百八十末葉識曰：十月初六日，日色沉陰，殘雪生寒，蟄居斗室，十指如椎矣。

卷一百八十一末葉識曰：十月初七日校正十二字。

卷一百八十二末葉識曰：十月初七日，游西峰寺，歸校畢。改定三十七字。

卷一百八十三末葉識曰：初七夜校畢，已亥盡矣。凡訂正四十有一字。西崦居士。

卷一百九十三末葉識曰：戊辰四月十四日校畢。

卷一百九十四末葉識曰：四月十三日校北宋本，此卷為文祿堂送閱者。（書號96）

西漢會要七十卷（存十三卷：卷二十九至四十一）

宋徐天麟撰。清光緒十年江蘇書局刊本。鈐“雙鑑樓”、“沆叔手校”印。乙丑年（1925）據宋刊殘本校卷三十三至三十五。《藏園羣書題記》所跋宋刊殘本《西漢會要》與此校本版本似同，而存卷不同。據《經眼錄》及《題記》，知藏園先生辛亥年以後數次見到此書宋刊本不同殘卷，故《題記》中頗多感慨。

各卷藏園先生識語錄如下：

卷三十三末葉識曰：乙丑八月初六日校宋本。沅叔。

卷三十四末葉識曰：八月初八日校宋本。

卷三十五末葉識曰：乙丑八月初八日，依宋刊本校訖。

鈐"增湘"、"藏園"印。（書號98）

西漢會要七十卷

宋徐天麟撰。清光緒二十五年廣雅書局翻武英殿本。據《藏園校書錄》記載，戊辰年（1928）以蔣汝藻藏明影宋鈔本校勘前十卷。

各卷藏園先生識語錄如下：

卷一末葉識曰：戊辰正月初九日，依明鈔本校。

卷八末葉識曰：戊辰正月十三日，依明寫本校。

卷九末葉識曰：戊辰上元日。

卷十末葉識曰：戊辰上元日校。（書號97）

東漢會要四十卷

宋徐天麟撰。清光緒十年江蘇書局刊本。庚申年（1920）據家藏宋寶慶刊本校勘，關於南宋寶慶刊本及校勘概況，可參閱《藏園羣書經眼錄》。該寶慶刊本《東漢會要》與上述宋刊《通典》同時獲於劉啓瑞家。辛酉年（1921）及壬戌年（1922）又據蔣汝藻密韻樓所藏毛氏影宋寫本校卷九至十五、卷二十六至三十，丙寅年（1926）復校卷四、卷五。

目錄葉之末空白處藏園先生跋曰：宋刊本於庚申十一月校畢，中缺第九至第十五共七卷，又卷四前四葉。今歲南游，得見南潯蔣氏密韻樓所藏毛氏影宋寫本，行款正同，因藉以補校各卷，是書庶幾完善可誦。惜《西漢》無可取正，稍暇當就蔣氏再訪之。辛酉三月十六日,傅增湘記。

　　各卷藏園先生識語錄如下:

　　卷一末葉識曰:庚申八月二十五日校。

　　卷二末葉識曰:八月二十六日校。

　　卷三末葉識曰:庚申八月二十六日校。

　　卷四末葉識曰:庚申十一月初九日校。

　　丙寅十月初八日再校。

　　卷五末葉識曰:庚申十一月初九日校。

　　丙寅十月初九日復校。

　　卷六末葉識曰:庚申冬月初九日校。

　　卷七末葉識曰:庚申十一月初九日校。

　　卷八末葉識曰:庚申十一月初九日燈下校。

　　卷九末葉識曰:辛酉三月十二日,影宋本校,都十一葉。

　　卷十末葉識曰:同日校畢,此卷景宋本十三葉。

　　卷十一末葉識曰:辛酉三月十三日校。是日穀雨節。影宋本
十一葉。

　　卷十二末葉識曰:三月十五日校影宋本十四葉。

　　卷十三末葉識曰:辛酉三月之望,校景宋寫本十二葉。

　　卷十四末葉識曰:辛酉三月十五日,校景宋本十葉。

　　卷十五末葉識曰:三月十六日,校景宋本十二葉。

　　卷十六末葉識曰:庚申八月二十六日校。

　　卷十八末葉識曰:八月二十八日早起校。

　　卷十九末葉識曰:八月二十八日校。

　　卷二十末葉識曰:庚申八月二十八日校。

　　卷二十一末葉識曰:九月初六日校。

　　卷二十二末葉識曰:九月十七日校。

卷二十三末葉識曰：九月十七日燈右校。

卷二十四末葉識曰：九月十七夜校。

卷二十五末葉識曰：九月二十一日校。

卷二十六末葉識曰：壬戌二月二十七日，校於西湖客次。

卷二十七末葉識曰：二月二十八日校。

卷二十八末葉識曰：壬戌二月二十八日，校於西湖旅次。

卷二十九末葉識曰：二月二十八日燈右校。是日游洪春橋看桃花。

卷三十末葉識曰：自卷第二十六至三十，皆據烏程蔣氏藏汲古影宋本補校。壬戌二月二十九日，沅叔志於西湖客邸。

卷三十一末葉識曰：十月二十日，游瀋陽乍歸校此。

卷三十二末葉識曰：十月二十一日校。

卷三十三末葉識曰：十月二十一日校。

卷三十四末葉識曰：十月二十二日校。

卷三十五末葉識曰：十月二十二日校。

卷三十六末葉識曰：庚申十一月初二日校。

卷三十七末葉識曰：庚申十一月初三日校。

卷三十八末葉識曰：庚申十一月初四日校。

卷三十九末葉識曰：庚申十一月初七日校。

卷四十末葉識曰：庚申十一月校宋刊本，初八日畢。（書號99）

建炎以來朝野雜記甲集二十卷附集一卷（存十卷）

宋李心傳撰。明抄本，半葉十行行二十一字。鈐“仁和吳任臣印”、“志伊父”、“古意蕭閒”、“謝印墉”、“嘉禾謝東墅藏”、“何印文煥”、“江邨高氏巖耕草堂藏書之印”、“傅沅叔藏書記”、“雙

鑑樓"、"綏珊四十以後所得書畫"、"九峰舊廬藏書記"、"少眉"諸
印。此書別有跋文,見於《藏園羣書題記》。《藏園羣書經眼錄》稱
此書"其卷次為惡估剜改"。

　　書末葉藏園先生跋曰:此甲集存卷一之二,卷十二,卷十四之
二十,原題卷三者乃十二,卷四者乃十四,以下五至十乃十五至二
十。書賈挖改以充全帙者,其愚甚矣。取校粵刻,脫文異字極多,
有出於校記之外者,蓋亦從宋本出,可珍也。沅叔附記。辛酉五月
初十日。(書號10555)

建炎以來朝野雜記甲集二十卷
乙集二十卷首一卷校勘記五卷

　　宋李心傳撰。清光緒二十五年廣雅書局翻《武英殿聚珍》本。
傅增湘己未年(1919)據張元濟藏鮑廷博手錄吳焯校文校勘乙集,
辛酉年(1921)據董康藏明寫本校勘甲集,是年十月又據繆荃孫藏
舊鈔本補校。關於董康藏本和張元濟藏本,《藏園羣書經眼錄》已
有著錄。

　　甲集目錄末葉藏園先生朱筆題跋二則,曰:董授金司寇得明寫
本《朝野雜記》甲集六冊①,乃藝風老人舊藏,存卷一二卷十二又卷
十四至二十,共十卷,歷藏吳任臣志伊、謝墉東墅二家,假讀一過,
得異字脫文備著於冊。此刻本附校記,據云從影宋本出,然不合者
亦十之二三也。聞繆氏別有寫本全帙,竢更求之。辛酉五月初十
日傅增湘記。

　　十月假得繆氏寫本全帙來,其甲集為舊鈔本,有人以錢氏萃古

---

　　① 董康,字授經,又作綬金,自署誦芬室主人,江蘇武進人。清光緒十六年進士。
有《書舶庸譚》,傅增湘序。

齋影本校過者。乙集為明寫本，即吳任臣藏本，而卷一至四、卷七、卷二十皆為新抄補入，因補此冊所未校者。甲集計九卷，乙集五卷，惟二十卷仍缺焉。辛酉十月二十一日記。

各卷藏園先生識語錄如下：

卷一末葉識曰：辛酉五月初三日，據明寫本校。

卷二末葉識曰：辛酉端午節校。

卷三末葉識曰：辛酉十月初九日，據藝風堂藏舊鈔本校。原本從萃古齋本校。

卷四末葉識曰：辛酉十月初十日，據藝風堂藏本校定。

卷五末葉識曰：辛酉十月十七日，據藝風堂舊抄本校。

卷六末葉識曰：十月十七日，據藝風堂藏鈔本校。

卷七末葉識曰：十月十七日，據藝風藏本校。

卷八末葉識曰：十月十七夜校。

卷九末葉識曰：十月十七夜校。

卷十末葉識曰：十月十七日校。

卷十一末葉識曰：十月十七日，據藝風藏本校，是日共畢七卷。

卷十二末葉識曰：辛酉五月初六日校定。

卷十四末葉識曰：辛酉五月初六日校。

卷十五末葉識曰：辛酉端午後日校。

卷十六末葉識曰：辛酉五月初七日校。

卷十七末葉識曰：辛酉五月初七日校。

卷十八末葉識曰：辛酉五月初八日校畢。

卷十九末葉識曰：辛酉五月初八日校。

卷二十末葉識曰：辛酉五月初八日校。

乙集書眉過錄吳綉谷、周星詒校記，各卷末過錄鮑淥飲手錄吳綉谷題識甚多，所過錄文字不見於《藏園羣書經眼錄》及《題記》。

行間校記頗多。

　　序言之末葉,藏園先生朱筆跋曰:己未六月,余避地吳門①,張菊生前輩自上海來訪,並攜新獲宋鈔本《太祖實錄》、沈寶硯校宋本《世說新語》及此書相畀。余以此書為鄉邦文獻,因假得攜入都,至十月乃得校完。此本附校記,大勝陸氏《羣書校補》,而吳氏所校又多出其外,惜其所存厪此乙集十四卷也,原本乃鮑淥飲手錄吳綉谷所校,其上方注詒者則祥符周季貺也。己未小雪後三日,增湘記。

　　各卷藏園先生識語錄如下:

　　卷一末葉識曰:己未九月廿一日,薑弇校於藏園。

　　卷二末葉識曰:九月廿一日再竟此卷,薑弇。

　　卷三末葉識曰:己未九月廿二日燈下,薑庵校。

　　卷四末葉識曰:己未九月二十七日校。

　　卷五首葉識曰:己未九月二十七日校。

　　卷六末葉識曰:九月二十八日校。

　　卷七末葉識曰:九月二十八日鐙下校,藏園主人。

　　卷八末葉識曰:己未九月二十九日校。

　　卷九末葉識曰:己未十月朔校,藏園。

　　卷十末葉識曰:己未十月朔校于藏園。

　　卷十一末葉識曰:己未十月朔校。

　　卷十二末葉識曰:己未十月初二日校。

　　卷十三末葉識曰:十月初十日,據藝風藏本校。

　　卷十五末葉識曰:十月十一日,據藝風藏明寫本校。

　　卷十七末葉識曰:辛酉十月十九日,據明寫本校。

---

　　① 指1919年辭去教育總長事,《藏園居士六十自述》曰:"五四之役起,調停無術,遂不得不避賢而遠引耳。"

卷十八末葉識曰:辛酉十月十九日,據明鈔本校。

卷十九第十一葉後面眉批識曰:藝風老人所藏明寫本以下缺。
(書號100)

大金集禮四十卷識語一卷
校勘記一卷(存三十八卷:缺卷廿六,卅三)

金張瑋等輯,清廖廷相撰《識語》,清繆荃孫撰《校勘記》。清光緒二十一年廣雅書局刊本。丙寅年(1926)據影寫本校勘。影寫本可參見《藏園羣書經眼錄》。

各卷藏園先生識語錄如下:

卷一末葉識曰:丙寅二月二十八日,據汲古閣影寫本校。

卷二末葉識曰:三月初八日訂正七十五字。

卷三末葉識曰:三月初九日校,訂正五十字。

卷四末葉識曰:三月初九日校,訂正七十五字。

卷五末葉識曰:三月初九日校,訂正五十一字。

卷六末葉識曰:二月廿八日午刻,沅叔校。

卷七末葉識曰:二月二十八日校。

卷八末葉識曰:三月初十日校。

卷九末葉識曰:三月初十日校。

卷十末葉識曰:三月初十夜。

卷十一末葉識曰:三月十一日校正二十字。

卷十二至十七原有闕文,故合刊不分卷次,僅四葉,末葉識曰:三月十一日校,訂正三字。

卷十八原缺末葉。

卷十九末葉識曰:三月十一日,訂正三字。

卷二十末葉識曰:三月十一日校,訂正七十八字。

卷二十一末葉識曰：三月十一日校，訂正三十八字。

卷二十二末葉識曰：三月十二日校，訂正十三字。

卷二十三末葉識曰：三月十二日校，訂正三字。

卷二十四末葉識曰：三月十二夜，訂正七字。

卷二十五末葉識曰：三月十二日校。

卷二十七末葉識曰：三月十三日。

卷二十八末葉識曰：三月十三日校，訂正七字。

卷二十九末葉識曰：三月十三日校。

卷三十末葉識曰：三月十四日校。

卷三十一末葉識曰：三月十五日校。

卷三十二末葉識曰：三月十五日。

卷三十四末葉識曰：三月十五日。

卷三十五末葉識曰：三月十五日。

卷三十六末葉識曰：三月十五日。

卷三十七末葉識曰：三月十六日。

卷三十八末葉識曰：三月十七日校。

卷三十九末葉識曰：三月十七晨。

卷四十末葉識曰：三月十七日校畢。（書號101）

（十）金石類

嘯堂集古錄二卷

宋王俅撰。明影宋刻本。序文葉鈐“錢氏叔寶”、“勾吳逸氏”、“安樂堂藏書記”、“明善堂覽書畫印記”、“馮舒之印”、“馮氏藏本”、“楊氏海源閣藏”、“東郡楊紹和彥合珍藏”、“椿萱書屋藏書”諸印。

書衣藏園先生辛巳年（1941）題跋曰：《嘯堂集古錄》此為明萬曆時翻宋版，其宋刻原本近年為歸朱翼盦，余曾藉觀，卷末干文傳跋尚屬手書墨跡。此雖覆本，然歷經錢、馮諸名家收藏，亦足珍也。辛巳初夏，藏園書。

鈐“傅增湘”、“藏園題識”印。（書號6517）

寶刻叢編二十卷

宋陳思輯。清光緒十四年陸氏万卷樓刊本。丁丑年（1937）傅、周二位先生據各自所藏殘宋寫本校勘，校勘記集中于此，亦是學林一佳話。周叔弢校勘跋語尚可見諸《自莊嚴勘善本書目》。鈐“朱弢手校”印。書眉、行間校記頗多。

此書殘宋鈔本卷一及卷五今存國家圖書館，卷一闕三葉，共五十四葉，所殘不多；卷五僅存六葉（三十八葉至四十三葉），半葉十行行二十字，白口，左右雙邊，蝴蝶裝，版式寬大，字體端整，頗有上版寫本意味。卷一首葉末葉鈐“周暹”印。卷五大約曾經受潮，漫漶較多，進入本館後，曾予以修復，合訂為一冊，書號8115。《藏園羣書經眼錄》著錄此書概況，稱其出自内閣大庫。

卷一末葉周叔弢先生以“自莊嚴堪”稿紙補脱文並跋曰：《寶刻叢編》世無宋槧，鈔本流傳，亦多闕佚。余前得宋鈔本第一卷，頗矜罕秘。頃沅叔三丈出此書，屬為對勘，因校讀一過。目錄中鎮江府上有潤州二字，建康府上有昇州二字，已勝《四庫》所據之本。至於酸棗縣漢劉熊碑，補《金石錄》、《復齋碑錄》二條，青州補後魏堯廟碑、唐堯山神記二則，齊州補唐薛寶積清德頌、唐劉彥恪清德頌、唐瑞氣觀天尊像碑、唐中興聖教序、唐四禪寺七祖堂頌、唐房夫人碑六則，唐房彥謙碑補《復齋碑錄》十一字，唐史封公德政碑補《集古錄目》一條，沂州補全章九則，濰州補唐開元寺僧殘碑一則，

漢逢童子碑補《隸釋》十三字,漢逢君神道補《諸道石刻錄》廿九
字、《金石錄》十七字,北齊造像碑補《集古錄》一條,淄州補魏史胥
順碑、魏衡篆碑二則,唐謚文宣王詔補《集古錄目》三十二字、《金
石錄》一條,淮陽軍漢嚴訢碑補《金石錄》二十二字,尤足快意。宋
鈔本出自内閣大庫,他卷尚有殘葉,流落人間,倘能搜集而通校之,
所獲必多也。丁丑六月六日,至德周暹記。

　　卷五中可見書眉書腳處標示宋寫本起訖之行,葉十一空白處
藏園先生跋曰:廠市得宋寫本三葉,為卷五之九至十一,今夕偶檢
得此本,就校其上。聞叔弢有數十葉,異時當以此刻寄之,乞其臨
勘以餉我也。丁丑五月十二日,藏園記。(書號 104)

(十一)目錄類

直齋書錄解題二十二卷

　　宋陳振孫撰。清乾隆《武英殿聚珍版叢書》本。丁巳年
(1917)及甲子年(1924)傅增湘臨盧文弨校跋並校勘。《圖書季
刊》1941 年連載此書校記,並錄出盧文弨跋文。鈐"沅叔校勘"、
"校書亦已勤"、"傅增湘"、"書潛"印。眉批甚多。

　　目錄葉之後過錄盧文弨長跋兩則。

　　各卷藏園先生識語錄如下:

　　卷一末葉識曰:丁巳三月二十五日校。

　　卷十五末葉識曰:甲子十二月初九日再校。

　　卷十九末葉識曰:甲子十二月初九日再校。

　　卷二十末葉識曰:甲子十二月初九日校。

　　卷二十二末葉識曰:四月初六日校畢。

　　鈐"藏園祕笈"印。(書號 102)

汲古閣珍藏祕本書目一卷

清毛扆藏并撰，著錄版本及價格。清嘉慶五年黃氏士禮居刊
本。寫刻上版，刊工甚精。護葉有鏡西姚尹跋文。正文中藏園先生
朱筆行間過錄，及庚午年(1930)墨筆眉批，指出該書曾藏何處，或今
藏何處，頗有意義。鈐"荄盦曼士鑑藏"、"鏡西珍賞"、"沅叔"印。
書末藏園先生以雙鑑樓抄本稿紙過錄吳震抄本中吳震、沈道寬、錢
天樹、李遇孫、凌鳴喈、潘錫恩等人跋文，最後為藏園跋識。

藏園先生跋曰：右鈔本《汲古書目》一冊、《校刊書目》一冊，乃
吳興吳震東白手鈔者。吳氏世營書業，此手錄以備考覽。其子養
恬出以徵題，有沈道寬、錢天樹、李遇孫、凌鳴喈、潘錫恩諸人跋語，
茲錄存左方。其卷中所注各筆今在何家者，則書之每條下，余所知
見者亦略注一二云。庚午六月，傅增湘。（書號5134）

藏園羣書題記續集六卷

傅增湘撰。1939 年鉛印本。鈐"沅叔"、"藏園"、"東父所
藏"、"寶硯堂"、"乙卯"印。

全書卷末藏園跋曰：昨歲嘉平月，簡料積稿，彙為此編，付諸梓
人，縣歷一年，乃得訖功。今日裝成百部，日留此首帙以備觀覽，或
偶有差失，亦可就此補正焉。戊寅小除夕，藏園老人書。（山東省
圖書館5189）

（十二）史評類

史通二十卷

唐劉知幾撰。明萬曆五年張之象刻本，半葉十行行十九字，白

口,左右雙邊。壬子(1912)至甲寅年(1914)吳慈培跋並臨何焯、顧廣圻校跋。乙亥年(1935)傅增湘跋並臨唐翰題校,並過錄顧廣圻題識。所過錄之唐翰題、何焯、顧廣圻校跋均可見於《藏園羣書經眼錄》。吳慈培此四跋,表達學者對版本之孜孜追求,且與藏園密切相關,故移錄。

　　內護葉首為吳慈培跋文二則,敍校書始末。其一曰:向讀士禮居題跋,屢稱沈寶硯,云是義門高第弟子,於是心識其人。傅丈沉叔自上海歸,攜得涵芬樓所藏校宋本《莊子》,余轉假臨校,卷末題"雍正庚戌夏五月望後一日吳門寶硯居士沈巘記於是",其名與時代里貫都昭昭可考。校此書畢,《南華》尚在案頭未歸,假以與鄧本對勘,筆跡實出一手,乃恍然鄧本即潤蒼跋所稱之沈寶硯臨本也。然則劉氏之賓在上行者,當並沈先生而五矣。夫寶硯居士臨其師之校兼及仲子語,又以己意補所不及。而潤蒼既見義門本又見寶硯臨本,此三本乃使余得盡見,而知其受授源流,親切著明。如此遇合之巧,墨緣之深,豈有過是者耶? 重陽後二日,裝畢識此,並書末卷後第一第二兩跋。偶能。

　　其二曰:此書舊有破損黏補處,裝工以補紙不佳,槩以別紙易之。何、顧兩家校語書在補紙處者,遂致失落。裝畢始覺之,從傅丈再假何校補完。顧校已還正闇,攜往營口官舍矣。頃馳書復假以來,書到,破兩日工夫補所失字,並覆校一過。癸丑九月望日慈培識。

　　數月之後,吳慈培又跋曰:臘盡,書估李子東①自上海來書,告我見湖南某家散出之書內有宋版《史通》,每半葉十一行行二十二

---

　　① 即李紫東,河北衡水人,卒於1944年左右。在上海經營忠厚書莊,係北京舊書業到上海設店第一家。

三四字不等,中有缺葉云云。急馳書報子東,無論需值幾何,必為我得之。除夕發書之後,私自欣幸,以為奇籍必為我有,真可覷劉氏面目矣。越數日,書來,則云已為烏程張石銘購去①。聞之嗟焉若喪,李書又云,不僅闕葉,實闕數卷。意蓋恐吾慊其不稱事,故設為此說,以示不足惜者。殊不知此等書雖斷簡片葉有同拱璧,不可以較量完缺,就使其說非欺,其識亦已下矣。國家盛時,書估如五柳之陶、文粹之謝、鑑古之韋,見稱於一時,賢士大夫好古者往往倚之,蒐遺獵奇以厭所欲。今人萬事不逮古人,不第余之書福淺薄也。甲寅人日,佩伯。

各卷藏園先生識語錄如下:

卷一末葉識曰:乙亥正月十三日,見唐鷦庵手校宋刊本,對臨此卷。藏園。

卷二末葉識曰:正月十三日校。

卷三末葉識曰:夜闌無事,集家人於長春室中,行明代選官格二局。既畢,迺取唐氏校本臨錄,遂竟三卷,然更漏已三下矣。乙亥正月十有三日,藏園先生記。

卷五末葉識曰:乙亥正月十四日,校於藏園。

卷六末葉識曰:正月十四日校。

卷七末葉識曰:正月十六日校。

卷十末葉吳慈培識曰:二十五日對讀至此。

卷十一末葉識曰:乙亥正月十六日校畢。

卷十五末葉吳慈培識曰:廿六日讀此本五卷。

全書末葉有吳慈培長跋,敘《史通》校跋始末,曰:己酉歲在奉

---

① 　張鈞衡(1872－1927),字石銘,號適園主人,浙江吳興人。家富饒資,藏書規模甚巨。有《適園藏書志》。

天,見正闇鄧君案頭有顧千里手校《史通》,亟思傳錄,正闇謂更有
何義門校本,尤為精好,當以互勘,而書在吉林,不能即致,因訂異
日借校之約。忽忽遂逾三年,今年夏正闇來津,將踐宿諾,適傅年
丈沅叔收得宗室伯希祭酒盛昱欝華閣遺書數十种,中亦有義門手
校《史通》一部,以示正闇。正闇素能識別何氏書瀘,謂自藏是真
跡,而傅丈所收者贋本亂真。越日余訪正闇,一見即大呼曰:“吾
過矣。”蓋以傅本與自藏互勘,則真者在傅丈,而亂真者轉在正闇,
因示予以真贋之別,不獨書法美好有間,且傅本第七卷後有義門康
熙丙戌癸巳題識二則及顧千里一跋,為鄧本所無也。余於是求假
于傅丈,並借正闇兩本參互勘之。去年收得此張之象刻,何校底本
亦是張刻,頗喜臨校甚便。及細審乃知時有差謬,蓋此經翻刻或重
脩者。爰先以粉筆照何本一一改正,何校用朱筆,仍以朱筆臨之。
黃筆者正闇所藏臨本於何校外補校者也。綠筆者潤黂校及所采
《羣書拾補》也。此刻與《拾補》合者又以藍筆於本字旁圈識之。
潤黂所采《拾補》五百二十條,何校合者一百八十九條,此刻合者
一百七十四條,臨本補校亦十九與《拾補》相合。予校此書費時十
八日,周而復始者至於六七,凡諸本雌黃一筆不遺,庶幾毫髮無憾,
正定可傳。噫,此書先後經二何臨本第五卷“因習”下引小山校語
一條,義門改邑里,盧、顧數先生辛苦校讐,歷百有餘年,乃假余小
子之手,為之參綜薈最,豈偶然哉? 然非傅丈、鄧君蒐羅之勤,末由
遇合,使劉氏論功請賓,則彼四先生在上行,傅丈與鄧君次坐,而余
小子亦當得侍末席霑餘瀝也。壬子八月七日校畢,入秋暑熱未減,
昨宵風雨新涼乍生,吳慈培記。

　　義門所錄馮評皆先寫錢評,後改作馮,詳其自跋。傅本每條改
字之跡了然可驗。鄧本則竟寫作馮。此亦鄧本在後傳臨之明證
也。余臨校而不錄評,余校書之例如此,恐後之人讀何跋而致疑,

特坿識之。越二日,慈培。(書號105)

史通二十卷

唐劉知幾撰。《四部叢刊》影印明萬曆三十年張鼎思刊本。鈐"雙鑑樓"、"傅印增湘"、"沅叔"、"藏園"、"書潛"印。全書各卷均校過,但僅三則識語。

卷一末葉識曰:乙丑十二月十一日校。

卷二末葉識曰:十二月十一日燈下校。

卷三末葉識曰:十二月十一日夜三鼓。(書號1993)

東萊先生音注唐鑑二十四卷

宋范祖禹撰,呂祖謙注。清刊本。鈐"寶應喬氏吾園珍藏"、"䤈襭室主人"、"雙鑑樓"、"校書亦已勤"、"沅叔手校"印。辛酉年(1921)據劉啟瑞藏宋刊元修本校勘,宋刊本著錄於《藏園羣書經眼錄》,今藏國家圖書館。

范祖禹序後空白處藏園先生跋曰:前歲在寶應劉氏見此刻本,乃宋元間所刊,卷四末有"恩州郙安刊"五字,半葉十一行,每行十九字,注雙行二十三字,白口,四周單綫,版心上方記字數,後半略有殘葉。翰臣方事校勘①,盛稱其佳。今年春,翰臣慨以相假,郵寄來都,乃以此刻對儺,竟有脫至數十字者,至於零章瑣字,所改者於義亦長,欣忭無已。此書自明弘治刻本以迄於今,皆一刻遞翻,其源似亦出於趙宋,而訛謬相承,莫從是正,幸得此刻,補匡缺失,行當刊入蜀賢遺著中,與世之讀書者共之也。辛酉七月二十七日

---

① 劉啟瑞,字翰臣。江蘇寶應人。其藏書後多轉入藏園,參見傅熹年"《藏園日記鈔》摘錄",《文獻》2004年第2期。

校畢附記,藏園主人書。

　　鈐"傅"、"沅叔"印。

　　各卷藏園先生識語錄如下:

　　卷一末葉識曰:辛酉七月二十六日校於藏園。

　　卷二末葉識曰:同日校。

　　卷三末葉識曰:七月二十六日午刻校。

　　卷四末葉識曰:七月二十六日燈右校訖。

　　卷五末葉識曰:七月二十七日早,坐藏園水閣校畢。

　　卷六末葉識曰:七月二十七日午正勘竟。

　　卷七末葉識曰:辛酉四月十六日校宋本。

　　卷八末葉識曰:辛酉四月十七日校宋本。

　　卷九末葉識曰:辛酉四月十八日,據宋本勘讀,並補鈔一葉。

　　卷十末葉識曰:辛酉四月十八日校。

　　卷十一末葉識曰:四月十八日,自大兄宅拜壽歸,又竟此卷。

　　卷十二末葉識曰:辛酉四月十八日申刻校。

　　卷十三末葉識曰:辛酉四月十八日校定。

　　卷十四末葉識曰:辛酉四月十九日校。

　　卷十五末葉識曰:辛酉四月十九日校。

　　卷十六末葉識曰:辛酉四月十九日校。

　　卷十七末葉識曰:辛酉四月十九日校。

　　卷十八末葉識曰:辛酉四月十九日校。

　　卷十九末葉識曰:辛酉四月十九日校。

　　卷二十末葉識曰:辛酉四月十九日燈下校完。

　　卷二十一末葉識曰:辛酉四月二十日校。

　　卷二十二末葉識曰:辛酉四月二十日晨起,坐園中廊下校竟此卷。

卷二十三末葉識曰:辛酉四月二十日巳刻校。

卷二十四末葉識曰:辛酉四月二十日校宋本畢,沅未。（書號107）

四明尊堯集十一卷

宋陳瓘撰。清光緒十年章景祥翠竹書室刊本。鈐“沅叔手校”、“雙鑑樓”印。行間校改甚多。1928 年據元刊本校勘①。《藏園羣書題記》有長跋。

目錄葉末空白處藏園先生跋曰:元刊本,半葉十一行,每行二十字,上空一格,前有後至元五年前奉政大夫德安府隨州知州兼勸農事三山林興祖重刊序,行書,半葉六行,後紹興九年男正綱跋,坿責沈文一首。收藏有“茂苑香生蔣鳳藻秦漢十印齋祕篋圖書”朱文印。紙上有“□寧縣儒學記”朱文官印。戊辰四月見於文友堂書坊,因借校於此本上。沅叔手記。

鈐“增湘”印。

各卷藏園先生識語錄如下:

卷二末葉識曰:戊辰四月初十日,據元刊本校。

卷三末葉識曰:元本以上為第一卷。

卷五末葉識曰:元刊本以上為卷第二。戊辰四月初十日,書潛校記。

卷七末葉識曰:元刊本以上第三卷。

卷十末葉手抄陳正綱刊書題記一則,手抄了齋政和二年責沈文。鈐“沅叔手校”印。

卷十一林興祖刊書題記末葉識曰:昨夕煩熱不得眠,侵晨坐園

---

① 按:《藏園羣書經眼錄》著錄為明初刊本。

中水榭校畢。四月十一日,沅叔記。

　　鈐“沅叔”印。(書號 108)

舊聞證誤四卷

　　宋李心傳撰。清乾隆四十七年李調元《函海》本。詳參《藏園羣書題記》。

　　藏園先生於卷二補鈔六葉,卷四補鈔二葉。書眉校記甚多。(書號 109)

三、子　部

（一）總類

十□子□□卷（存十子，計十三卷）

明正德嘉靖間刊本，半葉十行行十九字，白口，左右雙邊。該書曾爲盛昱藏書，有朱學勤、盛昱、章鈺諸人跋識，鈐印除《藏園羣書題記》所記，尚有"臣印學勤"、"傅沅叔藏書印"。傅增湘撰有長跋，諸家跋識均見於《題記》。戊辰年（1928）據宋刊本校《亢倉子》之章。

《亢倉子》卷末葉藏園識曰：依瞿氏藏宋刊《新雕洞靈真經》校正文畢。戊辰閏月廿七日，沅叔清泉吟社記。

鈐"沅叔"、"傅印增湘"印。（書號11365）

先秦諸子合編三十五卷

明馮夢禎編。明萬曆三十年縣眇閣刻本，半葉十行行二十字，白口，左右雙邊。鈐"雙鑑樓珍藏印"、"江安傅沅叔攷藏善本"、"江安傅氏藏書鑑定書籍之記"、"江安傅忠謨晉生珍藏"印。該書概況見諸《藏園羣書經眼錄》。庚午年（1930）據明鈔《說郛》本校勘并跋。

各卷藏園先生識語錄如下：

《關尹子》目錄之末跋曰:明潯南書舍寫本《說郛》卷六十八全收此書,取校一過,異文至多,殊出明翻宋本十行《子彙》本之上,惟中缺九則,意鈔胥或遺之耳。每篇下解題及章數,明以來刊本皆不載,或宋刊如是耶?竢再攷之。沅朩手記。庚午夏至後一日。

《鄧析子》卷末識曰:庚午五月二十八日,據明鈔《說郛》本校。沅朩。

鈐"沅叔手校"印。

《鬼谷子》目錄之末識曰:明鈔《說郛》乃節錄本,然異字則可取。沅叔,庚午五月廿九日。(書號2528)

(二)儒家類

新語二卷

漢陸賈撰。清光緒元年崇文書局刊本。據《藏園校書錄》記載以明天一閣刊本校勘,"辨惑篇"補二百餘字。所補文字俱在書眉,無跋語。(書號111)

新書十卷

漢賈誼撰。清乾隆年間盧氏抱經堂刻本。清黃丕烈校。己巳年(1929)吳湖帆題識①、張元濟、顧頡剛跋②,庚午年(1930)葉恭

---

① 吳翼燕(1894－1968),字逼駿,號湖帆,江蘇吳縣人。吳大澂嗣孫,潘承厚姑丈。善畫,又富藏書。
② 顧頡剛(1893－1980),字誠吾,號銘堅,江蘇吳縣人,顧廷龍從侄。著名史學家,藏書處為芬陀利室、純熙室。

綽題識①、趙萬里跋②,辛未年(1931)傅增湘、容庚等人跋或題識③,丙子年(1936)陳清華題識④,丁丑年(1937)徐乃昌⑤、葉景葵等人題識⑥,庚辰年(1940)瞿熙邦題識⑦。卷一至卷四黃丕烈批校。鈐"獨山莫棠字楚生夷三"、"獨山莫氏藏書"、"丁卯再生"、"吳縣潘承厚承弼讀書記"、"獨山莫祥藏圖書記"、"莫祀信印"、"莫氏秘笈"諸印。

卷首有張元濟跋文一則:戊辰秋,友人莫楚生歿于蘇州,不數月而藏書盡散⑧。余友潘博山得此書于肆中⑨,定為黃蕘圃先生所校,攜至海上以眎余。余謂博山所識為至高也。卷一後有朱筆八字,曰:成化癸卯喬縉本校。墨筆亦八字,曰:正德九年陸相本校。之二本今皆不可得見,雖校出之字有時似不逮盧本,然孰敢謂盧必是而喬陸皆非哉? 鄉賢手澤,善本遺文,博山其珍視之。海鹽張元濟⑩。

---

①　葉恭綽(1881－1968),字裕甫,又作玉虎,號遐庵、遐翁,廣東番禺人。關注鄉邦文獻,精於鑒別。繼承祖父葉衍蘭之學,亦富藏書。有《番禺葉氏遐庵藏書目錄》。

②　趙萬里(1905－1984),字斐雲,浙江海寧人。國家圖書館版本目錄學家。

③　容庚(1894－1983),字希白,號頌齋。當代古文字學家。

④　陳清華(1894－1978),字澄中,湖南祁陽人。銀行家,頗富藏書,有宋版《荀子》而書齋名郇齋,曾購買藏園所藏《周易正義》。晚年,其藏書精品部分轉入國家圖書館。

⑤　徐乃昌(1866－1943),字積餘,號隨庵,安徽南陵人。甚富藏書,有《積學齋藏書目》。

⑥　葉景葵(1874－1949),字揆初,號卷盦。光緒二十九年進士。曾參與創辦和眾圖書館。有《杭州葉氏卷盦藏書目錄》。

⑦　瞿熙邦(1908－1987),字千里,後改名鳳起,鐵琴銅劍樓第五代傳人,與吳縣藏書家多往來。將鐵琴銅劍樓藏書逐漸歸諸國家圖書館。

⑧　此莫棠藏本詳參下則校勘跋識。

⑨　潘承厚字溫甫,號博山,潘祖蔭從孫。富收藏且精鑒定。

⑩　此跋已收錄在《張元濟古籍書目序跋匯編》(下),商務印書館,2003年。

鈐"丁卯再生"印。

卷十末有十五條題跋或題識,按順序逐録于下:

歷年得見黃堯圃手校羣籍,無慮數十百種,要以敝藏校宋本《劉子新論》為甲觀,所謂火棗兒糕也。頃承博山昆仲見際此書,其為堯考手跡,固可望氣而得之,至可寶翫。頃海源閣書散出,黃校以數十帙,方懸直待沽,博山其有意乎?辛未二月初吉,獲觀蜀本《後山集》①,特題名于此,以志蹤跡,傅增湘。

庚午四月,葉恭綽敬觀,以字跡筆意審,確為復翁手校本。

武進趙尊岳觀②。

己巳正月,吳湖帆拜觀。

余所見黃復翁校本《汪水雲集》、《淮南子》,與此本前四卷所校字體正合,其為復翁校本殆無疑義。庚午閏六月道過吳門,觀博山道兄藏書,以蜀本《後山集》為最精,此雖抱經堂刊本,然經復翁校過,亦未可等閒視之也。海寧趙萬里記。

校勘學之精密,至清儒而極。千里、抱經、鐵橋諸宗收拾舊籍,一一校録□,然後校勘古文籍之工作得以完成,且使宋元刊本得盡其用,不徒為古董玩好而已。惟清儒所校半未付刊,去年在粵,得睹南海孔氏三十三萬樓舊藏之《北堂書鈔》七家校本,細字蠅頭,窮人目力,孔氏刊《書鈔》時竟未過録,可惜孰甚。黃堯圃先生生于吳中,又際盛世,盡一生之力于搜采之中,見聞之廣,幾無其匹。其自刊書多附校記,學者便之。身後蕭索,所校書之未刊者百餘年來久已散盡。姻丈博山先生近日購得獨山莫氏藏書數種,其中批

---

① 關於此書,別有跋,詳參下文集部。

② 趙尊岳(1898－1965),字叔雍,江蘇武進人。詞學造詣深厚,其父趙鳳昌係張之洞重要幕僚。

校本賈誼《新書》不著校者名字,先生從字體上判為蕘圃所校,致為確鑒。雖施朱墨首僅四卷,而所用以校勘之兩本今皆不可見,字句異同又復彌甚,與抱經所據之建、潭諸本合觀,悉盡此書。宋明以來遞嬗之跡,洵足寶貴。竊謂可錄出付印,使蕘圃之苦心不隨其楹書而先墜。博山先生倘有意乎?民國十八年七月十五日,顧頡剛跋。

己巳季夏,商承祚拜觀于吳門①。

二十年夏,與徐中舒、商錫永兩兄往上海觀劉氏善齋所藏吉金,道過蘇州,訪博山兄,拜觀藏書,于師遽尊尤摩挲不釋手也。漫記于此。容庚。

二十年夏,徐中舒敬觀②。

丁丑正月,葉景葵敬觀。

二十二年六月十日,吳興張乃熊觀③。

丙子孟夏,祁陽陳清華拜觀。

丁丑春日,陳廷緒④、陳敬第⑤、王禔同觀⑥。

丁丑元夜,南陵徐乃昌、金山姚光同觀⑦。

庚辰孟秋,常熟瞿熙邦拜觀。(上海圖書館綫善 783766－67)

---

① 商承祚(1902－1991),字錫永,廣東番禺人。古文字學家。

② 徐中舒(1898－1991),安徽懷寧人。歷史學家,古文字學家。

③ 張乃熊(1890－1945),字芹伯,一字迋圃,浙江吳興南潯鎮人。繼承其父張鈞衡藏書,抗戰期間經與文獻保存同志會商洽,藏書轉入中央圖書館。

④ 陳漢第,字廷緒,清末官員,曾任寧遠府知府。陳叔通兄。

⑤ 陳敬第(1876－1966),字叔通,浙江仁和人。光緒二十九年進士,翰林。係葉景葵姻親。

⑥ 王禔(1878－1960),即王壽祺,號福庵,善治印,傅增湘多方印出自其手。

⑦ 姚光(1891－1945),字鳳石,號石子,上海金山人。喜藏書,留心鄉邦文獻。其藏書今在上海圖書館。

新書十卷

漢賈誼撰。清光緒元年湖北崇文書局刊本。甲寅年（1914）據莫棠藏明喬縉刊本校勘，並過錄莫棠跋文。莫棠舊藏明刊本《新書》，《藏園羣書經眼錄》著錄。

首為明正德九年長沙黃寶序言。序言末葉空白處藏園過錄莫棠跋文，其文曰：余得此舊刊《新書》於吳下，以抱經所舉諸本校之，與建本八九合，與潭本三四合。舊藏盧本有前人據成化喬縉本朱筆校校只及半，其所記行款異同皆與此符，然則此即喬本或李空同所謂之繙刻而疑為元刊者①，非卷六卷七頗有脫誤，必其所據宋本脫葉之故，其他實勝明代尋常諸刻，且為盧所未見，足見流傳不多矣。戊戌四月望夕裝畢題記，獨山莫棠。

傅增湘並跋曰：明刻賈誼《新書》，半葉十行十八字，白口，左右雙邊。余假之楚生世丈，取此本校勘，訛脫極多，未為善本。然卷中校改各字頗有出盧校外者，則亦未可輕詆也，且此本各家目不見著錄，參之盧校本，楚生丈所謂喬本者，蓋庶幾近之。甲寅八月二十九日，校畢因記，沅叔。②（書號112）

鹽鐵論四卷

漢桓寬撰。明沈廷銓刻本，半葉九行行二十字，左右雙邊，白口。鈐"沅叔手校"。己巳（1929）至翌年間據明太玄書室刊本校勘。《藏園羣書經眼錄》詳記太玄書室本及校勘過程，並比較此本

---

　　①　潭州本（簡稱潭本）和建寧本（簡稱建本）俱為《新書》宋刻本。李空同即李夢陽，明正德八年刊《賈子新書》。

　　②　綜合以上兩部《新書》，知傅增湘既於莫棠處假得所藏明刊本，並據之校勘，莫棠身後又見其所藏黃丕烈校勘清盧文弨抱經樓刊本，是圖籍聚散或有緣。

與明涂楨刊本異同。

各卷藏園先生跋識語錄如下：

卷一首葉書眉識曰：用明太玄書室本校，原本九行二十字。

末葉識曰：己巳十二月二十七日校。

卷二末葉識曰：庚午落燈日校。

卷四末葉識曰：歲在庚午五月五日，書潛校畢。

明刊本半葉九行，每行二十字，白口單闌，版心上魚尾上標"太玄書室"四字，前有都穆序，則亦出於涂楨矣。（書號113）

鹽鐵論十二卷

漢桓寬撰。清王謨《漢魏叢書》本。首有明嘉靖癸丑張之象序。王昶手校本。鈐"述盒"、"王昶之印"、"經訓堂王氏之印"、"麐嘉館印"、"書潛經眼"印。辛巳年（1941）借校并題識。此書別有跋文見於《藏園羣書題記》。

目錄葉之末識曰：辛巳冬至日移校畢，惟蘭泉當日據何本勘正，未有跋識，其改訂之處，與張古餘考證多不同，亦可資參考。傅增湘識於企麟軒。

鈐"藏園題識"印。（北京大學圖書館口154）

新序十卷

漢劉向撰。明萬曆程榮刊《漢魏叢書》本，半葉九行行二十字，白口，左右雙邊。鈐"燕谷小隱"、"鐘曙長壽"、"鐘曙大利"、"歸鍾曙讀書記"印。根據跋文，推知是周叔弢先生受傅增湘先生委託，庚午年（1930）以家藏宋刊本校勘于此本。此書係藏園藏書，且語及藏園老人，故錄于此。經錢謙益、黃丕烈、金錫爵題跋之宋刊本今藏國家圖書館。

卷末附邊欄刊"孝經一卷人家"字樣之稿紙,周叔弢手書跋文,文曰:宋本《新序》,海源閣舊藏,每半葉十一行,每行廿字,白口,左右雙邊,下記刻工姓名,曰:洪茂、洪新。卷五卷十末葉紙背有"徐昌朝印"四字,楷書墨記,缺筆至構字止,蓋紹興時刻本也。庚午二月,沅叔三丈授此書命校,因取宋本對勘一過。凡增改三百許字,其錢牧齋手跋一則、黃蕘圃手跋三則、金彎庭手跋一則,具見《楹書隅錄》,不復錄云。建德周暹謹識①。(書號 114)

說苑二十卷

漢劉向撰。明萬曆程榮刻《漢魏叢書》本,半葉九行行二十字,白口,左右雙邊。鈐"傅印增湘"、"沅叔"、"增湘"、"藏園"、"二十年中萬卷書"、"沅叔手校"印。丙辰年(1916)以鄧邦述藏宋咸淳刊本校勘,庚辰年(1940)又以李盛鐸所藏北宋殘本校勘卷十一至十九,以另筆校勘。北宋殘本今存北京大學圖書館②,關於此北宋殘本入藏木樨軒經過以及校勘所得,可參見《藏園羣書題記》。

藏園先生補抄劉向進書表,并於目錄末葉跋曰:咸淳本《說苑》二十卷,半葉九行行十八字,黑口,左右雙邊,板心上方記字數,下方記人名,元補板居其半,舊為藝芸精舍藏書,今歸鄧孝先同年羣碧樓中,病中無聊,假來取勘。此本"復恩篇"補"木門子高"一條,"立節篇"補"尾生殺身以成其信"一句,皆與盧校相合,其隻字單辭有出盧校外者,或由傳錄之偶脫,有盧校有而此本無者,則

---

① 周叔弢跋語尚可見諸冀淑英《自莊嚴勘善本書目》(天津古籍出版社,1985年)。

② 該書有乙卯年(1915)袁克文跋語,見張玉範整理《木樨軒藏書題記及書錄》(北京大學出版社,1985 年)。

必出於元代補板矣。昔年曾爲椒微師購得北宋殘本十一至十九卷，竢病愈往借重勘焉。丙辰冬至前四日，傅增湘識於雙鑑樓。

鈐"沅叔手校"印。

各卷藏園先生跋識語錄如下：

卷二末葉識曰：丙辰十一月初七日校。

卷三末葉識曰：十一月初八日校。

卷四末葉識曰：十一月初十日校。

卷六末葉補抄木門子高條。

卷十末葉識曰：十一月十八日校。

卷十一末葉識曰：庚辰七月初二日校宋刊本。藏園。

卷十二末葉識曰：七月初三日校於清華軒。

卷十三末葉識曰：庚辰七月初四日校，藏園記。

卷十四末葉識曰：七月初五日校於清華軒。

十一月二十日校。

卷十五末葉識曰：七月初五日校於清華軒。是日立秋，陰雨凄然。

卷十六末葉識曰：七月初六日燈右校。

十一月二十一日校。

卷十七末葉識曰：七月初六日校。

卷十八末葉識曰：庚辰乞巧之夕，校於藏園之石齋。

卷十九末葉識曰：庚辰七月初八日校宋刊本訖。書潛記。

卷二十末葉識曰：十一月二十二日校畢。（書號115）

揚子法言十三卷音義一卷

晉李軌注。宋刻宋元遞修本，半葉十行行十八字，小字雙行二十四字。鈐"秦伯敦父審定"、"顧千里經眼記"、"汪士鐘曾讀"、

"平陽汪氏藏書印"、"讀書懷古"、"汪印憲堂"、"楊東樵讀過"、
"彥合珍玩"、"臣紹和印"、"宋存書室"、"彥合讀書"、"協卿讀
過"、"楊彥合讀書印"、"聊攝楊氏宋存書室珍藏"、"沇叔審定"、
"祁陽陳澄中藏書記"、"郇齋"諸印。此宋監本《揚子法言》原為
海源閣藏書,如何轉至邢之襄處,《藏園羣書題記》有生動記述,可
參閱。

　　書末葉有顧千里跋文,其後為藏園先生跋文:庚午小除夕,藏
園舉祭書之典,邢君贊庭以是書來與祭,因留置齋中凡數月,暇時
取石研齋覆本對勘,摹雕精雅,毫髮肖似,可云善本。然第十三卷
第三葉鋟板時尚闕,遂取何義門校本依仿刊之。今詳細審校,此一
葉中已舛訛六字,以何氏勘書之精密,尚有差失,可知古書非目見
宋刊殆不可取信也。余別有題記,緣文字繁冗約二千餘言,不及寫
附此帙後。還書之日,爰記其梗概如此。贊庭曷締觀之,當知鄙言
之不繆也。辛未四月,傅增湘記於藏園①。

　　跋文之末鈐"雙鑑樓主人"、"書潛"印。(書號9600)

新纂門目五臣音注揚子法言十卷

　　漢揚雄撰。晉李軌、唐柳宗元、宋宋咸、吳祕、司馬光注。明嘉
靖十二年顧春世德堂刻《六子書》本,半葉八行行十七字,小字雙
行同,白口,四周雙邊。丁士涵臨吳焯校跋,乙亥年(1935)傅增湘
跋並臨何焯、何煌批校及何焯題識。所臨諸跋均可見《藏園羣書
經眼錄》。庚辰年(1940)又以宋監本校勘。

　　前副葉藏園跋曰:此書為吳中丁君所校,昔年得之蘇州者。汪
君袞甫撰《法言義疏》,假去細勘。袞甫書垂成而病,病中猶來攷

---

① 此跋於1931年,與下則《揚子法言》敘事相合。

詢宋刻異字。洎病歿經年，此書迄未見還，頃聞《義疏》已刊成①，乃致書其嗣君索之。今日以新疏舊校二帙相繼來歸，讀卷端式之題詩，有"忍死成書，後世誰識子雲"之語②，撫卷黯然，恨良友之不及見也。乙亥二月之望，傅增湘識於長春室。

前崴邢君贊亭獲宋監本《揚子法言》，余曾假校並題識其後以歸之。昨崴又得何義門評校本，復從之借得，留案頭已經崴矣。今夏逭暑御園，乃得移錄之，此書庶可讀矣。沅叔記。

各卷藏園先生跋識語錄如下：

卷一末葉識曰：庚辰七月初九日校。

卷二末葉識曰：七月十二日校。

卷三末葉過錄何焯識語一則，並識曰：七月十八日校。

卷四末葉識曰：七月十九日校。

卷五末葉識曰：七月二十日，校於萬壽山北須彌靈境松林中。沅叔記。

卷六末葉識曰：庚辰七月二十七日校訖。

卷七末葉識曰：七月二十九日，校錄於藏園。

卷八末葉識曰：今日不出，竟校得二卷，近來所無也。七月二十九日，沅叔記。

卷九末葉識曰：八月朔日校。

卷十末葉識曰：庚辰八月初二日校畢。（書號116）

---

① 汪榮寶（1878－1933），字袞甫，號太玄，江蘇吳縣人。近代學者，夙治音韻訓詁之學，嗜《揚子法言》，1899年曾粗竟《法言箋記》，在此基礎上，不斷增刪改易，終于完成巨著《法言義疏》，書成之後不久即病，臥床不起，旬餘而卒。《法言義疏》1987年中華書局曾加以點校出版。

② 章鈺題詩曰："忍死成書古未聞，平生志業托斯文。傷心為襲前人語，後世知誰識子雲。"《四當齋集》卷十三，臺北，文海出版社，1986年。

新纂門目五臣音注揚子法言十卷

漢揚雄撰。晉李軌、唐柳宗元、宋宋咸、吳祕、司馬光注。1914年右文社石印本。鈐"漢南康氏珍藏圖書之印"、"漢南康氏珍藏"印。庚午年（1930）據宋刊纂圖互注本校勘。關於《揚子法言》，藏園老人共有三則長跋，見諸《藏園羣書題記》子部一。

各卷藏園先生跋識語錄如下：

卷一末葉識曰：庚午四月二十四日校宋刊本，沅叔記。訂正四十五字。

卷二末葉識曰：四月二十五日校。

卷三末葉識曰：四月二十七日津沽客邸校，訂正三十九字。

卷四末葉識曰：四月二十八日津寓校。

卷五末葉識曰：五月初六日校畢。

卷七末葉識曰：五月初九日校，訂正七十有七字。

卷八末葉識曰：五月十一日校，訂正二十有一字。

卷十末葉識曰：五月十四日校畢此二卷，訂正十一字。（書號117）

徐幹中論二卷

漢徐幹撰。明嘉靖四十四年杜思刊本，半葉八行行十六字，白口，左右雙邊。癸丑年（1913）據明弘治黃紋刻本校勘並過錄黃丕烈跋。可參《藏園羣書經眼錄》著錄諸明刊本。

全書末葉藏園過錄黃丕烈跋文，並跋曰：癸丑春，借保山吳佩伯藏弘治黃華卿刻本，與此本校勘一過，此嘉靖薛晨刻本，楊惺吾已盛稱其佳①，然取校黃刻，則墨釘誤字信如菉夫所言，因據以改正填補十數字。吾固疑菉夫舊有者即此本也。余尚有胡維新本，墨釘處有字，與弘治本同者半，亦有妄補及誤連者誤字亦多，則又不足論矣。黃刻十行十七字，白口黑單邊，魚尾下間記姓名。沅叔。

跋竟偶閱瞿《目》，有明刊本《中論》二卷，云弘治間吳縣學生黃紋以陸友仁藏宋石邦哲校本重刊，吳人韓壽椿繕錄，寫刻俱精。今菉夫藏本並非精刻，疑亦當時繙本也，並以質之佩伯。（書號142）

傅子一卷補遺一卷

晉傅玄撰。清乾隆《武英殿聚珍版書》本。《補遺》部分為清孔廣根輯，稿本。鈐"宗室盛昱收藏圖書印"。癸未年（1943）移錄盧文弨校本。盧文弨校記移錄在書眉。可參《藏園羣書經眼錄》。

卷末藏園識曰："按，《三國志》裴注中所引傅子之文甚多，當皆鈔輯繫於此後。"此抱經先生手記卷末之語，移校語於上方畢，茲照錄於此，竢異日檢取《國志》詳細補書之。癸未冬至前六日，江安後學傅增湘識。（書號143）

中說注十卷

題隋王通撰，宋阮逸注。明嘉靖十二年顧春世德堂刊《六子書》本，半葉八行行十七字，小字雙行同，白口，四周雙邊。鈐"藏園"、"增湘"、"藏園六十以後所校"、"龍龕精舍"、"沅叔手校"、"沅叔校勘"、"傅增湘"、"書潛"、"雙鑑樓"、"懷遠將軍"等印。辛

---

①　見楊守敬《日本訪書志》卷六，遼寧教育出版社，2003 年。

酉年（1921）據家藏北宋本校勘，甲戌年（1934）臨錄唐翰題校，其校本見於《藏園羣書經眼錄》。

目錄末葉藏園過錄唐翰題跋文，文曰：丁卯四月十一日，得觀宋內府刻巾箱本《文中子》、《老子》。《老子》無善本，適案頭有陳頌魚先生舊藏明刻本《文中子》，遂校錄於眉端，新豐鄉人手記，十二日校畢，以價昂仍還之。翰題。二十三日校訖，通凡百五十九字又一句。

其後藏園識曰：天津書估來，以吳仲懌家藏校本《文中子》見眎①，唐氏所言宋內府巾箱本，未記行款，不知與日本官庫所藏若何②？姑臨其異字於行間，以竢異日之論定焉。甲戌十一月初四日燈右，錄完更漏已三轉矣。傅增湘記。

鈐"藏園居士"印。

各卷藏園先生識語錄如下：

卷一末葉識曰：辛酉四月初九日校北宋本。

卷二末葉識曰：四月初九日校。

卷三末葉識曰：四月初九日未刻校。

卷四末葉識曰：辛酉四月初十日辰刻校。

卷五末葉識曰：辛酉四月初十日巳刻校。沅叔。

卷六末葉識曰：辛酉四月初十日午刻校。

卷七末葉識曰：辛酉四月十一日校。

卷八末葉識曰：辛酉四月十一日校。

卷九末葉識曰：辛酉四月十一日申刻校。

---

① 吳重憙（1838－1918）字仲懌，晚號石蓮。吳式芬次子，陳介祺之婿，其藏書多得自唐翰題。

② 北宋本和日本宮內省圖書寮藏本著錄于《經眼錄》。

卷十末葉識曰:辛酉四月十二日辰刻校畢。

甲戌十一月初四日,校宋小字本訖。(書號118)

中說注十卷

題隋王通撰,宋阮逸注。明刊《六子書》本,半葉八行行十七字,白口,四周雙邊。鈐"武進經畬軒吳氏藏書印"、"雙鑑樓"、"增湘"、"藏園"、"沅叔手校"、"沅叔校勘"印。《藏園校書錄》記己卯年(1939)移錄何焯校本。據《藏園羣書經眼錄》著錄,何焯校本為邢之襄藏書。眉批甚多。

各卷藏園先生識語錄如下:

卷一末葉識曰:己卯八月初三日校。

鈐"沅叔"印。

卷二末葉識曰:己卯八月十六日校錄。

卷三末葉識曰:己卯八月十六日校錄。

鈐"沅叔"印。

卷四末葉識曰:己卯八月十八日校。

鈐"沅叔"印。

卷五末葉識曰:己卯八月十九日校。

鈐"沅叔"印。

卷六末葉識曰:八月二十日校。

鈐"沅叔"印。

卷七末葉識曰:八月二十一日校。

鈐"沅叔"印。

卷八末葉識曰:己卯八月二十三日。

鈐"沅叔"印。

卷九末葉識曰:己卯八月二十四日校。

鈐"沅叔"印。

卷十末葉識曰:己卯八月二十四日校畢。沅叔誌於藏園。

鈐"傅增湘"、"藏園"印。(書號119)

帝範四卷

唐太宗李世民撰。清光緒二十五年廣雅書局重刊本。鈐"沅叔審定"、"藏園居士"印。丁卯年(1927)據日本寬文八年刊本校勘。

序文末葉藏園老人識曰:依日本寬文八年刊本校,丁卯七月初九日畢。藏園居士沅叔氏宿於清泉吟社。

鈐"藏園點勘羣書"印。(書號120)

伸蒙子三卷

唐林慎思撰。清光緒元年湖北崇文書局刊本。乙丑年(1925)據涵芬樓明寫本校勘。

首為藏園以印有"仿紹興本通鑑行格"字樣稿紙補抄六葉,並跋曰:歲在乙丑閏月初八日,假涵芬樓明寫本校訖,並手錄虞中自序,方應發、林元復二跋,以補闕佚。時寓煙霞洞三日,侵曉陳仁先來①,同登佛手巖,摩讀宋人題名而去。增湘志。

卷上末葉藏園識曰:乙丑閏月初七日據明寫本校定。(書號121)

---

① 陳曾壽(1877－1949),字仁先,湖北蘄水人。清末進士,家學淵源,擅詩,時居杭州。

素履子三卷

唐張弧撰。清光緒元年湖北崇文書局刊本。丙辰年（1916）據天一閣藏明抄本校勘。《藏園羣書經眼錄》記載較為簡略，不及此處跋文詳細。

目錄之前傅增湘補抄序文一篇，並跋曰：明鈔本，藍格棉紙，與《天隱子》合為一冊，半葉十行，行二十五至三十字不等，得之蘇州博古齋，乃天一閣流出者。取校此本，每卷題銜不同，且多序一篇，不知范氏刻本曾有之否，茲錄之左方，其餘字句亦偶有改正，蓋其鈔手當在嘉靖以前，自較范氏刻為勝也。丙辰三月十四日江安傅增湘記。（書號122）

二程子全書五十一卷

宋程頤、程顥撰。明嘉靖三年李中、余祐刻本，半葉十行行二十字，黑口，四周雙邊。乙丑年末（1926）據宋刊大字本校勘《程氏文集》卷一至卷八，丙寅年末（1927）據宋刊十一行本和宋氏榮光樓影宋抄本《諸儒鳴道》校勘《二程遺書》。參見《藏園羣書經眼錄》。

各卷藏園先生跋識語錄如下：

《河南程氏遺書》

第一末葉識曰：丙寅十一月二十八日校。

第二上末葉識曰：丙寅十一月三十日校。

第二下末葉識曰：《諸儒鳴道》卷第二十三。十一月三十日校。

第三末葉識曰：《諸儒鳴道》卷第二十四。十一月晦日校，沅叔。

第五末葉識曰:《諸儒鳴道》卷第二十五。十一月晦。

第六末葉識曰:《諸儒鳴道》卷二十六。沇叔校定。

第八末葉識曰:《諸儒鳴道》卷第二十七。丙寅臘月朔校。

第十一首葉識曰:《諸儒鳴道》卷二十八。十二月朔校。

此處加箋條:"《遺書》卷十第九葉缺。"即缺卷十末葉。

第十一末葉識曰:《諸儒鳴道》卷第二十九。十二月朔校。

第十四末葉識曰:《諸儒鳴道》卷第三十。十二月朔。

第十五末葉識曰:《諸儒鳴道》卷第三十三。十二月初二日大雪滿園,詒書、子安二公來訪[1],圍棋一局。某抽暇終此卷。

第十七末葉識曰:《諸儒鳴道》卷第三十四。十二月初二夜校,雪飛未已。

第二十五末葉識曰:《諸儒鳴道》卷第四十五。沇叔,十二月初三日校。

《河南程氏遺書·附錄》末葉識曰:丙寅十一月廿四日,據宋刊十一行本校定。藏園居士傅增湘。

《河南程氏文集》目錄部分末葉藏園跋曰:宋刊《河南程氏文集》殘本,存卷一至卷八,前有朱子所撰年譜,半葉八行行十四字,大字疏朗,內閣遺書也,今歸圖書館,有汲古堂藏印。取校此刻,字句略有訂正,此本多文三首,疑元時增入,非宋本之舊也。乙丑東坡生日,後學傅增湘記。

跋文之後藏園又小字雙行記曰:代富弼上神宗疏卷五、易傳序、春秋傳序卷八,宋刊本無,此本有之。墓志及上書敍次略有不同。

---

[1]　即楊熊祥,字子安,號祇庵,湖北武昌人。1904 年任山西大學堂監督,1909 年任京師圖書館提調。民國以後歷任北洋政府內務部民治司司長、農商部次長。

卷二末葉識曰：乙丑十一月十七日，是日新曆元旦也。沅叔校宋本于藏園。

卷三末葉識曰：十一月十七日校。

卷四末葉識曰：十一月十七日校。

卷五末葉識曰：十一月十八日校。

卷六末葉識曰：乙丑十二月十七日校。

卷七末葉識曰：十二月十七日夜三更。

卷八末葉識曰：乙丑十二月十八日校畢。宋刊本止此，以下缺佚。（書號123）

忘筌書十卷

宋潘殖撰。清嘉慶祝氏留香室刊《浦城遺書》本。《藏園校書錄》記載，丙寅年（1926）據周叔弢藏宋氏榮光樓鈔本《諸儒鳴道集》校勘。

各卷藏園先生識語錄如下：

卷一末葉識曰：丙寅三月晦，據影宋本校，訂正二十九字。

卷二末葉識曰：三月三十日，訂正二十五字。

卷三末葉識曰：三月三十夜校，訂正十八字。

卷四末葉識曰：四月初一日校，訂正六十九字。

卷五末葉識曰：四月初二日校，訂正四十三字。

卷六末葉識曰：是卷增改凡四十字，訂正“能化”、“讀文中子”、“出入”三篇錯簡。四月初二日，藏園主人。

卷七末葉識曰：是卷校正凡五十七字。初四日，津門寓中。

卷八末葉識曰：初五日，訂正八字。

卷九末葉識曰：初六日，訂正十字。

卷十末葉識曰：四月初六日校，凡訂正二十七字。（書號144）

諸儒鳴道七十二卷

　　清初宋氏榮光樓抄本。宋筠校，景賢、傅增湘跋。鈐"完顏景
賢字淳父號樸孫一字任齋別號小如盦印"、"咸熙堂鑒定"、"景印
長樂"、"小如庵秘笈"、"樸孫庚子以後所得"、"景行維賢"、"周
遑"印。《藏園羣書經眼錄》著錄此本較詳細，錄書中各目，並分析
其影寫底本，稱之"孤本秘笈，良可珍也"。上海圖書館尚存此書
宋刊本，現已經影印。丙寅年（1926），傅增湘用周叔弢此書，校勘
《二程遺書》和《忘筌書》，所補脫文甚多。

　　護葉有景賢題識：是書各家書目鮮有收者，惟《絳雲》著錄宋
板者乙部，此外傳鈔者尚無聞，況茲舊抄影宋者乎？此書係由河南
書客處購來，每頁均有"宋氏榮光樓抄本"字樣，當是國初時商邱
宋氏借牧翁本影錄，自絳雲一炬後，未識宋板尚存天壤否。若以各
家書目未載而論，正恐世上不復有二本矣。審矣，是書誠可寶也。
小如庵記①。

　　鈐"小如庵秘笈"、"戲墨"、"煙波畫舫"印。

　　卷七十二末葉藏園先生識曰：歲在丙寅，從叔弢周兄假讀，並
搜索羣書校勘一通，別撰跋語志其同異。特記于此，用表高誼。傅
增湘，坡公生日書。（書號8145）

---

　　① 景賢（？ —1924？），號樸孫，遠祖為金源宗室完顏氏，清滿洲鑲黃旗人。富收
藏，精鑑定。歿後藏書散出，藏園"雙鑑樓"之《洪範政鑑》曾藏景賢家。

（三）兵家類

何博士備論二卷

宋何去非撰。清光緒元年湖北崇文書局刊本。乙丑年正月（1926）據周叔弢藏明穴硯齋寫本校勘。該寫本概況見諸《藏園羣書經眼錄》，今藏國家圖書館。

各卷藏園先生跋識語錄如下：

卷上末葉識曰：乙丑正月初九日。

卷下末葉跋曰：叔弢持穴硯齋寫本來，留之二日，倉卒校讀一過。原書有東坡薦去非兩牘，留香室刊本已錄之，不更複寫。別有堯圃二跋、錢天樹跋、黃廷鑑跋，《郘宋藏書志》全載。此外程春海、王惕夫、張芙川咸有題記，收藏歷何義門、胡雲坡、章紫伯、鄨見亭諸人，印記纍纍，流傳有緒，洵為有名秘笈，宜乎叔弢以重價收之，喜而不寐也。乙丑正月十日，增湘校畢記。僭朱罪甚。

攷郘宋樓著錄一本亦稱穴硯齋寫，諸家跋語亦同，此書世間不應有二本，疑陸藏為照此重錄也。沅叔又記①。（書號124）

（四）法家類

鄧析子一卷

清光緒元年崇文書局刊《百子全書》本。丁巳年（1917）據明

---

① 周叔弢藏穴研齋寫本卷末附藏園手札一通，書曰：《何博士備論》一帙校誦訖，奉還。攷《郘宋樓藏書志》著錄一本，黃、錢跋皆同，此書天壤間不應更有第二本，疑存齋所藏為照此本迻錄耳。質之高明，幸以教我。叔弢吾兄鑒。辣人傅增湘叩頭。鄭詞冊容檢奉。

弘治鈔本《說郛》校勘。

　　書名葉藏園識曰：明弘治鈔本《說郛》全卷收入，取校此刻，改定極有勝處。前有劉向上書序，《子彙》有之，不復錄。丁巳七月十四日沅叔記。（書號 125）

商子五卷

　　明末馮知十抄本，半葉十行行二十字。鈐“馮知十讀書印”、“彥淵”、“馮彥淵收藏記”、“知十印”、“馮彥淵讀書記”、“鐵琴銅劍樓”印。

　　全書末葉藏園識曰：《商君書》自范氏《奇書》外別無舊刻，則此舊鈔為足貴矣。此本為馮知十所儲，其原當為近古。頃以程刻對勘一過①，得異字數十，第其詞旨，亦有不可通者，或展轉傳錄而致耳。竢北歸更考訂之。癸酉四月，傅增湘校畢附記。（書號 6829）

（五）農家類

農桑輯要七卷

　　元司農司撰。清《武英殿聚珍版叢書》本。據《藏園校書錄》，癸未年（1943）臨盧文弨校本。

　　各卷藏園先生識語錄如下：

　　卷一末葉識曰：癸未十月二十三日，校於昆明湖上清華軒。沅叔。

　　卷三末葉識曰：十月二十四日，自萬壽山回城，校此卷訖。

_____

　　①　即程榮刊《漢魏叢書》，書號 524。

卷五末葉識曰：十月二十五日，校於抱蜀廬。

卷七末葉識曰：癸未十月二十六日校畢，企麟軒主人記。（書號126）

農桑輯要七卷

元司農司撰。清光緒二十五年廣雅書局重刊本。辛未年（1931）據劉啟瑞藏元刊本校勘。《藏園羣書經眼錄》著錄此元刊本。

卷三末葉藏園識曰：辛未二月二十五日，校于暘台山大覺寺，所據者劉君翰臣所藏元刊本也。沅叔手記。

此卷全通計二十有三葉。（書號127）

（六）天文算法類

五曹算經註釋五卷

唐李淳風撰。清乾隆四十二年鮑廷博刻《知不足齋叢書》本。鈐“沅叔手校”印。據《藏園校書錄》，乙丑年（1925）假朱文鈞藏宋汀州刊本校勘，《藏園羣書經眼錄》著錄此宋刊本。

書末葉藏園識曰：乙丑五月廿四日，據宋刊本校讀一過。增湘記。（書號128）

（七）術數類

太玄經解贊十卷說玄一卷釋文一卷

漢揚雄撰，晉范望解贊，唐王涯說玄。明嘉靖三年郝梁刊本，半葉十行行十八字，小字雙行同，白口，左右雙欄。鈐“泰州鏐漢臣麓樵氏審藏善本"印。辛未年（1931）校勘胡澍臨盧文弨校宋本。《藏園羣書經眼錄》著錄郝梁刊本，而未及盧氏校。

陸續序言之末葉藏園跋曰：此郝氏刻《太玄》，為續溪胡澍臨盧抱經校宋本，據言依《羣書拾補》所錄，然余藏《拾補》兩部，遍檢不得，豈抱經此書乃晚出，通行後復埘益之耶？緣其罕見，因備錄之。原書為王君所藏，付文友裝池，余得以假讀焉。藏園居士傅增湘記。辛未十二月初一日。

各卷藏園先生識語錄如下：

卷二末葉識曰：辛未十一月二十九日，臨盧抱經校本。藏園。

卷三末葉識曰：今日大風嚴寒，入夜校竟此卷，風亦定矣。二十九日，沅未記。

卷四末葉識曰：二十九夜三更又畢此卷。

卷五末葉識曰：辛未十一月晦，廣濟寺災，往壽邐、治薌兩家慰問之客來擾擾竟日①。夜熊三等來談②，因抽暇校此卷。

卷六末葉識曰：十一月三十夜校。

卷八末葉識曰：十一月三十日逐錄訖。

卷十末葉識曰：辛未冬月晦臨盧抱經校本訖，藏園居士記。

其後藏園過錄盧抱經《羣書拾補·太玄經校正題解》，以及續溪胡澍同治十一年跋文，並跋曰：後六十年辛未仲冬，江安傅增湘移錄。（書號 129）

---

① 鄧鎔（1872－1932），字守瑕，壽瑕等，號忍堪居士。四川成都人。能詩。曾置宅於西四牌樓，距藏園不遠。傅岳棻（1878－1951），字治薌，湖北武昌人。清末舉人。曾任山西大學堂教務長，北平圖書館館長，後在北京大學、北京師範大學任教。

② 熊三，或即是熊希齡（1870－1937），字秉三，清光緒二十年進士，翰林，曾任北洋政府財政總長、國務總理。

太玄集注四卷

宋司馬光註釋。清道光十一年孫氏青棠書屋刊本。據《藏園
羣書題記》，當是先以殘宋本校勘，後又以自藏《永樂大典》鈔出本
校勘。

卷三廿一葉後面第四行書眉藏園識曰：宋本自此起。

三十一葉第六行書眉識曰：殘宋本止此。（書號130）

（八）藝術類

法書要錄十卷

唐張彥遠撰。明崇禎毛氏汲古閣刻《津逮祕書》本，半葉八行
行十九字，白口，左右雙邊。鈐"江安傅沅叔藏書記"、"藏園"、"雙
鑑樓藏書印"、"龍龕精舍"、"傅增湘讀書"印。壬申年（1932）據
徐坊藏王世懋手寫本校勘，別有跋文在《藏園羣書題記》。行間書
眉校正及補錄甚多。

目錄末葉藏園過錄王世懋題跋，該跋文可見諸《藏園羣書經
眼錄》，不贅錄，又跋曰：王敬美手鈔《法書要錄》，為徐梧生舊
藏①，嗣歸其壻史吉甫太史②。予假得，取此刻對勘，增訂殆及千
言。自三月開卷，迄七月乃得終篇。昔年曾臨何義門及心友校本，
所據亦一鈔本，但其改定尚不若茲本之多，似此勝於彼也。又別收

①　徐坊（1864－1916），字士言，又字梧生，號矩庵，山東臨清人。著名藏書家，曾
任國子丞祭酒，京師圖書館第一任副監督。其藏書樓名"歸樸堂"。藏書盛時，曾與海
源閣齊名，傅增湘在《雙鑑樓善本書目·序》中，予以很高評價。

②　史寳安（1875－1939），字吉甫，徐坊長壻。清光緒二十九年進士，為翰林院編
修。有《棗花閣圖書題跋記》。

嘉靖刻本,其文字視《津逮》略異,然與敬美所錄,其同者不過什一,知此書古來竟無善本,展轉傳鈔,遂滋歧舛,閱者擇善而從可也。原有葛正笏、楊繼振二跋,不具錄①。藏園記。

各卷藏園先生跋識語錄如下:

卷一末葉識曰:壬申三月十二日,據王敬美手寫本校。藏園老人志。

卷二末葉識曰:壬申三月十七日,校於津門舊廬。

卷三第十九葉欄邊識曰:壬申三月二十七日,偕立之七丈坐昆明湖畔石丈亭校此,書潛附記。

卷三末葉識曰:壬申五月初六日校畢,時游華岳歸已旬餘矣。

卷四末葉識曰:壬申七月十二日校訖。此卷作輟不恆,凡歷三月乃畢,可歎也。

鈐"湘"印。

卷五末葉識曰:壬申七月十三日,校於池北書屋。

鈐"沅叔"印。

卷六第十六頁書眉補錄寶蒙詩一首。

卷六末葉識曰:壬申七月十七日,宿清水院校畢,溯前游又二月矣。

鈐"增""湘"、"龍龕精舍"印。

卷七末葉識曰:七月十八日,宿清泉吟社校。此卷鈔本訛奪頗甚,未盡可從,姑采其可通者,酌取三四耳。

鈐"書潛"印。

卷八末葉跋曰:七月十九日,攜卷帙至鳳窩丙舍,拜謁後,登東峰觀摩崖大字,循新闢石徑盤折而下。校《音註昌黎文集》二卷,

----

① 二跋見諸《藏園羣書題記》。

更取勘兹帙,甫及半卷而日已銜山。仍策蹇歸清水院,剪燭展卷,遂得終編。此夏秋以來第一怡快之日也,同行者蕭山陸慎齋。入山養靜已匝月矣。壬申新秋,藏園居士記。

鈐"藏園居士"、"傅增湘"印。

卷九末葉識曰:此卷鈔本於文字多所刊削,衹略就大體勘正,不能逐條詳加鉤乙也。藏園居士記於清水院中,十九夜半。

鈐"沅叔"、"增湘私印"、"雙鑑樓"印。

卷十末葉跋曰:壬申七月二十二日,宿清泉吟社已六夜矣,秋雨生涼,剪燭校右軍書語,夜午甫畢。此王麟洲手鈔本,假之史吉甫,倏已兩閱月。城居賓客過從,恆妨日課,故五十日中僅勘得五卷。茲攜來暘臺,竭四日之力遂爾終篇,始知山中景光不殊仙家日月也。校竣,喜而志之,至卷中佳勝,當別題識焉。藏園居士。

鈐"增湘"、"藏園"印。(書號131)

法書要錄十卷

唐張彥遠撰。明崇禎毛氏汲古閣《津逮秘書》本,半葉八行行十九字,白口,左右雙邊。鈐"四明盧氏抱經樓藏書印"、"桃溪白氏圖籍"、"龍龕精舍"、"藏園"、"沅叔校勘"、"沅叔手校"、"校書亦已勤"印。丙辰年(1916)末至翌年春天,過錄涵芬樓藏何焯評校本,原本據明吳岫鈔本校,何焯手校本今藏國家圖書館,《藏園羣書經眼錄》著錄。又據故宮藏宋本《書苑菁華》校。書眉書腳行間補錄校正甚多。

各卷藏園先生跋識語錄如下:

卷一末葉識曰:丙辰十一月廿五日校,三日乃畢。

卷二末葉識曰:丙辰冬至日校畢此卷,時大風雪竟日不止。

卷三末葉識曰:閏月十六日校畢,時客京師。

卷四末葉識曰：閏月十七日校完。

卷五末葉識曰：閏月廿一日校訖。

鈐“沅叔手校”印。

卷七末葉識曰：丁巳二月廿三日校。

卷八末葉識曰：丁巳二月廿四日校。

鈐“龍龕精舍”印。

卷九末葉識曰：二月二十七日校畢。

卷十末葉過錄何焯跋文二則。

全書之末葉藏園跋曰：辛亥冬，客海上，傳聞有義門手校《津逮秘書》，為丁雨生持靜齋所藏，既而流出，書肆則半已分散。余所見者十餘種①，惟此及《東觀餘論》特為精審。《東觀餘論》曾從程姓手假臨一過，此書乃為涵芬樓所得，因從菊生前輩請之。丙辰冬杪郵至，數月乃獲臨畢。原本乃義門及心友二人之筆，而朱色黯淡不甚可辨，其校例亦殊不明，姑照錄之而已。丁巳上巳，傅增湘記。

鈐“藏園”印。（書號132）

墨藪一卷

唐韋續撰。清光緒十四年陸心源刊《十萬卷樓叢書》本。鈐“沅叔手校”印。丁丑年（1937）據明程榮刻本校勘。

卷終葉藏園識曰：陸氏刻書後五十年丁丑六月，依明程榮刻本校勘一過。江安傅增湘記。（書號133）

---

① 辛亥年（1911）購書事，詳參《藏園居士六十自述》，民國年間石印本。

墨藪二卷法帖音釋刊誤一卷

唐韋續,宋陳與義撰。明程榮刊本,半葉九行行二十字。白口,左右雙邊。鈐"尚原"、"尚原父"、"江安傅氏藏園鑑定書籍之記"等印。

卷首有跋文,與《藏園羣書題記》該書跋第一段相類,故不贅。(書號 2547)

金壺記三卷

宋釋適之撰。清抄本。鈐"揚州汪喜孫孟慈之印"、"積學齋徐乃昌藏書"印。《藏園校書錄》記壬午年(1942)據日本靜嘉堂影印宋刊本校勘。附紙二葉手書"校金壺記跋",已收入《藏園羣書題記》。

卷中末葉藏園識曰:正月廿六日,坐湖上石丈亭校記。

卷下補抄一面,末葉藏園識曰:坐石丈亭向夕校畢,正月廿六日,沅叔記。(書號 137)

宣和畫譜二十卷(存十五卷:一至十一,十七至二十)

明刊本,半葉九行行十九字,白口,四周雙邊。鈐"漱六"、"紅豆後人"、"朝翰"印。甲戌年(1934)據故宮藏元刊本及劉啓瑞舊藏校勘,故宮藏本及劉啓瑞藏本均見於《藏園羣書經眼錄》,《經眼錄》已將劉啓瑞藏本著錄為元刊本。

各卷藏園先生識語錄如下:

卷一首葉書眉識曰:依故宮藏元刊本校改。

卷一末葉識曰:甲戌九月初三日,據劉氏藏宋刊殘本校。

卷二末葉識曰:九月初五日校,訂正十一字。

卷四末葉識曰：甲戌九月初六日校。

卷五末葉識曰：九月初七夜校定。

卷六末葉識曰：甲戌重陽前日，余六十三歲生辰也。客散校此一卷。藏園翁。

卷七末葉識曰：甲戌重陽，登瓊華島囬，校此卷，訂正三十五字。

卷八末葉識曰：九月初十日校定。

卷九末葉識曰：九月十一夜，宿天津王氏寓樓，校此卷。

卷十末葉識曰：九月十二日校於津門舊居。晉府藏本以下缺佚，惜哉。（書號 134）

韓氏山水純全集一卷

宋韓拙撰。清光緒八年鍾登甲刻《函海》本。據《藏園校書錄》，丁巳年（1917）七月據明鈔本校勘。

行間頗有校正處，然無跋。（書號 135）

廣川畫跋六卷

宋董逌撰。清光緒陸心源刻《十萬卷樓叢書》本。《藏園校書錄》記據明秦四麟家寫本校勘，此明寫本見諸《藏園羣書經眼錄》。行間書眉補錄校正甚多。卷末過錄王士禛長跋一則。

各卷藏園先生跋識語錄如下：

卷一末葉識曰：八月初五日校。

卷三末葉識曰：八月初六日校。

卷六末葉識曰：八月初八日校。

書末後記空白處藏園跋曰：《廣川畫跋》六卷，藍格，明鈔本，半葉九行，字數不等。後有楊氏跋，不知何人。眉間行間有朱墨批校,則漁洋老人筆也。校讀一遍,改定之處,與《畫苑》本同者十六七①,豈陸氏刻此時未見《畫苑》本耶? 然此本展子虔馬後多蒲永昇畫水、營邱山水圖二則,秋雨圖後多武宗元天王圖一則,亦鈔本所無,則《畊宋》所錄殆亦舊本,與此可互相補正者也。沅叔記。(書號136)

庚子銷夏記八卷

清孫承澤撰。清宣統三年鄧實風雨樓排印本。《藏園校書錄》記過錄諸家題識於壬子年(1912)。各卷書眉過錄校批語甚豐。全書末葉藏園先生又過錄何焯、余集、程瑤田、周壽昌、桂馥、江德量諸人題跋。

目次末葉藏園識曰:此帙辛亥殘臘見於滬肆,索直五十金,以囊澀不及收,乃照錄於此本上,而以原本歸之涵芬樓。異時當檢家舊刻本重錄之。乙亥冬至檢書,略記卷首,屈指匆匆二十五年矣。藏園老人記。

鈐"傅""沅叔"印。(書號138)

琴史六卷

宋朱長文撰。清康熙四十五年曹寅揚州使院刊《楝亭十二種》本。鈐"雙鑑樓"、"沅叔手校"、"傅增湘"、"沅叔校勘"印。丙辰年(1916)據朱修伯舊藏鈔本校勘,《藏園羣書經眼錄》著錄。

各卷藏園先生跋識語錄如下:

卷一末葉識曰:丙辰四月十四日校。

卷二末葉識曰:四月十四日再竟此卷。沅叔。

---

① 　王世貞有《王氏書畫苑》,收錄《廣川畫跋》。

卷四末葉識曰：五月初四日校訖。

卷六末葉識曰：五月初四日校畢。

其後跋曰：鈔本《琴史》，似國初人筆跡，每半葉十行行十九字，遇宋帝提行空格，其出於舊本可知。舊為朱修伯所藏，丙辰春日見之柳蓉邨所①，因攜歸臨校一過，改正不少。明日將付藝風老人還之。沅叔記。丙辰五月四日。（書號139）

文房四譜五卷

宋蘇易簡撰。清光緒七年陸心源刊《十萬卷樓叢書》本。癸酉年（1933）臨黃丕烈校本。《藏園羣書經眼錄》未著錄此黃氏手校本。

各卷藏園先生識語錄如下：

卷一末葉識曰：癸酉七月二十九日，依黃蕘翁手校本傳錄。藏園老人記。

卷三末葉識曰：八月初三日，宿香山無量殿校。

卷四末葉識曰：八月初四日，游秘魔崖同校畢，時夜雨霏微。

卷五末葉識曰：癸酉八月初五日，游臥佛寺歸校畢。（書號140）

硯箋四卷

宋高似孫撰。明萬曆四十二年潘膺祉如韋館刻本，半葉九行行十八字，小字雙行同，白口，四周單邊。鈐"滋蘭堂"、"皋泉藏書"、"皋泉山人"、"余崧字冠山"、"雙鑑樓藏書印"印。書末別有鈔手錄吳震方嶺南雜記一條，專記端石。《藏園羣書經眼錄》著錄。

———————————

① 柳蓉邨，蘇州人，書估，在上海開博古齋書肆。

卷首附紙,藏園題跋曰:此明代如韋館本,乃滎陽潘膺祉所校刊者,雖萬曆以後刻,然殊為罕覯,檢卷一"端之大槩"句下仍脫一葉。余別收一本,經張訒菴手寫補完者,他時當據以增入,俾成完璧也。書潛手記,時戊辰嘉平月,微雪初霽。

卷一第十一葉書眉題識指出缺葉所在,曰:此下脫一葉,宜取張訒安所鈔補入。戊辰冬,沅叔記。(書號11328)

硯箋四卷

宋高似孫撰。清康熙四十五年曹寅揚州使院刊《棟亭十二种》本。鈐"賜研堂圖書"、"雙鑑樓"、"傅"、"沅叔"、"雙鑑樓藏書印"、"沅叔手校"印。乙卯年(1915)據吳慈培藏沈巖臨何焯校本移錄,此本見諸《藏園羣書經眼錄》。移錄文字多在書眉。

全書末葉藏園過錄沈巖識語一則,其後題曰:假吳佩伯藏沈寶研校本,對臨一過。乙卯七月晦,沅叔記。

鈐"沅叔手校"印。(書號141)

(九)雜家類

鬻子注一卷

清光緒元年湖北崇文書局刊本。丁巳年(1917)據明弘治鈔《說郛》本校勘。

書名葉藏園識曰:校明弘治鈔《說郛》本。丁巳七月十四日,沅叔。(書號145)

公孫龍子一卷

清光緒元年湖北崇文書局刊本。丁巳年(1917)據明弘治鈔

《說郛》本校勘。

　　書名葉藏園識曰：明鈔《說郛》收此書全卷，取校一過，脫誤亦多，不能盡取。今取異字近於理者，著之于篇。丁巳七月十四日，沅叔。（書號147）

鬼谷子注三卷篇目考一卷附錄一卷

　　清嘉慶十年秦恩復石研齋刊本。壬子年（1912）以舊鈔本校勘，書眉臨繆荃孫、徐鯤等人校語。該鈔本見諸《藏園羣書經眼錄》。

　　書名葉處夾清光緒二十年姚瑩俊手書箋條一幀，敍嘉慶石研齋本刊刻源流。

　　全書末葉藏園過錄嚴元照、徐鯤、勞權、繆荃孫跋文，繆荃孫跋文與藏園相關，亦錄於此，繆氏曰：《鬼谷子》世以嘉慶乙丑石研齋刻本為最佳，秦本出於盧抱經所據鮑淥飲藏述古堂本，秦氏又自輯古今論《鬼谷子》者為附錄，較乾隆己酉刻《道藏》本高出不啻倍蓰。壬子二月，傅君沅叔以明鈔藍格本見眎，正文頂格，注文低一格，原出《道藏》，末有“嘉靖乙巳三月九日校畢”一行，又有小字“此本乃蘇州所藏，乾隆甲寅嚴九能以錢述古堂本校過，又經抱經先生覆校，九能有跋，明年徐北溟再校。咸豐丁巳藏勞平甫所，亦跋之，可謂善本矣。”徐北溟於嘉慶元年手寫一本，今在況夔生處①，曾錄其跋，亦按其次寫入。此書之注，錢氏本次行則云“東晉貞白先生丹陽陶宏景注”。宏景梁人，非東晉，其誤不足辨，注中多避唐諱，如以民為人，世為代，治為理，繯絏為繯紲之類。昔人又

---

　　①　即況周頤（1859–1926），字夔生，號蕙風，廣西臨桂人。能詞。有《惠風詞話》。

以為尹知章注，因其為唐人也，然尹注《管子》今具存，此書〈符言篇〉與《管子·九守篇》大略相同，以彼校此，譌脫甚多，注皆望文生義，果出尹知章手，豈有自注《管子》而略不省勘乎？然則今本題陶注，固難信，而非尹注則無疑義。異同以朱筆志於眉間，佳字尚不少也。清明後三日，繆荃孫校訖因識。

　　藏園並跋曰：壬子二月客游上海，杭估以鈔校本《鬼谷子》求售，因索值甚高①，持示繆筱珊前輩，乞為迻校一過，遂付還之。嗣再游杭州，沈子培聞有此本，託重價購置，乃以銀幣二十圓得之。此書絕少佳本，是冊經盧、嚴、徐諸先生精校再四，足以糾正秦氏後刻之誤，洵可寶愛。因與子培有宿諾，不敢私也，三月北還，瀕行遂以歸之，並假繆氏迻校本重寫一過，記得書始末如右。

　　是書得之塘棲姚君韻秋。姚為勞氏子壻，余近年所得勞氏昆季書②，多姚所搜集也。壬子四月初八日，江安傅增湘識。（書號148）

鬼谷子注三卷篇目考一卷附錄一卷

　　梁陶弘景撰，清秦恩復校正并輯。清同治八年劉履芬抄本。鈐"彥清繕本"、"長洲章氏四當齋珍藏書籍記"印。章鈺校跋并過錄嚴元照、徐鯤、傅增湘題跋，及勞權、繆荃孫校跋。

　　卷末章鈺跋文涉及藏園，故移錄於此，曰：江安傅沅尗有石研齋第二次刊本，中錄繆藝風丈據述古堂藏明鈔藍格本校語，曰取江山劉彥清先生手錄秦本，點讀一過，將繆校迻寫卷中，朱筆是也。羣碧樓又藏有勞氏昆弟校本，勞氏自記亦據述古舊藏寫本勘正，一

---

①　指杭州書估李寶泉索值四十元，見《藏園羣書經眼錄》卷八。
②　勞權與勞格。勞氏藏書散出，《蜀檮杌》一書校跋亦言之。

為對勘,始知藝風所校脫誤尚多,復用墨筆詳加校補。勞校用秦氏初刻本,秦氏按語有關考正者并擇要錄入,此書始稍完備矣。劉鈔無一字之訛,勞校無一筆之苟,浙東西老輩精力如此,嘆服之至,景仰之至。後劉先生傳錄之四十四年,歲在元默困頓十一月,長洲章鈺記於津門。

章鈺再識曰:玩封面勞覉卿自署,云據傳鈔常塾錢氏述古堂舊藏寫本勘正,是勞所據乃傳錄本,尚非親見明鈔藍格本也,上跋亦據云云,尚屬含混。臘八晴窗,鈺再識。(書號14717)

劉子二卷

北齊劉晝撰。清光緒元年崇文書局刊本。據《藏園校書錄》及《藏園羣書經眼錄》,可知,傅增湘于甲寅年(1914)據何彭威藏敦煌唐卷子本校勘,辛未年(1931)據董康手抄法藏敦煌遺書校勘,己卯年(1939)據劉希亮藏唐寫本之影寫件校勘,辛巳年(1941)又據北平圖書館藏王重民拍攝英、法藏唐卷子本影片校勘,卅年之中,盡得存世唐寫本予以校勘。鈐"沅叔手校"印。《藏園羣書題記》於此書有長跋,述歷年所見唐寫本之始末甚詳,並對劉廷琛藏品與英、法藏敦煌寫本《劉子新論》重合篇章字詞之異同,予以辨析,請參閱。

書名葉藏園跋曰:何穆忞藏唐卷子本《劉子》二百八行①,蓋燉煌石室之秘笈也。存者只得全書十之一,然異字佚文乃至不可勝

---

① 何彥昇,號秋輦。曾任甘肅布政使,1909年奉清學部之命,押運敦煌遺書至京師。抵達京師後,與李盛鐸等人先私自攫取,然後將長卷截斷以充數,再運至京師圖書館。何震彝,字鬯威,一字穆忞,何彥昇之子,李盛鐸之婿。何藏敦煌遺書《劉子新論》殘卷,從"去情第三"後半至"思順第九"前半,現今不僅可以看到傅校,還可以看到羅振玉之校勘,林其錟、陳鳳金《敦煌遺書劉子殘卷集錄》中已經影印此校勘本。

計。聞劉幼雲前輩尚有九篇以下數百行①，若一旦為延津之合，豈非天地間奇寶乎！昔人動侈千元百宋，視此又何足云云耶！沉叔校畢記。時甲寅大春節也。

廿六年後再識曰：劉世兄希亮以影寫唐卷子《劉子》見眎，凡二百四十行，自"愛民"起，至"薦賢"止，凡八篇，移校於此本上，合之何氏及法人伯希和所藏，通得二十一篇，已得全書三分之一矣。記此以矜眼福。己卯四月初九日，藏園老人識。

卷上"薦賢篇"書眉藏園識曰：唐卷子本止此，凡二百四十行，己卯四月，沉叔手校。

卷下"風俗篇"書眉藏園識曰：唐寫本殘卷自此篇起，原本藏法國伯希和許，同年董授經手鈔以歸②。（書號149）

顏氏家訓注七卷補遺一卷重校正一卷
北齊書文苑傳顏之推傳注一卷注補正一卷

北齊顏之推撰。清乾隆五十四年盧文弨抱經堂刊本。鈐"崔印應榴"、"曾為忻虞卿所藏"、"二十年中万卷書"、"雙鑑樓藏書印"等印。丙辰年（1916）據宋刊《續顏氏家訓》校勘，宋刊《續家訓》今存國家圖書館，《藏園羣書經眼錄》著錄。

第二冊卷首內副葉藏園老人跋曰：《續顏氏家訓》宋刊殘本，

---

①　劉廷琛，字幼雲，清末歷任翰林院編修、陝西提學使、京師大學堂監督、學部副大臣。其子劉希亮。劉廷琛藏品今存國家圖書館，黃綾包裹，其上題簽曰"唐人寫劉子新論卷中九篇　長十三尺，高八寸 016"。劉希亮以影寫本相示，其長短、篇數與原件稍有出入，故藏園從"愛民"篇開始校勘。

②　董康，字授經。傅增湘曾撰"書舶庸譚序"敍其藏書。今《法國國家圖書館藏敦煌西域文獻》中存《劉子新論》四件：P2546，P3562，P3636，P3704。其中 P3704 中完整之篇為：風俗、利害、禍福、貪愛、類感、正賞。並計何藏、劉藏，確為二十一篇，亦可因此知董康抄錄者為 P3704。

藏常熟瞿氏，余於去秋往鐵琴銅劍樓見之，匆匆未得一校。頃閱館書，有蕘夫所臨校，因竭半日之力移寫之，其改訂出盧校外者至數十處。盧校刻此書，未見沈揆刊本，及後覩知不足齋翻雕乃增補各條於後。然於此《續家訓》，仍未寓目也。今以黃校核之，其異字多出沈本之上，且卷中異文有為盧氏所不取而以俗本目之者，然往往與此本合，迺知自明以來，相傳之本固亦原出於宋，未可取彼而棄此也。不徧讀天下書，幸勿妄下雌黃，斯言信哉。丙辰八月二十二日，江安傅增湘記於京師圖書館。

鈐"沅叔"印。（書號150）

封氏聞見記十卷

唐封演撰。清乾隆廿一年盧見曾刻《雅雨堂叢書》本。乙卯年（1915）假李盛鐸藏明鈔本校勘，該明鈔本今藏北京大學圖書館，《藏園羣書經眼錄》著錄。

卷末過錄李盛鐸跋文，文曰：《封氏聞見記》，舊寫本，得諸湘潭袁氏，持校《學津》、《雅雨》諸刻，誠如莫子偲所校，多出字數一一符合，惟長莫氏稱"長嘯"條，刊本多二十五字。據《雅雨》本校注，謂原本朱筆增入，吳方山云二本俱無，以為是校者依他引嘯旨語記於行間，不必定封氏所有。今此本多出之字，既與莫本同，而此條確為封氏原文，並非校增，則此本之美不又出莫本上耶？此書既無宋刻，舊抄已自可貴，但譌敚仍觸目皆是，當據類書所引詳校乃完善可讀也。盛鐸記。①

藏園識曰：木師藏明藍格抄本，八行二十二字，中縫有"雪晴齋抄"四字，有汲古閣藏印。乙卯夏校畢，並錄原跋於右。沅叔。

---

① 李氏跋語亦見諸張玉範整理《木樨軒藏書題記及書錄》。

（書號151）

南部新書十卷

宋錢易撰。清嘉慶十年張氏趙曠閣刊《學津討原》本。《藏園校書錄》記甲子年（1924）假周叔弢藏錢曾、胡珽手校，何焯、周錫瓚、顧廣圻校并跋之明刊本校勘。此明刊本今藏國家圖書館，《藏園羣書經眼錄》著錄。

各卷藏園先生識語錄如下：

序言之末識曰：明刻本無序，遵王手寫補之，今據以校改。沅叔記。

甲卷末葉識曰：甲子正月二十八日。

乙卷末葉識曰：正月二十八日校。

丙卷末葉識曰：正月二十九日校。

丁卷末葉識曰：二月初一日。

戊卷末葉識曰：二月初二日校。

己卷末葉識曰：二月初二日，夜盡三鼓。

庚卷末葉識曰：二月初四日校。

辛卷末葉識曰：二月初四日校。

壬卷末葉識曰：二月初四日校。

癸卷末葉識曰：甲子二月初四日校畢。（書號153）

麈史三卷

宋王得臣撰。清嘉慶鮑廷博刊《知不足齋叢書》本。癸亥年（1923）臨劉承幹藏明影宋寫本毛扆校。

各卷藏園先生識語錄如下：

目錄之末空白處識曰：嘉業堂劉氏藏明影宋寫本，半葉九行行十八字。毛斧季校過，有宋蘭揮藏印。昨從翰怡假得①，攜來湖上，取此刻對勘，一日夜而畢。沅叔志。

卷上末葉識曰：癸亥十月十三日宿于安巢，是夜寒月流天，高峯斂靄，意象澄澈，如身入玉壺，乘興弄筆，遂終此卷。藏園記。

卷中末葉識曰：癸亥十月十四日校。

卷下末葉過錄毛扆識語，並又識曰：癸亥十月十四日，與汲侯坐安吟樓話月②，至三鼓遂畢此卷。藏園居士記。（書號154）

文昌雜錄六卷補遺一卷

宋龐元英撰。清乾隆二十一年盧見曾刻《雅雨堂叢書》本。鈐"修敬堂藏"、"織簾藏書"、"周暹"印。壬申年（1932）藏園主人臨沈欽韓手校。

卷六末葉沈欽韓識曰：道光壬戌四月十二日校，半日畢。欽韓記。

此後為傅增湘題識：壬申十月，藏園居士手臨一過，竟日而畢。

書末附加另紙，為一便條，曰：文起手校書殊少見，此帙校筆雖不多，然改定錯簡三處乃致佳，似可留之。叔弢三兄座右。增湘拜覆。③（書號8216）

冷齋夜話十卷

宋釋惠洪撰。明萬曆商濬刻《稗海》本，半葉九行行二十字，

---

① 劉承幹（1881－1963），字貞一，號翰怡，浙江吳興人。有嘉業堂藏書。刊書亦多，至今刊版尚存嘉業堂中。

② 許引之，字汲侯，安吟樓主人。傅增湘居此期間，尚校勘《武林舊事》一書。

③ 據此知原為周叔弢詢問傅增湘該書是否可留。由《藏園羣書經眼錄》推測，便條寫于1919年。

白口，四周單邊。甲寅年（1914）臨持靜齋藏何焯手批，又據董康
自日本攜歸五山本再校。鈐"琪園李鐸收藏圖書記"印。卷末校
跋已收入《藏園羣書題記》，不贅。丙寅年（1926）再校，有長跋，詳
見下文藏園校勘《稗海》中本書之跋。（書號155）

春渚紀聞十卷

　　宋何薳撰。明汲古閣刊本，半葉八行行十九字，白口，左右雙
邊。目錄為抄補。書衣李盛鐸題簽並識曰："汲古閣刊本，用宋本
校。茮微。"鈐"山西等處承宣布政使司之印"（滿漢文合璧）、"沅
叔借讀"、"藏園眼福"印。辛巳年（1941）臨勞格校影宋本，關於勞
格校本及跋語中所云毛扆手校本，《藏園羣書經眼錄》及《題記》均
有記載。

　　全書卷末李滂識曰：滂按，宋本每半頁九行每行十八字①。

　　並有藏園跋語：此書校筆未署姓名，然以字蹟觀之，確為勞季
言所校，其所據者為明述古堂所藏明影宋鈔，後歸於皕宋樓，今尚
在日本靜嘉文庫中。余別見有毛斧季手校本，所見亦宋刻，弟其校
勘不及季言之精謹耳。辛巳六月，假校一過，因坿誌之。沅叔傅增
湘。

　　鈐"藏園居士"印。（北京大學圖書館口5）

春渚紀聞十卷

　　宋何薳撰。明崇禎毛氏汲古閣刊《津逮秘書》本，半葉八行行
十九字，白口，左右雙邊。《藏園校書錄》記辛巳年（1941）據毛扆
手校本傳錄，數日後又臨李盛鐸藏勞格手校本，參見《津逮秘書》

---

　　①　李滂，字少微，李盛鐸之子。

此書跋語。兩次校勘均有長跋,載《藏園羣書題記》。

　　各卷藏園先生識語錄如下:

　　卷一末葉識曰:辛巳閏月十四日校於万壽山下。

　　卷二末葉識曰:閏月十五日校。

　　卷三末葉識曰:同日又校此卷。

　　卷四末葉識曰:辛巳閏月十五日,校於昆明湖上之雲巖山館。

　　卷五末葉識曰:閏月十七日校。

　　卷六末葉識曰:閏月十七日又校。

　　卷八末葉識曰:十七日又校竟。

　　卷九末葉識曰:閏月十八日校。

　　卷十末葉識曰:辛巳閏六月十八日校訖。(書號 171)

巖下放言三卷

　　宋葉夢得撰。清光緒三十年葉德輝觀古堂刊本。壬戌年(1922)據明鈔《說郛》本校勘。

　　所錄《四庫全書》該書提要之後,於空白處藏園識曰:明鈔《說郛》采此書九則,每則皆有標目。因校《玉澗襍書》訖,復取此勘正之。藏園居士沅叔氏。(書號 158)

玉澗襍書一卷

　　宋葉夢得撰。清光緒三十年葉德輝觀古堂刊本。壬戌年(1922)據明鈔《說郛》本校勘。

　　卷末葉藏園識曰:壬戌七月朔,以叢書堂寫本《說郛》校改數十字,沅叔。(書號 159)

鐵圍山叢談六卷

宋蔡絛撰。清嘉慶年間鮑廷博刊《知不足齋叢書》本。丁巳年（1917）據明鈔《說郛》本校勘。

扉葉藏園跋曰：叢書堂寫本《說郛》第十九卷，采是書只十一條，偶取參校，竟得百許字。其中如奉宸庫、薔薇水、香木各條，所增訂之字，均視鮑校各本為善。信乎古鈔之不可忽視也。丁巳十月初三日，增湘記。（書號157）

却掃編三卷

宋徐度撰。明崇禎毛氏汲古閣刻《津逮秘書》本，半葉八行行十九字，白口，左右雙邊。鈐"沅叔手校"、"沅叔校勘"印。丙寅年（1926）據涵芬樓藏天一閣寫本校勘，見諸《藏園羣書經眼錄》。

各卷藏園先生識語錄如下：

卷上首葉識曰：丙寅七月，據天一閣寫本勘讀。原本九行二十字，舊藏烏程蔣氏密韻樓。沅叔記。

鈐"沅叔"印。

末葉識曰：丙寅七月初四日，據明鈔本校閱。

卷中末葉識曰：七月初八日。（書號165）

曲洧舊聞十卷

宋朱弁撰。清嘉慶鮑廷博刊《知不足齋叢書》本。丁巳年（1917）據明鈔《說郛》本校勘。

扉葉藏園識曰：明鈔《說郛》取十四條，校過略改數十字。丁巳九月廿三日，沅叔。（書號160）

雞肋編三卷校勘記一卷續校一卷

宋莊季裕撰。清光緒十四年董金鑒活字印《琳琅秘室叢書》本。庚申年（1920）據蔣汝藻藏影元寫本校勘，甲子年（1924）據明鈔《說郛》本再校。《藏園羣書經眼錄》著錄之清初影元寫本，係原藏汪士鐘處，後轉入涵芬樓，現存國家圖書館者。

該書首刊《四庫全書總目》提要，提要末葉藏園跋曰：舊藏叢書堂寫本《說郛》卷第二十有二，采此書數十條。今日大風，甚寒。段祺瑞以摂執政被推入都，兵衛充衢，行人裹足，遂不出門。取此活字本校之，所標舉異字與元本同者，蓋十而九則亦原於元刊無疑矣。甲子十月廿六日，藏園居士記。

各卷藏園先生識語錄如下：

卷上末葉跋曰：甲子十月廿六日以明鈔《說郛》校。

卷下末葉跋曰：庚申二月二十六日，據蔣孟蘋藏影元人寫本校訖。沅叔。

元寫本作一卷，半葉十一行行二十字，其異字往往出校記外者，當別為記跋以著之。是夜對勘畢。（書號 161）

寓簡十卷

宋沈作喆撰。清乾隆四十年鮑廷博刊《知不足齋叢書》本。癸亥年末（1924）據原藏李放處明活字本校勘。

正文之前藏園先生識曰：明活字本，半葉十行行二十字，昔年曾見之隆福寺文奎堂書坊，索直百金不能收。前日游津門，乃見之李小石案頭①，蓋其先人文石即得之文奎者。取校一過，活字本頗多脫失，然佳字亦偶一二可取。要是異本，足貴耳。昔人乃題為宋刻，則妄矣。癸亥十二月十九日祀坡公歸記，沅叔。

各卷藏園先生識語錄如下：

卷二末葉識曰：癸亥十二月十一日校。

卷三末葉識曰：十二月十三日校，沅叔。

卷四末葉識曰：十三夜校。

卷五末葉識曰：癸亥十二月丁酉日校。

卷六末葉識曰：十二月十四日校。

卷七末葉識曰：十四夜校于龍龕精舍。

卷八末葉識曰：十八日校。

卷九末葉識曰：坡公生日校。（書號176）

北牕炙輠錄二卷

宋施德操撰。清抄本。曾經黃錫蕃、周星詒校，傅增湘癸丑年（1913）跋，周叔弢癸亥年（1923）題識。鈐“祥符周氏瑞瓜堂藏書”、“周印星詒”、“茂苑香生蔣鳳藻秦漢十印齋祕篋圖書”、“壽潛室手校”、“柯印逢時”、“曾在周叔弢處”印。

書末葉有黃錫蕃跋，曰：《北窻炙輠錄》二卷，宋施彥執撰。竹垞跋云得之海鹽陳少典所藏，其書稍稍流傳于世，今刊入《奇晉齋叢書》中。己酉長夏，以刊本校勘，互有異同，如“関子開顧”一則，雖中多闕文，而刊本刪去，殊失本來面目。內載王子思宋代知海鹽縣事，攷圖經祇有王震、王本、王懋，所謂王子思者，未知何名，所記

一事亦未載，後之續圖經者宜補入焉。椒升記。

藏園跋曰：此冊為椒升所手校，所據刻本蓋即奇晉本也。上卷濃朱筆識為周季貺所重校，所據為讀畫齋本。讀畫本出自吳方山，較竹垞本為長，故文字多勝處，如"鬮子開"二條，此本斷爛不可讀，而吳本則完具，亦其一也。癸丑暮春，承地山惠假，詳較一過①，附記於此。地山試取讀畫本一勘，當知余言不謬矣。沅叔。

鈐"翁斌孫印"。

周叔弢識曰：癸亥九月，以士禮居刻《周禮》，從大方易得。叔弢。（書號8228）

清波襍志十二卷

宋周煇撰。舊抄本。鈐"廖嘉館印"印。王士禎評記及查慎行考證。書衣題識曰："朱笥河先生校本。同治戊戌二月得于都門。鄭齋。"護葉有朱錫庚跋文一則，鈐"少河"印，跋文見諸《藏園羣書經眼錄》。傅增湘癸亥年（1932）、辛巳年（1941）二次題跋，辛巳年之跋見諸《經眼錄》。

全書末葉有癸亥年（1923）赴藏園祭書諸人題識如下：

癸亥祀竈日，藏園祭書之集，得觀木齋先生此書，有國初諸家評語，致可寶翫。海寧王國維。

山陰王式通、仁和吳昌綬敬觀。

陽湖陶湘敬觀。

建德周暹敬觀。

長白寶熙觀。

門人徐鴻寶敬觀。

---

① 可與子部《奇晉齋叢書》（書號538）之則參閱。

門人江安傅增湘敬觀。是日園中祭書①，集者十六人，椒微師
自津門來會，以是冊及宋本《纂圖互注論語》坿祭。

藏園祭書，茮微師攜宋槧《論語》及厥冊與集主祭，克文飽獲
觀覽，謹識卷尾。癸亥祀竈日，項城袁克文。

鈐"書潛經眼"印。（北京大學圖書館口59）

墨莊漫錄十卷

宋張邦基撰。明萬曆年間商濬刊《稗海》本，半葉九行行二十
字，白口，四周單邊。鈐"木樨皂館范氏藏書"印。《藏園羣書題
記》所跋《墨莊漫錄》係另一明鈔本。甲寅年（1914）臨勞氏傳校
本，勞格校並傳錄錢曾、鮑廷博校跋之本今存國家圖書館。

卷七末葉藏園先生跋曰：明高瑞南鈔本，十行行二十字，勞氏
平甫傳校。

錢遵王家鈔本，每半葉十二行行二十四字，亦從勞氏昆仲傳校
本轉錄，其異字與高本同者則加圈識於旁以別之。勞平甫昆仲手
校此書，衹存七卷，原校本合高、錢及鮑以文三家，然高、錢兩家異
字各注於本字下，易以檢尋，故以紅藍二色筆錄之。鮑氏所校亦源
高氏而未經註明，無從辨別，故不具錄，茲以此色逐勞氏所校，其異
字往往出高、錢二家之外者，疑時出於鮑氏，莫能明也。

辛亥十月以事辭官，居海上，書友李葆全自杭來②，攜此書及
《野趣有聲畫》、《北窓炙輠錄》，皆勞氏校本也。余以心煩意亂，不
及收買，旋為涵芬樓所得，耿耿不釋者久之。癸丑冬再至海上，乃

---

① 癸亥年（1923）祭書事又見於《藏園羣書經眼錄》此書著錄，此書概況尚可參見
張玉範《木樨軒藏書題記及書錄》，北京大學出版社，1985年。

② 或即為李寶泉。

假以歸,錄於此冊。其二種固當續以為請也。甲寅三月,沅叔。

　　附紙趙萬里識曰:沅叔先生謂據勞氏平甫校本傳校,案此說實誤。勞平甫當作勞季言。平甫名權,季言名格。萬里記。五六年十月。(書號163)

程氏考古編十卷

　　宋程大昌撰。清乾隆四十七年李調元刻《函海》本。己未年末(1920年初),據明鈔本《儒學警悟》校勘。可參見《儒學警悟》(書號13493)之則,

　　各卷藏園先生識語錄如下:

　　目錄末葉識曰:己未殘臘,據明鈔《儒學警悟》本斠定。沅叔。

　　卷二末葉識曰:己未十二月二十五日校。

　　卷四末葉識曰:己未十二月二十四日午刻校。(書號164)

能改齋漫錄十八卷

　　宋吳曾撰。清臨嘯書屋活字印本。據《藏園校書錄》記載,依舊鈔本校勘。

　　卷十六末葉藏園先生補錄兩則,而無跋。(書號162)

西溪叢語二卷

　　宋姚寬撰。涵芬樓影印明鵁鳴館刊本。癸亥年(1923)臨勞格校勘澹生堂本。

　　明嘉靖俞憲敍之末,藏園過錄勞格跋文,並識曰:癸亥初冬,從劉翰怡世兄借此本,攜來山中,今日早起坐安吟樓錄畢,祗取祁氏本,其所校汲古異字不更書。藏園居士記,十月望。

　　卷下藏園過錄勞格識語:咸豐丁巳八月,以傳校山陰祁氏澹生

堂鈔本勘過。丹鉛精舍主人記。（書號174）

老學庵筆記十卷

宋陸游撰。明萬曆商濬刻《稗海》本。甲寅年（1914）臨何焯手校。鈐"琪園李鐸收藏圖書記"印。《藏園羣書題記》所跋《老學庵筆記》指1929年校勘另一明抄本，語及此本。

全書末葉藏園過錄何焯跋語，其後又跋曰：義門批校此本，舊藏持靜齋，今流轉至廠市，假得一校。批評多而校正少，非所望也。原本用紫朱二筆玩其語氣，紫筆在先，今紫色已黯黮，不可辨，以藍色易之。甲寅閏月上澣，沅叔記。

跋語之末鈐"傅""沅叔"、"增""湘"印。（書號168）

老學庵筆記十卷

宋陸游撰。明崇禎毛氏汲古閣刊《津逮秘書》本，半葉八行行十八字。白口，左右雙邊。辛未年（1931）移錄鐵琴銅劍樓藏毛表校本。毛表識語載於《鐵琴銅劍樓藏書題跋集錄》。

各卷藏園先生識語如下：

卷二末葉識曰：辛未二月初四日，校於上海孫氏晨秋閣①。

卷三末葉識曰：同日午刻校。

卷十末葉識曰：辛未二月初四日，假瞿氏藏毛奏叔校宋本移錄，當日而畢。藏園居士記，時留寓上海孫氏晨秋閣。（書號169）

---

①　當是孫多森宅邸。孫多森曾為南北合議代表，又與周學熙共同經營實業，與周氏為姻親。傅增湘不僅是南北合議參議，且在孫、周實業中有股份。

老學庵筆記十卷

宋陸游撰。清初穴研齋鈔本。鄧邦述、傅增湘跋。鈐"正闓祕笈"、"三李盦"印。此本今藏臺灣中央圖書館。

傅增湘題識曰：甲寅十月，借此本與商刻對勘，增者數十字，改者殆數百字，可謂善本矣。增湘附記。

鄧邦述跋曰：此據宋本繕寫，中多避諱缺筆及遇本朝空格字，可證也。取校《津逮》，頗多善處。沅叔同年曾借校，謂為善本。舊鈔之可貴如此。放翁無所不通，宋人小說本為著述家一大觀，然博洽精粹亦不多覯。此書未可輕也。戊午陽月，正闓。（臺灣中央圖書館 07317）

雲麓漫抄四卷

宋趙彥衛撰。明萬曆年間商濬刊《稗海》本，半葉九行行二十字，白口，四周單邊。鈐"琪園李鐸收藏圖書記"印。癸丑年十二月（1914）據鬱岡齋鈔本校勘。

護葉上藏園先生跋曰：上海從方地山假得鬱岡齋鈔本，攜至西湖，以游覽之隙及之，改正殆數百字，是書粗可讀矣。癸丑十二月初十日識於小萬柳堂①。是日同周無覺探紫雲洞②，迂道靈峰寺，觀補種梅花漸將舒蕚，西至靈隱，登韜光題詩壁間，坐冷泉亭畔對飲，遂游天竺而歸。沅叔。（書號 166）

---

① 　廉泉、吳芝瑛夫婦曾筑小萬柳堂別墅於西湖旁。吳芝瑛係秋瑾密友，吳汝綸侄女。藏園至杭州，多次寓居於此。
② 　周無覺或即是周立之，多次與傅增湘出遊。可參閱"三游盤山記"及"山游題壁‧游盤山、千像寺題記"（《藏園游記》）。

雲麓漫抄四卷

宋趙彥衛撰。明王氏鬱岡齋抄本，半葉十一行行二十二字。鈐"曾在周叔弢處"印①。

正文之前藏園跋曰：地山新得此鬱岡齋鈔本，道出申江，從之假閱，攜至西湖，以校《稗海》本，改定增補四百七十餘字，是書從此粗可讀矣。癸丑十二月初十日，沅叔記於小萬柳堂。是日與周无角探棲霞洞，訪靈峰寺，登韜光庵，坐冷泉亭，紅梅欲綻，翠竹生妍，暄暖殆如初春，轉惜吾地山之不獲同游，領此清勝也。鬱岡齋鈔本多從宋槧出，久為世重。余曾收得《龍川略志》，行款與此同，旋歸之涵芬樓。地山尚有《塵史》三卷，必有佳處，它日當乞一校，知方家決不吾吝也。沅叔再記。（書號8226）

螢雪叢說二卷

宋俞成撰。明萬曆年間商濬刊《稗海》本。鈐"琪園李鐸收藏圖書記"印。《藏園校書錄》記己未年（1919）據明鈔《儒學警悟》校勘。

卷上末葉藏園老人識曰：己未十二月初三日校。
卷下補抄一葉。（書號175）

蘆蒲筆記十卷

宋劉昌詩撰。清嘉慶鮑廷博刊《知不足齋叢書》本。《藏園校書錄》記丙寅年（1926）臨黃丕烈校本。全書末葉藏園先生過錄吳

---

① 　方爾謙與周叔弢頗有往來，《弢翁藏書年譜》記1921年自方爾謙處收得此書，是在傅增湘題跋八年之後。

翌鳳、陳鱣、黃丕烈諸家題跋,諸跋載于《藏園羣書經眼錄》。

各卷藏園先生跋識語錄如下:

卷一末葉識曰:丙寅十一月十五日校。

卷三末葉識曰:丙寅冬至校。

卷四末葉識曰:十一月十九日。

卷五末葉識曰:十九日校。

卷六末葉識曰:十九日校。

卷八末葉識曰:十一月十九日校。

卷九末葉識曰:十九日午後校。(書號 170)

游宦紀聞十卷

宋張世南撰。明萬曆商濬刻《稗海》本,半葉九行行二十字,白口,四周雙邊。辛酉年(1921)據蔣汝藻藏鮑廷博鈔本校勘。

各卷藏園先生識語錄如下:

卷一末葉識曰:辛酉大雪節,校於吳門客舍。

卷二末葉識曰:辛酉十一月初十日,游天平山,舟中校畢。

卷三末葉識曰:同日午刻,天平舟中再竟此卷。

卷四末葉識曰:辛酉十一月初十日校。

卷五末葉識曰:十一月初十夜校定。

卷七末葉識曰:十一月二十日校。

卷十末葉識曰:辛酉十一月游申江,借蔣氏密韻樓藏鮑淥飲鈔本校畢,後有紹定壬辰李發先序,《知不足齋叢書》已刻之,不具錄。藏園主人書。(書號 167)

西塘集耆舊續聞十卷

宋陳鵠撰。清乾隆五十八年鮑廷博刊《知不足齋叢書》本。

壬戌年(1922)據繆荃孫藏明鈔本校勘。

各卷藏園先生識語錄如下：

卷二末葉識曰：壬戌二月十九日校。

卷四末葉識曰：壬戌三月十九日校。

卷五末葉識曰：壬戌三月十九日校。

卷六末葉識曰：壬戌四月朔校。

卷十末葉識并跋曰：壬戌四月朔校畢。

藝風藏明寫本，分上下卷，十行二十字，舊為蔣香生物，有季眖跋語。從子壽世兄假來①，校讀一過，字句小有異同，因照改之。原書鈔手極舊，當是正、嘉以前人也。增湘記。（書號178）

賓退錄十卷

宋趙與峕撰。清乾隆十七年存恕堂刻本。辛酉年(1921)據蔣汝藻藏宋刊本校勘。

護葉上有藏園手書長跋，與《藏園羣書題記》所錄稍有文字差異，意同，不贅。

各卷藏園先生識語錄如下：

卷一末葉識曰：三月三十日，據宋本校定。

卷二末葉識曰：辛酉三月三十日校。

卷三末葉識曰：辛酉四月朔辰刻校。

卷四末葉識曰：四月初二日，校宋本。

卷五末葉識曰：四月初二日，燈下校宋本。

卷六末葉識曰：四月初五日，校宋本訖。

---

① 繆祿保，字子壽，繆荃孫之子。繆荃孫去世後，繆祿保將藏書售與上海古書流通處，所餘抄校本及罕見刻本攜之入都。《藏園羣書題記》卷六"鹽鐵論跋"有記。

卷七末葉識曰：四月初五日午刻，照棚本勘完。

卷八末葉識曰：四月初三日，據宋書棚本校。

卷九末葉識曰：四月初四日，據宋本是正。

卷十末葉識曰：四月四日，燈下校畢。（書號173）

鶴林玉露十六卷

宋羅大經撰。明南臺刊萬曆遞修本，半葉十行行二十二字。見諸《藏園羣書題記》之跋文。鈐“秀水莊氏蘭味軒收藏印”、“耽書是宿緣”、“校書亦已勤”、“雙鑑樓藏書印”、“沅叔”、“沅叔校定”、“傅增湘”、“傅沅叔藏書記”印。内護葉傅熹年先生跋曰：卷首目錄上方朱書，及末冊後附地、人二集佚文目，為先祖藏園公手迹。卷前題跋及卷後錄文，則為族叔毅如所錄，毅如叔名遹謨，學藏園公書頗肖。庚辰歲暮，檢讀因記，孫熹年識。

卷後錄文之末，藏園識曰：右自地集鈔出五則，人集鈔出十四則，共十九則。據日本翻刻明萬曆黃貞升本補錄佚文，余別有跋詳之。戊寅三月十八日，藏園手跋。

鈐“沅叔”印。

藏一話腴内編二卷外編二卷

宋陳郁撰。1919年胡思敬刊《豫章叢書》本。《藏園校書錄》記癸亥年（1923）據蔣汝藻藏鈔本校勘。

各卷藏園先生識語錄如下：

内編卷上末葉識曰：癸亥十月十八日，坐蔣氏密韻樓校定。藏園。

卷下末葉識曰：是夕歸客邸，更研朱振筆，校完此卷已三更矣。萊娛。

外編卷上末葉識曰：癸亥十月二十日，校於蔣氏密韻樓。沅叔。

卷下補抄佚文一則。（書號177）

志雅堂雜鈔十卷

宋周密撰。清道光十一年六安晁氏活字印《學海類編》本。鈐“沅叔手校”印。丙寅年（1926）據天一閣鈔本校勘。

目錄末葉藏園先生跋曰：明天一閣鈔本不分卷，首圖畫碑帖，次諸玩、次寶器、次人事、次醫藥、次陰陽算術、次仙佛、次書史、次圖畫碑帖補。今本以書史居首，而圖畫碑帖正補合為一，非其舊矣。依此本勘閱仙佛類，增“龍王經”一條，其餘異字佚文，殆不可勝數。余昔年見鮑淥飲手校，亦臨於《學海》本上，增訂之處時有不同，要各見優劣，暇當取兩本互參，而以余刻伍刻粵雅堂本彙訂之，庶幾淆亂者得所衷乎！丙寅七月十三日，傅增湘書於藏園之石齋。

鈐“萊娛室”、“沅叔手校”印。

各卷藏園先生識語錄如下：

卷一末葉識曰：七月十一日三伏末日，亢熱難耐，入夜疏雨送涼，執管遂了此卷，何快如之！

卷三末葉識曰：十一日，夜雨竹窗，清灑可聽。

卷四末葉識曰：雨後五龍亭觀荷煮茗校此。十二日晨卯刻。

卷六末葉識曰：七月初十日校，就松下懸燈設硯。

卷八末葉識曰：七月十一日校。

卷九末葉識曰：七月十一日。

卷十末葉識曰：七月十一日。（書號180）

敬齋古今黈八卷拾遺五卷

元李冶撰。清光緒二十五年廣雅書局翻《武英殿聚珍》本。卷七行以後據《永樂大典》校勘,行間校正改字頗多,然無藏園跋識。(書號 182)

隱居通議三十一卷

元劉壎撰。清嘉慶四年顧修刊《讀畫齋叢書》本。卷二十一首葉鈐"沅叔校勘"印。乙丑年(1925)以元人劉如村手寫本校勘其中卷二十一至二十二。

卷二十二末葉藏園先生識曰:田有章持元人劉如村手書冊子來①,蓋鈔其父水雲先生《隱居通議》稿也,因據此刻勘讀一過。聞尚有七冊仍藏劉氏後人,當更訪之。乙丑六月十五日,沅叔記。

鈐"增""湘"印。(書號 181)

庶齋老學叢談三卷

元盛如梓撰。清嘉慶鮑廷博《知不足齋叢書》本。癸亥年(1923)據黃丕烈校本校勘。

各卷藏園先生跋識錄如下:

卷上末葉識曰:癸亥十月十三日午刻,校於杭州三台山許氏安吟樓。時宿雨初霽,山色老蒼,惜紅葉半彫,殊少渲染耳。

卷中之上末葉識曰:安巢留午餐,餐後就晴窗校此。

卷下末葉過錄黃丕烈識語:嘉慶庚午仲冬,用五硯樓所儲槜李曹氏舊鈔藏本校一過,似此較勝。然曹本亦有一二可取處,以朱筆

---

① 田有章,湖北書估。

識於上方云。復翁。

　　又跋曰：右寫本為嘉業堂劉氏所藏，有陳仲魚、鮑淥飲、孫平叔、袁漱六諸家藏印，別有錢氏、蔣氏，則不知何人。取校此本，亦無大勝，然良辰勝賞，更伴以異書，亦客中佳趣也。沅叔記於三台山下安吟樓。（書號183）

研北雜誌二卷

　　元陸友撰。明末刻本，半葉九行行二十字，白口，左右雙邊。孔繼涵校跋並錄孫雨題識，傅增湘、朱文鈞跋。鈐"雙鑑樓藏書印"、"江安傅氏藏書鑑定書籍之記"。《藏園羣書題記》有此書之跋文，攷論甚詳，并錄前人跋識及朱文鈞跋。

　　上卷補錄文多則。

　　下卷卷末清孔繼涵校跋並錄孫雨題識，藏園跋識曰：此曲阜孔繼涵葓谷校本，誧孟其別字也。何柘湖校本，世多未見，尤可珍秘。柘湖即何孔目良俊。沅叔記。

　　鈐"抱蜀廬"印。（書號11341）

間居錄一卷

　　元吾丘衍撰。清光緒二十二年丁丙八千卷樓刊本。丁卯年（1927）據明鈔《說集》本校勘。

　　卷末葉藏園先生跋曰：《說集》二十帙，明嘉靖三年南園老人張書，時年六十有七。此書收入第三帙中，取新本勘閱一過，佳字時有可取。全帙都五十八種，多載古書，惜直昂不及收耳[1]。丁卯十一月十四日藏園居士記。（書號184）

---

　　[1]　朱文鈞收之。該書子目見諸《藏園羣書經眼錄》。

南村輟耕錄三十卷

明陶宗儀撰。明成化十年戴珊刻遞修本，半葉十行行二十一字，黑口，四周雙邊。鈐"長林世閥江邦之藏書"、"兆端堂圖書記"、"九折堂山田氏圖書之記"、"鳥範家藏萬卷"、"雙鑑樓珍藏印"、"江安傅氏藏園鑑定書籍之記"印。

護葉有藏園跋文，曰：此明成化刊本，余昔年得之翰文書坊中，多補版，又鈔補二冊。友人陶蘭泉假去覆刊，刊成而第四冊乃失去，囙以新紙補印一卷配入，居然完好矣。此本誤字極多，陶氏付梓時，取明初小字本玉蘭堂本合校，庶幾正定可傳焉。乙亥正月下浣，藏園老人記。（書號11342）

兼明書五卷

五代丘光庭撰。清嘉慶十六年璜川吳氏真意堂活字印本。鈐"會稽章氏藏書"、"江安傅增湘沅叔珍藏"、"雙鑑樓珍藏印"、"雙鑑樓藏書印"、"長春室圖書記"、"二十年中萬卷書"印。據周叔弢藏明寫本校。

《兼明書》鈐"沅叔手校"印。目錄葉藏園附紙書跋，曰：昨以守和約赴津，為檢定椒微師遺書事①。夜訪叔弢，得見明寫本《兼明書》五卷，其書棉紙藍格，自是天一閣之物，鈐有翰林院典籍廳印，意乾隆時范氏進呈於四庫者也。卷中有鉤勒之筆，必館中寫書時纂脩諸臣所為，前有朱書一行，云原本訛脫甚多，茲據宋本校正。

---

① 袁同禮，字守和，國立北平圖書館館長。此乃1937年抗戰之前事。關於李氏藏書評價，傅增湘是月有"審閱德化李氏藏書說帖"一文（收在《藏園羣書題記》中），甚詳。

未審何人所校,亦不言宋本所自。曰余家舊藏有真意堂活字本,曰假歸,竭一日之力點勘卒業。吳本紕繆甚多,且各條空闕之文,彌望皆是,得此悉爲補完,爲之忻快不已。聞此亦李氏之書,叔弢轉質而來者也。丁丑五月,藏園記。

鈐"增湘私印"。

卷二末葉識曰:丁丑五月十二日晨起校。

鈐"沅叔"印。

卷三末葉識曰:午後不眠,又畢是卷。沅叔記。

鈐"增湘之印"印。

卷四末葉識曰:五月十二日,游北海歸校此卷。

鈐"沅叔"印。

卷五末葉補錄"字書"篇,並識曰:辛巳十月二十六日鐙下,依寶顏堂本手寫補完。藏園老人記,時年正七十。（書號540）

東觀餘論二卷附錄一卷

宋黄伯思撰。明崇禎毛氏汲古閣刊《津逮祕書》本,半葉八行行十九字,白口,左右雙邊。書眉行間過錄何焯批校,未見傅氏題識。鈐"校書亦已勤"、"沅叔手校"印。《藏園羣書經眼錄》著錄此書六部,未及何焯批校。

附錄末葉過錄何焯識語:康熙戊寅,二弟買得檇李項氏舊刻,對一過,項刻皆照宋本者。五月初二日,焯識。（書號156）

靖康緗素雜記十卷

宋黄朝英撰。明天啓年《寶顏堂祕笈》本,半葉八行行十八字,白口,四周單邊。辛酉年(1921)據蔣汝藻藏明鈔本校勘。

各卷藏園先生識錄如下:

護葉處識曰：蔣氏密韻樓藏明寫本，十行二十字，取此刻對勘之，勝處乃絕尠，惟書名標題致佳，若如此本刪去新雕二字，則靖康二字何取耶？傅增湘附志。

卷一末葉識曰：辛酉十一月廿二日，校於聖湖之濱。

卷二末葉識曰：十一月廿二夕校。

卷三末葉識曰：二十二夜雨窗校。

卷十末葉識曰：辛酉長至後二日，自杭州旋申校畢。增湘。（書號186）

新刻釋常談三卷

宋失名人撰。明胡文煥刻《格致叢書》本，半葉十行行二十字，白口，左右雙邊。丁巳年（1916）以明鈔《說郛》本校。

全書末葉藏園識曰：明鈔《說郛》收此種，在六十八卷中，取校一過，改正若干字。時丁巳八月二十三日，天津大水，寓中水入客屋矣，可嘆。沅叔。（書號191）

程氏演繁露十六卷續集六卷

宋程大昌撰。明萬曆四十五年鄧渼刊本，半葉十行行二十字，白口，四周單邊。鈐印累累，《藏園羣書經眼錄》已錄，不贅。又鈐"雙鑑樓藏書印"、"龍龕精舍"、"沅叔手校"印。頗有浮箋補注或校記。藏園乙丑年（1925）據涵芬樓藏毛扆校本校勘，丙寅年（1926）據涵芬樓藏秦恩復舊藏明鈔本校勘，己卯年（1939）以家藏殘宋本、嘉靖本及《儒學警悟》校勘。《藏園羣書題記》有關此書跋文，與此不同。

各卷藏園先生跋識錄如下：

序言之前跋曰：涵芬樓藏毛斧季校本《演繁露》，存一至八卷，因失去末冊,故校例不明,然細繹之,則行間朱筆校改者為舊寫本,墨筆校改者為宋本。斧季蓋先校寫本,後校宋本,故寫本之與宋本異同者,復以墨筆識之,或亦間用朱筆,要皆校宋後所勘定也。卷四刻本脱"旌節"、"梅雨"、"佛骨"三則,計千八百餘言,而宋本完然具在,斯真可貴矣。月前在上海假閲留案頭十日,因急勘《盤洲集》,不及著手,頃攜來湖上小住,南高峰下煙霞洞三日,今晨研朱磨墨,奮力從事,逾午遂畢。其逸文三則,竢别紙錄之。藏園主人沅叔識,乙丑閏月八日。

鈐"雙鑑樓"、"萊娱室"、"沅叔手校"印。

卷四末葉藏園補鈔脱文三則。

卷八末葉識曰:乙丑閏月初八日,宿煙霞洞校畢。

鈐"沅叔手校"印。

卷十末葉書眉識曰:此條下缺五十一字,更有"笄"、"時臺"、"臺榭"、"吴牛喘月"、"韋弦"、"養和"六條可據嘉靖本補之。庚申七月,沅叔記。

卷十一末葉識曰:己卯九月以《儒學警悟》校正。沅叔記。

卷十二末葉識曰:己卯十一月初四日校。

卷十三末葉識曰:己卯十一月初五日校。

卷十四末葉識曰:己卯十一月初九日校。

卷十六末葉識曰:自卷十一至此凡六卷,皆據明鈔《儒學警悟》校正。己卯十一月初九夜,藏園叟記。

《續集》卷一末葉補鈔脱文二則。

卷二末葉補脱文四則,并識曰:丙寅七月十八日校完。

卷三末葉補脱文一則。

卷五末葉藏園先生識曰:七月十九日秋風,頓有涼意。

卷六末葉補脱文七則,並跋曰:明鈔本《續演繁露》六卷,余從涵芬樓假得,舊為秦氏石研齋藏本,有吳稷堂朱筆校字,未知所據為何本也。余既得毛斧季手校本前集臨寫,適又見此續集鈔本勘閱,遂得完成此書,可云幸矣。校畢補佚文凡十四條,錄之別紙,每條題下多記云泉南有家本,無續於此,則明鈔所出,為宋時泉南刊本明矣嘉定庚辰男罩京口刊板,跋云泉南郡博士刊於泮宮。第不知京口刊板時,何以脫失至十數則之多,豈泉南初刻當時已難覯耶?佚文鈔坿各卷,其目列於左方。丙寅七月十九日,傅增湘記。

鈐“傅增湘”、“沅叔手校”印。

佚文目錄:卷一:永厚陵方中 臺諫官許與不許言事

卷二:唐世疆境 爵公士 選案黃紙 立仗馬

卷三:墓石誌

卷六:無恙 疇人 俗語以毛為無 牛魚 箭括 交床 幘。(書號187)

緯略十二卷

宋高似孫撰。明王氏鬱岡齋抄本,半葉十一行行二十二字。鈐“明善堂覽書之印記”、“安樂堂藏書記”、“海鹽張元濟經收”、“涵芬樓”印。

內封有藏園識曰:甲寅五月寓京師如園,以守山閣刊本校勘,多“筆彙”、“金條”及“甘露鼎”後數行,其餘零璣斷璧亦往往而有,是可寶也。傅增湘沅叔記。(書號7538)

緯略十二卷

宋高似孫撰。清鈔本配新鈔本。丙辰年(1916)據楊守敬藏影宋本校勘。鈐“沅叔手校”、“書潛”印。

各卷藏園先生跋識錄如下:

卷五末葉識曰:丙辰四月初十日校。

卷七末葉識曰:丙辰五月初十日校訖。

卷九末葉識曰:五月十三日校,坐亭上聽雨。

卷十末葉識曰:五月十四日校。

卷十一末葉識曰:五月十六日校訖。

卷十二末葉識曰:五月十七日校訖。

全書末葉跋曰:《緯略》,余曾得欝岡齋鈔本,校於守山閣上。原本十一行二十字,每卷皆目錄接連本文。十二卷多"筆橐"、"金條"及"甘露鼎"後數行,以為世間最善本。嗣見楊惺老《日本訪書志》載影宋本,不獨"筆橐"等條不闕,又多"竹宮"等四條,為目所不載。其後惺老以參政來都,屢從之為一瓻之請,獨此未及也。甲寅惺老歿於京,余告於項城公以五萬三千金收其書①。檢書之暇,因取此書歸,置案頭已半載,苦無底本可錄。嗣檢得文友所存鈔本,又袛得六卷,因命館僮石升書鈔補成帙,乃得著手校勘。又月餘而始畢,其佳勝之處不可勝計。倘得有力者刊而行之,不獨俾還似孫之舊,庶不負鄰蘇搜訪之勤及余校讎之力也。丙辰六月初六日盛暑揮汗記,增湘。

鈐"傅印增湘"、"雙鑑樓藏書記"印。(書號188)

甕牖閒評八卷

宋袁文撰。清光緒二十五年廣雅書局刊本。乙亥年(1935)據《永樂大典》校勘。該冊《永樂大典》原為徐坊舊藏,是年轉入藏園,《藏園羣書經眼錄》及《題記》均有詳細記載。藏園手抄大典卷八百二十一中三十條條目。

---

① 　此處政府出資購買楊守敬藏書事,可與經部《春秋經傳集解》之則參閱。

目錄葉末藏園先生跋曰：頃見《大典》卷八百二十一"支"字"詩話"內引此書，凡四十條，通三千六百餘字，取此本勘之，所收秖"黃太史西江月"一條，餘皆見遺。當時館臣因成書之迫促，採錄多疏，可以概見。竢他日鈔補附後，俾成完璧焉。乙亥十月望，藏園記。（書號172）

履齋示兒編二十三卷校補一卷覆校宋本條錄一卷

宋孫奕撰。清嘉慶鮑廷博《知不足齋叢書》本。戊午年（1918）移錄何焯、顧廣圻校本。鈐"藏園校定羣書"印。顧廣圻校跋本今存國家圖書館（書號8227），故不贅錄。

目錄末葉藏園跋曰：廠市見舊鈔本《示兒編》，為顧千里手校於鮑刻之後，故其異字及考證多出補校之外。其校勘之年為辛未己卯，辛未卷中用朱、墨二筆，墨筆校宋本，朱筆皆考證，然亦間有出入，今概以墨筆移錄之。戊午九月十三日，沅叔手記。

卷中朱筆乃壬子傳校何小山本，原亦一鈔本也。又記。

鈐"增""湘"印。

卷十一末葉過錄何焯康熙年識語：康熙甲午夏伏暑旱不出戶，偃臥一室中，命書史王源用吳方山抄本校之，余因依樣對度。僅此一卷，碌碌因人猶未克竟，書以識惰。仲子平夫。（書號190）

考古質疑六卷

宋葉大慶撰。清光緒二十五年廣雅書局翻《武英殿聚珍》本。乙亥年（1925）據《永樂大典》校勘。《藏園羣書題記》有該冊《永樂大典》長跋。

目錄之前藏園跋曰：余頃見《大典》一冊，卷八百二十二內二支詩話下引此書，凡三條，一引《藝苑雌黃》論杜詩忠厚；一引《藝苑雌黃》論歇後語;一引《直方詩話》論集句詩,皆洋洋大篇,通四千餘言,不知當日館臣輯錄,何以遺之。異時有暇,當錄其文,附諸卷尾,以補其缺逸也。乙亥十月十六日,傅增湘記於香山養雲軒。

卷六末葉藏園先生共錄四種佚文標題:《考古質疑》佚文《大典》卷八百二十二支詩字引

《藝苑雌黃》云以子美之忠厚,疑若無憾於論交云云。

《藝苑雌黃》云昔人文章多以兄弟如友于云云。

《苕溪漁隱》曰杜詩曠摶扶。

《直方詩話》荊公始為集句者。(書號189)

朝野類要五卷

宋趙昇撰。清光緒二十五年廣雅書局刊本。庚申年(1920)據舊鈔本校勘。

卷五末葉藏園識曰:庚申大寒後日,據中隱堂寫本校訖。沅叔。(書號179)

日知錄八卷譎觚十事一卷

清顧炎武撰。清康熙九年自刻本。鈐“陸印宇燝”、“抱經樓”、“四明山人”、“傅沅叔藏書記”、“增湘私印”、“藏園”、“雙鑑樓”、“忠謨讀書”、“藏園祕籍”、“雙鑑樓珍藏印”、“江安傅沅叔攷藏善本”印。此書別有跋文,見諸《藏園羣書題記》子部,《經眼錄》亦著錄。

卷首附紙印有“藏園先生七十歲小像”,並跋文一則,曰:考先生與友人書云:《日知錄》初本乃辛亥年刻,彼時讀書未多,見道未廣,其所刻者較之於今,不過十分之二,非敢沽名衒世,聊以塞同人之請代抄錄之煩而已。今此舊編有塵,清覽知我者當為攻瑕指失,俾得刊改,以遺後人,而不但當為稱譽之辭也。此札見《蔣山傭殘稿》中,然年譜記刻此書乃在庚戌年,先生札中所言當不誤也。

鈐"傅增湘"、"藏園"印。(書號2524)

潛邱劄記六卷

清閻若璩撰。清乾隆九年閻學林眷西堂刻本。書眉行間校記甚多。壬戌年(1922)據鈔本《風庭掃葉錄》校勘。

較閱姓氏名單之後藏園先生跋曰:此書編次漫無義例,校刻亦復草率,有前後重出及脫文錯簡者,苦無別本可以是正。頃書友陳琰自南中來,攜有寫本書四冊,題為《風庭掃葉錄》,朱竹垞所輯,而卷中乃有詆及竹垞語,殊為可笑。及披閱終卷,始知即《潛邱劄記》一二兩卷與《釋地餘論》、《喪服翼注》也。取刻本對勘,後兩種無異處,前二卷補脫文二十一條,均添於行間及眉上。最可異者卷一四十五葉"郝經議取荊淮"一則,其前半竟誤入卷二,別為一則,若非得此本正之,殆不可解矣。古人著書,多手自編定,或託諸同志,似此鹵莽滅裂之弊,庶幾免乎。歲在壬戌立冬後五日,傅沅叔記於藏園。

卷二末葉藏園識曰:壬戌九月二十四日依抄本校補。(書號185)

世說新語注三卷

劉宋劉義慶撰,梁劉孝標注。明嘉靖十四年嘉趣堂刻本,半葉十行行二十字,小字雙行同。《藏園校書錄》記壬午年(1942)據日本尊經閣影印南宋嚴州刊本校。鈐"傅沅叔收藏印"、"企麟軒"、"沅叔校定"、"雙鑑樓珍藏印"。《藏園羣書經眼錄》對日本藏南宋嚴州刊本有較詳描述。

卷上之上末葉識曰：壬午十月初五日依宋本校。藏園老人。

卷上之下末葉識曰：壬午冬至後三日據宋刊本校訖。藏園。
（書號192）

世說新語注三卷

劉宋劉義慶撰，梁劉孝標注。明萬曆三十七年周氏博古堂刻本，半葉十行行二十字，白口，左右雙邊。鈐"雙鑑樓"、"校書亦已勤"、"沅叔手校"印。己未年末（當已是1920）錄羅振玉藏何焯校宋本題識並校勘。

各卷藏園先生跋識錄如下：

卷上之上末葉識曰：己未十二月十一日，沅叔校。

卷上之下末葉識曰：己未十二月十二日早起校。時雪後北風狂肆，嚴寒逼人。

卷中之下末葉識曰：己未祀竈日校。

卷下之下末葉識曰：己未十二月二十四日錄校畢。沅未。

全書末葉過錄老民孟公跋文，並又跋曰：己未十一月訪羅叔言於津門[1]，以校宋本《世說新語》見貽。叔言據卷尾跋語題老民孟公[2]，謂是明末張職方端拱手筆，且檢書中有震巖老人、天累子孫、漢留侯裔、原名端拱字孟公、興機、逸民徒各印，謂為孟公無疑。然余審其字體確是何義門手跡，其校勘而兼具批點，亦是義門家數，跋中從蔣子遵借校，蔣為何之子弟，餘兒則義門之子也。時代、人名與張孟公決不相合，惟跋尾題老民孟公為不可解耳。書此以竢知者。十二月二十四日，傅增湘校畢因記。（書號193）

---

① 羅振玉（1866–1940），字叔言，號雪堂、貞松等，浙江上虞人。著名學者。

② 老民孟公之跋可見諸《藏園羣書經眼錄》。

唐國史補三卷

　　唐李肇撰。明毛氏汲古閣《津逮秘書》本，半葉八行行十八字，白口，左右雙邊。戊辰年（1928）據汲古閣影宋本校勘。此書有長跋，見《藏園羣書題記》。

　　卷上末葉識曰：戊辰正月初二日依影宋本校。藏園居士。（書號 194）

大唐新語十三卷

　　唐劉肅撰。明萬曆商濬刻《稗海》本，半葉九行行二十字，左右雙邊。鈐“惜陰書屋”、“傅增湘讀書”印。《藏園校書錄》記壬申年（1932）據《太平廣記》校勘。

　　卷八葉十一書眉處末葉識曰：卷二百三十六別有一則紀則天於明堂頂鑄鐵鸑鷟及天樞①，文字與此迥異，當補入。藏園。（書號 2952）

大唐新語十三卷（存卷一至六）

　　唐劉肅撰。明藍格鈔本，半葉十一行行二十四字。鈐“茹古齋藏”、“潛川洪軾澂藏書”印。此書校勘別有跋文收入《藏園羣書題記》。

　　書末葉識曰：取《稗海》對勘一過，凡改訂《稗海》奪謁四百十二字，深惜其所存秖此耳。校竟記之。藏園②。（北京大學圖書館□221）

---

① 該處記載長壽三年李嶠鑄“大周萬國述德天樞”事。
② 此乃庚辰年末（1941）又以李盛鐸藏明鈔本校勘該書，參見《稗海》之校勘。

雲溪友議三卷

唐范攄撰。清抄本。鈐"曾經東山柳蓉邨過眼印"、"松陵任辰蘋香藏書圖章"印。壬申年(1932)據《太平廣記》校勘。

前護葉藏園跋曰:《太平廣記》引此書凡四十七條,偶取談刻本手勘一過,視原書已得三分有二,其中引李賀以詩謁韓吏部、李義琛赴京遇商客二則,本書乃遍檢不得,是所存恐亦非全本也。《廣記》之文字與本書違異殊多,或甄取時有所刪潤,然舛謬之處賴《廣記》訂正者固不少,知古書要為可貴耳。余別歲有明翻宋本,鐫雕絕精,視此鈔本誤字較減,他時擬並一勘正也。壬申十月廿三日,藏園老人書潛氏校畢記。(書號195)

唐摭言十五卷

五代王定保撰。清乾隆二十一年盧見曾《雅雨堂叢書》本。鈐"吟梅閣"、"茗桴"、"譙國戴氏藏書記"、"蔣瑭"。藏園丙辰年(1916)正月據厲鶚藏鈔本校勘。七月據莫棠藏鈔本校勘。己巳年(1929)又據宋筠校本校勘。厲鶚、勞權及宋筠跋語見諸《藏園羣書經眼錄》。

各卷藏園先生跋識錄如下:

卷一末葉識曰:丙辰七月十六日校。

己巳二月晦,依宋蘭揮本再校。

卷二末葉識曰:丙辰七月十七日校。

日色向暮,坐海棠下校此卷。己巳三月十二日,沅叔。

卷三末葉識曰:三月十三日,依宋蘭揮本校。

卷十末葉識曰:上元日再竟此卷。

卷十一末葉識曰:正月十六日校。

卷十二末葉識曰：正月十六日校。

卷十三末葉識曰：正月十八日校畢。

卷十四末葉識曰：正月十八日。

卷十五末葉過錄屬鶚識語及勞權識語，其後識曰：廠市得舊鈔本，有樊榭老人校記，新春少事，排日移校，惜八卷以前殘佚，異日當以《學津》本補之。丙辰燕九節，時雪滿園林，絕有疏寒之致。增湘。

又識曰：七月廿九日，假莫楚丈藏鈔本，補校前八卷。沅叔。（書號196）

唐摭言十五卷

五代王定保撰。清乾隆丙子雅雨堂刊本。乙亥年（1935）據天一閣鈔本校勘。

各卷藏園先生跋識錄如下：

卷六末葉識曰：乙亥八月據天一閣鈔本校。沅叔記。

全書末葉識曰：乙亥九月朔，宿邵窩較完。

其後跋曰：夏初南游黃山台蕩，道出申江，偶於中國書店見天一閣寫本，祇存十卷，取盧刻對核，則鈔本之卷一至十，乃刻本之卷六至十五也，首尾完善，初非殘帙，顧乃缺少前五卷，殊難索解。適往杭州，遂攜之行篋，並從來青閣假得盧本校勘。先後游煙霞洞、莫干山凡六日[1]，而此書亦幸校完。頃來青函索借本，爰度校於此本上，三夜錄畢。此書巨繆為任華三書之錯簡[2]，其他卷奪誤亦多，咸藉以補正，為之快慰無已。藏園坿記。（書號197）

---

[1]　此行有《雁蕩後遊記》。

[2]　任華三書事在卷十一。

金華子雜編二卷

南唐劉崇遠撰。清光緒七年鍾登甲刊巾箱本《函海》本。丁巳年（1917）據明叢書堂鈔本《說郛》本校。卷上末葉補大段脫文。

序言之末葉藏園識曰：明叢書堂鈔本《說郛》采此書七則，然有兩則已為刊本所遺，此外改定異字、補入漏文尤多佳處。丁巳七月既望，沅叔手記。（書號198）

北夢瑣言二十卷

宋孫光憲撰。明萬曆刻本，半葉十行行二十字，白口，左右雙邊。鈐“二十年中萬卷書”、“沅叔手校”、“沅叔”、“藏園”、“雙鑑樓”、“藏園六十以後所校”印。癸酉年（1933）據吳重憙藏吳騫舊藏明影宋寫本校勘。參詳《藏園羣書經眼錄》及《題記》跋文。

各卷藏園先生跋識錄如下：

卷一末葉跋曰：偶攖小痾，偃臥兩日，適翰文書坊送新收石蓮闇書，中有《北夢瑣言》，為拜經樓所藏，因強起校此一卷，得佳字頗多。原書有“宋本”，“乙”二章，則所出必宋本也。癸酉九月二十九日，藏園老人記。

卷二末葉識曰：九月三十日校。

卷三末葉識曰：九月三十日病小愈校。

卷四末葉識曰：患痢四月猶未擇然，強起校完此卷，日已昳矣。十月朔，藏園記。

卷五末葉識曰：飯後再畢此卷，強自支厲耳。潛耕記。

卷六末葉識曰：十月初四日午刻長春室校。

卷七末葉識曰：十月初四日疾愈，振筆校此。

卷八末葉識曰：十月初五日校。

卷九末葉識曰：十月初五日校。

卷十末葉識曰：此下尚有十一條，茲刻脫佚，《雅雨》本有之。
十月初五日記。

卷十一末葉識曰：十月初六日赴邢蟄人之宴，歸來校畢。

卷十二末葉識曰：十月初六日校畢此卷，夜漏三下矣。長春室
主記。

卷十三末葉識曰：午夜移硯内室，又校完此卷。潛耕，初六日。

卷十四末葉識曰：癸酉十月初七日校。

卷十五末葉識曰：十月初八日午刻校。

卷十六末葉識曰：十月初八日校。

卷十七末葉識曰：初八日午後校。

卷十八末葉識曰：十月初八日校定。

卷十九末葉識曰：初八日校。

卷二十多補抄，末葉識曰：十月十三日補校。（書號199）

儒林公議二卷

宋田況撰。明萬曆商濬刻《稗海》本，半葉九行行二十字，白
口，四周單邊。辛酉年（1921）據蔣汝藻藏天一閣鈔本校勘。

上卷末葉藏園先生補錄三行，又識曰：明寫本“張詠當太宗
朝”條下空白十七行，空行後又多此三行，刻本所無者，附錄於此，
竢以他書考之。

下卷末葉跋曰：辛酉大雪節，校於吳聞客邸。原本為明人寫
本，藍格，半葉九行行二十一字，不分上下卷。前時自天一閣流出，
歸於蔣氏密韻樓，余從孟蘋假得之，脫文誤字補正不可勝計，為之
愉快不已。藏園主人。

又識曰：近日天氣和煦，亟思為天平虎阜之游，而孟嘉久滯[1]，竹西不至，為之悵悒。沅未附志。（書號200）

涑水紀聞十六卷

宋司馬光撰。清光緒二十五年廣雅書局刊本。書眉行間校記甚多。甲子年（1924）據清初寫本校勘，丁卯年（1927）又據天一閣鈔本校。二校本均著錄於《藏園羣書經眼錄》。

各卷藏園先生跋識錄如下：

卷一末葉識曰：丁卯二月初四日，依天一閣鈔本校。

卷二末葉識曰：丁卯二月初六日夜雪又作。

卷三末葉識曰：丁卯二月十一日校。二十三夜再校。

卷四末葉識曰：丁卯二月十二日校。二十四日再校。

卷六末葉識曰：二月十三日校。

卷七末葉識曰：二月十六日校，時臥病已二日矣。

卷八末葉識曰：甲子九月二十六日，據小山堂鈔本校定。時馮軍圍都，都城戒嚴[2]，夜不得出，因扃戶以丹鉛自遣。藏園。

丁卯二月十六日據天一閣抄本再校。二月二十四日再校。

卷九末葉識曰：二月十七日依天一閣本校。

卷十末葉識曰：前日過廠市宏遠堂書坊，搜架上殘書，得此書一帙，存第八、九、十三卷，為小山堂舊藏，假歸以此本校勘一通。昔繆藝風前輩曾校刻是書，異日當取之一正，得先也。甲子九月廿七日，藏園。

---

① 張　，字孟嘉，豐潤人。書畫家。《藏園日記摘鈔》中與之淮南訪書畫，《藏園遊記》有1920年同遊黃山、雁蕩之筆。

② 1924年10月（陽曆）馮玉祥發動"北京政變"，推翻曹錕政權。

卷十一末葉識曰：二月十七日校。

卷十二末葉識曰：二月十八日為王姬貴蘭逝世之期，俛仰陳跡，十有二年矣。病起無聊，又值陰雨連朝，淒惻益難為懷，老來何以堪此？藏園居士。

卷十四末葉識曰：二月二十二日校於津門寓齋。

卷十五末葉識曰：二月二十三日校。

卷十六末葉識曰：二月二十三日校畢。（書號201）

澠水燕談錄十卷

宋王闢之撰。清乾隆年間鮑廷博《知不足齋叢書》本。行間校正甚多。無跋。（書號202）

蘇黃門龍川別志二卷

宋蘇轍撰。明萬曆商濬刻《稗海》本。鈐"琪園李鐸收藏圖書記"、"沅叔手校"印。丁卯年(1927)據過雲樓影宋本校勘。《藏園羣書題記》於此書有長跋，可參見。

卷上末葉藏園先生識曰：丁卯六月十七日校。

卷下末葉識曰：丁卯六月十七日，晨起校影宋本四卷畢，原本藏吳門顧鶴逸①，其詳別記之。藏園居士。

鈐"沅叔手校"、"藏園居士"印。（書號203）

蘇黃門龍川略志十卷

宋蘇轍撰。明代吳氏叢書堂抄本，半葉十行行二十字。鈐

---

①　過雲樓，蘇州著名藏書樓，顧麟士(1865－1930)，字諤一，號鶴逸，為過雲樓第三代傳人，與藏園多有往來。

"曾藏張蓉鏡家"、"臣蓉鏡印"、"芙川氏"、"淨照"、"震昌"、"芙川張蓉鏡寓目"、"蓉鏡"、"虞山張氏"、"涵芬樓藏"、"海鹽張元濟經收"、"涵芬樓"印。紅格稿紙，版心有"叢書堂"字樣。

全書卷末朱色小字一行：甲寅五月，江安傅增湘以《百川》本對勘一過。（書號7569）

甲申雜錄一卷　聞見近錄一卷　隨手雜錄一卷

宋王鞏撰。清《學海類編》本。以宋本校前二種。鈐"沅叔手校"印。無跋識。校勘情況見諸《藏園羣書經眼錄》。（書號204）

聞見近錄一卷　甲申雜錄一卷
隨手雜錄一卷　清虛雜著補闕一卷

宋王鞏撰。清乾隆年間鮑廷博《知不足齋叢書》本。丁巳年（1917）據明鈔《說郛》本校勘。

《聞見近錄》書名葉藏園跋曰：明鈔《說郛》收《聞見近錄》十七則，《甲申雜記》十則，《隨手雜錄》四則，取校此本，改正四十餘字。前二種曾見宋刻本，係活字，出盛伯希家，吳印丞得之①，以贈藝風前輩。丁巳十月增湘記。（書號205）

湘山野錄三卷續錄一卷

宋釋文瑩撰。明崇禎毛氏汲古閣刻《津逮秘書》本，半葉八行行十九字，白口，左右雙邊。鈐"四明盧氏抱經樓藏書印"印。辛未年（1931）藏園臨邢之襄藏黃丕烈校宋刊元鈔本及毛扆校並校

---

① 吳昌綬，字印臣，又作印丞，吳焯之後。生活于清末民初。藏書甚富，曾刻《松鄰叢書》。與傅增湘交往甚多。

勘。

各卷藏園先生跋識錄如下：

書衣内護葉題識曰：此書出自寧波抱經樓，為《津逮秘書》中初印本，頗為難覯。聞南中新刊本半翻宋槧半影元鈔，未知視此異同若何？他日當一勘之。戊午端午日，沅叔記。

卷上末葉識曰：辛未正月初二日校宋本，臨薲圃筆也。沅未。

此處又以“藏園傅氏寫本”紙補錄二則（一葉），並識曰：此葉原本凡十八行，為元人所鈔，應補右卷上第二葉第三行後。沅叔手記。

卷中末葉識曰：辛未人日校。

《續錄》卷末葉藏園先生過錄黃丕烈題跋，並識曰：辛未試燈日校畢，沅叔記於長春室。

書末以另紙抄錄黃丕烈跋文一則，並跋曰：《湘山野錄》三卷《續錄》一卷，黃薲圃取宋刊元抄本手校於汲古閣刻本，用墨筆復以毛斧季校本，用黃筆重錄之。原本為海源閣所藏，今為同學邢贊庭所得，因假歸臨於此帙上，然以新翻本核之，則毛校有誤者，黃校亦有脫漏者，竢暇日取新本覆勘，以臻完善焉。辛未正月十三日，傅增湘記。（書號5132）

玉壺清話十卷

宋釋文瑩撰。清嘉慶年鮑廷博刊《知不足齋叢書》本。丁巳年（1916）和己未年（1919）據明鈔《說郛》本校勘。

各卷藏園先生跋識錄如下：

卷一末葉題識曰：己未十一月廿日校。

卷二末葉題識曰：己未十一月二十二日校。

卷十末葉跋曰：叢書堂鈔本《說郛》只采十三條，然校此乃有極佳處。此書經吳枚庵詳校，自謂無遺，而是本乃改正十許字，足知明鈔之可貴，而轉惜其不全錄之為可恨也。丁巳九月二十五日，沅叔手記。（書號206）

東軒筆錄十五卷

宋魏泰撰。明嘉靖三十四年沈敕楚山書屋刊本，半葉九行行二十字，白口，上口版心題"楚山書屋"四字。有"樸學齋"朱方、"董成大"白方、"曾為吳仲懌所得"白方、"讀易樓秘笈印"長朱、"盧弼查始基齋"朱方、"陽嘉室藏本"朱長、"盧弼"、"查始基齋"等印。癸亥年（1923）校畢跋之。《藏園羣書經眼錄》著錄此明刊本。

卷首有元祐九年上元日臨潢隱居魏泰序。序言之前藏園長跋：昔年四明抱經樓盧氏藏有明刻《曲洧舊聞》，余於南中收得之，半葉九行行二十字，版心上方題楚山書屋，前後無序跋，未審為何人所刊。頃盧慎之兄新獲《東軒筆錄》十五卷[1]，持以相示，版式正同，版心標名亦同。觀其後跋，乃知為義興沈敕付梓者，兩書皆罕見，《東軒筆錄》尤少善本。余曾得天一閣藏鈔本校過，改定極多，如卷六"荊公評近代宰相"條，補脫文十六字；卷十一"滕甫之父"條，補十七字；卷十四"蘇轍劾呂惠卿"條，補十七字；卷十五"家人有嚴君"條，補八字，其他單詞隻字斟補殆不可計。茲取楚山本覆勘一過，以上所舉脫文一一具在，而字句改正出天一閣本之外者又百許事，可知沈氏補訂之功為不細矣。近世說部流行，兩宋短書尤為人所嗜讀，安得盡取單行善本匯刻成帙，一掃明季以來流傳之陋

---

[1]　盧弼（1876－1967），字慎之，號慎園，湖北沔陽人。精於版本、目錄學，好藏書，其部分善本書今藏北京大學圖書館。

刊,或亦多識博聞之一助乎! 癸亥夏至後一日,取《稗海》本校畢,爰志數行以質。慎之他日更得異書,尚冀一瓻開鑰魚也。藏園居士傅增湘。

鈐"增湘"印。(書號11524)

厚德錄四卷

宋李元綱撰。明萬曆商濬刻《稗海》本,半葉九行行二十字,白口,四周單邊。辛酉年(1921)據蔣汝藻藏明成化刊本校勘。

全書末葉藏園先生識曰:辛酉十一月望校畢。時客居申江,孟嘉丈方北歸,頗有離索之感。

又跋曰:前日從蔣氏密韻樓假得成化刊本,半葉八行行十五字,大黑口,四周雙闌。前有成化十六年序,失其人名,亦分四卷,而次第不同,序後有目,分為五類,因取此劣本手勘一過,誤謬悉據改正。然何刻亦缺孫觀、靳說、謝德權,不知何氏刻時失去乎? 抑意為刪節也。

《百川學海》本次第與此《稗海》本同,然則宋本原第如是,第不知何氏分類之本何從出,豈重加編訂乎? 抑宋時別本如是,竢更攷之。辛酉十一月十五日校竣附記,沅叔。(書號208)

四朝聞見錄五卷

宋葉紹翁撰。清嘉慶十六年祝昌泰留香室刊《浦城遺書》本。丙寅年(1926)據吳焯鈔本校勘。《藏園羣書經眼錄》著錄。

首刊葉嗣宗《南浦詩話》,文末藏園先生抄補五行文字,並題識曰:鈔本前有此五行,當是刻書人謹咨之語,中有訛誤,不可盡解,姑照錄於此以備考。

丁巳立冬三日校明寫本《說郛》,異字甚多,惜只十二則耳。

沅叔。

目錄末葉跋曰：繡谷亭寫本舊藏法梧門詩龕，近歸景樸孫，景樸孫歿後，其書入肆求售，因假來一校。卷尾有“雍正戊申花生日個庭意林讐校”一行，則趙氏筆也。別有“乾隆癸未六月望太初校於池北草堂”一行，不知為何人筆。丙寅三月初二日記，沅叔氏。

各卷藏園先生識語錄如下：

卷一末葉識曰：丙寅二月廿七日，據繡谷亭寫本校。

卷三末葉識曰：二月廿九日校。

卷四末葉識曰：三月朔校。

卷五末葉識曰：丙寅三月初二日校畢。（書號207）

新刻洞天清錄一卷

宋趙希鵠撰。明胡文煥刻《格致叢書》本，半葉十行行二十字，白口，左右雙邊。鈐“沅叔手校”、“二十年中萬卷書”、“藏園”、“江安傅沅叔藏書記”印。書眉校記頗多。丁巳年（1917）據明鈔本《說郛》校勘。

卷末葉藏園跋曰：明叢書堂鈔本《說郛》第十三卷收此書，取校茲刻，補二十條，改正數百字，又古畫辨次第亦大不同。昔何義門得澹生堂鈔本，詫為奇秘，鮑淥飲曾傳錄之。今此本所得际何校更多，顧千里謂書古一日，即多一好處，豈不信哉？丁巳八月初十日，天津洪水為災，避居河北女學生陸清如家，著手校此，作輟不常，十月十二日乃得勘完，時遷京師太平湖醇王故邸已匝月矣。江安傅增湘謹志。

鈐“沅叔”印。（書號209）

負暄野錄二卷

宋陳槱撰。清乾隆嘉慶年間鮑廷博《知不足齋叢書》本。傅
增湘校并跋，徐鴻寶過錄沈辨之、葉恭煥題識。鈐“沅叔手踐”、
“沅叔手校”印。辛巳年（1941）據汲古閣藏精寫本校。《藏園羣書
經眼錄》著錄二寫本，《題記》中亦有此書跋文。

卷末徐鴻寶過錄明隆慶元年葉恭煥鈔本中沈辨之、葉恭煥題
識，藏園先生過錄寫本上佚名者跋語，又識曰：辛巳冬，偶見汲古精
寫本，對校一過，殊少異字，惟卷末跋語不著何人，以刻本所無，故
錄附於後。藏園老人記。（書號210）

清異錄二卷

宋陶穀撰。清康熙刊本。鈐“西圃藏書”、“松谿”、“孝友傳
家”、“妙香齋”、“校書亦已勤”、“沅叔校勘”等印。丁巳年（1917）
據明鈔《說郛》本校勘。

書末葉藏園題識曰：明寫本《說郛》六十一卷收此書，取校此
刻，殊多異字，自十月下旬校起，垂一月方畢，人事紛雜，作輟作不
常，良用為愧。丁巳十一月廿六日，增湘記。

鈐“增湘私印”、“沅未”印。（書號211）

皇朝仕學規範四十卷

宋張鎡撰。明刻本。半葉十一行行二十一字，四周雙邊，版心
雙魚尾，上下黑口。鈐“文珊”、“緘齋主人”印。癸酉年（1933）據
宋刊本校。

各卷藏園先生識語錄如下：

卷三末葉識曰：癸酉十月十九日，假德化師宋刊本校補缺字。

卷四末葉識曰：十二月初二日依宋本校。

卷五末葉識曰：十二月初三日校。

卷六末葉識曰：十二月初三日校。（書號212）

芝秀堂鈔澄懷錄二卷（與《登西臺慟哭記》合為一冊）

宋周密撰。明抄本，每半葉十行行二十七、二十八字。鈐"松江讀有用書齋金山守山閣兩後人韓德均錢潤文夫婦之印"印。此係周叔弢先生1934年購松江韓氏書之一①。藏園主人乙亥年（1935）以百川高氏鈔本校勘，認為韓氏所藏抄本雖然字體古雅，然不及百川高氏鈔本文字精審，百川高氏鈔本曾為徐興公藏書，林佶跋，可見諸《藏園羣書經眼錄》。《題記》為百川高氏鈔本撰跋，文字與此跋不同，可參閱。

正文之前係藏園先生長跋，曰：叔弢新收松江韓氏鈔本一帙，其首一種為《澄懷錄》。余適藏有嘉靖百川高氏鈔本，因以此帙相付，屬為對勘。留几案者數月，未暇著筆。仲春二月，天氣始和，陽臺杏林正發，余以清明上冢，兼為亡弟越凡履勘塋城，遂載書入山，晨夕無事，偶得展卷。凡留清水院者六日，留萬壽山者二日，遂尒蕆事，計訂正訛失一百五十餘字，補奪文一則。寥寥短卷之中，而所得至多，可云意外之獲矣。原書自韓氏外別無印記，惟書名上標"芝秀堂鈔"四字，自屬明人所寫，字法亦尚工雅，而竟脫誤滿紙。意其沿襲惡鈔陋刻，未加考證耳。余本出古涿高儒家，儒本武弁而富藏書，有《百川書目》行世，然其寫本乃絕少流傳。余無意得之廠市，意其以罕見為珍，豈料文字佳勝，乃過流俗萬萬耶！校畢爰識數語，願與叔弢共參之。歲在乙亥三月之望，藏園老人傅增湘

---

① 　參見李國慶《弢翁藏書年譜》，黃山書社，2000年。

書。

鈐"增湘"印。

卷末葉題識曰:乙亥三月初二日,宿萬壽山宿雲簃下開校,至清明節終卷。藏園老人識。(書號8265)

澄懷錄二卷

宋周密撰。清光緒二年李文田家抄本。鈐"藝風堂藏書"、"二蘇仙館"印。丁卯年(1927)年據明鈔本校勘。據《藏園羣書經眼錄》,此乃繆荃孫舊藏。

書衣潘祖蔭題識:光緒丙子二月二十九日,吾友李若農自粵東抄以見寄①,可藏也。伯寅記②。

卷下末葉藏園題識曰:丁卯十二月廿四日校畢。

卷末補抄一則,其後識曰:此則明鈔本坿卷末,今錄於此。沅叔坿記。(書號5133)

(十)小說家類

山海經十八卷

晉郭璞撰。明嘉靖十五年潘侃前山書屋刊本,半葉十一行行二十字,小字雙行同,白口,左右單邊。甲寅年臘月(當在1915)吳慈培校跋並錄吳寬題識。全書卷末有吳慈培跋文一則,與藏園有關,見諸《藏園羣書經眼錄》。(書號215)

---

① 李文田(1834－1895),字畬光,號若農,清順德(今屬廣東)人。著名學者,尤精遼金元史,富藏書。

② 潘祖蔭(1830－1890),字伯寅,號鄭盦,清吳縣(今蘇州)人。有滂喜齋藏書。

神異經一卷佚文一卷

漢東方朔撰。傅增湘輯佚文。明萬曆程榮刻《漢魏叢書》本，半葉九行行二十字，白口，左右雙邊。鈐"枚庵流覽所收"、"江安傅增湘藏書之印"、"沅叔手踐"、"藏園繕寫"、"沅叔校定"印。《藏園校書錄》記壬午年(1942)據宋刊《太平御覽》校。行間及書眉校改甚多，然無跋。（書號216）

別國洞冥記四卷

漢郭憲撰。明萬曆二十年程榮刊《漢魏叢書》本，半葉九行行二十字，白口，左右雙邊。有抄補。鈐"沅叔校定"印。丁巳年(1917)據明鈔本《說郛》校勘。

卷末葉藏園先生補抄三條及兩半條，並題識曰：叢書堂鈔本《說郛》第十五卷載此書，雖不全，然取勘殊有異字也。丁巳十月十一日，沅叔記於京師太平湖醇王邸中。

鈐"沅未"、"增湘之印"。（書號217）

拾遺記十卷

後秦王嘉撰。明末刊本，半葉九行行二十字，白口，左右雙邊。戊辰年(1928)據明世德堂翻宋本校，並臨毛扆校舊鈔本，毛扆校本著錄於《藏園羣書經眼錄》。卷末補抄後序。

蕭綺序言之末藏園跋曰：頃於敞肆文友堂見毛斧季校本《拾遺記》，原本為顧氏世德堂刻而斧季以舊鈔對勘者。因假歸，竭一日之力，移校此本上，此本卷中朱筆亦據顧本校定者也。戊辰三月十七日校畢記，是日立夏節。（書號218）

述異記二卷佚文一卷

梁任昉撰。明萬曆程榮刻《漢魏叢書》本，半葉九行行二十字，小字雙行。佚文為傅增湘輯，稿本。鈐"江安傅沅叔收藏善本"、"企麟軒"、"沅叔校定"、"江安傅增湘沅叔珍藏"印。己卯年（1939）和壬午年（1942）據繆氏藝風堂藏影宋臨安書籍鋪本校。《佚文》係從宋本《太平御覽》和《太平廣記》輯出，稿紙闌外有"藏園傅氏寫本"字樣，半葉十行行二十字。鈐"藏園繕寫"、"沅叔校定"印。

卷上末葉藏園識曰：己卯九月十一日依景宋本校。

卷內另紙補抄頗多，鈐"藏園繕寫"印。

卷下末葉題識曰：壬午九月二十日校影宋本訖。藏園老人。

鈐"傅增湘"、"藏園"印。（書號219）

酉陽雜俎前集二十卷續集十卷

唐段成式撰。明萬曆李雲鵠刊本，半葉十行行二十三字，白口，四周雙邊。《藏園訂補邵亭知見傳本書目》著錄較詳。鈐"樂意軒吳氏藏書"、"半初清閒半初仙"、"雙鑑樓"、"沅叔校勘"、"藏園日課"、"增湘"、"企麟軒"、"食字齋"、"雙鑑樓藏書印"、"雙鑑樓珍藏印"、"沅叔審定"、"沅叔手校"、"傅沅叔藏書記"、"江安傅忠謨晉生珍藏"、"佩德齋珍藏印"、"佩德齋"、"忠謨讀書"、"忠謨繼鑑"、"晉生心賞"、"晉生"、"傅印忠謨"、"傅熹年"印。首冊書衣傅熹年題簽并識曰：前集卷一至十，卷一至三藏園老人用朱筆手校。[1]

---

① 僅校前三卷，無題跋。

目錄末葉傅熹年識曰：卷中朱筆為藏園老人手校。孫熹年敬識。

河東先生龍城錄二卷

唐柳宗元撰。明萬曆年間商濬刊《稗海》本，半葉九行行二十字，白口，左右單邊。《藏園校書錄》記庚午年（1930）據明濟美堂刊本柳集校。明郭雲鵬濟美堂曾翻刻宋廖瑩中校刻本《河東先生集》。

卷末葉藏園題識曰：庚午四月二十二日，依明郭氏翻宋本校勘。上卷有脫葉且誤釘，宜補正之。沅叔坿記。（書號220）

闕史二卷

唐高彥休撰。清嘉慶鮑廷博刊《知不足齋叢書》本。《藏園校書錄》記據明談刊《太平廣記》校勘。行間校正甚多，然無跋。（書號221）

三水小牘二卷

唐皇甫枚撰。清乾隆五十四年盧文弨刊《抱經樓叢書》本。鈐“兩漢專甸之室”、“沈錫祉”、“長樂”、“藏園校定羣書”印。壬申年（1932）據明談刻本《太平廣記》校勘並補遺。

卷上末葉藏園跋曰：此書自抱經堂外別無刊本，然其間文字頗有舛誤，莫由是正。偶閱《太平御覽》多引之，乃遍檢全帙，凡得二十四則，於字句多所更定。有十一則無可尋檢，或《廣記》未收耶？抑余翻閱未徧耶？豈其所注書名有漏略不完者耶？別見“溫璋”、“從諫”、“宋柔”、“王表”、“李龜壽”、“皇甫及”、“捧硯”、“却要”凡八則，《廣記》有而茲帙乃缺焉。意者抱經所得亦非完帙，或為後人所輯錄致偶有佚文,均未可知也。茲補錄八則附於卷末,異時倘別有所得,更傅益之,以聊盡拾遺補闕之功焉。壬申展重陽日,自瓊島歸記之,藏園居士。

鈐“藏園”印。

又識曰:孫從添《上善堂書目》有舊鈔本,為葉石君手校,頃又檢得“崔昭符”一則,在卷二百六十五,亦為刻本所佚。

附紙錄九則篇名。

跋文書眉有趙萬里題識:《御覽》當作《廣記》。萬里。(書號223)

獨異志三卷

唐李亢撰。明萬曆商濬刻《稗海》本,半葉九行行二十字,白口,左右單邊。鈐“沅叔手校”印。丙寅年(1926)據涵芬樓藏天一閣鈔本校。

卷中末葉藏園識曰:廿一日天氣放晴矣,倚裝校此。沅叔煙霞洞。

卷下末葉識曰:二十一日上海客邸校完。

鈐“沅叔校勘”印。(書號222)

重雕足本鑑誡錄十卷

後蜀何光遠撰。清嘉慶鮑廷博刊《知不足齋叢書》本。鈐“藏園校定羣書”印。《藏園校書錄》記甲寅年(1914)臨翁斌孫校宋本。

卷五末葉藏園識曰:甲寅十月初六校。(書號224)

茅亭客話十卷

宋黃休復撰。清嘉慶二十年吳澄之抄本。吳嘉泰校并跋。丙

辰年(1916)傅增湘據此校勘而跋。鈐"吳印嘉泰"、"蔣觀臣"、
"鳳藻"、"長州蔣氏十印齋藏書"、"香生珍賞"、"秦漢十印齋
藏"、"柯印逢時"、"曾在周叔弢處"印。

　　書末葉有吳嘉泰題跋一則,而後藏園跋曰:藝風老人得穴硯齋
鈔本,曾刻入《對雨樓叢書》中。曾取校汲古本,字句頗有增訂,不
第如蕘夫所言,人名小字改作大字之異也。頃在方君地山齋中獲
見此吳氏鈔本,喜其一仍宋刻之舊,曰覆校一遍,補益頗多,其義可
兩存者,亦十許字。是書所記皆蜀事,倘鄉人有好事者,取而刊之,
斯藝林之幸事也。丙辰四月初四日,傅增湘記,時寓京師勺園。
(書號8282)

鬼董五卷

　　宋沈氏撰。清嘉慶鮑廷博刊《知不足齋叢書》本。鈐"傅沅叔
收藏印"印。壬申年(1932)據家藏舊鈔本校勘。

　　卷四末葉藏園識曰:壬申九月十六日校舊鈔本,改定二十六
字。

　　卷五末葉藏園過錄孫江題識:此非全書也,或儗為《太平廣
記》中摘出,然所載多宋遼金事,何繆議如此? 擬為解元闕姓所
作,信然。孫江識。

　　藏園跋曰:家藏舊鈔本,庋之篋底十餘年矣,前日偶檢及之,因
取鮑刻本一校,改定一百一字。此書《四庫》不收,知不足齋外別
無刊本,此帙卷後有孫岷自跋,首鈐王鹿鳴印記,半葉九行二十字,
審其筆跡,當為國初人所寫,其糾正之處,視刊本詞意為長。後有
覆彫者,可取正於此焉。壬申九月十六日,游紅螺三嶮歸①,校畢

――――――――――――

①　游紅螺三嶮事載于《藏園游記》,文中記石刻數通。

記之。藏園老人沅叔氏書。（書號225）

（十一）類書類

藝文類聚一百卷

　　唐歐陽詢撰。明胡纘宗、陸采刊小字本，半葉十四行行二十八字，白口，左右雙邊。鈐"校書亦已勤"、"沅叔手校"印。丙辰年（1916）據譚儀臨馮舒校宋本校勘，并移錄錢孫保、陳徵芝諸人題跋。譚儀校宋本今存臺灣。

　　目錄之末藏園先生過錄馮舒、錢孫保、譚儀、陳徵芝諸人題跋，譚儀曰：同治三年歲在甲子嘉平月，杭州譚儀仲儀父借陳氏帶經堂藏書傳校，寄贈周季貺司馬，卷中校語或馮或陳或錢，端緒可尋，間有參錯者，儀亦間附一二於下方。短景草率，隨朱筆繙寫，未克逐條案校。季貺方得《北堂書鈔》真本，或者併二書撰校勘記以遺後來，歐虞可作樂得此功臣也。校凡十日而畢，僅馮先生之十一耳，繼事者易為力，諒哉。儀識。

　　其後藏園跋曰：丙辰七月十七日，移校於京師圖書館，次日遂畢。視譚先生又速矣。然草率或不免加甚焉；可愧可嘆。

　　原書校例不明，校語為馮為錢，殆不可見，不知仲儀何以云云也。八十至九十卷尤錯亂不可曉，蓋宋本已如是矣。江安傅增湘記。

　　孫淵如不聞足本《藝文類聚》，殆《北堂書鈔》之傳訛耳？《書鈔》今藏翁斝夫前輩家①。（書號226）

---

①　翁斌孫，字弢夫，翁同書之孫，翁同龢之嗣孫。雅好藏書。

初學記三十卷

唐徐堅撰。明嘉靖十年安國桂坡館刊本,半葉九行行十八字,小字雙行二十四字,白口,左右雙邊。鈐“楊印紹廉”、“楊嘉字則剛”、“宏農楊氏”、“楊君”、“輶鄹樓藏”、“藏園校定羣書”、“沉叔手校”、“校書亦已勤”印。甲子年(1924)臨涵芬樓藏嚴可均校宋本。嚴可均校本著錄於《藏園訂補邸亭知見傳本書目》。

序言末葉過錄嚴可均題識:嘉慶二十年六月初二日,嚴可均依青浦王述庵少司寇所藏宋刊大字本,校於孫氏冶城山館。

各卷藏園先生識語錄如下:

卷一末葉識曰:甲子三月初八日在清泉吟社開校,至夜三鼓乃竟一卷。增湘記。

卷二末葉識曰:甲子三月初九日校。

卷三末葉識曰:三月初十日晨起校定。

卷四末葉識曰:初十日午刻,游勝果寺尋泉源回校此。

此葉有識語:右第四卷,壬子元旦據晉府栞本校過。侶柔。

鈐“楊君”印。

卷五末葉識曰:三月初十日校。

卷六末葉識曰:三月十三日校。

卷七末葉識曰:三月十四日校。

卷八首葉識曰:三月十七日校畢。

卷九末葉識曰:三月十八日校畢。

卷十末葉識曰:三月十九日大風陰霾,花事零落可念,園居不出,涉筆遂竟此卷。

卷十一末葉識曰:三月二十一日校于藏園。

卷十二末葉識曰:三月二十二日校。

卷十三末葉識曰：三月二十三日冒風入山，宿清泉吟社。凌渭清①、毛伯宗實從游焉。沅叔。

卷十四末葉識曰：三月二十五日，同伯宗詣鳳皇窠，看地面，微雨忽作。酒餘拈筆校此，歡適殆不可言。

卷十五末葉識曰：三月二十五日校于清水院。

卷十六末葉識曰：三月二十六日早起校畢。

卷十七末葉識曰：三月廿六日校畢此卷，夜已三鼓矣。

卷十八末葉識曰：三月二十八日校。

卷十九末葉識曰：三月廿八日校。

卷二十末葉識曰：三月二十九日，自豐澤園萬字廊會議圖書館事回，就燈右校讀一卷。

卷二十一末葉識曰：三月廿九日校。是夕訪濟寧李一山，觀唐拓武梁祠畫象②，歸時已三鼓矣。

卷二十二末葉識曰：三月三十日午刻，崇效寺看牡丹回。

卷二十三末葉識曰：三月三十日校。園中紫藤艷發，牡丹亦放，知節近清和矣。

卷二十四末葉識曰：甲子春盡日戌刻校訖。

卷二十五末葉識曰：四月初一日校。是日至社稷壇看牡丹。

卷二十六末葉識曰：四月初三日宿清水院。

卷二十七末葉識曰：飯後步入後園，藤花怒發，糾纏喬松巨石之上，池中倒影，若紫雲下垂，真偉觀也。四月初三日記。

卷二十八末葉識曰：初三日申刻偕蘭姬下山，步入北安河村，

---

① 即傅增湘內姪凌念京。

② 李汝謙（？－1931），字益山，又字一山，山東濟寧人。與端方姻親。得此唐拓武梁祠畫像，徵請傅增湘、羅振玉等二十七位名流或跋或圖，該拓本今藏故宮博物院。

人馬喧闐，皆妙峰香客也。入長明寺小坐，遂還山。淩、楊諸女郎朝金頂者亦歸。

卷二十九末葉識曰：四月初三日夜三鼓，山風忽作，有欲雨之勢，可喜也。

卷三十末葉識曰：甲子四月初四日，山居微雨，几硯清潤，欣然操翰，遂終此卷。

鈐“藏園居士”、“傅增湘”印。（書號227）

太平御覽一千卷

宋李昉等撰。清嘉慶張海鵬從善堂刊本。癸亥年（1923）年、辛未年（1931）和丙子（1936）據宋刊本校勘。《藏園羣書經眼錄》所著錄宋刊本均存日本。

各卷藏園先生識語錄如下：

卷一末葉識曰：癸亥五月初四日校改九字。

丙子二月二十七日，據宋刊本校正，訂正三十二字。藏園老人記於萬壽山宿雲簷下。

卷二末葉識曰：癸亥重午日，校改三字。

二月廿七日，客去又校畢此卷。沅叔手識。

卷二百一十一末葉識曰：此卷訂正六十四字，改正次序二條。辛未十月二十日據宋刊本校畢。藏園老人。

卷二百一十二末葉識曰：十月二十一日校，訂正三十有九字。書潛。

卷二百一十三末葉識曰：十月二十三日校。

卷二百一十四末葉識曰：十月二十三日校。

卷二百一十五末葉識曰：十月二十四日校。

卷二百一十六末葉識曰:十月二十五日許寶蘅校①。

卷二百一十七末葉識曰:十月二十五日校。

卷二百一十八末葉識曰:十月二十六日校。

卷二百一十九末葉識曰:十一月初四日校。

卷二百二十末葉識曰:十一月初五日校。

卷九百九十九末葉識曰:癸亥重五節校,改正二十五字。

卷一千末葉識曰:癸亥五月初三日校,改正二十五字。

南宋慶元五年蒲叔獻刊後記末識曰:改正五字。

南宋李廷允刊後記末識曰:改正二字。(書號228)

太平廣記五百卷

宋李昉等輯。明萬曆年間許自昌刊本,半葉十二行行二十四字,小字雙行,四周雙邊。鈐"張印新政"、"傅印蓮蘇"、"修五圖書"等印。部分卷據宋刊本校勘,過錄陳鱣手校。護葉過錄吳騫跋語,此跋因見於《藏園羣書經眼錄》和《題記》,不贅。

各卷藏園先生識語錄如下:

卷一百九十三首葉"虬髯客"之則篇名處識曰:此傳據明鈔《說集》校。沅叔,戊辰二月記。

卷二百四十六係鈔補。

卷二百六十五首葉過錄談愷識語:余聞藏書家有宋刻,蓋闕七卷云,其三卷,余攷之得十之七,已付之梓。其四卷僅十之二三,博洽君子其明以語我,庶幾為全書云。隆慶改元秋七月朔日,十山談

愷志。

卷二百七十首葉過錄談愷識語：此卷宋板原闕，予考家藏諸書得十一人，補之，其餘闕文尚俟他日。十山談愷志。

卷三百三十鈔補，並識曰：九月十五夜。

卷三百三十四末葉識曰：九月十七日校。

卷三百四十九末葉識曰：九月十八日校。

卷三百五十一末葉識曰：九月十八日校。

卷三百五十五末葉識曰：九月十九日校。

卷三百五十八末葉識曰：九月二十一日校。

卷三百六十末葉識曰：九月二十一日校。

卷三百九十四鈔補十五行。

卷三百九十七鈔補十三行。

卷四百末葉識曰：九月二十二日校。

卷四百一末葉識曰：九月二十二日校。

卷四百五末葉識曰：九月二十三日校。

卷四百六末葉識曰：九月二十四校。

卷四百七末葉識曰：九月二十四日校。

卷四百九末葉識曰：九月二十五日校。

卷四百十末葉識曰：九月二十四日校。

卷四百十一末葉識曰：九月二十五日校。

卷四百十二末葉識曰：九月二十五日校。

卷四百十三末葉識曰：九月二十五日校。

卷四百一十四末葉識曰：九月二十五日。

卷四百一十五末葉識曰：九月二十五日校。

卷四百一十六末葉識曰：九月二十五日校。

卷四百一十七末葉識曰：九月二十五日。

卷四百一十八末葉識曰:九月二十五日校。

卷四百一十九末葉識曰:九月二十五日校。

卷四百二十末葉識曰:九月二十六日校。

卷四百二十二末葉識曰:九月二十六日校。

卷四百二十三末葉識曰:九月二十六日校。

卷四百二十四末葉識曰:九月二十六日校。

卷四百二十五末葉識曰:九月二十六日校。

卷四百二十六末葉識曰:九月二十七日校。

卷四百二十七末葉鈔補,並識曰:九月二十七日,校並鈔補一則又二行。

卷四百二十九末葉識曰:九月二十七日校。

卷四百三十末葉識曰:九月二十八日校。

卷四百三十二末葉識曰:九月二十八日校。

卷四百三十六末葉識曰:九月二十八日校。

卷四百三十七末葉識曰:九月二十八日校。

卷四百四十末葉識曰:九月二十八日校。

卷四百七十九末葉識曰:八月二十三日校。

卷四百八十末葉識曰:八月二十四日校。

卷四百九十四末葉識曰:八月二十四日校。

卷四百九十七末葉識曰:八月二十四日。(書號229)

冊府元龜一千卷

宋王欽若等輯。明崇禎十五年黃國琦刊本,半葉十行行二十字,小字雙行同。白口,左右單邊。戊午年(1918)和甲子年(1924)以諸家藏宋刊本校勘。跋識中提到袁克文舊藏、朱文鈞舊藏、鐵琴銅劍樓舊藏現存國家圖書館,劉啓瑞舊藏今存臺灣,藏園先生校勘包括今存臺灣原國立北平圖書館宋刊《冊府元龜》各卷，亟當重視。國內各家藏宋本《冊府元龜》存卷見諸《藏園羣書經眼錄》，《題記》中有本書兩則跋文，一則寫于辛未年（1931），一則寫于甲申年（1944），可參閱。

各卷藏園先生跋識語錄如下：

卷四十一末葉識曰：戊午十一月初四日。

卷四十四末葉識曰：十一月初四日。

卷四十五末葉識曰：十一月初四日。

卷六十末葉識曰：十一月初五日校。

卷二百七十四末葉識曰：十一月初六日校。

卷二百七十五末葉識曰：十一月初七日校。

卷二百九十末葉識曰：戊午十月二十六日校。

此處並有長跋，文曰：北宋刊本《冊府元龜》，自二百八十六至二百九十五卷，凡十卷，為寒雲公子所藏①。余假校一過，視明刻本異處極多，其甚者若：二百八十七卷，劉向傳昌邑下脫“不終之異也”至“昌邑”二十五字，二百八十八卷後魏任城王雲傳，首脫“後魏任城王”至“王公卿士”二十四字，二百八十九卷齊武王縯傳破釜甑下脫“鼓行而前”十五字又注十六字，二百九十卷武昌王提下脫“臨淮王佗”至“大將軍”十六字，二百九十二卷脫“安成王萬”一條三十字。尤可異者，二百九十卷首刻本宗室立功之前，錯

---

①　袁克文舊藏卷末副葉上有李盛鐸跋文二則，現移錄一則，以饗讀者：“《冊府》、《御覽》並為宋初撰類書，前人每重視《御覽》而輕《冊府》，以《御覽》所採多逸書，《冊府》祇收習見之經史也。實則《冊府》所收皆據北宋以前本，較景祐、紹興諸刊實有過之。偶檢卷二百八十六忠諫門，校《晉書·齊王攸傳》‘使去奢節儉’，此書節做即；范陽王虓傳‘足匡王室’，此書匡作輔；‘全獲功名’，此書名作臣，寥寥數篇，異同已如此，且頗有勝今本處。後之讀史者未可忽視此書也。盛鐸又記。”

入讒讓類序傳六十二行,不知此文固在二百九十七卷中,今以北宋本勘之,正得宗室立功類序傳五十行,正與順陽淮侯嘉適相銜接。余近得天一閣鈔本,其錯簡正如此,若非得宋本,竟無從補正矣。宋初類書《冊府》與《御覽》並稱巨帙,後人往往重《御覽》而輕《冊府》,故《御覽》自明以來凡數刻,而《冊府》只一刻,學人致力者亦殊少,然其關於史籍者最多,今寥寥十卷其異同已如此,若將全部對校一過,寔為不朽之業。攷北宋本皕宋樓有四百八十三卷①,已歸海外,今存於吾國者,瞿氏有五卷,京師圖書館有七十五卷,皆與此同種。瞿氏又有新刊監本八卷,集而校之,可得十之一。再以余所藏天一閣鈔本、京館明鈔彙萃本補足之,搜奇抉異,盡發前人之覆,亦丹鉛之一樂也。戊午十月二十八日,傅增湘記。

　　卷二百九十一末葉識曰:十月初九日校。

　　卷二百九十五末葉識曰:十月二十五日校。

　　卷三百六末葉識曰:甲子六月初八日校定宋本。沅叔。

　　卷三百七末葉識曰:六月初八日校。

　　卷三百八末葉識曰:八月初九日校。

　　卷三百九末葉識曰:六月初十日校。

　　卷三百四十三末葉識曰:十一月初七日校。

　　卷三百四十五末葉識曰:十一月初八日校。

　　卷三百五十六末葉識曰:十一月初八夜校。

　　卷三百五十九末葉識曰:十一月初九日校。

　　卷三百六十末葉識曰:戊午十一月初十日校。

　　卷三百六十三末葉識曰:戊午十一月十一日校。

---

　　①　《儀顧堂書目題跋彙編》(中華書局,2009 年,第 616 頁)認為當做"四百七十七卷",可參閱。

卷三百六十四末葉識曰：十一月十二日校。

卷三百六十五末葉識曰：十一月十四日校。

卷三百六十六末葉識曰：十一月十五日校。

卷三百六十七末葉識曰：十一月十六日校。

卷三百六十八末葉識曰：十一月十六日校。

卷三百六十九末葉識曰：十一月十六日校。

卷三百七十末葉識曰：十一月十七日校。

卷三百七十二末葉識曰：十一月十八日校，是日大雪。

卷三百七十三末葉識曰：十一月十九日校。

卷三百七十四末葉識曰：十一月二十一日校。

卷三百七十五末葉識曰：十一月二十日校。

卷三百八十六末葉識曰：十一月二十日校。

卷三百八十七末葉識曰：十一月二十一日校。

卷三百八十九末葉識曰：十一月二十一日校。

卷三百九十末葉識曰：戊申冬至後一日校。

卷三百九十六末葉識曰：十一月二十三日校。

卷三百九十七末葉識曰：十一月二十三日校。

卷三百九十八末葉識曰：十一月廿三日校。

卷三百九十九末葉識曰：十一月廿三日校。

卷四百末葉識曰：十一月二十四日校此五卷，刻本奪誤獨多，何耶？沅叔。

卷四百十一末葉識曰：十一月二十五日校。

卷四百十二末葉識曰：十一月二十七日校。

卷四百十三末葉補錄“李抱真領澤潞觀察……”四行文字。

卷四百十四末葉識曰：十一月二十七日校。

卷四百十五末葉識曰：十一月二十八日校。

卷四百五十六末葉識曰：十一月二十八日校。

卷四百五十七末葉識曰：十一月二十九日校，是日乃新歷之除日也。

卷四百五十八末葉識曰：十一月三十日校。

卷四百五十九末葉識曰：十一月三十日。

卷四百六十末葉識曰：十二月初一日。

卷四百七十補抄四葉。

卷四百七十一末葉識曰：十二月初一日校。

卷四百七十二末葉識曰：十二月初三日校。

卷四百七十三末葉識曰：十二月初四日校。

卷四百七十四末葉識曰：十二月初四日校。

卷四百七十五末葉識曰：十二月初四日校。

卷四百八十一末葉識曰：六月十二日校。

卷四百八十二末葉識曰：六月十四日黎明起校訖。

卷四百八十三末葉識曰：甲子十一月初八日，晨起赴都，適車梗不得行，折回法界，寄寓校畢玆帙。北望京華，憂心如擣，姑藉丹鉛以遣日耳。凡校定二百十五字。藏園主人志。此卷為朱幼平所藏①。

卷四百九十一末葉識曰：十二月初五日。

卷四百九十二末葉識曰：十二月初五日校。

卷四百九十三末葉識曰：十二月初五日校。

---

① 1931 年朱文鈞將此冊與元刊《續通鑒》作為壽禮贈傅增湘。該冊卷末葉朱文鈞手書跋曰：藏園主人六十初度，無以為壽，因撿敝籠得此冊，并元刊陳桱《續通鑒》兩卷，以將微意。主人藏弆極富，此不過九牛一毛耳，曾何足以邀主人之一盼。然古籍多壽，亦借祝修齡之意。此《冊府元龜》語尤吉祥，倘亦主人所樂聞乎。辛未九秋，翼厂手識。

卷四百九十四末葉識曰：十二月初五日校。

卷四百九十五末葉識曰：十二月初六日校。

卷五百八十六末葉識曰：十二月初六日校。

卷五百八十七末葉識曰：十二月初六日校。

卷五百八十八末葉識曰：十二月初六日校。

卷五百八十九末葉識曰：十二月初七日校，翌晨乃畢。

補錄二葉四面，置於卷五百九十之末。

卷五百九十末葉識曰：戊午臘八日校畢。

補抄十三行“吏部郎中……”一節，又識曰：右文在本卷第十七葉不失舊章下，疑他卷論音律之文羼入也。戊午臘八日，沅叔記。

卷六百十一末葉識曰：甲子十一月十一日校宋刊本。

卷六百十二末葉識曰：十一月十二日校。

卷六百十三末葉識曰：甲子十一月十三日校宋本。

卷六百十四末葉識曰：甲子十一月十四日。

卷六百十五末葉跋曰：右《冊府元龜》宋刊本五卷，藏寶應劉翰臣家。翰臣以貽浚儀趙聲伯①。余頃從聲伯假閱，並校讀一過，增改殆數百字。綜計內閣流出之本搜閱殆遍，前後約五六十卷矣。甲子十一月十六日，沅叔記。

卷七百八十六末葉識曰：六月十四日校。

卷七百八十七末葉識曰：六月十四日校，是歲在甲子。

卷七百八十八末葉識曰：甲子六月十四日校。（書號230）

---

①　趙世駿，字聲伯。江西南豐人，近代書畫家。大約因趙宋都城開封祥符縣古稱浚儀，故有是說。

事物紀原集類十卷

宋高承輯。明正統十二年閻敬刻本（卷七卷八配明成化八年
李果刻本），半葉十二行行二十四字，版心上下黑口，四周雙欄。
鈐“近陽居士”、“鵬南”、“校書亦已勤”、“沅叔手校”、“藏園”、“沅
叔校勘”印。乙亥年（1935）據毛褒校宋本校勘，毛褒校宋本著錄
於《藏園羣書經眼錄》。《題記》有本書長跋，與此校勘相關，但不
相同。金圓、許沛藻點校《事物紀原》（中華書局，1989 年）吸收傅
校成果，然未錄下述跋文。

護葉內附紙藏園手書長跋，文曰：蟫隱主人羅君子經自滬寄校
本《事物紀原》至，其原本乃李果重刻，云是毛華伯據宋本校定。
然前後無跋語，惟鈐有“毛褒”、“華伯”及“叔鄭後人”印章耳，因
至文友書肆訪得明時閻敬刻本一部，以備迻錄。適清明節近，將入
山掃墓，遂攜之行篋，宿清水院者六日。連朝風暄日暖，暘臺杏花
盛開，余適新筑北梅、倚雲二亭於嶺上杏林中，於是士女尋芳，車騎
雜遝，咸集於清水院中。友人戾止，多以探杏消息，見訪酬接頻煩，
無暇握管，夜中客去，乃得燒燭寫錄一二卷。逮及仲春且盡，花事
漸闌，游客稀至，而余此書亦粗蕆功矣。李本視閻本微有增改，然
閻本固與宋本多合，頗省校筆之勞。惟卷十“模棱”一條，閻李胡
三本皆有之而宋本不載。卷十末“狡”、“畢方”、“鹿蜀”、“獙獙”、
“儵蟠”、“犰狳”、“鶹”七條，宋本及閻胡二本均無之，而李本獨
有，未知所據以增入者為何本也。檢李果原序，謂正統甲子得此書
於京闈，為南平趙弼所刪定，後得閻氏校正本，乃正其譌誤，補其闕
文，刻木以傳。是李氏所梓，視閻本已多不同，則各卷之條貫字句
略有參差，固其宜矣。抑余又有不可解者，余舊藏胡文煥本一帙，
亦經舊人以宋本校勘，然取以證新校之本，則華伯校字遺漏尚多，

豈所見為別一宋本耶？攷《皕宋樓書志》藏有宋刊，異時倘得再渡扶桑，入靜嘉文庫，逐類而詳核之異同，得夫燦然具陳宋本之為一為二，庶幾開豁而無所疑滯，不其幸歟！歲在乙亥清明節後四日，藏園老人傅增湘識。

鈐"增湘"、"藏園"、"雙鑑樓"印。所用紙張，版心中印"雲合樓寫書"，下印"仿東武鮑氏嘉蔭簃寫書格式"字樣。

各卷藏園先生識語錄如下：

卷一末葉跋曰：乙亥二月廿四日據毛華伯校宋本，迻錄終卷。

今午自城中入山寺中，玉蘭盛開，環山杏林亦怒放。薄暮省兄墓①，冒雨而歸，仿佛江南杏花時節。回憶往年清明上冢，嘗與六弟聯騎，尋芳西峰管嶺，往還二十里間，行歌相答。今芳訊依然，而弟已寄棺蕭寺②，詠杜陵"感時花濺淚"之句，不禁悽愴欲絕矣。藏園老人記於清泉吟社。

鈐"傅"、"沅未手校"印。

卷二末葉識曰：二月二十五日，詣鳳窩拜墓囘，偕林夷傲前輩坐北梅亭，玩杏林晚景，向夕返寺，校畢此卷。藏園老人記。

鈐"沅未手校"印。

卷三末葉識曰：二月二十五日校。

卷四末葉識曰：二月二十六日校。是日家中人來上冢，麟孫亦來。

卷五末葉識曰：二月二十七日燈下校畢。是日貽書囘城，惟息菴相伴耳。藏園老人記。

鈐"沅叔"印。

---

① 其兄傅增淯 1925 年去世。
② 其弟傅增淞是年去世。

卷六末葉識曰:二月二十七日,共息庵夜譚,偶爾弄筆,遂竟此卷。清泉逸叟記。

鈐"沅叔"印。

卷七末葉識曰:乙亥二月廿八日校。

鈐"沅叔"印。

卷八末葉識曰:二月廿八夜再校竟此卷。

鈐"沅未"印。

卷九末葉識曰:二月二十九日,校於暘臺清水院,沅叔。

鈐"沅未手校"印。

卷十末葉識曰:蟫隱羅君寄來《事物紀原》,為毛華伯依宋本手校。攜入山中,每夕無事,偶移錄一二卷,凡六日而畢。惟原書乃李果重校刻,此為閣敬原刻,其中文字亦偶有差異耳。乙亥二月二十九日,傅增湘記於大覺寺清泉吟社。

鈐"傅""沅未"、"二十年中萬卷書"印。(書號231)

(十二)釋家類

金剛般若波羅密經一卷

後秦鳩摩羅什譯。宋刊本。傅增湘癸未年(1943)跋。《藏園羣書經眼錄》和《題記》均著錄此刊本,然文字不同於以下跋文。

卷末題跋云:臨安書棚以陳氏、尹氏為最著,然所印行者多屬集部及襍說,未聞有刊佛經者。此經為王念三郎家刻梓,實屬稀見,字體勁整,圖亦古雅,至可寶貴,後之得者,幸勿以尋常宋本視之。歲在癸未冬杪,藏園老人傅增湘識於企驦軒。[1](上海博物館

---

① 此卷未曾經眼,上海博物館柳向春博士提供錄文。

藏）

景德傳燈錄三十卷西來年表一卷

宋釋道原撰。宋紹興四年釋思鑒刻本（卷一至三配元至正二
十五年釋寶生刊本，卷四、十至十二、二十二、二十五至三十配劉世
珩影元延祐三年釋芯蒭等刊本），半葉十五行行二十六至二十九
字不等，小字雙行三十字左右。鈐“越谿草堂”、“錢唐丁氏正修
堂藏書”、“八千卷樓藏書印”、“周暹”印。周叔弢、勞健、傅增湘、
袁克文跋，諸跋故實頗多。《藏園羣書經眼錄》著錄此書，內容僅
及行款、刊工、藏印。

卷二十之首周叔弢題識曰：戊辰正月，八千卷樓舊藏宋本《景
德傳燈錄》殘帙歸余，十一月復收此卷，亦紹興原刻，可補其缺，若
紙質堅緻，墨采煥瑩，則此冊為勝矣。小除夕，叔弢記。

鈐“周氏朿弢”、“安隱”印。

卷二十四末葉四則跋文，其一為周叔弢跋，曰：宋本《景德傳
燈錄》三十卷，此存卷五至卷九，又卷十三至卷十九，又卷二十三、
四，凡十四卷，每半葉十五行，每行廿八、九字不等，丁氏八千卷樓
舊藏。丁氏藏書舉歸江南圖書館，此或先散佚者。戊辰正月廿三
日，以重值得之北京文祿堂。此書宋本惟常熟瞿氏鐵琴銅劍樓著
錄，乃每半葉十三行，每行廿一字至廿五字，余所得元至正慶元路
殘本，貴池劉氏所刻元延祐湖洲路本，行款皆與瞿本同。是十五行
本流傳甚稀，以字體審之，當是紹興時刻於台州者，祥符原刻斷不
可見，不能不推此為祖本矣。余舊蓄寶祐本《五燈會元》，今復收
此書，可稱雙絕。得書之五日，適第七子生，曰取此書第一字命名
曰景良，深冀此子他日能讀父書，傳我家學，余雖不敢望兔牀，此子
或可為虞臣乎？周暹。

　　第二跋係勞健撰，曰：戊辰二月初一日，余來天津，適叔弢新得子作湯餅之會，酒後出此書示余于自莊嚴堪，字畫精美，墨彩奪人，洵宋刻之致佳者，因為叔弢錄跋語於卷後餘紙。他日景良長成，叔弢授以此書而詔之，當念及吾二人今日把卷相對之樂，又彷彿自聞其呱呱之啼也。篤文勞健。是日並出此書元本及寶祐本《五燈會元》同觀。①

　　鈐"自莊嚴堪"、"叔弢"、"周暹"印。

　　其後為藏園跋文，曰：此書北宋刊本，存卷五至九，卷十三至十九，卷二十三、四，凡十四卷。半葉十五行，每行二十八九字，注雙行同，白口雙闌，板心下方記刊工姓。每卷目錄後接連正文，宋諱玄、弘、朗、匡、貞、署②，皆為字不成。刊工有王進、洪悅、施端、陳亢、陳辛、蔡政、陳文、陳才、方祥、楊昌、洪昌、蔡忠、李顯、方端、方祐、王臻、張學、蔣春、毛昌、丁拱、孫彥、朱芾、陳高諸人。收藏有"越溪草堂"、"八千卷樓藏書印"、"錢塘丁氏正修堂藏書"諸印記。

　　按，此書舊藏杭州丁氏，據善本書目云，傳是樓、藝芸精舍宋板書目俱載此書，疑徐歸於汪，即此一帙也。考此書尚有元延祐刊本，首列楊億序，更列紹興壬子鄭昂跋，紹興四年劉棐後序，此則闕卷之中，無從案核云。今觀茲帙，字畫樸厚，刻工剛勁，避諱不及南渡，其為北宋刊本無疑，安得更有紹興以後序跋？丁目所云蓋誤也。光緒之季，端忠敏公以六萬金悉買八千卷樓藏書，置之江寧圖書館，獨此書不在焉。聞丁松生之女歸胡氏者，平生禮佛，酷嗜經典，手攜此帙，朝夕循諷，筑園於西湖淨慈寺前，池荷岸柳，草閣翼

─────────────

　　①　此二跋皆勞健手書，勞健跋語低三格書寫。
　　②　此處手書皆作缺筆。

然,環閣植緋桃百許株。余花時頻過此園,登閣徜徉,吟煙聽雨,往往聞梵誦聲出精廬中,意即其人也。聞此人頃已化去,其戚屬挾此殘帙入都,留架上者經年,而後持去,私心嘆唶,不知流落何所。不意展轉竟歸於叔弢,把卷重溫,如故友之相逢,喜珍籍之得所,曰志其原委,俾後來有所攷焉。歲在戊辰九月九日,藏園居士傅增湘書於翠微山歸來庵中,即端忠敏公故居也。

第四跋係袁克文撰,曰:叔弢所藏《景德傳燈錄》殘本,見者多目為北宋刊本,叔弢疑之,因以眎予,且出倭人島田翰所著《古文舊書攷》所錄宋紹興明州本《文選》刊工姓名為證。蓋工人姓字多與此書同,於以知叔弢之鑒賞為精碻,而佞宋者安得以紹興工人為北宋耶? 戊辰秋九月,項城袁克文。

鈐“袁克文”印。(書號8306)

一切經音義二十五卷

唐釋玄應撰。清乾隆五十一年莊炘刊本。辛巳年(1941)據顧廣圻校本校勘。《藏園羣書經眼錄》過錄顧廣圻跋語。

護葉上有藏園跋文二則,其一已見於《藏園羣書題記》,字句小有差異而意同,不贅;其二不見於《題記》,文曰:前日閱德化李氏書目,亦有此書校本,因託錢君稻孫假得①,其校本亦從顧千里出,與此同源,遂取第五、六兩卷移錄之。從此遂為完善之本,抑何幸耶! 閏月之杪,沅叔又識。

各卷藏園先生識語錄如下:

卷一末葉識曰:辛巳三月初四日校畢,時居昆明湖上清華軒。

---

①　錢稻孫(1887－1966),浙江吳興人。其中學時期在日本渡過,在意大利國立大學完成本科學業。翻譯家,作家。歸國後教授日語,抗戰期間任職北京大學。

藏園老人記。

　　卷二末葉識曰:三月初七日,居清華軒校畢。

　　卷三末葉識曰:辛巳清明前日,藏園老人校於清華軒。

　　卷五末葉識曰:辛巳閏六月二十七日,依椒微師藏舊校本迻錄。

　　卷六末葉識曰:辛巳七月初一日,據椒微師本補校訖。(書號232)

(十三)道家類

老子注二卷

　　宋蘇轍撰。明錢叔寶鈔本,半葉十六行行二十字。鈐“叔寶”、“文彥可”、“文嘉之印”、“謝林邨氏珍藏書畫”、“泌洲私印”、“鎦世珩經眼”、“蕙石眼福”、“餘生辛苦得來”、“蟬隱廬秘籍印”、“振常印信”、“周暹”印。戊午年(1918)四月以《寶顏堂廣祕笈》本對勘。《藏園羣書題記》有該書跋文一則,述校勘始末詳于此,可參閱。

　　卷首有羅振常、吳昌綬跋文,其中吳跋與藏園相關,移錄於此。吳昌綬跋曰:光緒戊戌己亥間,昌綬居吳中,書估老友楊君馥嘗攜錢叔寶手鈔四冊見示,冊各百餘葉,多采節故事或前人詩文斷句,惟欒城《老子注》為完書,當日以有刻本,不甚置意,四冊之值祗索三十金耳。忽忽廿餘年,於沅叔先生案頭見此,如遘故人。沅公校讐精敏,用寶顏本略勘,已增改八百餘字。名鈔之可貴,固有勝於舊槧者。異日《蜀賢叢書》足可多一善本。書此以旌昌綬不學之過。戊午六月,仁和吳昌綬記。

　　鈐“松鄰”印。

卷末藏園識曰:病中無聊,用寶顏堂本對勘一過,計增改八百餘字。名鈔已足貴,況異同如是之多乎,真秘籍也。浴佛日燕超記。(書號8348)

老子道德經章句二卷

漢河上公撰。明刻《六子書》刊本,半葉八行行十七字,小字雙行同,白口,四周雙邊。鈐"印康祚"印。癸丑年(1913)章鈺據宋刊范應元集注本校,傅增湘跋。宋刊《老子道德經古本集注》今藏國家圖書館,其卷末有楊守敬、繆荃孫、鄧邦述、章鈺諸人跋語,考詳范應元名氏及集注特點。此宋刊本舊藏盛昱意園,入藏藏園始末見諸《藏園羣書經眼錄》。藏園所藏宋慶元尋陽郡齋刊本《方言》亦是意園舊物,《雙鑑樓藏書雜詠》曾為之題詩十八首。

卷終藏園識曰:癸丑元日校,人日再校,章式之再校,又補三字。

護葉藏園跋曰:癸丑元日,以昨歲所得宋刊《老子道德經古本集注》校一過,計增減改乙者六百餘字,略當全書十之一矣。憶在南方時,沈子培語我謂篇中若烹小鮮,鮮作鱗,於義為長,其他字亦頗不類今本,子姑對勘,必有可觀。今取校正文,已美不勝收如此,以此益知宋本孤行之可寶,而余於無意中獲此秘笈,與《方言》稱為雙璧,良足幸矣。沅叔書於燕超室。(書號234)

潁濱先生道德經解二卷

宋蘇轍撰。明刊本,半葉十行行二十一字,白口,左右雙邊。鈐"戴經堂藏書"印。壬申年(1932)據明抄本校勘,傅忠謨校,傅增湘跋。

卷二末葉傅忠謨先生題識曰:壬申十月,據明鈔本對勘一過。

江安傅忠謨學。

　　明萬曆二年宏甫後記之末空白處，藏園先生跋曰：潁濱《老子注》，余昔年曾收得錢叔寶手寫本，以《寶顏堂秘笈》本對勘，補正頗閎，嗣又得舊寫本，以校此刻，僅數葉而輟。頃南中書友以明鈔兩冊見寄，因命忠兒就此明刻續校之，此本分二卷，明鈔通為一卷。此本每章後為注，明鈔則注在逐句下，茲其大異也。至其文字，第四十二章末脫注八十三字，第五十八章首脫注十七字，咸據明鈔補之。其他小小差異不能悉記，無關閎旨也。然明鈔字句亦頗有奪誤，世無宋本傳錄，往往沿襲成訛，閱者擇是而從，勿株守一家可耳。壬申小雪節，藏園老人記。（書號235）

南華真經注十卷

　　晉郭象注，唐陸德明音義。明嘉靖十二年顧春世德堂刊本，半葉八行行十七字，小字雙行同，白口，四周雙邊。鈐“侯雲錦印”、“惲氏光世”印。壬子年（1912），藏園主人以涵芬樓藏北宋本配南宋本《南華真經》校勘，甲寅年末（1915）獲楊守敬藏古鈔本《南華真經》中“庚桑”、“外物”、“寓言”三篇，校勘一過，乙卯年（1915）獲敦煌卷子“知北遊”篇以校勘。傅增湘跋，并過錄羅振玉跋文一則。傅增湘特別重視楊守敬藏書，尤其是其中從日本攜歸古鈔本或影鈔本，數次校勘中均曾借用，此甲寅年前後還曾據楊守敬藏影鈔日本楓山官庫藏古鈔卷子本校《春秋經傳集解》三十卷。楊守敬所藏古鈔殘本《南華真經注》亦可見諸《日本訪書錄》卷七。

　　各卷藏園先生識語錄如下：

　　卷一末葉識曰：壬子二月十七日校訖。

　　卷二末葉識曰：壬子二月十八日校訖。

　　卷三末葉識曰：壬子二月二十一日校訖。

卷四末葉識曰：二月二十一日再盡此卷。

卷五末葉識曰：二月二十二日校訖。

乙卯九月，假顧巨六新得燉煌唐卷子本校勘一過①。沅叔。

卷六末葉識曰：二月二十二日校訖。

卷七末葉識曰：壬子二月二十四日校訖。

古鈔卷子題《南華真經・知北遊》品第廿四，計二百十五行。審其字跡，當是隋唐間人所書，今藏鄉人顧巨六家，乙卯十月假勘一過，其異字各注於行間。他日有暇，當一証其得失也。沅叔記。

卷八末葉識曰：壬子二月二十五日校訖。

卷九末葉識曰：壬子二月二十五日再盡此卷。

卷十末葉識曰：壬子二月二十五日燈右校北宋本訖，二月二十九日覆校一過。

又跋曰：壬子春二月既望，避地上海，寂寥寡懽，從張菊生前輩假涵芬樓所藏宋本，盡數日之力，迻校一過。緣北還期迫，不及覆核，遺漏或不免也。

自弟一卷至六卷，南宋刊本，半葉十行行大字十八小字雙行二十四；弟七卷至十卷，北宋刊本，半葉十行行十七八九字不等，小字雙行二十二三四字不等，北宋本無音義。

楊惺吾藏古鈔本《莊子》三卷，存庚桑、外物、寓言三篇，假校一過，其文字異處頗有出北宋本外者，句尾虛字增益尤多，可謂秘本矣。甲寅十二月二十一日沅叔記，時距惺老之歿將匝月矣，擲筆為之愴然。（書號237）

① 顧鼇，字巨六，四川廣安人。1905年赴日本留學。曾積極參與袁世凱稱帝，1916年袁去世，顧以帝制禍首受通緝，1918年被特赦。此後退出政界，經營古董為生。

南華真經注十卷

晉郭象注，唐陸德明音義。明嘉靖顧春刊世德堂六子本。鈐"雙鑑樓珍藏印"。壬午年（1942）據宋蜀刻安仁趙諫議本通校一過。關於宋蜀刻趙諫議本，《藏園羣書題記》有長跋①，可參閱。

卷十第二十一葉處有浮箋手書"安仁趙諫議宅刊行一樣子"，鈐"霜紅亭"印。

第二十三葉書眉藏園識曰：辛巳十二月，依蜀刻本校。

卷十末葉又識曰：壬午元日，據安仁趙諫議本校於長春室。藏園老人識。（書號 238）

南華真經注十卷

晉郭象注，唐陸德明音義。1914 年右文社影印明世德堂刊本。鈐"漢南康氏珍藏圖書之印"、"漢南康氏珍藏"、"北平劉氏"、"杉盦藏書"印。壬戌年（1922）藏園先生以敦煌卷子"知北遊"之篇校過②，丁丑年（1937）又以日本高山寺所藏唐卷子本"庚桑楚"、"外物"、"寓言"、"說劍"四篇攝影本校勘一過③。孫楷第校，傅增湘跋。

各卷藏園先生跋識錄如下：

---

① 此南宋安仁趙諫議宅刊本今藏台灣中央研究院傅斯年圖書館，藏園手書長跋在該書卷首，并有題詩。傅斯年圖書館 2008 年出版《傅斯年圖書館善本古籍題跋輯錄》，對長跋與《藏園羣書題記》刊出者之區別已作比較，此不贅。

② 《南華真經注》"知北游"篇敦煌卷子現存日本書道博物館，該卷子紙背鈐"敦煌縣誌"印，說明原為公藏之物，又鈐"井研龔氏古美堂珍藏"印，並有龔煦春跋文，影印於《中村不折舊藏禹域墨書集》（亞洲善本叢刊第二集），卷中第 136 號。

③ 高山寺藏品今有該寺典籍文書綜合調查團編《高山寺古訓點資料·第二·莊子七卷》（日本：東京大學出版會，1984 年）。

卷七末葉識曰：顧巨六家藏唐人寫《南華真經·知北遊》一篇，計十紙①，白堅父持以相貽，因就校於此本上，其異同竢他日更考訂之。壬戌十月十七日，沅叔記。

卷八首葉正文之前跋曰：頃見日本高山寺藏唐卷子本庚桑楚、外物、寓言、說劍四篇②，攝影一冊，因屬門人孫子書為校於此本上③，其中頗有佳勝之字。其"庚桑楚"篇余昔年曾以殘卷校過，文至"鎮鋣為下"，其校筆先後可以辨識也。時子書以避亂方挈眷住余家，晨夕傾談，差不寂寞。丁丑七月十三日藏園老人記。

卷八第十二葉"鎮鋣為下"處書眉識曰：以下卷子本缺佚。沅叔記。（書號240）

列仙傳二卷續仙傳三卷疑仙傳三卷

依次為漢劉向撰，隱夫玉簡撰，唐沈汾撰。明末毛氏汲古閣刊本，半葉十行行二十字，四周雙邊。鈐"校書亦已勤"印。《藏園校書錄》記壬申年（1932）據明鈔本《雲笈七籤》校勘。《藏園羣書題記》於明鈔本《雲笈七籤》有跋。

列仙傳卷上末葉識曰：壬申三月初十日，據明鈔本校定。藏園主人。

列仙傳卷下末葉識曰：三月十一日校畢，時園中雀梅鶯枝、壽丹丁香皆怒放，海棠已紫蕾滿樹矣。藏園居士記。（書號241）

新鍥抱朴子內篇四卷

晉葛洪撰。明萬曆十二年慎岑樓刊本，半葉十行行二十字，白

---

① 《知北遊》在卷七第四十一葉至卷末，行間錄異頗多。

② 卷九、卷十皆于外物、寓言、說劍諸篇處標示高山寺，行間校字頗有。

③ 孫楷第，字子書，河北滄州人，專注於小說戲曲目錄版本研究。

口,左右雙邊。鈐"山陽丁晏藏書"、"間足堂"、"頤志齋藏書記"、"藏園校定羣書"、"沅叔手校"印。壬申年(1932)據明鈔本校勘。此明鈔本概況見諸《藏園羣書經眼錄》及《題記》。

各卷藏園先生識語錄如下:

卷一補錄甚多,卷末識曰:壬申二月初六日,據明鈔本校。

卷二末葉識曰:壬申三月初五日,依明寫本校于暘台山清水院。時入山七日矣,從游者皆入城,獨息菴周君相伴耳。藏園老人記。

卷三末葉識曰:壬申三月初八日校於藏園。

卷四末葉識曰:壬申三月穀雨節前日,據明鈔本校畢。藏園居士記。(書號 242)

新鍥抱朴子內篇四卷外篇四卷

晉葛洪撰,明盧舜治評。明萬曆廿七年翁天霽刊本,半葉十行行二十字,白口,左右雙邊。傅增湘校。鈐"周氏藏書記"、"開卷有益"、"沅叔手校"、"池北書堂"等印。僅校卷一,無跋。(書號243)

亢倉子洞靈真經九卷

題何粲撰,明黃諫音釋。明刊十子本,半葉九行行二十字,版心上下細黑口,四周雙邊。鈐"席氏玉照"、"席鑑之印"、"曾藏於一藝軒"、"嘉定黃氏鋻藏"、"黃鈞"、"次歐"、"鄧烜"、"茱萸山人"、"雙鑑樓"、"傅氏增湘藏書"、"藏園"、"增湘"、"佩德齋"印。《藏園校書錄》記校勘於戊辰年(1928)閏月。

書末附另紙藏園跋曰:明刊《亢倉子注》九卷 此何粲注,分九卷,明黃諫加以音釋,為之刊行,文淵閣著錄即據是本也。據提言粲時代不可考,然柳子厚讀此書已言其有傳注,晁氏《讀書志》亦錄粲注本,是此注固唐以來相傳之舊也。何氏刻此書,多作古字,為提要所譏,然舍《道藏》外別無傳刻,且版式頗為古舊,要足以存矣。原本黑口四周雙闌,九行二十字,鈐有席氏玉照、席鑑之印、嘉定黃氏鑒藏、黃鈞、次歐、鄧烜、茱萸山人諸印記。(書號2540)

亢倉子一卷

題何粲撰,明黃諫音釋。清光緒年湖北崇文書局刊本。章鈺校勘。

卷首章鈺識曰:據明刊何粲注黃諫音釋本校讀。正文據子彙本覆校。同何注本者以員圍識之。

鈐"式之"印。(書號245)

玄真子一卷

唐玄真子張志和撰。清光緒元年湖北崇文書局刊本。丙辰年(1916)據天一閣藏明鈔本校勘。《藏園羣書經眼錄》著錄此明鈔本。

正文之前藏園跋曰:明鈔本《玄真子》天一閣所藏也,首行有"甚八"二字,知出於《道藏》,每半葉十行行二十五六字,分為三卷。以此本勘,又得異字十許,其注音行間不能容者,寫之上方。丙辰三月十四日,江安傅增湘記。(書號244)

無能子三卷

清光緒元年湖北崇文書局刊本。甲子年(1924)據明正統《道藏》本校。

卷上末葉藏園識曰:甲子九月朔日校。

卷中末葉又識曰：九月初一日校，惜《道藏》本祇存此二卷，異日當就白雲觀補之。沅叔記。（書號246）

天隱子一卷

題上清十三代宗師唐天師貞一先生司馬承禎述。清光緒元年湖北崇文書局刊本。丙辰年（1916）據明鈔本校。

卷終藏園識曰：丙辰三月十四日，校明鈔本訖，增湘。（書號247）

（十四）叢書類

儒學警悟四十卷

宋俞鼎孫、俞經編。明抄本，半葉十三行行二十二字。鈐“東官莫氏五十萬卷廑劫後珠還之”、“東官莫伯驥所藏經籍印”、“東莞莫伯驥號天一藏”、“莫氏培樾”印。藏園癸丑年（1913）校勘并跋，又經繆荃孫校勘。《藏園羣書經眼錄》著錄此書，《題記》附錄二《藏園序跋選錄》亦有跋文有關此本，作於1924年。

全書末葉跋曰：壬子在廠肆見此書，為盛意園舊藏，因索直過高，未之收也。筱珊前輩聞之，屬以重價代為購置，留案頭十日，得粗覽一過，並取集中各種刊本略為勘讀，《演繁露》多兩跋，《玫古篇》多自序一篇及黎民一條，《捫蝨新話》多自跋及檇李張諫跋語，《螢雪叢說》多“詩題用全句對”刻本存數字、“戒食菰蕈”二條，《嬾真子》每條皆有題目而刊本無之。惟《演繁露》祇采後六卷，《捫蝨新話》僅八卷，略當《津逮》本之半，未為全書。然目中固註明《演繁露別錄》十卷，刊於乙集，《捫蝨新話》編次與今本不同，其自跋謂又得一百則，錄之以為二集，當是原本單行之舊，非明人刪節改竄可比也。是書為叢書之祖，各家目錄皆不載，可謂祕笈孤本，若能刊刻流傳，則餉遺後學，豈淺鮮哉！癸丑正月初六日，江安傅增湘識。（書號13493）

百川學海一百種一百七十九卷

宋左圭輯。明弘治十四年華珵刻遞修本，半葉十二行行二十字，白口，左右雙邊。盛昱批跋，傅增湘校并跋。鈐“不在翰廷又無經學”、“明善堂覽書畫印記”、“教經堂錢氏章”、“犀盦藏本”、“聖清宗室盛昱伯羲之印”、“宗室文意公家世藏”、“玉牒盛昱”、“藏園”、“雙鑑樓珍藏印”、“江安傅氏藏園鑑定書籍之記”、“雙鑑樓珍藏之印”印。乙卯年（1914）、庚申年（1920）以宋刊本校。此明弘治華珵刊本及兩種宋刊本俱見諸《藏園羣書經眼錄》。

護葉內夾一浮牋，藏園先生手書曰：《國老談苑》丙集內、《王文公筆記》乙集內、《丁晉公談錄》乙集內、《欒城先生遺言》戌集內，書房《全唐文》下箱內有明本《百川學海》九套，每套上寫有甲乙等字，可照此開各種在各套內，尋出交太太帶來為要。每種只一本。

各部帙盛昱、藏園跋識語錄如下：

《宋朝燕翼詒謀錄》卷五末葉識曰：庚申九月得宋刊本，取此本補刊各葉，校正一過。沅叔手記。

《丁晉公談錄》卷末葉識曰：乙卯新秋，沅叔假抱存藏宋本勘訖。

《王文正公筆錄》卷末葉識曰：乙卯初秋，校宋本一遍。沅叔手記。

《可談》卷書眉多批點，似盛昱手書其見聞，末葉識曰：光緒六年八月初四日燈下。昱讀。

《國老談苑》卷二末識曰：乙卯初秋，校宋本一過。沅叔。

《欒城先生遺言》卷末跋曰：宋刊本行款與此同，高五寸七分，濶四寸四分，黑口，左右雙邊，魚尾上記字數，蓋亦《百川》本也。從寒雲借校一過，所改正處皆補板，可知一經翻刻，訛謬百出，而華刻初印之可貴也。乙卯新秋，沅叔。（書號2944）

說郛一百二十卷

明陶宗儀輯。明末刻本，半葉九行行二十字，白口，左右雙邊。傅增湘以多種明鈔本校勘，諸明鈔本著錄於《藏園羣書經眼錄》。大多校於丁巳年（1917），少數校於戊午年（1918）、辛酉年（1921）、壬戌年（1922）、丁卯年（1927）、戊辰年（1928）、庚午年（1930）、癸酉年（1933）、甲戌年（1934）。

各部帙藏園先生跋識語錄如下：

《兼明書》卷一首葉識曰：叢書堂鈔本《說郛》采此只十條，然“爛柯”、“蜀山”二條為各本所無，知是書當有佚簡矣。因錄之卷尾以俟考。沅叔，丁巳九月記。

卷四末葉錄“爛柯”、“蜀山”二條。

《希通錄》卷末識曰：明叢書堂寫本《說郛》第十七卷中收此書，取以對勘，改正數十字，有三條為刻本所無者，手鈔於右方。丁巳九月二十一日，江安傅增湘識。

又跋曰：此本昔年以家藏叢書堂寫本校過，視時刻已勝，頃從保古齋假得澤南書舍寫本，亦明人手筆，偶取此帙勘閱“寓公”、“東道”兩則，增訂各數十字，乃知比吳匏菴本尤佳也。較書必具數本乃能盡善，信然。庚午八月初九日，沅叔手志。

《賓賓錄》卷末識曰：此書提要係十四卷，題馬永易撰，今校叢書堂本，視此多二十二葉，暇當鈔附此卷之後，然不知比《四庫》何如也。沅叔記。

《化書》卷一末葉識曰：戊午正月二十九日校。

卷二末葉識曰：二月初一日校對。

卷六末葉識曰：正統《道藏》本此書在"冠"字第二冊，從白雲觀借出校勘一過。戊午二月初二日，沅叔記。

《發明義理》卷末葉識曰：校明鈔本一過，其後多"八蠟"、"八珍"二條，見於他書，疑誤闌入也，不錄。沅未識於醇王故邸。

《武侯心書》首葉識曰：甲戌十二月二十四日校完。

卷末葉跋曰：蟫隱廬寄眎明鈔《說郛》三卷，中有《武侯心書》，乃全卷鈔入者。取此本對校，訂正頗多。據余藏《說郛》叢書堂所錄，卷末尚有"東夷"、"南蠻"、"西戎"、"北狄"四章，此本皆不載，疑有意刪削，非亡佚也。藏園記。

《遂初堂書目》卷末葉跋曰：明弘農楊氏鈔本《說郛》第二十八卷收入此目全部，今全書已售之杭城王氏，因留此冊披覽，就取茲刻手勘之，閱數日乃畢。此刻固多訛奪，然明鈔亦未可盡，姑取其顯然者著之耳。癸酉閏月十四日，藏園老人沅叔氏記於石齋之西簃。

《宜齋野乘》卷末葉識曰：明鈔《說集》第九帙錄此書，取以校對，改正四字，補序一篇。丁卯歲鈔，藏園記。

《中華古今注》卷末葉識曰：明弘農楊氏鈔本《說郛》收此書，只上半卷及下卷，然改正處則極多，未知於明代他刻何如耳？沅叔校記，丁巳七月十六日。

《鼠璞》卷末葉識曰：明弘農楊氏鈔本《說郛》采此書不及半，丁巳九月依校一過。沅叔。

《宋景文筆記》卷末葉識曰：叢書堂鈔《說郛》取此僅十之一耳，勘讀一過，略改數字。沅叔。

《丁晉公談錄》卷末葉識曰：明弘農楊氏鈔本《說郛》載此書只

十六條，因取校勘一過。沅叔記。

《楊文公談苑》卷末葉識曰：吳匏庵家寫本多"弈勢"、"優喜"、"祭文"、"蘸烏兔"四條，不知他刻本有否，竢再考。沅叔手記。

《欒城遺言》卷末葉識曰：丁巳九月，依明鈔《說郛》對誦一過，校改數字。沅叔。

《愛日齋叢鈔》卷末葉跋曰：據明叢書堂鈔校過，中多"句中用也字"、"三白石"、"壻耘門人"、"茉莉花"、"上馬石"、"丈人"、"先生"、"閻羅王"、"猶豫"等九條，然守山閣本為五卷，其所溢各條必在焉。暇當攷之。丁巳九月十一日，自青雲山看紅葉回記此，沅叔。

其後再識曰：二十一日取守山閣本考之，只"句中用也字"、"三白石"兩條可校，其餘七條則守山本亦無之，當鈔出附此卷之後也。沅叔又記。

《識遺》卷末葉識曰：明鈔《說郛》在第五十卷，取校一過。丁巳九月二十日，沅叔記。

《退齋雅聞錄》卷末葉識曰：丁巳九月十四夜，校明鈔本一卷。燕超記。

《五國故事》卷末葉識曰：據明鈔《說郛》本校勘一過，丁巳九月初七，沅叔記。《學海類編》本文字視此為完善，此蓋刪節本耳。

《隱窟雜誌》卷末葉識曰：丁巳立冬日，以叢書堂本對讀畢。沅叔。

《梁溪漫志》卷末葉識曰：丁巳立冬，校叢書堂鈔本。沅叔。

《搜神秘覽》卷末葉識曰：二條依宋刊本校。

《牧豎閒談》卷末葉識曰：丁巳九月廿四日，校於太平湖醇王故邸，所據為匏庵抄本。沅叔。

《玉澗襍書》卷末葉識曰：丁巳九月十一日，用明叢書堂鈔本校過。沅叔。

《避暑錄話》卷末葉識曰：丁巳九月，校叢書堂鈔本於醇王故邸。別有"救嬰兒"一條為此本所無，然余曾校弘治鈔本，此條所補脫字與叢書堂本正同，知其同出一源矣。沅叔記。

《葦航紀談》卷末葉識曰：丁巳九月二十四日，校叢書堂本，時寓居醇王府東院。沅叔。

《豹隱紀談》卷末葉識曰：校叢書堂本，少四條，字句略有勝處。沅叔記，九月廿四日。

《悅生隨抄》卷末葉識曰：丁巳立冬次日，校明叢書堂鈔本。沅叔。

《因話錄》卷末葉識曰：據叢書堂寫本勘讀一過。丁巳九月，沅叔記。

《五總志》卷末抄補"王介甫"之條，並識曰：丁巳九月杪，校明鈔本，補一條，竢與鮑刻本互證之。沅叔。

《炙轂子》卷末葉識曰：丁巳七月，據明鈔《說郛》本校正。沅叔。

《絕倒錄》卷末增錄一則，並識曰：丁巳九月十三日燈下，校明鈔本，並增錄"養脾丸"一條。雙鑑廔主人記。

《唾玉集》卷末補鈔數則，並識曰：丁巳九月既望，依明鈔本校過，補序二則，又"書中衣錦樂"一則，增改百餘字，喜而記之。沅叔。

《先公談錄》卷末葉識曰：丁巳九月十二日夜，沅叔校明鈔本訖。

《槁簡贅筆》卷末葉識曰：丁巳九月十二日，沅叔取舊叢書堂鈔畢。

《傳講雜記》首葉識曰：校明《說郛》本，丁巳九月十二日，沅叔記。

《繙古叢錄》卷末葉識曰：校明鈔《說郛》本，補注四條。丁巳九月立冬次日，沅叔記。

《南窗紀談》卷末葉識曰：丁巳九月十二日，校明鈔《說郛》本訖。沅叔。

《後耳目志》卷末葉識曰：校明鈔《說郛》本，丁巳九月十二日，沅叔。

再識曰：前所校者在四十一卷中，嗣又在十二卷中，叢書堂鈔本亦收此書，而溢出至十七條之多，當別書之，附此卷後。廿一日又記。

《雁門野說》卷末葉識曰：校明弘治鈔《說郛》本一過，沅叔記，丁巳九月十二日。

《三柳軒雜識》卷末葉識曰：丁巳九月十二日，校明叢書堂鈔本。沅叔。

《讀書隅見》卷末葉識曰：丁巳九月二十一日校畢，原本在叢書堂寫《說郛》第二十卷中。沅叔燈右記。

《田間書》卷末葉識曰：丁巳九月十四日，校明鈔《說郛》本，多出七條，錄之別紙。沅叔記。

《姑蘇筆記》卷末葉識曰：校明鈔本，末多“鄭獬”一條，然文字頗不屬，似又羼入他事，因屏不錄，竢得善本再考之。九月十四日沅叔手記。

《桂苑叢談》卷末葉識曰：叢書堂寫本《說郛》只采兩條，因校其異字。沅叔。

《吹劍錄》卷末葉識曰：叢書堂鈔本與此同，“杜子美詠内詩”以下各條，讀畫齋刊本無之，暇當鈔入也。沅叔記。

《投轄錄》卷末葉識曰：依明鈔《說集》本校定，原書三十餘葉，此所采只四條，當別寫一本存之。沅叔手記，戊辰十二月十三日。

《佩楚軒客談》卷末葉識曰：丁巳九月立冬節，據叢書堂本校改。增湘。

《志雅齋雜鈔》卷末葉識曰：丁巳九月十二日，以吳氏叢書堂鈔本校過，鈔本有“醫藥雜治”八條，為此本所無，然近刻足本有之，不備錄也。沅叔記。

《浩然齋視聽鈔》首葉識曰：丁巳八月初十日，據叢書堂鈔本校過。沅叔。

《陵陽室中語》卷末葉識曰：校明鈔《說郛》本，丁巳九月十二夜，沅叔。

《野人閒話》卷末葉識曰：取吳匏庵叢書堂本校改訖。九月十六日，雙鑑主人。

《仇池筆記》首葉識曰：鈔本《說郛》不及半，早起隨意校之，丁巳九月廿一日。

《韋居聽輿》卷末葉識曰：丁巳九月十六日晨起，校叢書堂寫本。燕超。

《暘谷漫錄》卷末葉識曰：校明鈔本一過，丁巳九月十三日，沅叔。

《友會叢談》卷末葉識曰：丁巳九月既望，取明寫本校定，沅叔記。

《澗泉日記》卷首識曰：明鈔亦節本，但無李生一條，而增隱民四條，書之上方，以俟取聚珍本一勘也。九月十六日，沅叔記。

《步裏客話》卷末葉識曰：據明吳匏庵家鈔本《說郛》校過。丁巳九月，沅叔。

《續航膎說》卷首識曰：丁巳立冬後三日，依明鈔本校，有“女真之識元宵詞"二條,刊本所無也。沅叔。

《西齋話記》卷末葉識曰:丁巳九月,校叢書堂本。燕超。

《雪舟脞語》卷末葉識曰:校明寫本《說郛》,溢出兩條,補錄於左方。沅叔,丁巳九月。

《漁樵閒話》卷末葉識曰:九月廿二日,校叢書堂本。沅叔。

《行都紀事》卷末葉識曰:吳匏庵家寫本《說郛》第二十卷中有此種,對勘一過。沅叔記,時丁巳九月,新移居太平故邸。

《溫公瑣語》卷末葉有補錄,並識曰:明鈔《說郛》只兩條,此"章惇"一條,刊本失之,然恐是他書羼入,考其時代,恐不相及耳,姑存之以備考。沅叔記。

《傳載略》卷首識曰:戊午正月十七日,校叢書堂鈔本。

《野雪鍛排雜記》卷末葉識曰:九月二十夜,校叢書堂寫本,時盛寒,手殭幾不能執筆。沅叔。

《耳目記》頗有校正,但無跋識。

《雞柘集》卷末葉識曰:丁巳九月十三日校,沅叔。

《葆光錄》卷末葉識曰:明寫本無"李馬"以下各條,而多"呂知隱"後數行及"俊鬼"一條。校訖因補錄之。丁巳九月十五日,沅叔記。

《聞見錄》卷末葉識曰:丁巳九月廿日校,沅叔。

《倦游雜錄》卷末葉識曰:校叢書堂鈔本,丁巳十月,沅叔手記。

《清尊錄》卷末葉藏園先生過錄元代王東跋文:右此錄實山陰陸務觀所記也,前人誤以為廉宣仲紀述,半村俞則大亦承前誤。余嘗讀王明清《揮麈錄》,有云近日陸務觀《清尊錄》載紹興間老內侍見林靈素于蜀道,此最切著。明清之父銍字性之,務觀曾攜文謁之,備見於《老學庵續筆記》中,半村之言似無所據。元統甲戌端陽王東識。

其後識曰：丁巳七月既望，據明叢書堂鈔本《說郛》校訖。沅叔。

《軒渠錄》卷末葉識曰：丁巳立冬，校叢書堂本，"米元章"條若不增此二十字，幾於不可解矣，足知舊鈔之可貴也。沅末。

《隋唐嘉話》卷末葉識曰：明鈔本只采七條，異字殊少。沅叔校記。

《劉賓客嘉話錄》卷末葉識曰：明叢書堂鈔本只十七條，依勘一過，其"三聖人"、"千字文"二條，此刻所遺，而文房小說本有之，不更錄人。沅叔。

《儒林公議》卷首識曰：據叢書堂抄本改。

《賈氏談錄》卷末葉識曰：九月二十三日，校叢書堂本一過。沅叔。

《退齋筆錄》卷末葉識曰：丁巳九月十五日校明寫本訖。雙鑑樓記。

《碧雲騢》卷末葉識曰：假涵芬廔明寫本校訖。辛酉七月三日，沅叔記。

《芝田錄》卷末葉識曰：丁巳十月上澣校明鈔本。沅叔。

《洞微志》卷末葉識曰：十月十六日校明鈔本訖。沅叔。

《該聞錄》卷末葉藏園先生補抄兩則，並識曰：丁巳九月十三日燈下，校叢書堂鈔本，翌晨補錄此二事。沅叔記於雙鑑樓。

《江表志》卷末葉識曰：丁巳七月十八日，用明弘治鈔本《說郛》校過。增湘志。

《陶朱新錄》卷末葉識曰：校明鈔本，增改至數百言，其闌入他書者別出之。沅叔記。

《東皋雜錄》卷末葉識曰：丁巳九月十三日，從明吳氏叢書堂鈔本過校。沅叔。

《幕府燕閒錄》卷末補抄二則佚文，並識曰：丁巳九月立，冬日校叢書堂鈔本。沅叔。

《老學庵續筆記》卷末葉識曰：丁巳九月十一日，據明叢書堂鈔本校改。沅叔。

《明道雜誌》卷末葉識曰：明鈔本采此只五條，每條又多刪節，不足據也。沅叔。

《洛陽縉紳舊聞記》卷末葉識曰：此書以知不足齋本為足本，然以明寫本對勘之，則勝處亦甚多，因改正於此本，竢暇再以鮑刻參証之。沅叔手記，丁巳九月。

《家世舊聞》卷末葉跋曰：此書采入《說郛》者非全本，然汲古閣刻放翁集即取是附入。余別有鈔本，出自穴硯齋，分上下卷，視此增加過半，已付藝風老人刻之。茲取叢書堂鈔本校此刻，條數盡同，然改正已不少矣。戊午正月，沅叔記。

《桐陰舊話》卷末葉識曰：叢書堂鈔本作松陰舊話，且雜厠入第二十、二十一兩卷中。九月廿二日早起取校一過，沅叔手識。

《南楚新聞》卷末葉識曰：依明鈔本《說郛》校改。丁巳九月二十三日立冬節，沅叔記。

《中朝故事》卷末葉識曰：校叢書堂本一遍。沅叔，九月廿三日。

《戎幕閒談》卷末葉識曰：丁巳立冬日，依叢書堂鈔本校竟。雙鑑庼主人。

《洛中記異錄》卷末葉識曰：據明叢書堂鈔校過。丁巳九月，雙鑑樓主人記。

《金鑾密記》卷末葉識曰：明弘治鈔《說郛》采此只三條，而據以增改至四十餘字，蓋殘璣斷錦亦足珍矣。丁巳九月十三日，增湘記。

《南游記舊》卷末葉識曰：丁巳九月十四早起，校明鈔本一過。沅叔。

《默記》卷首識曰：丁巳中元，以明鈔《說郛》本校過。沅叔。

《三楚新錄》卷末葉識曰：據明鈔《說郛》本校勘一過，增改至四百餘字，疑刊本經人刪潤故也。丁巳七月十九日，傅增湘記。

《雞林類事》卷首識曰：校匏庵鈔本，同一兩條耳。沅叔。

《安南行記》有校補文字，無跋識。

《成都古今記》卷末葉藏園先生補錄佚文二則，並識曰：明寫《說郛》無"揚雄宅"、"浣花亭"、"郫酒"、"燈市"四條，而多"孟德崇"、"王生"二條，校畢因錄於後。丁巳九月廿二日，雙鑑主人。

《遊城南記》卷末葉跋曰：昨自北平館見《秦漢圖記》後附刻此書，因假歸校於《說郛》本。憶昨夏游長安，訪韋、杜曲，登五臺，咸挾此冊，就人訪尋，歷歷如前日事①。校勘既卒，正誤無多，然專刻之本，固生平所未見，故不憚點勘之煩焉。癸酉七月二十九日，藏園老人記於楊氏方壺齋中②，時主客竹戰方酣，余乘隙弄筆，因以終卷。

《攬轡錄》卷末葉識曰：此下尚有百餘字，鮑刻本有之，不備錄。沅叔校畢記。

《驂鸞錄》卷末葉識曰：校明鈔本亦經刪節，與此同，不若知不足齋之善也。沅叔。

---

①　係指壬申年（1932）游覽陝西，見傅增湘撰《秦游日錄》，天津《大公報》館鉛印本，1932 年。

②　楊壽樞宅。楊壽枏《雲在山房類稿》（臺北，文海出版社，1975 年）中"壺中九老圖詩序"曰：方壺齋者，在燕都城西宣武坊之南，蔭北兄所居也，西鄰槐樹斜街，東毗藤花老屋。

《吳船錄》卷末葉識曰：此與《驂鸞》、《攬轡》二錄，皆依明鈔《說郛》本校勘，雖不若鮑刻之完善，然其佳處亦往往出鮑刻外，亦可貴也。丁巳九月二十三日，沅叔記。

《洞天福地記》卷末葉識曰：壬戌八月十一日，依明寫本《說郛》校。沅叔。

《平泉山居草木記》卷末葉識曰：右山居草木記。此及前篇均從明鈔本校改。沅叔記，丁巳九月。

《秦中歲時記》卷末葉識曰：丁巳十月初三日，據明鈔本校讀。沅叔。

《陸氏緒訓》卷末葉識曰：校明寫本，得異字十許於寥寥短篇中，可喜也。沅叔。

《續前定錄》卷末葉識曰：此及前錄均明弘農楊氏鈔本，前後錄雜錯無次，每條亦割裂四出，校勘時頗費尋繹，然改正處頗不少，亦足以慰矣。丁巳九月二十六日，江安傅增湘書於醇王故邸。

《山家清事》卷末葉識曰：壬戌八月十一日，依明寫本校讀一通。沅叔。

《忘懷錄》卷末葉識曰：原本錯雜紛出，幾不可讀，得此叢書堂本校之，乃豁然通貫，以此知舊鈔之絕可寶也。丁巳十月，沅叔校畢因記。

《吳下田家志》卷首識曰：壬戌八月初九日，據同古堂明寫本《說郛》校定。

書眉又識曰：庚午八月，依明潭南書舍鈔本再校。

《天隱子養生書》卷首識曰：叢書堂鈔《說郛》錯雜第二十、二十一卷中，取校殊尋求，然所得佳處亦至多矣。丁巳九月，沅叔記。

《保生要錄》卷末葉識曰：依明鈔本校勘一過，寥寥數篇中，乃增改至百許字，可寶也。丁巳十月初三日，沅叔。

《詩論》卷末葉識曰：據明寫本校讀一過。丁巳九月，沅叔。

《艇齋詩話》卷末葉識曰：丁巳秋季，從明鈔本校過。雙鑑廔主人。

《金玉詩話》卷末葉識曰：丁巳九月，校明鈔本。時居醇賢親王太平故邸。

《貢父詩話》卷末葉識曰：明鈔本采十數則，校讀以朱點記之。藏園，壬戌秋仲。

《庚溪詩話》卷末葉識曰：依明鈔本校讀一過，多“岐陽石鼓”、“王珪母”、“樂天綾襖詩”、“東坡詩獄”、“半夜鐘”五則，當別寫補入。丁巳九月，沅叔志。

再識曰：昨頃檢《百川學海》本，則五條皆具，此固節本，未足重也。沅叔又記。

《臨漢隱居詩話》卷末葉識曰：依明寫本校改，惜只得九條耳。沅叔，丁巳十月。

《娛書堂詩話》卷末葉識曰：丁巳冬初，校叢書堂本。沅叔。

《詩詞餘話》卷末葉識曰：據明鈔校過，改定至多，可喜也。沅叔記。丁巳九月。

《四六餘語》卷末葉識曰：丁巳初冬，校叢書堂鈔本。沅叔。

《畫論》卷末葉識曰：叢書堂吳氏寫本《說郛》卷二十三以此帙坿《畫鑒》後，用此本勘讀，溢出九則，別鈔坿于左方。雙鑑樓主人傅增湘記。

《大觀茶論》卷末葉識曰：連日酷暑，遂廢筆硯，昨宵甘澍沛然，亘日夕不止，園林秀潤，胸次清瑩，爰張燈校此，亦如烹小龍團煮中泠水，滌盡塵襟也。庚午六月十三日，勘明潯南書舍本畢，因記之。書潛老人。

《宣和北苑貢茶錄》卷末葉識曰：丁巳十二月九日校明鈔本。

沉叔。

《北苑別錄》卷末葉識曰：明鈔《說郛》第六十卷收此書。丁巳十二月初十日校勘一過。沉叔手記。

《品茶要錄》卷末葉識曰：丁巳十二月初九日早起，據明抄本校讀一過。沉叔。

《醉鄉日月》卷末葉識曰：丁巳十月，依明寫本勘過。沉叔。

《雲林石譜》卷上末葉識曰：丁巳十二月初八日校。

再識曰：據明潯南書舍寫本校定，庚午八月二十一日，沉叔記。

《雲林石譜》卷中末葉識曰：庚午八月二十二日校。

《雲林石譜》卷下末葉跋曰：丁巳臘八日，校叢書堂鈔本訖，增改至數百字。鈔本分兩卷，蓋併上中卷為一耳，其“吉州石”條下錯入《漁陽石譜》五條，而“吉州石”本條之半又攙入下卷“樊石”條中，“樊石”本條下半又割入“華嚴石”條下，其“金華”、“松滋”、“菩薩”、“于闐”、“黃州”、“華嚴”六條，原在“吉州石”之次，亦錯在下卷。種種凌雜錯亂，若非鈔本改正，蓋幾不可讀矣。此外當別出而誤併入他條者，亦有數事，至單詞賸句，又不勝枚舉。不意當日付梓時，何以繆絕至此，研朱勘畢，嘆喟之餘，倍深欣幸。江安後學傅增湘記。

再識曰：庚午九月，用明潯南書舍鈔本復校一過，視叢書堂本改訂更多，可喜也。書潛記。

《宣和石譜》卷首識曰：用叢書堂鈔本校改。丁巳臘八，沉叔記。

《漁陽石譜》卷首識曰：丁巳臘八，據叢書堂寫本勘過。

卷末葉藏園先生又識曰：此下所見奇石數條，錯在《雲林石譜》中卷“吉州石”條下。

《三器圖義》卷末葉識曰：丁巳十月十二日，依叢書堂鈔本校改，沅叔志。

《驃國樂頌》卷末葉識曰：九月三十日晨起，依明鈔本校正。沅叔。

《金漳蘭譜》卷首補錄跋文一則，並識曰：明鈔本《說郛》第六十三卷中收此書，校刻本一過，增改極夥。有後跋一篇，為刻本《金漳蘭譜》所無，並錄於左方。丁巳十一月廿九日，江安傅增湘記。

《洛陽花木記》首葉鈐"藏園校定羣書"印。該篇校而無跋識。

《褚氏遺書》卷首識曰：丁巳九月依明抄《說郛》校正。沅叔。

《大業雜記》卷末葉識曰：丁巳九月晦，從明人寫本《說郛》第五十八卷校讀一過。時自津門避水來都，暫寓太平湖醇王故邸。增湘志。

《大業拾遺記》卷末葉識曰：依明鈔《說郛》本校讀一過。沅叔志。

《焚椒錄》卷末葉識曰：辛酉七月初三日，借涵芬樓藏舊鈔本校過。沅叔。

《虯髯客傳》卷末葉識曰：明鈔《說集》第二帙錄此書，據以校正訛脫並補跋一首，第不知為何人筆耳。書潛漫志，戊辰二月。

鈐"藏園居士"印。

《三夢記》卷末葉識曰：九月二十二日，沅叔勘叢書堂本訖。

《甘澤謠》卷末葉識曰：叢書堂鈔本衹"陶峴"、"紅線"二條。丁巳九月勘讀一過，沅叔。

《齊諧記》卷末葉識曰：據明鈔《說郛》校得四條。沅未，十月十七日記。

《春夢錄》卷末葉識曰：戊辰二月，依明鈔《說集》本校正。沅叔漫記。

《稽神錄》卷末葉識曰：丁巳十月，據叢書堂本校。沅叔。

《幽怪錄》卷末葉識曰：丁巳十月，依吳匏庵鈔本勘訖。沅叔。

《續幽怪錄》卷末葉識曰：同日依叢書堂本再校此卷。沅未。

《妖化錄》卷末葉識曰：丁巳九月杪，校明鈔本訖，刊本並標題亦誤，可笑也。沅叔。（書號214）

說郛一百卷

明陶宗儀輯。1927年涵芬樓印張宗祥重校本①。大部分校於庚午年（1930），依明潯南書舍寫本校；卷二十五校於甲戌年（1934）據明鈔本校。

各部帙藏園先生跋識語錄如下：

卷一第二葉加另紙，藏園先生手書跋文曰：《愛日齋叢鈔》《愛日齋叢鈔》此書《四庫》本為五卷，乃從《大典》輯出者，此已非宋代原本之舊耳。此本為明潯南書舍寫本《說郛》，列入卷第二十九內。其撰人題葉姓而無其名，遍考不能得，此本題葉安期撰②，足補《提要》所不及。以守山閣本校之，凡得三十二條，視《四庫》本乃不及半，然其中"壻稱"、"茉莉花"、"上馬石"、"丈人"、"先生"、"閻羅王"、"猶豫"七條，為《四庫》本所逸佚，餘二十五條改

---

① 此本《說郛》書末張宗祥後記曰：此書凡集明抄本六種始成完璧，一為京師圖書館殘卷（第三第四第二十三至第三十二），無年號，白棉紙，書極高大，似隆萬間寫本。一為江安傅沅叔先生藏本，沅叔先生之書係彙明抄本三種而成，一洪武間抄本，一弘農楊氏抄本，一叢書堂抄本，本不全，書估挖填割裂，卷首尾湊足百卷，……閩孫仲容先生所藏亦有《說郛》殘卷，去夏曾訪之，不得要領，以為此生難遇矣。本年秋奉命督浙學，臨行沅叔先生餞之於娛萊室，案頭有書估攜來之明抄《說郛》，檢閱一過，缺卷皆在，匆匆南下，不及借抄。沅叔先生至浙觀潮，竟攜至南方見假，得成全書。盛情高誼，感何可言。壬戌冬，海寧張宗祥記。

② 卷十七《愛日齋叢鈔》正文篇名下題署為"宋葉安世"。

定三百八十二字,其"稱老為波"、"九百"、"紙錢"、"古人貴字"各條,訛謬脫失尤多。余別藏有叢書堂鈔本《說郛》,及別見萬曆兩寫本,此不及也。

《玉澗雜書》首葉書眉識曰:此卷據溽南書舍鈔本校定。庚午四月,沅叔記。

《畫鑑》末葉識曰:庚午六月初九日,炎暑逼人,日影西斜,坐松下石床校畢此卷,不覺暑氣全消矣。此帙亦據明鈔溽南精舍本校定。

《愛日齋叢鈔》末葉藏園先生題識曰:朱記"壻稱門人"七條,今《四庫》本無之,特取溽南書舍鈔本校定之。

《坦齋筆衡》首葉識曰:庚午浴佛節,依明寫本校于清水院之北寮。

《負暄雜錄》首葉識曰:庚午六月初四日校。

另紙補抄"馬殷"一則。書眉處題識曰:此下有"馬殷"一條,約五百餘字,別寫坿入。

《昨夢錄》首葉識曰:庚午四月初十日校于清水院。

《西征記》首葉書眉識曰:庚午五月既望,依明溽南書舍寫本校於暘臺清水院。

《小說》首葉識曰:依明鈔本校定,甲戌歲暮。

《北方揚沙錄》首葉識曰:甲戌祀竈日,據明鈔本校。

《白獺髓》首葉識曰:甲戌嘉平月廿三日,依明鈔本校。

《唾玉集》首葉書眉識曰:校明鈔本。

《安南行紀》首葉識曰:依明人溽南精舍鈔本校。

《北邊備對》首葉識曰:庚午五月校。

《漢武帝故事》首葉識曰:庚午五月廿五日校。

《困學齋雜錄》末葉識曰:庚午五月二十五日校。

《格古論》末葉識曰:庚午八月十三日,依明溥南書舍寫本校勘,補佚文一則,改訂一百六十八字。

《金山志》首葉識曰:庚午五月二十四日校。

《遼東志略》首葉識曰:庚午五月廿四夜校。

《效顰集》首葉識曰:庚午五月校。(書號213)

古今逸史四十二種一百六十二卷

明吳琯輯。明吳琯刻本,半葉十行行二十字,小字雙行同,白口,左右雙邊。鈐“吳琯”、“楊印廷棟”、“沅叔手校”、“二十年中萬卷書”印。藏園分別於戊午年(1918)年、己未年(1919)、庚申年(1920)、壬戌年(1922)、癸亥年(1923)、甲子年(1924)、乙丑年(1925)、丙寅年(1926)、戊辰年(1928)以多種善本校勘。

各部帙藏園先生跋識語錄如下:

《方言》卷一末葉識曰:壬戌七月初二日校。

卷二末葉識曰:七月初十日校。

卷三末葉識曰:初十日亥刻校。

卷四末葉識曰:七月十二日校。

卷六末葉識曰:十二日飯後校。

卷七末葉識曰:七月廿一日校。

卷八末葉識曰:廿一夕校。

卷九末葉識曰:七月二十五夜,自靜宜園回校畢。

卷十末葉識曰:七月二十五夜校。

卷十一末葉識曰:七月二十五夜校,風雨驟寒,可御綿衣。

卷十二末葉識曰:七月二十八日,小極無憀,強坐校此。

卷十三末葉識曰:七月二十八日校。

書末於宋慶元李孟傳刊記部分之書眉補錄甚多,然後題識曰:

宋刊本《方言》藏庋篋中十年矣①，印行者已三版。頃以發憤校
《古今逸史》，先就《方言》開手，因出以勘讀一周，著其異字於行
間。暇當更取盧、戴所著，從事考訂焉。壬戌七月二十八日，藏園
居士沅叔氏識。

《釋名》卷一末葉識曰：壬戌七月廿八日校。

卷二末葉識曰：七月二十九日校。

卷三末葉識曰：二十九校。

卷四末葉識曰：二十九夜。

卷五末葉識曰：栗齋自津來訪②，去後仍校盡此卷。

卷六末葉識曰：夜深移硯閨中，蘭姬侍焉，因畢此卷。

卷七末葉識曰：七月廿九夜。

卷八末葉識曰：壬戌七月二十九日，據明呂仲木翻棚本校訖。
增湘。

《小爾雅》卷末葉識曰：壬戌七月初一，夜漏三下，用顧氏文房
本勘頌一過。增湘。

《獨斷》卷末識曰：壬戌六月二十二日，據明刻《百川學海》校
定。藏園居士。

再識曰：明鈔《說郛》卷第八十九采《獨斷》上卷若干條，校讀
一過，取其異文著於篇。壬戌六月二十八日晨起，沅叔氏誌。

《古今註》上卷末葉識曰：壬戌立秋第二日校。

下卷末葉識曰：壬戌六月十八日校。

其後跋曰：明芝秀堂刻本《古今註》十行十五字，為袁寒雲舊

<hr>

① 《藏園羣書題記》有關於宋刊《方言》長篇跋文，數次印行事見於《雙鑑樓藏書
雜詠》。

② 白廷夔，號栗齋，民國時期書法家，曾與藏園先生同游雁蕩山。

藏,友人張庚樓影印行世①,曾見惠一冊。偶取此本校讀,糾正添加者不可勝計。丁黻跋云四篇以下,增改頗多,固非妄也。卷末有眉山李文簡公跋,言本書得自冊府,與豹今所著絕異不類,知宋世內府所藏與世行固有兩本,匪文簡傳播之功,不幾於泯絕耶? 校畢並李、徐二跋於別紙。壬戌立秋後四日,江安傅增湘記。

《博物志》目錄末葉識曰:壬戌十月二十六日,依連江葉氏寫本校,"嘔絲之野"、"魏武伐冒頓"、"東海牛魚"三條重出,餘均勝此刻也。沅叔記。

《續博物志》書末葉補錄黃公泰跋文一則,又識曰:抱經先生校本,不詳所據何刻,然間亦據商刻《稗海》正之,姑照錄一通,異時得善本當覆勘付刊,緣方舟先生固蜀賢也。

丙寅五月既望,蜀南後學傅增湘記,時寓杭州南山煙霞洞。

《吳地記後集》末葉識曰:盧弓父以李際期本校過,今照錄之。沅叔煙霞洞記,丙寅五月。

《岳陽風土記》卷首以藏園稿紙補錄三則跋文。卷末葉識曰:假涵芬樓藏天一閣鈔本校讀,異字極鮮,惟范寅秩跋紹興丙辰、劉谷堅跋淳熙六年、陸埛跋為茲刻所無,當別寫坿人。丙辰五月二十日,沅叔記於煙霞洞。時猛雨四日夜,山溪暴漲,游履不可涉,思明晨下山矣。

《桂海虞衡志》目錄末葉識曰:明寫本《說郛》卷第五十全采此書,以勘茲刻,改定字句極多,其"吳船"等三錄,亦全卷收入,余別校於他本,致能著述,何多幸運耶! 壬戌六月晦日,傅增湘志。

《洛陽名園記》卷末葉識曰:明弘農楊氏鈔本《說郛》第二十六

---

① 張允亮(1889－1952),字庚樓,河北豐潤人。張人駿第五子。曾編《故宮善本書目》、《故宮善本書影初編》。與徐鴻寶、沈兆奎為"藏園三友"。

卷内全收此書,病中檢取,手勘一過,改正若干字。戊午小滿日,沅
叔記。

《海內十洲記》卷末葉識曰:戊午四月十七日,校《道藏》本。
沅叔。

再識曰:壬戌七月朔日,校顧氏小說本。沅叔記。

又識曰:戊辰二月初二日,據明鈔《說集》本校讀,得異字殊
少。沅叔記。

又識曰:壬申二月二十四日,依明寫本《雲笈七籤》本校定。

又識曰:壬午十月,取《太平御覽》各條校閱一過,所引文字頗
多刪節,或一條數引而字句時復前後不同,故校時微加抉擇,不能
悉據以刪改。此所謂活校也。藏園老人識於企驎軒。

《北邊備對》卷末葉識曰:戊午四月十七日,據明鈔《說郛》本
校。沅叔。

《真臘風土記》目錄末葉識曰:明寫本《說郛》有此書,病中取
讀,校其異字於篇,惜原本"貿易"以下各條缺如,竢別覓善本補
之。壬戌六月二十七日,增湘記。

《三輔黃圖》目錄末葉跋曰:明弘治李叔淵刻本,後有嚴永濬
序,蓋刻於西安者,半葉十一行行二十一字,黑口,四周雙邊,至為
罕覯。京館藏此帙,取校一通,略改數十字。余別有嘉靖劉景韶刻
本,當更取以參證之。戊午清明日,沅叔記。①

卷三末葉識曰:戊午二月十七日校。

卷六末葉識曰:二月十九日校竟三卷。沅叔記。

再識曰:壬戌六月二十八日,據明鈔《說郛》校,蓋節本也。每
條加圈以別之。

---

① 此處又有藏園於壬戌六月過錄顧廣圻跋識一則。

《洛陽伽藍記》卷末葉識曰:《永樂大典》卷一萬三千八百二十三四五卷引《洛陽伽藍記》二十八條,述古堂送來,因逐條以此本校讀一過。己未閏月初十日,葂莽記。

再識曰:甲子九月,偶繙閲《太平廣記》引此書,得二十四則,校改於上。沅叔。

《樂府雜錄》卷末葉識曰:壬戌六月廿七夕,檢明寫《說郛》本《教坊記》訖,尚有餘興並及此書。惜明寫本采錄不完,當別訪善本補勘之。沅叔。

頃在廠市見明寫本,乃天一閣舊物,遂借來就此本通校一遍。前校《說郛》節本用朱圈記其本條上,兹校此本,其本條與《說郛》本有異同者;注天一同或天一作某以別之。七月二十七日,沅叔記。

又識曰:丙寅五月十六日,據涵芬樓藏盧抱經先生手校本對錄,先生所校非有別本,第以意改定,然可采者亦多矣。增湘記於南高峰下僧寮。

《教坊記》卷末葉識曰:壬戌六月二十七日,小病乍起,夜涼如水,獨坐園中,檢明寫本,披閱終卷,因改其異文脫字於篇。傅沅叔記。

再識曰:末一篇如曲終奏雅,丙申二月四日①。雨窗偶閱弓父記。抱經所訂正秪數事耳,亦備錄之。增湘記。

《穆天子傳》卷一末葉識曰:壬戌正月二十一日校。

卷二末葉識曰:正月二十二日校。

卷三末葉識曰:正月二十二日校。

卷四末葉識曰:壬戌二月二十四日,校於吳閶旅邸。

---

① 此丙申年識語,大約係過錄盧文弨語。乾隆丙申年為盧文弨花甲之年。

《竹書紀年》卷末葉識曰：丙寅五月十六日，臨盧弓父校本下卷畢。沅叔。

《西京雜記》卷末葉識曰：壬戌季夏，苦雨連日，積潦縱橫，鬱暑蒸騰，兼患河魚之疾，困憊無俚，因取小書讐校以自遣。昨讀《三輔黃圖》畢，遂連類及此袟，用抱經校本參以河汾孔氏所刊，竟午遂得蕆工。二十六日，藏園主人識於萊娛室。

明鈔《說郛》采十一條，休沐多暇，以藍色筆校之。沅叔。

《別國洞冥記》卷末葉識曰：明鈔《說郛》采此書廿餘則，每條亦有刪削，異字亦殊少，不足為據也。沅叔記。

《吳越春秋》目錄末葉識曰：明弘治吳縣知縣任丘酈廷瑞刻本，九行十八字，極罕覯。友人徐森玉獲之以見讓，攜入山中，七日校畢。沅叔記。

卷一末葉識曰：癸亥八月二十日，攜蘭姬來清泉吟社養痾，翌晨校畢此卷。山風大作，寒慄可試重棉。沅末記。

卷二末葉識曰：八月二十二日早起，就松下校畢。

卷三末葉識曰：八月廿二日申刻，飲蓮花寺歸，薄醒未解，燈昏目蒙，疏漏知所不免。沅末附識。

卷四末葉識曰：八月廿三日校。

卷五末葉識曰：八月二十五日，發清水院，宿盧師山，翌晨校此卷畢。

卷六末葉識曰：癸亥八月二十七日，校於盧師山劉氏之廬。沅叔。

《越絕書》卷二末葉識曰：庚申八月二十三日，校明刊十行本。①

---

① 可參《藏園訂補邵亭知見傳本書目》著錄。

卷三末葉識曰：八月二十三日校。

卷四末葉識曰：同日校訖。

卷五末葉識曰：八月二十四日晨起校畢。

卷六末葉識曰：八月二十五日校。

卷七末葉識曰：八月二十五日校。

卷八末葉識曰：八月二十五日校。

卷九末葉識曰：八月二十五日校。

卷十末葉識曰：八月二十五日，午後睡起校訖。

卷十一末葉識曰：二十五日校。

卷十二末葉識曰：八月二十五日燈下校。

卷十三末葉識曰：同日校。

卷十五末葉跋曰：此明刊本春間得之蘇州來青閣，前後失去序跋，不知何人所刻，然要是正、嘉時，與《吳越春秋》合刻本也。森玉、庚樓叚去校訂，頗稱其佳。余乃就此本對勘改定焉。原本後有跋十一行，又丁黼跋七行，他本多有之，不具錄。庚申九月十一日，自妙峰看紅葉囘都記此，沅叔。

《華陽國志》卷一末葉識曰：壬戌十月初十日校。

卷二末葉識曰：壬戌十月初十日校。

卷三末葉識曰：十月初十日。

卷四末葉識曰：十一日晨起校。

卷五末葉識曰：十一日晨校。

卷六末葉識曰：十月初十日巳刻校。

卷七末葉識曰：十月初十日校。

卷八末葉識曰：十一日午後校。

卷九末葉識曰：壬戌十月初十日校。

卷十末葉識曰：十月十一日燈下校。

卷十二末識曰：壬戌十月十一日，夜漏三下校畢。

並且過錄何焯、惠棟題跋。

《高士傳》卷下末葉識曰：辛巳嘉平月，據惠定宇校本參訂各條。藏園記。

鈐“沅叔手校”印。

又識曰：丙寅五月既望，臨盧弓父校本於煙霞洞之霞栖閣，沅叔記。

鈐“二十年中萬卷書”印。

《列仙傳》目錄末葉補錄《太平御覽》卷六百七十二劉向“列仙傳敘”，並識曰：辛巳嘉平月七日依惠定宇錄本寫於長春室之東簃。藏園老人燈右識。

卷下末葉識曰：辛巳十二月，臨惠定宇校本，藏園老人記。

鈐“沅叔手校”印。

又識曰：丙寅五月十七日，臨盧校本，沅叔煙霞洞記。

又識曰：壬戌正月二十日，據汲古閣刊本校讀，沅叔。

《遼志》卷首識曰：壬戌八月初八日，沅叔依明寫《說郛》本校過。

《金志》卷末葉識曰：壬戌八月初八日亥刻，校《遼志》畢，繼讀此帙，亦用《說郛》寫本也。沅叔。

《松漠記聞》末葉識曰：明叢書堂寫本《說郛》采此書只十二條，校勘一過，增改二十餘字。丁巳立冬後二日，增湘記。

又跋曰：蕭山十萬卷樓藏舊鈔本，出於明顧氏所刻，王氏宗炎又手校誤字。今取勘此本，上卷補“昏姻”、“拜跪”二條，下卷補“長白山”、“西樓蒲”、“回鶻豆”、“渤海螃蟹”四條，以墨筆書於卷尾，此外改正字句亦不少。然如王氏所言削去大半者，尚非事實也。戊午四月十八日，傅增湘記。

過錄王宗炎跋識曰：此係明嘉靖中顧元慶以宋本重雕於大石山房者，乃是足本。吳琯《古今逸史》中所刊削去大半，非完書也。宗炎記。

《續齊諧記》卷末葉識曰：壬戌六月二十九夜，取《顧氏文房小說》對勘，竟無異字可錄，知此刻正從顧氏出也。沅未誌。

明鈔《說郛》采四條，增改各字俱於義為長，如籠歌目腹軸木四句成韻，今訛目作茵，韻既不叶，義亦難通，益知古鈔較舊刻尤足貴也。六月晦日，沅叔再志。

《博異記》卷末識曰：壬戌六月三十日，用《顧氏文房小說》本校讀。沅叔記。

《集異記》卷末識曰：壬戌六月晦日，藏園居士校於龍龕精舍。（書號525）

合刻山海經水經五十八卷

明吳琯編。明萬曆十三年吳琯刻本，半葉十行行二十字，小字雙行同，白口，左右雙邊。丙辰年傅增湘（1916）據宋刊殘本校《水經注》，甲子年（1925）過錄王念孫校《山海經》本并跋，王國維跋。藏園先生曾得《水經注》宋刊殘本，寫有長跋，見諸《藏園羣書題記》史部，此宋刊殘本今存國家圖書館。

《水經》各卷藏園、觀堂跋識語錄如下：

卷十六首葉識曰：宋本殘破及霉朽不可辨者以括弧別之，宋本錯字亦照改，以存其真。

卷末葉識曰：丙辰三月十七日校。

卷十八補錄一則。

卷十九末葉識曰：三月十七日校。

卷四十末葉觀堂跋曰：沅叔先生初得宋刊本《水經注》卷十六

至十九,又卷卅九之後半及卷四十,既手校於此本上。後又得卷五後半、卷六至卷八、卷卅四、卷卅八及卷卅九之前半,共十一卷有奇。癸亥季冬,余從先生借宋刊本並孫潛夫手校殘本,既以校於朱王孫本,乃以此本互勘,並補校後得諸卷。明刊諸本重吳琯本,今觀此本與宋本異處,半係剜補,乃知吳本之善。校畢因記。永觀學人①。

《山海經》鈐"沅叔手校"印。書眉錄文頗多。各卷藏園先生識語錄如下:

卷一末葉識曰:甲子七月初六日。

三個月後再識曰:甲子十月二十四日錄竟,時大雪初霽。

卷二末葉識曰:七月初七日校。

翌年再識曰:乙丑四月初五日校。

卷三末葉識曰:甲子七月初八日立秋。

卷四末葉識曰:甲子立秋。

卷五末葉識曰:甲子立秋日校。

鈐"沅叔手校"印。

卷六末葉識曰:七月十四日校。

卷七末葉識曰:七月之望。

卷八末葉識曰:七月十五日。

卷九末葉識曰:十五日。

卷十三末葉識曰:十五日飯後扶病校此。

卷十四末葉識曰:十五日。

---

① 王國維先生于1923年到北京,得以借閱藏園宋刊《水經注》殘本,曾為文"宋刊水經注殘本跋"(《觀堂集林》卷十二),認為宋刊本價值,不僅有字句之正確,而且明以來抄本、刻本之源流得此始可了然。

卷十八末葉跋曰:王石臞校本《山海經》①,壬子出於盛意園家,余為收入涵芬樓。今春過滬假來,因循未著筆。頃病濕熱,疲苦不支,無以遣日,姑取吳本就其朱筆,先為過錄。二日之中,遂畢此十三卷。疾苦似亦漸失,以此悟丹黄筆硯間,有驅炎已疾之功,奈世人多不領略耳。甲子七月十五日校畢,藏園記。

鈐"沅叔手校"印。(書號12087)

稗海四十八種二百八十八卷續二十二種一百六十一卷

明商濬輯。明商濬刻清康熙振鷺堂重修本。半葉九行行二十字,白口,四周單邊。鈐"醴陵文雪吟珍藏印"、"聖江書屋珍藏"印。此部叢書各種大部分校勘於丙辰(1916)至辛未(1931)年之間,少數校勘於己卯(1939)和庚辰(1941)年。

各部帙藏園先生跋識語錄如下:

《博物志》卷一末葉識曰:壬戌二月十三日校。

卷二末葉識曰:同日校。

卷三末葉識曰:十三日午刻校。

卷十末葉識曰:壬戌二月十三日,據明弘治刻本校讀訖。明本十一行行二十三字,即《天祿琳琅書目》著錄之宋本,首尾璽印十五方皆合,余前年得之敞市②。傅增湘記於清泉吟社。是行也蘭姬從焉。

《小名錄》卷末跋曰:昨見明寫本于文友書肆③,十行二十字,歷藏崑山徐氏、平江黄氏、謏聞齋顧氏,前有魯望序、宋祁撰唐書龜

① 王念孫校本今存國家圖書館(書號7878),書中數幀浮簽似藏園手書。
② 此明刊本即弘治十八年賀泰刊本,諸藏印記於《藏園羣書經眼錄》。
③ 此明寫本著錄於《藏園羣書經眼錄》。

蒙傳。校誦一過,補"任彥叔彈劉整"一條,"曹爽專政"條補脫文四十三字,"謝虎子"條下脫文四十九字,此外訂定殊夥。聞此冊為譚篤生遺書①,索直甚高,爰假閱而還之。乙丑八月晦,藏園主人沅叔記。此本已有前人校筆續補各條,正與明鈔同,故余亦省卻複寫之勞焉。序傳竢暇更補錄之。沅叔又志。

《雲溪友議》卷末識曰:丙辰八月二十五日校。

並過錄明嘉靖柳僉跋文,略敍校勘諸本淵源,該跋可見諸《藏園羣書經眼錄》。

《獨異志》校勘而無跋。

《杜陽雜編》用"藏園傅氏寫本"稿紙抄寫目錄。行間校改頗多。卷上末葉識曰:己巳十二月初四日依明鈔本校定。沅叔。

卷下末葉跋曰:此明鈔本出沈同叔前輩家②,綿紙藍格,十一行二十字。以裝訂形式測之,亦天一閣藏書也。校此商氏本,鈔本時有脫誤,然佳處正復不少,得異字殆近二百事。前有序目為刻本所無,因屬何生小葛③手寫補之。己巳十二月初四日,沅叔記。

《東觀奏記》卷上末葉識曰:己未六月二十六日校④。

再識曰:甲子夏至前日。甲子五月十五日雨後,坐階前校此。

卷中末葉識曰:己未八月二十五日校。

再識曰:甲子五月十五日校。

卷末末葉識曰:八月二十五日校。

---

① 譚錫慶,字篤生,琉璃廠正文齋書鋪主人。藏園收藏宋慶元潯陽郡齋刊本《方言》即得之於正文齋。

② 己巳年(1929)據沈曾桐(沈曾植叔弟)藏天一閣鈔本校勘。藏園與沈曾桐交誼可見諸《藏園羣書題記》卷八"陳仲遵校本河南邵氏聞見錄跋"。

③ 即何鴻亮,曾與修四川《興文縣志》(川南印刷廠,1943年),還曾與修藏園先生領銜之《綏遠通志》。

④ 此為己未年(1919)避地江蘇時所得舊鈔本校勘。

並跋曰：夏間在蘇州得舊鈔本，云出自皕宋樓，囘揚州，以此本校讀，僅得一卷。今日秋雨灑堦，扃戶不出，遂竟二卷。至其改訂之字，在讀者自審之。傅沅叔識於藏園之食字齋，己未八月廿五日。

再識曰：甲子五月二十一日。

並跋曰：宗人治薌藏舊寫本，十行行二十一字，為朱筍河家書。假來已數日矣，昨夕疏雨驅炎，今晨坐園中校畢，視己未校本所得為多。篋中尚有藝風老人所庋戈小蓮本，暇當取以覆勘之。藏園居士甲子五月記。

再識曰：甲子夏至節，據戈小蓮藏本覆校一過。藏園。

《大唐新語》卷首附“藏園鈔本”稿紙一葉，為“大唐新語校本跋”，文見《藏園羣書題記》，文字稍有別而意同，不贅錄。

卷一末葉識曰：庚辰十二月十二日，依明鈔本校，改訂七十四字。①

卷二末葉識曰：十二月十五日校，改訂七十二字，又正訂十五字。

卷三末葉識曰：庚辰十二月十六日校，訂正四十六字。

卷四末葉識曰：十二月十八日校，訂正七十字。

卷五末葉識曰：庚辰十二月十九日，鄉館祀坡公，歸校此卷，訂正四十六字。

卷六末葉識曰：庚辰嘉平十九日校畢，藏園老人。此卷改正七十八字。

《因話錄》據《太平廣記》校勘數則，無跋識。

---

① 《藏園校書錄》記庚辰年末（1941）據李盛鐸藏明鈔本校勘，其跋文寫於翌年新春正月初三日（《題記》為初二日），是見藏園先生筆耕不輟。

《玉泉子》首葉識曰：卷中青筆以明叢書堂鈔本《說郛》校，別有五條為此本所不載者，別附卷末。丙寅六月初五日，據涵芬樓藏天一閣明寫本校勘畢。

卷末附紙載補抄部分。

《北夢瑣言》首葉識曰：明鈔本《說郛》校。丁巳七月十四日。

《樂善錄》卷下末葉識曰：明鈔《說郛》本祇采十條，有五條為刻本所無者，有兩條校刻本亦脫漏至數十字，舊鈔之可貴如此。五條鈔別唇附後。丁巳中元日，沅叔手識。刻本《說郛》中《樂善錄》乃訓戒子弟文，若家訓之類，與此乃別一書也。

其後附紙兩葉抄錄五則。

《東軒筆錄》卷一末葉識曰：辛酉小除夕校。

再識曰：癸亥五月初六日校。

卷二末葉識曰：辛酉除夕校。

再識曰：五月初六日午刻校。

卷三末葉識曰：壬戌正月初三日校。

再識曰：癸亥五月初六日校。

卷四末葉識曰：壬戌正月初三日校。

再識曰：癸亥五月初八日校。

卷五末葉識曰：正月初四日校。

再識曰：癸亥五月初八日校。

卷六末葉識曰：正月初五日校。

再識曰：五月初八日校。

卷七末葉識曰：正月初五日校。

再識曰：五月初八日校。

卷八末葉識曰：正月初六日校。

再識曰：癸亥五月初八日夏至節校定。

卷九末葉識曰：壬戌穀日校。

再識曰：癸亥長至日校，酷暑入夜不解。

卷十末葉識曰：壬戌穀日校。

再識曰：午夜暑氣漸退，張燈更校此卷。癸亥夏至。

卷十一末葉識曰：正月初八日校。

再識曰：癸亥五月初九日，是日為夏至，昨誤記耳。

卷十二末葉識曰：正月初八日校。

再識曰：癸亥五月初九日校。

卷十三末葉識曰：正月初八日校，是日立春節也。

再識曰：五月初九日校，是日夏至節也。

卷十四末葉識曰：正月初九日校。

再識曰：癸亥五月初九日校。

卷十五末葉跋曰：梁溪孫星如藏明鈔《東軒筆錄》十五卷①，蓋得之天一閣者，字畫古拙，當在正德以前。取此本對勘，多吳仲卿一條，其外脫行者亦有三處，所改字皆於義為長，可喜也。壬戌立春後一日，沅叔記。

再識曰：癸亥五月夏至日校畢。

其後附紙補抄明嘉靖年沈救跋識及癸亥夏至後一日藏園跋文②。

《青箱雜記》卷一之前補抄宋元祐二年吳處厚序。卷末葉識曰：戊辰正月二十八日，校明鈔《說集》本，沅叔。

---

① 孫毓修（1871－1923），字星如，別署小綠天主人。任職商務印書館。有《小綠天孫氏鑑藏善本書目》。

② 該跋又見於明嘉靖三十四年沈救楚山書屋刊本（書號11524），字句稍詳于此，義同，故不贅。是辛酉年末至癸亥春（1922－1923）據天一閣鈔本及明嘉靖三十四年沈救楚山書屋刊本，連續校勘該書兩遍。

卷二末葉識曰：二十夜三鼓更盡此卷。

卷三末葉識曰：二月二十九日校。

卷四末葉識曰：正月二十九日校，是月小建。

卷五末葉識曰：丙辰上巳後日校訖。

又識曰：戊辰正月晦校。

卷六末葉識曰：戊辰二月朔日校。

卷七末葉識曰：戊辰二月初一日校。

卷八首葉書眉識曰：明鈔本《說郛》卷八十九引此條後多“楊湜詞話”、“東皋雜錄”、“盧仝集”、“苕溪漁隱”、“侯鯖錄”、“吹劍錄”各條，竢別附於後。增湘記。

卷末葉識曰：二月二日校。

卷九末葉識曰：戊辰二月初二日校於藏園。

又識曰：丙辰三月初六日，校於小翁柳堂。

卷十末葉識曰：余前校徐積餘藏黃蕘夫本，改訂極多，自謂善矣。今取明寫《說集》本勘之，視黃本乃更佳。即前序數行已改六七字，他可知矣。書潛記，戊辰二月。

附紙補抄“楊湜詞話”諸條，過錄黃丕烈跋語，並跋曰：南陵徐君積餘藏黃蕘圃校本，鈔手甚舊，每葉二十行行二十字，卷中提行空格自從宋本出。余壬子春曾見之，今來申江，乃從徐君假得，攜至西湖廉莊，旦夕校之，三日而畢。吳序為刻本所無，錄之卷首，其餘改正增補殆數百言，此書庶幾可讀。積餘之貺我良厚矣。丙辰三月初八日，沅叔記。

《蒙齋筆談》卷下末葉識曰：丙寅六月初六日，據密韻樓蔣氏藏明天一閣寫本校，傅增湘沅叔志。

此處附紙補抄三則及脫文七行。

《畫墁錄》卷末末葉識曰：己卯立夏日錄完，隨校一過，新刻顛倒譌謬不足存也。

再識曰:此昔年臨勞季言校本,當在癸丑甲寅間,原本藏涵芬
樓。勿勿十餘年間,久已澹忘,頃檢書及此,聊志大略,使後人有所
考焉。增湘,丙寅六月晦。

《儲華谷袪疑說纂》卷一首葉識曰:明鈔《說郛》本"符印呪"
訣下有"呪水"、"斬鬼"、"呪棗"、"召雷"、"降筆"、"呼鶴"、"呼
鼠"七條,"射覆"下有"知術"、"邪正"、"鬼神"三條,皆此本所無,
然刊本《說郛》有之,玆不備錄。丁巳七月十七日,沅叔記。

《墨莊漫錄》卷一末葉識曰:丙辰四月十三日校①。

卷五末葉過錄唐寅題識。卷十末葉補錄頗多,而無藏園主人
題跋。

《嬾真子》卷首跋識二則,其一曰:勞平甫校本《嬾真子》,春間
於劉仲魯齋中見之②,因假歸一讀。原本據一舊鈔本,而又雜引他
書以証之,義例不明,殊難尋繹,竭二日之力為錄於此本上,其無關
出入者不盡采也。丙辰端午後三日,沅叔記。

其二曰:叢書堂鈔本《說郛》收《嬾真子》二十八則,取校一過,
與勞校之舊鈔本多合,其中"錫宁"條多"有聱詩"二十一字,勞氏
方引《蘆蒲筆記》,謂馬氏偶遺此証,不知馬氏原有之,而傳鈔偶脫
耳。明鈔之可貴如此,後之讀書者苟不遍參各本,慎勿輕口雌黃
耳。五月十二日,沅叔又記。

《歸田錄》卷二末葉識曰:據京師圖書館藏宋本《歐集》校過。
沅叔。

《龍川別志》卷首補錄序一則,並識曰:丙寅十月初九日,後學

---

① 藏園甲寅年(1914)曾校勘此書,見《墨莊漫錄》(書號163)之則。
② 劉若曾,字仲魯,河北鹽山人。光緒十五年進士,曾任河南主考官。

傅增湘補錄①。

卷上末葉識曰:丙寅中秋節校。十月初九日再校。

鈐"沅叔手校"印。

卷下末葉識曰:丙寅中秋夕,校影宋本訖②。丙寅十月初九夜覆校。沅叔。改定六百五十五字。

鈐"藏園居士"印。

《冷齋夜話》卷一末葉識曰:丙寅九月二十八日校於鳳窠丙舍,正訂八十二字。

同年又識曰:十月初五日再校,補勘得二十六字。

卷二末葉識曰:九月二十九日校,改訂三十二字。再校正訂十有五字。

卷三末葉識曰:九月二十九日校,改定二十九字,補脫文一則五十六字。鳳薖山人。再校得九字。

卷四末葉識曰:十月初二日校正三十八字。再校改正十九字。

卷五末葉識曰:初二日校,補正二十二字。鳳窠山人記。再校得八字。

卷六末葉識曰:訂正七十八字。再校得十九字。

卷七末葉識曰:十月初三日晨陰,山氣陰肅,校此訂正四十三字。再校得十八字。

卷八末葉識曰:校此卷畢,雲開日出矣,訂正七十八字。再校得十七字。

卷九末葉補錄一則,並識曰:是卷改訂十字,補脫文一條三百零五字。再校得二十字。初三日游北安河,東觀稻田,登管家嶺,

---

①　翌年(1927)又以過雲樓藏影宋本校勘此書。

②　國家圖書館存一清影宋抄本,鈐"雙鑑樓藏書印",傅增湘手校,然無跋識。

瞻龍虎二山,歸,秉燭書此。

卷十末葉識曰:此卷改訂三十四字。再校得十六字。丙寅十月初四校畢,時羣峯雲迷,陰寒釀雪,明日將束裝出山矣。

附紙長跋,此跋詳於《題記》之文,曰:《冷齋夜話》十卷,宋僧惠洪著。日本五山刻本,半葉九行行十八字,卷一至五,日本人舊鈔補足,題元龜三年記。考元龜三年為中國隆慶五年辛未,距今三百六十年矣。鈐有瑞林寺、一覽亭諸墨記,蓋亦彼國流傳之古籍也。《經籍訪古志》載求古樓藏舊刻本,疑與此為同種。余數年前得之於董綬金大理,取校《稗海》刻本,凡卷首捻目每則標目,《稗海》本皆無之,計增訂改易之字,凡六百三十有奇,卷三脫“詩一字未易工”一則,凡五十六字,卷九脫“開井法禁蛇方”一則,凡三百五字,綜核全書改訂之字一千有餘。考《皕宋樓藏書志》有元至正癸未三衢葉氏刻本,言舊本訛謬,兵火之後幾不傳於今,本堂家藏善本,與舊本編次大有不同云云。疑倭人傳摹或出於此,故視世行本差異乃懸絕也。洪本筠州儒家子,為彭乘之姪,工詩詞,交游名勝,所記多遺聞逸典,旁及友朋嘲噱,筆致明儁,亦文瑩《湘山野錄》、《玉壺清話》之亞,提要摘其標目繆誤,為俊人妄加,然誇詡之詞,殆亦不免。晁公武詆其多誕妄偽託,殆非苛論也。丙寅九月入西山營葬,負土之隙,因徧游金仙菴、水塔園、香峪、鰲魚溝、管家嶺、清水院及秀峰、蓮花、西峯諸寺。午餽而出,下春而歸,歸則秉燭研朱,從事斠勘,凡得二十餘卷,此書亦丙舍篝燈所點定也。聊記於此,以示後人。藏園居士沅叔記。

《雲麓漫抄》首葉鈐“藏園校定羣書”印。卷一末葉識曰:庚午九月初三日,據洗桐軒鈔本校於戒壇寺東院北軒。沅叔記。

再識曰:戊辰七月望日,諷經圓通寺,校閱此卷。

卷二末葉識曰:戊辰中元日校。

再識曰:辛未五月初三日校。

卷三末葉識曰:辛未五月十七日校。

卷四末葉跋曰:此帙前年曾以鬱岡齋鈔本校過,卷中朱筆是也。昨歲見徐梧生書有此本,洗桐軒鈔藏,歷經李璋煜及塙葉山房所藏,徐星伯為之跋①,今用以覆勘,出前校外頗得數十字,餘則多同,疑同出一源也。自庚午九月迄今,凡八月,作輟不恆,僅得終卷,可嘆也。藏園老人記。

《避暑錄話》卷下末葉跋曰:莫楚丈藏鈔本《乙卯避暑錄話》,有錢遵王、秦西巖藏印,中有夾籤,是鮑淥飲筆,云乾隆辛丑吳門陸白齋先生見惠,蓋明鈔之傳流有緒者。每葉廿二行行二十二字,遇宋帝皆提行。取校此本,增改至多,與葉調生校刻本多合,且有較葉刻為勝者,蓋葉刻本於黃蕘翁鈔本,其原實出萬曆項氏刻四卷本。此乃弘治鈔本,固出其前也,惟此本下卷有"人物志"一條,項刻本亦有之,而調生刻本獨遺之,殊難索解耳。序別錄於卷首。項刻本余有之②,至罕覯。丙辰六月初十日,增湘。

《清波雜志》校勘卷上,校改甚多,無跋。

《遂昌雜錄》卷首識曰:明鈔《說郛》本采此書十六條,校過,溢出"孝感"一條,別紙錄之③。丁巳七月十六日,沅叔。

《酉陽雜俎》卷二十末葉識曰:據明鈔《說郛》本校數十條。丁巳七月十三日,沅叔。

《宣室志》卷一末葉識曰:壬戌二月十一夜校。

卷二末葉識曰:二月十二日校。

----

①　徐松題識見《藏園羣書經眼錄》。

②　項刻本及莫棠藏明寫本均著錄於《藏園羣書經眼錄》。

③　卷末另紙補錄。

卷三末葉識曰：二月十二日校。

卷十末葉補錄李賀事跡一則，並識曰：明弘治鈔本《說郛》選錄此書止八則，"李賀"一事為刊本所無，為錄如右，餘七事文字有異處，校改於本條上，並以朱圈記之。丁巳七月十三日，沅叔書於京寓。

《宣室志補遺》卷末葉跋曰：繆藝風前輩校本《宣室志》，每條各注卷數，蓋取《太平廣記》對勘者，前日假之子壽世兄，攜來山中，照臨一本。余《廣記》別臨校宋本，異時當取以重勘焉。壬戌二月十三日，沅叔記於大覺寺之別院。

《河東先生龍城錄》卷下末葉識曰：用明弘治鈔本校過，鈔本少七條，異字亦不多。沅叔。

《鶴林玉露》卷首跋曰：綬經同年自南方寄來明小字本，半葉十二行，每行二十四字，有人以朱筆校過，據跋云以元鈔殘本、吳氏叢書堂抄校本、天一閣明鈔殘本校定。其校例殊不清晰，蓋擇其是者從之耳，茲仍照之移錄各卷。失載諸條，但著其目於後，緣近日涵芬樓已補刊之，不盡錄也。余別有日本活字本①，分天地人三集，凡十八卷者，其根源甚古，異日再取以覆勘之。丁卯三月，沅叔記②。

卷一末葉識曰：丙寅十二月二十七日校。

卷二末葉識曰：丁卯正月元日校。

卷三末葉識曰：丁卯元日校。

卷四末葉識曰：丁卯三月十四日，校于鳳邁丙舍。

卷五末葉識曰：丁卯三月十八日，校於鳳窩。

---

① 係楊守敬舊藏。

② 《藏園羣書題記》所跋此書，與此不同。

卷六末葉識曰：丁卯三月十九日，校於鳳窩。

卷七末葉識曰：三月廿二日校。

卷八末葉識曰：三月廿二日校。

卷九末葉識曰：三月廿五日校，是日風霾晝晦。

卷十末葉識曰：丁卯三月廿七日校。

卷十一末葉識曰：二十七日午刻校。

卷十二末葉識曰：三月廿七日校。

卷十三末葉識曰：廿七日校。

卷十四末葉識曰：廿七夜校。

卷十五末葉識曰：三月廿七夜校。

卷十六末葉識曰：丁卯三月廿八日校完。

《侯鯖錄》卷首識曰：用明鈔《說郛》本校定各條。戊午十二月十三日，沅叔。補入一條。

三日後再校識曰：戊午十二月十五日，又據舊鈔本校補，其詳別錄之①。沅叔。

《江隣幾雜志》卷首鈐“增湘私印”，識曰：校明叢書堂鈔本，補十六條，錄以別紙。沅叔記。

卷末葉識曰：頃假得天一閣寫本於密韻樓，校閱一通，缺三十九則，或後半殘佚也。今以朱點記其上，其無記者皆鈔本所脫。又鈔本次第微有不同，今亦不盡記焉。丙寅六月初六日，沅叔記。

鈐“增湘”、“沅叔”印。

《桯史》卷一末葉識曰：戊午重陽後一日校。

卷二末葉識曰：十月初二日校。

卷三末葉識曰：十月初二日校。

---

① 《藏園羣書題記》有長跋，可參。

卷四末葉識曰：十月初三日校。

卷八末葉識曰：十月初八日校。

卷十二末葉識曰：十月二十九日校。

卷十三末葉識曰：己未三月二十七日校。

卷十四末葉識曰：二月二十七日校。

卷十五末葉識曰：昨歲借京館藏本，祇得十二卷，頃又假羣碧樓藏書補校，二日而畢。兩本皆元明遞修宋槧，所存不過二三，然佳處亦正自不尠也。己未二月二十七日，沅叔手記。

《厚德錄》卷二末葉識曰：四月初八日校。

卷三末葉識曰：浴佛日。

卷四末葉識曰：丙寅四月初九日，依宋刻《百川學海》校，增改凡九十字。藏園主人記。

《螢雪叢說》慶元年東陽俞成序末葉識曰：校明鈔《說郛》本，異字殊尠。丁巳七月十五日，沅叔記。

《孫公談圃》卷下末葉補錄一則，並識曰：校明鈔《說郛》本，補錄一則，並增改近百字。丁巳中元日，沅叔。

《後山居士詩話》卷末葉識曰：丁巳七月十六日，用明鈔《說郛》本校過。沅叔。

《齊東野語》卷一末葉識曰：戊辰二月十七日，據明正德本校①。

《山房隨筆》卷首識曰：據明弘農楊氏鈔本說部校，原本十一行二十二字，原本溢出十條，當別錄附後。增湘記，丙辰五月十四日。

卷末葉識曰：己卯八月二十二日依明寫藝海彙函本校正。藏

---

① 此書版式不一，行款字體亦參差。僅校勘前一二卷。

園老人手識。（書號526）

漢魏叢書三十五種二百八卷

　　明程榮輯。明萬曆程榮刊本，半葉九行行二十字，小字雙行同，白口，左右雙邊。鈐"結弍廬藏書印"。

　　各部帙藏園先生跋識語錄如下：

　　《京氏易傳》目錄作"京房易傳"，子書正文題作"京氏易傳"。卷下末葉藏園過錄沈彤跋語，曰：此本從《漢魏叢書》鈔出，以毛氏《津逮秘書》內所有校勘，又似參以宋人所引，及愚蒙意見，凡正誤、存疑、增減、塗乙幾二百件，而其顛倒舛譌者尚不可以數計也，又安得宋元善本而為之掃地更新也耶？校勘以初九日起，十三日畢。八月丁卯記。

　　此後藏園又跋曰：此沈杲堂手校本[1]，余前歲得之吳門靈芬閣徐敏甫[2]。《京氏易傳》苦無善本，新獲天一閣本，視此亦少異同，因取沈校本移錄焉。原本有馮定遠小箋及沈氏批語，皆不錄，但錄其改正之字句而已。己未十月十九日，江安傅增湘記。

　　《春秋繁露》卷末葉趙萬里識曰：己巳仲冬校涵芬樓藏明抄本，凡旬日而畢。明抄本每半葉十行行十八字，其勝處與《永樂大典》本合者約十之七八，蓋出於宋槧無疑。海寧趙萬里記於北平寓居之舜盦。

　　《獨斷》卷下末葉識曰：戊午五月中瀚，據明刻《百川學海》本校勘一過。增湘記。

────────

　　① 今存《沈杲堂全集》，其卷八有"書《京氏易傳》校後"之章，所云歷來叢書本之舛謬、馮班小箋，與此跋無不相合。沈彤校本見諸《藏園羣書經眼錄》。

　　② 清光緒十三年蘇州吳縣靈芬閣徐氏曾以木活字刊行張金吾《愛日精廬藏書志》。

《元經薛氏傳》卷一末葉識曰：丁卯五月十二日校。

卷二末葉識曰：五月十九日校。

卷三末葉識曰：五月廿一日校。

卷四末葉識曰：丁卯夏至後一日，宿清水院，校明鈔本畢。沅叔。

卷六末葉識曰：戊午正月二十七日早起校。

《續元經》第十末葉過錄盧文弨識語二則，並識曰：戊午正月游廠肆，搜得抱經老人手校殘本存五之十，移寫此本。增湘。

其後跋曰：盧校不著明自何本出，然間有題宋本作某者，意朱筆所校皆從宋本改正也。中卷八補奪文七葉，屬渭卿鈔補以足之①，惜前四卷已佚，館中有明鈔本，暇當取校，以彌其缺，庶成完璧耳。二月初四日，沅叔再記。

《逸周書》目錄末葉跋曰：前日自北京大學假得《古今逸史》，中有惠定宇手校諸種，其《逸周書》乃得宋刻校正者，緣其罕覯，而余於《漢魏叢書》獨此種未經勘過，因移其校筆於此本上，凡三日而畢。抱經校刊周書，亦曾景及惠氏校本，今取以核對，頗有數處宋刻佳勝而抱經竟漏略未取，反引他書為證，殊難索解。余別撰有跋②，暇時當寫坿於此本後焉。辛巳冬月晦日，藏園手誌。

卷一首葉錄惠氏校本鈐印：定宇、惠棟之印、西莊居士、王鳴盛印。

卷三末葉識曰：辛巳十一月初九日校。

卷五末葉識曰：十一月初十日校。昨夕傳日本軍已攻取香港，英守軍盡降。

---

① 渭卿當指凌渭清。

② 跋文見於《藏園羣書題記》史部二。

卷七末葉識曰：十一月初十日燈下校。

卷十末葉過錄惠棟識語一則，並識曰：辛巳十一月初十日校畢。沅叔記。

《趙飛燕外傳》卷末葉識曰：乙亥八月二十五日，據明鈔《說郛》本校正。清泉野叟記。

《南方草木狀》卷上末葉識曰：明鈔《說郛》收此書，取以對勘，乃獲佳勝，可喜也。藏園識。

卷下末葉識曰：乙亥八月二十五日，攜明鈔《說郛》本校於萬壽山之邵窩，補奪文一條，改正一百二字。藏園老人記。

《素書》目錄末葉識曰：前日游白雲觀，觀正統本《道藏》，從方丈陳毓坤假得殘本五十冊①，先就此書校讀一過，改正殆百許字，以此例之，他書所得蓋可知矣。戊午正月廿六日，增湘記。

《新語》校而無跋識。

《潛夫論》目錄及各卷末葉過錄馮舒題識②，並識曰：江南圖書館藏鈔本《潛夫論》，乃影寫明沈與文所翻宋本，而馮已蒼校定者。戊午三月以部檄調取來都，竭一日夜之力，勘讀一過，仍付符廳長還之。傅增湘謹識。

卷三末葉識曰：戊午三月二十日校。

卷八末葉識曰：三月二十一日校。

《中論》卷上末葉識曰：十五夜校。

全書卷末葉過錄黃丕烈跋語一則，並識曰：此故人吳佩伯藏書③，昔年曾過校於嘉靖刻本，今佩伯歿已二年，遺書盡出，此書得

---

① 　今存江朝宗撰“白云觀陳毓坤方丈傳戒碑記”。

② 　《藏園訂補郘亭知見傳本書目》著錄此馮舒校本。

③ 　當與子部《中論》（書號142）之則參閱。

歸於余，更取此本再校一通，擲筆惘然，不勝人琴之慟。丁巳十二月十七日，江安傅增湘記。

《商子》卷一末葉識曰：從瞿鳳起世兄假得馮知十鈔本，校於孫氏晨秋閣。沅叔記，癸酉四月初七日。

卷二末葉識曰：初七夜，雨窗校①。

《人物志》鈐"藏園"、"沅叔"、"書潛"、"傅增湘"、"雙鑑樓"、"增湘"、"沅叔手校"印。書末葉識曰：正德刊本，八行十六字。開卷結銜即與程本異，且每卷列目之後接連本文，其源於舊本可知。程氏改其結銜，刪其目錄，而加入己名一行，妄誕知其矣，今取勘一遍，其九徵篇即脫去正文兩句注兩句，其餘誤字亦略有改定。宋本不得見，得此以正俗本之失，亦差自慰矣。丙辰六月，沅叔記。

《風俗通義》卷二末葉識曰：丁巳上巳日校畢。

卷四首葉識曰：此卷以下據劉翰臣藏元刊初印本校②，其原校影元本，脫誤之字加朱點以別之。

卷末葉識曰：甲戌五月二十八日，重校於香山無梁殿。

並跋曰：元刊初印本存卷四至十，半葉九行行十七字，大字方整，細黑口，四周雙闌，紙背有文字，為元貞時官牘，收藏有晉府書畫之印、敬德堂圖書印、子子孫孫永保用諸印。校讀一過，視瞿氏本補版後印者遠勝。藏寶應劉君翰臣家，翰臣亦撰有長跋，其文字改訂處當別記之。甲戌五月廿九日攜入香山，宿于無量殿，校畢識其梗棨於右。藏園老人書。

卷五末葉識曰：五月二十九日校。

卷六末葉識曰：五月二十九日午餐後校。

---

① 參見子部《商子》（書號6829）之則。
② 《藏園羣書經眼錄》著錄此元刊本。

卷七首葉書眉識曰：本卷所校沈氏殘元版與此本正同。沅未記。

第一葉背面第一行書眉識曰：元刊殘葉自此起。

第七葉背面書眉識曰：元刊殘葉止此，沈無夢藏。庚午十月，藏園校。以藍筆校元刊殘本。

本卷末葉識曰：五月廿九日校。

鈐“沅叔”印。

卷八末葉識曰：五月廿九夜，揮汗聽虎喘。

卷九末葉識曰：五月廿九日，夜二鼓校畢。

卷十末葉識曰：甲戌五月二十九日，校於靜宜園無量殿。元刊本卷末有嘉定時丁氏跋七行①，校畢，遵其行格錄存左方。原本缺前三卷，坿記於此。藏園志。

《劉子新論》目錄末葉跋曰：昔年在南方收得明藍格寫本，半葉十行行十八字，乃范氏天一閣藏書。取校此刻，是正殊多，然大抵與《子彙》本相同。世無宋刊，當以《子彙》本為最善，惜不言其所從出，要亦出於舊鈔，與此同源耳。京館藏瞿氏寫贈本，號為影宋，曾對勘一過，寔出《子彙》本，世人以耳為目，可嘆如此。沅叔記，辛酉四月。

卷一末葉識曰：辛酉浴佛日，據天一閣鈔本校。

再識曰：癸亥十一月初九日，據明活字本校于清泉吟社。

卷二末葉識曰：辛酉四月初九日申刻校。

卷三末葉識曰：辛酉四月初十日校。

卷四末葉識曰：辛酉四月十二日校。

卷五末葉識曰：四月十三日辰刻校。

---

①　題識之後手錄嘉定十三年刊記七行。

卷六末葉識曰：四月十三日校記。

卷七末葉識曰：四月十三日午後校。

卷八末葉識曰：四月十三日申刻校。

卷九末葉識曰：四月十三日未刻校。

卷十末葉識曰：四月十三日甲刻校畢。

二年後又識曰：明活字本半葉九行行十五字，有璜川吳氏、惠定宇、汪閬源、潘椒坡諸家藏印，黃蕘圃跋錄如左方。

並跋曰：前月南游過上海，見活字本《劉子》十卷，審是明正德以前所印。有黃復翁跋，舊藏陸叔同許，急蹤跡之，已為許君博明所得①，僅得一寓目，記其行款而已。既而晤陳子乃乾②，已假得校錄一過，因乞其校本以歸。昨日緣卜塋地，來西山住清泉吟社，乃就此刻迻寫。天寒晷短，兼以雪風凄緊，霜月清嚴，十指如椎，圍爐呵硯，竭兩夕之力乃畢。活字本脫漏至多，其佳處往往與余藏天一閣寫本相同，故余併錄之此刻上，後之覽者可展卷而較量其得失也。歲在癸亥十一月初十日，傅增湘識③。

《神異經》卷末葉跋曰：莫丈楚生藏明刊本，半葉十行行十八字，尚有《江淮異人錄》、《雲仙散錄》各種，楚丈疑是袁氏文房小說本，然余有此書，三種皆不在內，要是別一叢刻耳。取校此本，開卷標題不同，篇中亦增改數字，缺字則兩本皆同，蓋亡失久矣。丙辰八月二十五日，將為雁蕩之游，倚裝記此，增湘④。

---

　　① 許厚基，字博明，蘇州藏書家。詳參潘景鄭《著硯樓書跋》（上海古籍出版社，2007年）。

　　② 陳乃乾，浙江海寧人。民國之初，曾協助陳立炎在上海開設古書流通處。精通版本目錄之學。

　　③ 《藏園羣書題記》有長跋敘黃丕烈校宋本。藏園先生自1914至1941年間多次以敦煌遺書《劉子》殘卷進行校勘，可與子部《劉子》（書號149）及《題記》參閱。

　　④ 此校比《藏園羣書題記》該書跋早二十餘年，可參閱。

十二年後又補錄一則,並識曰:據明鈔《說集》校讀,增訂七十餘字,補佚文一則,勝於前校明刊本遠矣。戊辰二月,沅叔記。

《別國洞冥記》行間校正頗多。卷一末補錄兩則。卷二末葉補錄四則。卷三末葉補錄二則①。卷一首葉書眉識曰:《太平廣記》所引七條,據談刻本校改。壬午十二月初四日記。

《論衡》目錄末葉章鈺識曰:乙卯九月,為江安傅沅叔同年傳校一過,凡楊星老別校他本及案語,均揭明本條,其不揭明者,皆校宋刻也。十五日,長洲章鈺記。

鈐“式之”、“章式之讀書記”印。(書號524)

尚白齋鐫陳眉公訂正祕笈二十種四十八卷

明陳繼儒輯。明萬曆三十四年沈氏尚白齋刻本,半葉八行行十八字,白口,四周單邊。鈐“古虞沈旭止曾有之”、“惕齋”、“沅叔手校”、“雙鑑樓”印。

各部帙藏園先生跋識語錄如下:

《玉照新志》首葉書眉跋曰:庚申正月,借蔣孟蘋藏影元人寫本,校讀於鄧尉山中。時方同許子彥探梅梁溪,回棹經吳門,連夜入山,往返五日。此書五卷,亦適勘畢。浴佛日,沅叔記於京都藏園食字齋。

卷末過錄至正王貴跋識一則。

《雲煙過眼錄》《續錄》行間校勘甚多,而無跋。

《陳眉公重訂學古編》吾邱衍序言末葉跋曰:頃晤周叔弢世兄新購此本,為舊人朱筆校改,云是據一鈔本,第無題識,未知為誰,何人原本。有鄭杰之印白文印,又岳生朱文印。因假來,竭一夜之

---

① 此校別有跋,見於《藏園羣書題記》。

力移錄於茲本上，竢異時刻本再核之。辛未八月十日，藏園居士傅增湘記，時日本強據瀋陽已三日矣。

鈐“藏園”印。（書號 528）

亦政堂鐫陳眉公家藏廣祕笈五十二種一百一卷

明陳繼儒輯。明萬曆刻本，半葉八行行十八字，小字雙行同，白口，四周單邊。

各部帙藏園先生跋識語錄如下：

《滄浪詩話》卷末葉識曰：文友書坊見舊鈔《滄浪吟卷》一冊，漫爾勘過，佳處絕少，於原文時有刊落，豈傳本詳略有異耶？戊辰五月八日，沅叔漫記。

鈐“沅叔手校”、“二十年中萬卷書”印。

《風月堂詩話》卷末葉識曰：海上得明藍格鈔本，十行二十字，乃自范氏天一閣流出者，書分三卷，與世行本異。取勘此本，“聚星堂”條脫一行，“論詩”條脫一行，“元豐之末”一條下中空十五行，乃接“令作對”、“隨家雞”云云，刻本乃不空，此皆犖犖大者，其餘單詞隻字，改訂尚多，校畢為之忻慰無已。丙辰三月十三日，自西湖回津，意緒無憀，炳燭畢此卷。時距婉如之逝，已二十五日矣，傷哉。沅叔。

鈐“藏園”印。

《老子解》卷首葉跋曰：錢叔寶手鈔蘇子由《老子注》[1]，半葉十六行行二十字，有叔寶、文嘉、文彥可、謝林邨氏珍藏書畫、汹州

---

[1]　《藏園羣書題記》有跋文關於錢叔寶鈔本，內容相近而文字有別，且為二十餘年後辛巳年（1941）五月所作，還可參閱上文《潁濱先生道德經解》（書號 235）和《老子注》（書號 8348）之則。

諸印記。羅君子經由上海寄來,以寶顏堂《廣笈》本對勘,計改正二百一十三字,增加三百九十七字,刪落一百七十九字,乙轉三十四字,通計八百二十三字。此書刻本不多見,焦刻本外惟此寶顏堂本,而脫失乃至如此,設非得此名鈔,安能發其誤耶? 戊午四月八日,增湘記,時小雨初霽,病中猶御棉衣也。

《王氏談錄》卷末葉識曰:戊辰正月二十一日,依明鈔本《說集》校正。藏園主人。

《腳氣集》卷末葉識曰:全書改訂凡七十一字。九月十七日,沅叔記。

并跋曰:宿遷王氏藏舊鈔本,十行二十字,書法既雅,格式亦古,似從善本影出。取校此寶顏堂本,乃殊少勝異,篇中改字數十,多是誤刻所致,於大體無關,惟不分上下卷,猶存古式,差可貴耳。自重陽開校,人事紛擾,作輟不恆,至今夕始畢,已閱八日矣。丙子九月十七日,藏園老人記。

《化書》卷六末葉跋曰:蔣君孟蘋藏宋刊本《化書》,半葉八行行十六字,白口,左右雙線,版心注化一化二等字,下方記刊工名一字,貞字闕末筆,構字不闕,蓋北宋刊本也。有“董俊”、“董氏仲顥”朱印,“康綸鈞號鳳書號伊山”、“康觀濤字用于號海槎”墨印。後有明人跋,不署名,前有綸鈞嘉慶十七年跋。庚申二月初七,傅增湘校畢因記[1]。

《席上腐談》鈐“藏園老人六十以後手校”、“傅增湘”、“沅叔手校”印。卷上末葉識曰:乙亥十月二十七日,依明朱野航鈔本校勘。藏園。訂正五十二字。

鈐“傅增湘”印。

---

[1] 此跋詳於《藏園羣書經眼錄》著錄。

卷下末葉過錄明弘治竹野山人沈文題識及商丘宋無志跋文。
（書號530）

亦政堂鐫陳眉公普祕笈一集五十種八十八卷

明陳繼儒輯。明刻本,半葉八行行十八字,白口,四周單邊。

各部帙藏園先生跋識語錄如下:

《朝野僉載》通篇校勘,而無跋識。

《孔氏雜說》鈐“沅叔手校”、“二十年中萬卷書”、“藏園”印。卷一末葉識曰:甲戌嘉平月七日,據吳兔床藏鈔本覆校。藏園老人手識。

卷二末葉識曰:甲戌臘日校竟此卷。書潛澗志。

卷三末葉識曰:十一月初四日校。

再校識曰:十二月初九日校。

卷四末葉跋曰:明鈔《清江三孔集》為華亭朱文石舊藏①,《毅父集》前載雜說一卷,半葉十行行二十字。以此本勘之,改訂殊多,卷末“列侯夫人”以下七條,《墨海金壺》木無之,提要疑是沈訖所補鈔,殆未必然,當是原書所有,而傳鈔者遺之耳。此書余昔年曾據金耿菴寫本校過,改訂處大率與此本多同,惟墨海本訛誤轉多,反不若此明代陋刻為足據,嘻,異哉! 戊辰十一月初五日,藏園校畢坿記。

鈐“雙鑑樓”印。

淳熙沈訖跋文之末又識曰:甲戌十二月初九日,據吳兔床、陳仲魚鈔校本覆勘一過。藏園老人手識。

---

① 可參見《藏園羣書經眼錄》“三孔先生清江文集”之則,以及下文集部此集校勘之跋文。

鈐"沅叔手校"印。（書號531）

續祕笈五十種九十九卷

明陳繼儒編。明萬曆刊本，半葉八行行十八字，白口，四周單邊。

《南唐近事》鈐"沅叔手校"，卷末補錄一則，而無跋識。

《桂苑叢談》以《太平廣記》、《國史補》校勘，無跋。（書號532）

寶顏堂彙祕笈四十二種八十三卷（存四十一種八十二卷）

明陳繼儒輯。明刻本。行款不一，白口，四周單邊。

《兼明書》卷五末葉識曰：字書以下據椒微師藏明鈔本校，丁丑五月，沅叔記。（書號533）

古今說海一百三十五種一百四十二卷

明陸楫輯。清道光元年酉山堂邵松岩翻明嘉靖陸楫儼山書院刊本。

各部帙藏園先生跋識語錄如下：

《江南別錄》《四庫提要》之末葉識曰：明弘治十八年鈔本《說郛》全收此篇，取校一過，異字極多，知其原舊矣。沅叔志。

《三楚新錄》卷一末葉識曰：七月二十九日校於清水院。

卷二末葉識曰：七月晦日，晨起校於清泉社，未終卷，未刻還京師，遂點訖。

卷三末葉識曰：明鈔《說郛》卷四十收此書，取校此刻，增訂至不可勝計，乃知明人刻書，信多刪改，不得古鈔，烏從正之耶！書潛志。

《溪蠻叢笑》慶元葉錢序末葉識曰:依明叢書堂鈔《說郛》本校過。戊午十二月十二日,沅叔記。

《遼志》卷末葉識曰:用明鈔本《說郛》校定。戊辰七月二十七日,宿於清泉吟社。

《金志》卷末葉識曰:七月廿八日,校於清泉吟社,據明寫本《說郛》所收也。書潛偶志。

《蒙韃備錄》卷末葉識曰:用弘治十八年鈔本《說郛》校過。丁巳七月二十日,增湘記。

《北邊備對》卷末葉識曰:戊辰五月二十一日,依明鈔《說郛》校定。藏園記。

《桂海虞衡志》卷末葉識曰:丁巳七月,用弘治十八年鈔《說郛》本校正。增湘手識。

《真臘風土記》《四庫提要》末葉識曰:用明弘治鈔本《說郛》校勘,改正處皆致佳,惜"貿易"以下各條鈔本未收,無從取正耳。沅叔記。丁巳七月十九日。

卷首葉識曰:據明鈔《說郛》校過,壬戌六月覆校,又改定數十字。沅叔記。

《北戶錄》書眉行間補錄甚多,首葉識曰:據鈔本《說郛》校定。藏園居士,壬戌六月補志。

《北轅錄》末葉識曰:用明鈔《說郛》本校訖。丁巳七月,沅叔。

《宣政雜錄》末葉識曰:戊辰五月十一日,依明鈔本校正。書潛記。

《靖康朝野僉言》末葉識曰:丁巳七月,依明鈔《說郛》本校改。沅叔。

《朝野遺記》末葉識曰:戊辰五月十九日,坐西崦精舍,淹留半日,校畢此卷,增入八則,鈔如別紙。沅叔記。

《聞見雜錄》末葉識曰：用明弘治鈔《說郛》本校訖。沅末。

《山房隨筆》末葉識曰：記出十一則，為《稗海》本所無。

《昨夢錄》末葉識曰：用弘治鈔本《說郛》校勘，原書收入第七十五中，與刊本殊異也。丁巳七月二十一日，沅叔志。

《談藪》末葉識曰：戊辰五月十三日，依明鈔《說郛》校。沅叔記，補二十則。

《睽車志》末葉識曰：依明鈔《說郛》三十三卷校定。沅叔，戊辰五月十三日記。

《古杭雜記》末葉識曰：丁巳七月，用明叢書堂鈔《說郛》本校過。沅叔。

《就日錄》末葉識曰：用叢書堂鈔《說郛》本校此刻，增入一條，錄之卷端，而著其異字於行間。丁巳七月，沅叔識。

《錢氏私誌》書眉補錄甚多，行間校正亦多，然無跋識。

《高齋漫錄》末葉識曰：據明潯南精舍寫本《說郛》校讀，補逸文一則。庚午十月十六日，書潛志。

《艮嶽記》末葉識曰：戊辰五月十二日依明鈔《說郛》本校正。沅叔記。

《煬帝海山記》首葉識曰：明寫本《說郛》卷三十二收“海山”、“迷樓”二記，因取此刻校正並錄跋語於上方。戊辰五月，沅叔。

《煬帝開河記》末葉識曰：丁巳七月，據弘治鈔本校過。沅叔。

《樂府雜錄》末葉識曰：明叢書堂鈔本只“安公子”以下各條完全，前半亦間采一二，取校此本，改正乃至多，其所取者每條上以朱圈記之。丁巳七月，增湘記。

《教坊記》末葉識曰：丁巳七月二十一日，校明鈔本訖。沅叔。

《北里誌》目錄末葉識曰：校明鈔《說郛》本蓋吳氏叢書堂寫本也，采此書僅及半，為改正如後。沅叔。

《青樓記》卷末葉識曰：丁卯歲盡，據明鈔本《說集》第十六卷校勘，並補序跋三首。沅叔氏志。

書眉補錄、行間校正亦頗多。卷末所補序跋實爲四首，係用"藏園鈔本"稿紙，左下方刊印"仿書棚本行格"字樣。（書號 527）

津逮秘書十五集一百四十五種七百四十八卷
（存一百四十四種七百四十六卷）

明毛晉編。明汲古閣刊本，行款不一，小字雙行，白口，左右雙邊。

各部帙藏園先生跋識語錄如下：

《焦氏易林》鈐"沅叔手校"、"書潛"、"雙鑑樓主人"、"藏園居士"印。

卷一末葉識曰：戊辰十月晦，依明寫本校訖[1]。書潛記。

卷二末葉識曰：戊辰冬月十四日，依明寫本校畢。沅朱記。

卷三末葉識曰：戊辰十一月二十五日，北風怒揚，黃塵漲天，嚴冽逼人，呵凍校此。

卷四末葉書眉識曰：卷末有淳祐辛丑直齋題識，成化癸巳安城彭華後跋，補錄於別幅。書潛坿志。[2]

《齊民要術》序言末葉跋曰：《齊民要術》，脫訛最多，不可句讀。明嘉靖有湖湘本，其奪誤即如此，以後刻本皆因之。嗣黃蕘圃得影宋本，乃得一洗其謬。陸存齋之《羣書校補》，所錄袁雙秋漸西村舍刻本，皆從此出，而於七卷以後均闕如也。羣碧樓藏明寫本，十行十七字，知源自宋刊，七卷以後均完善，段誦一過，卷十

---

[1]　據《藏園校書錄》，此明寫本爲朱文鈞舊藏。
[2]　此處附紙錄陳氏題識及彭氏跋。

"菖蒲"下補三十八行,"杌"下補二十行,此外脱一二行者尚多。此皆昔人所未及見者,而吾於無意中搜采得之,其欣愉為何如耶?庚申冬至,傅增湘校畢因記。

卷一末葉識曰:庚申九月二十三日,假羣碧樓明寫本校。

卷三末葉識曰:庚申九月二十四日校起,至二十六日得三卷。沅叔。

卷五末葉識曰:庚申十月初二日校。

卷七末葉識曰:十月初十日校。

卷八末葉識曰:十月十二日校。

卷九末葉識曰:庚申十月十二日校。

卷十末葉識曰:庚申十月十三日校。

《數術記遺》卷末葉識曰:宋刊本,半葉九行行十八字,細黑口,左右雙闌,版心上記字數,下記刊工姓名只翁遂一人,傳是樓藏本①。乙丑五月廿四日,從翼厂假得勘畢。傅增湘記。

鈐"沅叔手校"印。

《六一詩話》卷首葉識曰:《百川學海》本多異字,新春事簡,校寫一過。紅梅水仙香溢几案,研朱靜寫,亦樂事也。己未正月初十日,沅叔記。

《滄浪詩話》卷首鈐"二十年中萬卷書"印,卷末葉識曰:己未元日,研朱臨何義門評點本。增湘。

《後山詩話》卷首葉識曰:己未正月初十日,用《百川》本校《六一詩話》畢,又校定此卷。沅叔。

《彥周詩話》卷末葉識曰:己未正月初一日,臨義門先生平校本。沅叔。

---

① 據《藏園校書錄》,此係宋汀州刊本。

《竹坡詩話》卷末葉識曰:戊午大除夕,偶然至敞市,見義門批校之本,因假歸,移錄一通。增湘記。

《續詩話》卷末葉識曰:己未人日,據《百川》本校改數字。沅叔。

《二老堂詩話》卷首葉識曰:己未元旦,得何義門手評本,照寫一過。藏園主人沅叔氏識。

《紫薇詩話》末葉識曰:己未元日,臨義門先生評點本。增湘。

《石林詩話》書眉行間過錄何批頗多,卷末葉識曰:戊午歲杪,在廠市假得何義門平校詩話六種,己未正月二日臨畢此卷。是書別有《百川學海》本,不知文字視此何如,暇當取以校定之。藏園主人沅叔手識。

《廣川書跋》十卷,通書校勘甚細,然無跋。

《圖畫見聞志》卷一末葉識曰:辛未二月二十六日,校於暘台山清水院。沅叔記。

卷二末葉識曰:今夕飽食飥餺,不敢早眠,校完此卷已三鼓矣。二十六日,沅叔又記。

卷三末葉跋曰:二月廿七日,赴松岡壽藏視種松。午後策蹇游鷲峰山莊,過秀峰,扶筇直上絕頂,惜黃塵漲天,景色晦冥,四顧一無所見,殊負此行。回寺後張鐙校畢此卷,是書前三卷為元人寫本,較下三卷宋刊本改訂乃獨多①,何耶? 沅叔坿志。

卷四末葉識曰:二月二十七日校於清水院。

卷五末葉識曰:二十七日校畢已三更矣。

卷六末葉識曰:竭半宵之力,竟校全帙,然神倦目眵,疏漏或所

---

① 據《藏園校書錄》,此書以海虞瞿氏藏宋刊元鈔本校勘。可參《鐵琴銅劍樓藏書題跋集錄》(上海古籍出版社,2006 年)。

不免,以是知疾行無善步也。辛未二月廿七夜記。

《詩品》卷上首葉題識曰:依明繁露堂雕本校過,乙丑八月初八日,沅叔記。

《捫虱新話》卷首葉鈐"沅叔手校"、"萊娛室"印。

卷五末葉識曰:辛酉十二月十六日校于護國寺淩宅。

鈐"沅叔手校"印。卷中附紙鈔錄"鈔本所無者九條"和"鈔本有而刻本無者六條"之目。

卷十五末葉識曰:校叢書堂《說郛》,鈔本衹二十三條,與今刻本《說郛》所取不同,然以勘此本,則異處正多也。丁巳立冬次日,沅叔記。

另紙鈔"潮溪先生小傳"、黃丕烈題跋四則、"讀書當講究得力處"、"言語忠厚"、"論硯發墨"、"文人相譏"、"悟百丈不昧因果"、"王右丞畫渡水羅漢"、"陳先生捫虱新話上集"、"益序"十三則,並題跋一則,曰:敞市見《捫虱新話》校本,乃過錄士禮居主人手勘,因以墨筆臨於此冊。宋鈔一百則,各有標記,餘條有校字,當是據明刻本,然佳處乃至尠也。此書余前以明抄《儒學警悟》本校過,今又過臨宋鈔本,釐正益復不少,異日可據以付刊矣。辛酉十二月十三日,傅增湘記。

《西溪叢話》卷首藏園過錄黃丕烈題跋一則,并識曰:此本存翰文齋已數年,袁二曾以二百金購之不可得,今其值亦可稍貶矣,孟蘋屬為諧價,因留齋中,盡二日之力,移錄於此本上。至鶡鳴館,余曾收得之初印原裝,涵芬樓假以印行,此刻極難得,殊可寶也。癸亥正月二十九日,藏園主人沅叔氏志①。

鈐"萊娛室"印。

---

① 是年冬,藏園先生再臨勞權校本,見上文,書號174。

卷上末葉識曰：癸亥正月二十八日，藏園居士臨畢。

卷下末葉識曰：癸亥正月二十九日，藏園居士臨畢①。

鈐"萊娛室"、"沅叔手校"印。

《劇談錄》目錄葉跋文一則，曰：藝風老人手校本，多據談刻《廣記》所引，而溢出"元稹"、"桑道茂"、"裴度"、"李德裕"、"黃中君"各條，同年劉聚卿已刻入叢書中②，茲不鈔補，但取其異字著於篇爾。又，藝風未見明翻書棚本，以為必有佳勝，然余曾屬故人吳佩伯勘之，乃竟無一異字，疑毛刻固出於此本也。增湘記。

又附紙書跋曰：昔年曾假繆小山前輩校本移錄一過，意謂訂正精審，遂不復取《廣記》覆核。頃緣瀏覽說部，藉以遣日，因更檢《廣記》所引各條，逐條對勘，則其間異字脫文為繆氏所漏未照改者，殆十之七八，因竭兩日之力詳讀終卷。計《廣記》所收凡二十八條，文字乃有迥殊者，其"桑道茂"、"裴度"、"李德裕"各條，刊本固已有之，小山亦疏於檢閱耳。校書非手到眼到不可，若徒依傍前人，終恐不足自信也。壬申十月二十八日，藏園居士記。③

又有吳慈培跋文一則，曰：余頃獲明刻《劇談錄》，遇宋諱闕筆謹嚴，知為自宋本繙雕。傅丈出此《津逮》本屬校，文字之異通體寥寥，惟明本題"將仕郎崇文館校書郎康駢述"，此本不稱駢官稱其里貫猶可，謂所據本異，而"池州康駢"之上大書曰宋，開卷令人噴飯。子晉刻書漫不經意如此，何恠所刻無一善本。又明本有自序，惜闕前半葉，然猶可見著書梗概。黃蕘翁恆言書舊一日，必有佳

①　據《藏園羣書經眼錄》，黃丕烈復校錢曾校本，并參吳昱鳳臨何焯校本、鴞鳴館刻本，故藏園亦再過錄錢、吳跋識。

②　即劉世珩，字聚卿，安徽貴池人。曾刊刻《貴池先哲遺書》三十餘種，包括《劇談錄》。

③　卷末附紙藏園手錄《廣記》所引各條序號。

處,信然。癸丑日長至,慈培。①

《甘澤謠》藏園校而無跋。

《洛陽伽藍記》序言末葉識曰:壬戌伏日,用如隱堂本校,奪誤甚多,轉不及此本之善也。沅叔記。

卷一末葉識曰:壬戌伏日,苦雨連宵,兼患腹病,疲苦萬狀,力疾校此,聊以排悶耳。

卷二末葉識曰:六月廿四日校。

卷三首葉識曰:廿四日雨窗小坐,遂書此卷。沅叔。

卷四末葉識曰:壬戌荷花生日校。

《大唐創業起居注》卷一末葉跋曰:藝風老人藏鈔本,半葉十四行二十二字,是從黃堯圃家影宋本重錄者。老人即據此本刻入《藕香零拾》,今以此本對勘,則毛刻有數處於義為長,而反不取,此亦篤信宋本之過也。其得失別著於零拾中,茲不贅。藏園主人記。

卷二末葉識曰:壬戌十月初九日,校於藏園。

《洛陽名園記》校而無跋。

《老學庵筆記》為張宗祥代校,過錄陸子遹、訒庵張紹仁題識。

《東京夢華錄》孟元老序之末跋曰:宋本《幽蘭居士東京夢華錄》②,為汲古舊物,有毛氏父子藏印及宋本橢圓印。半葉十四行行二十二三字不等,高七寸一分,濶五寸三分,黑口,左右雙邊,板心題夢華卷之幾,下方間書刻字人姓名,缺序目二葉半,又卷十第六葉以弘治本鈔補。卷三第二三葉原本不可辨,前人以朱筆填補,然填字往往與弘治本不同,未知係從《津逮》本所補,抑別有據也。

---

① 吳慈培并鈔明刻本自序。

② 《藏園羣書經眼錄》記此本為元刊本,曾經袁克文收藏。

今以此本及弘治本各校一過，竢暇日再考訂之。沅叔，乙卯七月。

《唐國史補》卷之上鈐“沅叔手校”印，書眉處題識曰：壬申十月，檢《太平廣記》中所引各條，以藍筆校改於行間。《廣記》引書於文字往往刪潤，未必盡足據依，然足以供參証者正多，未可盡廢也。別有四條為今本所無，列其如左，其文當鈔存卷末。“山東士大夫類例”一百八十四、“源乾曜”二百二、“唐同泰”二百三十八、“胡延慶”二百三十八。藏園坿記。

卷之上末葉識曰：庚申祀竈日校，沅叔。①

《稽神錄》目錄首葉題識曰：甲子九月二十二日，以談刻《太平廣記》校畢，逸文三十三條，別錄坿後。時江夏楊祇庵、潞河張仲郊來園夜話②，五鼓始別去。逸文三十四條涵芬樓校印本已補入，不再錄。十月初四日，沅叔記。

《錄異記》趙清常後跋末葉空白處藏園跋曰：《廣記》中采此書最多，攜來山中檢勘之，凡得八十條，約得全書之泰半，然其中有十七條為刻本所無者，竢錄附於卷末，玆將其目著之左方，以此攷之，是此本亦非完帙也。“黃萬裕”八十六、“任三郎”八十六、“金蝸牛”一百卅五、“侯子光”二百八十四、“裴氏子”二百十一、“盧郁”三百七十三、“徐謝”三百九十三、“漳泉界”三百九十三、“洛京天津橋”三百九十四、“溪毒”三百九十七、“仙居異鳥”四百六十三、“戴勝”四百六十三、“蘆塘”四百六十九、“沙蝨”四百七十八、“水弩”四百七十八、“壁蟲”四百七十九、“白鷢”四百七十九、“含毒”四百七十九。壬申十月十五日，傅增湘清水院記。

《異苑》序末空白處藏園識曰：從羧夫前輩假舊鈔本一校，竭

---

① 《藏園羣書題記》之跋文詳敘歷年該書校勘，可參見。

② 張文祁，字仲郊，民國時期書法家。寶熙妹夫。

半日之力遂畢之。篇中異字殊少，前人謂從宋本出，恐不足信，其行格乃與毛刻同，疑鈔手從《津逮》錄也。乙卯七月朔，增湘。

《益公題跋》卷一末葉識曰：壬戌十月二十一日，依季滄葦鈔本校。沅叔。

卷三末葉識曰：壬戌十月二十二日晨起校。

卷四末葉識曰：壬戌十月廿三日，沅叔手校。

《樂府古題要解》藏園附紙錄陸東敘並跋及梁梧、柳僉跋語各一，並題識二則，其一曰：丁巳十一月十三日，校明鈔本訖①，並手寫陸東、梁梧兩序及柳僉、陸東兩跋。昨自天津馳歸，冒風寒頗不適，今日百忙中待醫不至，乘暇遂得終卷。坡公所謂曰病得閑，殊不惡也。江安後學傅增湘記。

其二曰：嘉興李廷棟持明寫本《樂府古題要解》來相示，因據毛刻本校勘一過，異處極多，卷上脫“將進酒”一條，其餘增補句有極佳者，卷中低四格各按語，乃陸東所附記，詳其卷末跋語。前有陸東、梁梧刻書兩序，及柳僉、陸東兩跋，皆向所未見，至此書嘉靖曾否付刻，殊不可知，自來藏書目亦無此刻本，疑此當時備刻之底本也。沅叔謹識。

《揮麈前錄》書衣有跋，曰：景宋本《揮麈錄》，上海涵芬樓所藏②，卷中有毛子晉收藏各印，每卷各有“宋本”、“甲”印，蓋汲古舊物也。存《前錄》二卷，《後錄》十一卷，《餘話》二卷，缺《前錄》一二兩卷及《三錄》三卷。每半葉十一行行二十字，提行空格及缺筆一仍其舊，在毛鈔中可稱中駟。即以毛刻本校讀一過，誤字不及

---

① 此明鈔本今存國家圖書館，卷首有藏園戊寅年（1938）長跋及題詩，其跋已刊入《藏園羣書題記》，并有丁巳年（1916）十一月吳昌綬題詩，可參閱。

② 據《藏園羣書經眼錄》，乙卯年（1915）六月間借觀涵芬樓藏影宋抄本校勘《前錄》、《後錄》和《餘話》。

十,在《津逮》中最為善本,苐每卷首結銜及行格宋諱均已改易矣。《後錄》及《餘話》,每條約有陰識數目為刻本所遺,亦補入焉。吳門顧氏有宋刻三錄,為士禮居舊藏,佗日從鶴逸通假一讀,庶幾此書成完璧矣。乙卯溽暑,沅叔手記。

目錄末葉識曰:明鈔《說郛》第三十七卷收此書,計前後三餘,各錄合二十三條,取校一過,錄其異同於眉間,並於每條加朱識以別之。丁巳十月十八日,沅叔。

卷一首葉藏園識曰:此卷訂正三十五字。

卷二末葉識曰:壬戌十月初四日據汪氏抄本補校第一二卷畢。藏園主人。

六年後再校識曰:此卷訂正二十六字。戊辰十一月,依天一閣寫本復勘①。

卷三末葉識曰:訂正三字。

卷四末葉識曰:訂正二字。

全書末葉識曰:乙卯端午前日。

《揮麈後錄》卷一末葉識曰:乙卯五月十二日校,訂正四字。

卷二末葉識曰:乙卯五月十三日校訖,訂正二字。

卷五末葉識曰:五月十八日校正四字。

卷六末葉識曰:此卷訂正三字。

卷十末葉識曰:改一字。

卷十一末葉識曰:乙卯六月初四日校畢,改一字。

《揮麈三錄》卷一末葉識曰:此卷訂正十七字。

卷二末葉識曰:此卷訂正三十四字。

卷三末葉識曰:此卷訂正十五字。

---

① 據《藏園羣書經眼錄》,此天一閣藏鈔本有《三錄》。

《揮麈後錄餘話》卷一首葉識曰:訂正八字。

卷二末葉識曰:此卷訂正八字。

《邵氏聞見前錄》序言末空白處藏園題識曰:王叔魯藏明鈔本《邵氏聞見錄》①,假校一過,異處頗多,參以宋本,此書庶幾可誦矣。九月十六日,沅叔記。

卷五末葉過錄陳墫題識一則②。

卷六末葉識曰:乙卯二月朔再校訖。

卷七末葉識曰:乙卯正月廿三日校。

卷十末葉識曰:乙卯正月廿五日校。

卷十一末葉識曰:正月廿七日校。

卷十三末葉識曰:乙卯正月廿八日校。

卷十五末葉識曰:正月卅日再校訖。

卷十六末葉補錄兩葉半。

卷十七末葉識曰:三月二十日校。時南游桐廬匡廬歸,園中羣花半謝,獨丁香海棠盛開,惜予歸期之太晚也,似留此以待主人之歸。掩卷流玩,良用欣然。

卷二十末葉藏園過錄陳墫(西昀漫士)、沈辨之題識各一,並識曰:乙卯二月朔校畢。

再識曰:假沈子封前輩藏本,於三月二十三日校完,江安傅增湘記。

《邵氏聞見後錄》序言之末空白處藏園識曰:乙卯春,菊生前輩以所藏鈔本《聞見後錄》見寄,逾月乃校竟。蓋即所謂曹秋岳家

---

① 　王克敏(1873－1945),字叔魯,曾經任職北洋政府,1937年參加日偽政權。家傳“世悔齋”藏書。其住所鄰近藏園。蘇精《近代藏書三十家》有專章。

② 　陳墫校勘本今存本館,藏園專為此本撰跋,刊諸《藏園羣書題記》,并錄陳墫、沈辨之跋。

本也。蕘跋別錄於后①,其職思居本,今藏江南圖書館中,異日尚擬覆校,當必有勝處也。九月十六日,沅叔記。

卷一末葉識曰:乙卯二月二十六日,校於西湖小萬柳堂。時朝雨初收,嵐翠瀠窗而入,移硯夕照亭,南屏赤山,倒影明鏡中,前塵夢影,恍然遇之。

卷三末葉識曰:乙卯二月廿八日,舟行桐廬。

卷四末葉識曰:乙卯二月二十七日晨,由桐廬泝至七里瀧。

卷五末葉識曰:二月二十九日,自桐廬返杭,舟中看山,使人戀愛不已。

卷六末葉識曰:乙卯二月二十九日,歸舟過富春,大風雨,羣山雲擁如披絮帽。

卷七末葉識曰:二月廿七日,桐廬舟中再竟此卷。

卷八末葉識曰:二月二十九日,冒雨游玉泉,登發光題壁而歸,燈下校此卷。

卷九末葉識曰:三月初二日,校於小萬柳堂夕照亭。

卷十二末葉識曰:三月初二日晨,微雨,不出,坐夕照亭,再竟此二卷。

卷十三末葉識曰:三月二十八日,校於京厲勺園,時牡丹刺梅皆盛開。

卷十九末葉識曰:四月初二日校。

卷二十三末葉識曰:四月初四日校竟。

卷二十五末葉識曰:乙卯四月初五日校。

卷二十七末葉識曰:四月初八日,校於津厲。是日細雨微涼。

卷三十末葉識曰:四月初九日校畢。

---

① 黃丕烈跋文見諸《藏園羣書經眼錄》。

《春渚紀聞》卷一末葉識曰:辛巳六月二十一日,假德化李氏舊藏勞季言手校影宋本,又增訂數十字。時逭暑於昆明湖畔之雲巖山房。藏園老人①。

《避暑錄話》卷上首葉識曰:內有六條據宋本《仕學規範》校過。藏園,戊寅冬月記。

《茅亭客話》目次末葉藏園補錄清真子石京後序,過錄吳嘉泰題識一則②,並識曰:丙辰三月,假地山所藏吳氏鈔本校訖,际穴硯齋本微有不同,然同出于宋本則可決也。沉叔。

卷十末葉藏園過錄黃丕烈跋文一則,並識曰:此穴硯齋鈔本對雨樓所翻刻,取勘此本,改正頗多,不僅如黃氏所云正文有寫作小字之異也。乙卯秋初,沉叔。

《貴耳集》卷上末葉藏園過錄翁斌孫題跋一則、周星詒題跋二則,並識曰:照曠閣本卷中王景文一則,注影宋本有何處難忘酒四篇,曰與此正同,知從宋本出也。己未十二月十四日,校於津門。

卷下末葉藏園過錄姚咨題識一則。(書號534)

學海類編四百三十三種八百六卷

清曹溶輯。1920 年上海涵芬樓影印道光年間晁氏活字本。

各部帙藏園先生跋識語錄如下:

《三國雜事》卷末識曰:徐梧生藏書中有張紉安鈔本《三國雜事》,分上下二卷,貞字避作正,是宋本所出之証,取校此本,改定至五十字,以此知舊鈔之不可輕忽也。己巳正月,沉叔手記。

《安祿山事蹟》行間校改甚多。卷末識曰:《安祿山事跡》三

---

① 《藏園羣書經眼錄》有長跋。
② 吳嘉泰稱鈔本源自宋尹家書籍鋪刊本。

卷,知不足齋舊寫本,藝風老人得秦敦夫鈔本,校正大字,又取新舊《唐書》、《通鑑》校其小注,兹並逐錄於此本,俾後來者得所參証焉。壬戌二月十八日,傅增湘志。

《平巢事蹟考》卷末識曰:雲自在堪藏此書舊鈔本,為潘茉坡家物,卷中有前人校筆,曰勘讀一遍,就此本是正之。壬戌立冬後六日,藏園主人沉朱記。

《五國故事》卷上末葉識曰:庚申十二月望日校。

卷下識曰:沈同叔前輩藏國初寫本《琅函小品》中有《三楚新錄》、《江表志》及此書,曰校讀一過,各改正於篇。沆叔記。庚申十二月十五日校。

《江表志》卷下末葉識曰:庚申十二月十六日,據中隱堂鈔本校竟。沆叔。

《南唐拾遺記》卷末識曰:丙寅八月下浣,據吳兔床鈔校本勘閱一過。藏園主人。

《靖康紀聞》序言末識曰:前日閱肆,翰文齋架底得舊抄《靖康紀聞》半部,曰對勘一過,校正殊少。

《三楚新錄》卷首葉識曰:庚申十二月十五日,據中隱堂鈔本校,原書沈同叔前輩所藏也。沆叔記。

《南遷錄》序言末葉識語一則:繆小山前輩遺書中有鈔本《南遷錄》,乃陳仲魚校過者,據稱以吳氏拜經樓藏本校過①。取此刻勘讀,文字詳略大有不同,曰隨筆改正。時余方閱《竊憤錄》、《北狩聞見錄》等書,天道循環,為之輟筆三嘆②。沆叔志。

---

①　《藝風藏書記》(上海古籍出版社,2007)著錄此鈔本,并過錄吳跋。

②　因吳騫識語曰:壬戌之春,句容孫凱之來,示余此書並《北狩行錄》、《北狩見聞錄》,曰得較正若干字。菽園即凱之也,余,樸學齋老人也,年小凱之一歲。

《東宮備覽》卷一末葉識曰：壬申七夕立秋節，覆校一過。書潛手志。

鈐"沅叔"印。

《韻語陽秋》卷首補抄二葉。卷一卷首鈐"沅叔手校"印，末葉識曰：庚申九月初六日校。

卷二卷首鈐"沅叔手校"印，末葉識曰：庚申九月十七日校。

卷三卷首鈐"沅叔手校"印，末葉識曰：甲子十月二十二日。

卷四有補抄，末葉識曰：甲子十月二十三夜大雪。

卷五末葉識曰：甲子十一月初三日，大風黃塵晦天。

卷六第五葉補百餘字，末葉識曰：初三夜，大風不息，扃戶更竟此卷。

卷七末葉識曰：十一月初八日，津門雪夜。

卷八末葉識曰：十一月初八夜，坐栗齋寓樓校此卷。

卷九末葉識曰：十一月初八夜。

卷十末葉識曰：十一月初八夜，候車不行，再閱一卷。

卷十一末葉識曰：十一月初九日，回都校。

卷十二末葉識曰：初九日校。

卷十三末葉識曰：十一月初十日，月色清冷。

卷十四末葉識曰：十一月十一夜。

卷十五末葉識曰：十一月十六夜。

卷十六末葉識曰：十一月十六夜三更，月光清皎。

卷十七末葉識曰：十一月十九日，感寒不出，閉斗室中校此。

卷十八末葉識曰：十一月二十一日早，霧凇甚濃。

卷十九末葉識曰：十一月二十一日，仁先、繼湘①、治薌、祇庵

① 或即季湘，許寶蘅也。

來園夜話。

卷二十末葉識曰：二十一夕校此卷既盡，諸客仍擊缶。沅叔。

《顧曲雜言》有校勘而無跋。

《鐵圍山叢談》卷一末葉識曰：辛酉四月二十七日，校於藏園。

卷二末葉識曰：四月二十八日，雨窗校訖。沅叔。

卷三末葉識曰：辛酉四月二十八日，午後密雨不止，坐園中又竟此一卷。

卷四末葉識曰：辛酉四月二十九日，沅叔校於娛萊室。

卷六末葉過錄吳焯尺鳧、周季貺跋語，並識曰：辛酉四月，繆子壽自南來，攜有藝風老人遺書數篋，曰叚此種歸，校讀一通，其是正處不及鮑刻遠甚，然賢於此合字本多矣。五月朔，傅增湘記。

《甲申雜錄》卷末葉識曰：庚午閏月十一日，依宋刊本校定。沅叔記。訂正二十八字，多一條，少一條，其脫誤及別體字不計也。

《楊公筆錄》卷末葉識曰：戊辰正月二十日，據明鈔《說集》本校。沅叔記。

《志雅堂雜鈔》日錄之木藏園過錄戴光曾跋語，曰：右志雅堂雜抄，余有新舊二抄本，以此本校之，舛錯脫誤，實以此本為善。鮑氏藏書，每多善本，又經淥飲親自校正，此書藍筆、朱筆皆淥飲手校。余每得其書，輒寶藏之，蓋淥飲老矣，書多散失，一生心血，盡在於是，不易得矣。辛未八月，光曾記。

藏園再跋曰：此淥飲手校鈔本，不分卷，吳興張渭漁家藏[1]。敝估載之北來，為周叔弢世兄所得[2]，曰假歸以此刻校改之。曾見

---

①　張渭漁，清末民初浙江海寧著名藏書家，歿後，藏書散於琉璃廠書肆，傅增湘、張元濟曾經往來函札商議購買張氏書。此部書今藏國家圖書館。

②　此跋可補充周叔弢癸亥至甲子年（1923－1924）藏書記錄。

余秋室手寫付刊本,似與此校本相類,惜其書流傳絕少,無從得而勘正也。叔弢同時所得者尚有:錢遵王、何義門校《南部新書》,淥飲校《錢塘遺事》,蕘翁校《庶齋老學叢談》,皆致佳,異日當一一從而逐錄之。先志此以為左券。甲子正月初二日,大雪翔舞,寒光滿園,擁爐讀竟,炙硯記,沅叔。

卷一末葉識曰:甲子元日校。

卷三末葉識曰:甲子正月初二日大雪,坐園中校此。

卷四末葉識曰:甲子正月初二日雪窗校畢。

卷七末葉識曰:癸亥除夕,用鮑淥飲本校改。藏園主人。

卷八末葉識曰:癸亥除夕校。

卷九末葉識曰:甲子元日校。

卷十末葉補抄一則並識曰:甲子元日校。

《羅氏識遺》卷一末葉識曰:甲子五月二十八日依舊鈔本校定。

卷二末葉識曰:甲子五月晦日。

卷三末葉識曰:六月初二日校。

卷四末葉識曰:甲子六月十六日校。

卷五末葉識曰:六月二十四日荷花生日,游清泉社校此。沅叔。

卷六末葉識曰:廿四日午睡起,宿雨初收,攜同兒游蓮花寺,踰嶺登就松亭,坐看煙雲變滅,入暝乃返。

卷七末葉識曰:廿五日,自暘台冒雨出山,經退谷至盧師洞,宿於劉氏山館。夜深,萬籟俱寂,惟澗韻清泠,引人入定耳。

卷八末葉識曰:六月二十五日夜三鼓校。

卷九末葉識曰:二十六日晨起,攜同兒游靈光寺,回坐廊下頌畢。

卷十末葉跋曰：藝風堂新鈔本不知所從出，曾以朱筆勘過，然皆出於吳方山，弟其訛脫視此本為少。蓋傳錄既頻，烏焉帝虎自所不免，加以合字排比，沿誤更多，設非細校，殆有不能成文者。曰竭數日之力治畢，而仍以原本還之。甲子六月二十六日，沅叔記於盧師巖側。

《佩韋齋輯聞》鈐“沅叔手校”印。卷一末葉識曰：是卷增改五十二字。丙寅十一月初三日，沅叔記。

杭州得鮑以文手校寫本《顏氏家訓》、《寓簡》及此書，閑置箇中十餘年矣，今將斥以易米，爰校於此本上，脫文數則，讀畫齋本已有之，此外改訂之字凡二百一十。是書榛莽為之廓清，亦一快也。增湘補記。

卷二末葉識曰：是卷校正五十八字，初三夕。

卷三末葉識曰：是卷校正六十一字。初四日。

卷四末葉識曰：是卷訂正四十字，補脫文五則，別鈔坿入。丙寅十一月初四日，沅叔記。

補抄部分另紙附在本卷。

《東園友聞》補錄九則，過錄明代孫道易、金睿、南園老人張氏跋識，藏園又識曰：後四百零三年歲在丁卯①，江安傅增湘手錄於藏園之長春室。

右九則今《學海類編》本失載，曰手寫坿諸卷末，其次第各標於每則眉上，原跋言三十一篇茲僅得三十者，蓋學海本併胡汲仲一則於牧仲後也。藏園坿志。

鈐“藏園居士”印。

《古今畫鑑》卷末葉識曰：明鈔《說郛》全收此書於卷第二十

---

① 南園老人跋寫于明嘉靖三年。

二,取校茲刻,改增殆數百言,卷尾有論畫數十則,刻本《說郛》別出為《畫論》一卷,然其脫訛較此更甚也。甲子十月廿八日,沅叔記。

《明皇十七事》卷末葉識曰:明鈔《說集》第二冊全錄此書,據以校閱,訂正五十三字,惟缺"祿山來朝"及"素黃文"二則,疑小史遺脫也。戊辰二月十八日,藏園居士記。

《中吳紀聞》序言末葉藏園過錄何焯康熙庚辰十二月十九日跋文一則,又識曰:頃從文友書肆借得何義門手校本,照臨一過,其一鈔本以墨書別之,卷末有馮登府跋二則,不錄。丙寅九月十九日,傅增湘識。

卷一末葉識曰:丙寅九月既望,臨義門校本於鳳蓮丙舍。增湘志。

卷二末葉識曰:九月十六日,游金仙菴、澗上草堂、秀峰寺、楊氏園、貝氏園、清水院,薄莫還鳳窠,張燈校此,似少疲矣。

卷三末葉識曰:九月十七日校。

卷四末葉識曰:九月十七日,自溫泉回校此卷。

卷六末葉補抄一則,並識曰:九月十七夜校畢,月出東嶺矣。沅叔。

《西使記》卷末葉識曰:頃得《四庫》底本,有翰林院印及袁氏臥雪廬印,校誦一周,所改只數字耳。壬戌九月廿六日,沅叔記。

《桂林風土記》書眉及行間批改頗多。卷末葉跋曰:憶十年前為張菊生前輩收得檇李曹氏寫本,歷經黃椒升、張佩兼收藏,又經楊惺吾以《名勝志》各書考校,改訂頗多。頃來南中,篋中無書可讀,曰假來用此本對勘。連日游觀湖上,卒卒鮮暇,今日天陰如墨,寂坐無聊,始得畢事,曰題數字於後。壬戌八月二十五日,傅增湘志於西湖客次。是行也,夫人序珊及女兒豫文從焉。（書號535）

閻邱辯圃十種十五卷（存七種八卷）

清顧嗣立輯。清康熙顧氏秀野草堂刊本。"闕史"章首葉書眉題"校葉石君抄本"，該章末葉葉石君過錄明崇禎九年馮舒識語並跋及清道光十七年妙道人識語。書衣鈐"藏園校定羣書"印，内文鈐有"江安傅增湘字沅叔別號藏園"、"江安傅氏藏園鑑定書籍之記"、"抱蜀廬"、"江安傅增湘沅叔珍藏""雙鑑樓珍藏印"印。壬申年（1932）以明萬曆刊本《雁山志》校勘其中《雁山十記》之章①。

《雁山十記》章首葉鈐"沅叔手校"、"校書亦以勤"印，篇末藏園先生題識曰：頃于文德書坊得見萬曆辛巳胡汝寧重修《雁山志》四卷，十記收入藝文②，校勘一過，增改凡二十有五字。藏園記，壬申十月。

鈐"增""湘"印。（書號 2560）

楝亭十二種六十九卷

曹寅輯。1921 年上海古書流通處影印清康熙四十五年揚州書局刊本。《都城紀勝》卷末葉之跋見諸《藏園羣書題記》。《釣磯立談》校而無跋。

各部帙藏園先生跋識語錄如下：

《法書攷》卷一末葉識曰：依吳西齋舊鈔本校定。辛未二月廿九日，自清水院探杏回，書潛記。

---

① 藏園先生曾經三至雁蕩山游覽，1916 和 1920 年游覽時受到當地名士蔣希召（叔南）款待。

② 國家圖書館存胡汝寧撰《雁山志》，係明萬曆九年刻崇禎遞修本，版面頗漫漶。"雁山十記"為"藝文"最後部分。

卷三首葉書眉識曰：此下至卷六篇中刪落文字太多，不可校正，當照鈔一本以備重刊也。

此卷末葉識曰：辛未六月十八日校。

卷七末葉識曰：二月三十日校。

卷八末葉識曰：二月三十夜校畢，此卷顛倒紊亂，未易釐正，非別鈔一本不可讀也。書潛手記。

《硯箋》卷首葉跋曰：明鈔本《硯箋》，棉紙藍格，半葉十行行十八字，版心有"龍川精舍"四字，與余所庋《劉子》同，皆天一閣散出者也。校此刻一通，訂正不少，坿注改易尤多。余別有臨何義門校本①、張紉安手校本，皆不及也。卷一"硯說"下脫去十八行，別寫補入此葉。張紉安得黃蕘圃藏，手錄之，義門則未見，可云秘矣。丙寅立秋後一日，沅叔手書。②

鈐"增湘"印。

卷一末葉識曰：丙寅六月十四日，據天一閣鈔本校。增訂四十六字，補一葉，得二百四十五字。

卷二卷末葉識曰：丙寅七月初二日校，訂正八十九字③。

卷三末葉識曰：七月初三日校，訂正七十字。

卷四末葉識曰：丙寅七月初三日校畢，沅叔。訂正十九字，全書校正四百七十一字。

其左有趙萬里識語一則，曰：己巳仲冬校。內府藏明萬曆間如韋館刻本，大抵與明抄本合，其勝處亦有出諸本上者，校畢並記。萬里。

---

① 臨何焯校本參見本書子部·藝術類。

② 《藏園羣書題記》有專跋。

③ 此處書眉趙萬里據《浮溪集》出校記一則。

《聲畫集》卷一末葉識曰:乙丑十一月十一日校明鈔本,訂正六十字。

卷二末葉識曰:十一月十三日校,訂正六十三字。

卷三末葉識曰:十一月十九日,早發都門,夜宿暘台。是日晴朗無風,入寺後杖策訪就松亭,山色蒼寒,流甎向夕而返。燈下校此卷山水詩,益使人翛然意遠。沅叔記。訂正三十七字。

卷四末葉識曰:寺鐘破雲,山月挂樹,清寂之趣,匪塵市所能夢見。涉筆終卷,胸次灑然。十九夜清泉吟社。此卷校正五十一字,補詩一首。

卷五末葉識曰:午後游普照寺,歸校此卷。雲重風寒,有雪意矣。二十日。訂正五十一字。

卷六末葉識曰:是卷校正四十二字,補詩一首。二十夜,風起振林,雪意遠矣。

卷七末葉識曰:十一月廿一日薄暮,溫泉試浴歸,燈右校此。是正三十一字。

卷八末葉手抄補錄之詩,並識曰:乙丑十一月二十日校畢,住清泉吟社五日矣。此卷校正一百二字,補詩七首。沅叔記。

《分門纂類唐宋時賢千家詩選》卷一末葉識曰:乙丑十一月廿四日校宋本。

卷二末葉識曰:廿四夕校。

卷三末葉識曰:十一月二十五日校。

卷四末葉識曰:十一月廿五日午刻校。

卷八末葉識曰:十一月二十五日酉刻校。

卷九末葉識曰:乙丑十一月廿五日夜二鼓,校于長春室。

卷十末葉識曰:二十五日夜亥刻,又盡一卷。

卷十一末葉識曰:十一月廿五日午刻校。

卷十二末葉識曰：廿五日未刻。

卷十三末葉識曰：十一月廿五日申刻校。

卷十四末葉識曰：十一月廿五夜三鼓校畢。

卷十五末葉識曰：乙丑十一月二十五日夜三鼓校畢。

卷十八末葉識曰：十一月二十六日校。

卷十九末葉識曰：十一月二十六日午刻校。

卷二十末葉識曰：乙丑十一月二十六日午刻校畢。

《頤堂先生糖霜譜》卷末跋曰：《楝亭十二種》，版刻甚精而訛謬殊夥。余於各書皆得善本為之勘正，獨《糖霜譜》未有他本可校。頃趙君萬里見訪，謂新見趙清常鈔冊，校之頗多佳勝，曰假來對臨一過，寥寥數葉中乃改訂至八十餘字，可見舊鈔之足貴也。甲戌五月二十日，藏園記。原鈔本九行行十八字。

此後過錄趙琦美識語一則：萬曆丁未七月十三日黎明閱此卷，王華岡原本，清常道人題。

《新編錄鬼簿》卷末跋曰：明鈔《說集》第十六冊收此書，而次第多不同，詳略亦迥異，當是別行本也。今取茲刻勘之鈔本，所無者於曲目不加朱點，人名所無者更以朱角別之。戊辰燕九節，沅叔手記。（書號536）

雅雨堂叢書十三種一百三十五卷

清盧見曾輯。清乾隆二十一至二十五年間刻本。鈐"章益齋鑑藏印"、"廖印世蔭"、"古疁挹百城樓主人珍藏書畫印記"印。

各部帙藏園先生跋識語錄如下：

《李氏易傳》李鼎祚序言末空白處識曰：叔弢新收松江韓氏書，有批校本《李氏易傳》，其下方校語乃韓氏應陛所臨諸家勘本，凡孫堂、張惠言、張惠、胡本師、吉按、杲按六家，余因手錄於茲本上,其所臨紅豆齋考訂之文,則不盡錄也。甲戌二月初五日,藏園老人誌。

卷四末葉識曰:甲戌二月初五日校。

卷六末葉識曰:甲戌正月二十日校。

《匡謬正俗》鈐"書潛"印。目錄末葉過錄何焯跋語一則,並識曰:朱翼庵藏舊鈔本,為何焯所手校,曰假得,取盧刻對勘,改訂不少。然此數卷書延及經年,廼克畢事,吁可愧也。癸酉清明前三日,藏園補識。

鈐"沅未"印。

卷一末葉識曰:辛未十月十五日,雪滿園林,清光襲案,讀竟此卷。沅未。

卷二末葉識曰:壬申十月初九日,大雪方霽,朔風怒號,與慎齋衝寒來暘臺山,即宿清泉吟社,入夜校此卷。

卷三末葉識曰:松梢月上,山中萬籟清寂,曰再畢此卷。

卷四末葉識曰:壬申十月初九夜,宿清泉吟社校此。沅叔記。

卷五末葉識曰:是日齊照巖同年自城中來訪①,曰乘驢伴往季子峪一游,向夕而返。送客登車,乃理硯校此卷。初十,書潛記。

卷六末葉識曰:壬申立冬前日,校於清水院中。

卷七末葉識曰:案上雙燭齊明,然眉間朱書細字,尚未能審諦,知目力漸退矣,為之輟筆三嘆。初十夜。

卷八末葉識曰:壬申十月初十日夜三鼓校畢。今日以客至耗時,然竟得手勘四卷,全書藏功,深以為幸。

鈐"增""湘"印。

---

① 或即是齊耀琳,字震巖,奉天伊通人。光緒二十一年進士,歷任天津道臺,安徽按察使,江蘇、河南布政使。進入民國,歷任吉林省民政長,江蘇省長兼督辦等職。

《唐摭言》鈐"劉氏晚哇閣收藏圖書記"印，

卷二末葉識曰：庚申祀竈日校。

卷三末葉識曰：辛酉正月初二日校。

卷四末葉識曰：辛酉正月初二日校。

卷五末葉識曰：辛酉正月初二日校。

卷六末葉識曰：辛酉正月初二日校。

卷七末葉識曰：正月初二日校。

卷八末葉識曰：正月初二日校。

卷九末葉識曰：辛酉正月初三日校。

卷十末葉識曰：辛酉正月初三日校。

卷十一末葉識曰：辛酉正月初四日晨起校。

卷十二末葉識曰：辛酉正月初四日校。

卷十三末葉識曰：辛酉正月初四日校。

卷十四末葉識曰：辛酉正月初四日校。

卷十五末葉過錄鄭昉題識，並跋曰：舊鈔本《唐摭言》十五卷，有朱竹垞、吳尺鳧、法梧門藏印，翰林院官印，當是吳氏呈進備采之本，未經發還，而詩龕遂潛攜出院者。校此刻異字殊多，尤異者卷十二任華三書，各本皆錯簡，微此本殆莫正其誤，是可寶也。庚申歲暮假校，辛酉正月初四校畢，適鄧正闇來索，羣碧樓中又添祕笈矣①。沅叔。

《北夢瑣言》鈐"穀原鑑賞圖書之章"。

《文昌雜錄》鈐"寓廬"、"劉蓉裳珍藏印"。（書號537）

---

① 此本今存上海圖書館。

奇晉齋叢書十六種十九卷

清陸烜輯。清乾隆三十四年陸烜奇晉齋刊本。

各部帙藏園先生跋識語錄如下：

《松牕雜錄》卷首葉藏園題曰：《太平廣記》二百五十一"裴休曲江池"一則，刻本所逸也。沅叔記。

並補錄十一行，約三百字，落款識曰：甲子十月初一日，藏園手錄。

卷末葉識曰：丁卯歲暮，以明鈔《說集》校過。沅叔記。

《灌畦暇語》卷末葉藏園識語二則，一曰：明宏治鈔本《說郛》校此本，改定至多，惜所收只六條耳。沅叔手記，時丁巳七月。

再識曰：依明嘉靖寫本《說集》校讀一過，其篇中脫逸文字咸補訂之。第卷尾茶陵李氏跋語迺改題淳熙元年，恐出臆造耳。丁卯殘冬，藏園主人記。

《平巢事跡考》卷末葉識曰：甲子十二月初二日，據吳牧庵寫本校讀。

《采石瓜洲斃亮記》卷末葉識曰：涵芬樓藏鈔本，迺秀水朱士楷據何義門校錄，曰假歸移寫此刻上。甲子十二月初二日，沅叔記。

《北牕炙輠錄》卷末葉藏園補錄二則，過錄黃錫蕃題跋，並跋曰：方地山在揚州收得舊抄本《北窗炙輠錄》，乃椒升據刻本校過者，其上卷濃朱筆，余識為周季貺復校者。周校蓋據讀畫齋本，而秖得上卷，余乃取讀畫齋本合校之，其"闕子開"二條讀畫本頗完具，蓋出自吳方山抄本，竹垞與椒叔俱未之見，今補錄如右方。癸丑三月十一日，沅叔記。（書號538）

小萬卷樓叢書十七種七十二卷

清錢培名輯。清光緒四年錢培銘刻本。

各部帙藏園先生跋識語錄如下：

《元城語錄》卷首以藏園"仿書棚本行格"紙補錄目錄，鈐"萊娛室"、"沅叔手校"印。卷上末葉識曰：乙丑五月十六日校。

卷中末葉識曰：乙丑六月十七日校，藏園主人。

卷下末葉識曰：明開州王崇慶刊注解本，亦三卷，後坿元城行錄解十六條，不具錄，第校正文而已。乙丑五月十八日校畢，沅叔。

鈐"沅叔手校"。

《謝幼槃文集》目錄之前有跋文一則，曰：蕭山朱翼盦新收葉東卿手校《幼槃集》，為徐梧生司業舊藏，以校此刻，改增至一百三十餘字，其最著者，如飲酒詩脫"朱顏挽不住，雪鬢日夜煩。人生行樂耳，憚也亦至言"；貫時軒詩挽"城北有陳侯，眉宇初未識。似聞臭味同，炯炯見智臆"各二聯，而貫時軒、竹友軒題目互誤，經東卿改定，乃詞意適合，尤足貴也。余別有鈔本，為堯圃所藏，其源亦同出謝集航本，第讐勘微略耳。暇當更取誦之。江安傅增湘記於藏園。丙寅三月十八日①。

鈐"沅叔手校"、"萊娛室"印。

卷一末葉識曰：丙寅清明後二日，校於清水院之盤青閣。連日軍隊北行，頓於北安河，諸村村民婦孺奔避入寺，途行者殆絕跡，可嘆也。

卷二末葉識曰：游白龍潭、龍泉庵歸，薄醉銷憂，遂盡一卷。廿

---

① 《藏園羣書題記》有跋作於丁丑年（1937），係關於該書影宋本，未提及此葉校本。

五日。

卷三末葉識曰：二月廿七日校。

卷四末葉識曰：二月廿八日校。

卷五末葉識曰：二月二十九日，校於北海畫舫齋西水閣。

鈐"沆叔"印。

卷六末葉識曰：坐畫舫齋，待同人未集，更盡此卷。

卷七末葉識曰：三月朔，晨起，空中彈落，城外礮飛，然不足阻我清課也。沆叔偶書。

卷八末葉識曰：三月朔，午後校于中央公園。

卷九末葉識曰：獨坐園中，雜花怒放，振筆更校一卷。沆翁。

卷十末葉識曰：丙辰三月朔校畢。

鈐"沆叔手校"。（書號 542）

濟寧李氏礪墨亭叢書六十四種二百二十二卷

清李冬涵輯。清抄本，今存中山大學圖書館①。傅增湘校并跋，《藏園羣書經眼錄》著錄，《雙鑑樓藏書續記》（1930 年刊本）下卷收錄此叢書，考察遞藏甚詳。

各部帙藏園先生跋識錄如下：

《武功縣志》書衣題識曰：庚午十二月，依正德本校定。藏園

---

① 承中山大學圖書館陳莉女士見告，據查該館校史藏《國立中山大學圖書館民國三十五年工作簡報》一文，記載此善本《（濟寧）李氏礪墨亭叢書》，實由 1946 年國民政府教育部撥來，當時一共撥來圖書 69 箱 33037 冊，俱為線裝古籍，其中兩部稿本，一為《（濟寧）李氏礪墨亭叢書》114 冊，一為《師石山房叢書》48 冊。還有元刻本《五朝名臣言行錄》、明天順五年内府刻本《大明一統志》等。這批書中有很多善本。該館老前輩劉少雄先生回憶，當初這批書到館時，圖書館特意買回一塊半月型玉石，刻成"國立中山大學圖書館珍藏印"，將這批書中善本古籍皆鈐此印。推測抗戰結束後，國民政府接收或收繳很多線裝古籍，分撥到各地，中山大學圖書館乃其中之一。

記。

　　鈐“藏園校定羣書”印。

　　目錄葉末傅增湘識曰：正德刊本此後有縣圖二幅，一全境四至，一城内官署也。璿璣圖廻文詩一葉，別本咸不載。

　　卷一末葉識曰：庚午十二月初一日，依正德刊本校。沅叔。

　　卷二末葉識曰：庚午十二月初二日校。藏園居士記。

　　鈐“傅增湘”、“藏園”印。

　　卷三末葉過錄林佶識語二則①，并識曰：文友堂購徐司業遺書，得此本，喜其舊刊難得，因取此鈔帙對勘一過。近日情緒惡劣，鬱鬱無可告語，姑假此消憂遣日而已，於著書本旨未遑尋繹也。庚午十二月上浣，傅增湘記。

　　鈐“沅叔”印。

　　《亞谷叢書》識曰：癸未十二月，江安傅增湘披閱一過，并摘錄名人逸事十五則。（中山大學圖書館）

---

①　林佶識語見諸《藏園羣書經眼錄·史部》。

書目題跋叢書

藏園羣書校勘跋識錄 下

傅增湘 撰
王菡 整理

中華書局

四、集　部

（一）楚辭類

楚辭集注八卷辯證二卷後語六卷

宋朱熹撰。清光緒十年黎庶昌刊《古逸叢書》本。癸亥年（1923）及翌年據宋本和元刊本校勘《辯證》、《後語》。

各卷藏園先生識語錄如下：

卷上末葉識曰：據宋嘉定同安郡齋刻本校正。癸亥十月，沅叔。

卷下末葉識曰：十月初七日，校宋刊本訖，時在吳閶客舍。沅叔。

《後語》目錄末葉識曰：甲子十一月初三日，依元本校。（書號248）

楚辭辯證二卷反離騷一卷

宋朱熹撰。漢揚雄撰《反離騷》。明嘉靖十四年袁褧刊本，半葉十行行十八字，白口，左右雙邊。鈐“錢氏叔寶”、“縣罄室”、“藏園老人六十以後手校”、“校書亦已勤”印。此本見諸《藏園羣書經眼錄》。

各卷藏園先生識語錄如下：

卷上末葉識曰：丙子冬至夜校畢。

鈐“沅叔手校”印。

卷下末葉識曰：冬至夜再校下卷。

鈐“沅叔手校”、“二十年中萬卷書”印。（書號249）

（二）漢魏六朝别集類

賈長沙集十卷

漢賈誼撰。明成化十九年喬緙刻本，半葉十行二十四字，上下黑口，四周雙邊。鈐“古潭州袁臥雪廬收藏”、“新安汪氏”、“啟淑信印”、“南陵徐乃昌校勘經籍記”、“積學齋徐乃昌藏書”印。

藏園跋曰：賈誼《新書》今所見者，吉府本、陸相本、何孟春本。何本訂注最為疏舛，陸本曾從莫楚生丈假校，旋亦收得一本，視諸本差善。惟此喬緙所刻，乃求之積年不可得者，今忽於積學齋案頭見之，蓋貴筑黄再同前輩舊藏。卷中有新安汪氏、湘潭袁氏，流傳有緒，珍秘可知。莫氏又藏有明刻本，楚丈詔為喬緙本，今得此證之，彼乃十行十八字，則與陸相本為同種矣。宋刻世不可見，此明初所刻亦罕秘，若此雖與宋本同珍可也。積餘屬為題記，客中無書可檢，姑就所記憶，略綴數語於卷尚。辛酉二月初四日，江安傅增湘識。（上海圖書館綫善800543-37）

司馬長卿集一卷

漢司馬相如撰。明刊《漢魏六朝諸家文集二十二種》本，半葉九行行二十字，白口，左右雙邊。傅增湘壬戌年（1922）題識，傅熹年辛巳年（2001）題跋。鈐“沅叔校定”、“雙鑑樓藏書印”、“沅叔”、“傅印增湘”、“傅沅叔藏書記”、“江安傅忠謨晉生珍藏”、“忠譓讀書"、"康生"印。可參閱《藏園訂補邵亭知見傳本書目》。

書衣有傅增湘 1931 年朱筆題簽，并識曰：壬戌六月，據宋本《史記》、《楚詞》、《古文苑》、《樂府詩集》校定。辛未四月重裝成記之。藏園老人。

扉葉傅熹年題跋曰：此書劫中爲陳伯達掠去，撕去卷前所附蔣兆和所繪藏園老人七十歲畫像，以掩其跡。撕餘殘紙尚存，因保存不動，以存文革中掌故。辛巳九月，檢視因記，孫熹年敬識。檢卷中印記應是康生掠去，誤記爲陳伯達，應正。

目錄葉藏園識曰：此集據各種宋本校定，異日可刻入《蜀賢叢書》中。沅叔記於藏園之萊娛室，時在壬戌大暑節後三日，炎歊欎烈，無地可逭，姑弄筆以自遣。

鈐"沅叔"、"傅增湘"印。

嵇中散集十卷

晉嵇康撰。明嘉靖年間汪士賢刊本，半葉九行行二十字，白口，左右雙邊。癸丑（1913）據吳匏庵校本校勘。

書衣李盛鐸題簽：嵇中散集十卷，明汪士賢刊本。傅沅叔用吳匏庵校本校。茮微臧記。

卷末護葉藏園跋曰：京師圖書館藏有吳匏庵手校本《嵇康集》十卷[①]，與世行本不同，欲取校苦無底本張溥本不分卷，次第多改易，又無答文及和詩。嗣謁木齋夫子，取此本命爲校勘，因於校紹興大字本《後漢》之暇，日盡一卷，凡十日而畢，所改正者殆數百字。旋又得程榮刻本，復過臨之，而以此帙奉庋木犀軒中，以竢鑒定。癸丑

---

① 此本今在臺灣，參見中央圖書館編《中央圖書館典藏國立北平圖書館善本書目》，1969 年。

十一月十四日,傅增湘謹識。時京師圖書館以部令停辦已匝月矣。

　　原本有張芑堂跋一段,黃蕘夫跋三段,又庚子跋一段,詳館中
《善本書目》,玆不備錄。(北京大學圖書館□146)

陸士衡文集十卷

　　晉陸機撰。明正德十四年陸元大刊《晉二俊文集》本,半葉十
行行十八字,白口,左右雙邊。丙辰年(1916)據陳鱣傳陸貽典校
宋本,並過錄陸貽典識語。鈐"沅叔手校宋本"、"二十年中萬卷
書"、"雙鑑樓"、"傅印增湘"、"沅朱"、"增湘"、"藏園"、"三十年
前舊史官"印。此本見諸《藏園羣書經眼錄》。

　　各卷藏園先生識語錄如下:

　　宋徐民瞻敍之末葉識曰:筆畫不能悉正,聊改一二以該大全。
鈐"沅叔"印。

　　全書末葉識曰:陳仲魚手校此集,廼傳錄陸敕先所校宋本。丙
辰殘臘假之文友堂,除夕前一日寫畢。增湘記。

　　鈐"傅""沅叔"印。(書號250)

陸士龍文集十卷(存卷四,五,六,七)

　　晉陸雲撰。明正德十四年陸元大刊《晉二俊文集》本,行款同
上書。鈐"養拙齋"、"顧肇聲讀書記"印。據《藏園校書錄》,此書
係據宋華亭縣學刊本校勘。內中識語用詞與前書近似,疑亦是過
錄陸貽典校語。(書號251)

支遁集二卷

　　晉釋支遁撰。明嘉靖十四年楊氏七檜山房鈔本,半葉十行行
十八字,黑格。莫棠、傅增湘跋。此鈔本見諸《藏園訂補郘亭知見

傳本書目》著錄。鈐“禮部員外郎吳郡楊儀校”、“楊氏夢羽”、“五川居士”、“華陰世家”、“曾藏汪闐源家”、“彥均室藏”、“潘菽坡圖書印”、“潘氏桐西書屋之記”、“觀如道人”、“莫氏秘笈”、“獨山莫氏收藏經籍記”印。

扉頁藏園題識曰：丙辰八月，影鈔二卷畢。江安傅增湘謹誌。

莫棠跋語曰：此明嘉靖中吳郡楊儀抄本①，光緒辛卯得於蘇州，頃又獲嘉慶十年潘奕儁序支硎山僧寒石刊本，蓋即從此本轉寫者。阮氏進本乃據汲古舊鈔，篇卷相同，近人有藏葉石君鈔本者，亦據此本校過。然則此蓋吳下最古最著之鈔本也，無意遇之，欣賞曷已。

鈐“莫棠楚生”朱方印。（上海圖書館綫善789404）

鮑明遠集十卷

南朝宋鮑照撰。明汪士賢刊《漢魏諸名家集》本，半葉九行，行二十字，白口，左右雙邊。鈐“校書亦已勤”印。壬子年（1912）以毛扆手校本校勘。毛氏校宋本著錄於《藏園羣書經眼錄》。

全書末葉藏園跋曰：壬子十一月，在上海張菊生前輩處，見毛斧季校宋本《鮑參軍集》，蓋新得之持靜齋者。假歸逐校，倉促未及終卷，遂攜之來津。移家粗定，遂復賡續，為之二日而畢。宋本亦有謬誤，不可從者亦姑照錄之上方，以竢更定焉。十二月初五日，沅叔識。凡原校改各字於上方加圈以別之，其不圈者乃明本與此本異同也。篇中稱原本即明本，原本亦係明初刻本，十行十七字，有愛日精廬、士禮居、席玉照各印，每卷有虞山毛扆手校長方朱文印。

———————————

①　此本見諸葉昌熾《藏書紀事詩》卷二。

鈐"沅叔手校"印。（書號252）

謝宣城集五卷首一卷（存二卷）

南齊謝朓撰。明萬曆七年史元熙攬翠亭刊本,半葉八行行十
七字,白口,四周雙邊。鈐"雙鑑樓"、"藏園"、"沅叔手校"印。辛
未年(1931)據宋刊元印本校勘,《藏園羣書經眼錄》著錄此宋刊
本。

卷一末葉識曰:辛未四月二十日校宋本。

鈐"沅叔"印。

卷二末葉識曰:辛未四月二十一日,依宋刊本校勘。沅尗記。

鈐"增湘"印。（書號253）

謝宣城集六卷首一卷

南齊謝朓撰。清康熙四十六年郭威釗甓軒刊本。行間、書眉
校改甚多。

卷一末葉藏園識曰:辛未四月十三日,依宋刊本對勘是卷畢,
已三鼓矣。沅叔手記。（書號254）

謝宣城詩集五卷

南齊謝朓撰。清嘉慶元年吳氏拜經樓刻本。書衣題署"澹虛
室藏本",鈐"臣印士奎"、"駱氏二璇"、"藏園校定羣書"印。正文
鈐"駱印士奎"、"沅叔手校"、"雙鑑樓"印。書眉增補、批校甚多。
壬子年(1912)轉錄何焯點校,翌年據汲古閣影宋鈔本校勘,影宋
鈔本今藏北京大學圖書館,著錄於《藏園羣書經眼錄》。

扉頁處夾一紙,藏園過錄馬曰琯識語:乾隆丙辰歲,在書市中
偶得義門先生手校宋槧謝宣城集五卷,屢見諸本殘帙,此乃善本

也。半查識。

其後跋曰：壬子四月，在北京廠市見盛意園藏書流出，中有抄本《謝宣城集》，乃迻寫何義門點校者。曰假歸，以吳刻此本轉錄之，吳兔床刻此本時固曾見何校，已據改者又備錄也，卷中圈點亦涉筆及之，然非所重也。增湘記。

鈐"書潛"印。

書末葉藏園跋曰：癸丑正月，借李木齋師所藏汲古閣影宋鈔本校勘一過，原本半葉十行十八字，與蕘圃所藏同，其目次、行款與此本不同，為逐一改定。蓋兔床當日刻成後乃見此本也。沅叔。

鈐"海昌駱氏士奎號曰二璇私印"、"藏園"、"增湘"印。（書號2355）

梁昭明太子集五卷附錄一卷

梁蕭統撰。明天啓元年張燮刊《七十二家集》本，半葉九行行十八字，白口，左右雙邊。鈐"藏園校定羣書"印。辛未年（1931）據北京圖書館藏嘉靖周滿刊本校勘，《藏園羣書題記》別有跋文。

各卷藏園先生識語錄如下：

卷一末葉識曰：改正八十九字。

卷二末葉識曰：改正九十字。

卷三末葉識曰：改正五十二字。

卷四末葉識曰：改正六十四字。

卷五末葉識曰：辛未九月十八日，依嘉靖周滿本校讀一過，改正二百二十字。藏園老人志。

鈐"沅叔"印。（書號255）

何記室集三卷附錄一卷

　　梁何遜撰。明萬曆四十一年張燮刊《七十二家集》本,半葉九行行十八字,白口,左右雙邊。鈐"藏園校定羣書"印。辛未年末(1932)據明正德張紘刊本校勘。

　　卷一末葉藏園跋曰:明正德丁丑雲間張紘刊本,十行二十字,篇中時有缺字,知亦從舊本錄出也。取茲刻校誦,詩少八首,文字頗有歧異,詩之外秖載"七召",雜文及賦不錄,蓋其標題為"何水部詩集",意舊本止詩,其"七召"錄於黃伯思跋後,亦屬後來增列耳。辛未十二月二十六日,傅增湘記。

　　鈐"傅""沅叔"印。(書號256)

何水部集二卷

　　梁何遜撰。清乾隆十九年江昉貽清堂刊本。鈐"沅叔手校"印。庚申年末(1921)據蔣氏茹古精舍寫本校勘。參見《藏園訂補邵亨知見傳本書目》。

　　卷首黃伯思跋文之後,藏園補錄端平年趙與懃跋文,并跋曰:庚申除夕,據蔣氏茹古精舍寫本校讀,補趙跋一則,劉高詩各一首,改正若干字。原本九行十六字,云是從抱經堂本傳錄者,當即源出端平趙刻出也。江安傅增湘記於藏園龍龕精舍。

　　鈐"藏園"、"增湘"印。

　　卷一末葉識曰:庚申除夕校畢。

　　卷二末葉識曰:庚申小除夕校。(書號257)

貞白先生陶隱居文集一卷傳記一卷

　　梁陶弘景撰。明嘉靖史臣紀抄本,半葉九行行十六至十九字不等。史臣紀、吳士鑑、傅增湘跋，徐郙、陸潤庠、袁克文、勞健等題款。鈐"史臣紀書籍"、"史臣紀"、"汲古閣主人"、"毛晉"、"毛晉私印"、"毛扆之印"、"海上精舍藏本"、"林汲山房藏書"、"宋本"、"周暹"、"曾在周書弢處"印。史臣紀、吳士鑑跋識見諸《藏園羣書經眼錄》著錄①。

卷首傅增湘跋曰：癸亥殘臘，周叔弢世兄收得此本，余從之假讀一過，并校錄於汪刻本上。余昔年見椒微師藏《貞白集》，為葉林宗、李涵仲、奚靜宜三人所分繕，據跋亦由文休承摹崑山周氏紹興本出。文跋後正有"癸丑八月史臣紀得觀并手錄一裘"一行，與此同出一源，而補錄之文則互有出入。叔弢好學，盍就余臨本參之？傅增湘記。

吳士鑑題識後為袁克文題識，曰：癸亥祀竈日，藏園祭書之集，叔弢嬋兄攜閱冊見示，謹誌眼福。項城袁克文。

其後為勞健題識，曰：戊辰二月，叔弢出示此書并屬題籤，又觀俞子容手鈔《墨莊漫錄》、錢馨室手鈔《游志續編》。桐鄉勞篤文。（書號8375）

陶貞白集二卷

梁陶弘景撰。明汪士賢刊《漢魏六朝二十名家集》本，半葉九行行二十字，白口，左右雙邊。傅增湘據舊鈔本校勘并跋，錄文嘉、徐濟忠、葉奕、彭元瑞等題識。目錄末葉補江摠序一篇。該鈔本曾是李盛鐸藏書，現在北京大學圖書館。《藏園羣書經眼錄》著錄此鈔本，而未錄諸人跋識。

目錄首葉空白處藏園過錄彭元瑞跋文，其曰：《陶隱居集》一

---

① 　吳士鑑（1868－1933），字絅齋。光緒十八年會試榜眼，與傅增湘同年。

卷,明時人舊鈔本,猶在張天如未輯漢魏百三家以前。卷末自文休承以下傳寫敘次井井,可寶也。乾隆壬寅得之馬氏叢書樓,芸楣記。據跋,崇禎元年鈔,校字避熹宗諱可證。

藏園跋曰:癸丑十一月望前一日,從李木師假得明抄此集,蓋葉林宗及李涵仲、奚靜宜三人手鈔者。取校汪刻,改正處殊不尠。據文跋,蓋亦從紹興本出,故多傳一篇,江摠序一篇,梁武別勑一條,卷末集外書、啓各一篇,均照補錄於卷中,其圈點及眉間朱筆均林宗筆,亦照臨焉。時將有南中之行,瀕行漫記。沅叔。(書號258)

徐孝穆集七卷

陳徐陵撰。明文漪堂抄本,半葉九行行二十字。其鈐印除《藏園羣書經眼錄》所記載之外,還有"南宮邢氏珍藏善本"、"邢氏之襄"印,是書曾經邢之襄收藏,書中其他諸識跋均可見於《經眼錄》。甲戌年(1934)三月藏園寫校書題跋,收錄在《藏園羣書題記》中。

卷首識曰:甲戌二月借校一過。"皇太子臨辟雍頌",補文字一行,此各本皆脫,兔床亦未言及也。可云秘籍矣。藏園附記。(書號10183)

(三)唐五代別集類

沈雲卿集三卷

唐沈佺期撰。明嘉靖刊《唐百家詩》本,半葉十行行十八字,白口,左右雙邊。鈐"少泉蔡氏珍藏"、"楊寶道"印。丁丑年(1937)據明活字本校勘。

卷首藏園跋曰:明活字本分四卷,此爲《百家唐詩》本,分三卷,編次迥然不同,蓋此本似編年,而活字本則分體也。兹校正字句就改於行間,而以卷第數目標諸每題之上,俾展卷可以瞭然。有三詩爲此本所佚者,別錄於後。丁丑六月上浣,付文友書坊重裝補訖記之。藏園老人。(書號261)

陳子昂集二卷

唐陳子昂撰。明活字本,半葉九行。

藏園跋曰:癸丑三月,從莫楚生丈假校其席刻,所無者吳佩伯以《全唐詩》勘之,未半月而畢。今聞楚生丈將有蜀中之行,急檢取寄還,并記此以志雅惠。傅增湘識。(臺灣中央圖書館09467)

張說之文集二十五卷補遺五卷

唐張說撰。清光緒三十一年《朱氏結一廬剩餘叢書》本。甲戌乙亥丙子(1934－1936)年間據朱筠家藏寫本校勘,又據周叔弢藏研錄山房校寫本再校。《藏園羣書題記》有長跋,述校本刊刻、遞藏甚詳。

各卷藏園先生識語錄如下:

卷一末葉識曰:乙亥五月十二日校定。時方南游台蕩,聞燕京警耗而歸也。

卷二末葉識曰:乙亥七月初七日校定,時寓邵窩已七日矣。

卷三末葉識曰:七月三十日校於邵窩。

卷四末葉識曰:乙亥九月十七日,游玉泉山回,校畢此卷。

卷五末葉識曰:十一月初九日,宿模石口承恩寺,校此卷。

卷六末葉識曰:丙子二月二十七日,同息菴住昆明湖畔,張燈校完此卷。讀易樓主人記。

卷七末葉識曰:夜共息菴譚諧,蹦漏又畢此卷。廿七日,沅叔記。

卷八末葉識曰:丙子三月朔,以事來津門,宿余故居。午後無客至,曰研朱校竟此卷。藏園手記。

卷九末葉識曰:丙子三月初七日校。

卷十末葉識曰:三月初七夜校畢。藏園。

卷十一末葉識曰:乙亥三月十七日,宿翠微山剡谿別墅校。

卷十二末葉識曰:乙亥三月二十五日,校於盧師山袁氏剡溪別墅。藏園記。

卷十三末葉識曰:午後山風小定,坐松廊再畢此卷。廿五日,沅未記於剡谿別墅。

卷十四末葉識曰:丙子三月二十八日,校於暘臺之清水院。藏園老人記。

卷十五末葉識曰:三月廿九日,拜鳳窩先塋歸,校竟此卷。沅未記。

卷十六末葉識曰:息菴長譚別去,又校畢此卷。廿九夜,藏園書。

卷十七末葉識曰:丙子閏三月朔,拜醇王園寢,游龍泉寺秀峰寺,薄暮言歸,手校此卷。藏園記。

卷十八末葉識曰:丙子六月二十四日,校於靜宜園雨香館。追憶蘭姬奄逝,迄今正匝月矣,傷哉。藏園老人識。

卷十九末葉識曰:二十九日,坐雙松根校畢。書潛漫志。

卷二十末葉識曰:秋雨蕭寥,竟日夕不止,深山孤館,觸緒生悲。翦燭研朱,聊以遣此寒夜耳。丙子七月初二日,沅叔記於雨香館。

卷二十一末葉識曰:甲戌三月初八日,與周息菴宿昆明湖延清賞樓北小齋,松徑步月,歸校此卷。

卷二十二末葉識曰:乙亥正月二十九日,依朱竹君家影蜀本校之。藏園老人記。

卷二十三末葉識曰:正月二十九日校畢此卷,夜漏三轉矣。沆末記。

卷二十四末葉識曰:丙子七月初二日校。

卷二十五末葉識曰:丙子年七月初四日校畢。沆末記。

全書末以"雙鑑樓鈔藏善本"墨行格紙補抄文二十九篇。(書號263)

張說之文集二十五卷補遺五卷

唐張說撰。清光緒三十一年《朱氏結一廬剩餘叢書》本。戊午年(1918)據明鈔本校勘,該本有黃丕烈跋語,已過錄於《藏園羣書經眼錄》。

各卷藏園先生識語錄如下:

卷一末葉識曰:戊午二月十五日校。

卷二末葉識曰:二月十六日校。

卷四末葉識曰:三月初二日校畢。

卷五末葉識曰:三月初六日校。

卷六末葉識曰:三月初七日校。

卷七末葉識曰:戊午穀雨日。

卷八末葉識曰:三月十二日校。

卷九末葉識曰:三月十九日校。

卷十末葉識曰:己巳二月初八日,校毛鈔本十卷。

卷十一末葉識曰:四月十九日校。

卷十二末葉識曰:四月三十日校。

卷十三末葉識曰：四月三十日校。

卷十四末葉識曰：五月朔日。

卷十五末葉識曰：五月朔日。

卷十六末葉識曰：五月朔日。

卷十七末葉識曰：五月朔日。

卷十八末葉識曰：五月初四日校。

卷十九末葉識曰：五月初四日校。

卷二十末葉識曰：四月二十日校。

卷二十一末葉識曰：二十日燈右再竟此卷。

卷二十二末葉識曰：二十一日晨起校。

卷二十三末葉識曰：同日校。

卷二十四末葉識曰：同日校定。

卷二十五末葉過錄黃丕烈跋文，並又跋曰：明鈔《說之集》，半葉十行行二十字，舊為汪閬源藏書，嗣歸文登于氏。頃書友自南方郵至，手校一過，訛脫甚多，然亦偶得佳字，披沙揀金，要自可喜。此集自以此新刻為勝，原本亦明鈔，為知聖道齋彭氏藏書，今在況夔笙處，余壬癸間在海上曾見之。戊午五月初五日，傅增湘記。（書號264）

孟浩然集四卷

　　唐孟浩然撰。明刻本，半葉十行行十八字，白口，左右雙邊。鈐“二十年中萬卷書”、“雙鑑樓”、“藏園老人六十以後手校”、“沅叔手校”印。丙子年（1936）據蜀刻本校勘。《藏園羣書題記》有“校蜀本孟浩然集跋”。

　　全書末葉識曰：丙子二月初九日，依蜀刻本校畢。是夜宿秘魔崖袁氏別墅，其下卷末數首，�菴所代校也。藏園老人記。

鈐“增湘”、“藏園”印。（書號266）

孟浩然集三卷

唐孟浩然撰。明銅活字印本，半葉九行行十七字，白口，左右雙邊。鈐“周遹”印。傅增湘題識。

書末藏園題識曰：癸丑正月下澣，江安傅增湘借勘一過，卷末“初秋”絕句今本所無也。（書號8381）

寒山詩集一卷豐干拾得詩一卷

唐釋寒山子、豐干、拾得撰。日本明治三十八年東京民友社刊，鉛印本，扉頁署“據島田翰手校内府宋大字本範鉛模勒”，俞樾序。乙丑年（1925）據宋刊本校勘。該宋刊本見諸《藏園羣書經眼錄》。

卷末葉藏園識曰：依天祿琳琅藏宋刊本校誦終卷，補寒山詩四首，拾得詩五首①。原本十一行行十八字，今歸秋浦周君叔弢，影刊行世。乙丑十一月，冬至前二日，傅增湘。（書號267）

李翰林集十卷

唐李白撰。明正德十四年陸元大刊清嘉慶八年王芑孫重修本。鈐“雙鑑樓”、“沅叔手校”印。庚午至壬申年（1930－1932）傅增湘過錄何焯校跋并跋。正德刊本及何焯跋今存國家圖書館，其跋文尚可見於《藏園羣書經眼錄》。

各卷藏園先生識語錄如下：

卷一末葉識曰：庚午九月初二日，臨何校本於戒壇寺。

---

① 所補抄寒山詩錄於閭丘胤“寒山子詩集序”之末，拾得詩錄於全書之末。

卷四末葉識曰：壬申元日校。

卷五末葉識曰：壬申正月元日校定。

卷十末葉過錄何焯跋語，並識曰：壬申元日，藏園錄竟。

鈐“增湘”印。（書號268）

王右丞集六卷附錄一卷

唐王維撰。明弘治十七年呂㦖刊本，半葉十行行二十字，白口，左右雙邊。鈐“敦仁堂徐氏珍藏”、“曾在東山徐復菴処”、“桃華仙館舊風流”、“姜氏所藏”、“大學士章”、“白堤唐氏藏書”、“津門王鳳岡鳳篁館藏書”、“夢澤鑑賞”、“文恪世家”、“曾在趙元方家”、“趙鈁珍藏”、“璜谿珍玩”、“南州孺子”、“尚餘數卷殘書在”印。《藏園羣書經眼錄》著錄此書，未及藏印及趙鈁題識。藏園校勘見於行間。

書末葉趙鈁識曰①：甲午元日②，開筆試硃。時和歲豐，雲日清煦，水仙紅梅，拆莖吐萼。坐無悔齋中寫此時，方校杜集至第十八卷。此本前有校筆，大字是傅藏園，小字則張庚樓也。元方記。

鈐“鈁”印。（書號11151）

常建詩集三卷附錄一卷

唐常建撰。明崇禎間毛氏汲古閣刊《唐六名家》本，半葉九行行二十一字，白口，左右雙邊。壬戌年（1922）據故宮藏宋臨安陳宅書籍鋪刊本校勘，此宋刊本見諸《藏園羣書經眼錄》。

————————

① 趙鈁（1905－1980?），字元方，本姓鄂卓爾氏，蒙古正黃旗人，光緒年間軍機大臣榮慶之孫。收藏甚富，多明刻本、明活字本、名人鈔校本。

② 《藏園羣書經眼錄》著錄此書於丙辰年（1915）。據《北京圖書館大事記》，趙鈁1956年捐贈善本圖書285種，此書當在其中。

卷一首葉識曰：壬戌八月十一日，據內府藏書棚本于翰文齋。沅叔記。（書號269）

常建詩三卷

唐常建撰。吳慈培影抄汲古閣刻本，校勘並有跋四則，其中語及傅增湘，故移錄於下。

跋文書於卷末，其一跋曰：宣統二年夏，余在奉天，京賈寄汲古閣刊《六唐人集》，議不諧。予特愛常尉詩，爰照毛刻行款傳寫一本，置之篋中，閱再稔矣。今秋寫《王建集》成，倩鄧孝先書工于贅以裝潢，並出此集付裝。建詩逸才妙悟，盛唐一大家，殷歐傾倒，絕無溢美。予尤愛其製題之妙，如：仙谷遇毛女意知是秦宮人、高樓夜彈箏、客有自燕而歸哀其老而贈之，中晚以降，豈復有此高簡之筆耶？壬子中秋後五日，裝成識之，偶能。

其二跋曰：《四庫》據此本著錄，提要辨歐陽永叔“題青州山齋”，引建詩“竹徑遇幽處”之誤，謂《西溪叢話》已辨之，曰據以改《歐集》作“曲徑通幽”。案，姚氏所辨，祇及遇字，於竹徑固無異詞，且此本正作竹徑，何所據而改，可謂鹵莽滅裂之甚。又稱洪邁《萬首絕句》載“吳故宮”一首，不足據，此集不載，不復增入。此本大署集外詩，曷曰不載，所引子晉跋語，即連於“吳故宮”詩之後，則又非所收本適脫此葉也。目不見眉睫，昔聞其語，今睹其人，真堪絕倒。廿二日又識。

其三曰：借鄧孝先藏錢蒙叟所輯唐詩對勘一過，異字凡十餘，悉錄於行間，大抵兩通者多也。次第與此本全同，注一作則，互有詳略，不知所據，出一源否？“吳故宮”一絕即次“戲題湖上”之後，彼輯全詩而非專集，固不必標集外之名，以別於舊來面目耳。晦日，慈培。

其四曰：傅丈沅叔借莫楚生明活字本唐人集若干種，余從轉假《常建集》讐校，是正數字，疑者誤者亦悉錄，仍是前死校法也。活字本分上下卷，與《文獻通考》、晁、陳兩家著錄一卷，此本三卷俱不符，惟《楹書隅錄》載宋本《常建集》二卷，當為活字本所自出。楊氏稱宋本上卷詩三十七首，下卷詩二十首，活字本則上卷三十六首，下卷二十一首，意宋本"張公子行"不入下卷七古耳。活字本唐人集例無目錄，無小注一作某，詩分體，每葉十八行，每行十七字，以字體驗之，當是明初鎸本，然不能斷為何代何人所刻。《愛日精廬》、《善本書室》兩志著錄，及余所見者，不下三四十種，諒猶不止此數也。余得而藏者，《孟浩然集》；校過者，錢考功、盧綸、陳子昂、二包、杜審言、秦隱君、郎士元、司空曙、韓君平、羊士諤十餘家，竝附著于此。癸丑暮春，偶能識。

附紙手書識曰：此與汲古閣本雖編次微不同而詩相符。[①]（書號270）

唐秦隱君詩集一卷

唐秦系撰。清影宋抄本。鈐"稽瑞樓"、"鐵琴銅劍樓"印。關於此書版本，可參閱《藏園訂補邵亭知見傳本書目》。

卷末葉識曰：隱君詩余曾得明活字本校過，今以此本覆勘，增訂竟達百許字，為之忻快無已。呂序、張跋各本所無，尤足貴也。傅增湘記。

鈐"沅叔"印。（書號3777）

---

① 此則識語未署名，似藏園手跡。

唐劉隨州詩集十一卷外集一卷

唐劉長卿撰。明嘉靖廿九年蔣孝刊《中唐十二家詩集》本，半葉十行行二十字，白口，左右雙邊。鈐"泰和玉屏山人張峰子奇圖書記"印。傅增湘臨何焯校宋本，書眉增補甚多。《藏園訂補郘亭知見傳本書目》著錄何校本。

卷五末葉過錄跋語曰：義門先生云：康熙丙戌二月，得見文淵閣不全《隨州集》，校此五卷，南宋書棚本也。又云：毛丈斧季云，《隨州集》，難得佳本，凡校三過，庶無疏略矣。

卷十末葉過錄跋語曰：義門先生自記云：丁亥二月，以二弟所買馮定遠舊藏抄本校後五卷，其次第與宋槧目錄皆合，蓋佳書。文房詩庶幾稍可讀矣。又記云：嚴天池家抄本後五卷次第亦同，復取參校，改五字。

卷十一末葉識曰：校本終。（書號271）

劉隨州詩集十卷補遺一卷

唐劉長卿撰。清康熙四十一年席氏琴川書屋刊《唐詩百名家全集》本。鈐"邢印之襄"、"南宮邢氏珍藏善本"印。行間、書眉校改甚多。辛酉年（1921）過錄何焯校勘并跋，何氏據南宋書棚本校前五卷。

各卷藏園先生識語錄如下：

目錄末葉識曰：辛酉四月初六日，據何孟公校宋本臨錄訖，原本藏蔣孟蘋家，新得之涇縣江棃西後裔也。增湘記。

卷一末葉識曰：辛酉三月二十二日，校於雙峰寺之南樓。

卷二末葉識曰：三月二十二日早起校畢。

卷三末葉識曰：三月二十二日巳刻校於秀峰。

卷四末葉識曰：二十二日冒雨入城，坐西廊下校完此卷。

卷七末葉識曰：四月初五日校。

卷八末葉識曰：四月初五日，游瀛臺紫光閣歸，向晚校畢此卷。
（書號10203）

分門集注杜工部詩二十五卷（存三卷）

唐杜甫撰，宋王洙、趙次公注。宋刊本。傅增湘跋。《藏園羣書經眼錄》著錄。

藏園跋曰：宋本《分門集註杜工部詩》殘本三卷，南宋建本，存卷十四、十五、十六，凡三卷，半葉十一行每行二十字，注雙行二十五字，細黑口，左右雙闌。藏書印章有輔叜圖書此似明人印、徐氏家藏圖書、趙宗建讀書記、舊山樓各印趙氏為常熟藏書家。此本最為罕見，常熟瞿氏亦有《分門杜詩》，然與此本不同。（美國國會圖書館）

杜工部草堂詩箋四十卷補遺十卷
外集一卷詩話二卷年譜二卷

唐杜甫撰，宋蔡夢弼箋。清光緒中遵義黎氏日本東京使署影刊《古逸叢書》本。丙寅年（1926）以涵芬樓藏宋刊殘本校，庚午年（1930）又以李盛鐸藏宋刊殘本校。鈐“雙鑑樓”、“沅叔手校”印。卷首附紙有長跋，已收入《藏園羣書題記》，文字基本相同，長跋論及宋刊殘本及黎氏《古逸叢書》本。《藏園羣書經眼錄》著錄宋刊殘本。

各卷藏園先生識語錄如下：

卷一末葉識曰：校影宋本訂正二十字。丙寅立秋前一日，沅叔記。

卷二末葉識曰：丙寅立秋日，校正十七字。影宋本。

卷三末葉識曰：七月初二日，校定二十一字。影宋本。

卷四末葉識曰：丙寅六月初八日，據宋刊本校改定六十字。

卷五末葉識曰：初八日校，訂正四十九字。沅叔。

卷六末葉識曰：六月初九日早，陰雲四合，雷車隆隆。校此卷，改定六十七字。

卷七末葉識曰：此卷第十二葉宋刻迥異，當別寫坿後。①

卷八末葉識曰：此卷改正一百九十六字。六月初九日。

卷九末葉識曰：初十日晴爽，坐水閣校此卷，改正七十字。

卷十末葉識曰：是卷改定五十五字，其十一葉注文與宋刻無一合者，當別寫之。② 十一日雨霽，池上書，沅叔氏。

卷十一末葉識曰：是卷訂正凡五十有五字。十一日亥刻。

卷十二第七葉書眉識曰：此葉詩注無一與宋本合者，乃後人妄補，當別鈔坿之。③

第十葉書眉識曰：此葉詩注無一與宋本合，當別鈔坿入。④

卷末葉識曰：此卷校正凡六十六字，第七第十兩葉注文與宋本迥異，別鈔補入。沅叔記，六月十二日。

卷十三末葉識曰：此卷校訂八十五字。十二日亥刻。

卷十四末葉識曰：此卷訂正九十一字。六月十三日。

卷十五末葉識曰：此卷訂正五十三字。丙寅六月十三日，沅叔記。

卷十六末葉識曰：是卷改訂三十八字。六月十四日，晴熱。

---

① 第十二葉補抄一首。
② 第十一葉注文已經補抄。
③ 計鈔補五葉。
④ 此處鈔補二葉。

卷十七末葉識曰:是卷改訂五十五字。六月十四日。

卷十八末葉識曰:此卷改正四十字。六月望,陰雲鬱熱。

卷十九末葉識曰:是卷訂正四十字。六月十五日,夜涼如雨。

卷二十末葉識曰:丙寅八月二十七日,次女惠文于歸李氏,禮成而返。勞擾竟日,燈下略閑,屬筆以完此卷,蓋不親筆硯已二日矣,沅叔坿志。是卷訂正五十八字。

卷二十一末葉識曰:是卷改定八十七字。八月二十九日,沅叔記。

卷二十二末葉識曰:此卷改定三十六字。六月十七日。

卷二十三末葉識曰:是卷校正三十字。十七夜,微雨又作。

卷二十四末葉識曰:六月十七日夜三鼓勘畢,訂正七十八字。沅叔。

卷二十五末葉識曰:此卷增訂一百五字。六月廿五日。

卷二十六末葉識曰:六月二十一日,校於津門寓齋,訂正四十四字。

卷二十八末葉識曰:此卷校訂六十七字,六月二十五日,沅叔揮汗記。

卷二十九末葉識曰:五月十八日,宿暘臺山大覺寺,補校此卷,此卷依李椒微師藏殘本勘正。庚午夏,沅叔記。

卷三十末葉識曰:庚午五月十九日,依李木師本校訂。沅叔,清泉吟社記。

卷三十一末葉識曰:庚午五月十九日,校宋刊本於清水院,沅叔記。

卷三十二末葉識曰:此卷補"小園"詩一首,改訂一百一字,然"暝"及"傷秋"二詩,其注乃脫漏至數行,何耶?丙寅八月晦,沅叔假湨陽張氏本校訖。

卷三十三末葉識曰：改訂六十三字，六月廿七日。

卷三十四末葉識曰：丙寅立秋前二日校正，凡得六十三字。

卷三十五末葉識曰：丙寅六月二十八日，校於中央公園董事會。凡增改三百四十字，可謂夥矣。

卷三十六末葉識曰：庚午五月二十日，借椒微師藏本校。沅叔，清泉社。

卷三十七末葉識曰：向夕游普照寺歸，爇燭校此。鬱熱不可耐，其釀雨之兆乎？書潛，五月二十日記。

卷三十八第七葉另抄二葉，末葉識曰：是卷凡校定七十六字。六月廿六夜。

卷三十九末葉識曰：此卷校定四十六字。六月廿七日。

卷四十末葉識曰：六月廿七日校，改定二十字。

《補遺》卷一末葉識曰：此卷改訂五十一字。六月十五日。

《補遺》卷三末葉識曰：六月十六日，閱於北海古柯庭，校正一百四十一字，補詩一首。

《補遺》卷四末葉識曰：是卷校正得一百九十七字，十七日早微雨初霽，坐池西小閣閱竟。藏園主人。

《補遺》卷五末葉識曰：丙寅八月二十三日，假涇陽張氏藏宋刻殘本校。補闕葉一篇，改定六十四字。

《補遺》卷六末葉識曰：六月二十二日，夜雨雷電，校於津寓，改訂一百五十字。

《補遺》卷七末葉識曰：在津校此卷未畢，今日旋都，人事坌集，於燈下足成之。凡改訂九十字，六月二十四日。

《補遺》卷八末葉識曰：校訂五十字。六月廿六日，盛暑不可耐。

《補遺》卷九末葉識曰：六月廿六日，晴雨間作，溽暑遂銷。是卷凡校訂補正二百十一字。沅叔記。

《外集》卷末葉識曰：庚午五月二十一日，校於清泉吟社，此卷亦椒微師所藏也。藏園居士記。（書號273）

錢考功詩集十卷

唐錢起撰。清康熙席氏琴川書屋刊《唐詩百名家全集》本。書眉書腳補改甚多。吳慈培宣統三年（1911）校并跋，傅增湘甲寅年（1914）再校并題識。

卷十末葉吳慈培跋曰：正文齋書坊有活字本唐人詩集數種，坊主以其版刻工而流傳絕罕，曰以宋本號於人，且獲善賈矣。予考張月霄《愛日精廬藏書志》著錄明活字本唐人集四種，丁松生《善本書室藏書志》著錄十一種，丁《志》錢攷功集云：右活字本亦十卷，分五古、七古、五律、五言長律、五絕、七絕，較席刻尤為整齊。李嘉祐集云：此活字本例刪序跋，分體分卷。正文齋本悉與符合，則為明活字本而非宋本無疑，然夙為收藏家珍重，其原出善本可知。爰假歸與席刻本對勘，雖不免魯魚，而足以正席本訛脫者，亦復不少。不僅如丁氏所云，分體較為整齊而已，蓋明活字本、席本竝出趙宋，而所據各一本也。宣統三年二月晦日校畢識，保山吳慈培。

藏園又識曰：涵芬樓藏明活字本，缺八、九、十三卷。殘臘自南中攜歸，以席刻本對勘一過，所缺各卷從佩伯假此本足之，又為補得二十餘字。甲寅花朝前日，大雪初霽，沅叔漫志。（書號274）

唐元次山文集十卷拾遺一卷補一卷

唐元結撰。涵芬樓影原雙鑑樓藏明正德刊本。雙鑑樓原藏之明正德刊本已經著錄於《藏園羣書經眼錄》。乙丑年（1925）傅增湘據明初刊本校勘并跋，癸酉年（1933）瞿熙邦據鐵琴銅劍樓藏校宋本再校并跋。

　　明湛若水序言之末藏園跋曰：明初刻本《漫叟文集》十卷，十行二十字，黑口，四周雙線，即此本所從出也。舊為顧抱沖所藏，千里為之題簽，稱為宋本，誤矣。昨自陶蘭泉許假得，對讀一過，補脫文一行、銘三首，改字得數十，雖非宋槧，要自足珍耳。乙丑十二月初五日，天津寓齋校訖曰記。卷尾有“弘治丙辰夏日建安錢吉手整於養拙齋”一行。

　　鈐“沅叔”印。

　　卷五末葉再識曰：乙丑十二月初三日，校明初本。

　　藏園手錄銘三首在卷末。其後有瞿熙邦跋文一則，曰：癸酉初夏，沅丈南來遊金華諸勝，兼至敝齋校勘唐人集數種。時北方烽火正熾，家書頻報促旋，臨行，留《元次山集》，囑依敝藏校宋本過錄，有鮮知道人題記云：元次山集十卷補遺一卷，依宋版讐勘無譌[1]。亟勉力從事，二日工竣，還書之日，曰誌數語，藉以就正於大雅云耳。瞿熙邦記於上海寓廬。（書號275）

郎士元集二卷

　　唐郎士元撰。明活字本，半葉九行行十七字細黑口，左右雙邊。其校勘概況可參閱《藏園訂補郘亭知見傳本書目》。

　　藏園識曰：癸丑三月，莫丈楚生自上海寄來，以席刻本校勘一過。江安傅增湘識。（臺灣中央圖書館09615）

李端詩集三卷

　　唐李端撰。清光緒間江標刊《唐人五十家小集》本。傅增湘

---

① 可參諸《鐵琴銅劍樓藏書題跋集錄》著錄。

據明活字本校跋。

卷下末葉識曰：明初活字本，存三、四兩卷，與此編次殊不同，為記數於各題上，誤字則逕改之。沅叔校訖並記。（書號276）

孟東野文集十卷（存一至五卷）

唐孟郊撰。宋刊本，半葉十二行行二十一字，白口，左右雙邊。鈐“翰林國史院官書”、“汪印士鐘”、“閬原父用”、“郁印松年”、“泰峰”、“完顏金啟迪號如孫字仲吉別號金精子寶藏書畫文章”、“啟迪”、“曾在周叔弢處”、“周暹”印。黃丕烈、傅增湘、勞健跋。傅跋主體可見諸《藏園羣書經眼錄》，文字差異較大，故再錄于此。

卷二末葉勞健跋曰：宋本《孟東野集》，存目錄、卷一至卷五，遞藏士禮居黃氏、藝芸書舍汪氏、宜稼堂郁氏，後歸海源閣楊氏，不知何時散佚，目錄及卷一卷二，丙辰冬歸江安傅沅叔，卷三至卷五為完顏景樸孫所得，兩家互不相讓。丙寅春，尗弢得景氏所藏卷三至卷五，復從沅叔乞讓首冊，逾年又在文德堂韓左泉處搜得卷二之第八頁，於是，此書分裂三處者復合而為一。佛氏所謂因緣蓋在可知不可知之間，叔弢固佞佛者，或能默契於是乎？此書第二冊仍士禮居原裝，惜沅叔得首冊時，殘破過甚，不能不損裝重修，遂難盡復舊觀。今尗弢更命工以卷二第八頁裝入書中，余因為記書之離合於後云。歲在箸雍執許如月，桐鄉勞健篤文記。

鈐“勞健篤文”印。

卷五末葉有黃丕烈跋文三則，鈐“黃丕烈”、“縣橋小隱”、“老蕘”印。又有半恕道人小記，鈐“千頃波”印。

最後為藏園跋文，曰：《孟東野文集》二卷　宋蜀刊本，存目錄及第一、二兩卷，半葉十二行行二十一字，白口，左右雙綫，目錄口上作“東目”，各集口上作“孟一”等字，次行題“孟郊字東野”。

　　首葉有"翰林國史院官書"大印，又有百宋一廛及汪閬源、郁泰峰藏印。

　　考《楹書隅錄》孟東野詩集，有黃堯圃跋語，稱後得北宋蜀本，每葉二十四行行二十一字，殘本一至五卷，目十卷全，字躰殊古拙，相傳為蜀本云。周錫瓚跋稱出梁溪故家，中有翰林國史院官書印，據行格及官印考之，即此帙也。然《錄》中"附記"謂殘宋本亦於甲寅歸海源閣，不知何時仍流至廠市，且原存尚得半部，今又缺三卷，深可歎異。余於丙辰十二月入都，在廠市見此帙，驚其初印精美，且重為蜀本，急以高價收之，而友人尚有認為明刻，譏余為千慮一失者，彼此各執一是非，余亦不為強同也。

　　祀寵日用席刻本校勘一過，目錄十葉中詳略乃大不同，次第亦略有更易，詩中異字頗多，至卷一"征婦怨"四首，席刻乃合為二首，其謬誤尤可笑也。昔堯翁謂蜀本多誤字，不及小字本之佳，然視席刻已如此，倘得海源閣小字本互勘，示其為愉快當如何耶？（書號8402）

孟東野詩集十卷

　　唐孟郊撰。宋刊本，半葉十一行行十六字，白口，左右雙邊，有部分補版四周單邊。書末黃丕烈跋文二則。入藏楊氏海源閣之前鈐印詳見下則之跋文，自海源閣之後，尚有"海源閣"、"東郡宋存書室珍藏"、"木齋"、"李印盛鐸"、"木犀軒藏書"、"李滂"、"周暹"諸印。《藏園羣書經眼錄》著錄李盛鐸藏此宋刊本。

　　卷二之後書衣藏園題識曰：戊辰十月，從師門拜觀此帙，曰假歸，取秦禾刻本校勘，凡五日而畢。乃知汲古閣所刻刪削一讚二書，增入"城南"以下聯句，輕改古書面目，實為不知而妄作也。江安傅增湘謹志。（北京大學圖書館李□9086）

孟東野詩集十卷

唐孟郊撰。明弘治十二年楊一清、于睿刻本,半葉十行十八字,黑口,四周雙邊。鈐“徐熿真賞”、“晉安徐興公家藏書”、“徐印惟起”、“綠玉山房”、“閩戴成芬芷農圖籍”、“武林葉氏藏書印”、“杭州葉氏藏”、“景葵秘笈印”、“景葵所得善本”印。癸丑年(1913)吳慈培跋,丙辰年(1916)傅增湘題識。參見《藏園羣書經眼錄》。

卷末藏園題識曰:丙辰六月中澣,江安傅增湘借校一過。

其後吳慈培跋曰:儀顧堂續跋載汲古閣影宋臨安府棚本東野集,題平昌孟郊。此刻正作平昌,不同嘉靖秦禾本作武康,其自棚本出無疑。嘉靖間繙棚本唐人集,藏書家頗重之,此刻更先數十年,尤足珍矣。不才與印臣先生相知而未識面,今借校此書輒綴數語,先生開卷及之,吾二人精神又當益近了。癸丑長至前二日,保山吳慈培識。(上海圖書館綫善 T04330－33)

孟東野詩集十卷

唐孟郊撰。明嘉靖卅五年秦禾刻本,半葉九行行十八字,白口,四周單邊。鈐“趙氏種芸仙館收藏印”、“蔣西圃藏書記”、“藏園老人六十以後手校”、“藏園”、“增湘”、“二十年中萬卷書”、“雙鑑樓”印。傅增湘跋於戊辰年(1928),與上述北京大學藏書相關聯。

宋景定舒岳祥序之末葉有藏園跋文,曰:丁卯秋,傳聞海源閣藏書秘密運至津門,將以善價待沽。凡子集二十六部,懸直十萬金。戊辰春,葉玉虎倡議鳩集同志數人,合力舉之,推余往偕價。再三議,皆不成,惟所見只二十三部,不見者為東野、浩然、山谷三

集。嗣詞知此三書為李椒微師所得。前月謁師於津門，曰乞假此
《東野集》歸，以秦禾本對勘一過。秦刻固非善本，然宋刻亦時有
脫誤。今咸著於篇，以竢善讀者擇其是焉。原書半葉十一行每行
十六字，偶有十五十七字者，白口，左右雙闌，板心上記字數下記刊
工姓名。殷、敬、匡、貞、樹、玄、朗缺末筆，補板板匡略低，字亦疏
瘦，構、慎字缺筆，則南宋所補雕也。卷首無序，有揔目十七葉，每
卷前又有目，接連正文，今秦刻皆無之。通十卷，葉數記長號，凡一
百六十七葉，卷一尾標題冠有“重雕”二字，後坿宋敏求後序、孟郊
本傳、韓愈貞曜先生墓誌，後有“泰興季振宜滄葦氏珍藏”墨書一
行，黃丕烈手跋二通。藏印列後：錢氏敬先、錢氏家藏子子孫孫永
寶用、存誠齋，皆朱文；陳氏悅巖寶玩，朱文；乾學，朱文；徐健菴，白
文；季滄葦圖書記、季振宜、季印振宜、滄葦、季振宜藏書，皆朱文；
汪印士鍾，白文；闔源真賞，朱文；毘陵唐良士藏書、毘陵唐于辰良
士鈔閱記、良士、唐、于辰，皆朱文；唐于辰印、良士、晉昌、于辰、辰、
良士、良辰、唐辰，皆白文；安岐、安麓村藏書印、儀周珍藏，皆朱文；
安岐之印，白文；百宋一廛、丕烈私印、蕘圃、江夏、讀未見書齋、書
魔，皆朱文；黃丕烈印、復翁、士禮居、蕘圃卅年精力所聚，皆白文。

　　周俊、江淳、余山、虞羔、江陵、余盛、虞拱、官信、江發、曾柏、李
仁、余兆、吳洪、周升、李諒、吳光、江翌，以上皆刊工姓名。

　　各卷藏園先生識語錄如下：

　　卷一末葉識曰：戊辰九月十九日，校宋刊本。

　　鈐“增湘之印”、“沅叔”印。

　　卷二末葉識曰：九月十九日校於長春室。

　　卷三末葉識曰：九月十九日燈右校。

　　鈐“增”“湘”印。

　　卷四末葉識曰：九月二十日校。

卷五末葉識曰：九月廿三日補校訖。

鈐"沅叔"印。

卷六末葉識曰：戊辰十月二十日，賞雪於北海蟠青室，校此一卷。

卷七末葉識曰：十月二十日，映雪更畢此卷。書潛記。

鈐"藏園"印。

卷八末葉識曰：二十夜校。

卷九末葉識曰：十月二十日，校於長春室中。

鈐"傅""沅叔"印。

卷十末葉識曰：戊辰十月廿一日校畢。

其後跋曰：蕘翁所續收之北宋蜀本十二行者，余昔年曾於廠市得之，校於席刻本上。今又獲見此帙，蕘翁所謂兩美者，先後咸得晤對，於貞曜信有前緣也。勘畢書此以志幸。戊辰十月二十一日，傅增湘書潛氏書於長春室。

鈐"沅叔手校"、"雙鑑樓藏書印"印。（書號278）

王建詩八卷

唐王建撰。明末毛氏汲古閣刻《唐六名家集》本，半葉九行行十九字，白口，左右雙邊。

卷八末葉識曰：辛丑五月，借朱幼平明寫本校讀一過，補詩六首，書於眉端。鈔本亦有脫佚，亦各注於篇。沅叔記。（書號279）

朱文公校昌黎先生文集四十卷
外集十卷遺文一卷集傳一卷

唐韓愈撰，宋朱熹校，王伯大音釋。宋元刊本合配成書。宋本半葉十二行行二十一字，細黑口，左右雙邊，共存二十卷半。元本半葉十三行行二十五字,粗黑口,左右雙邊,共存十九卷半。間有文敏公張照點勘。鈐有張氏藏印及藏園藏書印,可參見《沈氏研易樓善本圖錄》一書,不贅。癸未年(1943)傅增湘題跋。《藏園羣書題記》別有跋文。

卷首藏園先生跋曰:此合璧本《昌黎集》存宋元刻本各半,舊藏華亭張文敏家,卷十三末有手識一行,各卷闕葉手寫補入者凡六番,楷法特為精麗,書衣更用泥金標題門類,名人妙翰所存,匪特古本之足貴也。藏園老人識,癸未十月。(臺灣故宮博物院圖書館)

昌黎先生集四十卷遺文一卷

唐韓愈撰。清同治九年陳璞刊光緒十五年重修萃文堂刊本。光緒廿四年(1898)過錄吳汝綸先生評點。書眉評點甚多。

《遺文》卷末葉識曰:戊戌秋九月假歸保定,謁 吳至父先生①,借得《韓集平點》,暇日手臨一過,行將攜之入川②。沅叔手記,廿日燈下。(書號283)

張司業詩集八卷附錄一卷

唐張籍撰。清康熙席氏琴川書屋刊《唐詩百名家全集》本。鈐"雙鑑樓"、"沅叔手校"、"增湘"、"藏園"、"沅叔校勘"印。甲子年(1924)據南宋書棚本校勘,此書棚本為殘卷,所以只有部分卷帙進行校勘,《藏園訂補郘亭知見傳本書目》著錄此宋刊殘本。

卷二末葉識曰:甲子二月二十四,據書棚本校定于西湖許氏安

---

① 吳汝綸(1840－1903),字摯甫,又字至父,清桐城人。著名學者,文人,光緒十四年以後在保定蓮池書院主講,光緒十七年傅增湘曾從學於此。

② 此次入川,有"光緒戊戌旋蜀舟行日記",收入《藏園游記》。

巢,沅叔記。（書號281）

張司業詩集八卷附錄一卷

　　唐張籍撰。清康熙席氏琴川書屋刊《唐詩百名家全集》本。書衣題簽曰:"甲子正月,借來朱翼菴藏張師顏進呈明影宋寫本校正。藏園主人記。"鈐"江安傅沅叔藏書記"印。癸亥年末至甲子年(1924)以朱文鈞藏影宋寫本校勘。

　　各卷藏園先生識語錄如下:

　　目錄末葉識曰:癸亥十二月十八夜,大雪,校完此卷。

　　卷一末葉識曰:甲子元月十一日校。

　　卷二末葉識曰:十一日再畢此卷。

　　卷四末葉識曰:正月十二日校。

　　卷五末葉識曰:正月十二日未刻。

　　卷六末葉識曰:正月十二日。

　　卷七末葉識曰:正月十三日校。（書號282）

白氏文集卷三至四

　　唐白居易撰。明嘉靖伍忠光龍池草堂刊本,半葉十二行行二十字,白口,左右雙邊。辛未年(1931)據明正德年曾大有刊本校勘。鈐"耽書是宿緣"、"校書亦已勤"、"雙鑑樓藏書印"、"沅叔手校"印。

　　各卷藏園先生跋識錄如下:

　　卷三末葉識曰:辛未十一月,依明曾大有翻刊本校定。藏園老人記。是日為消寒第一集,至者凡十二人。朔風寒厲,十指若椎,擁爐調朱,僅畢此卷。初六日。

　　鈐"沅叔校勘"印。

卷四末葉識曰：辛未十月初八日校畢。

鈐“沅叔手校”、“二十年中萬卷書”、“藏園老人六十以後手校”、“傅沅叔藏書記”印。

白氏長慶集七十一卷目錄二卷附錄一卷

唐白居易撰。明萬曆卅四年馬元調魚樂軒刊本，半葉十行行二十一字，小字雙行同，白口，左右雙邊。鈐“趙氏種芸仙館收藏印”印。丙辰年（1916）據明刊本《白氏策林》校勘，《白氏策林》及白氏全集日本活字本均見於《藏園羣書經眼錄》著錄；戊辰年（1928）據宋刊本校勘，宋刊本著錄於《藏園訂補郘亭知見傳本書目》。

各卷藏園先生識語錄如下：

卷一末葉識曰：戊辰四月初七日，校於北京飯店樓上一百三十一號房。

卷三十八末葉識曰：戊辰四月朔，依宋本校定。

卷三十九末葉識曰：戊辰四月初二日，校宋刊本。

卷六十三末葉識曰：丙辰十一月初七日校。

卷六十四末葉識曰：十一月初八日校。沅叔。

卷六十五末葉跋曰：明刻本《白氏策林》，半葉十行行二十一字，舊為勞氏平甫所藏，置篋中近十年，檢書及之，見其源出宋本，病中取此本勘之，增改至不可勝計，若得全集，其勝處當復何如！丙辰十一月十八日，傅增湘記。自南方扶病還，不出戶已匝月矣。白氏全集，余有日本古活字本，謂出廬山本，今與此本對勘，乃更勝之。（書號286）

白氏諷諫一卷

　　唐白居易撰。抄本。鈐"沅叔手校"印。1916 年據日本刊本校勘。

　　卷末葉識曰：洪憲元年正月十三日，以楊惺吾藏日本古刻校訖，增湘。

　　鈐"增湘"、"藏園"印。

　　藏園先生並過錄日本刻本題識及刊記："白氏新樂府，應人之索，漫塗抹焉，恐不得免墨豬之誚。庚寅仲春，奧田松菴。右訓點以管家相傳之秘本寫之。""慶安三年十月　日①，片山舍正刊板。"（書號 287）

劉賓客文集三十卷外集十卷

　　唐劉禹錫撰。清光緒三十一年《朱氏結一廬剩餘叢書》本。戊午年（1917）過錄黃丕烈校勘，黃跋見諸《藏園羣書經眼錄》。壬戌年（1922）又據明鈔本校勘。

　　扉頁之後藏園有"校明鈔本《劉賓客集》跋"一則，文曰：前年見此鈔本於文德堂書坊，鈔手舊而裝工古，決為汲古閣遺物。展卷審際，凡朱筆所勘皆陸敕先手筆，但缺款識，校字作校②，猶避明諱也。曰取朱氏結一廬刻本校勘一過，閱九日而畢。按，《劉集》余家藏有四本，一北宋小字本，余取保和殿藏書印行者，一大字宋本，授經同年印自日本者，一即明鈔本，一即朱刻也。朱刻出自一鈔本，與小字本次第同，皆先賦次文次詩，大字本則先詩次賦次文，明

---

　　①　日本慶安三年為 1650 年（清順治七年）。
　　②　後一校字缺末筆。

鈔本二十卷以前次第亦與小字本同,惟二十一卷至二十九卷類次
乃絕異,疑從別本傳寫也,改定之字與小字本八九合,第卷一多
"平權衡賦"一首,為各本所無,為足異也按,《英華》有之。至兩宋本
異同,竢他日更斠定焉。壬戌伏日,傅增湘記。①

　　各卷藏園先生識語錄如下:

　　卷一末葉識曰:壬戌閏五月十八日,據明鈔本校。

　　卷二末葉識曰:閏月十八日,雨窗勘訖。

　　卷三末葉識曰:閏月十八日校。

　　卷四末葉識曰:簷溜奔注若怒澗狂瀾,入夜益壯,三日炎威駈
除遂淨,何快如之。十八日子刻記。

　　卷五末葉識曰:閏月十九日,晨興雨霽,坐池上校畢。

　　卷六末葉識曰:十九日校。

　　卷七末葉識曰:十九日辰刻。

　　卷八末葉識曰:十九日午後睡起校。

　　卷九末葉識曰:閏月二十日早起,池上聽蟬,涉筆及此卷。

　　卷十末葉識曰:昨緣俗客未終卷,今日晨起補勘畢。閏月二十
一日,新曆為中元節。

　　卷十一末葉識曰:早起濃雲醞雨,移坐楓根誦畢。二十一日。

　　卷十二末葉識曰:閏月廿一日。

　　卷十三末葉識曰:閏月二十二日校。是日薄陰,日作殷紅色,
暑熱仍盛。

　　卷十四末葉識曰:閏月二十三日,藏園坐雨閱畢。

　　卷十五末葉識曰:閏月二十三日,冒雨入公署,張燈勘訖。

　　卷十六末葉識曰:閏月二十三日,阻雨廨中,更閱此卷。藏園

---

　　①　此後以藏園"仿紹興本通鑑行格"稿紙彙錄各本次第。

居士。

卷十七末葉識曰:閏月二十四日雨後,坐池北書堂校畢。

卷十八末葉識曰:閏月二十四日,校於米市宅。

卷十九末葉識曰:二十四日午睡起校。

卷二十末葉識曰:閏月二十五日雨後,軒窗微涼,就松根校此。

卷二十一末葉識曰:二十五日校。

卷二十二末葉識曰:閏月二十五日午後校,蘭姬侍硯。

卷二十三末葉識曰:二十五日午睡起校訖。

卷二十四末葉識曰:二十五日晚食後校讀一卷。

卷二十五末葉識曰:閏月二十六日校。

卷二十六末葉識曰:閏月二十四日校。

卷二十七末葉識曰:閏月廿五日午刻。

卷二十八末葉識曰:二十六夜微雨,獨坐園中校此。此卷明寫本次第多不同。

卷二十九末葉識曰:二十五日午刻校,此卷鈔本前後多錯亂。

卷三十末葉識曰:壬戌閏五月二十六日校完。

壬戌年識語之後係戊午年過錄黄丕烈跋文及題識,藏園并題識曰:蟬隱廬寄明本《中山集》,乃黎民表刻本,薲圃以舊鈔本校過者,諧價不成,因移校於此本而還之。余又新見宋刊小字本,已付影印,似出董大理印本之前,暇將合校,以臻完善。沅叔記。戊午六月。(書號288)

劉賓客文集三十卷外集十卷

唐劉禹錫撰。清光緒三十一年《朱氏結一廬剩餘叢書》本。辛未年(1931)和癸酉年(1933)以不同宋刊本校勘。《藏園訂補邵亭知見傳本書目》著錄此兩種宋刊本。

各卷藏園先生識語錄如下：

卷一末葉識曰：癸酉四月浴佛節，校於上海瞿氏寓樓。沅叔。

卷二末葉識曰：四月初九日校。

卷四末葉識曰：四月初九日校訖。

外集卷一末葉識曰：辛未正月二十三日，依北宋小字本校。沅叔記。（書號289）

歐陽行周文集十卷校記一卷

唐歐陽詹撰。1915年繆荃孫刊後《三唐人集》本。辛酉年（1921）據勞格鈔本校勘，乙亥年（1935）據吳昱鳳鈔校本校勘。此二鈔本均著錄於《藏園羣書經眼錄》。

卷首附藏園"仿書棚本行格"紙，錄有藏園跋文一則及過錄李盛鐸跋文一則。藏園跋文可見諸《藏園羣書題記》，文字有差異，而文義同。李氏跋文可見諸《經眼錄》。

各卷藏園先生識語錄如下：

卷一末葉於"仿書棚本行格"紙補抄"秋月賦"，并識曰：乙亥二月二十八日，宿暘台清水院校畢。藏園老人記。

卷二末葉識曰：知不足齋鈔本第二三卷，亦為古近體詩，但次第不同耳。乙亥三月十七日，記於秘魔崖袁氏別墅。

卷五末葉識曰：辛酉四月初十日未刻校。

卷六末葉識曰：四月初十日申刻校。

卷八末葉識曰：此卷校枚庵鈔本，次第亦不同，標記於題下。其第五首為上董相公東風啓，此本與所上詩二首列卷三內。

卷十末葉識曰：前日在文德堂架上，搜得此集一冊，存卷五之十，為勞季言鈔校者，以其索直昂，姑就此刻校誦一過，以竢異時訂正云。辛酉四月十一日，沅叔記。時宿雨方收，園林清逸之興，於

讀書最宜也。(書號305)

鮑溶詩六卷集外詩一卷

　　唐鮑溶撰。明崇禎間毛氏汲古閣刊《唐六名家集》本,半葉九行行十九字,白口,左右雙邊。鈐"雙鑑樓藏書印"印。辛未年末(1932)據天一閣鈔本校勘。《藏園羣書題記》有跋文於此天一閣鈔本,可參。

　　各卷藏園先生識語錄如下:

　　卷一末葉識曰:訂正二十五字。

　　卷二末葉識曰:訂正二十二字。

　　卷三末葉識曰:訂正二十七字。

　　卷四末葉識曰:訂正二十字。

　　卷五末葉識曰:訂正十五字。

　　卷六末葉識曰:訂正二十二字。借天一閣鈔本校勘,視此本少詩七首。辛未十二月廿三日,沅叔記。

　　鈐"沅叔于校"印。

　　《集外詩》卷末葉識曰:訂正十三字。《集外詩》明鈔本少六首。祀竈日,書潛記。(書號292)

鮑溶詩六卷集外詩一卷

　　唐鮑溶撰。明崇禎間毛氏汲古閣刊《唐六名家集》本。行款同上。辛酉年(1921)過錄何焯校本。

　　各卷藏園先生識語錄如下:

　　卷一末葉識曰:辛酉四月二十日校。

　　卷二末葉識曰:四月二十日校。

　　卷三末葉識曰:四月二十二日,校於清水院憩雲軒。

卷四末葉識曰:四月二十三日,晨起校於四宜堂。

卷五末葉識曰:四月二十三日校。

卷六末葉過錄康熙五年曹秋岳校勘題識一則,並識曰:四月二十四日校。

集外詩卷末葉識曰:辛酉四月二十七日,臨何義門校毛鈔本,用藍筆。沅叔記。

毛晉後記末葉識曰:明寫本《鮑溶集》,左闌外有"麥齋藏本"四字,墨格,九行十九字,有曹秋岳、何義門校筆,今藏盱眙吳氏望三益齋。孟嘉丈為借來,校訖,曰記於此。辛酉四月二十七日,增湘。(書號293)

姚少監詩集十卷

唐姚合撰。明崇禎間毛氏汲古閣刊本。行款同上。書衣鈐"藏園校定羣書"印,內文鈐"古佛心"、"同莊洗氏希古堂之印章"印。辛酉年(1921)據明寫本校勘。

各卷藏園先生識語錄如下:

卷一末葉識曰:辛酉三月十五日校。

卷二末葉識曰:三月二十日,自大覺寺移居秀峰,翌晨坐南樓校此卷。沅叔。

卷三末葉識曰:三月二十一日校。

卷四末葉識曰:二十一日早起校。

卷五末葉識曰:二十一日巳刻校。

卷六末葉識曰:同日巳刻校竟。

卷七末葉識曰:二十一日巳刻校訖。

卷八末葉識曰:二十一日午刻校。

卷九末葉識曰:同日午刻校畢。

卷十末葉識曰：三月二十一日午刻，據明寫本勘讀畢。鈐"藏園居士"印。（書號294）

周賀詩一卷

唐周賀撰。清康熙劉雲份野香堂刊《十三唐人詩》本。己未年（1918）據季振宜舊藏寫本校勘。此寫本見諸《藏園訂補邵亭知見傳本書目》。

卷末葉識曰：前歲假羣碧樓藏季鈔唐詩本，曰循三年未畢，今日退食之暇，夜燈右，補校竟此卷。時已仲春，霏雪滿窗，嚴寒殆如初冬，可詫也。己未二月二十六日，沅叔。（書號316）

新刊元微之文集六十卷（存二十四卷：一至十四，五十一至六十及卷三十一葉）

唐元稹撰。宋蜀刻本，半葉十二行行二十一字，小字雙行同，白口，左右雙邊。鈐"翰林國史院官書"、"八經閣"、"劉印體仁"、"潁川鑡考功藏書印"、"劉喜海印"、"寒雲主人"、"寒雲"、"克文之福"、"瓶盦"、"後百宋一廛"、"寒雲藏書"、"海鹽張元濟經收"、"涵芬樓"印。己巳年（1929）題跋，《藏園羣書題記》有此書之跋。

卷三十一殘葉有浮簽，書曰：劉燕庭藏宋刻唐三十家文集，係劉公勗藏書，並有元翰林國史院官書長印。莫友芝《知見傳本書目》。

卷六十末葉識曰：己巳十一月，叚慈溪李氏殘宋刻，取校董本，訂正凡數百字，且有出盧抱經《拾補》之外者，蓋抱經所據為浙本，此則蜀本，雖斷珪零璧，殊可寶玩，後之得者，宜珍視之。傅增湘記於藏園。（書號7638）

元氏長慶集六十卷集外文章一卷

唐元稹撰。明嘉靖三十一年董氏茭門別墅刊本，半葉十三行行二十三字，白口，左右雙邊。書衣題署"巴陵方氏藏書"，書中鈐"巴陵方氏傳經堂藏書印"、"方功惠藏書印"印。戊午年（1918）以宋刊本校勘，乙丑年（1925）再以舊鈔本校勘。此嘉靖刊本及宋刊本均著錄於《藏園羣書經眼錄》。

卷首夾有浮牋，曰：此書據宋刊本手校，得二十四卷，異同多出盧校之外。世間秘本，後人當珍重視之。戊午中秋日，傅增湘識。

各卷藏園先生識語錄如下：

卷二末葉識曰：乙丑六月十三日，用舊鈔本覆校。

卷五末葉識曰：八月十二日校。

再識曰：乙丑六月十三日再校。

卷六末葉識曰：八月十二日燈下校。

再識曰：乙丑六月十三日再校。

卷七末葉識曰：八月十二日燈下校。

再識曰：乙丑六月十三日再勘。

卷八末葉識曰：八月十三日晨起校。

再識曰：乙丑三月十三日再校。

卷九末葉識曰：八月十三日校。

再識曰：乙丑六月十三日校。

卷十一末葉識曰：乙丑六月十三日，據鈔本移校。

卷十二末葉識曰：乙丑六月十三日，夜月清澈，涼氣如秋。

卷十三末葉識曰：六月十三夜二鼓。

卷十四末葉識曰：十三夕校。

卷十五末葉識曰：十三夜。

卷十六末葉識曰：十三夜。

卷十七末葉識曰：六月十三夜。

卷十八末葉識曰：六月十三，夜涼如水，園庭清寂。

卷十九末葉識曰：六月十三夜勘完。

卷二十末葉識曰：六月十三夕。

卷二十一末葉識曰：校此卷竟，無異字，何耶？十三日二鼓。

卷二十二末葉識曰：乙丑六月十三夜。

卷二十三末葉識曰：乙丑六月十三日，用舊校本逐錄，與宋本異者，字旁加朱圈以別之。

卷二十四末葉識曰：八月十二日校。

再識曰：乙丑六月十三日，移校舊鈔本。

卷二十五末葉識曰：八月十二日辰刻校。

再識曰：乙丑六月十三日亥刻校。

卷二十六末葉識曰：八月十二日午刻校。

再識曰：乙丑六月十三日夜漏三下。

卷二十七末葉識曰：乙丑六月十四日校。

卷二十八末葉識曰：六月十四日。

卷二十九末葉識曰：六月十四日午刻。

卷三十末葉識曰：十四日午正。

卷三十一末葉識曰：十四日。

卷三十二末葉識曰：十四日。

卷三十三末葉識曰：十四日。

卷三十四末葉識曰：六月十四日校。

卷三十六末葉識曰：六月十四日校。

卷三十七末葉識曰：六月十四日。

卷三十八末葉識曰：六月十四日。

卷三十九末葉識曰:六月十四日午刻。

卷四十末葉識曰:六月十四日。

卷四十一末葉識曰:六月十四日。

卷四十二末葉識曰:乙丑六月十四日。

卷四十三末葉識曰:六月十四日校。

卷四十四末葉識曰:六月十四日。

卷四十五末葉識曰:六月十四日。

卷四十六末葉識曰:十四日午刻。

卷四十七末葉識曰:十四日。

卷四十八末葉識曰:六月十四日。

卷四十九末葉識曰:六月十四日校。

卷五十末葉識曰:六月十四日未刻。

卷五十一末葉識曰:八月十四日。

再識曰:乙丑六月十四日。

卷五十二末葉識曰:乙丑六月十四日校。

卷五十三末葉識曰:八月十四日申刻,校於部中。

再識曰:乙丑六月十四日。

卷五十四末葉識曰:八月十四日燈右校。

再識曰:六月十四日再校。

卷五十五末葉識曰:十四日燈右再畢此卷。

卷五十六末葉識曰:中秋日校。

卷五十七末葉識曰:中秋日校。

卷六十末葉識曰:八月十五日校畢,是日計得五卷。

並跋曰:《元微之文集》,宋刊本,存卷一至十四,又卷五十一至六十,計共存二十四卷,半葉十二行行二十一字,白口,左右雙闌。口上作元微之或微幾或元之幾或微之幾或之幾或元幾。字骹似北宋刊,然敦字間有缺末筆者。袁寒雲新得之敞市,余展轉假出,竭四日之力校於此本上,與盧校頗有不同,當別為說以著之。戊午中秋日,增湘記。(書號295)

元氏長慶集六十卷補遺六卷附錄一卷

唐元稹撰。明萬曆卅二年馬元調魚樂軒刊本,半葉十行行二十一字,白口,左右雙邊。鈐“趙氏種芸仙館收藏印”印。乙丑年末至丙寅年(1926)傅增湘校跋並錄何焯校評及錢謙益題跋,又錄曹炎臨馮舒校宋本。關於錢謙益跋文及錢跋言及之楊循吉跋文可見國家圖書館藏《元氏長慶集》(書號8409),參閱《藏園羣書經眼錄》著錄《長慶集》各本。

各卷藏園先生識語錄如下:

卷一末葉過錄錢謙益長跋、何焯識語。

卷二末葉識曰:乙丑臘八日校。

卷三末葉識曰:十二月初九日校,是日大風甚寒。

卷五首葉識曰:乙丑十二月初九日校畢,已三鼓。

卷六末葉識曰:十二月十一日校。

卷七末葉識曰:乙丑十二月十六日校。

卷八末葉識曰:十二月十六日校。

卷九末葉識曰:乙丑十二月十六日校。

卷十補抄兩葉有餘。

卷十一末葉識曰:乙丑小除夕校。

卷十二末葉識曰:丙寅正月初九日,沅叔移校。

九年後再識曰:甲戌萬壽節重閱。

卷十三末葉識曰:丙寅正月初九日校。

卷十四末葉識曰:丙寅正月初九日。

卷十五末葉識曰：正月初九夕。

卷十六末葉識曰：正月初九夜校。

卷十七末葉識曰：正月初九夜。

卷十九末葉補錄詩一首，並識曰：丙寅正月初九日。

卷二十末葉識曰：初九夜。

卷二十一末葉識曰：是日大風，竟日夕楗戶，得畢十卷。正月初九，沅叔。

卷二十二末葉識曰：丙寅正月初十日校。

卷二十三末葉識曰：丙寅二月十六日。

卷二十四末葉識曰：丙寅八月二十夜，校於暘台下清泉吟社。自軍興以來，不入此寺已半載矣，鄉人愁嘆，不忍聞見，傷哉！藏園。

卷二十五末葉識曰：夜坐聽泉，更盡此卷。八月廿日。

卷二十六末葉識曰：八月二十一日，再宿清泉社，明晨將旋都，塵事勞人，可嘆也。

卷二十七末葉識曰：二十一日夜亥刻，月上嶺頭，意象清寂。

卷二十八末葉識曰：二十一日夜子刻校正。

卷二十九末葉識曰：丙寅八月晦日校。

卷三十二末葉識曰：曹彬侯臨馮默菴校本此卷止。

卷三十三末葉識曰：八月三十日。

卷三十四末葉識曰：八月晦日午後。

卷三十五末葉識曰：八月三十日，北風甚寒，重棉被體。

卷四十末葉識曰：九月初八日，黎明起，祀后土神，斬草開土，晨霞滿天，氣象清麗。

卷四十一末葉識曰：初八日辰起校。

卷四十二末葉識曰：初八日，鳳阿丙舍校。

卷四十三末葉識曰：重陽前日，校于鳳邁精舍。丙寅，沅叔記。

卷四十四末葉識曰：日向夕矣，墓穴尚未卜定，噫，艱哉！初八日。

卷四十五末葉識曰：初八日酉刻。

卷四十六末葉識曰：初八酉刻閱。

卷四十七末葉識曰：九月初八日，宿鳳邁丙舍。是日為余初度日，行年五十有五矣，學業不脩，事功不立，徒矻矻窮老於丹鉛中，亦可欺矣。藏園坿志。

卷四十八末葉識曰：初八夜。

卷四十九末葉識曰：初八夜，月下南峰，清影可弄。

卷五十末葉識曰：初八夜。

卷五十一末葉識曰：初八夜亥刻。

卷五十二末葉識曰：九月初八日亥刻校。是日凡得十有三卷，山中日月長，信哉。

卷五十六末葉識曰：丙寅重九日校。

卷六十末葉識曰：丙寅九月初十日校畢。沅叔。（書號296）

皇甫持正文集六卷補遺一卷

唐皇甫湜撰。清光緒丙子讀有用書齋刊本。戊午年（1918）據宋蜀刻本校勘。是年雙鑑樓影印此宋刊本。

卷一末葉識曰：戊午七月二十六日燈右校。

卷六末葉識曰：戊午七月二十七日校畢。（書號285）

賈浪仙長江集七卷

　　唐賈島撰。明初刊本。葉子寅校，黃丕烈、傅增湘、鄧邦述跋①。傅增湘跋於乙卯年(1915)，鄧邦述跋於丙寅年(1926)。

　　藏園跋曰：此明初奉新縣刻本《浪仙集》，字畫古雅，當在洪永之間，至為罕覯。舊藏八千卷樓，今為秉衡先生所得②。葉氏之校，黃氏之跋，皆足為此書增重。顧黃跋云，自"孟協律"以下無校字，今卷中朱校固已終卷，細審再四，始知淡朱筆者為葉氏原校，濃朱筆者即張訒菴借黃氏景宋本所補校，訒庵字跡余能識之，其補校亦由黃跋啓之也。余藏有何校此集，與此頗不同，異日當借此本重勘之，先生其許我乎？沅叔傅增湘記，乙卯九月。

　　鄧邦述跋曰：宋刻據蕘翁跋即書棚本，沅叔所得義門校本是《八唐人集》中之一，余曾見之，所稱宋本，似不盡為棚本。有柳大中家之宋本，又有玉室本，則不知是宋刻是明刻也。此刻無序跋，但其字體古質，紙墨極舊，沅叔謂為洪永時刻本，亦想像之詞，然不誣也。篇中訛謬百出，經訒菴續校，知蕘翁語為不謬。亦有與玉室本合者，知所據仍是舊刻，惟竄易篇次，不加詳校，乃明人錮習，自明初已然，後人更不足責耳。余舊藏弘治本《東野集》，茲得是編，於是郊寒島瘦之觀，乃備存荒齋中矣，偶一展讀，為之狂喜不已，固不必宋槧名鈔，然後饜余慾望也。丙寅三月，友人孫伯淵為余致此書於虞山③，因題卷端。四月六日，小窗明淨，羣碧居士記。④（臺灣中央圖書館09799）

---

　　① 鄧邦述跋共二則，現迻錄與傅增湘有關之一。
　　② 丁國鈞(？－1919)，字秉衡，江蘇常熟人。繆荃孫弟子。
　　③ 此人大約即是蘇州碑帖鑒定專家孫伯淵(1898－1984)。
　　④ 傅、鄧二跋可見諸《寒瘦山房鬻存善本書目》卷六，文字稍有異。

長江集十卷

　　唐賈島撰。明崇禎十二年毛氏汲古閣刊《唐人八家詩》本,半葉十二行行二十字,白口,左右雙邊。卷末殘。丙辰年(1916)錄毛表校跋并跋。鈐“覯元”、“雙鑑樓藏書印”印。毛表校本現存國家圖書館。

　　各卷藏園先生識語錄如下:

　　目錄末葉識曰:毛奏叔校宋本,姚氏覯元所藏,後歸京師圖書館。丙辰八月二十二日,就館中傳校訖。沅叔。

　　鈐“藏園居士”印。(書號297)

沈下賢文集十二卷

　　唐沈亞之撰。葉德輝觀古堂刊本。鈐“藏園校定羣書”印。癸亥年(1923)據吳重憙家藏吳翌鳳手校本校勘,丁卯年(1927)再據舊鈔本校勘。

　　卷首為《四庫全書總目》提要,提要之末葉有跋曰:海豐吳仲懌侍郎逝世未久,遺書漸散,前日文林閣書估持來此本,為唐鷴安故物,謂是枚菴手校。審視乃頗不類,然要是從吳氏傳錄耳。回取湘中新刊勘定一過,不特行款大徑改易,即文字亦殊有異同,勝於麗樓藏書遠甚。連日籌辦藏園家宴,賓客坌集,破曉而作,五夜方就枕,抽暇更點定此書,五日而畢,轉忘疲苦,以此知心之所樂。雖勞精敝神,亦甘之如飴,特難為不知味者道耳。藏園居士沅叔氏志。

　　鈐“傅”“沅叔”印。

　　目錄葉末藏園過錄唐翰題、吳翌鳳、吳重憙手跋。

　　各卷藏園先生識語錄如下:

卷一末葉識曰:癸亥九月十六日校。

卷二末葉識曰:十六日燈下校。

四年後再識曰:丁卯十月三十日,依舊鈔本校。

卷三末葉識曰:癸亥霜降後四日校。

四年後再識曰:丁卯十一月初四日校。

卷五末葉識曰:九月十八日校。

卷六末葉識曰:九月十九日校定。

卷七末葉識曰:九月十九日校。

卷九末葉識曰:九月十九日校。

卷十末葉識曰:九月十九日,為老人暖壽,召韓伶演借扇。客散,夜尚未闌,曰炳燭校讀,遂盡此卷。藏園居士記。

卷十一末葉識曰:九月二十日為老人壽辰,賓客填門,歌舞徹夕,不暇操管,翌晨乃得終此卷。萊娛室主記。

卷十二末葉識曰:癸亥九月二十一日晨起校完。(書號298)

李文饒文集二十卷(存卷一至五)

唐李德裕撰。明刻本,半葉十行行二十字,白口,左右雙邊。首有癸亥年(1923)王禮培跋,卷中多黃丕烈以宋本校勘手跡。卷五末傅增湘跋。鈐“禮培私印”。李盛鐸所藏此黃校本見諸《藏園訂補邵亭知見傳本書目》。

卷五之末,藏園跋於護葉:乙丑閏月,段讀並用新刻本照臨一過。序中改正處與義山本多合,各卷改字與《全唐文》多合,明本譌字極多,新刻多經勘定,故不具錄。門人傅增湘拜識。(北京大學圖書館□6083)

會昌一品集二十卷別集十卷外集四卷補遺一卷

唐李德裕撰。清光緒五年《畿輔叢書》刊本。鈐“企驎軒”、“沅叔手校”、“耽書是宿緣”、“校書亦已勤”、“雙鑑樓藏書印”、“傅增湘”、“沅叔”印。可參閱《藏園羣書題記》跋文。首冊內護葉浮簽傅熹年先生手書曰:藏園老人據朱文鈞藏明鈔本校。己巳五月十日至七月廿四日,校《文集》卷六至《別集》卷七,己巳十一月廿三日至庚午正月初五日校其餘各卷。後一甲子庚午正月,孫熹年檢記。

各卷藏園先生跋識錄如下:

序言之末葉識曰:己巳十一月二十四日校。

鈐“沅叔”印。

卷一末葉識曰:己巳十一月二十五日,依明鈔本校。

鈐“沅叔手校”印。

卷二末葉識曰:己巳十二月十六日,校於天津袁氏寓齋。

鈐“沅叔”印。

卷三末葉識曰:十二月十七日校。

鈐“沅叔”印。

卷五末葉識曰:十二月十七夜校。

卷六末葉識曰:己巳五月初十日,據明鈔本校。

卷七末葉識曰:己巳五月二十五日,校於廣濟寺。余妻云徂倏及期矣,傷哉。

鈐“沅叔”印。

卷八末葉識曰:五月二十七日校。

卷十末葉識曰:五月二十九日校。

鈐“沅叔”印。

卷十一末葉識曰：己巳十二月二十日校。

鈐"沅叔"印。

卷十二末葉識曰：庚午正月元日校。

鈐"沅叔"印。

卷十三末葉識曰：庚午元日校。

鈐"沅叔"印。

卷十四第二葉附紙補錄"奏回鶻事宜狀"一則，卷末識曰：庚午正月初二日校。

鈐"沅叔"印。

卷十五第六葉附紙補錄"請發陳許軍馬狀"一則，卷末識曰：正月初三日校。

卷十六末葉識曰：正月初三日校。

鈐"沅叔"印。

卷十七末葉識曰：正月初三日校。

鈐"沅叔"印。

卷十八第五葉、第六葉附紙補錄批答詔共二則，末葉識曰：正月初四日校。

鈐"沅叔"印。

卷十九第七葉附紙補錄口宣詔一則，末葉識曰：正月初四日校。

鈐"沅叔"印。

卷二十末葉識曰：正月初四日校。

鈐"沅叔"印。

《別集》卷一末葉識曰：連月苦雨，水潦橫途，不出城闉，殆已百日。頃以省墓，攜兒入山，翠嶂清泉，煩憂一寫，僧寮炳燭，輒畢此卷。沅叔志於清水院，己巳七月二十一日。

卷二末葉識曰：七月二十二日，至鳳阿拜墓，旋往西崦精舍，臨澗聽泉。回寺少息，曰校得此卷。

鈐"沅叔"印。

卷三末葉識曰：月上松巔，泉鳴几下。勘罷凝思，清趣灑然。廿二夕記。

鈐"沅叔"、"傅增湘"印。

卷四末葉識曰：七月二十三日，清泉吟社校。

鈐"沅叔"印。

卷五末葉識曰：七月二十三日校完，殘月上東嶺矣。

鈐"沅叔"印。

卷六末葉識曰：七月二十四日，游侗復齋水塔院，試浴溫泉池，歸而校此。書潛。

鈐"沅叔"、"傅增湘"印。

卷七末葉識曰：廿四夜校畢。

卷八末葉補錄"大迦葉贊"一則，并識曰：己巳十一月廿三日校。

鈐"沅叔"印。

卷九末葉識曰：十一月二十三日校。

卷十末葉識曰：此後有裴潾寄詩十四首，及諸書載平泉花木四則，別錄坿入。十一月二十三日，沅叔校畢記。

鈐"沅叔"印。

《外集》卷一末葉識曰：庚午正月初四日校。

卷二末葉識曰：正月初四夜校。

卷三末葉識曰：是卷訂正五十八字。庚午正月初五日校畢記之。書潛。

鈐"沅叔"印。

李衛公文集二十卷別集十卷外集四卷補遺一卷

唐李德裕撰。清光緒十六年常慊慊齋刊本。鈐"沅叔手校"印。乙丑年(1925)過錄黃丕烈校跋并跋。

卷五末葉過錄黃丕烈跋語之後又跋曰:椒微師新獲此殘帙於湘人王培初①,前日自南中旋京,奉謁侍談,曰出此相示,遂叚得照臨一過。原本為嘉靖刻,中多譌字,此本已經改正者不具錄。乙丑閏月,傅增湘。

鈐"沅叔手校"印。(書號299)

李長吉詩集四卷外詩集一卷

唐李賀撰。明刻本。每半葉九行行十八字,白口,四周雙邊。鈐"海鹽張元濟經收"、"涵芬樓"印。

卷末藏園題識曰:癸丑十一月,江安傅增湘借校一過。(書號7634)

歌詩編四卷集外詩一卷

唐李賀撰。明末毛氏汲古閣刻《唐人四集》本,半葉十二行行二十字,細黑口,左右雙邊。傅增湘據南宋初宣城本校,吳慈培據明初刊本校並跋,吳昌綬題識。

卷末吳慈培跋曰:按,《讀書敏求記》載歌詩編四卷外詩一卷,鮑欽止家本,臨安府棚前睦親坊南陳宅經籍鋪印行。瞿氏《藏書志》影宋抄書棚本亦有外詩,外詩出於鮑欽止家,則臨安陳氏本即

---

① 從上文北京大學藏書得知,此王培初即王禮培(1864－1943),字佩初,湖南湘鄉人。光緒二十九年進士,湘省重要藏書家。

鮑欽止本，無可疑者。子晉跋以陳本別於鮑本，誤矣。傅丈從張君菊生借得舊校本，屬余校勘一過，其本題李長吉詩集，有集外詩，每頁十八行行十八字，黑口，版大行疏，審字體斷是明初刊。校此本，異字甚多，如子晉所舉瑕瑜，或然或否，蓋自南宋以來唐人集版刻獨夥，又不盡守舊來面目，後之人欲溯流尋源亦甚難矣。集外詩“白門前”一首即卷四“上之回”易首二句，餘字小有異同耳。明本竟删之，是矣，然又不符鮑氏所云二十三篇之數，補遺二首亦不知何據增入，冀傅丈他日更遇善本仍以校勘之役見屬，以袪吾疑。癸丑十月十八日校畢，置案頭忽忽更歲，甲寅正月廿四日重閱一過，附識數語以歸。吳慈培。

　　其後吳昌綬題識曰：近出宋宣城本李賀《歌詩編》，恨佩伯不及展翫遺墨，歎息彌襟。後四年戊午七月，仁和吳昌綬坿志。

　　鈐“伯宛”印。（書號302）

增廣音注丁卯詩集二卷

　　唐許渾撰，元祝德子訂正。元刊本，半葉十行行十九字，黑口，雙欄。黃丕烈、傅增湘題跋。見諸《藏園羣書經眼錄》著錄。

　　藏園先生跋曰：木齋夫子以此本見示，取席刻校勘一過①，顏有異字。第席刻所依宋本缺各首，此本皆有之。字下所注宋本作某者，亦不盡同。蓋席所據，乃書棚本，此則祝氏單刻本，世不多見，至可寶也。甲寅上巳校畢因記，傅增湘。（北京大學圖書館LSB/9088）

————————

　　①　可參閱《唐人百家詩》（書號317）中關於《丁卯詩集》校勘跋語。

朱慶餘詩集一卷

唐朱慶餘撰。清康熙四十一年席氏琴川書屋刊《唐詩百名家集》本。鈐“雙鑑樓”、“藏園老人六十以後手校”印。丁丑年（1937）據瞿氏藏宋書棚本校勘，卷首有寫於丁丑冬月之跋文一則，《藏園羣書題記》已收，略有文字差異，文意全同。

卷末葉識曰：丁丑十一月十六日，依宋刊本校正。藏園。

鈐“沅叔手校”印。（書號303）

麟角集一卷附錄一卷

唐王棨撰。清光緒十年福山王氏《天壤閣叢書》刊本。鈐“藏園校定羣書”印。癸亥年據涵芬樓藏清寫本校勘，該寫本見諸《藏園訂補郘亭知見傳本書目》。

目錄末葉識曰：癸亥十月二十七日，自申江北旋。車行徐、兗之交，取涵芬樓所藏舊鈔本校勘一過，軌道震蕩不甯，故改訂處字跡益復醜拙，可哂也。藏園居士記。

鈐“傅”“沅叔”印。（書號308）

李羣玉詩集三卷後集五卷

唐李羣玉撰。南宋臨安府陳宅書籍鋪刊本，半葉十行行十八字，白口，左右雙邊。黄丕烈、鄧邦述、傅增湘跋，翁斌孫題記。

鄧邦述二則題跋，後一則寫於戊午年（1918），與藏園相關，迻錄於此，曰：此百宋一廛舊物也，蕘圃前後題跋皆滿，乃不見錄於潘鄭齋尚書所刊《士禮居題跋》中。自汪閬源後，吳中藏家俱未之見，蕘圃得此書晚，其後散出未知流轉何所。光緒乙巳，余應端忠敏之約，將游歐美，書友柳蓉村持此與《碧雲集》同來，謂蕘翁重視二李過於他書，讀其跋語，良信。時方戒裝，不及議價，還之。明年四月歸國，至滬，而蓉村又以書要於客邸，云特存以餉我，余感其意，如價收之，實余收宋刻之初桃也。人世尤物，遇合之故，誠有不可解者。沅叔近嘗謂余，雖貧，他書可去，而此必不可去。吾固將抱此以沒世矣。既得《批沙集》，乃重裝，而悉存其舊，蕘翁封面并寶存焉。戊午三月，正闈記。

鈐"羣碧翁"印。

藏園跋於壬子年（1912），曰：壬子殘臘，江安傅增湘借校一過。時大雪怒飛，孝先將有遼瀋之行，整裝待發，覆勘後，遂持書送別。後之覽者，幸勿以"借書一癡，還書一癡"相誚也。

頃在南中，收得宋板《批沙集》，旋以歸涵芬樓。孝先聞之，浼余向菊生商讓，復函亦至欣然。今觀蕘夫題此集有"良金揀得在沙披"之句，豈三李合併，信有前緣耶？沅叔附志。（臺灣中央研究院傅斯年圖書館）

李文山詩集三卷

唐李羣玉撰。吳慈培抄本。鈐"正闈審定"、"正闈手校"、"正闈校錄"、"正闈鑑賞"、"羣碧樓印"印。吳慈培、鄧邦述跋，傅增湘過錄黃丕烈跋。此書校勘情況見諸《藏園訂補邵亭知見傳本書目》。

卷首藏園先生手錄黃丕烈跋文及絕句兩首。卷末為鄧邦述壬子年（1912）五月跋文，記吳慈培據毛氏汲古閣刊本影抄此書、又藏園據羣碧樓藏宋書棚本《李羣玉集》校勘之事。跋文之後為吳慈培影鈔宋本此書總目及分卷目錄，藏園先生再次手錄黃丕烈跋文二則。

吳慈培最後跋曰：羣碧樓者，江寧鄧正闈先生藏書之所也。余始於奉天識先生，叩羣碧之義，先生曰：南宋書棚本《李羣玉集》、李中《碧雲集》，黃蕘圃向所藏者，歸吾插架，蕘翁得二集，名其室曰碧雲羣玉之居，吾襲其名以名吾室，然羣玉時在碧雲之前，吾名視蕘翁名乃安也。時先生藏書在吉林，未獲請觀。余尋購得汲古閣刊《八唐人集》，二李在焉，乃依其行格點畫各寫一本，備他日假宋本校正，置諸篋笥忽忽數載。去年夏，先生來天津，出示二集，適余校《莊子》未卒業，乃索余寫本代為讎校，竝倩工裝成而歸余。余固甚感先生惠我之厚，然風檿几麊，慮不能無遺憾，欲請假覆校，已為翁丈弢父借去傳抄。及冬，先生被奉天鹽運使之命，將輦書之官，行期甚迫，傅年丈沅叔向先生假二集以校席刻，約登車之日還書。余度不及更假，乃以余本請傅丈參校，得若干條，凡藍筆書行間者，皆是也。以先生暨傅丈用力之精勤，必有神物護持，傳之久遠。余小子手跡姓字，因之以顯，豈不幸歟！（書號304）

重刊校正笠澤叢書四卷補遺一卷續補遺一卷

　　唐陸龜蒙撰。清大疊山房刊本。鈐“沅叔手校”印。庚午年（1930）據明抄本校勘。《藏園羣書經眼錄》著錄此涵芬樓藏紅格鈔本。

　　目錄末葉藏園跋曰：涵芬樓藏明鈔紅格本，題陸魯望集，凡八卷。假閱經年，頃攜來山中，迺取此新刊校勘，三日而畢，其異同迄別考以明之。庚午清明，自鳳邁掃墓歸清泉吟社記之，時山雨初過，月上松顛矣。藏園居士。

　　鈐“傅”“沅叔”印。（書號306）

重刊校正笠澤叢書四卷補遺一卷續補遺一卷

　　唐陸龜蒙撰。據清顧氏碧筠草堂刻本影印本。鈐“沅叔手校”印。癸亥年（1923）傅增湘過錄何焯校勘并跋，己卯年（1939）周叔弢臨顧廣圻校本并跋。吳騫校本、顧廣圻校本均著錄于《藏園羣書經眼錄》。

目錄末葉有周叔弢過錄何仲子識語，其曰：借華山馬寒中所藏弘、正中鈔本校鈔本，雖未經校勘，訛誤觸目，詳其所自，却從宋本照款胥錄者。究為善本，觀者幸不以訛誤而忽諸。康熙戊戌秋又八月之一日，仲子記。

其後又跋曰：己卯十一月，沅叔三丈寄示此册，屬為補校。因取舊藏顧千里校本對勘一過，顧氏所據為何仲子校本，與沅丈所見何義門校本正是一家眷屬。沅丈別有手校明鈔八卷本，題《陸魯望集》，其異字與何校多同，或同出一源也。十二月四日，至德周暹謹記。

鈐“叔弢手校”印。

《補遺》卷末葉藏園過錄何焯校勘跋識二則，並識曰：述古書坊見此何校殘本，取新印一册臨之，孟蘋有兔床仲魚校本，翰怡有抱經校本，竢當薈錄於此也。增湘謹志，癸亥冬至。

鈐“傅”“沅叔”印。（書號307）

甲乙集十卷

唐羅隱撰。明末毛氏汲古閣刻《唐人八家詩集》本，半葉十二行行二十字，白口，左右雙邊。辛未年（1931）據明寫本校勘并跋。

各卷藏園先生識語錄如下：

卷一末葉識曰：辛未十月初五日，依明鈔本校。

卷二末葉識曰：十月初六夕校。

卷三末葉識曰：初六夜校。

卷四末葉識曰：十月初六日校。

卷五末葉識曰：十月初六日校。

卷六末葉識曰：客去又竟一卷，異字殊不多見。

卷七末葉識曰：初七夜三更。

卷九末葉識曰：將就寢矣，又竟一卷。

卷十末葉跋曰：徐司業梧生藏明寫本《唐詩》二十冊，都二十餘家。余從其壻史吉甫太史假得《樊川》、《唐風》、《唐英》、《甲乙》四集，均以通行本勘過。此《甲乙集》適有汲古《八唐人集》，曰對校一通，改訂處殊少，別取瞿氏宋棚本校之，其字句亦率相合，蓋毛氏彙刻時，似亦曾見宋本，故異字絕少也。連日都市戒嚴，向夕即路斷行人，夜間無客見訪，而余轉得藉此閑寂，從事丹鉛。此本假之吉甫候已經年，今日乃能以全帙走還之，此亦嚴城寒夜之一快也，十月初八日，藏園居士記。辛未十月初八日校完。（書號309）

讒書五卷附校一卷

唐羅隱撰。清嘉慶十二年吳騫刊《拜經樓叢書》本。辛巳年（1941）據李盛鐸舊藏寫本校勘，該寫本見諸《藏園羣書經眼錄》。

卷一末葉藏園識曰：辛巳十月初十日校。[①]　（書號310）

孫可之文集十卷

唐孫樵撰。清光緒二年馮焌光讀有用書齋刊《三唐人集》本。壬戌年（1922）據明吳鸒石香館刊本校勘。鈐“萊娛室”印。《藏園羣書經眼錄》著錄明吳鸒石香館刊本，並別有跋文見於《題記》。

各卷藏園先生識語錄如下：

卷一末葉識曰：壬戌七月二十二日校。

---

① 　第四、五兩卷未見校改文字。

卷二末葉識曰：壬戌七月二十二日校。

卷三末葉識曰：壬戌七月二十二日校。

卷十末葉識曰：壬戌八月初六日校完。

鈐“沅叔手校”印，並錄石香館刊記。（書號300）

唐孫樵集十卷

唐孫樵撰。抄本。鈐“增湘”、“藏園”、“藏園老人六十以後手校”、“沅叔手校”印。

卷首附藏園“仿書棚本行格”紙，為丁丑年（1937）十月藏園先生手書跋文，該跋已經收入《藏園羣書題記》，大意相同而文字差異甚多，最要者為宋蜀刻本流傳，本書所附跋文，稱“至道光時，顧千里校勘此集，乃得見長洲顧氏小讀書堆所藏宋本，曰舉‘龍多山錄’云：起辛而游，洎甲而休，‘題武侯碑陰’云：獨謂武侯治於燕奭二條字句有誤，謂見宋刻而後知正德本之謬，今檢影本證之信然。顧氏宋本後歸汪閬源家，旋為海源閣楊氏所得，余於津門得一見之……”，而《題記》收錄者，已無入藏小讀書堆一節，讀者可對讀。《經眼錄》記海源閣藏宋本較簡略。

各卷藏園先生識語錄如下：

卷一末葉識曰：丁丑四月晦日校。

卷三末葉識曰：丁丑立冬日校。藏園老人記。

卷四末葉識曰：十月初七日校。

鈐“沅叔”印。

卷五末葉識曰：丁丑三月二十一日，依宋本校訂。沅叔手記。

卷六末葉識曰：十月初六日校。

卷七末葉識曰：十月初十日校。

卷八末葉識曰：十月初十日校。

卷九末葉識曰：十月初十日校。

卷十末葉識曰：丁丑十月初十日校畢。

鈐“增湘之印”、“沅尗”印。（書號301）

司空表聖文集十卷

唐司空圖撰。清光緒三十一年《朱氏結一廬剩餘叢書》本。壬子年末（1913）據鄧邦述藏知不足齋寫本校勘，翌年章鈺據錢大昕藏鈔本校勘，戊午年（1918）又得以據宋蜀刻本覆校。各本均可見於《藏園羣書題記》。

卷首附藏園“仿書棚本行格”紙，錄“校司空表聖集跋”一文，該文見於《藏園羣書題記》，惟最末一段不同，《題記》記宋刊《司空表聖文集》源自山東書估及書之概況，在本書末葉，而此處另有一段文字：“己卯八月二十一日，藏園老人書於石齋，時風雨淒清，秋氣漸厲，落葉滿園，使人益動蕭瑟之感。”此段文字與《題記》所載跋文主體，感慨知音聚會切磋交流不再之語，思緒相承，前後呼應。

各卷藏園先生識語錄如下：

卷三末葉識曰：壬子十二月十八日校畢此卷。

卷六末葉識曰：壬子東坡生日校勘訖。

卷七末葉識曰：十二月二十二日，自都門扶病還，炳燭校竟。

卷八補鈔聯珠八首。

卷十末葉識曰：壬子祀竈日校訖。

六年後再識曰：戊午七月二十九日，自辰訖亥，校宋本十卷畢。沅叔。

并過錄鮑正言題識，再識曰：壬子歲莫，假孝先同年所藏知不足齋抄本校勘一過。癸丑正月，章式之假錢辛盦藏本再校，文字不同者記於上方。沅叔。

數年後再識曰:戊午七月二十九日,自辰訖亥校宋本十卷畢。沅叔。

全書末刊繆荃孫敘朱氏藏書之跋,文之後藏園再跋一則,曰:敝估于瑞臣自山東收得唐人集六冊①,宋刊宋印,懸直至高,為袁寒雲所得者《元微之集》二十四卷、《權載之集》六卷皆殘本,《皇甫持正集》六卷,余已假得移校矣。于旋送一冊來,乃《司空表聖集》十卷,半葉十二行行二十一字,白口,左右雙闌,有翰林國史院官書印,劉公悪印,與各集同。取此本校勘一過,與鮑本同者十六七,此外佳處亦最多,惜不知鮑氏宋刊為何本,孰為先後,無所參證耳。戊午中秋夜記,增湘。

鈐“沅叔手校”印。書末浮籤多則,多為校勘文字。(書號290)

香奩集一卷

唐韓偓撰。明末毛氏汲古閣刻《五唐人詩集》本,半葉九行行十九字,白口,左右雙闌。參見《藏園訂補邵亭知見傳本書目》。

卷末過錄屈大均跋文:《唐書·藝文志》載韓偓集一卷,香奩集一卷。晁公武《讀書志》韓偓詩二卷,香奩詩無卷數。辛丑崴遊駕湖,偕竹垞朱丈訪南州草堂徐氏,得际宋槧本《香奩集》,計古今體詩一百一首,《拾遺》四首,無卷數,與晁《志》合,即席借鈔珍存行篋。是集聞有謂和凝嫁名者,試開卷披讀,夫豈彼誃癏者之所能哉?番禺屈大均記。

之後藏園再跋曰:己未殘臘,廠市新開小肆,運來粵東倫氏書,

---

① 于魁祥,字瑞臣,河北深縣人。民國三年接手琉璃廠述古堂書店,幾次赴外省收書,斬獲頗豐。

檢取此本，末有翁山跋語，謂照宋本鈔出。曰校於毛刻上，次第不同，字句亦頗多改定。此刻缺詩四首，並鈔於目後，洵善本也。記昔年借涵芬樓鈔本玉山樵人《香奩集》，亦係分體本，曾託章式之校於席刻上。今此本異同似與涵芬樓本相合，疑其同出一原也。暇當合兩本訂正之。初九日，增湘記。

鈐"藏園居士"印。（書號311）

浣花集十卷

唐韋莊撰。明正德江陰朱氏文房刻本，半葉十行行十六字，白口，左右雙邊。鈐"長春室圖書記"、"沅叔"、"傅印增湘"、"雙鑑定樓藏書印"、"忠謨讀書"印。已未年（1919）書跋。《藏園羣書經眼錄》著錄。

書衣識曰：《浣花集》十卷，明正德中朱承爵刻本，各家藏目所無，明刻唐人集中最為罕秘，當與宋元同珍。已未人日獲於海王村冷攤。沅叔記。

鈐"雙鑑樓"印。

卷十末葉藏園據明鈔本補錄朱承爵刊記，并識曰：明鈔本此跋在補遺後，今補於此。沅叔。

其後為跋文二則，一曰：昨崴錢唐書友楊耀松寄來明鈔本《浣花集》十卷，半葉十行行十六字。郡望題為"杜陵韋莊"，不作京兆，補遺詩二首後朱承爵跋六行，闌外有"江陰朱氏文房"六字。取席刻本參校一過，改正數十字，字皆絕佳，方知是集以朱刻本為最勝，其流傳亦最稀。蓋明鈔即從此轉錄，當時之罕秘可知矣。今日偶游廠市，於冷攤中獲見此本，刻工嚴整，紙印精湛，審其行格，與百家本有異，曰以善價收之。燈下細讀，見闌外綾裝處隱隱有字，展視之，正"江陰朱氏文房"六字也，惟卷末佚去補遺二葉，故子儋跋亦遂以不存。若非稍加諦視，幾於交臂失之，數百年來所矜為罕秘者，一旦以無意獲之，亦新春快意事也。子儋原跋據鈔本補書於卷末，弟藹序則席刻有之，不更錄。《端己集》曾假羣碧樓所藏季滄葦鈔本校過，補正至多，今《全唐詩》本所從出，疑其彙各本而寫定，非專據一本也。此外有毛氏綠君亭刻本，八千卷樓有之，今藏江南圖書館，前有弟藹序，疑為席刻所從出也，異時當一勘正之。己未人日，傅增湘識。

鈐"藏園"印。

二曰：按《唐詩紀事》，韋莊應舉時，遇巢寇犯闕，著"秦婦吟"云：内庫燒為錦繡灰，天街踏盡公卿骨。公卿多垂訝，莊乃諱之。今集中無此首，當是避忌而削藁耳。又引"閑臥詩"云：誰知閑臥意，非病亦非眠；又，手從彫扇落，頭任漉巾偏；識者知其不祥云。此二連集中亦不載，然則《端己》詩補遺之外所逸尚多也。沅叔再識。

鈐"增湘長壽"印。（書號2233）

白蓮集十卷坿風騷旨格一卷

唐釋齊己撰。明抄本，傳錄柳大中抄本，墨絲欄，半葉十二行行二十字。鈐"一字子九"、"毛晉私印"、"西河"、"毛氏藏書子孫永寶"、"汲古閣主人毛晉之印"。戊午年（1918）傅增湘借此書為校本。可參閱《藏園羣書題記》該書之跋。

《風騷旨格》卷首柳僉志語之葉，有識語曰：戊午八月十九日，從椒微師借校一過。傅增湘敬志。（北京大學圖書館□7572）

碧雲集三卷

唐李忠撰。明崇禎間毛氏汲古閣刊《唐人八家詩》本，半葉十二行行二十字,白口,左右雙邊。鈐"麥谿張氏"、"籍圃至所"、"蛾術齋藏"、"蛾術齋"、"巴陵方氏碧琳琅館珍藏古刻善本之印"、"擁書万卷亦足以豪"、"方印功惠"、"柳橋"印。庚午年(1930)過錄原藏海源閣黃丕烈校本。黃氏校本已見於《藏園羣書經眼錄》著錄。

各卷藏園先生識語錄如下:

目錄末葉識曰:庚午立冬日,移錄黃蕘圃校本。

卷上末葉識曰:庚午九月十八日校。

卷下末葉過錄黃丕烈跋文,並跋曰:黃蕘夫手校《碧雲集》,海源閣楊氏舊藏,載在《楹書隅錄》。昨歲盛傳大盜入閣中,篡取書籍,連車捆載而去,事後魯政府委專員往勘,粗有記錄,然其詳終不得知也。前日敝估言有兵持書來售,審視皆海源閣中物:北宋本《揚子法言》僅存中二冊,元本《劉中菴集》僅存首冊序目,又舊鈔《聲畫集》、《不繫舟漁集》、《可齋雜藥》尚完好。此《碧雲集》亦劫餘之一也,值昂,不可得,曰段得,手校一過還之。大地兵塵,衣冠文物蕩掃無遺,此不過滄海之一粟耳,寧足悲哉! 庚午九月二十日,藏園居士書。(書號312)

碧雲集三卷

唐李忠撰。吳慈培影抄毛氏刊本。鈐"正闇審定"、"正闇手校"、"羣碧樓印"印。癸丑年(1913)傅增湘校并跋,該書吳慈培、鄧邦述均參與鈔校,可與《李文山詩集》題跋參讀。

全書末葉有鄧邦述壬子六月長跋一則,其後為藏園跋文,曰:佩伯手寫《碧雲》、《羣玉》兩集,正闇既以所藏宋本代為校勘,余異時復從正闇假原本以席刻校讀一過,又為此本補其失漏,佩伯並屬代錄蕘翁數則。兩公寫校精善,若以余之惡書羼雜其間,不啻勞嬙施之面,甯不為後來者所笑? 顧佩伯頻來敦促,謂將藉此誌吾數人離合之跡,且丹鉛往復,余獲益於佩伯者不尠,於誼未可辭,遂忘其醜而書之。時正闇將入之官遼海,余亦載書入京師校秘閣圖籍,行有日矣。癸丑五月,棘人傅增湘。①　(書號 313)

(四)北宋別集類

寇忠愍公詩集三卷

宋寇准撰。清康熙吳調元辨義堂刊本。庚申年(1920)據舊鈔本校勘。參見《藏園訂補邵亭知見傳本書目》。

孫抃"寇忠愍公旌忠之碑"文末藏園跋曰:吳門來青閣書坊楊壽祺,日前挾書入都。余訪客舍,狂搜篋底,苦尠善本,嗣得此帙,重其為明謝氏小草齋所寫,因段歸,取此本校讀一過,竟夜而畢。原本十行二十字,版心下方有"小草齋鈔本"五字,有晉安謝氏家藏圖書、周雪客家藏書二印,索直昂,不得收,校竟遂以歸之。庚申十月二十五日,增湘記。(書號 320)

乖崖先生文集十二卷附錄一卷

宋張詠撰。清光緒八年莫祥芝刊本。乙丑至丙寅年(1925-1926)據汪士鐘藏明鈔本校并跋。該鈔本見諸《藏園羣書經眼錄》。

各卷藏園先生識語錄如下:

卷一末葉識曰:乙丑四月初七日校。

翌年再識曰:丙寅二月初九日,據明鈔本再校。

---

① 此跋之後,藏園手書過錄黃丕烈跋文數則。

卷二末葉識曰：四月初七日。

翌年再識曰：丙寅二月初九日，據明鈔本校。

卷三末葉識曰：四月初七日辰刻。

卷四末葉識曰：藏園主人勘。

卷五末葉識曰：初七日。

卷六末葉識曰：巳刻校畢。

卷七末葉識曰：四月初八日校。

卷八末葉識曰：四月初九日晨起校定。

卷九末葉識曰：晨起坐園中，紫藤花發，香溢几案，拈筆校此。初九日。

卷十末葉識曰：四月初九日校。

卷十一末葉識曰：四月初九夜。

卷十二末葉識曰：乙丑四月初九夜校完。

全書末葉跋曰：楊馥堂老友自吳門寄舊寫本《乖崖集》①，為汪閬源、潘菽坡所藏，就此刻對勘，改定字句頗有可取，惟缺龔夢龍序、"寄劉郎中詩"，"庭竹"、"愛日蓮"二詩互誤，"益州脩公署記"羼入下篇文百許字，與莫跋所稱明鈔本同，當即從此本出也。逸事中溢出"龍猛"一則，末有缺文，據"言行錄"補之。乙丑四月初九日，藏園主人沅叔記。（書號321）

小畜集三十卷外集殘本八卷拾遺一卷

宋王禹偁撰。清光緒二十五年廣雅書局翻《武英殿聚珍》本。丙寅年末至丁卯年（1927）據明鈔本校勘。《藏園羣書經眼錄》著

---

① 楊馥堂，蘇州書賈，與藏園往來還可見於《藏園羣書題記》之"洪武本蘇州府志跋"和《藏園訂補邵亭知見傳本書目》卷十下《翰苑新書》著錄。

錄此明鈔本。

各卷藏園先生識語錄如下：

卷二末葉識曰：丙寅十二月二十日，據明鈔本校。

卷三末葉識曰：丙寅十二月二十七日校。

卷四末葉識曰：丁卯元日校。

卷五末葉識曰：丁卯元日校。

卷六末葉識曰：丁卯元日校，沅叔。

鈐"沅叔"印。

卷十一末葉識曰：丁卯正月立春日，共校五卷。

卷十二末葉識曰：正月初五日校。

卷十三末葉識曰：丁卯正月初六日校。

卷十四末葉識曰：丁卯正月二十二日校。

卷十五末葉識曰：正月二十二日校。

卷十六末葉識曰：正月二十四日校。

卷十七末葉識曰：正月二十五日校。

卷十八末葉識曰：二月初一日校。

卷十九末葉識曰：二月初四日，小雨飄林，就竹窗校此卷。

卷二十末葉識曰：二月初五日校。

卷二十一末葉識曰：三月初五日校。

卷二十二末葉識曰：二月初五日校。

卷二十三末葉識曰：三月初六夜，雪止月出。

卷二十四末葉識曰：二月初六日校。

卷二十五末葉識曰：二月初六日亥刻。

卷二十六末葉識曰：二月初七日校。

卷二十七末葉識曰：二月初七日校。

卷二十八末葉識曰：二月初八日校。

卷二十九末葉識曰：二月初八日校。

卷三十末葉跋曰：昨歲從直隸書局得明寫本，後有紹興十七年黃州刻書公牒及紙墨裝裱用錢數目，末附知軍州沈虞卿銜名八行，是從宋刻鈔出者，然每卷詩文時加減削，疑鈔胥省工所為，非原缺也。校讀一過，改正殊夥，緣此本再經校正，視趙刻譌誤已少矣。丁卯二月八日，沅叔記於藏園之龍龕精舍。鈔本十一行行二十二字，有葉氏藏書朱文印，知為文莊故物也。丁卯二月初八日校畢。（書號322）

武夷新集二十卷

宋楊億撰。清嘉慶十六年祝氏留香室刻本。校勘個別篇章。

藏園於目錄末葉跋曰：曾見內閣殘書中有《武夷新集》一葉，為宋元間刊本，十一行二十字，黑口單欄。所存為卷十八第三葉，有“貽薛氏繩歌”、“贈薛氏振哥”、“與趙寺丞”、“題潘察院竹園壁”、“貽徐翔卿之別”、“題莫干山”、“題胡子山林檎坡七題”，皆七絕。檢此本，皆不見，知此本行世者既非完書，其編次亦絕異也。辛未除夕，藏園居士記。

《逸詩文》末葉識曰：卷中朱筆皆據宋刊《皇朝文鑑》校正，丁卯六月，沅叔記。（文津街分館普通古籍105358）

宋林和靖先生詩集四卷附錄一卷

宋林逋撰。明正德十二年韓士英、喻智刻本，半葉十行行二十字，白口，四周單邊。鈐“吳岫”、“知十印”、“馮氏藏書”、“馮知十”、“馮彥淵讀書記”、“燕庭藏書”、“澹德書屋”、“神往”印。馮知十校，傅增湘跋。

書末藏園跋文，其大意略同于《藏園羣書題記》者，然文字頗有差異,可見出前後修改筆意,故迻錄於此,文曰:昔蕘圃言林和靖集僅見明刻四卷本為最古,余家所藏正為明刊黑口四卷本。今《四部叢刊》印行,即就余本影寫者也。頃訪同學邢君贊庭,出此正德本見示,其版式行格與余本同,惟前有洪鐘序,知為吾蜀韓廷延所刊,且版心乃白口,字體亦較圓活,始知余本從此翻雕者。卷首象贊名賢姓氏及坿錄之詩文,皆余所無,卷中朱筆係從宋本校正,鈐有馮彥淵印,或即知十之筆歟?余本缺詩一葉,藉是本補完。校勘一過,凡改訂三百十七字,別有"贈崔少微"五律一首,兩本皆失之,馮氏得宋本補錄,是尤可珍矣。惟所校宋本未記行款,不審為何本,然以篇中敦字注御名証之,與瞿氏殘宋本同,必為淳熙本也。夫正德迄今僅四百餘年,余本版刻偶脫,頻歲訪求,無緣訂補,幸贊庭惠假此本,匪特補舊刻之脫訛,兼獲睹宋刊之佳勝,怡懌殆不可言。爰述其梗概,并以著贊庭通懷樂善,賢於秘惜自秘者萬萬也。庚午七月,藏園居士傅增湘識。

　　鈐"傅""沅叔"印。(書號 2131)

林和靖先生詩集四卷省心錄一卷詩話一卷

　　宋林逋撰。清汪安、汪定古香樓刊本。鈐"惕廬"、"王印金銛"印。王金銛跋,傅增湘校。

　　卷四末葉藏園識曰:戊午除日校完。

　　全書末有浮籤為王金銛識語。(書號 323)

宋林和靖先生詩集四卷補一卷

　　宋林逋撰。上海涵芬樓《四部叢刊》景印雙鑑樓景明鈔本。傅增湘庚午年(1930)據馮知十校宋本校勘。翌年(辛未)再據鐵琴銅劍樓藏殘宋本校勘。乙亥年(1935)張允亮又據黃丕烈校本校勘。

　　各卷帙藏園先生跋識錄如下：

　　卷首有跋曰：此石印本就余所藏正德刊本影寫者，余得此本於申江，為朱修伯故物，後歸張幼樵副憲①。辛亥革命，張後人仲釗寄居秣陵，其宅為新軍所據，遺書盡散，買人捆載來滬，無慮數萬卷。余時適留滬南中，頗得寓目，此書亦其一也。篋藏十餘年，苦無善本可以校補奪訛，日前同學邢君之襄新收到劉燕庭家藏書，適有是集，且為馮知十據宋本手校，因段歸細勘，並詳記原委，得夫數百言，題之卷尾。此帙不更複錄，聊書數語，垂示忠兒，俾知善本之難得，庶後人世守勿失，以無負老人搜訪之苦心耳。庚午八月初二日，自清華園授課歸記此，藏園居士。

　　涵芬樓刊記空白處再識曰：辛未清明後七日，據海虞瞿氏宋刊殘本校定，距傳錄馮氏校宋本，時已半載矣。隙駒易逝，而載籍無窮，炳燭餘明，能勿自勉乎哉！藏園六十翁記。

　　梅堯臣序言之末葉識曰：假瞿氏宋刊殘本校勘，原書存卷上，詩一百五十六首，改正至不可勝計，然與前時所錄馮知十校宋本，又迥不同，似馮氏所據迺別一宋本也。辛未二月二十四日，宿清水院之第三夕，屈指段閱良士上海寓樓藏籍，時已兼旬矣。藏園居士記。

　　其後張允亮識曰：乙亥上元日，以顧澗蘋景寫殘宋本覆校一過。庚樓。

　　卷二末葉識曰：庚午七月十一日，校明正德本。

---

　　①　張佩綸（1848－1903），字幼樵，號繩齋，豐潤人。同治十年進士，官至侍講學士。曾娶結一廬朱學勤次女為妻，得結一廬藏書甚多。此段文字，適為結一廬藏書散逸補說。

卷四末葉識曰：庚午七月，叚邢贊庭藏馮知十校宋本原本正德丁丑刊，增訂三百十六字，補詩一首，又補缺文一葉。藏園居士記。

《補詩》卷末手錄"贈崔少微"詩一首，並識曰：此詩據宋本補在卷一"閔師寫陋容"後。沅叔附記。

此處又有浮牋一張，藏園寫道："贈崔少微"一首已見卷二第十一、十二葉，景宋本次第亦與眉端所注同，不列"閔師寫陋容"詩後，豈馮校宋本如此耶？

書末尚有張允亮識語一則，曰：乙亥正月廿七日，假北平圖書館藏黃復翁校宋本再勘一過。瞿氏殘宋本先藏顧抱沖小讀書堆，復翁據校，澗薲景寫，皆是帙也。庾樓附識。（書號324）

河南集三卷遺事一卷

宋穆修撰。清彭元瑞知聖道齋寫本。鈐"南昌彭氏"、"知聖道齋藏書"、"遇讀者善"、"沅叔手校"印。既有章鈺癸丑年（1913）跋語，又有傅增湘戊午年（1918）據舊寫本校并跋。此本見諸《藏園羣書經眼錄》。

卷末藏園跋曰：戊午正月初九日，在翰文齋搜閱殘書，得舊寫本《穆參軍集》，中有硃筆校改處，不知何人手筆。取校一過，增改補正殆數百字，其秋浦會遇詩，號稱難讀，校正亦不少。序中原脫去一行，若非得此本補之，世人蓋莫究其旨久矣。昔年章式之校呂本，曾著數語於此本後，謂與呂本同出一源，然不言其異同若何，暇當更詢之。元夕校畢，江安後學傅增湘。

鈐"增湘之印"、"沅叔"印。

其後為章鈺跋文，語及藏園，其曰：此本與吳伯宛所收舊寫本有汪魚亭藏閱書印者，字跡、正俗、行格、高寬，甚至如誤筆後點改如卷二十頁一行誤與改猶之類，無不相同，疑即景鈔汪本，惟汪本凡留字均缺二筆,作留①,必出語見呂氏。魚亭既未拈出此本,則全已改寫。從沅叔借觀,適吳收本亦在几上,為比勘記之。見知聖道齋經收書籍固有異俗本也。癸丑九月二十日。汪本留字皆為字不成外,學字下皆作子②,不知係避誰諱,當博考之。

鈐"消磨夢境光陰"、"章式之讀書記"印。(書號325)

鉅鹿東觀集十卷補遺一卷附錄一卷

宋魏野撰。清宣統三年趙貽琛峭帆樓刊本。甲子年(1924)據鮑廷博鈔校本校勘,後二卷為朱祖謀代校。參閱《藏園訂補邵亭知見傳本書目》。

宋薛田序言末葉藏園跋曰:鈔本《東觀集》七卷,半葉十行行二十三字,鮑以文用藍筆校過,不知所據何本也,舊藏蘇州查燕緒家。余從陳立炎假來,校誦一過,別附《外集》一冊,分三卷,考之即此刻之第四、五、六各卷也,今本併入,改為十卷,則其子所編七卷之原,第竟不可尋矣。其餘字句多有可采,為照改於卷中,後之觀者自得之。甲子二月晦日,沅叔記於上海客次。

各卷藏園先生識語錄如下:

卷二末葉識曰:二月二十七日校。

卷三末葉識曰:二月二十八日,校於上海客次。

卷四末葉識曰:甲子二月廿八日校。

卷五末葉識曰:二月二十九日校。

卷六末葉識曰:二月三十日校。

卷七末葉識曰:二月廿八日自杭旋滬,陰雨不出,杜門校此。

① 留字缺第三筆小點及最後一筆橫。
② 子之橫劃不出頭,至豎劃而止。

卷十末葉識曰:甲子二月二十六日,接校第六、第七二卷於蔣氏密韻樓下,郭君蘭枝覆審一過①。孝藏記②。(書號326)

鉅鹿東觀集十卷補遺一卷附錄一卷

宋魏野撰。清宣統三年趙貽琛峭帆樓刊本。鈐"沅叔手校"印。辛酉年(1921)據舊寫本校勘,己巳年(1929)再據寫本校并跋。

書名葉跋曰:范氏也趣軒宋人小集寫本錄仲先詩四十七首,校勘此刻,"夏日宿西禪院"五律一首、"嘲妓張"八詩七絕一首,未經收入,尤異者"苔錢"五律八韻,范本乃作五律四韻,首聯文字絕異,不知其所據果何本也。姑照改一過,更竢得善本證訂之。己巳四月二十一日,藏園居士記。

各卷藏園先生識語錄如下:

卷一末葉識曰:辛酉十一月十六夜,吳淞海舟中校。

卷二末葉識曰:十一月十六夕,舟行浙海,水月空明,校竟,倚舷極望久之。

卷三末葉識曰:十一月十七日晨,移寓寧波縣前客邸,校此卷。

卷四末葉識曰:同日辰刻校。

卷五末葉識曰:十一月十七日燈右校。增湘。

卷六末葉補錄詩二首,並識曰:同日燈下再竟此卷。

卷十末葉過錄嘉慶年胡重識語,並識曰:辛酉十一月十九日,據舊鈔本校畢。時寓四明萬安旅舍,是日欲游天童不果,增湘記。

---

① 郭蘭枝(1887－1935),字起庭,浙江嘉興人。能詩詞、書法,善篆刻。

② 朱祖謀,原名孝藏,字古微,號彊村,浙江歸安人。光緒九年進士,詞學造詣深厚,編刻詞集多種。

鈐"沅叔手校"印。（書號327）

武溪集二十一卷

宋余靖撰。明末唐王隆武二年余超龍刊本，半葉十行行二十字，白口，四周雙邊。乙丑年（1925）據明成化刊本校勘，成化本之黄丕烈手跋見諸《藏園羣書經眼錄》。

目錄末葉有跋文一則，曰：《武溪集》以成化刊本爲最舊，蓋邱瓊山鈔自館閣，付韶守蘇轍刊行者也。余得此本於武林文元堂，有蕘圃手跋及勞季言印記。據校此刻，訂正凡二百七十一字，補祖無擇、龐籍詩各二首此原刻附錄，而後來芟之，又卷十七"賀孫學士啓"中有"唐初開秦府"以下十八行，似志墓之文所闌入。世無宋本，此誤殆無由糾正矣。編次兩本皆同，惟詩二卷次第略異，今併誌於題上。至康熙丁丑韶郡程德基刻本，則文字缺空處極多，制誥一門尤淩雜無次，改不勝改，視兹刻又遜矣。增湘記，乙丑十一月初一日。

各卷藏園先生識語錄如下：

卷一末葉識曰：乙丑十月廿三日校。

卷二末葉識曰：乙丑十月廿四日，依成化本校。大風竟日夕，黄塵漲天，楊村戰事方開[1]，此何時耶？

卷四末葉識曰：十月二十五日校。

卷五末葉識曰：乙丑十月廿五日校，距伯兄之歿已五七矣，傷哉。藏園志。

卷六末葉識曰：乙丑十月二十七日校。

卷七末葉識曰：乙丑十月廿七日校。

---

[1]　楊村位於天津北，此時開始第二次直奉大戰。

卷八末葉識曰：十月廿七日亥刻校。

卷九末葉識曰：十月二十八日早起校畢。

卷十末葉識曰：十月二十八日燈右校。

卷十一末葉識曰：十月廿九日。

卷十二末葉識曰：十月二十九日校。

卷十三末葉識曰：十月二十九日亥刻校。

卷十四末葉識曰：十月二十九日燈下校定。

卷十五末葉識曰：十月二十九日校畢，夜漏三下矣。

卷十六末葉識曰：十一月朔。

卷十八末葉識曰：十一月初一日校。

卷十九末葉識曰：十月三十日，夜大風。

卷二十末葉識曰：十一月初一日校畢，全書訂正式百七十一字。

卷二十一末葉識曰：乙丑十一月朔。（書號328）

范文正公集二十卷別集四卷政府奏議二卷尺牘三卷

宋范仲淹撰。《四部叢刊》景印明翻元刊本。鈐“藏園”、“沅叔手校”、“傅”、“沅叔”、“書潛”、“沅叔校勘”、“傅印增湘”印。乙丑年（1925）據北宋刊本校勘并跋，跋文與《藏園羣書題記》之跋部分內容相近。

卷一末葉識曰：乙丑七夕。

鈐“藏園”印。

卷二末葉補錄詩一首，并識曰：七月初九日校。

鈐“沅叔”印。

卷十末葉識曰：乙丑七月十四日，依北宋刻本校。

鈐“傅”、“沅叔”、“書潛”、“沅叔手校”印。

卷十二末葉識曰：乙丑七月十七日校。

鈐"藏園"印。

卷十三末葉識曰：乙丑七月十八日校。

鈐"傅印增湘"、"沅叔"印。

卷十七末葉識曰：乙丑七月十八日。

鈐"沅叔"印。

卷十八末葉識曰：七月十九日。

鈐"藏園"印。

卷十九末葉識曰：乙丑七月十九日校畢。

又手書長跋一則，曰：《范集》二十卷，得諸廖毅似家①，蓋吳中嫡裔范主奉所藏也。原缺序目及卷第一，纍生頌生為依乾道本影補②，然以葉數推之，尚差十六番，疑東坡序後尚有他文，或年譜之類。原書十行十八字，避諱至煦字止，卷第與明刻迥異，當為《文正集》第一刻本。茲以明本校之，詩如"閱古堂"詩、"和孫學士"十五首、"贈方秀才"、"和龐殿院"，文如"上攻守二策"、"唐異詩序"、"四德說"、"說春秋序"、"上李中丞書"、"遺表"，北宋本皆無之。其二十卷中賦十首，亦不載。蓋後刻者增入之。而卷三末"落星寺"詩則又乾道以下各本所無也。各篇中奪文如"上執政書"，"我太祖皇帝"句下奪"太宗皇帝"四字。"與周驟書"，"中有冊文"句下奪"詎可統而為制，僕乃求而閱之，果千首，中有冊文"十九字。"狄梁公碑"，"弗忘其親"下奪"此公之謂歟"五字、"其知人之深乎"下奪"又嘗引拔桓彥範、敬暉、姚元崇等至公卿者

---

①　《題記》指出，北宋本"余得諸嘉定廖氏"。廖壽豐，字毅似，嘉定人。同治年間進士。曾任浙江巡撫。身後藏書散出。上海書估陳立炎攜書北上至藏園。

②　纍汝僡，字頌生，宜賓人。國立北平圖書館工作人員，曾經和陳垣先生一起清點《四庫全書》，為藏園先生鈔書多部。

數十人"二十字。"王質墓誌銘","曰愻,將作監主簿"下奪"曰規,前明州奉化縣主簿"十字。"賈昌齡墓誌","弗易其居"上奪"弗辭闕命"四字。"書環州夫子廟碑陰","公方"下奪"為淄川兵馬"五字。其他單詞隻字校正又數百事。頃聞內府書有宋本《范集》行款不同,何時得取而合勘,以彌此本之缺耶? 歲在乙丑七月初七日開校,十九日畢,曰記其大概如左。藏園居士傅增湘,書於龍龕精舍。

鈐"沅叔手校"印。(書號1994)

蘇學士文集十六卷

宋蘇舜欽撰。清康熙三十七年徐惇孝、徐惇複白華書屋刊本。乙卯年(1916)據唐仁壽臨何焯評校本校,又據何焯評校原本校勘。何焯評校本已收入《四部叢刊初編》。

目錄葉末過錄何焯跋語。

各卷藏園先生識語錄如下:

卷三末葉識曰:乙卯十月十二日竟此卷。

卷五末葉補錄聯句及黃庭堅跋語。

卷八末葉補錄詩一首,過錄何焯跋文,並識曰:乙卯十月二十八日校竟。

卷九末葉過錄何焯識語。

卷十六末葉過錄何焯識語二則,並識曰:方地山藏義門校此集,乃後人所臨寫,實案頭一月,人事匆匆,作輟不常。雪後竟日少事,乃竭日夜之力畢之。義門勘校精密,改正殆千餘字,獨惜其校例不明耳。乙卯大雪節,沅叔。

書末補錄詩文多篇,又過錄何焯四則,並識曰:頃廠估持來此集校本,對勘一過,視方地山本多補鈔詩文六葉,何氏跋四則,余一一補錄於卷尾。原本乃海昌唐仁壽所傳錄,唐又得於錢警石先生,故錢、唐兩氏所勘,余亦間采一二焉。方本缺圈點處甚多,亦賴此本補足焉。乙卯十二月初六日,傅增湘記。（書號329）

古靈先生文集二十五卷附一卷

宋陳襄撰。舊鈔本。鈐"沅叔手校"印。戊辰年（1928）據常熟瞿氏藏宋刊本校勘。

卷首有長跋,《藏園羣書題記》已收錄,相較之下,與《題記》刊出者差別較大處有二,一是《題記》對宋刊本鑑定為南宋末福州覆刻紹興三十一年贛州刊本,原跋判斷為紹興辛卯贛州郡齋刊本寧宗時期重修本;二是《題記》提及在靜嘉堂所見宋刊本,原跋未及。其餘部分雖文字稍有出入,意同,不贅錄。鈐"藏園居士"印。

各卷藏園先生識語錄如下：

卷一末葉識曰:戊辰閏月廿三日,校宋刊本。

卷二末葉識曰:二十四日宿清泉吟社校畢。

卷三末葉識曰:閏月廿五日校。

卷四末葉識曰:閏月廿六日校宋本,凡十四葉。

卷五末葉識曰:上巳日校于清泉吟社。

卷六末葉識曰:自櫻桃溝靜樂山莊襖飲歸,秉燭校此,沅叔上巳記。

卷七末葉識曰:戊辰三月二十八日校畢。

卷八末葉識曰:戊辰四月初二日校定。

卷九末葉識曰:戊辰三月晦日至西峰寺,履勘新屋,還宿清泉吟社,校此一卷。書潛偶志。

卷十末葉識曰:夜靜心閑,更畢此卷,凡增訂十四字。

卷十一末葉識曰:四月朔,自西峰歸校畢。

卷十二末葉識曰:浴佛日校。

卷十三末葉識曰:四月十一日校。

卷十四末葉識曰:四月十一日,北京飯店校完。

卷十五末葉識曰:四月初七日校。

卷十六末葉識曰:四月十二日校。連日炎酷如焚,暑表升至九十八度矣。

卷十七末葉識曰:四月十二日校。炎熱視昨更甚矣。是日聞晉軍占滿城縣,奉軍退出保定矣①。

卷十八末葉識曰:四月十四日校。

卷二十末葉識曰:四月十七日校。

卷二十一末葉識曰:四月十九日,校於北海一房山。

卷二十二末葉識曰:四月十九日校。

卷二十三末葉識曰:戊辰四月二十九日校畢。

卷二十四末葉識曰:四月晦日校。

卷二十五末葉識曰:戊辰五月初三日校。(書號330)

趙清獻公文集十卷

宋趙抃撰。明嘉靖四十一年汪旦刊本,半葉十一行行二十字,小字雙行同,白口,左右雙邊。癸丑年(1913)據京師圖書館藏宋刊本校。此明刊本著錄於《藏園羣書經眼錄》。

卷首藏園跋曰:京師圖書館藏宋刊本《趙清獻公文集》,蓋內閣書也,存卷七至十六。余取明本過校,次第大略相同,但明本分十卷耳。第十六卷乃附錄國史本傳、蘇子瞻撰神道碑、曾子固越州

---

①　此乃國民革命軍北伐奉系軍隊。

救菑記、記聞一則、聞見後錄一則，當別錄於此本後①。原本半葉九行行十七字，大板心，高八寸四分，廣五寸，字方整，仿率更躰，其元明間補板則草率殊甚。板心記字數及刻工姓名，補板則無之，遇朝廷等字空一二格不等或提行，題目低四格，每卷只標無目。癸丑六月，傅增湘就校館中，三日乃畢。

卷九末葉識曰：癸丑六月初五日。（書號331）

公是集五十四卷拾遺一卷

宋劉敞撰。清光緒二十五年廣雅書局刊本。甲子年（1924）據兩鈔本校勘，癸未年（1943）又據舊鈔本校勘并跋，於宏遠堂所得鈔本見諸《藏園羣書經眼錄》，癸未年所見鈔本可參閱《藏園訂補邵亭知見傳本書目》。以下二跋所言，部分可見諸《藏園羣書題記》。

卷首有跋二則，其一曰：前年在翰文齋得盧抱經學士鈔本《公是集》不分卷蓋殘本也，頃又於宏遠堂見一殘本，秖存詩賦類，均彙校於此本上朱點者盧本，雙圈者宏遠本，得文字異同甚多，別補出詩十六首文六首，鈔附卷末②。蓋聚珍本由《大典》輯出，而兩鈔本則為舊時相傳之本，或出於宋代刊本，其源不同，故文字亦因之差異，惜乎不獲全本，無由窺見本來面目也。甲子十月二十日記，藏園居士傅增湘。

廿年後再校，補錄劉敞"雜律賦自序"，并跋曰：頃見鈔本《公是集》五十四卷，亦出於《四庫》本，而卷首載此序，乃為聚珍本所遺。對校全書既訖，因就燈下手寫此文，附諸卷末，以補勞平甫拾遺之所

① 書末附紙錄補遺篇章目錄。
② 全書末附紙補錄詩文若干。

未及焉。癸未正月二十四日,江安傅增湘識,時年七十有二。

各卷藏園先生識語錄如下:

卷一末葉識曰:癸未正月十六日,依舊鈔本校正。沅叔。

卷五末葉補錄奉和詩一首。卷六末葉補錄奉和詩一首。

卷十九第二葉書眉識曰:此下有"重傷胡二"一首,昔年曾據別一鈔本補錄於末卷之後。癸未正月,沅叔記。

卷二十末葉識曰:正月二十日校至此卷。

卷三十五末葉識曰:正月二十一日,校舊鈔本至此卷。沅叔。

卷三十六末葉識曰:正月二十二日校。

卷五十四末葉識曰:癸未正月二十三日,據舊鈔本校訖。藏園。(書號332)

邕州小集一卷

宋陶弼撰。晨風閣刊本。

藏園校而無跋識。(書號333)

陳眉公先生訂正丹淵集四十卷
拾遺二卷石室先生年譜一卷附錄一卷

宋文同撰,宋家誠之撰《年譜》。明萬曆三十八年吳一標刻崇禎四年毛晉重刊本,半葉九行行十八字,白口,四周雙邊。依《藏園訂補邵亭知見傳本書目》,是書據盧文弨校本校勘。

各卷藏園先生識語錄如下:

卷三末葉識曰:十二月十四日校。

卷五末葉識曰:十二月十五日校。

卷六末葉識曰:十五夜校。

卷十末葉識曰:十二月十七日校。

卷十四末葉識曰：十二月十八日校。

卷十八末葉識曰：十二月十九日校。

卷二十末葉識曰：二十日早起校。（書號334）

南豐先生元豐類藁五十卷續附一卷

宋曾鞏撰。明隆慶五年邵廉刻本，半葉十行行二十字，白口，四周單邊。鈐"周暹"印。壬子年（1911）臨何焯校。

卷七末葉過錄何焯識語。卷十末葉過錄何焯識語。卷四十七末葉過錄何焯識語。卷四十八末葉過錄何焯識語。卷五十末葉過錄何焯識語。

《續附》卷末葉藏園識曰：壬子四月二十日將出都，旋以事滯留。竭盡一日之力，補臨何義門圈點，四鼓乃畢。燈地目倦，脫誤殆不能免也。沅叔。（書號8444）

南豐曾先生文粹十卷

宋曾鞏撰。明嘉靖二十八年安磐刊本，半葉十行行二十一字，白口，左右雙邊。鈐"古鹽馬氏"、"馬玉堂"、"笏齋"、"笏齋珍藏之印"印。丙辰年（1916）據宋刊殘本校勘，《藏園羣書題記》為此明刊本專撰跋一篇，亦提及宋刊殘本。

各卷藏園先生跋識錄如下：

卷五首葉跋曰：宋刊巾箱本《曾南豐先生文粹》，存五至十，共六卷，每半葉十四行，每行二十六字，白口，四周雙邊，板心上方記字數，下方記刻工人名一字，口上記曾文幾。刊刻精工，舊為內府所藏，後為盛意園祭酒所得。壬子夏，余曾見之正文齋，時譚估居奇，議值未諧，近歸寒雲主人篋中，前日迺得假歸一讀。取嘉靖安刻本校勘，二日而畢。宋本脫誤頗甚，然足以糾正明刻者亦不少，且曾集宋本，世不可見，僅有義門校本，展轉鈔寫，舛誤已多，此雖坊本殘帙，然寫刻工雅，與《聖宋文選》同，不可謂非奇秘也。丙辰中秋日，沅叔記。

卷五末葉識曰：丙辰八月十一日校。

卷六末葉識曰：八月十二日校。

卷七末葉識曰：十二日校。

卷八末葉識曰：八月十三日校。（書號337）

元豐類藁五十卷

宋曾鞏撰。清光緒十六年慈利漁浦書院刊本。鈐“沅叔手校”印。藏園先生據張允亮、許寶蘅藏宋刊殘本，及宋刊《皇朝文鑑》校勘，凡曾校勘之詩文題均畫圈為記。詳參《藏園羣書經眼錄》。

卷首序說末葉跋曰：《皇朝文鑑》采南豐詩文凡四十二首，茲以宋刊本校此刻，略有改正，雜識二首，此本不載，顧刻補遺有之，亦改訂數字。陰雨竟日夕，頭痛神昏，坐小園勘此以自遣。沅叔記。

卷四十三末葉識曰：甲子十月初四日，校殘宋本。

鈐“沅叔手校”印。並附紙錄本卷所校各篇題目及校記。（書號336）

文潞公文集四十卷

宋文彥博撰。明嘉靖五年王溱刊本，半葉十行行二十字，小字雙行同，白口，四周單邊。鈐“虞山錢曾遵王藏書”、“曾在南雲蔡氏聽鸝山館羣籤之內”印。癸酉年（1933）據常熟瞿氏藏文瑞樓鈔本校勘。參閱《藏園訂補郘亭知見傳本書目》。

各卷藏園先生跋識錄如下:

卷一末葉識曰:癸酉四月十四日,依文瑞樓鈔本校於西湖寓樓。

卷二末葉識曰:四月二十日,嚴陵瀨舟中校。

卷三末葉識曰:癸酉四月二十五日校。

卷六卷二十八末葉鈐印"壬午已後小綠野記"。

卷三十四第八葉處以"藏園傅氏寫本"稿紙補抄兩則劄子。

卷四十末葉跋曰:瞿氏藏舊鈔本,乃從嘉靖刻照錄,而徐君紹乾用文瑞樓寫本校正之。是集刊本無早於嘉靖者,然訛謬盈幅,苦不可讀,鈔本源出較古,凡刊本之誤者已可正定其七八,北還後當手整其異同,為之詳考焉。

此鈔校本自瞿氏假得,攜之往金華、蘭谿,沿桐廬而下,迄無暇晷可以著筆,明日將旋燕,而主人索還甚急,囬屏除百事,匿跡一秋寓廬,竭盡日之力,居然終卷。老而好學,公殆可以自詡矣。癸酉四月二十六日,傅增湘記於上海古柏公寓①。(書號338)

伊川擊壤集二十卷

宋邵雍撰。明末毛氏汲古閣刻本,半葉十行行二十字,白口,四周雙邊。鈐"鵬南"印。乙丑年(1925)據宋刊殘本校勘,《藏園訂補邵亭知見傳本書目》稱據明初刊本校卷四至十,十四至十八。

目錄末葉跋曰:癸亥歲除,獲宋本《擊壤集》十二卷卷四至十,卷十四至十八,偶取此汲古本校勘一通,改定一百四字,補詩四十一首,別鈔附於卷尾,其缺卷當以成化刻本補校焉。乙丑四月十四日,增湘志。

---

① 古柏公寓係與孫多森有關數家銀行之產業。

各卷藏園先生識語錄如下：

卷四末葉識曰：乙丑四月十二日，校改九字補一字。藏園主人。

卷五末葉識曰：校改四字，四月十二日，沅叔。

卷六末葉識曰：四月十二日午後校畢，改八字，補詩一首。萊娛室主人。

卷七末葉識曰：校改十四字，補詩二首，沅叔勘宋刊殘本，乙丑四月十二日。

卷八末葉識曰：改正九字，刪落五字，補詩五首。四月十二日，沅叔，津門客邸校。

卷九末葉識曰：燈下續勘此卷，改訂八字，補詩二十六首。沅叔，乙丑四月十二日記。

卷十末葉識曰：餘興未闌，再盡此卷，補詩九首，改定十三字。雙鑑樓主人志。

卷十四末葉識曰：園中牡丹盛開，坐長廊校此卷，改定三字，補詩二首。沅叔氏，四月十三日。

卷十五末葉識曰：乙丑四月十三日校於燈右。改正十一字。

卷十六末葉識曰：十三夜盡三更校畢，改十字，補詩一首。藏園。

卷十七末葉識曰：四月十四日早校，補詩三首，改十一字。

卷十八末葉識曰：乙丑四月十四日，校於龍龕精舍，改正七字，補詩一首。沅叔。（書號339）

鄱陽詩集十二卷補遺一卷

宋彭汝礪撰。清嘉慶二十三年周彥高澤履刊本。鈐“藏園校定羣書”印。戊辰年（1928）據沈彩手寫本校勘并跋。《藏園羣書題記》中有專跋。

各卷藏園先生識語錄如下：

卷一末葉識曰：戊辰閏月廿四日，依沈虹屏女史手寫本校於清水院。改正十九字。

卷二末葉識曰：今日登西峰頂，尋得吉壤，忻慰無似。廿五日記。此卷改訂二十九字。

卷三末葉識曰：曉起四山沈陰，疏雨時作，坐東箱聽泉，因畢此卷。書潛偶志，廿七晨。此卷訂正三十四字。

卷四末葉識曰：雨窗小坐，几硯皆含清潤之氣，山中此景殊不易覯。午後興發，偶然拈筆，遂畢此卷。是日陳弢庵①、郭春榆②、林夷俶三前輩冒雨來寺。清泉吟社主人書潛記，廿七日。此卷訂正二十二字。

卷五第四葉以“藏園寫本”稿紙補抄十七行。卷末葉識曰：戊辰端五後一日校，補脫文十七行，訂正二十三字。

卷六末葉識曰：七月初五日，為嘉兒諷經於圓廣寺，因校此卷，以遣悲懷。沅叔手記。增訂三十五字。

卷七末葉識曰：此卷增改七十三字。戊辰七夕校。

卷八末葉識曰：七月十一日校，訂正三十二字。

卷九末葉識曰：七月十九日，校正二十四字。

卷十末葉識曰：戊辰七月十九日，聽雨於瓊島蟠青室，得校此卷，訂正三十有六字。沅叔手記。

卷十一末葉識曰：戊辰七月十九日雨窗，校正二十三字。

---

① 陳寶琛(1848－1935)，字伯潛，號弢庵，福建閩縣人。同治七年進士，授編修。宣統皇帝師傅。有《滄趣樓文存》及《詩集》。

② 郭曾炘(1855－1928)，字春榆，號匏庵。清福建侯官人。光緒六年進士。有《匏庵詩存》。郭則澐之父。

卷十二末葉識曰：七月十九夜校畢，時雨霽露微月矣。沅未記。此卷改訂三十二字。

全書末藏園以"仿書棚本行格"稿紙書跋文一則，曰：《鄱陽先生文集》十二卷　舊鈔本，十一行二十一字，有汪士鐘讀書朱文長方印、春雨樓校藏書籍印朱文方印、梅谷朱文葫蘆印、梅谷掌書畫史沈彩虹屏印記朱文八方印、于氏小謨觴館朱文小長印、于昌進珍藏白文長方印。蓋平湖陸梅谷烜舊藏，沈虹屏其侍妾也，字跡輕婉，豈即虹屏所書耶？舊為蔣氏密韻樓所得，旋歸之涵芬樓，余從樓中假出，以　刊本校之，卷　補脫文　行，卷七補脫詩一首，詩錄如後，脫文以別帋寫之。① （書號 340）

曾文昭公集四卷

宋曾肇撰。清康熙六十一年曾儼刊本。鈐"雙鑑樓藏書印"印。據邢之襄藏清初寫本及宋本《國朝文鑑》校勘。參見《藏園訂補邵亭知見傳本書目》及《藏園羣書經眼錄》。

曾儼序言末葉藏園手錄四篇文章篇名：上徽宗論君子之道直而難合，小人之言遜而易入，卷十一；上徽宗論惟材是用無係一偏，同上；上徽宗乞罷編類元祐臣僚章疏，卷九；上徽宗乞法英宗旌賞直言，同上。

其後識曰：以上四篇宜據《諸臣奏議》增入。凡題目加朱識各篇，皆依宋本《國朝文鑑》校正。沅叔記。 （書號 341）

---

① 此跋當是文草，當是以清嘉慶二十三年周彥高澤履刊本校之，卷五補脫文十七行。跋文之後補錄詩一首。

歐陽文集五十卷年譜一卷

宋歐陽修撰。明嘉靖二十二年李冕刊本,半葉十行行二十字,小字雙行同,白口,四周雙邊。壬申年末(1933)據宋衢州刊本校勘。

各卷藏園先生識語錄如下:

卷首識曰:壬申嘉平月,據宋衢州大字校定:卷三至十五、卷二十九至三十三、卷三十七至四十七,凡校二十有九卷。藏園,東坡生日記。

卷三末葉識曰:壬申十一月二十九日,校宋衢州刊本。

卷四末葉識曰:壬申嘉平月朔校定。藏園主人記。

卷五末葉識曰:壬申十二月初二日校畢,訂正二十二字。沅叔。

卷六末葉識曰:壬申十二月初二日校,改訂十三字。藏園記。

卷七末葉識曰:壬申十二月初三日校,訂正三十四字。書潛。

卷八末葉識曰:壬申十二月初五日校,改正七字。

卷九末葉識曰:壬申十二月初五日校,改正二十字。

卷十末葉識曰:壬申十二月初五日校,改正十八字。

卷十一末葉識曰:壬申十二月初八日校,改正十九字。沅叔。

卷十二末葉識曰:十二月初九日校,改定十七字。

卷十三末葉識曰:十二月初七日校。

卷十四末葉補錄"永厚陵挽歌辭引",並識曰:壬申十二月初十夜校,增改二十四字。

卷十五末葉識曰:壬申十二月十一日校畢,改定二十有二字。長春室主人記。

卷二十九末葉識曰:壬申十二月十二日校畢,改正三十有三字。

卷三十末葉識曰：是夕宴同館前輩後輩於園中，到李新吾以次十一人①。十二月十三日校，改正十八字。

卷三十一末葉識曰：十二月十六日，朔風嚴寒，呵硯校竟。

卷三十二末葉識曰：十二月十七日校，改正十六字。

卷三十三末葉識曰：十二月十八日校，改正二十六字。

卷三十七末葉識曰：十二月十八日校，改正十五字。

卷三十八末葉識曰：十二月十八日校畢，改正十字。

卷三十九末葉識曰：邊報日急，時迫歲闌，將舉此秘籍納之石室。今日盡屏他務，專力此書，然賓客過從，耗時太半，勤勤抵暮，僅完四卷，可謂艱矣。聊志於此，以竢麟孫長成示之。藏園記，十八日。此卷改正二十一字，又訂正一段。

卷四十末葉識曰：壬申十二月十九日，祀東坡先生歸校此卷，訂正十二字。

卷四十一末葉識曰：十二月十九日校，改十六字。

卷四十二末葉識曰：壬申十一月十八日，依宋衢州大字本校定。藏園。此卷改正十八字。

卷四十三末葉識曰：壬申冬至後日校，改定十二字。

卷四十四末葉識曰：是夜張鐙又竟一卷，訂正十二字。

卷四十五末葉識曰：此卷改正三字，十九日記。

卷四十六末葉識曰：深宵月上，竹影滿窗，清冷之趣，誰與領略耶？此卷正誤九字。十二月十九夜，藏園。

卷四十七末葉識曰：壬申十二月十九日校正，得十七字。今日

① 李經畬（1858－1935），字伯雄，號新吾，合肥人。光緒十六年進士。入民國以後，以書畫自娛，識音律，懂戲曲。

祭坡公歸校此集,凡竟六卷。增湘記。

書眉識曰:宋衢州本止此卷。(書號342)

歐陽文忠公全集一百五十三卷首一卷附錄五卷

宋歐陽修撰。清嘉慶二十四年歐陽衡刊本。庚午年(1930)據宋衢州本校勘。衢州本殘卷曾為內閣大庫藏,朱文鈞、傅增湘跋,陳寶琛、朱益藩題款[1],陳曾壽繪墨松圖一幅并題識,諸跋識均可見於《藏園羣書題記》,稍早於以下校勘。據書中校記,還曾以《名賢文粹》校勘。

各卷藏園先生識語錄如下:

卷三末葉識曰:庚午浴佛日,攜宋衢州本入山中,宿清水院校此一卷。藏園居士記。庚午七月初六日,校宋本十六葉。

卷四末葉識曰:庚午四月十二日,校宋衢州本。庚午七月初六日,校宋本十五葉。

卷五末葉識曰:庚午七月初八日,校宋本十三葉。

卷六末葉識曰:庚午七月望日,校宋本十三葉。

卷七末葉識曰:庚午七月中元日,校宋本十四葉。

卷八末葉識曰:庚午七月中元日,校宋本十二葉。

卷十一末葉識曰:庚申十一月十五日,校宋本十四葉。

卷十二末葉識曰:庚申十一月十七日,校宋本十六葉。

卷十三末葉識曰:庚申十一月十七日,校宋本十三葉。

卷十四末葉識曰:庚申六月二十三日,校宋本十六頁。

卷十八末葉識曰:庚申七月初六日校。

---

① 朱益藩(1861－1937),字艾卿,號定園,江西蓮花人。光緒十六年進士,翰林。光緒三十年出任京師大學堂總教習。

卷二十一卷末葉識曰:庚申十一月十七日,校宋本二十葉。

卷二十二末葉識曰:庚申十一月十八日,校宋本十六葉。

卷二十三末葉識曰:庚申十一月二十一日,校宋本十二葉。

卷二十四末葉識曰:庚申十一月廿一日,校宋本十五葉。

卷二十五末葉識曰:庚申十一月二十一日,校宋本十七葉。

卷二十六末葉識曰:庚申十一月二十一日,校宋本十五葉。

卷二十七末葉識曰:庚申十一月二十一日,校宋本十五葉。

卷二十八末葉識曰:庚申十一月二十二日,校宋本十四葉。

卷二十九末葉識曰:庚申十一月二十二日,校宋本十七葉。①

(書號343)

東萊標注老泉先生文集十二卷

宋蘇洵撰,呂祖謙注。宋紹熙四年吳炎刊本,半葉十四行行二十五字,小字雙行同,白口,左右雙邊。鈐"棟亭曹氏藏書"、"雙鑑樓藏書印",卷五鈐"寒雲秘笈珍藏之印"、"與身俱存亡"、"後百宋一廛"印。《藏園羣書經眼錄》著錄此本。

書末附藏園手札一通,曰:子經先生閣下:奉手書欣慰之至。《老泉集》至一三之數,只得割愛。但弟校過一遍,視通行本改正甚多,並有"與雷太簡納拜書"四,各本所無,真奇秘也。去我而南,殊難為懷。刻因兵事起京城,路不通,稍遲數日,或便人或郵局,定能寄上,但書款須兩交,尊處宜負其責也。潘明翁處所存之第五卷②,乞務為郵寄,校畢即還,決不有誤。款收到後交中孚銀

---

① 校勘至卷三十一。

② 潘宗周(1856－1939),字明訓,廣東南海縣人。銀行家,而富藏古籍善本。有《寶禮堂宋本書錄》四卷。

行先京，刻正急待用也。手此，敬請台安。弟增湘拜啟，四月九日①。（書號8720）

重刊嘉祐集十五卷

宋蘇洵撰。明嘉靖十一年太原府刊本，半葉十行行二十一字，細黑口，左右單邊。顧廣圻校跋，傅增湘跋。卷首為蔣兆和繪"藏園先生七十歲小像"，右邊題署：雙南華館主左右 沅叔寄奉。鈐"大司寇章"、"淡泉"、"顧澗蘋藏書"、"顧澗蘋手校"、"藏園"、"增湘"、"雙鑑樓"、"傅沅叔藏書記"、"二十年中萬卷樓"、"沅叔"、"江安傅沅叔攷藏善本"、"周遟"印。書末鈐"凝雲淡長清暇奇觀"、"海頻逸民平泉鄭履淮凝雲樓書畫之印"印，顧廣圻跋文稱此書曾為明代鄭曉端簡公家藏書。

卷首有長跋一則，見諸《藏園羣書題記》，雖略有文字差異，大意同，不贅。然此跋之後，又小識二行，為《題記》所無，移錄于此：撰記未幾，世好叔弢兄來函，欲舉明鈔《文苑英華》千卷易此書，余方從事校勘，慨允之，而此書又多一重故實矣。二月朔誌。（書號8449）

蘇老泉先生全集二十卷附錄二卷

宋蘇洵撰。清康熙三十七年邵仁泓安樂居刊本。鈐"臣泉然印"、"大方"、"保新齋所藏金石書籍印"、" 昳曳"、"徐""之銘印"印。辛未年（1931）據宋紹熙四年吳炎刊本校勘，此宋刊本輾轉十年方配成全帙，可參閱《藏園羣書經眼錄》。又臨顧廣圻校宋本。

各卷藏園先生跋識錄如下：

①　據元張養浩《歸田類稿》（書號422）校勘題跋，此信寫於壬戌年（1922）。

卷一末葉識曰：辛未二月初八日，校於範園。

卷三末葉識曰：辛未二月初十日，校於西湖客舍。

卷四末葉識曰：十一日，宿煙霞洞校。

卷八末葉識曰：二月十二日，校於煙霞洞。

卷九末葉識曰：晨間步上峰頂，石亭小坐。午後張叟紫雲來談，因躡危徑，訪其幽居，煮茗傾譚，歷指環屋奇石，旋相扶攜下山，探水樂洞，步上楊梅嶺，拜老友許彥援墓①，循翁家山而歸。夜乃抽筆校書，僅得數卷，明日當盡力了之，一入城市則塵氛四集，無暇搦管矣。游山而兼欲校書，訪友求閑而得忙，亦殊自笑耳。二月十二日，沉叔手記。

卷十三末葉以“海鹽涉園張氏文房”稿紙補文一則。卷十五末葉以“海鹽涉園張氏文房”稿紙補文一則。卷十六末葉過錄馮舒識語一則。

全書末以“海鹽涉園張氏文房”稿紙補文一則，並識曰：邵刊本已收，據以校改矣。沉叔記。（書號344）

新刻臨川王介甫先生文集一百卷目錄二卷

宋王安石撰。明萬曆四十年王鳳翔光啓堂刊本，半葉十行行二十字，小字雙行同，白口，四周單邊。甲戌年（1934）據劉啟瑞藏宋刊本校勘，此宋刊本頗有特點，參見《藏園訂補邵亭知見傳本書目》及《藏園羣書經眼錄》。

各卷藏園先生識語錄如下：

卷四十三第二葉書眉識曰：卷十七終。甲戌燕九節校。

卷四十五第七葉書眉識曰：卷二十一終。甲戌正月廿二日校。

---

① 即許引之墓，許於1924年去世。參閱俞平伯《燕知草》及“祭舅氏墓下文”。

卷五十二第五葉書眉識曰:卷十三終。甲戌正月十六夜,盧師山玩月,校此二卷。

卷五十六第七葉書眉識曰:卷十八終。甲戌正月二十日校。

卷六十一第六葉書眉識曰:卷二十終。正月廿二日校。

卷七十一第十四葉書眉識曰:卷三十三終。甲戌二月二日校。
(書號345)

王臨川全集一百卷目錄二卷

宋王安石撰。清光緒九年水邨山館刊本。辛酉年(1921)和丙寅年(1926)據宋紹興二十一年王珏兩浙西路轉運司刊本校勘。參見《藏園訂補郘亭知見傳本書目》及《藏園羣書經眼錄》。

各卷藏園先生識語錄如下:

卷一末葉識曰:辛酉五月朔校宋本,訂正八字。

卷二末葉識曰:辛酉五月十一日,校正十四字。

卷三末葉識曰:五月十一日晨,校正九字。

卷四末葉識曰:辛酉五月二十日,校正九字。

卷五末葉識曰:五月二十一日,校正二十二字。

卷六末葉識曰:辛酉五月二十二日,校正六字。

卷七末葉識曰:七月初一日,校正五字。

卷八末葉識曰:辛酉七月初一日,校正三字。

卷九末葉識曰:十月初八日,校正十二字。

卷十末葉識曰:十月初九日,校正六字。

卷十一末葉識曰:十月初九日,校正九字。

卷十二末葉識曰:辛酉五月二十二日,校正二十二字。

卷十三末葉識曰:十月初六日,校正十五字。

卷十四末葉識曰:十月初六日,校正八字。

卷十五末葉識曰:十月初六日,校正三字。

卷十六末葉識曰:十月初六日,校正六字。

卷十七末葉識曰:十月初七日,校正七字。

卷十八末葉識曰:丙寅十月二十三日,校正六字。

卷十九末葉識曰:十月二十四日,校正十一字。

卷二十末葉識曰:十月二十四日,校正十六字。

卷二十一末葉識曰:廿四夕,校正五字。

卷二十二末葉識曰:十月二十五日,校正八字。

卷二十三末葉識曰:二十五日校正三字。

卷二十四末葉識曰:十月二十五日,校正六字。

卷二十五末葉識曰:十月二十五日校正八字。

卷二十六末葉識曰:十月二十五日校定七字。

卷二十七末葉識曰:十一月初四日,校定二十一字。

卷二十八末葉識曰:十一月初四夜,校正五字。

卷二十九末葉識曰:十一月初五日,校正十字。

卷三十末葉識曰:初五日,校正二十九字。

卷三十一末葉識曰:十一月初六日晨,校定四字。

卷三十二末葉識曰:十一月初六日,校改六字。

卷三十三末葉識曰:初六日,校定十字。

卷三十四末葉識曰:初六日,校訂四字。

卷三十五末葉補錄詩一首,而後識曰:此卷補詩一首,訂正十字,初六日,沅叔記。

卷三十六末葉補錄詩一首,而後識曰:初六夜校,補詩一首,改訂四字。

卷三十七末葉識曰:辛酉五月十九日,校正十九字。

卷三十八末葉識曰:辛酉五月十九日,校正四字。

卷三十九末葉識曰：辛酉夏至日，校正十四字。

卷四十末葉識曰：辛酉五月二十日，校正二十三字。

卷四十一末葉識曰：辛酉五月二十日，校正八字。

卷四十二末葉識曰：辛酉五月二十三日，校正七字。

卷四十三末葉識曰：辛酉六月十三日，校於大覺寺四宜堂，訂正三字。

卷四十四末葉識曰：九月二十七日，校正八字。

卷四十五末葉識曰：十月初四日，校正四字。

卷四十六末葉識曰：十月初七日，校正七字。

卷四十七末葉識曰：十月初七日，校正六字。

卷四十八末葉識曰：十月初八日，校正十四字。

卷四十九末葉識曰：丙寅十月二十五日校，訂正十二字。

卷五十末葉識曰：十月二十六日，校正八字。

卷五十一末葉識曰：二十六夜，校定十二字。

卷五十二末葉識曰：十月二十九日，校正十七字。

卷五十三末葉識曰：廿九夜，校訂四字。

卷五十四末葉識曰：十月三十日，校定十五字。

卷五十五末葉識曰：十月三十日，訂正十一字。

卷五十六末葉識曰：十月三十日，校正二十一字。

卷五十七末葉識曰：十一月朔，校正二十字。

卷五十八末葉識曰：十一月朔，校正九字。

卷五十九末葉識曰：十一月初三日，校正九字。

卷六十末葉識曰：十一月初三日，校正十一字。

卷六十一末葉補錄脫文百餘字，又補錄表二則，為二百九十四字，並識曰：辛未三月晦日，沅叔依宋刊本補錄。

卷六十二末葉識曰：十一月初三日，校正十一字。

卷六十三末葉識曰：十一月初三日，校正五字。

卷六十四末葉識曰：十一月初四日，校訂十二字。

卷六十五末葉識曰：初四日，訂正十八字。

卷六十六末葉識曰：十一月初七日校，補一字。

卷六十七末葉識曰：十一月初六日校。

卷六十八末葉識曰：初七日，校訂六字。

卷六十九末葉識曰：十一月初九日，校訂十三字。

卷七十末葉識曰：初九夜，校定十七字。

卷七十一末葉識曰：十一月初十日，校定二十二字。

卷七十二末葉識曰：初十夜，校定二十二字。

卷七十三末葉識曰：十一月初十夜，校正四字。

卷七十四末葉識曰：初十夜，校定十一字。

卷七十五末葉識曰：十一月十一日，校訂十五字。

卷七十六末葉識曰：十一日，校訂十一字。

卷七十七末葉識曰：十一夜，校定十一字。

卷七十八末葉識曰：十一月十二日津寅，改訂七字。

卷七十九末葉識曰：十一月十二夜，校於津寅，改定十有一字。

卷八十末葉識曰：十二夜津寅，校正十三字。

卷八十一末葉識曰：十一月十四日，校於長春室，訂正二十一字。

卷八十二末葉識曰：十四夜，校正十六字。

卷八十三末葉識曰：十四夜，校正二字。

卷八十四末葉識曰：十五日，校正十二字。

卷八十五末葉識曰：十五日，校定四字。

卷八十六末葉識曰：十一月望日，校正九字。

卷八十七末葉識曰：十一月望日，校正九字。

卷八十八末葉識曰:十一月望,校正五字。

卷八十九末葉識曰:十五日,校正二字。

卷九十末葉識曰:十五日,校正十五字。

卷九十一末葉識曰:十一月十六日,校訂二十四字。

卷九十二末葉識曰:十六日,校正二十字。

卷九十三末葉識曰:十一月十六日,校訂六字。

卷九十四末葉識曰:十一月十七日,校正七字。

卷九十五末葉識曰:十七日,校正七字。

卷九十六末葉識曰:丙寅冬至節校,增訂凡五十字。

卷九十七末葉識曰:冬至日,校定十二字。

卷九十八末葉識曰:丙寅冬至節,校正十六字。

卷九十九末葉識曰:十一月十八日,校正十四字。

卷一百末葉識曰:丙寅冬至日,校正十六字。①（書號346）

臨川集拾遺一卷

王安石撰,羅振玉輯。1918年上海聚珍倣宋印書局刊本。傅增湘據北宋本校勘。

藏園校而無跋。（書號347）

王狀元集百家註分類東坡先生詩集二十五卷

宋蘇軾撰。宋刊本（卷十九至二十五配另一宋刻本,卷十五至十八配元刻本）,半葉十一行行十九字,注雙行二十五字,細黑口,左右雙邊。鈐“宏農楊氏世家”、“楊復”、“彥剛”、“宏農蘇齋”、“又雲”、“又一蘇齋”、“增湘”、“藏園”、“雙鑑樓”、“洗心

---

① 此處附紙,計算改字數目為一千零七十八字,以及部分卷詩文篇數出入。

室"、"沅叔藏宋本"、"二十年中萬卷書"、"雙鑑樓藏書印"、"傅沅叔藏書記"、"雙鑑樓主人珍藏宋本"、"傅增湘讀書"、"藏園秘笈"、"龍龕精舍"、"傅忠謨"、"江安傅沅叔收藏善本"、"沅叔"諸印。藏園之前諸藏印尚可見諸《藏園羣書題記》。楊繼震題詩①，蕭方駿乙亥年（1935）跋和傅增湘戊寅年（1938）跋，沈北霖、張恩澍、楊慶麟題簽。

《藏園羣書題記》有關東坡文集共八則跋文，其中二則與此本相關，本書卷首係較短者。第二段文字關於書之去向，較《題記》異文稍多，故移錄於此，以見前後修改之筆，曰：……昨歲盧溝事起，都市震驚，簡料藏書，嚴扃深鐍，隱寄百方，漂搖經歲，瀕危復安，萬卷庫儲，幸而無恙。昨歲偶與仲山孫公宴譚②，謂宋刻蘇詩，世所希覯，常人得一變已足，君乃鼎峙成三，可云美富無倫矣。然世亂無涯，懷寶可懼，櫝藏必謹，散逸滋虞，與其聚之於己，而獨力難持，曷若授之於人，使同心守護。余聞之憬然意動，乃議定以此本授之仲山，以熊氏本歸於厚盦，而余獨留務本書堂本，用資循諷。三本各有佳勝，難為軒輊，異時倘從事讐勘，則其書固在兩家，仍可為一瓻之假。楚弓楚得，余復何悕？從此寶笈所在，神物護持，什襲是珍，子孫永保。坡公有知，其亦鑑此微忱，默為相祐也。奉書之日，爰誌流轉原委，綴諸福葉，以進於仲山，且俾後來得見此書者，知干戈俶擾之際，鄭重相付，別具深衷，非徒嗜古耽奇，互矜雅玩而已也。歲在戊寅七月，江安傅增湘識。

鈐"藏園"、"增湘"印。

---

① 楊氏題詩見諸《題記》。

② 孫仲山，本重慶商人，後為大中銀行董事長。孫仲山曾貸助藏園先生購買松江韓氏藏元建陽熊氏刊本《東坡詩集》。

卷一首葉楊繼震考論泉州市舶司吳阿老刻書及楊復、彭元瑞事蹟。此考論之正誤，亦可參閱《題記》。

卷二末葉蕭方駿跋曰①：乙亥十二月十九日，為坡公九百之壽，藏園主人置酒奉祝，鄉人來會者：奉節張白墻②、三臺蕭龍友及弟紫超③、江北羅超凡④、德陽巫紹脩、雲陽涂子厚、合江陳劍秋⑤、巴縣陳幼孳⑥、大邑楊歙谷⑦、雙流向仲堅⑧。酒罷，主人出東坡詩文集，有宋代眉州、黃州、閩中、豫章各刊本，龍友以坡公汉硯至，紹脩以船山畫猿至，歙谷以文湖州墨竹、坡公像硯至，并取鄉館所藏坡公及文湖州墨竹二巨幅張於壁，相與摩挲賞玩，不忍遽去。曰記諸宋建刊蘇詩卷尾，以志一時勝會。屬三臺蕭方駿記之。

鈐"方駿私印"、"紫超"印。（書號4524）

東坡紀年錄一卷

宋傅藻撰。宋刊本。行款、鈐印見藏園跋文。

藏園先生書跋於"藏園鈔本"稿紙，文曰：此傅藻所撰《紀年錄》一卷，即年譜也。列於梅溪集注分類東坡詩之前。半葉十二行，每行十九字，注雙行二十五字，細黑口，左右雙欄。寫刻俱精，

---

① 蕭方駿(1870－1960)，字紫超。

② 張朝墉(1860－1942)，字伯翔，又字北墻、白墻，號半園老人。曾入黑龍江將軍程德全幕府。現存《半園老人詩集》。工于書法。

③ 蕭方駿(1870－1960)，字龍友，號息翁。北京四大名醫之一，又精通文史，讀書多批校。撰《息園醫隱記》。

④ 羅超凡，曾為中華大學教授，結漫社創作舊體詩。

⑤ 陳劍秋，書畫鑒賞家，有《秋醒樓藏札記》。

⑥ 陳廷傑，字幼孳。曾任四川巡按使。書法造詣深厚。

⑦ 楊歙谷(1885－1967)，字竹扉。曾在日本東京博物館研究與鑒定古代藝術品。回國後專門從事考古研究。

⑧ 向迪琮，字仲堅。著有《柳溪長短句》。

為南宋建本之最佳者。

此書舊藏於清宮昭仁殿，載在《天祿琳琅後目》中，故鈐有"天祿琳琅"、"天祿繼鑑"、"乾隆御覽之寶"各璽印。惜秖存此首冊耳。（美國國會圖書館）

王狀元集百家注分類
東坡先生詩二十五卷東坡紀年錄一卷

宋蘇軾撰，題宋王十朋纂集劉辰翁批點，宋傅藻撰《紀年錄》。元福建熊氏刊本，半葉十一行行十八九字，注小字雙行行二十五左右，黑口，左右雙邊。書中鈐印大多見諸《藏園羣書題記》及《經眼錄》，未及者還有"松江讀有用書齋金山守山閣兩後人韓德均錢潤文夫婦之印"、"甲子丙寅韓德均錢潤文夫婦兩度攜書避難記"、"德均審定"，藏園藏印有"雙鑑樓"、"藏園居士"、"傅增湘"、"沅叔"、"洗心室"、"沅叔藏宋本"、"二十年中萬卷書"、"雙鑑樓藏書印"、"傅沅叔藏書記"、"三十年前舊史官"、"雙鑑樓主人珍藏宋本"、"校書亦已勤"、"江安傅沅叔攷藏善本"、"傅忠謨"、"晉生"、"傅晉生胡素荇夫婦長生安樂"印。

卷首有藏園跋文二則，其一見諸《藏園羣書題記》，文字大略相同，最主要區別，係當日認作宋本，晚年董理舊稿時改定為元刊本，其過程參見《題記》"整理說明"，大約因此，文中尚有數十字論及南宋末年建安刻書字體，亦未刊出。

另一則跋文撰於戊寅年（1938），記敍此熊氏刊本轉藏涂子厚處原委，可與上書（書號4524）之跋同觀。文曰：昨歲，余既得此書，與泉州市舶司本儲之秘篋，暇時並几而觀，宛如雙璧，自謂躊躇滿志矣。節屆殘臘，周君叔弢適與余有互換藏書之約，曰出所得海

源閣之宋本《蘇詩集注》，易余舊鈔名校數帙以去①。其書為虞平
齋務本書堂本，與《天祿後目》所載正同，卷帙既完，楮墨復精，視
前獲兩帙竟爾後來居上，由是雙鑑樓中巋然鼎立，余於坡公信為有
緣矣。顧余竊有感者，夫物聚所好，雖屢取而未害為貪，而天道惡
盈多藏，或足以致戾。比者干戈俶擾，文物摧殘，搜訪既極其艱辛，
護持尤期於永久。況此為鄉賢遺集，出於天水良工，流傳既越四
朝，歷年亦踰七百，經前輩之祕藏珍護，留貽至今，聚此三本，付諸
一人，則保持勿墜，為責匪輕矣。外觀世變之日新，內顧衰齡之漸
迫，俛仰循思，私用自慄，偶陳夙志以語同人，孫君仲山首同茲議，
曰以泉州本歸焉。厚盦聞之欣然，亦願分任此責，遂舉熊氏此刻讓
之。曾未淹旬，分布已定，蓋余正有編刊文集之役，二君歸我書值，
亦藉助我剞劂，其意良足感也。從此私諸帳祕，長為世守之珍，同
結勝緣，可題寶蘇之會。爰述私悰，藉銘高誼，兼紀厓略，用示後
人。歲在戊寅閏月，傅增湘識於瓊島抱素書屋。

　　鈐“增湘”、“藏園”印。（書號5745）

東坡集四十卷後集二十卷內制集十卷樂語一卷
外制集三卷應詔集十卷續集十二卷年譜一卷校記二卷

　　宋蘇軾撰。清光緒三十四年端方寶華盦刊本，刊工為黃岡陶
子麟。此書根據得到善本時間，分別校勘於癸丑年（1913）、甲寅
年（1914）、丙辰年（1916）、戊午年（1918）、庚申年（1920）、辛酉年
（1921）、戊辰年（1928）、己巳年（1929）、乙亥年（1935），使用校本
甚多，詳參《藏園訂補邵亭知見傳本書目》卷十三，恕不一一。

---

　　① 據《弢翁藏書年譜》，易書日期為丁丑年十二月十二日。所易明鈔名校三種，
見諸該書及《題記》。

各卷藏園先生識語錄如下：

卷六末葉識曰：庚申六月初十日校。

卷七末葉識曰：庚申六月初十日校，宋本計十六頁。

卷八末葉識曰：庚申六月初十日校，宋本計十七頁。

卷九末葉識曰：庚申六月十一日校，宋本十六頁。

卷十末葉識曰：庚申六月十一日校，宋本十七頁。

卷十一末葉識曰：庚申六月十一日校，宋本十八頁。

卷十二末葉識曰：庚申六月十二日校，宋本十五葉。

卷十三末葉識曰：庚申六月十二日校，宋本十七頁。

卷十四末葉識曰：庚申六月十二日校，宋本十六葉。

卷十五末葉識曰：庚申六月十二日校，宋本十五葉。

卷十九書眉錄宋刊本“蘇世美哀詞”之序。

卷三十六末葉識曰：自十四葉起，皆據宏遠堂殘宋本補校。辛酉十月十六日。

卷三十八末葉識曰：辛酉十月十六日，宏遠堂送宋殘本來，據以校定。

卷三十九末葉識曰：眉山本《坡公集》一卷，亦內閣大庫舊物，為故人李佑丞所得，頃文在堂魏估持來求售，因張燈校之，俾與昔年所校相續也。乙亥八月二十四日，藏園老人記。

卷四十首葉識曰：此卷據宏遠堂殘宋本校。辛酉十月十六日記。

《後集》卷一末葉識曰：庚申六月十二日校，宋本十四葉。

卷二末葉識曰：庚申六月十二日校，宋本十四葉。

卷三末葉識曰：庚申六月十三日校，宋本十五葉。

卷四第五葉書腳識曰：戊午三月，森玉持來殘葉，正此二葉，補校於上。

卷末葉識曰：甲寅元日校。

卷五首葉書眉識曰：此二卷曾以宋黃州刻本校正，用朱色筆，今校此十二行本，以墨筆易之。庚申六月，沅叔記。

卷末葉識曰：甲寅人日校。

七年後再校識曰：庚申六月十三日校，宋本十六葉。

卷六末葉識曰：甲寅人日校。

七年後再校識曰：庚申六月十三日校，宋本十五葉。

卷七末葉識曰：庚申六月十二日校，宋本十七頁。

卷八末葉識曰：庚申六月十三日校，宋本十五頁。

卷九末葉識曰：庚申六月十五日校，宋本十七頁。

卷十首葉書眉跋曰：此卷校宋黃州刻本，用朱筆至第二十頁十四行止，其卷末擬進士對御試策，係據宋刻《東坡奏議》單行本，亦用朱筆，校宋本《國朝文鑑》用藍筆，校宋刊十二行本用墨筆。庚申六月十五日，沅叔記。

第十五葉書眉識曰：此篇據宋刻《東坡奏議》單行本校。戊午二月初六日，沅叔記。

卷末葉識曰：庚申六月十四日校，宋本二十六葉。

其後跋曰：宋刊本《東坡集》十九卷，假於鄉人鄧守遐①，存前集卷第六至卷第十五，《後集》卷第一至卷第三，卷第五至卷第十。高版心，密行小字，半葉十二行，每行二十二三字不等，白口，左右雙闌，中縫上記字數，下記人名，上魚尾下記東坡集幾或坡前幾、坡後幾，敬、桓、構、慎，皆為字不成。取校於此本上，次第都合，時有異字，疑成化刻源於此刻也。近日天氣酷暑，近畿戰事甫定，余方自雁蕩奔還，匿跡藏園中，事此冷淡生活，轉覺心地清涼，不知在圍

----

①　鄧鎔有《荃督余齋詩存》傳世，其中數詩記述與藏園先生交往。

城中,亦可異矣。沅叔記。

卷十一末葉識曰:甲寅人日校。

其後又跋曰:宋刊《東坡先生後集》,存卷第四、五、六、十、十一共五卷卷四缺六、七兩葉,卷四缺二十五葉以下各葉,卷十一缺十八至二十二四葉,白口,雙邊,半葉十行行十六字,版心上記字數,下記人名,魚尾上下均加小圈,版心有"庚子重刊"、"乙卯重刊"等字陰陽文不一,與圖書館所藏《東坡和陶詩》板式相同,蓋亦自內閣大庫散出者。舊為景樸孫所得,流轉入繆藝風手。癸丑殘臘,攜之北來,校訖因記顛末。甲寅人日,沅叔識。

卷十五末葉識曰:己巳十一月三十日,校宋黃州本。

卷十六末葉識曰:借文祿堂宋刊大字本校,凡訂正八十六字。戊辰十一月。

卷十七末葉識曰:戊辰十一月廿四日,校宋刊本,訂正五十六字。書潛記。

《內制集》卷一末葉識曰:丙辰三月十二日,校此卷訖。

卷二末葉識曰:三月十二日,再竟此卷。沅叔。

卷三末葉識曰:丙辰三月二十九日校。

卷四末葉識曰:三月二十九日校。

卷六末葉識曰:四月初二日。

卷七末葉識曰:四月十二日校。

此處附紙書曰:賜呂公著上第一表不允批答 元祐三年四月十一日;又 同;賜呂公著辭免恩命不允批答口宣 元祐三年四月十二日;賜新除門下侍郎呂大防第一表辭免恩命不允批答 元祐三年四月十二日;又 同;以上五篇鈔本列內制七卷"賜胡宗愈詔"後,刻本所無,俟考定再補入。四月十二日,沅叔手記。

卷八末葉識曰:丙辰四月初一日校畢。

卷十末葉識曰：四月初二日校。

《奏議》卷一末葉識曰：戊辰十一月二十四日，校宋大字本殘帙，凡二十八葉，訂正九十五字。書潛記。

卷三第十三葉書眉識曰：自"諸事皆上順天"起，至卷末，皆據內閣紅本袋中斷爛宋本殘葉校過。庚申八月廿一日記。

卷四末葉附"雙鑑樓鈔本"稿紙手錄劄子二首，並識曰：此二首在宋本《東坡奏議》第四卷中，今本遍查不得，姑錄於此以竢考。四月初二日。

卷六末葉識曰：癸丑六月初六日，校於京師圖書館。沅叔。

卷八第十七葉識曰：此卷以文祿堂殘宋本校。

卷十首葉書眉識曰：宋本秖存第一葉，在文祿堂書肆。

第三葉書眉識曰：宋本存一葉，在彥明允處①。

第十一葉書眉識曰：宋刊殘葉止此，均在文祿堂書坊。

卷十二第九葉書眉識曰：此下各卷凡題上加雙圈者，皆據宋刻《東坡奏議》單行本校。戊午二月初六日，沅叔記。

卷十五末附紙跋曰：宋刻本《東坡奏議》十五卷，書友送來閱，因與森玉、渭清三人竭日夜之力，校於新刻本，改正極多，與他宋本合。惜第一冊失校，他日有緣，當再補之也。前後用朱筆藍筆不一，然題上皆加藍色圈以別之。戊午四月初二日雨窗記，沅叔。

此後錄有"東坡先生奏議目錄"五葉，并再識曰：卷中題上加圈識者四十五篇，據鈔本校勘。鈔本新得之南方，每半葉九行行二十字。丙辰四月十四日，沅叔記。

又記各種校本曰：《東坡奏議》凡校五本：

---

① 藏園先生朋友之一，名彥惠，長白滿族人。曾參加藏園祭書會，見宋明州刊《文選》（書號11435）紹繼全題跋。

朱——宋刻大字本,圖書館藏,殘本;

朱——宋黃州刻本,繆、袁分藏;

朱——明鈔本,題上加朱圈;

藍——明翻宋本《奏議》十五卷;

朱注明 –宋本《諸臣奏議》。(書號348)

山谷別集詩注二卷

宋黃庭堅撰,史季溫注。明弘治九年南昌陳沛等刊本。傅增湘乙卯年(1915)書跋,與下文北京國家圖書館藏書(書號351)相關。

藏園跋曰:乙卯端午日,以聚珍本校畢。聚珍本於卷中誤字多已改正,然亦有刪節注文之處。此本於宋帝空格,猶是從宋本翻刻,雖間有誤字,無害其為善本也。各家著錄多抄本,此刊本亦罕覯。沅叔附記。(臺灣中央圖書館10274)

山谷內集詩注二十卷外集詩注十七卷別集詩注二卷

宋黃庭堅撰,宋任淵、史容、史季溫注。清乾隆《武英殿聚珍版叢書》本。庚午年(1930)以宋刊殘本校勘。藏園曾存日本五山版《山谷詩注》大字本,云從蜀刻本出,參見《藏園羣書題記》"宋刊殘本後山詩注跋"。卷七宋本僅至第六葉。卷八宋本存第十至十七葉。卷十二宋本存第七至九葉,第十一至十三葉,第十五至十八葉。卷十三宋本存第一至四葉。卷十四宋本存第八至十一葉,第十三至卷末。各卷校勘宋本所存。

各卷藏園先生識語錄如下:

《內集》卷二末葉識曰:二月十九日校。

卷三末葉識曰:庚午二月二十六日校訖。

卷四末葉識曰：庚午二月二十八日，校宋本訖。

卷五末葉識曰：庚午二月二十二日，據宋本校。沅叔。（書號350）

山谷別集詩注二卷

宋黃庭堅撰。清《武英殿聚珍版》本。鈐"藏園校定羣書"印。《藏園訂補郘亭知見傳本書目》著錄，可參閱之。

下卷末葉補錄明弘治年間楊廉"山谷黃先生詩集後序"一則，並跋曰：甲寅夏得弘治本《山谷別集》於廠市，蓋自天一閣散出者。乙卯春南行，沈乙盦以明刻《薛濤集》相易，行將郵致之，故校其異字於此本，以存其梗概焉。楊序並錄如右方。乙卯端陽節，江安傅沅叔記。（書號351）

後山先生集三十卷

宋陳師道撰。明弘治十二年刊本，半葉十一行行二十字，黑口，四周雙邊。鈐"周遭"、"曾在周叔弢處"、"叔弢"、"貴陽陳氏藏書記"、"南宮邢氏珍藏善本"、"邢印之襄"印。該書有長跋見諸《藏園羣書題記》。《藏園羣書經眼錄》著錄。

目錄末葉藏園題識曰：余新收得馬刻本，中缺第四、五、六卷，從詹亭兄假此帙影鈔補入，遂成完書。還瓻之日，特書此以志高誼。丙子七月初四日，傅增湘記於藏園。

鈐"增湘之印"、"沅叔"印。（書號10297）

後山先生集三十卷

宋陳師道撰。明弘治十二年馬暾刊本，半葉十一行行二十字，黑口，四周雙邊。鈐"沅叔校定"、"藏園題識"、"二十年中萬卷

書”、“藏園祕籍”、“傅增湘”、“沅叔手校”、“沅叔手踐”印。丙子
年(1936)先據《斠補隅錄》錄何焯校勘跋識,辛巳年(1941)春又臨
趙鈁藏顧千里校本并跋。各卷過錄何焯、顧千里跋識俱見於《藏
園羣書經眼錄》,不贅。陳師道係蜀人,故藏園先生作跋文多篇,
除《藏園羣書題記》所載三則,本書尚存二則,又與《題記》不同,且
書寫端嚴厚重,頗為可觀。關於宋蜀刊殘本,《藏園羣書題記》有
跋。

　　卷首藏園手錄宋古迂陳仁子序言。此後為跋文二則,其一曰:
校本後山集跋 陳後山先生　三十卷,卷一至十二詩,十三至二十
文,卷二十一至二十六談叢,卷二十七理究,卷二十八、九詩話,卷
三十長短句。此本為明弘治己未潞守馬暾所刻,以與後山為鄉人
也。版式半葉十一行,每行二十字,粗黑口,四周雙闌。前有弘治
十二年南陽王鴻儒序,次錄魏衍、王雲、任淵等舊序跋。每卷首作
者題名後列“茶陵陳仁子同俌編校”、“後學南陽王鴻儒懋學重
校”、“彭城馬暾廷震繡梓”三行,末卷有“潞州儒學廩膳生員郭銘
繕寫”一行。據鴻儒序言:此集錄之仁和陳氏,潞守馬君購求遺
藁,聞余有是集,錄以付梓,展轉傳鈔,遂多訛奪。故王氏序中即謂
是書無別本校證,訛字頗多。可知明時抄本亦為稀覯也。此本得
於文友堂魏笙甫許[1],喜其原刻初印,以廉價收之,原缺第四、五、
六卷,屬通譞依舊本寫楷補完。然惜其繆失閎多,因取《斠補隅
錄》中義門校記,逐卷勘正,私意掃盡榛蕪,可稱善本矣。今歲新
正,元方趙君小集藏園,攜新獲顧千里臨何校此集相示,遂發興重
校,經旬畢事,訂譌補脫,為《斠補隅錄》所未及者得一千零數十
字,殊出意表,謂傳錄校記偶有漏落耶,不應如是之多;謂校本先後

─────────────

[1]　魏笙甫即魏升甫,文友堂魏文傳字升甫。

有詳略耶，何跋固明言得嘉靖抄本外，又借斧季萬曆抄補之，不聞更據他本，其故頗難索解。余攷義門原校本，舊藏愛日精廬，皕宋樓亦載之，然版刻不符，又無月霄印記，仍是臨本。丁氏善本室所得亦同，惟近時張氏《適園藏書志》載此集鈔本義門以元鈔校正，遂據以付梓，今列入《適園叢書》第六集是也。顧以余觀之，亦殊未審。《愛日書志》固標明底本為嘉靖刻，其非抄本，可知其據校者何氏自言為嘉靖以前舊抄，亦決非元抄可知。且《愛日書志》所記義門手跋在各卷者凡五則，今《適園》本秖存二則，其非原本也益審矣。由是而推，義門真本，自月霄家散出，千里見於揚州五笥仙館後，其流轉誰氏殆不可知考月霄重撰藏書志序在道光丙戌，千里撰序在道光丁亥中，已有“目成書散”之語，是此書散出當在丙丁之際矣。今得千里留此校筆，以補正諸家傳本之缺失，斯亦此集之厚幸也乎？歲在辛巳二月三日，藏園老人識。

鈐“傅增湘”、“藏園”印。

其二曰：考《後山集》傳世有數本，晁志所載二十卷本，即魏衍原刻於蜀中者，千里及藝風均以為久佚，不知其書固尚存也。案，吳荷屋方伯舊藏此本，翁覃谿題詠見《復初齋集》中。昔歲余游吳門，得見於潘博山家①，顏書大字，精雅絕倫，版式雕工與大庫所出之《蘇文忠文定集》絕相類，首葉心有“眉州某某刊”一行，可為蜀本之確據。前有紹興二年謝克家序，蘇齋詩翰宛然具存，此亦生平未見之書也。陳錄所載三十卷本，述其卷第為《後山集》十四卷，《外集》六卷，《談叢》六卷，《理究》一卷，《詩話》一卷，《長短句》二卷。卷數雖與今本相合，而編次不免差殊，直齋謂劉孝韙刻于臨川，然此本失傳，所收《外集》莫由測其分合。此馬氏本亦三十卷，

① 係指辛未年（1931）二月南游。

源出於陳仁子，其人在南宋末，最為晚出之本，編輯自較賅備。原序馬本不載，余從《牧萊脞語》中檢得之，惜其泛論文字升降，而於重編合併之旨不綴一辭。異時重過吳下，倘能再見蜀本，按目披稽，或可尋其究竟也。至《四庫》著錄為二十四卷，乃據松江趙鴻烈重刊本，為《詩》八卷，《文》九卷，《談叢》四卷，《詩話》、《理究》、《長短句》各一卷，文字初無增損，第卷帙微有盈縮耳。當《四庫》館開，海內故家爭出儲藏，上應明詔，異書佚典，鱗集秘閣，館臣不以馬本登錄，而乃取重編之本，遺舊錄新，未為允當，豈馬本罕祕，當時未易訪求耶？噫，足惜矣！小病初愈，強起再識，沆叔，花朝日。

鈐“藏園”印。

明弘治年間王鴻儒序言末葉藏園過錄何焯跋文，並識曰：此則自《拜經樓題跋》錄出，《愛日志》所記各卷共五跋者，咸具矣。二月六日，沆未手記。

鈐“藏園”印。

目錄末葉跋識語二則，一曰：按，此則原書於二十卷後，未署名，當是千翁所記。沆叔書。

二曰：昨閱《拜經樓題跋記》，有濮自崑臨何校本，據所載跋語補得“己丑中秋”一則，為千里所遺者，其《老學庵筆記》一則仍是義門手筆，特附正於此。以是知不盡觀天下書，不可輕下雌黃，傳世名言真足佩也。辛巳春，增湘補志，時年七十。

鈐“藏園”、“傅增湘”印。

各卷藏園先生識語錄如下：

卷一末葉識曰：辛巳依顧千里臨本重校，又改七字，“送杜侍御”詩末校注廿五字。正月十四日，藏園老人記。

卷二末葉識曰：重校此卷，改正七字。上元夕，沆叔。

卷三末葉識曰：辛巳上元夕，依顧澗蘋校本補勘，此卷重校定三十二字。藏園。

鈐“沅叔手校”印。

卷四鈐“藏園繕寫”印，卷末葉識曰：辛巳上元夕，又竟此卷，補正二十三字。

鈐“藏園”印。

卷五鈐“藏園繕寫”印，卷末葉識曰：辛巳正月十五夜校畢，改正十八字。正月廿四日，以《適園》刻本校改數字。

鈐“沅叔手校”印。

卷六鈐“藏園繕寫”印，卷末葉識曰：辛巳元夕，臨顧校本，改正二十四字。

鈐“沅叔手校”印。

卷七末葉識曰：辛巳重勘，又改五字。偶取《適園》本校此卷，又改正十許字。藏園記。

鈐“藏園居士”印

卷八末葉識曰：臨顧校本，又訂正十五字。書潛。

卷九末葉識曰：校顧本，又改定二十有一字。

卷十末葉識曰：依顧校本，又改正二十九字。

卷十一末葉識曰：重校此卷，改正十字。辛巳落燈日，沅叔記。

鈐“沅叔手校”印。

卷十二末葉識曰：據千里本重校，改正九字。

鈐“傅增湘”印。

卷十三末葉識曰：據千里本重校正三十四字。

鈐“藏園”印。

卷十四末葉識曰：依顧校本重勘，得七十四字。辛巳正月十六日，沅叔記。

鈐“沅叔手校”印。

卷十五末葉識曰：丙子六月八日，移居靜宜園雨香館，次夕校至此卷。

數年後再識曰：辛巳正月十八日，依顧千里校本，又改正九十二字。沅叔。

卷十六末葉識曰：六月十四日，雨香館雨後校。

數年後再識曰：辛巳燕九節，坐抱素書屋臨顧校本，增改四十五字。

卷十七首葉識曰：依顧氏本重校，改正七十字。正月十九日。

末葉識曰：六月十四日校。

卷十八末葉識曰：據顧千里臨本重校，訂正八十五字。辛巳燕九節，菖菴志。

卷十九末葉識曰：六月十四日，夜靜校完。

數年後再識曰：據顧校本改正七十四字。辛巳正月二十日。

卷二十末葉識曰：丙子六月二十五日，校補文字訖。清泉逸叟記於靜宜園雨香館。

數年後再識曰：據顧千里本重勘，訂正一百十二字，曾公碑又補奪文二段一百五十二字。藏園手記，辛巳正月。

鈐“藏園”印

卷二十一末葉識曰：辛巳正月，以顧千里本重校，又改正二十五字。

卷二十二末葉識曰：山居夜靜，以《適園》本校讀此卷，隨筆改正之。丙子六月廿八日，沅未記。

數年後再識曰：此卷以顧本重校，乃未有殊異。正月廿一日，辛巳。

卷二十三末葉識曰：辛巳正月廿一日重校，又改正五十一字。

卷二十四末葉識曰：正月二十二日重校顧本，改定三十一字。

卷二十五末葉識曰：正月二十三日重校此卷，改正二十二字。清泉。

鈐"清泉唫社"印。

卷二十六末葉識曰：同日又竟此卷，改定十七字。廿三夜。

卷二十七末葉識曰：此卷改正凡九字。廿三夜重校記。

卷二十八末葉識曰：依顧本校正二十四字。廿三夕。

卷二十九末葉識曰：二十三夜校此卷，訂正二十五字。

卷三十末葉識曰：丙子六月二十五日，坐雨香館雙松下校畢。藏園老人。

數年後再識曰：此卷重校正三十二字。辛巳正月廿三日。

鈐"藏園"、"沅叔手校"印。附紙記各卷改正字數，鈐"萊娛室印"印。（書號352）

後山先生集三十卷

宋陳師道撰。明刻本，半葉十一行行二十字，黑口，四周雙邊。鈐"萬卷堂藏書記"、"檇李項藥師藏"、"人生一樂"、"陳唐讀書記"、"顧印廣圻"、"顧澗蘋藏書"、"賞心樂事"、"一麈十駕"、"沅叔審定"、"沅叔校定"、"趙氏元方"、"趙鈁珍藏"、"曾居無悔齋中"、"無悔齋"、"元方審定"印。顧廣圻跋并臨何焯校跋，傅增湘跋。

書衣藏園題簽：顧臨何校後山集　元方藏　沅叔題。

卷首即顧廣圻跋文，稱"政和五年魏衍編次"云云。顧跋及何跋均可見諸《藏園羣書經眼錄》。

目錄末葉為藏園長跋，其文近似上書之跋，又見於《藏園羣書題記》，然彼此間異文頗有，故移錄於下，以見前後修改之筆意。

文曰：新春藏園小集，元方世兄新獲此集，持以見示。余昔年得弘治初印本《後山集》，曾取《斠補隅錄》中義門校記照錄一通，今得顧氏手蹟，乃檢前本重行勘對，其正訛補脫，溢出校記以外者，至一千數十字，同出一源，而差殊乃如是之鉅，為之驚喜過望，以此益知名家勘本之可貴也。何校原本舊藏愛日精廬，近世皕宋樓書目載之，然卷數不符，刻本亦異《張志》載嘉靖本三十卷，《陸志》載則為弘治本二十四卷，不知《後山集》固無二十四卷之本也，且無月宵印記，其為臨本可知。丁氏《善本書志》所藏此集校本，亦為過錄，則義門手蹟殆已不可追尋，然不見中郎，得見虎賁，亦慰情於聊勝矣。且《後山遺集》正賴此本以正繆存真，又不僅名儒遺蹟之足珍也。《適園叢書》所刻《後山集》據《校補隅錄》何氏校記授梓，惜當時未見此本，其漏落必多，暇當就此以覆核之。歲在辛巳二月朔，傅增湘識，時年七十矣。

顧氏謂“政和五年魏衍編二十卷”未知尚在世間否，余案二十卷紹興初刻於吾蜀眉州，與內閣大庫之《蘇文忠》、《文定集》版式相同，顏體大字，楮墨皆精，有紹興二年謝克家序，舊藏吳荷屋家，卷末有翁覃谿題詩，余見於吳門潘博山家，坿志於此，用告後人。沅叔再記。

又取此刻與余藏本對核，知此乃就弘治本翻刻，張志所載嘉靖本，殆即指此也。書潛又識。

跋文鈐“傅增湘”、“藏園”、“增湘長壽”印。（書號11173）

後山詩注十二卷

宋陳師道撰，任淵注。清光緒二十五年廣雅書局翻《武英殿聚珍》本。辛未年（1931）十月依宋蜀刻本校勘，又臨盧文弨校宋本。為此宋蜀刻本撰跋，見諸《藏園羣書題記》。

各卷藏園先生識語錄如下：

卷一末葉識曰：辛未十月廿一日，臨抱經老人校宋本。

卷三末葉識曰：十月二十三日臨盧弓父校宋本。

卷四末葉識曰：廿三夜校。

卷五末葉跋曰：前日校蜀刻殘本畢，既為跋以詳誌之，然缺卷無由補也。昨游敞中，至藻玉堂王芷荃許①，出示校宋本《后山詩注》，識為方地山所藏，其云盧抱經手校，亦地山所審定，予未敢以為信。然其以宋刊對勘，則可無疑。因假歸，補此前五卷，遂為手校全帙矣。第此校本，其原本與蜀本不同，文字頗有出入，似別一宋刊也。喜其幸得校完，故附志於此。藏園。辛未十月廿三日校畢。

卷六末葉識曰：辛未十月十三日，校宋蜀刊本。書潛記。訂正二百十一字。

卷七末葉識曰：是卷改正凡一百三十有八字。辛未十月初九夕，據宋刊殘本校定。藏園居士。

卷八末葉識曰：十月初十日校。訂正一百四十字。

卷九末葉識曰：十月十一日，夜三鼓校完，改正二百五十一字。藏園記。無夢自龍江兵間回都②，薄暮過談。

卷十末葉識曰：此卷改正一百二十七字。十二日早起校。

卷十一末葉識曰：十月十二日校，訂正一百五十六字。

卷十二末葉識曰：改正一百二十一字。十月十三日，藏園記。

（書號 353）

---

①　此處當指琉璃廠藻玉堂主人王雨，字子霖，河北深縣人。近年出版《王子霖古籍版本學文集》，上海古籍出版社，2006 年。

②　1931 年秋日本軍隊在嫩江與中國軍隊交火，彼時沈兆奎入黑龍江幕。

柯山集五十卷拾遺十二卷

宋張耒撰。清光緒二十五年廣雅書局翻武英殿聚珍本。乙丑年(1925)據舊鈔本校勘,丁卯年(1927)據宋刊《國朝文鑑》校勘部分篇章,庚午年(1930)據海源閣藏鈔本校勘,戊寅年(1938)據宋刊本校勘。《續拾遺》卷末補錄四十五首詩。此校結束後撰長跋,附紙書於卷五十末,與《藏園羣書題記》所收者文字稍有出入,意同,不贅。跋文之後為手錄宋刊十卷目錄,及徐葵跋文。

各卷藏園先生識語錄如下:

卷一首葉書眉識曰:卷中題上加墨識者,皆依宋刊《國朝文鑑》校過。丁卯六月,沅叔記。

卷二末葉識曰:乙丑十一月初三日,依舊鈔本校。

卷二十三第十三葉補錄詩七首。

卷二十七末葉識曰:依海源閣藏鈔本校定,原本此為第四十卷。庚午九月二十八日,沅叔記。

卷三十首葉識曰:文集據宋建安余騰夫十卷本校過,正誤補遺殆逾千字,後之覽者幸勿忽視。戊寅夏,藏園記。

卷三十三末葉識曰:乙丑十一月十三日,依舊鈔本校於藏園。

卷三十四末葉識曰:十一月十三日,沅未手校。

《拾遺》卷七末葉識曰:據宋刊十卷本《文潛集》校正。戊寅四月廿五日,沅叔記。

《拾遺》卷八末葉識曰:以上宋本文潛集卷一終。藏園記,戊寅四月。(書號354)

淮海集十七卷後集二卷詞一卷補遺一卷
續補遺一卷考證一卷重編淮海先生年譜節要一卷

　　宋秦觀撰，清王敬之、茆泮林、金長福撰《考證》，清秦瀛重編《年譜節要》。清道光十七年王敬之刊本。壬戌年（1922）、乙丑年（1925）、丁卯至戊辰年（1928）據數種宋刊本校勘此書，諸宋本均見於《藏園羣書經眼錄》。

　　卷一書衣上朱筆跋曰：此書以宋刻本校定，自卷二十一至卷四十，凡二十卷，計已得全書之半矣。宋本極難得，自瞿目外，世間恐無第三本，後人其寶諸。壬戌大寒節，沅叔記。補錄"掩關銘"一首，在小象前。乙丑閏月又記。復查此文已在卷十三，前失攷也。

　　卷首附藏園鈔本"仿書棚本行格"稿紙補錄文五則，並題跋二則，一曰：德化李椒微師新得宋刊《淮海集》殘本，與京館所藏正同，其存卷為第十二至二十五，前有黃蕘翁跋語。昨自世兄少微手假來，竭一日之力而畢之。蓋合京館及蔣氏所藏，共校定二十有九卷矣。懸此奢願，庶幾再遇宋刊足成之？乙丑七月初八日，增湘記。

　　二曰：戊辰歲，管理故宮圖書館，於位育檢出《淮海集》一帙①，首尾完具，因取此本未經勘定各卷補閱之。前後七年，三經點校，乃得完成此事，可謂艱矣。嚴繩孫跋錄於後，方其認為北宋本，則誤也。明張綖刊本次第一與之同，是直從宋翻雕者，而王氏此刻必改定卷次，移易刊落，使古書面目埽廓一新，洵不知其用意所在矣。四月二十三日，沅叔記。

　　道光年"重刊《淮海集》條說"之末葉藏園手錄"掩關銘並序"

----

① 　故宮有位育齋。《中庸》曰：天地位焉，萬物育焉。

一首,並識曰:乙丑閏月廿二日,據宋刊《國朝二百家名賢文粹》卷
二百八十六補。增湘書。

各卷藏園先生跋識錄如下:

卷八末葉識曰:乙丑七月初八日校。

卷九末葉識曰:乙丑七月初八日午刻校。

卷十一末葉識曰:壬戌十一月二十八日校。

卷十二末葉識曰:壬戌十一月二十八日,微雪初霽,園林清趣
盎然,列案紅梅怒發,涉筆遂竟數卷。

卷十三末葉識曰:壬戌十一月三十日校。孟蘋得宋刊殘本,自
卷二十一第三葉起,至二十九卷止,與圖書館所藏同為一板,疑亦
自內閣大庫流者。因取以補校於此本上,合計之,殆得全集之少半
矣。藏園居士記。

卷十四末葉識曰:壬戌四月三十日,據宋刊殘本校正。宋本十
行二十一字。

卷十五末葉識曰:壬戌四月三十日,據宋本校。沅未。

卷十六末葉補錄文一則。

卷十七末葉識曰:壬戌五月初一日校。

《後集》卷上末葉補錄詩二首。卷末葉過錄清康熙年間嚴繩
孫跋文一則。

《淮海詞》卷校改頗多,末葉識曰:丁卯立冬後一日,校於壽安
宮西院。沅叔。(書號355)

參寥子詩集十二卷東坡稱賞道潛之詩一卷

宋釋道潛撰,明汪汝謙輯。明崇禎八年汪汝謙刊本,半葉九行
行十八字,小字雙行同,白口,四周單邊。分別於己未年(1919)和
辛未年(1921)據蔣汝藻藏宋刊本校勘,該宋刊本見諸《藏園羣書

經眼錄》。

目錄末葉跋曰：宋刊本《參寥子詩集》，半葉十一行行二十四字，白口，左右雙闌，板心下方記寫工姓名，間記字數。遞藏季滄葦、黃蕘圃、汪閬源、吳平齋，今歸烏程蔣孟蘋。孟蘋蓋得之吳門汪柳門師家。己未夏余過申江，從孟蘋假校未畢，今復南來探梅，重申前請，留客舍中數日，並攜之武林，因得終卷。卷中脫詩十二題共十五首，客中不便鈔補，因乞孟蘋倩人錄之，附訂於後。時辛酉二月二日，江安傅增湘記。

卷十末葉補錄二首詩。卷十二之後為補錄各卷詩十五首。全書末附紙錄需要補鈔各詩題名。（書號356）

青山集三十卷附錄一卷

宋郭祥正撰。清道光九年宋鉽等刊本。戊午年（1918）據宋刊本校勘。

目錄末葉跋曰：宋刊本《青山集》，南宋初刻本，半葉十行行二十字，白口，左右雙闌。丁巳冬杪見之廠市，久不售，前日乃為王叔魯收之，取校此本，編次既大不同，字句亦復有異，其十一、十二兩卷五字詩共六十一首，此本無之惟送朱伯原一首有之，不知《續集》五卷中有此二卷否？至此本有而宋本無者，亦得三首：桃源行七言古詩、鵠奔亭、蒼玉洞五言絕句也。聞椒微師有舊鈔本，當更參勘焉。沅叔。戊午五月。（書號357）

倚松老人文集二卷（存卷二殘葉）

宋饒節撰。宋慶元五年黃汝嘉刻宋補版印本，半葉十行行二十字，白口，左右雙邊。鈐"小如庵秘笈"、"景行維賢"、"完顏景賢精鋻"、"譚錫賢學看宋版書籍印"、"文林世家"、"克文"、"李氏木齋”、“愚庵”等藏印。袁克文題識題詩並跋,李盛鐸和傅增湘跋。《藏園羣書經眼錄》著錄。

函套、書衣為袁克文題簽。内副葉袁克文題識:後百宋一廛鎣藏宋慶元刊本倚松老人文集第二弓,凡存三十九葉。丙辰九月寒雲題於上海寓廬。

附紙李盛鐸書跋曰:饒德操為江西詩派廿五人之一,《宋志》倚松集十四卷,今行世鈔本止存二卷,末題“黄汝嘉重刊”者,皆從此本鈔出也。《四庫提要》謂與謝邁、韓駒二集傳本行款相同,卷首標目俱題“江西詩派”四字。余藏景宋本《竹友集》,板式與此本相似,行款則為十行十八字,而所見鈔本《陵陽集》,標題詩派者行款確與此同,又明刻《具茨集》,標目下亦題“江西詩派”,且卷末亦有“慶元己未校官黄汝嘉重刊”一行,是皆江西詩派一百三十七卷之存於今者,而詩派宋本則僅此書與潘文勤師藏《竹友集》,同為海内孤本也。抱存其寶之。盛鐸。

鈐印“李氏木齋”。

然後為袁克文題詩:詩派江西幾輩傳,倚松邅世有殘編。慶元佳刻成孤本,並世于湖兩宋鐫。乙卯八月,寒雲。

鈐“唯庚寅吾以降”印。

又有小記,曰:暮春佳日,偕雲姬遊頤和園,出城時得句曰“近城村市兩三家,桃杏疏疏半着花。最是好春殘未老,長條細葉向人斜。”詩成適覽此帙,即錄於册端。丙辰三月十八夜,寒雲。

鈐“克文之鉩”。正文首葉、末葉袁克文鈐印頗多,難以一一。

卷末加附紙,袁克文再跋曰:《饒集》從無刊本見於著錄,《四庫》所收亦影鈔也。藏家所記鈔本每弓尾皆有“慶元黄汝嘉重刊”一行,當即出於此本。此本傳為西陂舊物,久非完帙,滿洲景氏得自正文譚估,後歸吴印臣,印臣知余有佞宋癖,舉以見貽,可與《于湖居士集》並珍篋中。宋刊宋印宋人集,得雙孤本矣。七夕,喜不成寐,起而書此。

鈐"抱存"印。

最終為藏園先生跋文,曰:《倚松老人集》,宋慶元刊本,今存者三十八葉半,每葉二十行,每行二十字,原板秪存八葉,高六寸六分,濶四寸八分,補板亦宋刊,第板匡略低四分耳,刊印皆精雅,古香馩然。憶壬子夏初,意園書方散出,余得見此,詫為奇秘,留齋中數日,為沈乙盦、張菊生及椒微師諧价,皆未成,旋為吳印臣以重值得之。乙盦刻《饒集》時曾假校焉。抱存兄佞宋成癖,既得意園三經三集,皆為海內孤本,然猶皇皇四索,如飢渴之思食飲,尺書商榷,殆無虛日,因為作緣,以是集歸之。余既喜意園之書散而復聚,而抱存通懷樂善,它日俾同志得以從容勘寫,為古人續命,為尤足幸也。乙卯新秋,傅增湘謹識。(上海圖書館綫善830232)

西塘先生文集九卷

宋鄭俠撰。清光緒十年公善堂刊本。據《藏園訂補郘亭知見傳本書目》,藏園先生尚依明萬曆三十七年葉向高刊本及舊鈔本校勘此書。

卷二"譚文初字序"篇題下識曰:據《二百家名賢文粹》宋刊本校改。

卷六"上王荊公書"篇題下識曰:據《二百家名賢文粹》校。

卷六末葉附藏園抄本稿紙二葉,據《二百家名賢文粹》卷一百八十六補錄一則。(書號358)

濟北晁先生雞肋集七十卷

宋晁補之撰。明崇禎八年顧凝遠詩瘦閣刊本,半葉九行行十九字,小字雙行同,白口,左右雙邊。據《藏園訂補邵亭知見傳本書目》,是書依舊寫本三種校勘。

卷十七末葉識曰:偶檢明鈔殘本校此卷,改定五字。壬申十一月初二日,藏園記。

卷三十五第四第五葉補錄二葉文字。(書號359)

吳郡樂圃朱先生餘藁十卷補遺一卷附編一卷

宋朱長文撰。清康熙五十一年朱岳壽刊本。鈐"抱經樓藏善本"、"吳興抱經樓藏"印。據《藏園訂補邵亭知見傳本書目》,是書據舊寫本校勘。

各卷藏園先生識語錄如下:

卷一末葉識曰:歲在甲子正月初四日校,改正十八字。藏園居士。

卷二末葉識曰:正月初五日,訂正二十六字。

卷三末葉識曰:正月初五日,訂正二十七字。

卷四末葉識曰:正月初五日校正十八字。

卷五末葉識曰:初五日午刻,訂正十四字。

卷六末葉識曰:初五日未刻校,訂正二十五字。

卷七末葉識曰:初五日,大雪積園,呵凍校畢。

卷十末葉識曰:正月初六日。(書號360)

姑溪居士文集五十卷後集二十卷校勘記一卷附錄一卷

宋李之儀撰。清宣統三年吳尌刊本。壬戌年(1922)、乙丑年(1925)夏和壬申(1932)正月據明吳寬藏叢書堂鈔本校勘,丙寅年(1924)據小山堂鈔本校勘,丁卯年(1927)據清初寫本校勘。

各卷藏園先生識語錄如下:

卷二末葉識曰：正月初十日，北風寒厲，夜三鼓歸，校此卷。

卷三末葉識曰：十一夜三鼓。

卷四末葉識曰：正月十二日。

卷五末葉識曰：乙丑閏月十七日，據叢書堂寫本再校。沅叔自白閣言旋。

再識曰：正月十二日。

卷六末葉識曰：天氣陰晴不定，雨後園林如沐，琹書清潤，頗自怡悅。十七日。

再識曰：正月十六日校。

卷七末葉識曰：閏月十七日巳刻。

再識曰：正月十六日。

卷八末葉識曰：閏月十七日巳刻。

再識曰：正月十六日。

卷九末葉識曰：閏月十七夜校。

再識曰：正月十六日夜月食。

卷十末葉識曰：乙丑閏月十七夕。

再識曰：正月十七日大風。

卷十一末葉識曰：明月滿園，塵籟俱寂，兀坐北軒，琅然高詠，恨無人同賞耳。十七夕。

再識曰：正月十八日，大風不止。

卷十二末葉識曰：正月二十日。

卷十三末葉識曰：正月二十五日校。

卷十四末葉識曰：壬申上元日，依明鈔本補校。

卷十五末葉識曰：壬申正月二十四日補校。

卷十六末葉識曰：壬申正月二十五日，依明鈔本補校。

卷十七末葉識曰：壬申上元日校。

卷十八末葉識曰：壬申正月二十五日補校。

卷十九末葉識曰：壬申正月二十五日補校。

卷二十末葉識曰：壬戌閏月初五日，據叢書堂寫本校。

卷二十一末葉識曰：初五夕。

卷二十二末葉識曰：初五子夜。

卷二十三末葉識曰：閏月初六日，晨起有雨意。

卷二十四末葉識曰：初六日晨窗頌過。

卷二十五末葉識曰：初七夜，赴宴歸校此。雨窗瀟然，饒有秋意。

卷二十六末葉識曰：正月二十五日補校。

卷二十七末葉識曰：正月二十六日補校。

卷二十八末葉識曰：正月二十八日補校。

卷二十九末葉識曰：正月二十八日補校。

卷三十末葉識曰：乙丑閏月，以叢書堂寫本對勘。十八日，沅叔。

卷三十一末葉識曰：閏月十八日校。

卷三十二末葉識曰：閏月十九日校。

卷三十三末葉識曰：乙丑閏月十九日。

卷三十四末葉識曰：閏月十九日巳刻，坐水廊聽鳥語，樂甚。

卷三十五“張覺夫字序”篇題下識曰：據《二百家名賢文粹》校。

卷末葉識曰：十九日巳刻校。

卷三十六末葉識曰：閏月十九日午刻勘竣。

卷三十七末葉識曰：更三轉矣，而雨不止，曰盡此卷。沅叔。

卷三十九末葉識曰：初七日早起坐園中，雨止日出，清潤芳妍，際前日有仙凡之判矣。

卷四十末葉識曰:初七日晨起,俗客來擾,校此卷致再三輟筆。

卷四十一末葉識曰:初七日午睡乍起,振筆勘過。

卷四十三末葉識曰:初七日亥刻。

卷四十四末葉識曰:壬申正月二十八日校。

卷四十五末葉識曰:丙寅二月初四日校,據小山堂本。

卷四十六末葉識曰:丙寅二月初五日,據小山堂藏鈔本校。

卷四十七末葉識曰:丙寅二月初七日,據小山堂鈔本校。

卷四十八卷首書眉識曰:此文姑溪濁流指郭功父也,功父以此深怨之。其後奉祖當塗,功父摭楊姝事訟于朝,坐削籍。事見《揮塵錄》。

末葉識曰:壬申正月二十八日補校。

卷五十末葉識曰:壬申正月二十八日補校。

《後集》卷一末葉識曰:正月二十八日。

卷二末葉識曰:甲子正月二十九日,密雪灑庭,擁爐校竟一卷。

卷三末葉識曰:正月二十九夜。

卷四末葉識曰:二十九日,夜盡三鼓,雪仍不止。

卷六末葉識曰:二月朔,陳仁先、陳士可①、傅芷薌、楊秖菴來園夜話,達旦乃散。信筆校得二卷。

卷七末葉識曰:二月初六日校。

卷八末葉識曰:四月初二日,將往暘台山,倚裝待發,匆匆畢此卷。

卷九末葉識曰:甲子二月十三日夜。

_____

①　陳毅,字士可,湖北黃陂人。清末貢生。歷任學部參事、京師圖書館纂修、法律館纂修等職。人民國被任命為庫倫都護使、蒙藏事務局參事等職。精通邊疆輿地,藏書中多地理、邊防之書,頗多海內孤本。

卷十末葉識曰：甲子四月初四日微雨，坐大覺寺僧房校此。

卷十一末葉識曰：初四日午後雨止，就小窻校畢。

卷十二末葉識曰：初四日午後，游雙峰消債寺。歸途入普照寺，乞牡丹兩朵而去。

卷十三末葉識曰：鈔本止此卷。初四夜讀此卷，澗韻與松濤間作，夐次灑然。

再識曰：詞六首依帶經堂陳氏藏鈔本校，蓋徐梧生司業篋書散出者也。丁卯九月初七日，沉朿記。

卷十四末葉識曰：此卷亦依帶經堂鈔本補校。

卷十五末葉識曰：此卷補入改訂凡一百三十八字，為之愉快不已。壬申正月廿八日。

卷十六末葉識曰：乙丑閏月初七日，據叢書堂寫本校。

卷十七末葉識曰：五月初七日，校吳文定本。

卷十八末葉識曰：乙丑五月十九日。

卷十九末葉識曰：五月二十日校。

卷二十末葉識曰：乙丑五月二十日校。（書號361）

謝幼槃文集十卷

宋謝薖撰。清抄本。鈐“蕘圃”、“黄印丕烈”印。丙子至丁丑年（1936－1937）據宋刊本校勘。宋刊本著錄於《藏園訂補邵亭知見傳本書目》。

各卷藏園先生識語錄如下：

卷一末葉識曰：丙子五月初七日，依宋刊本校訖。

卷二末葉識曰：丙子七月八日雨香館校。

卷三末葉跋曰：此集昨歲迡暑香山，衹校兩卷，旋即北游五臺，南游梁溪，冬月復為衍聖公婚禮至曲阜，忽忽半載，輟筆至今。頃以探梅超山南來,姻家翰西楊君邀至橫雲山莊小住①,風定湖平,夜闌人靜,爇燭研朱,得校讀一卷。蓋六七月以來,心境澄寂,未有如此夕之閑適者也。丁丑正月二十九日,藏園記於黿頭渚。卷末三詩屬雜失次,依宋刻改定。

卷四末葉識曰:丁丑清明校得此卷,南游歸來已三日,始得理筆硯也。藏園老人記。

卷五末葉識曰:二月二十五日校。

卷六末葉識曰:二月二十五日校畢。沅叔記。

卷七末葉識曰:二月二十九日校。

卷八末葉識曰:丁丑三月二日,宿清泉吟社校畢。沅叔手記。

卷九末葉識曰:清水院聽雨,又畢此卷。藏園。

卷十末葉識曰:丁丑三月初二日校畢。沅叔記於清泉吟社。（書號362）

日涉園集十卷補遺一卷

宋李彭撰。民國南昌《豫章叢書》編刻局《豫章叢書》本。鈐"沅叔手校"、"萊娛室"印。丁卯年(1927)以法式善藏《四庫》鈔本校勘。

卷一末葉識曰:丁卯十月初四日,宿暘台大覺寺校。

鈐"沅叔手校"印。（書號363）

劉給諫文集五卷

宋劉安上撰。清同治十二年孫衣言刊《永嘉詩人祠堂叢刻》

---

① 楊壽楣(1877－1954),字翰西,號靜齋,以字行。無錫人。光緒末年以後經營實業。

本。鈐"沅叔手校"印。丙寅年（1926）據舊寫本校勘，參閱《藏園羣書經眼錄》。

各卷藏園先生識語錄如下：

卷一末葉跋曰：前日北風厲寒，蟄居鮮出。敞人王子龢冒寒遠來，以寫本《劉給諫》及《左史》二集出際。卷中有王鴻緒印，白文印，半葉十行行二十字。鈔手甚舊，要是國初人所傳錄。問其值，索雙栢之數，云是湘人王培初所藏，不欲輕於脫售。乃取此新刻本校勘一通。昨夕得其半，今日午後遂畢。凡增改之字二百八十有八，卷中榛翳為之廓清。昔孫氏仲容刊是集時，據稱得盧抱經校本，用以校定入木。茲本乃又迥出其上，橫雲所藏，視召弓殆早及百載，去古為近，少輾轉傳錄之弊。蕘夫謂書貴舊本，有以乎！丙寅十一月二十日，江安傅增湘記。

鈐"沅叔手校"印。

卷二末葉識曰：丙寅十一月十九日，據舊寫本校讀。

鈐"沅叔"印。

卷三末葉識曰：十一月二十日，校於長春室。

鈐"沅叔"印。

卷四末葉識曰：十一月二十日午後校，風止仍寒。

鈐"沅叔"印。

卷五末葉鈐"增湘"、"丙寅"印。（書號364）

唐先生集七卷

宋唐庚撰。明嘉靖三年任佃刻本，半葉九行行十八字，白口左右雙邊。鈐"宣城李氏瞿硎石室圖書印記"、"新若手未觸"、"李氏伯雨"、"宛陵李之郇藏書印"、"李印之郇"、"曠然天真"、"揚庭"、"曾在周叔弢處"、"周暹"印。黃丕烈、傅增湘跋，黃跋見諸

《藏園羣書經眼錄》。

卷七之末為黄丕烈二跋，其後乃藏園長跋，曰：《唐子西集》，自雍正汪氏活板外，絕少傳本，余於戊申秋，曾見吳尺凫手鈔本於杭州，分前後集各十卷，審其行款、避諱，實根於宋刻，嗣為同年鄧孝先所得，曰從借校，改正汪本寔多，其分卷次第亦大不同，疑汪刻詩文以類分，出於後人所編輯汪本徐興公序，亦稱得鈔本二十卷，别有《三國雜事》二卷，今汪本二十四卷，或出於改訂耳。吳鈔詩文以年編，而又無紹興二序，必宣和時其弟庚所定之本也。甲寅春，天一閣書流出，余見其草目，有明刻此書，急往追尋，已不可得，頗為悵惋。頃周叔弢世兄自南中歸，郵示所得此明刻七卷本，發函展誦，驚喜過望，卷末有蕘翁跋二則，敍此書流傳甚詳。蕘翁所藏鈔本亦二十卷，與吳鈔同，則同出於一源，殆無疑義，且此明刻不特蕘翁驚為創見，即徐興公亦所未知，其為珍秘，當與宋元等視。余據此以校汪本，改正處多與吳鈔同，且有勝之者，頗疑此七卷本，亦從宋刻二十卷出，而第鈔其詩耳。蓋刻本詩之次第與吳鈔同，其一、二、三卷次亦同，惟四、五、六、七卷乃鈔本之十一至十四卷，以此推測，則詩從二十卷本鈔出已可明證。蕘翁謂七卷本古有之，恐未必然也。質之叔弢兄，以為如何？

此本後有綿州人金獻民跋，言得鈔本於高第，託金壇尹任佃鋟梓。高、任皆蜀人也，宋人集祖本已自可珍玩，況作者刻者皆為鄉人耶！余所頻年搜訪而不得者，叔弢乃無意中獲之，拜觀之餘，惟有健羨而已。丁巳十二月十一日，江安後學傅增湘，記於太平湖醇王故邸。（書號8467）

唐眉山詩集十卷文集十四卷

宋唐庚撰。清雍正三年汪亮采南陔草堂活字印本。鈐"藏園"、"雙鑑樓"、"傅增湘""沅叔手校"、"書潛"、"沅叔校勘"、"雙鑑樓藏書印"、"龍龕精舍"印。甲寅年(1914)據吳焯手鈔舊鈔本校,丁巳年末(1918)再據黃丕烈校跋明刊本校勘,吳焯此本見於《藏園訂補邵亭知見傳本書目》著錄。壬戌年末(1923)又據宋刊《播芳大全文粹》和宋刊《二百家名賢文粹》殘本校勘部分篇章。

卷首過錄吳焯跋文,其文曰:眉山集見於《文獻通考》,僅十卷。今考此集,凡二編,前十卷率多嶺海之作,疑即唐庚序中所謂京師刊行者是也。後十卷雜記紹聖宣和年號,子西以紹聖登第,大觀間入為博士,政和初謫嶺表,凡六年,召還,則居嶺表之前與後之文皆彙於後十卷,疑出唐庚裒集,《通考》僅題十卷,豈未見其全與?丁酉十二月二十日,石門虎嘯寺阻凍,篷窗悶坐,行笈中此集相隨,檢閱抵暮,燒燭呵凍,書竟,筆毛盡脫。繡谷。

其後藏園跋曰:吳尺鳧手鈔《唐先生集》,出塘棲勞氏。余於戊申之冬曾廁目焉,後輾轉歸孝先同年羣碧樓中。今春入都,假得校勘一過,鈔本從宋出,直分二十卷,半葉十一行行二十字,桓字注淵聖御名,則原本固南宋初刊也。汪刻分前集十卷,後集十四卷,次第不同,蓋汪刻詩文均以類分,疑明時所編集,非其舊第矣。汪刻後集十一卷文十五篇,鈔本所不載,當亦後人所輯補。鈔本十八卷之諭幽燕檄,汪刻削而不錄,其用意可知。今為補鈔於卷中,至其它增改之字,殆逾數百。將來擬刊入《蜀賢叢書》中,俾昔人遺箸流傳善本於世間,豈非至幸耶?書此以志良友通假之盛意,並使後之讀是集者知吾校勘之苦心耳。甲寅九月二十九日,江安傅增湘記。

汪亮采序言之末,藏園又書跋勾勒汪亮采生平,曰:按,亮采本徽人,占籍湖州,字柳亭,為人篤實長厚,以貲為郎。長子名郊,以明經教習授福建侯官知縣署漳州府,次子某亦以貲為山東知州,卒於任所。未幾,柳亭歿,長子丁艱歸籍,僅月餘復以無疾卒。父子兄弟數月連逝，家遂衰落。見沈雲漁權齋筆記。丁丑五月二十四日，藏園記。郊字浚臣，本集有其後跋一首。

各卷藏園先生識語錄如下：

《文集》目錄葉之末識語二則，其一曰：前日為密韻樓主人收得宋刊《播芳大全文粹》，曰留案頭數日，檢所錄子西各篇校讀之，溢出“太后禳災疏”、“辟置馬務啓”二首，寫之各卷後，為異時補刊之張本云。壬戌臘月，傅增湘記。

其二曰：是臘立春前三日，又見宋刊《二百家名賢文粹》殘本，其中有題魯國先生者，皆子西之文，曰就之校勘一過。沉叔再記。

《詩集》卷十末葉手錄明嘉靖三年金獻民跋文及黃丕烈跋語二則，並跋曰：甲寅春，天一閣書流出海上，余聞有明本《唐子西集》，追尋不得，常以為恨。頃周世兄叔弢由南方回，寄示新得此七卷本，乃知為綿州人金獻民刻於金壇，蓋亦吾鄉人也，刻本固以罕見珍，又證以蕘夫之跋，益足增重。余校一過，與前校鈔本亦頗不同，其次第則明本一、二、三與鈔本同，明本之四、五、六、七卷即鈔本十一至十四卷，疑明刻所據鈔本，即自宋本二十卷中而單鈔其詩耳。蕘夫謂七卷本古有之，未足為據也。丁巳十二月初六日，傅增湘記。每卷詩次第與鈔本同。

《文集》卷七末葉手錄“謝辟置馬務啓”。卷九末葉手錄“諭幽燕檄”，並校。（書號365）

傅忠肅公文集三卷首一卷校勘記一卷

宋傅察撰。清光緒十八年傅以禮演慎齋刊本。丙寅年十二月（1927）據京師圖書館藏澹生堂鈔本校勘。鈐“沉叔手校”、“萊娛室”印。《藏園羣書題記》於此書有跋文。

卷上末葉補錄謝表一則，藏園手書，字跡極精嚴。并識曰：是卷改定一百字,補詩二首,文一首。丙寅十二月十一日,沅叔記。

卷中末葉識曰:丙寅十二月初十日,據明鈔本校讀,改訂一百四十二字。藏園主人記。

鈐"沅叔手校"印。

卷下末葉識曰:丙寅十二月十二日校完,訂正九十八字。沅叔。(書號366)

(五)南宋別集類

龜山先生集四十二卷

宋楊時撰。明萬曆十九年林熙春刻本,半葉十行行二十字,白口,四周雙邊。戊辰年(1928)以宋刊本《龜山先生語錄》校勘,己巳年(1929)再以舊寫本校勘。

卷九之後,附欄邊印有"仿紹興本通鑑行格"字樣藏園稿紙一葉,記宋本行款、校勘所得、宋人刊記等。因《藏園羣書經眼錄》未著錄,故移錄如下:

龜山先生語錄四卷後錄二卷

宋刊本,十行十八字,次行低一格,白口,雙闌,板心上記大小字數,下記人名。

有毛表、汪士鐘藏印。貞、桓、完、愼、敦字缺末筆,語涉宋帝空一格。徵作証、匡作正、玄作元。

卷一今所謂博學者條,蓋有以為不足學而不學下脫:矣若諸侯之禮是也未有當學而不學者,十六字。

卷二餘杭所聞標題丁亥三月下脫:自侍下來,四字。

卷三叔孫通作原廟條後多:毋意只是去私意若誠意則不可去也重出,十七字。

卷三仲素問橫渠條，以氣不和下脫：而然也然氣不和非其常治之而使其和，十六字。

一　三十七字。

二　二十字。

三　二十五字。

四　十七字。

《後錄》上卷只三條，下卷二十一條，皆采自各書補入。

後學天台吳堅

刊于福建漕治在《後錄》下卷末

卷十一末葉識曰：戊辰閏月廿五夜，校宋本，都二十八葉。

卷十二末葉識曰：閏月二十六日校宋本，凡二十九葉。宿清水院。

卷十三末葉識曰：戊辰三月初二日校畢。

卷三十八首葉書眉識曰：題上加朱記者，據范氏也趣軒鈔宋人小集選本校定。己巳四月，沅叔手志。（書號367）

梁溪先生文集一百八十卷附錄六卷

宋李綱撰。清道光十四年陳徵芝刊本。甲子年（1924）據朱文鈞藏舊鈔本校勘。

朱熹序言末葉跋曰：朱翼庵藏舊寫本一百八十卷，附錄四卷，半葉十行行二十字。語涉宋帝提行空格，廟諱亦注明某宗某廟，是源出於宋刻者。取此刻對讀，始二月初十日，至八月十六日竣功，鈔本脫漏訛誤滿紙，遠不及刻本之善，然賴以補正亦不尟，如三十五卷“鄜延經略制蠶彼夏戎”下補文十九行，刻本脫去，遂併兩制為一矣。《附錄》行狀下卷脫“洪州日支官米”一百餘字，亦幸得鈔本補完，其餘單詞賸句又不可勝量。披沙揀金，往往得寶。舊鈔雖劣,寧可忽視哉? 其坿錄前脫孫大有一序,亦依錄增入焉。甲子八月十六夜,傅增湘記於藏園之長春室。

各卷藏園先生識語錄如下:

卷一末葉識曰:甲子二月初十日,據舊鈔本校讀於藏園。

卷二末葉識曰:甲子三月十七日校正。連日園花怒放,惜風起塵揚飄墮可憐。沅叔。

卷三末葉識曰:三月二十一日校完。

卷四末葉識曰:三月二十一日午刻校。

卷五末葉識曰:三月二十一日,大風塵霾,竟日夜不止。

卷六末葉識曰:甲子浴佛日,校于藏園。

卷七末葉識曰:甲子四月十四日,宿津門息游別墅,校畢此卷已三更矣。

卷八末葉識曰:四月十七日校。

卷九末葉識曰:今歲不雨已百日矣,夜來雷電交作,甘澍溥降。耳目清曠,心胸灑然。甲子四月十八日小滿節。萊娛記。

卷十末葉識曰:四月十九日午後,小園聽雨睡足,神思湛然校此。

卷十一末葉識曰:甲子四月二十二日校。

卷十二末葉識曰:四月二十四日,攜此卷游香山靜宜園,疲勌不及校畢。夜歸,就燈下了之。沅叔記。

卷十三末葉識曰:徹夜不眠,黎明入園,校得一卷。廿五日。

卷十四末葉識曰:四月二十五日晨。

卷十五末葉識曰:四月二十六日巳刻校。

卷十六末葉識曰:五月初八日校。

卷十七末葉識曰:甲子五月望,大雨,坐園中校誦。

卷十八末葉識曰:五月十七日,宿清泉吟社,松陰月上,涼飈灑然。

　　卷十九末葉識曰：夜涼，不忍就枕，因再畢一卷。

　　卷二十末葉識曰：山居事少，用力精專，今日自朝至夕，校此集三卷，《宋太宗實錄》五卷，《馮安岳集》十卷，抵京華十日光陰矣。增湘記。

　　卷二十一末葉識曰：五月十八日。

　　卷二十二末葉識曰：五月十八日。

　　卷二十三末葉識曰：五月十八日，山雨廉纖，近暮不止。

　　卷二十四末葉識曰：五月十八日，山居聽雨，偶然涉筆。沅叔。

　　卷二十五末葉識曰：雨後池蛙怒鳴，有江鄉之思。五月十八夕。

　　卷二十六末葉識曰：五月十八日亥刻。

　　卷二十七末葉識曰：五月十九日晨起將入城，倚裝校此。

　　卷二十八末葉識曰：五月二十日。

　　卷二十九末葉識曰：六月初二日校。

　　卷三十末葉識曰：六月初二日。

　　卷三十一末葉識曰：六月初三日，雨窗校畢。

　　卷三十二末葉識曰：六月初三日校。

　　卷三十三末葉識曰：初三日午刻。

　　卷三十五第十三葉補抄一葉零一行，即如跋文。卷末葉識曰：甲子六月初五日。

　　卷三十六末葉識曰：六月初七日。

　　卷三十七末葉識曰：六月初七日。

　　卷三十八末葉識曰：六月初七日校。

　　卷三十九末葉識曰：六月十八日校。

　　卷四十末葉識曰：六月二十三日，宿清泉吟社校畢。

卷四十一末葉識曰:二十三日,游就松亭,遇雨急歸,遂校此卷。沅叔。

卷四十二末葉識曰:夜飯後雨止,再校此卷。廿三日。

卷四十三末葉識曰:六月廿三夕,宿大覺寺。

卷四十四末葉識曰:甲子荷花生日,校於清泉社中。

卷四十五末葉識曰:六月廿四日校。沅叔。

卷四十六末葉識曰:六月二十四日燈下。

卷四十八末葉識曰:夜深獨坐,惟聞階泉與澗瀑爭鳴,逸興忽作,研朱更盡此卷。

卷四十九末葉識曰:六月二十五日,將由清泉社至盧師山,倚裝校此。

卷五十末葉識曰:雨作,不得發,再校此卷。廿五日早六點鐘。

卷五十一末葉識曰:二十五日六點鐘,束裝將發矣。

卷五十二末葉識曰:六月二十六日,校於秘魔巖。

卷五十三末葉識曰:六月二十六日晴熱。

卷五十四末葉識曰:六月二十九日,已三宿秘魔巖矣。

卷五十五末葉識曰:六月二十九日,午飯後校。昨夕又大雨,午猶未霽。

卷五十六末葉識曰:六月二十九日,夜坐聽泉,三鼓乃息。

卷五十七末葉識曰:六月三十日早起校定。

卷五十八末葉識曰:六月三十日晨起雨止,晴光微露。

卷五十九末葉識曰:六月三十日校。

卷六十末葉識曰:六月晦。

卷六十一末葉識曰:六月晦校。

卷六十二末葉識曰:七月初五日校畢。

卷六十三末葉識曰:七月初五日,昨放晴一日,今晨又大雨,水潦千里,奈何?

卷六十四末葉識曰:七月初五日校。

卷六十五末葉識曰:七月初六日校。

卷六十六末葉識曰:七月初六日,夜熱不寐,校此遣煩。沅叔。

卷六十七末葉識曰:七月二十三日處暑節,風雨雷電交作,氣候頓涼。

卷六十八末葉識曰:七月廿三日薄暮,雨不止。

卷六十九末葉識曰:七月二十三日校。

卷七十末葉識曰:七月處暑節,柬約女弟子謝韞、曹敏、楊潤六、葛敬和、譚新蘋、沈景英來圍小宴,曹敏為歌一曲。談至三鼓,雨止月上林梢矣。

卷七十一末葉識曰:廿三日夜漏三下。

卷七十二末葉識曰:自午後校起,至夜分遂盡六卷,病躰其霍然乎。廿三日。

卷七十三末葉識曰:七月初六日校。

卷七十四末葉識曰:七月初九日。

卷七十五末葉識曰:七月初九日校。

卷七十六末葉識曰:七月初九日校。

卷七十七末葉識曰:連日城居鬱熱,形憊神疲,頃逃來山中,微雨間作,清風灑然,塵慮為之一滌。七月初十日,記於盧師巖。

卷七十八末葉識曰:七月初十日校。

卷七十九末葉識曰:九月十一日校。

卷八十末葉識曰:七月十一日校。

卷八十一末葉識曰：七月十一日，秖菴、向叔自都中來會①。

卷八十二末葉識曰：七月二十五日陰雷。

卷八十三末葉識曰：七月二十五日校讀。

卷八十四末葉識曰：七月二十五日校。

卷八十五末葉識曰：七月二十五日校。

卷八十六末葉識曰：七月二十五日校。

卷八十七末葉識曰：七月廿五日校。

卷八十八末葉識曰：七月二十五日夜二鼓。

卷八十九末葉識曰：七月二十六日，天氣陰寒，頗有深秋之意。

卷九十末葉識曰：廿六日巳刻。

卷九十一末葉識曰：二十六日午刻，日色開霽，漸有暖意，病夫亦為欣然。

卷九十二末葉識曰：廿六日勘了。

卷九十三末葉識曰：廿六日午刻。

卷九十四末葉識曰：廿六日午刻勘訖。

卷九十五末葉識曰：廿六日申刻。

卷九十六末葉識曰：廿六日燈右。

卷九十七末葉識曰：廿六日鐙下。

卷九十八末葉識曰：病後思魚，苦不能得，渭弟於可園釣得一尾相餉，晚飯遂為加餐，可喜也。廿六日記。

卷九十九末葉識曰：七月廿六日校。

卷一百末葉識曰：甲子七月廿六日校完。

卷一百一末葉識曰：七月廿六日亥刻勘了。

---

① 汪士元(1877－1935?)，字向叔，盱眙人。光緒三十年進士。為近代著名收藏家、書畫家、政治家，著有《麓雲樓書畫記略》。

卷一百二末葉識曰：校勘終卷，竟無異字。讀"使事劄子"一過，為之奮然。廿六日記。

卷一百三末葉識曰：廿六日。

卷一百四末葉識曰：七月廿六日。

卷一百五末葉識曰：廿六日。

卷一百六末葉識曰：廿六日讀過。

卷一百七末葉識曰：七月廿六日，是日共校十九卷。

卷一百八末葉識曰：七月二十七日巳刻。

卷一百九末葉識曰：校兩卷未終，乃微有倦意，何也？

卷一百一十末葉識曰：廿七日午刻。

卷一百十一末葉識曰：廿七日午刻勘。

卷一百十二末葉識曰：七月二十七日鐙下斠訖。

卷一百十三末葉識曰：今日午後困憊，又人客往來雜遝，只校得六卷耳。廿七日。

卷一百十四末葉識曰：待序珊不歸，遂更校此卷。廿七日。

卷一百十五末葉識曰：廿七日校。

卷一百十六末葉識曰：七月二十八日早起校完。

卷一百十七末葉識曰：七月二十八日校完。

卷一百十八末葉識曰：七月二十八日校畢。

卷一百十九末葉識曰：七月二十八日校定。

卷一百二十末葉識曰：七月二十八日亥刻向盡。

卷一百二十一末葉識曰：七月二十九日早起進小食，旋校得此卷。

卷一百二十二末葉識曰：天陰欲雨，氣候淒清，非病軀所堪也。廿九日。

卷一百二十三末葉識曰：細雨灑堦，園林颯然，漸有秋意。廿九日。

卷一百二十四末葉識曰：七月二十九日午後，雷雨又作，涼氣襲人。

卷一百二十五末葉識曰：晚赴滌菴會食，歸來校此。廿九日。

卷一百二十六末葉識曰："與張相公二十一書"直諒有古人之風。廿九日。

卷一百二十七末葉識曰：七月二十九日鐙右讀畢。沅叔。

卷一百二十八末葉識曰：七月三十日，早起服藥後動筆，以畢此卷。

卷一百二十九末葉識曰：七月三十日午刻。

卷一百三十末葉識曰：七月晦校。

卷一百三十一末葉識曰：七月三十日校完。

卷一百三十二末葉識曰：七月晦。

卷一百三十三末葉識曰：七月晦夕校畢。是日共校六卷。

卷一百三十四末葉識曰：八月初三日校。

卷一百三十五末葉識曰：八月初三日，偕蘭姬詣東城晚餐，歸校此。

卷一百三十六末葉識曰：八月初三日鐙右校畢。

卷一百三十七末葉識曰：八月初三日，秋氣轉燥，鐙下搦管，猶揮汗不已。

卷一百三十八末葉識曰：昨以事冗不親筆硯，今日奮志為之，遂竟五卷，良自憙也。沅叔病後記，八月初三日。

卷一百三十九末葉識曰：八月初三日。

卷一百四十末葉識曰：乘興又畢此卷，計今日得七卷矣。吾疾其漸瘳乎！初三日藏園手記。

卷一百四十一末葉識曰：八月初四日校。

卷一百四十二末葉識曰：八月初五日。

卷一百四十三末葉識曰：八月初五日。

卷一百四十四末葉識曰：八月初五日。

卷一百四十五末葉識曰：八月初五日校。

卷一百四十六末葉識曰：八月初五日，藏園。

卷一百四十七末葉識曰：八月初五日，雙鑑樓主人校定。

卷一百四十八末葉識曰：八月初五日夜分閲畢，計今日共盡八卷。

卷一百四十九末葉識曰：八月初六日。

卷一百五十末葉識曰：八月初六日。

卷一百五十一末葉識曰：八月初六日。

卷一百五十二末葉識曰：八月初六日。

卷一百五十三末葉識曰：八月初六日。

卷一百五十四末葉識曰：八月初六日。

卷一百五十五末葉識曰：八月初六日，共校七卷。

卷一百五十六末葉識曰：八月初七日。

卷一百五十七末葉識曰：八月初七日。

卷一百五十八末葉識曰：八月初七日，夜微雨。

卷一百五十九末葉識曰：八月初七日。

卷一百六十末葉識曰：八月初七日，共勘畢五卷。

卷一百六十一末葉識曰：八月初八日。

卷一百六十二末葉識曰：八月初八日。

卷一百六十三末葉識曰：八月初九日。

卷一百六十四末葉識曰：八月初八日。

卷一百六十五末葉識曰：八月初九日，晴爽可欣。

卷一百六十六末葉識曰：八月初九日。

卷一百六十七末葉識曰：八月初九日校定。

卷一百六十八末葉識曰：八月初九日。

卷一百六十九末葉識曰：八月初九日校。

卷一百七十末葉識曰：八月初九日校。

卷一百七十一末葉識曰：八月初十日。

卷一百七十二末葉識曰：八月初十日，天晴微燥。

卷一百七十三末葉識曰：八月十一日。

卷一百七十四末葉識曰：八月十一日。

卷一百七十五末葉識曰：八月十一日。

卷一百七十六末葉識曰：八月十一日。

卷一百七十七末葉識曰：八月十一日。

卷一百七十八末葉識曰：八月十二日。

卷一百七十九末葉識曰：八月十二日。

卷一百八十末葉識曰：八月十二日校。

《附錄·年譜》卷末葉識曰：甲子八月十四日。

《附錄·行狀上》卷末葉識曰：甲子中秋日，聞榆關戰事且發，為之憂悒。

《附錄·行狀中》卷末葉識曰：甲子中秋夜無月。

《附錄·行狀下》卷第十六葉書眉補錄頗多，末葉識曰：甲子八月十六日校。

《附錄》所佚孫大有序以藏園"仿書棚本行格"稿紙補鈔。卷末葉識曰：甲子八月十三日校畢。（書號368）

西渡詩集一卷

宋洪炎撰。清宋氏漫堂鈔本。鈐"縣津山人"、"曾在趙元方家"、"趙鈁珍藏"、"元方審定"印。癸亥年（1923）跋。此本《藏園羣書經眼錄》著錄。

卷中夾一浮牋，書曰：此下失去"和公實"等詩三題六首，然目錄有之，蓋脫去正一葉也。沅叔注。

卷末附紙跋曰：洪玉父《西渡集》一卷，為宋漫堂中丞家寫本，翼庵藏弄有年。昨在篋中檢得涇縣朱氏刊本，據以校讀一過。朱本脫失"初至臨安"等五詩，賴此補之。其"再任秘書監"一首，朱本據《事文類聚》補入，而失去中聯，遂易為絕句，尤可笑也。癸亥十月朔，江安傅增湘校畢附記。（書號11175）

西渡集一卷補遺一卷

宋洪炎撰。清光緒二年朱氏惜分陰齋刊本。癸亥年（1923）據朱文鈞家藏宋犖鈔本校勘。卷末補錄詩五首。

卷首有跋曰：昨過蕭山朱翼庵，見案頭有茲集寫本，為宋漫堂家物，板心有"漫堂鈔本"四字，鈐"縣津山人"朱文印，遂乞一瓻之借。取此新刻勘正一通。"初至臨安"及"再任秘書監"等五詩，為此本所遺，因手寫附之卷尾，"再任秘書監"一首《補遺》中有之，而刪去中二聯，易為絕句，尤可嗤笑。《事文類聚》乃坊賈射利之書，依據補入，遂貽此笑端，益知名鈔之足貴，而從事勘讐未可掉以輕心也。癸亥十月朔，藏園居士傅增湘記。（書號369）

浮溪集十五卷附錄一卷

宋汪藻撰。清康熙七年汪士漢居仁堂刊本。鈐"吳翌鳳家藏文苑"、"穀成"、"善登"、"張印紹仁"、"學安"、"長洲張氏藏卷"、"清河伯子"、"訒盦"、"長洲龔文照右光圖書記"、"曾在龔野夫藏處"、"龔氏旭升所藏"印。壬午年（1942）據吳焯寫本校勘，亦有據宋本《國朝二百家名賢文粹》校正處。《藏園羣書題記》有此書題記,頗詳,可參閱。

卷一末葉識曰:據繡谷亭鈔本校讀,改正十字。壬午三月,藏園。(書號370)

松隱文集四十卷

宋曹勛撰。劉承幹嘉業堂刊本。丁卯年(1927)據朱文鈞藏鮑廷博校本校勘。《藏園羣書題記》有跋文。

各卷藏園先生識語錄如下:

卷一末葉識曰:丁卯四月初二日校。

卷二末葉識曰:四月初二日校。

卷三末葉識曰:初二日校。

卷四末葉識曰:四月初二日校。

卷五末葉識曰:四月廿三日校。

卷六末葉識曰:四月廿三日校。

卷七末葉識曰:丁卯四月廿三日,清泉吟社校定,時入山已五日矣。

卷八末葉識曰:四月二十三日校。

卷九末葉識曰:二十三日申刻校。

卷十末葉識曰:二十三日午後五鐘校。

卷十一末葉識曰:同日再校。

卷十二末葉識曰:四月廿三日校。

卷十四末葉識曰:廿三夜校。

卷十五末葉識曰:廿三夜。

卷十六末葉識曰:此卷竟無校改之字,何耶? 沅叔廿三夕。

卷十七末葉識曰:廿三日亥刻。

卷十八末葉識曰:聽泉不眠,更盡此卷。

卷十九末葉識曰：廿三日亥刻。

卷二十末葉識曰：自午後起訖夜深，凡校讀十六卷。山中日長，信哉。四月廿三日沇叔。

卷二十一末葉識曰：二十四日破曉，即興校畢此卷。

卷二十二末葉識曰：此卷凡絕句九十首。沇叔記。

卷二十三末葉識曰：廿四日辰刻。

卷二十四末葉識曰：廿四日巳刻。

卷二十五末葉識曰：廿四日巳刻。

卷二十六末葉識曰：四月廿四日午刻。

卷二十七末葉識曰：廿四日午刻。

卷二十八末葉識曰：廿四日未刻校。

卷二十九末葉識曰：午後少息，起而校此。沇叔。

卷三十末葉識曰：丁卯四月廿四日申刻，校於清泉吟社，是日共盡十卷矣。

卷三十三末葉識曰：四月二十九日校。

卷三十四末葉識曰：四月二十九日校於津門。

卷三十五末葉識曰：二十九日夜三鼓校完。

卷三十六末葉識曰：四月三十日校。

卷三十七末葉識曰：五月朔校未畢，翌日旋京，足成之。

卷三十八末葉識曰：五月初二日回都校。

卷四十末葉識曰：丁卯五月初二日校。

並跋曰：朱翼庵藏舊鈔本《松隱集》，卷中朱筆校定，審是鮑淥飲手跡，而市賈乃鈐張赤未偽印，使人絕倒。月前假閱，檢篋中乃無新刻本，急馳書翰怡索得此冊，以鮑校勘之，異字乃絕少，然提行空格一仍舊式，知亦從宋刊出也。入山半月，攜之以隨，匆匆校讀粗畢，略志數語於後。丁卯五月初三日，藏園居士傅增相記。鈔本

凡歡字皆作欣，未知所避，竢再考。（書號371）

石林居士建康集八卷

　　宋葉夢得撰。清宣統三年葉氏觀古堂刊本。鈐“藏園校定羣書”印。丙寅年（1926）據徐坊藏鈔本校勘，此鈔本見諸《藏園羣書經眼錄》著錄。

　　目錄末葉跋曰：《石林建康集》，余昔年曾據舊鈔本校此刻，適葉奐彬同年來都談及①，因假去錄副，將據以脩正，迄今尚未見還。頃來臨清徐氏書出，見一寫本，前有孔廣栻跋語，遂發興再校一過。凡增改二百二十七字，未知與前時所校如何，然頗記其行格，似同出一源也。丙寅三月三十日，增湘記。鈔本十行行二十字，宋諱小字旁注。

　　各卷藏園先生識語錄如下：

　　卷一末葉識曰：丙寅三月二十九日校，訂正三十字。

　　卷二末葉識曰：訂正四十六字。

　　卷三末葉識曰：是卷訂正四十字。二十九夜。

　　卷四末葉識曰：訂正三十有二字。藏園。

　　卷五末葉識曰：三月廿九日，先母忌日，設祭畢，校得此卷，訂正十字。

　　卷六末葉識曰：丙寅春盡日校正二十六字。

　　卷七末葉識曰：三月晦日，校正二十字。

　　全書卷末葉識曰：是卷訂正二十二字。三月三十日校完。全

----

　　①　葉德輝（1864－1927）字奐彬，湖南湘潭人。光緒十八年進士。甚富藏書，刻書亦豐。甲戌年（1934）四月藏園先生游覽南岳衡山，曾經到葉德輝猶子葉定侯宅觀其藏書。

書訂正共二百二十七字。（書號372）

苕溪集五十五卷

　　宋劉一止撰。清宣統三年沈耀勳刊本。鈐"校書亦已勤"、"沅叔手校"印。丙寅年（1926）先據宋本《國朝二百家名賢文粹》校勘，又據璜川吳氏藏舊鈔本補錄闕文。丙子年（1936）據擁萬堂鈔本補校。可參閱《藏園羣書題記》跋文。

　　各卷藏園先生識語錄如下：

　　卷一末葉識曰：丙寅二月初四日校，改正五字。

　　卷二末葉識曰：丙寅二月初四日夜三更校，訂正十五字。

　　卷三末葉識曰：丙寅二月初七日校，訂正三十二字。

　　卷四末葉識曰：丙寅二月初十日校，訂正二十一字。

　　卷五末葉識曰：丙寅二月初十日校，訂正七十字。

　　卷六末葉識曰：二月十一日校，訂正三十五字。

　　卷七末葉識曰：二月十一夜，增訂四十三字。

　　卷八末葉識曰：二月十一夜，增訂五十四字。

　　卷九末葉識曰：二月十五日校，訂正三字。

　　卷十末葉識曰：二月十五日校，訂正四字。

　　卷十一末葉識曰：二月十五日校，訂正十四字。

　　卷十二末葉識曰：二月十六日校，訂正八字。

　　卷十三末葉補錄文一則，並識曰：二月十六日校，增訂一百八十字。

　　卷十四末葉識曰：丙寅二月二十一日校。是日李軍飛機巳刻翔空，擲炸彈九枚於城中，都人大震。訂正八字。

　　卷十五末葉識曰：二月二十一日校，訂正五字。

　　卷十七目錄末葉識曰：丙子重九日，依擁萬堂鈔本校正。藏園老人記。本卷文原闕,據鈔本補錄。①

　　卷十八末葉識曰:二月二十一日,訂正四字。

　　卷十九末葉識曰:丙寅清明節,訂正六字。

　　卷二十末葉識曰:三月初四日,訂正七字。

　　卷二十一末葉識曰:初四日,訂正四字。

　　卷二十二末葉識曰:初四夜,訂正十八字。

　　卷二十三末葉識曰:三月初四日,訂正十字。

　　卷二十四末葉識曰:三月初四日,訂正十五字。

　　卷二十五末葉識曰:三月初五日,訂正二字。

　　卷二十六末葉識曰:三月初五日,訂正三字。

　　卷二十七末葉識曰:訂正九字,初五日。

　　卷二十八末葉識曰:初五日,訂正二字。

　　卷二十九末葉識曰:三月初五日,訂正十二字。

　　卷三十末葉識曰:丙寅三月初一日校。是日奉軍飛艇擲炸彈二十有六,死傷者衆,都市大震。沅叔記。訂正十四字。

　　卷三十一末葉識曰:三月初一日,訂正六字。

　　卷三十二末葉識曰:三月初二日,訂正五字。

　　卷三十三末葉識曰:初二日,訂正一字。

　　卷三十四末葉識曰:訂正四字。

　　卷三十五末葉識曰:初二日,訂正四字。

　　卷三十六末葉識曰:三月初二日,訂正九字。

　　卷三十七末葉識曰:三月初二日夜漏三下,城外炮聲又震。訂正四字。

　　卷三十八末葉識曰:三月初二夜,訂正十三字。

---

①　卷十六亦闕,據宋本《國朝二百家名賢文粹》補抄文三則,餘者據鈔本補錄。

卷三十九末葉識曰:初二日,訂正七字。

卷四十末葉識曰:初二日,訂正十三字。

卷四十一末葉識曰:初二夜,訂正六字。

卷四十二末葉識曰:三月二日,訂正八字。

卷四十三末葉識曰:訂正七字。

卷四十四末葉識曰:初二夜三更,訂正三字。

卷四十五末葉識曰:初二夜,訂正二字。

卷四十六末葉識曰:二月初二日夜三鼓,訂正三字。是日共校十五卷。

卷四十七末葉識曰:丙寅上巳,訂正六字。

卷四十八末葉識曰:上巳日,訂正十一字。

卷四十九末葉識曰:三月初四日校,炮聲自昨夕達晨未止。訂正十九字。

卷五十末葉識曰:三月初四日,聞通州為奉軍佔領,兵迫雙橋矣。訂正四十七字。

卷五十一末葉識曰:初四日申刻,訂正二十八字。

卷五十二末葉識曰:初四日,訂正三字。

卷五十三末葉識曰:初四日校,訂正七字。

卷五十四末葉識曰:訂正五字。

卷五十五末葉識曰:三月初四日校,訂正八字。是夜國民軍全數撤退出都,王士珍等以治安會名義接管警察①,維持地方。

鈐“校書亦已勤”印。

書末有手札一通,曰:沅叔先生左右:昨談為快。復檢《苕溪

---

①　王士珍(1861－1930),字聘卿,號冠儒,河北正定縣人。武人出身,受到袁世凱信任。曾任北洋政府國務總理。

集》，知前代蔣孟平所購鈔本，十六、七兩卷均不闕，惟第七卷卷首闕詩十九首刻本闕二十首，又第五、第六兩卷次序，刻本誤倒，與鈔本異。

尊處鈔本儻卷七之詩不闕刻本所闕卷首有目，則真足本矣。可鈔寄古微補刻也。蕭頌 著安。弟桐頓首。一月六日。（書號373）

韋齋集十二卷首一卷玉瀾集一卷

宋朱松、朱槔撰。清雍正六年朱玉刊本。鈐"雙鑑樓藏書記"印。《藏園訂補郘亭知見傳本書目》記據明弘治鄺璠刊本及舊寫本校勘。

卷首末葉識曰：戊辰正月收于廠甸。

卷一末葉跋曰：海鹽范希仁宋人小集鈔本選錄《韋齋詩》一卷，取校原集，不獨時獲異字，且有全句不同者，細核之，視刻本寔勝，然時有刪節數聯者，豈選錄時更加筆削耶？姑照錄之，以竢博考。歲在己巳四月中澣，藏園主人書潘氏志。（書號374）

陵陽先生詩四卷校勘記一卷

宋韓駒撰。宣統庚戌沈曾植刊本。鈐"沅叔校勘"印。丙辰年（1916）據汲古閣舊藏鈔本校勘，庚午年（1930）據徐坊藏勞權鈔校本校勘，乙亥年（1935）又據舊抄本覆校。諸本均見於《藏園羣書經眼錄》。

各卷藏園先生識語錄如下：

卷一末葉識曰：庚午四月初三日，依勞巽卿鈔本校。

卷三末葉識曰：乙亥正月，得邃雅齋舊抄本覆勘一卷。藏園老人落燈日記。

《校勘記》卷末葉識曰：滬市見此集舊鈔本，為汲古毛氏所藏，半葉九行行十八字,其異字頗有出黃校外者。假來一讀,因攜之至杭,移錄於此本上,行將持示乙盦,補入校記也。丙辰清明,游理安、龍井、煙霞、虎跑諸勝,歸坐夕照亭記此。沅叔傅增湘。

鈐"傅""沅叔"印。（書號375）

盧溪先生文集五十卷

宋王庭珪撰。明嘉靖五年梁英刊本,半葉十行行二十字,白口,左右雙邊,卷八至二十五配鈔本。《藏園羣書經眼錄》著錄此本係徐坊舊藏。戊辰年（1928）據碧琳琅館藏明寫本校勘。

卷首浮籤書曰:乾隆丁亥八月十一日,得于吳門之醉經廬。

此語旁又一行小字:書中檢得夾籤,乃鮑淥飲手跡也。傅沅叔坿志。

各卷藏園先生識語錄如下:

卷二末葉識曰:據碧琳琅館藏明寫本校。戊辰三月初六日,沅叔記。

卷八末葉識曰:三月初七日申刻畢。

卷十末葉識曰:初七日向夕校完。

卷十三末葉識曰:初七日。

卷十六末葉識曰:三月初七日夜三鼓勘竟。

卷二十二末葉識曰:三月初八日校。

卷二十五末葉識曰:三月初八日雨窗校。

卷二十六首葉夾浮籤二,一曰:宋余靖《武溪集》二十卷。二曰:晁氏寶文堂。

卷三十末葉識曰:三月十二日校於津門寓齋。

卷三十三末葉識曰:十二夜三鼓校完。

卷三十五末葉識曰:三月十三日,豐台車中校完。是日聞魯軍自濟南退出德州。

卷四十一末葉識曰：三月十三夜，校於藏園。

卷四十三末葉識曰：三月十四日大風竟日，牡丹漸瘁矣。

卷四十六末葉識曰：三月十五日，校於公園董事會。

卷四十七末葉識曰：三月十五日校。

卷五十末葉識曰：三月十五日校。（書號376）

屏山全集二十卷

宋劉子翬撰。清道光十八年李廷鈺柯秋草堂刊本。卷末署“李鴻儀書刻”。

卷二十末葉補錄詩一首，并識曰：用范氏宋人小集選錄屏山詩校此刻畢，並佚詩一首坿於右方。己巳四月二十四日，沅叔記。（書號377）

鴻慶居士文集四十二卷

宋孫覿撰。清光緒二十二年盛宣懷刊《常州先哲遺書》刊本。壬戌年（1922）秋據舊鈔殘本校勘，又據宋刊《播芳大全文粹》校勘。此書別有題跋見於《藏園羣書題記》，言及此殘帙校勘。

卷首周必大序文之末藏園跋曰：敝市偶獲殘本，名《南蘭陵孫尚書大全集》，存一至十四，五十五至六十一，得二十卷，即藝風跋語所稱七十卷本，為宋以後人所編者也。然就其存各卷，對校此本，補正寔多，如“上皇帝書”，脫至兩行，“與侍御書”，脫二十字，“與常侔王大箸啓”，脫附後兩行，別如老詩，脫兩韻，“四老堂詩序"脱八十九字,均以鈔本為勝。聞張石銘有《大全集》全帙①,若竟體校過,所得必更多。據此刻後跋言,《大全集》溢出詩文數百首,別為補遺,附刻于後。然此本寔無補遺,殆終未及付刊耶? 今姑以殘本溢出詩文標目於左方。壬戌十一月十三日,藏園居士志。

　　過洞庭 中興 太湖阻雨第二首

　　與胡己茂左司書 與耿伯順侍郎書 與王參政書 卷三

　　代人投贊 卷四

　　上湯殿院 服闋上宰執 賀葉相 賀魏相 賀蔣參政 賀李參政 賀秦相 賀翟參政 卷五

　　賀富樞密 賀黃樞密 賀陳樞密 賀虞樞密 賀憲使 問候施憲 賀李守到任 賀錢守到任 卷六

　　謝丞相 乞換小郡 謝陳參政 謝蔣參政 試中宏詞謝主司 謝劉樞密 卷七

　　謝中書侍郎 謝給事黃舍人 謝侍講梁舍人 謝國史洪舍人 謝左史胡舍人 謝張察院 謝李察院 卷八

　　謝徐察院 謝陳諫議 謝周尚書 謝從官 卷九

　　答喻子才提舉 答王伯周 謝單侍御 卷十一。

　　十二月朔,得宋刊《播芳大全文粹》,據所選各篇校勘一通,然溢出數十首,亦不能盡錄也。初三夕,沇叔記。

　　目錄末葉識曰:辛巳冬,得見梁蕉林家明鈔本,補卷二十"賀張參政啓"一首。藏園老人記。

　　各卷藏園先生識語錄如下:

　　卷十末葉識曰:昨得舊鈔殘帙,為汪魚亭故物,偶勘此卷,居然

---

①　張鈞衡(1872-1927),字石銘,號適園主人,浙江吳興南潯鎮人。頗富藏書,在南潯與劉承幹齊名。有繆荃孫代撰《適園藏書志》。

補正數十百字。惜藝風墓有宿草，不及相與質證耳。壬戌十一月初二日，元淑氏。

卷十一末葉識曰：十一月初三日校。

卷十二末葉識曰：十一月初三日晨起校竟此卷。

卷十八末葉識曰：壬戌冬至後五日己巳校。

卷二十末葉手錄"賀張參政啓"一則，其後識曰：此文列本卷之首，據梁蕉林家明鈔本補錄。辛巳十二月朔，沅叔手記。

卷三十三末葉識曰：壬戌冬至後日，藏園主人校。

卷三十四末葉識曰：壬戌冬至後一日校。

卷三十五末葉識曰：壬戌長至節後一日校畢。

卷四十一末葉識曰：壬戌長至節校。（書號378）

新刊李學士新註孫尚書內簡尺牘十卷

宋孫覿撰，李祖堯注。元刊本，半葉十二行行二十二字，小字雙行同，黑口，左右雙邊。鈐"乾隆五十有七年遂初堂初氏記"、"漢章"、"梅鶴齋藏"、"鞠泉"、"文生"、"河嶽庵"、"頤園鑑藏"、"涵芬樓"、"海鹽張元濟經收"印。癸亥年（1923）從蔣汝藻處借出以校勘并跋，跋文已收入《藏園羣書題記》中，然不及密韻樓主人蔣汝藻，又稱此本為元刊本，落款時間為癸亥五月，因與書中手跋史事稍有差別，特迻錄於下。據傅熹年先生"整理前言"，收錄《藏園羣書經眼錄》及《題記》時，對版本曾重新鑑定，所以當以《題記》為准。

卷五末葉有題識曰：乙酉新春試燈前一日，得於地安門街上。鈐"鞠泉"、"頤園鑑藏"印。

卷十末葉有藏園長跋一則，曰：昔年在南中見到宋刊《內簡尺牘》十六卷本，有郭蘭石、吳荷屋諸人題記，因為袁公子收之，匆匆不及留校，今不知流轉誰氏矣。嗣於廠市得宋刊十卷本，卷數不同而篇第不異，適孟蘋兄馳書屬為諧价，遂以重直歸之密韻樓中。今夏從孟蘋假來，以嘉靖本逐卷細勘，則明刻之脱誤不可枚舉之。其最要者，如卷五“與常守王司諫帖”，宋刊為十六帖，適脱去一葉，明本遂易其句語，蟬聯而下，改為十一帖，今尚存第十四帖尾數行，明本逕刪削之，以泯其跡。不知妄作，殊為可哂。卷七“與常守強朝議帖”脱去半葉，文義全不相屬。卷八“與胡寺丞帖”脱去五行一百二十六字，又脱“張郎中帖”一百六十一字、“張郎中第二帖”首三十三字。卷十“與鄒承務帖”脱大字及注二百八十七字，“與撫州疎山白雲如老帖”脱注文半葉，“與建康清涼交老帖”脱第一帖注及第二帖，又脱“常州惠山長老”一帖及“虎丘達老”一帖，“與平江佛海長老”三帖，“與標公”三帖，“與妙印大師”一帖，“與宜興洞知觀”四帖，皆賴此本補完，手寫附明刊各卷後，竭半月之力，僅乃畢事。仲益人品不足道，然身遭離亂，南渡後最為老壽，聞見賅洽，其《鴻慶居士集》至七十卷之多。余以鈔本校正其半，卷中文字頗足資考證。至其簡尺華贍，亦居坡、谷之次，故校而存之，俾後之求毘陵文獻者有所取焉。癸亥九月二十三日，將寄還密韻樓，聊著數語，發明宋刊之足珍，並以誌主人通假之高誼。藏園居士傅增湘。

鈐“沅叔手校”。（書號7681）

孫尚書内簡尺牘編注十卷

宋孫覿撰，李祖堯注。明刻本，《藏園羣書經眼錄》稱此為建陽刊本，半葉九行行十九字，小字雙行同，白口，左右雙邊。鈐“雙鑑樓”、“增湘”、“沅叔手校”印。書衣題簽：“《内簡尺牘》十卷，沅叔校宋本。”卷首有長跋，見上述文，不贅錄。

各卷藏園先生識語錄如下：

卷一末葉識曰：四月十四日校。

卷二末葉識曰：連日俗冗紛然，遂荒筆硯，今夕偶暇，在藏園伏案三時，乃連竟二卷，何快如之。沅叔氏志，四月十四日。

卷三末葉識曰：癸亥四月初七日，校於清泉吟社，沅叔記。

卷四末葉識曰：四月初七夜，宿於清泉吟社，張燈讀竟此卷。微月渡松，鳴泉洗枕，清寂殆無倫比，惜無素心人同與翫味耳。沅叔記。

卷五末葉識曰：四月初十日，藏園燈下校畢。時大風雨土，天地昏塞，已三日矣。八表同昏，可為憂悚。沅叔記。

卷六末葉識曰：四月十六日，息游別墅，燈下校訖。

卷七卷中有補錄，末葉識曰：四月十八日，自津門回，夜闌校畢此卷。

卷八末葉卷中有補錄，識曰：四月二十日校。

卷九末葉識曰：四月二十一日校。

鈐"沅叔手校"印。

卷十校而無跋識，補錄甚多，參見上則跋文。（書號379）

宋孫仲益內簡尺牘編注十卷

宋孫覿撰，李祖堯注。清光緒丙申年盛宣懷刊《常州先哲遺書》刊本。《藏園訂補郘亭知見傳本書目》記載此次校勘。

各卷藏園先生識語錄如下：

卷一末葉識曰：癸亥三月初一日校畢。

卷二末葉識曰：三月初九日校。時園中海棠、丁香、雀梅、梨花次第盡開，紅白爭艷，光照几案。春事炫爛若此，近年所無也。沅叔氏誌。

卷三末葉識曰：昨自妙高峰麓看桃花回，園中羣花已謝，落蘂飄英，回風舞雪，為之惆悵無已。晨窓研朱，遂竟此卷，飛紅點硯，恍隔一塵矣。沅叔記。三月望。

卷四末葉補錄一則，其後識曰：三月十七日校。

卷六末葉識曰：三月二十九日校。

卷七末葉識曰：癸亥三月三十日校。

卷八末葉識曰：三月晦燈右校。

卷九末葉識曰：同日校竟。

卷十末葉書眉識曰：宋本有第二帖，又與常州惠山長老、虎丘長老、佛海長老、標公闍黎、玅印大師、宜興洞知觀共十四帖，為此本所無者，手錄附於別幅。沅叔記。[1]（書號380）

飄然集三卷校勘記一卷續記一卷

宋歐陽澈撰。1915 年南昌《豫章叢書》編刻局刊《豫章叢書》本。丙寅年(1926)據舊鈔本校勘，該鈔本著錄於《藏園羣書經眼錄》。

卷首附藏園"仿書棚本行格"稿紙錄吳沆、胡衍二序。

各卷藏園先生識語錄如下：

卷上末葉識曰：丙寅四月初十日校，訂正二十有五字。

卷中末葉識曰：改訂四十二字。十一日。

卷下末葉識曰：四月十一日校畢。改定十四字。（書號381）

東萊先生詩集二十卷

宋呂本中撰。清初呂留良家抄本[2]。版心上方題作"紫薇

---

[1]　此處附紙錄以上諸帖。

[2]　此清鈔本據國家圖書館善本書目著錄，《藏園羣書經眼錄》著錄此本為明寫本。

集"。鈐"清森閣書畫印"、"臣恩復"、"秦伯敦父"、"石研齋秦氏印"、"藏園"印。張宗祥己未年(1919)據宋刊殘本校跋,傅增湘丁丑年(1937)再據涵芬樓影印宋刊本校并跋。關于宋刊殘本,《藏園羣書題記》有長跋。

各卷藏園先生識語錄如下:

卷一末葉識曰:丙子九月廿一日,依宋刊本校定。時宿大房山兜率寺。沅叔記。

卷二末葉識曰:二十二日,游雲水洞歸,就鐙右校竟。藏園。

卷六末葉識曰:丁丑上巳,宿清水院,夜閑無事,以影宋本校讀終卷,凡增訂一百有三字。清泉逸叟記。

卷七末葉識曰:丁丑三月初七日,校於昆明湖畔息菴寓齋。此卷增改得九十有八字。藏園老人記。

卷九末葉識曰:丁丑十月,依宋本校竟。藏園老人誌。

卷十一末葉識曰:丁丑十月十九日,校宋本,補奪文一行。藏園。

鈐"沅叔"印。

卷十二末葉識曰:丁丑十月二十五日,校宋本。

鈐"藏園"印。

書末葉有張宗祥跋文一則,曰:己未冬,沅叔先生得慶元刻《東萊集》六弓正集存一、二、十一三弓,外集三弓全,復出此書,命予校勘一過。按曾氏序云,次第歲月為二十通,是世傳二十弓,即當時足本。然宋刊有外集,今本無之,一異也;宋本正集第一弓,此為第十八卷,第二弓此為二十卷,十一弓此為十九弓,二異也;宋本外集第一卷此為正集第十弓,三異也;宋本外集二、三兩卷,今此集中皆不收,獨"擬古"一詩宋本外三收入卷四,四異也。因此四異,故知此二十卷本實非足本,卷末所題"慶元己未"云云者,乃假託欺世,

非真自宋本出也。宋本外集三卷既全,則正集當為十七号,方符二
十之數,惜不得全書,無從證實。書中破體字未照改,宋本誤字註
于字旁,抄本誤者直塗改之。黃氏于慶元己未刻此書,沉叔先生于
中華民國己未得此書,予于是年冬至日校于此本上,再隔數己未,
不知後人能見全宋刊否? 能悉過校于此本之上否? 書以待之。海
寧張宗祥記。

鈐"張印宗祥"印。

又附"仿大德平水本爾雅版式"稿紙,藏園書跋一則,曰:鈔本
《紫薇集》跋 此《呂居仁詩》二十卷,有秦伯敦藏印,知為石硯齋舊
物。然余細審卷中,凡留字均缺末畫,知為石門呂氏所鈔也。余舊
藏有《東萊集》宋刊殘本六卷,為江西詩派本,友人張閬聲為代校
於此本上,即第十八、十九、二十卷是也。其第十卷,以余本校之,
寔外集卷一,乃知世傳本失去此卷,以外集一卷補之,而不知其年
代次第之不合也。今涵芬樓假日本內閣宋刻影印行世,第十卷與
此無一首相同,益証余言之非謬矣。余更取內閣本補校各卷,俾成
完璧。此一集而存兩宋本可校,在余輩洵饒眼福。異時當就內閣
本補鈔第十卷,更依余藏宋本將外集二卷鈔坿於後,俾數百年屢亂
缺失之卷——更訂而綴完之,以復《紫薇》之舊觀,寧非一大快意
事乎?（書號382）

東萊先生詩集二十卷

宋呂本中撰。清咸豐九年呂儁孫刊本。庚午年(1930)、癸酉
年(1933)據宋刊本校勘,丙子年(1936)再校。諸本可見諸《藏園
訂補邵亭知見傳本書目》。

各卷藏園先生識語錄如下:

卷一末葉識曰:癸酉三月初七日,據宋本校定。

卷二末葉識曰：癸酉五月初八日，宿香山寺，坐聽法松下校畢。清泉逸叟記。

卷三末葉識曰：丙子七月八日，校於香山雨香館。

卷十末葉識曰：庚午三月初一日，宿清泉吟社，據宋刊本校，增改一百九十五字。

卷十八首葉書眉識曰：詩派本存末三卷，但挖改為卷一至三，以充完帙耳。

末葉識曰：庚午三月初一日校，凡改正四十五字。覆校又改四字，時住清水院。

卷十九末葉識曰：三月初二日校，凡訂正八十字。

卷二十末葉識曰：三月初一日，自暘台山歸，校此卷，改正四十三字。（書號383）

胡澹庵先生文集三十二卷

宋胡銓撰。清乾隆二十二年練月樓刊本。戊辰及己巳年（1928、1929）據舊鈔本校勘。校本詳參《藏園訂補邵亭知見傳本書目》。

各卷藏園先生識語錄如下：

卷一末葉識曰：戊辰正月十四日立春節校。

卷二末葉識曰：戊辰正月立春節校。

卷三末葉識曰：戊辰正月十四日校。

卷四末葉識曰：戊辰上元夕校。

卷五末葉識曰：上元夕校。

卷十一末葉識曰：戊辰正月十八日校。

卷十二末葉識曰：戊辰正月二十日校。

卷十六末葉識曰：閏月十二日，宿杭垣金翰生齋，夜雨寒瑟，偶爾弄筆，遂竟此卷。

　　卷二十一末葉識曰：范氏也趣軒鈔本錄《忠簡詩》，有十二首為此集所未收者，錄之別幅，其字句偶異者，則就行間改訂之，惟"崖州洗兵亭"、"和林和靖梅韻"後三首，范本又不載，殊不可解耶。沅叔記於藏園，時己巳四月也。①（書號384）

橫浦先生文集二十卷心傳錄三卷日新一卷
施先生孟子發題一卷橫浦先生家傳一卷

　　宋張九成撰，宋施德操撰《發題》、宋張栻撰《家傳》。明萬曆四十二年吳惟明刻本，半葉十行行二十字，白口，左右雙欄。鈐"五橋珍藏"、"慈谿馮氏醉經閣圖籍"、"周氏公瑕"印。傅增湘校，張元濟跋。參見《藏園訂補邵亭知見傳本書目》著錄。

　　張元濟跋二則，其一曰：前年購得一部，只存文集，闕去《心傳》、《日新》兩種。昨忠厚書莊主人李子東攜來一部，乃係足本，以銀幣三十圓得之。他日當重印，以廣其傳。癸亥六月初七日，裔孫元濟謹識。

　　其二曰：余影印是書之後，續得錢功父手抄橫浦《心傳》，係從宋本錄出。傅沅叔同年赴杭州煙霞洞小住，攜往閱讀，摘其異同，校於是本之上。沅叔返京師後，又獲見景宋抄本《宋儒鳴道集》②，可補橫浦《日新》闕文數百字，并校正若干字，錄以示余，余亦錄於是本書眉。異日如能重印，當據改正。元濟再識。（上海圖書館綫善 T12484－88）

---

① 此後附紙錄詩十二首。
② 藏園先生校勘《諸儒鳴道》於丙寅年十一月末（1927 年 1 月初）。

浮山集十卷

宋仲並撰。藏園抄本，戊辰年（1928）據《四庫全書》本傳抄。序文首葉鈐“傅增湘讀書”印記。參閱《藏園訂補邵亭知見傳本書目》。

卷尾有“戊辰立夏日校，沅叔”朱文一行。文中時見朱筆校勘。（文津街分館普通古籍22539）

張于湖集八卷附錄一卷

宋張孝祥撰。明崇禎六年張時行《合刻兩張先生集》刻本，半葉九行行二十字，白口，四周單邊。鈐“宗室盛昱收藏圖書印”、“沅叔手校”、“沅叔手校宋本”、“沅叔校勘”印。戊午年（1918）據宋刊本校勘。宋刊本見諸《藏園羣書經眼錄》。

卷末葉補錄詩文若干，並跋曰：《于湖先生集》四十卷《附錄》一卷，宋刊本，白麻紙，淡墨印，字體疏古，大板寬幅完整，若手未觸。半葉十行行十六字，白口，雙闌，板心上記字數，下記姓名。鈔補序五葉，目錄七葉，卷末禁榜一葉，附錄廿三葉。余壬子夏見之京師宏遠堂，云出自穆鶴舫相國家，有文淵閣印。余給值壹千壹百金，端午前日議垂成矣，為景樸孫得去。景以襯紙景寫一部，而以原本歸於抱存公子，余欲借校者數矣，公子恒秘，不輕示人。頃由書友展轉假來，以明刊八卷校讐一通。卷數多寡不同，次第亦迥異，各標注於上方，其明本所遺者，別寫附後。余雖交臂失宋刊，而存此校本，留天水原槧面目，以彌余數年之缺憾。俾後之讀安國文者，知宋本之佳勝於明本萬萬，或有好事者更從而翻雕傳布焉，則豈獨余一人之私幸乎！明本有張時行跋，謂焦澹園自內閣鈔出，寄張醇甫、楊克家，曰彙為八卷。今卷中有明文淵閣印，知焦氏手錄正據此本，特倉卒不及全鈔，時行遽彙訂刊行耳。戊午九月二十九日，傅增湘記。

鈔補各篇附記如左：

卷九　詩一首。

卷十二　詩十四首。

卷二十　狀一首。

卷二十一　啓一首。

卷二十二　啓七首。

卷二十七　致語一首。

卷三十一　全卷，內有詞三首，明刻有之。

卷三十五　尺牘七首。

卷三十六　全卷。

卷四十　尺牘九首。（書號260）

廬陵周益國文忠公集

宋周必大撰。清道光二十八年歐陽棨瀛塘別墅刊本。鈐“沅叔手校”、“萊娛室”印。庚申年（1920）據鄧邦述藏宋刊殘本校，癸亥年（1923）據朱文鈞藏明史繼辰校選鈔本校，壬戌年（1922）、甲子（1924）、乙丑年（1925）又據家藏舊鈔殘本校，丁卯年（1927）據棟亭藏鈔本校勘，庚午年（1930）據明鈔殘本校勘。諸校本可參閱《藏園訂補邵亭知見傳本書目》。

各卷藏園先生識語錄如下：

卷首為年譜，年譜末葉識曰：甲子浴佛節後一日，藏園校畢。鈐“傅”、“沅叔”印。

《省齋文稿》卷一末葉識曰：庚午二月十一日，依舊鈔本校。

卷三末葉識曰：丁卯三月十一日，依舊鈔殘本。

卷四末葉識曰：丁卯三月十二日校。

卷五首葉補錄詩二首。末葉識曰：丁卯三月十八日，依曹棟亭藏鈔本覆校。

卷九末葉識曰：癸亥八月初七日校。

卷十末葉識曰：癸亥正月二十一日校。

卷三十二末葉識曰：癸亥六月初九日，校於祕魔崖。

卷三十三末葉識曰：癸亥六月初九日，校於祕魔崖。

卷三十四末葉識曰：癸亥六月初九日，攤飯後校此。

卷三十五末葉識曰：庚午三月，得明鈔殘本於津門，重校此卷。沅叔。

卷三十七末葉識曰：壬戌小寒節校。

八年後再識曰：庚午三月，據明鈔本再校。

卷四十末葉識曰：癸亥六月十八日校。

《平園續稿》行間校記頗多，因先後兩次校勘，墨色有別。卷一末葉識曰：翰文齋得舊鈔殘本，因動覆校之興，其次第與此刻多不同。乙丑九月，藏園主人記。

卷二末葉識曰：乙丑九月十九日校。

卷三末葉識曰：癸亥九月初四日校。

兩年後再校識曰：病不出戶，強起校畢。乙丑九月十九日。

卷四末葉識曰：乙丑九月十九日校。

卷五末葉識曰：癸亥八月初七日校。

兩年後再校識曰：乙丑九月十九日校。

卷六末葉識曰：癸亥五月廿七日校。

兩年後再校識曰：乙丑九月廿日再校。

卷八末葉識曰：癸亥五月二十八日，校於藏園，時夏雨初收，衆綠爭發。

卷九末葉識曰：五月二十八日申刻，猛雨雜雹，坐藏園勘此。

卷十末葉識曰：同日坐廊下校竟此卷。

卷十一末葉識曰：九月二十三日，以抄本校。

卷十二末葉識曰：九月二十四日，伯兄云亡四日矣，忽忽無聊，取抄本補校一卷。

卷十三末葉識曰：乙丑九月廿四日校。

卷十四末葉識曰：九月廿四日，補校各首。

卷十五末葉識曰：九月廿四日燈下校。

卷十六末葉識曰：癸亥正月廿一日校。

卷十七末葉補錄謝啓一則。

卷二十一末葉識曰：癸亥五月三十日校。

卷二十二末葉識曰：癸亥六月初四日校。

卷二十三末葉識曰：癸亥六月朔校。

卷二十四末葉識曰：癸亥六月初六日校。

卷二十五末葉識曰：癸亥六月初三日，冒雨獨游翠微祕魔崖，憩劉氏山房①，飲酒薄醉，讀竟此卷。

卷二十六末葉識曰：癸亥六月初二日校。

卷二十八末葉識曰：坐虛廊下，看南山雲起，細雨又作，更勘畢一卷。沅叔記于祕魔崖。

卷二十九末葉識曰：六月初三日坐雨，祕魔崖下校訖。藏園居士。

卷三十末葉識曰：癸亥六月初八日校。

卷三十一末葉識曰：九月廿四日校。

---

①　此劉氏山房，或即是劉哲在八大處別墅。劉哲（1880－1954）曾在北京政府任要職。書法家。

卷三十二末葉識曰：癸亥六月十五日校。溽暑困人，借此遣日而已。

卷三十四末葉識曰：癸亥六月十一日，午睡初足，振筆校訖。

卷三十六末葉識曰：癸亥六月十七日，微雨竟日。宴吳松隣於池北書堂，席散乃得畢此卷。

卷三十七末葉識曰：癸亥六月十八日，校時疏雨閑庭，涼風灑然，大似南中。

卷四十末葉識曰：癸亥六月十八日，藏園雨霽，竹木清麗，時聞蟬聲出高樹間。因池畔展閱此集，遂畢一卷。沅叔。

《省齋別稿》卷一末葉識曰：甲子三月廿六日，清泉吟社東軒。

卷二末葉識曰：三月二十六日午飯後校。

卷三末葉識曰：三月二十六日，自水甸回，校于燈右。

卷四末葉識曰：甲子三月二十九日校。

卷五末葉識曰：四月初五日，游妙峰山，回蓮花寺，傅監邀飲，薄醉而歸。

卷六末葉識曰：四月初九日校。

卷七末葉識曰：四月初十日校定。

卷八末葉識曰：四月初十日酉刻校。

卷九末葉識曰：四月十一日校。

卷十末葉識曰：四月十一日校。①

《詞科舊稿》卷一末葉識曰：甲子四月十一日校。時春盡不雨，大鐘寺祈雨七日，今日乃大風雨土，何耶？

卷二末葉識曰：四月十二日晨。

卷三末葉識曰：四月十二日校。

---

① 此後之《掖垣類稿》，校而無跋識。

《玉堂類稿》卷一末葉識曰：乙丑九月初四日，依抄本校讀。

卷二末葉識曰：乙丑九月十一日校。

卷三末葉識曰：壬戌大雪節，依鈔本校訖。沅叔。

卷十一末葉識曰：乙丑九月廿八日校。是日為伯兄成主。

卷十二末葉識曰：乙丑九月二十七日校。

卷十五末葉識曰：乙丑九月二十九日校畢。

卷十六末葉識曰：乙丑九月廿九日校。

卷十八末葉識曰：壬戌十一月十九日校。

卷十九末葉識曰：壬戌十一月十九日校。

卷二十末葉識曰：癸亥正月二十一日早起校。昨宵細雨膏潤，今晨乃狂飇怒號，何也？①

《歷官表奏》目錄末葉識曰：癸亥正月十一日，據舊寫本校閱。藏園居士。

卷一末葉識曰：乙丑九月廿四日校。

卷二末葉識曰：乙丑九月二十六日校。

《奏議》卷一末葉識曰：甲子四月二十八日，依明寫本校讀。

卷二末葉識曰：甲子天中節，宿盧師山劉氏別墅，翌晨起校此卷。

卷三末葉識曰：五月初六日。

卷四末葉識曰：五月初六日午刻，校於盧師山下。

卷五末葉識曰：五月初八日，校於藏園。

卷六末葉識曰：五月初十日校。

卷七末葉識曰：五月十二日晨。

卷八末葉識曰：五月十二日校。

---

① 　此後之《政府應制稿》校而無跋識。

卷十末葉識曰：五月十二日校。

卷十一末葉識曰：五月十二日校。

卷十二末葉識曰：五月十二日校。

《奉詔錄》卷一末葉識曰：甲子三月三日，據明寫本校訖。

卷二末葉識曰：三月初四日校過。沅叔。

卷三末葉識曰：三月初四日校。

卷四末葉識曰：三月初四日校畢。明鈔本只此四卷也。沅叔記。

《雜著述》卷八末葉識曰：丁卯三月，依舊寫本校。沅叔鳳窩丙舍記。

《玉堂雜記》上卷末葉識曰：甲子五月十五日校。

中卷末葉識曰：五月十五日雨窗。

下卷末葉識曰：五月十五日校。

《二老堂詩話》上卷末葉識曰：五月十八日，依明抄本校。

《書稿》書名葉藏園過錄嚴元照跋文，其文曰：去年仲秋，余過烏鎮，以文先生贈余《周益公書稿》首二卷殘本，紙墨絕佳，有貞元、季雅二圖記，知是鳳洲藏書。季冬之月，以文家厄於火，是冊得免落他人之手。於乎悕與！壬子元旦，芳椒堂主人嚴元照偶書。

此後藏園跋識曰：羣碧樓藏《周益文公書稿》二卷，經王元美、鮑以文、嚴久能、勞季言諸家遞藏。庚申六月下浣假讀一過，校於此新刻本，二日而畢。七月朔日傅增湘識。

卷一末葉藏園識曰：庚申六月二十二日，校宋本三十七頁，沅叔。

並過錄嚴元照跋文二則，其一曰：辛亥秋八月下澣，仆訪知不足齋主人鮑君以文于烏鎮。言及《周益公集》，以文出宋槧殘本兩冊觀之，云得自蘇州，紙墨古雅可喜。欲從假讀，以文即舉以相貽。

良友之惠不敢忘也，亟記之冊後，以誌勿諼云。廿八日漏三下獨坐書，芳椒堂主人嚴元照。

其二曰：以文又贈陳思所刻《中興羣公吟稿》戊集七卷五冊，僅戴石屏、高菊磵、姜白石、嚴華谷四家，紙墨古艷，板甚狹小，行十格十八，為前後斷爛不可書跋，附識於宋本《周益公集》尾。元照又書。

卷十一末葉藏園識曰：癸亥八月十六日。

卷十二末葉再識曰：癸亥八月十五日校。

全書之末為藏園先生倩人補鈔逸文十六篇，所用稿紙印有"仿紹興本通鑑行格"字樣。其後跋曰：鈔本《周文忠公集》七十二卷，明平陵史繼辰校選，為季滄葦舊藏，今歸蕭山朱君翼庵。余從朱君叚得，以校此本，計改正誤字增補脫文外，為刻本所無者，又得《外制》等十六篇，鈔附卷末。《益公集》鄧正闇同年有書牘二卷，宋刊殘本，余已校其同異於卷中。此外又見鈔本於天津書肆，即歐陽棨付刊之底本也，略事勘讀，絕少異字，故不錄焉。癸亥十一月初七日，雪後嚴寒，園中擁爐記之，增湘。（書號385）

格齋四六二卷

宋王子俊撰。民國南昌《豫章叢書》編刻局《豫章叢書》本。壬戌年（1922）據抱經樓藏鈔本校勘。

卷二末葉識曰：陳立炎自南中來，攜得《格齋四六》一冊，乃四明抱經樓藏寫本也。適購此新刻，遂取勘之，一日而畢，增改百許字，其每文類標題一行亦據補入。壬戌十月初八日，沅叔記。（書號386）

倪石陵書一卷

宋倪朴撰。清抄本。鈐"安樂堂藏書記"、"明善堂覽書畫印記"、"曾在趙元方家"、"趙鈁珍藏"、"元方審定"、"江城如畫樓"、"宛陵李之郇藏書印"印。參見《藏園羣書經眼錄》。

卷首藏園題識曰:甲子正月十三日,據此本校豫章新刻①,增改三百一十六字。傅增湘借讀訖并記。(書號11182)

攻媿集一百十二卷拾遺一卷

宋樓鑰撰。清光緒二十五年廣雅書局重刻《武英殿聚珍》版。丙寅年(1926)據宋刊本校勘,丁卯年(1927)李盛鐸代校卷四十九和卷五十。此宋刊本今存北京大學。《藏園羣書經眼錄》中言校勘"補正甚夥,別為跋詳之",今《題記》中未見該書之跋。

各卷藏園先生識語錄如下:

卷一末葉識曰:丙寅正月十一月,據宋刊本校正一百六字,藏園主人。

卷二末葉識曰:丙寅正月廿一日校,改訂六十七字。

卷三末葉識曰:丙寅正月廿一日。

卷四末葉識曰:丙寅二月十二日。

卷九末葉識曰:二月十二日。

卷十末葉識曰:二月十二日。

卷十一末葉識曰:二月初十二日校。

卷十二末葉識曰:正月二十五日亥刻。

卷十三末葉識曰:二月二十二日校。

---

① 參見藏園先生校勘李之鼎編《宋人集五十六種》,書號417。

卷十四末葉識曰:丙寅清明前一日校。

卷十五末葉識曰:二月十二日。

卷十六末葉識曰:二月十二日。

卷十七末葉識曰:二月十二夜校。

卷十八末葉識曰:二月廿二日夜校。

卷十九末葉識曰:丙寅正月廿二夜三更。

卷二十末葉識曰:丙寅正月十一日校宋本,訂正五十六字。

卷二十二末葉識曰:正月廿二日午後校。

卷二十三末葉識曰:正月廿二日校。

卷二十五末葉識曰:正月二十二日校。

卷三十一末葉識曰:丙寅正月十二日。

卷三十二末葉錄宋本所存三首劄子篇名。

卷三十三末葉識曰:丙寅正月十一日校宋本,訂正七十二字。

卷三十四末葉識曰:丙寅二月初七日。

卷三十五末葉識曰:二月初七日校。

卷三十六末葉識曰:二月初八日。

卷三十七末葉識曰:二月初八日校。

卷三十八末葉識曰:二月初八日校。

卷三十九末葉識曰:二月初八日校。

卷四十二末葉識曰:丙寅九月十三日,校於鳳窠丙舍。

卷四十三末葉識曰:九月二十七日,塋工粗具,抽暇校此。

卷四十四末葉識曰:九月二十七夜,丙舍校。

卷四十五末葉識曰:九月十三夜,鳳窠丙舍。

卷四十八末葉識曰:九月廿七日,鳳蒇丙舍校完。

卷五十末葉李盛鐸識曰:沅叔是本缺校此二卷,假吳氏藏宋本補之。丁卯處暑後一日,盛鐸。

卷五十二末葉識曰：二月初八日。

卷五十三末葉識曰：二月初九日。

卷五十四末葉識曰：丙寅二月初九日。

卷五十五末葉識曰：二月初九日。

卷五十六末葉識曰：二月初九日校。

卷五十七末葉識曰：正月二十三日校。

卷五十八末葉識曰：正月二十三日校。

卷五十九末葉識曰：正月廿二日。

卷六十末葉識曰：正月廿三日午後。

卷六十一末葉識曰：正月廿三日。

卷六十二末葉識曰：正月二十三戌刻。

卷六十三末葉識曰：正月廿四日辰刻。

卷六十五末葉識曰：正月廿四日酉刻。

卷六十七末葉識曰：二月十八日校。

卷六十八末葉識曰：二月十五日。

卷六十九末葉識曰：丙寅二月十三日校。

卷七十末葉識曰：正月廿八日校。

卷七十一末葉識曰：丙寅二月十三日。

卷七十二之首，據宋本補鈔兩葉。末葉識曰：二月十四日校。

卷七十三卷末附紙補鈔文一首，又識曰：二月十四日夜三更校畢。

卷七十四末葉識曰：二月十五夜。

卷七十五末葉識曰：二月十六日校。

卷七十六末葉識曰：二月二十日。

卷七十七末葉識曰：二月二十日。

卷七十八末葉識曰：二月二十日校。

卷七十九末葉識曰：二月十三日。

卷八十末附紙補鈔賦一首，又識曰：正月廿五日。

卷八十一卷末附紙補鈔文一首，又識曰：二月十三日校。

卷八十二末葉識曰：二月十七日。

卷八十三末葉識曰：二月十九日。

卷八十四末葉識曰：二月十九日。

卷八十五末葉識曰：二月十九日校。

卷八十六末葉識曰：二月十九日。

卷八十七末葉識曰：二月十九日校。

卷八十八末葉識曰：二月十九日校。

卷八十九末葉識曰：二月十九日校。

卷九十四末葉識曰：正月廿三夜子刻。

卷九十五末葉識曰：正月廿四日早起校。

卷九十七末葉識曰：正月二十四日夜三更。

卷九十八末葉識曰：正月廿五日。

卷一百末葉識曰：正月廿五日。

卷一百二末葉識曰：正月二十六日。

卷一百三末葉識曰：正月二十六日校。

卷一百四末葉識曰：正月廿六日校。

卷一百五末葉識曰：正月廿六日夜三鼓。

卷一百六末葉識曰：正月廿七日。

卷一百十一末葉識曰：正月廿一日夜三鼓。

卷一百十二末葉識曰：正月廿二日。

書末附紙補錄卷四十一、四十二、四十三、四十四、四十五、八十、八十一、八十二，以及《四庫全書總目》提要、真德秀序、目錄，

並藏園手錄"攻媿集刪去各文"篇名①。（書號 387）

義豐文集一卷

宋王阮撰。宋淳祐三年王旦刊本，半葉十行行十八字，白口，左右雙邊。鈐"黃印丕烈"、"復翁"、"士禮居"、"藏園秘籍孤本"、"雙鑑樓"、"江安傅增湘沅叔珍藏"、"雙鑑樓珍藏印"、"沅叔心賞"、"書潛"、"晉生心賞"、"佩德齋"、"徐伯郊藏書記"、"吳興徐氏"、"伯郊收藏"、"郇齋"、"祁陽陳澄中藏書記"印。李盛鐸、傅增湘曾校并跋，其跋文見諸《藏園羣書題記》，不贅。以下所錄此本手書之跋係廿年後（1943）再書。

卷首藏園跋文，其文曰：此惠州博羅刻本，與《桯史》所言刻於江泮者，未知孰為先後。今江泮本不可見，惟此本孤行於天壤間，洵足寶也。蕘翁得此，載入《百宋一廛賦》中，而本書顧無跋語，豈蕘久佚失耶？余取豫章新刻校之，改訂至百九十餘字，卷首趙希壂序亦失載，後復多"和歸去來辭"一首，可知祖本之可貴矣。余有跋語刊入《藏園羣書題記》初集，文長不備錄，姑記其大略於此。歲在癸未十二月，藏園老人識於企驥軒。

此書舊藏豐順丁氏，壬戌歲陳韞山為我收得，所費殆過千金矣。沅叔又記。

跋文鈐"傅印增湘"、"沅叔"、"藏園題識"、"讀易樓"印。（書號 11553）

義豐集一卷

宋王阮撰。南昌《豫章叢書》編刻局刊《豫章叢書》本。鈐"二十年中萬卷書"印。壬戌年（1922）據家藏宋刊本校。

卷末補錄"和淵明歸去來辭"一首，其後識曰：壬戌四月初四日，據宋刊本校定。（書號388）

雙溪文集十七卷

宋王炎撰。明嘉靖十二年刊本，半葉十行行二十一字，白口，四周單邊。《藏園羣書經眼錄》著錄此書。

藏園先生在書衣內副葉跋曰：此集世有三本，一為嘉靖癸巳其裔孫懋元所刻，凡十七卷，有潘滋序，前列三山鄭昭光序；一為萬曆丙申尚寶司丞王鏻得沈一貫家舊本重刻，凡二十七卷，今《四庫》所收是書也；一為康熙中其族孫祺等所刻，凡十二卷。此本十七卷，為當是嘉靖本，但失去前序耳。舊為孔氏嶽雪樓藏書，宣統三年秋八月，聚珍堂來津求售，因據鐵琴銅劍樓目審為善本，遂購藏之。傅增湘記。（文津街分館普通古籍22586）

宋劉文簡公雲莊集九卷別本十二卷年譜一卷

宋劉爚撰。藏園抄本，有"藏園傅氏寫本"字樣。首為年譜，餘為文集。多處朱筆校改。依時間推斷，當是據徐坊藏舊寫本校勘，參見《藏園羣書經眼錄》。

各卷藏園先生識語錄如下：

《年譜》末葉識曰：丁卯十二月十六日校完。

《文集》卷二末葉識曰：丁卯嘉平月十三日校。

卷三末葉識曰：十二月十三日校。

卷四末葉識曰：十二月十五日校。

卷五末葉識曰：十二月十五夜手勘畢。

卷六末葉識曰：十二月十五夜三鼓。

卷八末葉識曰：十二月初二日校。

卷九末葉識曰：丁卯十二月初三日校。

《別本》卷一末葉識曰：丁卯十二月初一日校過。

卷二末葉識曰：初二日校。

卷三末葉識曰：十二月朔校。

卷四末葉識曰：丁卯十二月十一日校。

卷五末葉眉批曰：此葉有誤，查是卷四末葉復出者。

並識曰：十二月十一日校。

卷六末葉識曰：十二月初三雪夜校。

卷七末識曰：十二月初四日，雪風嚴洌，呵凍校此。

卷八末葉識曰：初四日，夜盡三鼓。

卷九末葉識曰：初四日，夜四鼓。

卷十末葉識曰：十二月初五日校。

卷十一末葉識曰：初五夜校。

卷十二末葉識曰：十二月初五日早起校。（文津街分館普通古籍 22537）

野處類稿二卷集外詩一卷

宋洪邁撰。南昌《豫章叢書》編刻局刊《豫章叢書》本。庚午年（1930）據舊鈔本校。

卷上末葉識曰：庚午七月廿三日，依舊鈔本校。

卷下末葉跋曰：姚茫父歿後[1]，遺書為敞賈以一萬三千金收之，其中以詞曲小說為多，宋刊本只《漢雋》一帙耳。此鈔本洪集亦偽書，然校此新刻，改訂得七十七字。鈔手為乾隆以後人，鈐有"晉賢"朱文印，不知何許人也。庚午七月二十四日校畢記，沅叔。（書號389）

盤洲文集八十卷末一卷校記一卷

宋洪适撰。清同治涇縣洪氏晦木齋刊本。乙丑年（1925）據涵芬樓藏宋蜀中刊本校。《藏園羣書經眼錄》著錄此宋刊本。

各卷藏園先生識語錄如下：

卷六末葉識曰：此卷於漶漫中辨認數十字，為之愉快不已。

卷十四末葉識曰：四月廿四日午後。

卷十五末葉識曰：四月廿四日，上海客次校。

卷十六末葉識曰：四月廿四日亥刻校。

卷十七末葉識曰：同日校。

卷十八末葉識曰：四月二十五日早起校。

卷十九末葉識曰：廿五日辰刻。

卷二十末葉識曰：二十五日午刻。

卷二十一末葉識曰：四月二十五日酉刻校。

卷二十二末葉識曰：二十五日夜三鼓，客邸人靜，張燈盡此一卷。

卷二十三末葉識曰：漏盡不欲就枕，操筆又畢一弓。

卷二十四末葉識曰：廿五夜四鼓。是日共校七卷。

---

① 姚華（1876－1930），字一鄂，晚號茫父、蓮花庵主，寄籍貴州貴築縣。長於書畫，身後藏書歸文祿堂、邃雅齋二家。詳見倫明《續藏書紀事詩》。

卷二十五末葉識曰：二十六日早起校定。

卷二十六末葉識曰：二十六日校。

卷二十七末葉識曰：四月二十七日校。

卷二十八末葉識曰：四月二十七日。

卷二十九末葉識曰：二十七夜。是日校三卷。

卷三十末葉識曰：四月二十八日校。

卷三十一末葉識曰：二十八日校。

卷三十二末葉識曰：四月二十八日校。

卷三十三末葉識曰：四月二十九日校。

卷三十四末葉識曰：四月二十九日校。

卷三十五末葉識曰：二十九日未刻。

卷三十六末葉識曰：二十九日未刻。

卷三十七末葉識曰：二十九日申刻。

卷三十八末葉識曰：二十九日亥刻校。

卷三十九末葉識曰：二十九日校。

卷四十末葉識曰：二十九日校。

卷四十一末葉識曰：二十九夜二鼓。

卷四十二末葉識曰：四月二十九日夜三鼓。

卷四十三末葉識曰：廿九夕四鼓校畢。是日共得十一卷。

卷四十四末葉識曰：閏四月初一日。

卷四十五末葉識曰：閏月朔。

卷四十六末葉識曰：閏月朔。

卷四十七末葉識曰：同日校。

卷四十八末葉識曰：同日校。

卷四十九末葉識曰：同日午刻校完。

卷五十末葉識曰：同日午刻校。

卷五十一末葉識曰:同日校。

卷五十二末葉識曰:閏月朔未刻校。

卷五十三末葉識曰:同日未刻。

卷五十四末葉識曰:同日申刻校。

卷五十五末葉識曰:同日校定。

卷五十六末葉識曰:同日申刻勘畢。

卷五十七末葉識曰:同日午後五鐘校。

卷五十八末葉識曰:同日六鐘校。

卷五十九末葉識曰:同日六鐘校。

卷六十末葉識曰:同日六點鐘校。是日共校十七卷。

卷六十一末葉識曰:閏月初二日校。

卷六十二末葉識曰:閏月初二日校。

卷六十三末葉識曰:初二夜。

卷六十四末葉識曰:同日校。

卷六十五末葉識曰:初二日。

卷六十六末葉識曰:初二日。

卷六十七末葉識曰:初二日亥刻。

卷六十八末葉識曰:初二日。共校八卷。

卷六十九末葉識曰:初三日校。

卷七十末葉識曰:初三日校。

卷七十一末葉識曰:初三日巳刻校。

卷七十二末葉識曰:初三日午刻。

卷七十三末葉識曰:初三日午刻校完。

卷七十四末葉識曰:初三日未刻校。

卷七十五末葉識曰:初三日校

卷七十六末葉識曰:初三未刻。

卷七十七末葉識曰：初三日校。

卷七十八末葉識曰：初三日校。

卷七十九末葉識曰：初三日申刻校。

卷八十末葉識曰：閏月初三日申刻校完。

卷末於周必大撰神道碑文末識曰：乙丑閏月初三日戌刻校畢。
（書號 390）

范石湖詩集二十卷

宋范成大撰。清康熙廿七年黃昌衢藜照樓刻本。行間、書眉校補頗多。辛酉年（1921）據張雋鈔本校，之後壬戌、癸亥年（1922－1923）繼續校勘，然未竟。《藏園羣書題記》有該鈔本之跋。

各卷藏園先生識語錄如下：

卷一末葉識曰：辛酉十月初五日，據張雋鈔本校。

卷二末葉補錄詩一首，并識曰：十月初五日校。

卷三末葉識曰：十月初九日校。

卷四末葉識曰：辛酉十月二十一日校。

卷五末葉補錄詩一首，並識曰：辛酉人雪後一日，游天平山回，舟中校畢。

卷六末葉識曰：辛酉十二月廿二日，校於息游別墅。

卷七末葉識曰：閏月初三日校。

卷八末葉識曰：壬戌六月初二日校。陰雨連日，園庭清潤，卉木幽倩，殆類南中。

卷九末葉識曰：癸亥六月二十五日，皖江舟中校。九華濃翠，頓回三年前夢影矣。（書號 391）

頤菴居士集二卷

宋劉應時撰。清嘉慶鮑廷博刊《知不足齋叢書》本。此校勘別有跋文見諸《藏園羣書題記》。

卷下末葉補錄詩一首，並識曰：壬申四月初二日，據嘉靖乙酉劉氏允卿刊本校正，改定二十二字，補詩一首，後坿都穆跋，別錄存之。藏園居士記。

鈐"藏園"印。（書號 392）

石屏詩集十卷東臯子詩一卷

宋戴復古及戴敏撰。清嘉慶二十二年宋世犖刊《台州叢書》本。丁卯年（1927）首以明成化本校勘，己巳年（1929）又據明刊本校，癸酉年（1933）再據明弘治本影印本校。參見《藏園羣書題記》之跋。

目錄末葉跋曰：憶四年前，在文友書坊假得明弘治本，手勘一過，訂正孔多，惟首冊殘佚，以致卷首及卷一無從讐校。後雖獲見一明本以足之，然終未敢深信也。頃游南中，得見涵芬樓新影瞿氏藏弘治本，乃載之以歸。昨來山中，校《周易要義》，既畢，因檢《石屏集》影本補校卷首各序及卷一各詩，凡改正五十餘字，皆己巳校時所未有者。可知古本之真足貴也。癸酉五月初七日，藏園老人書於香山聽法松下。

各卷藏園先生識語錄如下：

卷一末葉識曰：己巳五月十八日，依明刊本粗勘此卷。書潛記。

卷十末葉識曰：丁卯十月二十七日，據明成化本校，補奪逸並

補詩二葉。書潛坿志。①（書號393）

南軒先生文集四十四卷

宋張栻撰。清道光二十五年陳鍾祥刊本。鈐"沅叔手校"印。丁卯年（1927）據故宮博物院藏宋刊本校勘。該宋刊本見諸《藏園羣書題記》之跋。

各卷藏園先生識語錄如下：

卷五末葉補錄詩二首，并識曰：六月二十日午刻校。

卷六末葉識曰：六月二十一日午刻校。

卷七末葉識曰：丁卯六月廿一日校。

卷八末葉識曰：六月二十二日大雨後，入宮校此。

卷九末葉識曰：六月二十二日校。

卷十第五葉附紙補鈔一葉。卷末葉識曰：六月二十二日校。

卷十一末葉附紙補錄文一則，並識曰：六月二十三日。

卷十二末葉識曰：六月二十三日午刻校。

卷十三末葉識曰：六月廿三日校。

卷十四末葉附紙補錄一葉有餘，並識曰：六月二十三日校，次日乃畢，改訂獨多也。

卷十五末葉識曰：六月廿四日校。

卷十六末葉識曰：六月二十四日校。

卷十七末葉識曰：六月二十五日校。

卷十八末葉識曰：六月二十五日。

卷十九末葉識曰：六月二十五日校。

卷二十末葉識曰：六月二十五日校。

---

① 卷三補錄詩八首。

卷二十一末葉識曰：六月廿五日校。

卷二十二末葉識曰：六月二十五日校。

卷二十三末葉識曰：六月二十六日校。

卷二十四末葉識曰：六月二十六日校。

卷二十五末葉識曰：六月二十六日校。

卷二十六末葉識曰：六月二十六日校。

卷二十七末葉識曰：六月二十六日校。是日共畢五卷矣。

卷二十八末葉識曰：六月二十七日校。

卷二十九末葉識曰：丁卯六月二十日，校於神武門内委員會中。

卷三十末葉識曰：六月二十日，校宋刊本，補脱文五則。沅叔記。

卷三十一末葉識曰：六月二十一日，於神武門内官舍校宋本。

卷三十二末葉識曰：六月二十一日，校於宮中。

各卷末葉題識後鈐“沅叔”印。（書號394）

南軒先生詩集七卷

宋張栻撰。清抄本。鈐“鷦安校題秘籍”、“海鹽陳鱣觀”、“吳騫幼字益郎”、“沅叔”、“傅印增湘”、“藏園老人六十以後手校”、“江安傅沅叔攷藏善本”印。卷七末葉有吳騫識語，見諸《藏園羣書經眼錄》。丙子年(1936)據明嘉靖刊本校勘。

卷一末葉識曰：依明嘉靖劉氏翠巖堂本校正。丙子正月初六日，藏園老人記。

鈐“傅”、“沅叔”印。

卷四末葉識曰：丙子二月廿六日，與秋浦周息菴同住萬壽山宿雲簷下，校此三卷。家居紛雜，閣置已數月矣，可嘆。藏園記。

（書號395）

勉齋先生黄文肅公文集三十七卷附集一卷

　　宋黄榦撰。清抄本。陳介祺跋。傅增湘己巳年（1929）據宋
刊本校勘。鈐"新安汪氏"、"啓淑信印"、"沈印則恭"、"沈則恭校
書"、"茶石"、"料理琴書夷猶今古"、"沈揆石手定本"、"揆石"、
"雙鑑樓藏書印"、"沆叔手校"、"校書亦已勤"印。此清抄本著錄
於《藏園羣書經眼錄》。依校勘時間推算，所用校本當是徐坊遺
書，《藏園羣書經眼錄》和《藏園訂補郘亭知見傳本書目》均已經重
新認定爲元刊本。

　　各卷藏園先生識語錄如下：

　　目錄末葉識曰：二月十七日，依宋刊本校其卷第，詳記如左。
傅增湘謹志。

　　鈐"傅""沆叔"印。

　　卷一末葉識曰：己巳二月十五日，依宋本校。

　　卷三末葉識曰：此卷缺字皆依宋本添補。

　　卷四末葉識曰：依宋本缺字填補。

　　卷七末葉識曰：依宋刊略補空缺字。沆叔，二月望記。

　　卷八末葉識曰：宋本此卷蠹損少半，取其能辨識者校之，然已
改正不尠矣。二月十六日，沆叔記。

　　卷九末葉識曰：此卷據宋刊本補鈔。己巳清明前日，沆叔記。

　　卷十五末葉識曰：二月二十日，校宋本訖。沆未。

　　卷十六末葉識曰：己巳二月之望，依宋刊本校勘。沆未。

　　卷三十七末葉識曰：二月十七日，校宋本訖。書潛手記。

　　鈐"增湘私印"。

　　全書末葉識曰：己巳三月初四日，依宋本鈔存，并手校一過。

藏園記。

　　鈐"傅增湘讀書"印。其後以藏園"仿書棚本行格"稿紙錄"黃勉齋先生集缺文"目。（書號396）

山房集八卷後稿一卷

　　宋周南撰。涵芬樓祕笈本。辛未年（1931）據《四庫全書》底本校勘，《藏園羣書題記》專有跋文。

　　各卷藏園先生識語錄如下：

　　卷一末葉識曰：據四庫館底本校勘改定十七字。辛未八月二十三日，沅未記。

　　卷二末葉識曰：辛未八月二十三日，藏園手校。

　　卷三末葉識曰：辛未八月二十五日校。

　　其後補錄九篇遺文。空白處趙萬里識曰："經解"一文收入文津閣本《山房集》卷四之末。此文從文瀾閣本出，不知何以遺之。萬里謹記。

　　卷四末葉識曰：此下有"經解"一篇，館臣刪去，茲照補錄。八月二十九日校。

　　卷五末葉識曰：辛未九月二十九日校。是日為共和二十年十月十日也。

　　卷六末葉識曰：辛未重九節校。

　　卷七末葉識曰：辛未霜降前一日，晴燠如春，偕諸君游園中芙蓉屏、森玉笏，取徑霜林中，丹黃炫目。午後游臥佛寺退谷，戴月而返，夜半研朱校畢此卷。藏園居士記於香山松雲別墅。

　　卷八末葉識曰：辛未霜降日，游獅子窩，玩霜林，歸而校此。

　　後稿卷末葉識曰：辛未九月之望，宿松雲別墅校畢。沅叔。（書號397）

梅山續藁十七卷雜文一卷長短句一卷

宋姜特立撰。藏園抄本。關於跋文中所敘結一廬藏本及舊寫本，參閱《藏園羣書經眼錄》。

卷首跋曰:《梅山續稿》,宋姜特立著。近世未見刻本。余昔年曾在海上得朱氏結一廬藏寫本,其書兩次購得,遂為完帙,旋為賈人易書去之。頃文友堂送一帙來,為梅會里朱氏所藏,行款甚古,鈔手亦舊。第索值至百金,因令長女豫文、次女惠文及侍妾如蘭分卷摹寫,留此底本,竢異時《四庫》書印成,可藉此校正也。蓋《四庫》寫本訛誤極多,非得流傳舊本勘之,或至不可句讀。第成書渺然無期,久懸此議①,為足慨耳。丙寅七月,江安傅增湘記。

鈐"傅增湘"印。（書號398）

崔清獻公集五卷言行錄三卷附錄一卷

宋崔與之撰。清道光三十年南海伍崇曜粵雅堂刊本。《藏園訂補邵亭知見傳本書目》著錄。

卷五第五葉識曰:邢村范希仁也趣軒寫本宋人小集,選與之詩十首,略校一過,頗有勝處。己巳三月,沅叔記。（書號399）

白石道人詩集一卷補遺一卷
詩說一卷歌曲六卷歌詞別集一卷

宋姜夔撰。清王曾祥抄本。魏成憲、秦更年跋,王曾祥校,傅增湘題識。鈐"魏印成憲"、"曾藏香草齋中"、"嬰闇秦氏藏書"、

---

① 上世紀二十年代,曾議影印《四庫全書》,最終事未成。陳垣、傅增湘為此事多方籌措,可見諸往來信札。

“江都秦更年曼青之印”、“周暹”印。

　　書末葉藏園題識曰:辛酉十一月初六日,後學傅增湘敬觀,時年五十。(書號8484)

東澗集十四卷

　　宋許應龍撰。藏園抄本,欄綫左側有“藏園傅氏寫本”字樣。鈐“傅增湘讀書”印。或是據四庫館寫本校勘,參閱《藏園訂補郘亭知見傳本書目》。

　　各卷藏園先生識語錄如下:

　　第一冊末葉識曰:戊辰立夏節校改,沅叔。

　　第二冊末葉識曰:戊辰立夏節校。

　　第三冊末葉識曰:戊辰立夏日校。

　　第四冊末葉識曰:戊辰立夏日校完,沅叔。(文津街分館普通古籍22645)

翠微南征錄十卷首一卷

　　宋華岳撰。清康熙三十年郎遂還樸堂刊本。乙卯年(1915)據勞權移寫鮑廷博手校本校勘。詳參《藏園訂補郘亭知見傳本書目》。

　　卷十末葉過錄鮑廷博、勞權跋文,其後藏園又跋曰:《南征錄》鈔本,鮑氏原校,勞巽卿又得鮑氏底本,復移寫於卷内。余自辛亥窮冬避地上海,得見此書,曾乞繆小山前輩代校,衹為鈔首卷“上皇帝書”而已。其後此書轉入京都,歸於吳君印臣,頃始假得校勘一遍。歷七日乃畢,行將寄付劉君聚卿,俾重刻之。劉,池州人,曾刻此書者也。增湘。

　　又跋曰:《翠微詩》,後村《千家詩》選錄最多,亦有集中不載者。翠微以人重,詩不足錄也。《金國南遷錄》亦華子西僞作,駕名于張師顏，見《文獻通考》。各條淥飲筆，寫在書衣者。沅叔記。

書衣錄鮑廷博各卷識語，並識曰：鮑跋在各卷者，以卷中無紙可書，附記於此。乙卯十二月十九日，沅叔。（書號 400）

泠然齋诗集八卷

宋蘇泂撰。藏園抄本。癸酉年（1933）自四庫館鈔本傳錄。參閱《藏園訂補邵亭知見傳本書目》。

抄本內副葉有藏園先生跋語：《召叟集》八卷，自《大典》輯出，收入《四庫全書》，迄未有刊本行世。二十年前曾見鮑淥飲手寫本於惲薇孫學士家①，今聞其書歸朱翼庵許。前月游文友坊中，適見新收得《四庫》本原鈔，朱闌大楷，頗為精整，因屬趙生質伯昆仲為傳錄此帙，以備宋人集部之一種。異時筆墨稍暇，當從翼庵乞淥飲所鈔，對勘其文字異同也。癸酉五月十九日，傅增湘記於藏園。（文津街分館普通古籍 22552）

李忠簡公文溪存藁二十卷

宋李昴英撰。明嘉靖十年李翱刻崇禎三年李振鷺重修本，半葉九行行十八字，白口，四周單邊。參閱《藏園訂補邵亭知見傳本書目》。

卷十二首葉識曰：己巳四月三日，沅叔校。

書眉識曰：依范邢村宋人小集本校正，題上以朱記之。"西樵巖"、"碧霄"七律二首，刊本所佚，錄坿卷尾。（書號 401）

---

① 惲毓鼎（1862－1917），字薇孫，號澄齋，大興人。光緒十五年進士。曾任國史館總纂、憲政研究所總辦等職，

玉楮集八卷附録一卷

宋岳珂撰。河南官書局刊《三怡堂叢書》本。戊辰年（1928）據朱文鈞藏明寫本校勘，可參《藏園羣書經眼録》。

各卷藏園先生識語録如下：

卷一末葉識曰：戊辰立冬日，宿鳳阿丙舍，校於燈下。

卷二末葉識曰：立冬日又畢此卷。

卷三末葉識曰：戊辰立冬夜，鳳阿山莊校。

卷四末葉識曰：九月二十八日校。

卷五末葉識曰：九月廿八日，薄暮校完。

卷六末葉識曰：二十八日亥刻校。

卷七末葉識曰：二十八日子刻。

卷八末葉識曰：九月廿八日夜三鼓校完。是日共得五卷。

又跋曰：《玉楮詩稿》，明寫本，安丘張貞所藏，王漁洋跋語五行，審其行格，從宋刊出。余昔年覯於廠市，曾以新寫本校定，頃為朱翼盫所得，因從之假閲，以此中州新刊再勘。然展轉沿訛，益復滋甚，緣此刻出於四庫傳録，視鈔本頌生手寫照岳元聲所刊者，又下一等矣。沅叔校畢坿記。

再識曰：十月十六日重校，又補數十字。（書號402）

玉楮詩稿八卷

宋岳珂撰。爨頌生抄本。戊午年（1918）據明寫本校並跋。

卷末過録王士禛跋記，其後藏園跋曰：宣統三年於廠市見鈔本《玉楮詩稿》，以值昂不及收。因屬爨頌生照寫此冊，存之篋中。嗣於沈乙盦齋中見明季刻本，各卷首有岳元聲等人名五行，乃知鈔本出於元聲刻本，不足貴也。頃書估蕭星齋新歲自山東回，收得此

集,審其字躰,當是明中葉鈔本,卷首無五行人名,空格仍存舊式,
為安邱張貞所藏,即《四庫》著錄之底本,卷尾有漁洋山人手跋五
行。取校一過,改正殆百餘字,卷五卷六并補闕詩各一韻,為之忻
喜過望。世無宋刻,則此帙當推為玉楮之祖本,後之得者,宜與宋
刻同珍可也。校畢,廠估索還,因記其始末,以見善本有神物護持,
當久存天壤間,特患搜訪之未至耳。戊午正月十四日,江安傅增湘
識。(書號 403)

棠湖詩稿一卷

宋岳珂撰。宋臨安陳宅書籍鋪刊本,半葉十行十八字,白口,
左右雙邊。錢駿祥錄錢儀吉跋文並自跋①,傅增湘、鄧邦述跋。鈐
印除《藏園羣書經眼錄》記載,尚有“周遷”、“叔㠱”印。錢儀吉跋
文見諸其《衎石齋記事稿》,故不贅錄,其餘錢、傅、鄧三跋俱撰於
己未年(1919)。

新甫跋曰:宋岳倦翁《棠湖詩稿》,舊藏叔曾祖雲巖先生處,卷
首有先生小印,從祖衎石先生有跋,載《記事稿》中。咸豐末,從父
徐山先生攜之蜀中,為姑夫江右蕭藕泉丈叚錄重刊,遂留蕭氏,迄
今殆六十年。今春表弟仲牧昆季,以是書為吾家故物,畀余藏弄。
自粵寇之亂,海內藏書家大半散佚,宋元刊本之流傳於世者,日亡
日少。是書則僅見於毛氏汲古閣書目,在盛時已為孤本,彌足珍
貴,而蕭氏昆季反璧之誼,尤可感已。因敬錄先給諫跋於卷後,並
略述顛末,以示後人,可不寶諸?歲在己未立秋前一日,嘉興錢駿
祥識於春明客邸。

① 錢駿祥(1848－1934),字新甫,號念諼耐庵,浙江嘉興人。光緒十五年進士。
其叔祖錢儀吉,字藹人,號衎石,與從弟錢泰吉(號警石)好學富藏書,被稱“錢氏二石”。

鈐"錢駿祥印"、"新甫氏"印。

藏園跋曰：南宋書棚本所刊多為唐人小集，余所寓目者有莫邸亭之《河岳英靈集》、楊惺吾之《披沙集》二書皆得而旋失之，《英靈》歸吳佩伯，《披沙》歸菊生又轉歸孝先、鄧孝先之《羣玉》、《碧雲》二集，袁抱存之《魚元機集》、瞿氏之《李丞相集》、繆藝風之《王建集》、李木齋師之《唐僧弘秀集》，皆十行十八字，卷末多有書舖木記一二行。至宋人小集，流傳至尠，曾見孝先所藏汲古閣影鈔五十冊，蔚然巨觀，其行格亦復相同。今新甫前輩出示家藏宋刊《棠湖詩稿》，古色異香，精美無匹，卷中有毛氏父子藏印，墨釘及曙、金字缺誤，一一與菉圃所記合。棚本宋集，余生平為創見矣，孝先藏《棠湖詩稿》有二本，一在五十家中，一為單行本，俱毛氏所鈔，蓋直從宋本摹出者，紙墨之精，下宋刊一等。故人吳佩伯曾欲分藏一冊，始終未諧，然其卷中已有改易之處，以此證之，則天壤間斷推此帙為祖本也。近年吾川亦有刻本，而字體改變，去宋刊面目益遠。今錢氏此書失而復得，寶玉大弓，重返於魯，曷影印行世，流傳萬本，俾後學得一覘奇籍，豈非幸歟？己未九月初五日，游上方、芯題，飽看霜葉而歸，披讀再四，珍重還之。董弅傅增湘誌。

鈐"傅增湘"印。

其後為正闇跋文，曰：書棚小集著錄者多唐人詩，余所收有《羣玉》、《碧雲》、《披沙》三李集，皆十行十八字，與此本同。宋人小集行款亦十九相同，大字寬行者，不過數種。毛氏所鈔，雖強半為讀畫齋刊入《羣賢小集》，而不依行款，其所據想必非毛鈔。至棚本宋人集流傳益尠，余年來所見只此本耳。毛氏三本，今悉見之，且得見其祖本，固為深幸，又拜讀衍石齋舊跋，知此詩不入《玉楮集》之故，而河間紀氏目未見宋槧，遂武斷為樊謝諸公膡藥，列之存目。然則目錄攷訂之學，亦必兼藉版本而後精鑿無憾。世可

漫謂收弄古籍,校寫祕文,概與骨董玩嗜等諢而齊觀哉?己未小
雪,鄧邦述記。

　　鈐"正闇"、"羣碧樓印"。(天津圖書館 N0060)①

雪坡舍人集五十卷補遺一卷
校勘記一卷續記一卷後記一卷

　　宋姚勉撰。南昌《豫章叢書》編刻局《豫章叢書》本。丁卯年
(1927)據徐坊藏舊鈔本校。參閱《藏園訂補郘亭知見傳本書目》。

　　卷首以藏園"仿書棚本行格"稿紙補錄歷官告詞五首。

　　各卷藏園先生識語錄如下:

　　卷一末葉識曰:丁卯十月十二日校。

　　卷二末葉識曰:十月十二日校,訂正三字。

　　卷三末葉識曰:十二日校,改正五字。

　　卷四末葉識曰:十二日校,改正六字。

　　卷五末葉識曰:十二日校畢,夜漏三下矣。訂正二字。

　　卷六末葉識曰:十月十三日校,訂正二字。

　　卷七末葉識曰:十月十三日校,訂正九十六字,增試官評語三
則。

　　卷八末葉識曰:十月十三日校,訂正二十字。

　　卷九末葉識曰:十月十三日,是日共校四卷。訂正六字。

　　卷十末葉識曰:十月十四日校,訂正十一字。

　　卷十一末葉識曰:十月十四日,訂正六字。

　　卷十二末葉識曰:十月十四夜,訂正十字。

　　卷十三末葉識曰:十月十五日立冬節,訂正三十三字。

---

　　①　此則題跋書影得贈於天津圖書館歷史文獻部主任李國慶先生。

卷十四末葉識曰：立冬日，訂正九十二字。

卷十五末葉識曰：十月十六日校，訂正一百五字。

卷十六末葉識曰：十月十六日校，訂正二十九字。

卷十七末葉識曰：十月十六日，訂正六十二字。

卷十八末葉識曰：十月十六日，訂正一百七十九字。

卷十九末葉識曰：十月廿四日校，改十二字。

卷二十末葉識曰：十月廿四日校，改二字。

卷二十一末葉識曰：十月廿四日校，訂十字。

卷二十二末葉識曰：十月十七日，改正二字。

卷二十三末葉識曰：十月十七日校，訂正二十字。

卷二十四末葉識曰：十月十七日校定，改正三字。

卷二十五末葉識曰：十月十七日校，訂正四字。

卷二十六末葉識曰：十月十七日校定，改正二字。

卷二十七末葉識曰：訂正十七字。

卷二十八末葉識曰：十月十八日校，改正四字。

卷二十九末葉識曰：十月十八日，始擁爐。改正五字。

卷三十末葉識曰：十月十八日校，改正九字。

卷三十一末葉識曰：十月十九日校，訂正九字。

卷三十二末葉識曰：十月十九日校，訂正十六字。

卷三十三末葉識曰：十月十九日校，訂正八字。

卷三十四末葉識曰：十月十九日校，訂六字。

卷三十五末葉識曰：十月二十日校，訂正二字。

卷三十六末葉識曰：十月二十日校，訂正六字。

卷三十七末葉識曰：十月二十日校，書潛。改正十一字。

卷三十八末葉識曰：十月二十一日，校正二十九字。

卷三十九末葉識曰：十月二十二日校，訂正二十九字。

卷四十末葉識曰:十月二十二日校,訂正九字。

卷四十一末葉識曰:十月二十二日,赴壽皇殿視工程,并檢《世宗詩意圖》。歸已暮矣,秉燭校此,得竟三卷。訂正七字。

卷四十二末葉識曰:大風怒號,中夜不得寐,更校此一卷。書潛廿二日記。改正六字。

卷四十三末葉識曰:十月二十三日校,訂正五字。

卷四十四末葉識曰:十月廿三日校,訂正八字。

卷四十五末葉識曰:十月二十三日,訂正六字。

卷四十六末葉識曰:十月二十三日校,訂正十二字。

卷四十七末葉識曰:十月廿三日校,訂正十七字。

卷四十八末葉識曰:十月二十三日夜盡三漏矣,訂正八字。

卷四十九末葉識曰:十月二十三日,訂正十六字。

卷五十末葉識曰:十月二十四日校,訂正十六字。(書號404)

碧梧玩芳集二十四卷校勘記一卷

宋馬廷鸞撰。南昌《豫章叢書》編刻局《豫章叢書》本。鈐"沅叔手校"印。丁卯年(1927)據四庫館鈔本校勘。

目錄末葉跋曰:此集四庫館原稿本,法梧門、劉燕庭所藏,即《陶廬雜錄》記得之廠市宋人集三十二種之一也。取新刊本對勘,凡改訂二百四十七字,卷十一"回江閫馬制使啓"中,抱鉅下脫去一葉,得以補完,尤為可喜。然其中疑誤之處正多,安所得舊傳本為之一一是正乎?丁卯六月初七日,沅叔校畢坿記。

鈐"沅叔手校"、"萊娛室"印。

各卷藏園先生識語錄如下:

卷一末葉識曰:丁卯五月廿四日,校於大覺寺。

卷二末葉識曰:五月廿五日校。

卷三末葉識曰：五月廿五日校。

卷四末葉識曰：五月二十七日校。

卷五末葉識曰：五月二十七日校。

卷六末葉識曰：五月二十七日，校於清水院盤青閣。

卷七末葉識曰：五月二十九日，疏雨灑階，坐水廊閱竟一卷。

卷八末葉識曰：六月初一日校。

卷九末葉識曰：六月初三日校。

卷十末葉識曰：六月初四日校。

卷十一末葉識曰：六月初五日校。

卷十二末葉識曰：初五日，暑氣酷烈，揮汗校此。

卷十三末葉識曰：初五日申刻校。

卷十四末葉識曰：初五日夜三鼓閱畢。

卷十五末葉識曰：六月初六日校。

卷十六末葉識曰：六月初六日校。

卷十七末葉識曰：六月初六日校。

卷十八末葉識曰：六月初六日，夜雷雨作，炎氣少戢矣。

卷十九末葉識曰：六月初六日校。

卷二十末葉識曰：六月初六日，夜盡三鼓校畢。沅叔。

卷二十一末葉識曰：初六日三更，雨止。

卷二十二末葉識曰：初六夜校定。

卷二十三末葉識曰：六月初六夜校。是日共得九卷，可藉以消暑矣。

鈐“沅叔”印。

卷二十四末葉識曰：丁卯六月初七日校完。

鈐“沅叔”印。（書號405）

秋曉先生覆瓿集四卷末一卷附錄一卷

宋趙必琭撰。清道光二十年伍元薇詩雪軒刊本。丙寅年（1926）據彭元瑞藏舊抄本校勘。參閱《藏園訂補郘亭知見傳本書目》。

卷首補錄序言一則。

目錄末葉跋曰：廠估持舊寫本來，為彭文勤藏本。校誦一周，訂正者只寥寥數字，其源皆自明刻出也。秋曉文字卑弱，詩詞差有清氣，其流傳至今亦幸矣。丙寅立夏日，增湘記。

各卷藏園先生識語錄如下：

卷一末葉識曰：丙寅三月二十四日校。

卷二末葉識曰：三月二十四日校。

卷三末葉識曰：三月二十四日。

卷四末葉識曰：三月廿四夜三鼓。（書號 406）

方蛟峰先生文集八卷

宋方逢辰、方逢振撰。清順治十五年方顯策等刊本。鈐"藏園校定羣書"印。丁卯年（1927）據明弘治重修本校勘，參閱《藏園訂補郘亭知見傳本書目》。

卷首附以"藏園寫本"稿紙錄序跋三則。

各卷藏園先生識語錄如下：

卷一末葉識曰：此後有碑狀誌五首，合為第七卷。丁卯冬至日校。

卷二末葉識曰：丁卯十一月十九日校。

卷三末葉識曰：十一月二十三日，校於北票礦場。

卷六末葉識曰：丁卯十一月二十五日，校於北票礦場。

卷七末葉識曰：十一月二十七日，將自北票回都，倚裝校畢，已夜漏四下矣。藏園居士。

卷八末藏園手錄"蛟峰集目次"，並有"校方蛟峰集跋"，文曰：《蛟峰集》，明弘治刻本，半葉十行二十字，黑口，四周闌。集凡八卷，外集四卷，有天順七年癸未翰林侍讀學士東吳錢溥序，後有拱辰跋。蓋先生五世從孫淵所輯，而七世從孫中所刊者，則其六世從孫輔所又輯，山房遺文埘之，今第八卷所載是也。今以順治裔孫嗣蕃等刻本校之，明本卷七今為卷一，明本卷一二，今本合併為卷二，而山房遺文列第七，明本外集四卷，今併第八。此改併之大略也。（書號407）

陵陽先生集二十四卷

宋牟巘撰。劉承幹《嘉業堂叢書》本。丙寅年（1926）五月據涵芬樓藏鈔本校勘，參閱《藏園訂補邵亭知見傳本書目》。

各卷藏園先生識語錄如下：

卷一末葉識曰：雨止月出，四山泉瀑，若轉怒雷。幽夢未成，輒畢此卷。沅叔再宿霞栖記。訂正二十五字。

卷二末葉識曰：丙寅五月十八日，自煙霞洞犯雨入城，宿金翰生宅，校定此卷。改正三十五字。沅叔。

卷三末葉識曰：五月十八日薄暮，雨不止。訂正三十七字。

卷四末葉識曰：訂正二十有八字。

卷五末葉識曰：大雨徹宵，早起簷溜猶潺潺也。愁絕無俚，校正此卷，凡二十字。十九日。

卷六末葉識曰：校正凡二十二字。十九日晨。

卷七末葉識曰：十九日早起，雨窗讀竟。訂校十三字。

卷八末葉識曰：校正十六字。十九日雨止。

卷九末葉識曰：雨止入山，游龍井，渡九溪十八澗，盛漲怒流，僅而得過。憩理安，還寺中，重理筆硯，校定凡二十字。

卷十末葉識曰：十九日天晴入山，夜校此卷。竹樹又淅淅作聲矣。沅叔。改正凡二十一字。

卷十一末葉識曰：二十日晨起，校定五十四字。自昨夕疏雨，入曉乃益密，松竹宿雲，巖巒飛翠，北客得此，清適極矣。

卷十二第七葉“杜南谷老子原旨序”一文書眉識曰：此首以《道藏》本校改，其異處於本字旁加朱以別之。庚午三月，沅叔記。

末葉識曰：午刻校正，凡得四十二字，“仇山村集序”脫文至十數行，別紙錄之①。雨猛雲寒，萬壑雷怒，身御棉衣，凜若深秋。五月二十日，蘦葊記於霞栖。

卷十三末葉識曰：五月二十二日，校正三十三字。時自杭返滬。

卷十四末葉識曰：廿二日校，正十七字。

卷十五末葉識曰：廿二日校於申江，訂正二十九字。

卷十六末葉識曰：二十二日午後，訂正二十七字。

卷十七末葉識曰：廿二日午後，訂正十九字。

卷十八末葉識曰：訂正五十有一字。廿二日燈下。

卷十九末葉識曰：入夜雨又作。酒闌人散，扃夕更盡此卷。訂正三十一字。廿二日。

卷二十末葉識曰：二十三日雨窗勘畢。訂正二十五字。

卷二十一末葉識曰：雨中聞雷聲，或有開霽之意。改正二十七字。

卷二十二末葉識曰：廿三日午後校，正三十六字。

---

① 此處附以藏園“仿書棚本行格”紙手錄“仇山村詩集序”脫文。

卷二十三末葉識曰：廿三日酉刻校，定十八字。

卷二十四末葉識曰：二十三日校，正二十五字。（書號408）

湖山類稾五卷水雲集一卷亡宋舊宮人詩一卷附錄三卷

宋汪元量撰。清光緒二十二年丁丙刊《武林往哲遺書》本。據《藏園校書錄》記載，係庚午年（1930）以吳翌鳳手鈔本校勘，該鈔本見諸《藏園羣書經眼錄》。①

各卷藏園先生識語錄如下：

《湖山類稾》卷一末葉識曰：九月二十六日校。

卷二末葉識曰：九月二十七日校。

卷三末葉識曰：九月廿七日燈右校。

卷四末葉識曰：九月廿七夜三更校畢。此卷絕少異字。

卷五第八葉識曰：九月廿八日校畢。（書號409）

霽山先生詩文集五卷附錄一卷

宋林景熙撰。清康熙三十二年沈士尊、汪士鋐等刊本。鈐“宜秋館藏書”、“硯旅藏書”、“振唐鑑藏”印。丙寅年（1926）張允亮據明嘉靖十年馮刻本校勘並跋。參閱《藏園羣書經眼錄》。

書衣署：大歲在柔兆攝提格涂月，庾樓校訖。

卷首附紙手錄“馮本白石樵唱目錄”。

元鄭僖序言之末有張允亮跋文一則，曰：《霽山集》文十卷，曰白石槀，已散佚。詩六卷，曰白石樵唱，元章祖程為之注。明天順間呂洪重編，併詩為三卷，復掇摭遺文為二卷，總題曰“霽山先生文集”，鋟梓行世。嘉靖間遼藩光澤王重刊，於章注刪改殆盡。同

---

① 《水雲集》校而無題識。

時馮彬刻本則分體重編,詩析六卷,文析四卷。詩雖失舊次,而章注獨全,文敍次無異,惟分卷多寡不同耳。汪氏此本即出遼刻。

藏園屬以馮本勘之,是正頗夥。馮本間有誤字,亦為照錄,以着異同。其注既非章氏之舊,無從校補矣。丙寅冬至,庼樓記於困學齋。

鈐“困學齋”印。(書號410)

佩韋齋文集十六卷輯聞四卷

宋俞德鄰撰。清抄本。鈐“武原張氏家藏”、“壽椿堂王氏家藏”、“王靖廷鈔書之印”、“雲輪閣”、“荃孫”印。丁卯年(1927)據故宮藏元刊本校勘。《藏園羣書經眼錄》著錄。

各卷藏園先生識語錄如下:

卷一末葉識曰:丁卯八月初四日,校元刊本於故宮博物院。

卷二末葉識曰:八月初四日校。

卷四末葉識曰:丁卯八月初四日校。

卷五末葉識曰:八月初五日校。

卷六末葉識曰:初五日午刻。

卷七末葉識曰:初五日校。

卷八末葉識曰:八月初五日未刻校。

卷九末葉識曰:八月初五午後校。

卷十末葉識曰:初五日申刻。

卷十一末葉識曰:初五日申刻。

卷十二末葉識曰:八月初五日申刻校。

卷十三末葉識曰:丁卯八月初六日校。

卷十四末葉識曰:初六日,校於神武門內。

卷十五末葉識曰:八月初六日未刻校。

卷十六末葉識曰：八月初六日申刻校。脫一葉，補鈔坿入。沇叔記。

《輯聞》卷一末葉識曰：四鐘校，初六日。

卷二末葉識曰：初六日申刻校完。

卷三末葉識曰：八月初七日午刻校。

卷四末葉識曰：丁卯八月初七日，校元本畢。沇叔。（書號411）

則堂集六卷

宋家鉉翁撰。傳鈔《四庫》本。辛未年（1931）以《四庫》底本校勘。鈐"藏園校定羣書"印。《藏園訂補邵亭知見傳本書目》著錄。

各卷藏園先生識語錄如下：

卷一末葉識曰：北平圖書館新自南中收得四庫館所輯《大典》本宋元人集原藁數部，因《則堂集》為鄉賢遺著，特假得，攜入行篋。下午同息庵坐石丈軒看夕照，遂就校此卷。辛未八月，藏園居士記於頤和園臨河殿。此卷改訂三十六字。

卷二末葉識曰：八月十三日，寓延清賞樓側，飯後校完此卷。適張君仲郊自城中來會。此卷改訂三十四字。

卷三末葉識曰：辛未八月二十二日校。改訂十八字。

卷四末葉識曰：八月二十二日，藏園鐙下校。改訂九字。

卷五末葉識曰：此卷改訂十六字。

卷六末葉識曰：據四庫館原鈔本校正，全書通改訂一百字。辛未八月二十三日校完。此卷改訂五字。（書號412）

真山民集一卷逸詩一卷

宋真山民撰。清嘉慶十七年祝昌泰留香室刊本。丁卯年

（1927）據日本刊本校正。《藏園訂補邵亭知見傳本書目》著錄該日本刊本。

卷末葉識曰：丁卯清明後三日，入山掃墓。夜闌人靜，攜日本文化九年刊本校正，三更畢事，其詳別記。沅未書於鳳阿丙舍。

翌日又細校一過，補正數十字，始嘆前此之疏率也。凡增改之字三百三十有八。（書號413）

紫巖詩選三卷補遺一卷

宋于石撰。清光緒十五年于國華留耕堂刊本。鈐"雙鑑樓"、"傅增湘"、"沅叔手校"印。辛未年（1931）據舊鈔本校勘，行間校正頗多。《藏園羣書題記》有專跋可參。

卷三末葉識曰：全集凡改定五百二十七字。辛未二月，獲舊鈔本於滬市，乃從沈椒園本傳錄者。暇時校勘一過，別為跋以記之。五月晦日，沅叔記。

鈐"傅""沅叔"印。（書號414）

（六）金別集類

拙軒集六卷

金王寂撰。清《武英殿聚珍版叢書》本。癸未年（1943）夏過錄盧文弨校記並跋焉。參閱《藏園訂補邵亭知見傳本書目》。

各卷藏園先生識語錄如下：

卷一末葉識曰：癸未六月十九日，校於昆明湖上。

卷二末葉識曰：六月十九日，又竟此卷。

卷三末葉識曰：六月二十七日校。

卷六末葉跋曰：李椒微師遺書中有盧抱經《羣書校記》，乃得之湘潭袁漱六家。其中所校以聚珍本為多，略有二十餘種。此集攜來湖上，以目疾不能作細字，擱置旬餘矣。今夕涼爽，乃發興移寫訖功，記其原委於後。癸未六月二十七日，後學傅增湘，時迺暑於昆明湖上。（書號5662）

二妙集八卷逸文一卷

金段克己、段成己撰。清光緒三十二年吳重憙刊《九金人集》本。甲子年（1924）傅增湘據明成化賈定刊本勘校。參閱《藏園訂補邵亭知見傳本書目》。

各卷藏園先生識語錄如下：

卷一末葉識曰：甲子正月十八日，大風嚴寒。

卷二末葉識曰：正月十八夜校竟。

卷三末葉識曰：正月十九日，大風未已。

卷四末葉識曰：正月二十日，天日晴麗，漸有春氣。

卷五末葉識曰：正月二十日燈右。

卷六末葉識曰：正月二十日夜三鼓。

卷七末葉識曰：正月二十日。

第八卷末葉識曰：正月二十一日，定儿生日，已十周岁矣。

其後又跋曰：文友堂書坊得成化賈刻本，去其尾跋，謂是金刻。然其刊工古拙，即成化本亦屬難覯也。授經為蘭泉刻詞，假去影寫，三年乃還。今取此吳刻校讀一周，三日而畢，改正殆數百字。據繆跋云是從賈刻傳抄①，然其不同乃如此滋，足異也。甲子正月廿二日，藏園居士記。（書號502）

---

①　此刊本曾經繆荃孙校补，其跋文見諸《藝風藏書記》卷六。

棲霞長春子丘神仙磻溪集三卷

金丘處機撰。金刻本。沈曾植、傅增湘跋。行款、藏印俱可見諸《藏園羣書題記》該書長跋之中。另有藏印"沅叔心賞"、"沅叔審定"、"藏園秘籍孤本"、"忠謨繼鑑"等。

此本手書跋文雖已刊入《藏園羣書題記》，然末段文字有關與此書"仙緣"數十字，未曾刊出，故移錄於此，以便讀者自行勘讀，曰：時方創議重刻正統《道藏》，時時詣長春故宮，訪觀主陳毓坤，籌商調取藏經，分期影出之策，而無意獲此孤本秘籍，寐翁遂謂此書應時而出，與君大有仙緣。雖一時興到之言，而氣機感召，遺集見投，冥漠中似有神助，若不期而自至者，亦可云奇遇矣。其後宗人治薌繼掌邦教，東海老人慨斥鉅貲，森玉更為奔馳南北，羣策羣力，奮屬辛勤，迄於丙寅，而全藏經典告成，凡印行一百五十部，流布於四方，傳播及於海外諸國，千秋之盛業，竟假余手而成[1]，似長春之靈，默啓余衷，俾得效其微長，以附名於不朽，寧非幸哉？

跋文鈐"藏園題識"、"傅增湘"、"藏園"印。（書號5241）

磻溪集六卷

金丘處機撰。舊鈔本，半葉五行行十七字。鈐"毛晉之印"、"燕庭藏書"、"雙鑒樓"、"沅叔手校"等藏印。丁卯年（1927）據家藏金刻本校刊。《藏園羣書題記》中有題記"金刊磻溪集跋"，作於辛巳年（1941）三月。

各卷藏園先生識語錄如下：

---

[1]　1923至1926年，徐世昌支持張元濟、梁啓超、傅增湘等人重印明正統《道藏》倡議，傅先生總其事，由商務印書館影印出版。

卷一末葉識曰：丁卯五月初三日，依金刊本校。

卷四末葉識曰：五月初四日校。

卷六末葉識曰：丁卯端午節校完。藏園居士。

並跋曰：金刊本《磻溪集》，余得之隆福寺書肆，半葉九行每行十七字，字體仿顏平原。分爲三卷，與《道藏》本異。五律中次第稍別，餘則大段相同，惟文字異處殊多，全帙殆數百計。沈乙盦曾有跋，謂余方倡刻《道藏》，而適獲此秘笈，殆有仙緣①。今《道藏》印本告成，而乙盦已墓有宿草，悲夫。丁卯端午日，傅增湘記。

鈐"沅叔校勘"、"增湘"、"藏園"印。（書號418）

（七）元別集類

湛然居士文集十四卷

元耶律楚材撰。清光緒九年袁昶漸西村舍刊本。鈐"藏園"、"沅叔手校"、"二十年中萬卷書"、"雙鑑樓"印。壬戌年（1922）據朱之赤影元抄本校勘。朱之赤諸題跋見諸《藏園羣書經眼錄》。

各卷藏園先生識語錄如下：

卷一末葉識曰：壬戌四月十七日，自津門覲省旋都，張燈校讀一卷。

卷二末葉識曰：四月十八日早起校。

卷三末葉識曰：四月二十四日校。是日陰寒如深秋，滋可異也。

卷四末葉識曰：四月廿四日，藏園坐雨校此。

卷五末葉識曰：四月廿四日午後，課定兒詩，曰校此卷。

---

① 沈曾植跋錄于《藏園羣書題記》此書跋文之後，沈跋作于庚申年（1920）二月。

卷六末葉識曰：同日午後，雨窗又校此卷。沅叔。

卷七末葉識曰：雨後薄晴，坐西廊更閱一卷。廿四日，沅叔記。

卷八末葉識曰：四月廿五日校。是日日作淡紅色，天氣涼甚。

卷九末葉識曰：廿五日午後校。時大風忽起，園花零落可憐。

卷十末葉識曰：四月廿六日校。是日日色紅慘如昨。

卷十一末葉識曰：四月二十七日，校於藏園池北書堂。雙鑑樓主人志。

卷十二末葉識曰：四月廿七日早起，督工芟園樹枯枝，抽暇校此。沅未。

卷十三末葉識曰：午刻課兒之暇，又閱一卷。廿七日。

卷十四末葉識曰：四月廿七日午睡初起，研朱畢此卷。

其後跋曰：篋中舊藏《湛然居士集》，乃朱臥庵鈔本，有跋語六，跋云從金孝章傳錄者。半葉十行行二十字，卷首書名大字占雙行，每卷目錄接連本書，其款式斷為元本影出。各卷次第與此本不異，但此本誤字極多，咸賴以取正。前日偶校《雲莊類稿》，回動閱元人文集之興，遂以兩本對勘，凡三日而畢，惜其子《雙溪醉飲集》別無善本可以是正也。壬戌四月二十七日，江安傅增湘識於長春室。

鈐“沅叔手校”印。（書號419）

藏春集四卷

元劉秉忠撰。清抄本。鈐“讀易樓”、“傅沅叔藏書印”、“傅印增湘”、“沅叔”印。庚申年（1920）據明天順馬偉刊本校勘，參閱《藏園訂補郘亭知見傳本書目》。

卷一末葉識曰：庚辰四月初七日，依天順本校。沅叔記。（書號420）

張淮陽集二卷

元張弘範撰。清光緒二十二年鹿傳霖刊本。鈐“藏園”、“增湘”、“沅叔手校”、“校書亦已勤”印。參閱《藏園羣書經眼錄》。辛未年（1931）據舊鈔本校勘。

首有鹿傳霖序、王磐撰墓誌銘及鄧光荐序，鄧序之末藏園跋曰：朱翼庵藏舊鈔本，八行十六字，亦從正德本傳錄者，曾藏朱竹垞家，有“竹垞攷藏”、“秀水朱氏潛采堂圖書”、“購此書甚不易願子孫勿輕棄”三印。取校此鹿氏新刊本，則詩中原缺字二十有七，咸得據以補完。按鹿氏原序，言所據亦自周本出，而缺文竟未能補，豈傳錄較後，其版已刓敝耶。至鈠序改正七字，則顯為鈔胥之誤，又不足論矣。辛未九月十一日，藏園記。

鈐“沅叔”印。（書號421）

元張文忠公歸田類稿二十卷附錄一卷

元張養浩撰。清乾隆五十五年周永年、毛壄刊本。鈐“雙鑑樓藏書印”。壬戌年（1922）據明寫本、元刊本校勘，諸本於《藏園訂補邵亭知見傳本書目》和《藏園羣書經眼錄》雖有著錄，未如以下跋文詳盡。

卷首長跋，文曰：乙卯春，余游吳門，老友楊馥堂為收得元本《歸田類稿》，大字疏朗，精美無比，生平所見元槧最為上駟。嗣為寒雲公子聞知，強索之。去時余未究心，元人集部亦未以為珍也。辛酉冬，於滬市得乾隆刻本，閱之，見其卷第不同，《三事忠告》削去不錄，兼以烏焉滿帋，欲求元本一校，渺不可追，乃深悔當時匆匆脫手之失。今年四月中旬，述古堂自山東故家輦書至京，時近畿方搆兵，九門晝閉，廠肆寂寥，無人過門。余抽暇往閱，中適有《歸田類稿》明寫本一帙，乃曹棟亭舊藏。曰攜回對勘一過，訂譌補脫，不可勝計，又增文九首詩十首，為之愉快累日，然終以不得再見元槧為憾。前日文德堂持書來售，云是南皮相國家藏，有宋本《范文正集》，明活字本《初唐四傑集》、《李嶠集》、《范石湖詩集》金蘭館活字本，汲古閣藏書，而元槧《歸田類稿》亦在其中。驚喜過望，曰留案頭數日，取前本覆校之，補"致樂堂銘"一首、"擬破黃巢露布"一首①、"登會波樓"及"書半仙亭壁"七律各一首。窮四日夜之力，僅乃畢事。於是茲集乃復舊觀，而積年之耿耿於心者，亦渙然冰釋焉。嗚呼，凡物顯晦有數，離合何常，當日視為不甚愛惜而率然舍去者，一旦思之，至窮走南北，求之七八年，而始得一覯。然其斷殘蠹損，視昔之所獲又遠不逮甚，至諧價不成，祇留此校本以私自娛玩，又為之咨嗟顧嘆而不能已也。校勘既畢，適陳立炎自滬攜來此集新寫本，有藝風老人手記，謂傳錄自邵二雲。邵本則出自振綺堂汪氏，其行款與元槧正同，余兩次校補各篇一一皆在，第有不可解者，乾隆庚戌毛塈刻本前有周書昌序，言原本乃託邵二雲從振綺堂抄出，是毛氏底本正是藝風所傳錄之本，今藝風寫本比視元槧，無一不合，而毛氏所刻卷帙，既經改併，詩文缺失至二十餘首，《三事忠告》及《附錄》概為刊削不存，糅雜脫漏，竟與元槧大異。不知毛氏何所有據依，乃悍然為之而不顧，令人有刻一書而一書亡之恨。且刻本中有文數首，為元槧所無者，皆不注所自來，不知毛氏又何從得之耶？要之此集當以元本為正，明鈔已有脫漏之文，至毛刻乃蕪亂不可致詰矣。今齊魯多好學之士，曷依此刊行萬本，一掃陋儒之粃繆，俾復雲莊之舊觀乎？壬戌十月十七夜漏三下，江安傅增湘記於藏園之龍龕精舍。

———————————

① 目錄末葉補錄"露布"一則。

元槧本十行行十八字,黑口,左右雙闌,有太原叔子藏書記、蓮涇橋李曹氏、留真館藏書印各印記。

《三事忠告》用碧鮮齋郭蘭石寫刻本校勘,《為政忠告》其文字迥然不同,改訂殆數百字,蓋郭氏本照其子引所刊單行本影寫,而此則原集定本,以文義求之,當以本集為是。特書此以竢來者論定焉。增湘附記。

各卷藏園先生識語錄如下:

卷一末葉識曰:壬戌四月十九日,從述古書坊假曹棟亭藏鈔本,勘讀終卷。

十月十五日,自乾清宮慶賀回,校畢此卷。藏園主人沅叔氏。

卷二末葉識曰:壬戌四月十九日,據舊鈔本校改。

卷三末葉識曰:四月十九日校定。十月十三日再校。

卷五末葉識曰:四月二十日晨起,坐廊下校完二卷。天氣陰寒,可衣重綿。

卷八末葉識曰:四月二十日亥刻,自蟄園鉢集歸①,振筆終此卷。十月十四日,依元刻再勘一過。

卷九末葉識曰:四月二十日校。壬戌十月十四日,用元刻本再校。

卷十末葉補錄“致樂堂銘”,其後識曰:四月二十有一日,午後整理書帙,抽暇校此。是年十月十四日,又以元槧校定。

卷十三末葉識曰:四月二十二日校。十月十三日,依元本再校一過。

卷十四末葉識曰:四月廿一日午刻勘完。

卷十五末葉識曰:四月廿二日,飯後點勘。是日寄宋本《老泉

---

① 蟄園,當是郭則澐居所。

集》至海上,殊難為懷①。

卷十六末葉識曰:四月廿二日,校過此本,少詩十首,當令蘭姬別寫補入。

十月十五日夜,據元刻復勘一過。

卷十七末葉補錄七律詩"登會波樓",其後識曰:四月廿二日校過。

卷十八末葉識曰:四月廿三日早起,坐廊下,對芍藥花讀此卷畢。十月十五日夜三鼓,擁爐校訖。

卷十九末葉補錄七律詩"書半仙亭壁",其後識曰:同日午前校。

卷二十末葉識曰:四月二十三日,校於米市兄宅。

書末附紙別錄詩文多首,其末葉識曰:補鈔各首均照元刻本校過。壬戌十月十三日,沅叔記。(書號422)

月屋樵吟四卷

元黄庚撰。藏園抄本,用"仿紹興本通鑑行格"紙。鈐"沅叔校定"、"藏園繕寫"印。辛巳年(1941)據劉燕庭鈔本、屢硯齋鈔本校勘。諸鈔本見《藏園羣書經眼錄》。

卷首有藏園長跋,見諸《藏園羣書題記》,雖文字有異,然文意同,故不贅錄。另有附記二則,《題記》未載,移錄於此,一曰:按,明成化十三年刻本,《邵亭知見書目》載之,而徧檢各家書目,均未有藏此刻本者。惟劉燕庭藏鈔本末有"西秦菊存張槆校正"一行,可知成化刻本出於張氏矣。沅叔坿記。

二曰:又檢《樵吟》卷末有"勸酒歌"一首,為《漫稿》所不載,

① 參見《東萊標注老泉先生文集》(書號8720)卷末藏園手札。

然校其詞句，則"山巔掃石羅尊罍"以下，其文與《漫稿》中之"東山玩月圖"全同，細審之，乃知"勸酒歌"祇存前七句，其下則"玩月圖"之錯簡屬入耳。姑誌於此，竢得善本考之。又記。

卷一末葉據屐硯齋本補詩四首。卷二末葉補錄詩七首。卷三末葉補錄詩十二首。

卷四末葉識曰：九月下浣，用劉燕庭藏鈔本覆校終卷，改正不少。沅叔記於萬壽山下清華軒。

鈐"藏園繕寫"印。其後補錄詩二十六首。（書號423）

戴剡源先生文集二十六卷
（存十六卷：卷三至十四，二十三至二十六）

元戴表元撰。明耕心堂抄本，半葉十行行二十字，白口，四周雙邊，版心下方有"耕心堂"三字。鈐"晉安蔣絢臣家藏書"、"莘田黃氏藏書"、"海鹽張元濟經收"、"涵芬樓"、"涵芬樓藏"印。《藏園羣書題記》跋文語及此本。

書末附紙藏園跋曰：考是集乃殘本，買人移補以充全帙者，卷三至卷十四如原，第其題卷一、二者，寔為卷二十三、四也，卷十五、六者，寔為卷二十五、六也，其挖改之跡顯然，更別鈔目錄題冊數以掩之，然其字跡固迥然不同。至校郁氏刻，則頗有佳處，卷十四"送王亦諒序"補一行，二十五、六講義中各補一行，此外改正亦數百言。雖殘帙要自可珍，書此以告後之讀是集者。藏園主人沅叔氏志，乙丑六月初四雨窗。（書號7717）

剡源集三十卷重刻札記一卷

元戴表元撰，清郁松年撰札記。清道光二十年郁松年《宜稼堂叢書》本。沈炳垣校跋并錄何焯批校題識。鈐有"假司馬印"、

"曉滄藏本"、"松江府海防同知之關防"、"桐鄉沈炳垣藏書印"、"二十年中萬卷書"、"沅叔校勘"、"沅叔手校"、"校書亦已勤"、"傅印增湘"、"雙鑑樓藏書印"等印。傅增湘乙丑年（1925）據舊鈔本、金侃鈔本校、庚午年（1930）據怡府明善堂鈔本校、辛巳年（1941）據明初刊本校。《藏園羣書題記》有長跋，並過錄沈跋及金跋。

卷首附紙藏園題署曰：剡源集三十卷　元戴表元著。宜稼堂刊本。沈炳垣臨何義門評校，藏園據鈔本三校。

各卷藏園先生識語錄如下：

"戴剡源先生自序"書眉識曰：此序以明初刊本校正。辛巳冬，沅叔記於藏園。

卷三末葉識曰：乙丑五月二十四日，沅叔校于藏園。

鈐"沅叔手校"印。

卷四末葉識曰：乙丑五月二十七日校。

鈐"增湘之印"。

卷五末葉識曰：乙丑五月二十七日校。

鈐"沅叔"印。

卷六末葉識曰：乙丑五月二十七日沅叔手校。

鈐"增湘私印"。

再校並識曰：辛巳冬月，依明鈔本再校。

卷七末葉識曰：乙丑五月二十七日校。蓋入伏已三日矣，炎歊不可耐，讀此以自遣。

鈐"沅叔"印。

卷八末葉識曰：二十九日早起，餘倦未舒，煩暑乘之，輟筆者數矣。沅叔記。

鈐"增湘私印"。

卷九末葉識曰：五月二十八日，飯後仍倦，勉強盡此一卷，惛惛欲臥矣。藏園。

鈐"增湘"印。

卷十末葉識曰：五月二十九日晏起，校此卷畢已午刻。沅叔。

鈐"沅叔"印。

卷十一末葉識曰：五月二十九日午後，天陰微雨作，而鬱蒸仍不解，何也？沅叔志。

鈐"增湘私印"。

卷十二末葉識曰：乙丑六月朔日。

鈐"增"、"湘"印。

卷十三末葉識曰：乙丑六月初二日，陰晴間作，而煩悶殆不可堪，自辰及午，乃竟此卷，噫，憊矣。沅叔。

鈐"增湘之印"。

卷二十三末葉識曰：乙丑五月二十一日校明鈔本。

鈐"沅叔"印。

卷二十四末葉識曰：乙丑五月二十一日校。沅叔。

鈐"增湘之印"。

卷二十五末葉識曰：乙丑五月二十日，假涵芬樓藏明寫本校。沅叔。

鈐"增湘私印"。

再校並識曰：此卷據明鈔本文集校正。辛巳十一月十五日新曆元旦，記於清華軒。

卷二十六末葉識曰：涵芬樓藏明人耕心堂寫本，從菊生假來，補校此二卷，訂正乃近百字，可喜也。增湘手識，乙丑五月廿一日。

鈐"沅叔手校"印。

卷二十七末葉識曰：丙寅二月清明前日，借朱翼庵鈔本校。

鈐"沅叔"印。

　　再校並識曰:辛巳冬至後二日,據明刊黑口本重校。企驎軒記。

　　鈐"沅叔手校"印。

　　其後手錄詩五首,并識曰:詩見明初刊本卷三,此本失載前五首,補寫於卷末。沅叔記。

　　卷二十八末葉識曰:丙寅清明日校。

　　鈐"沅叔手校"印。

　　卷二十九末葉識曰:庚午十月十三日,依明善堂鈔本校訂,原本海源閣所藏,新自閣中散出者也。沅叔坿記。

　　鈐"增湘之印"、"沅叔"、"藏園校定羣書"印。

　　卷三十末葉識曰:庚午十月十四日,依明善堂藏鈔本校廿九、卅兩卷。藏園居士書潛氏記。

　　鈐"增""湘"印。(書號424)

巴西文集不分卷

　　元鄧文原撰。舊鈔本,半葉十行行十九字,白口,左右雙邊。字體娟秀工整。鈐"遺稿天留"、"知不足齋鈔傳秘冊"、"盧氏藏書"、"寒雲小印"、"海鹽張元濟經收"、"涵芬樓"、"涵芬樓藏"印。戊辰年(1928)據朱文鈞藏舊鈔本校勘,指出袁克文庚申年(1920)題識疏漏。此二鈔本均見諸《藏園羣書經眼錄》。

　　各卷藏園先生識語錄如下:

　　第一冊末葉識曰:戊辰二月初三日,據李禮南藏鈔本校,沅叔記。

　　第二冊末葉識曰:閏月十一日,寓杭州羊市街校畢此帙。沅叔記。

　　第三冊末葉識曰:戊辰五月初七日,依李禮南藏鈔本校。

第四冊末葉識曰：五月初十晨起，坐園中勘畢。

第五冊末葉識曰：戊辰五月十二日校。

第六冊末葉識曰：戊辰五月十一日，依李禮南藏舊寫本勘定。原本十一行二十四字，假自朱君翼庵，留置案頭已四月矣。聞劉氏嘉業堂有新雕本，俟索取更校之，為刊入《蜀賢叢書》之張本焉。江安傅增湘記。

鮑廷博跋曰：前借鈔振綺堂汪氏所藏《巴西文集》，頃又見新倉帶經廔本，計有八十餘篇，姑悉汪氏藏本未稱完善，尚有缺憾，今托友人重借帶經廔本，付手民補錄，庶後之庋藏家得窺全豹，豈非一大快事？乾隆四十年乙未夏四月，鮑廷博並誌。

鈐“以文”印。

藏園識曰：此為杭估傳鈔本，以文手跋亦偽跡，抱存誤矣。沅叔志。

袁克文識曰：予所見知不足齋鈔本《巴西集》並此已有三部，以此為最精，且有鮑氏手跋，尤足增重，洵善本也。庚申五月廿五日，記於泉唐，寒雲。

鈐“袁克文”印。（書號7718）

趙子昂詩集七卷

元趙孟頫撰。元至正元年虞氏務本堂刊本，半葉十一行行二十字，黑口，左右雙邊。鈐“張坤厚藏書印”。

書末葉識曰：乙丑七月二十七日，依元虞氏務本堂刻本校完，補沈氏本所無者凡詩一百四十一首。沅叔坿志。（書號11413）

松雪齋集十卷外集一卷

元趙孟頫撰。清清德堂刊本。鈐“柯氏珍藏”、“道聖居柯氏藏書印"、"峕還讀我書"印。《藏園訂補郘亭知見傳本書目》著錄,係據元沈璜刊本及元務本堂刊本校勘,并輯補遺目錄。

卷五之末附紙藏園手錄"松雪齋集佚詩"目錄。(書號 425)

仇山村遺稿

元仇遠撰。清何焯鈔校本,半葉八行行二十一字。鈐印極富,除《藏園羣書經眼錄》及《題記》中所著錄,還有松江韓氏藏書諸印,以及"雙鑑樓藏書印"、"江安傅沅叔攷藏善本"、"忠謨繼鑑"印。

書衣識曰:仇山村遺稿　舊鈔本。此集為何義門鈔校本,卷中校改朱書皆義門手筆。其松齋、文殊師利弟子各印,咸義門所恆用,尤可證也。戊寅六月,藏園老人記。

卷末附紙為傅氏長跋,文字基本同《題記》,不贅錄,唯文末尚有一節,未見諸《題記》,特迻錄,文曰:余恐後人見此書,以無款識而妄生疑揣,特表而出之,俾兒子忠謨輩勤加護惜焉。歲在戊寅六月初三日,蜀南傅增湘書於藏園雨窗。時距盧溝發難之日,歲月已一周矣,傷哉。

鈐"沅叔"、"傅印增湘"印。(北京大學圖書館□811.159/2434)

仇山村遺集一卷附錄一卷

元仇遠撰。清乾隆五年項夢昶古香書屋刊本。壬子年(1912)據家藏何焯校本校勘,并補詩文。鈐"西堂藏書畫印"、"忠西道人"、"傅沅叔藏書印"、"龍龕精舍"印。參見《藏園訂補郘亭知見傳本書目》。

書末以"鏡華館叢鈔"稿紙補錄文四,詩一,輓詩二,其後藏園

識曰：壬子二月，為沈子培買得舊抄本，多詩文數首，補錄如右。江安傅增湘，時客滬上。（書號426）

金淵集六卷

元仇遠撰。清乾隆《武英殿聚珍版叢書》本。癸未年（1943）臨盧文弨校注。

目錄末葉藏園識曰：癸未六月二十八日，臨盧抱經校本，時居萬壽山西麓宿雲簷下。藏園老人識。（書號5663）

山村遺集一卷稗史一卷附錄一卷

元仇遠撰。清光緒二十二年丁丙刊《武林往哲遺書》本。癸亥年末（1924）據顧維岳手輯本校勘并補錄詩文。顧維岳手輯本見諸《藏園羣書經眼錄》。

書末補錄詩文多首，其後藏園跋曰：余十年前在申浦見舊鈔本，校項刻，補詩文數首。頃於文友書坊見一帙，為吳郡顧維岳手輯，補詩詞及坿錄至數十首，曰補入此新刻本後，改正卷中各字，亦視前本為勝。乃知書必多參數本，始稱完善，彼一得自矜者，亦井蛙之見耳。癸亥十二月朔，傅增湘識。（書號427）

靜修先生文集十二卷

元劉因撰。清光緒五年定州王氏謙德堂刊《畿輔叢書》本。乙丑年（1925）據家藏元至順元年宗文堂刊本校勘。《藏園羣書題記》有跋文一則，然與以下此本之跋不同。

卷首附藏園"仿書棚本行格"紙書跋文一則，曰：《靜脩先生集》，余藏本有三，一為元至順庚午宗文堂二十二卷本，一為明成化時藩府二十八卷本莫《目》言二十七者，誤也，後有《考異》一卷，一為明蔣如苹十卷本，而以宗文本為最。今以定州王氏新刊本勘之，王本有而宗文本無者，為雜著四首“希聖解”見本傳者亦不載，書後題跋三首，書九首，疏一首，祭弔二首，銘贊四首，賦三首，今古體詩八十四首。宗文本有而王本無者，樂府一卷三十二首，“書王維集後”一首。至訂正之字，殆逾千許。舉其著者，如七律“秋日有感”一首，有三句不同，“黑馬酒”一首，全首不同；七絕“題李渤聯德高蹈圖”，王本錄十一首，宗文本乃五首，而詞字無一相合。蓋宗文堂本雖屬坊刻，然較之至元九年江南浙西道肅政廉訪司牒文載在成化本者，早出十九年，故篇帙雖較明以後刻本為少，而文字差異乃特甚，惟王氏校刊時不獨宗文本不之見，即成化本亦未寓目，秖據萬曆中方義壯容城本而增益之，設非有宗文本，又烏由証其誤失耶？案，文靖從祀廟廷，為余任直隸提學使任內所請，具此一段因緣，故擬搜求各本考證異同，以為昌明正學之助，後之讀公集者，其知余之微意也乎？歲在乙丑十月十九日，後學傅增湘書於藏園之長春室。

　　各栞藏園先生識語錄如下：

　　卷三末葉補錄文一則，并識曰：此首在元本卷二十二中。藏園主人手識。

　　卷八末葉識曰：乙丑九月初十日，校于秘魔崖。

　　卷九末葉識曰：乙丑九月二十日校畢，題上未加識者皆元刻所無也。藏園主人。

　　卷十末葉識曰：九月二十三日校。

　　卷十一末葉補錄詩五首，其後識曰：乙丑九月晦日，沅叔手鈔。

　　卷十二末葉識曰：乙丑十月十八日校。從元至順本校畢，通計

全書改正八百一十四字,補入詩四首文三首①。增湘謹識。(書號
428)

雙溪醉隱集六卷

　　元耶律鑄撰。清光緒十八年順德龍鳳鑣知服齋朱印本。鈐
"雲輪閣"、"荃孫"、"藏園點勘羣書"印。丁卯年(1927)據法式善
藏四庫館鈔本校勘,又據《永樂大典》輯佚。《藏園羣書題記》著有
長跋。

　　各卷藏園先生識語錄如下:

　　卷一末葉識曰:丁卯五月五日,依舊鈔本勘訂,增改一百四十
四字。

　　卷二末葉識曰:丁卯五月初六日,藏園校,增改一百十一字。

　　卷三末葉識曰:五月初八日校,凡訂正一百四十字。

　　卷四末葉識曰:五月初八日校,訂正五十一字。

　　卷五末葉補錄詩一首,并識曰:據法梧門藏鈔本補詩一首,沅
叔。五月初九日校畢,增改九十九字,補詩一首。

　　卷六末葉識曰:五月初十日校畢,增訂九十八字。

　　書末附雙鑑樓鈔本稿紙補錄詩文,其後識曰:右佚詩五首、詞
三首、文一首,皆趙君萬里自《永樂大典》鈔,玆錄附於後,俟續有
所得,更增補之。戊寅閏七月,藏園老人記。(書號429)

東庵集四卷

　　元滕安上撰。藏園鈔本。鈐"沅叔手校"、"藏園校定羣書"
印。辛未年(1931)據《四庫》寫本校勘。參見《藏園訂補郘亭知見

_____

①　此本上僅見詩五首文一首。

傳本書目》。

各卷藏園先生識語錄如下：

卷一末葉識曰：辛未十月初四日手校。時津門事變已六日矣①。

卷二末葉識曰：天寒欲雪，擁鑪炙硯，更校此卷。藏園，初四夕。

卷三末葉識曰：十月初六日校。

卷四末葉識曰：辛未十月立冬後七日，依四庫館藁本再校畢。沅叔。

戊辰立夏後一日校改畢。沅叔。

鈐"沅叔校勘"印。（書號 430）

雲峰胡先生文集十卷

元胡炳文撰。清道光十一年胡續城刊本。戊辰年（1928）據明弘治藍章刊本校。卷四以下未校。參見《藏園訂補邵亭知見傳本書目》。

卷三末葉識曰：戊辰燕九節校。（書號 431）

牧庵集三十六卷附錄年譜一卷

元姚燧撰。清光緒二十五年廣雅書局翻《武英殿聚珍》本。丙寅年（1926）據涵芬樓藏舊鈔本校勘。行間校改甚多。書末補錄詩文多篇。參閱《藏園羣書經眼錄》。

各卷藏園先生跋識錄如下：

---

① 1931 年 11 月 8 日（立冬日）日本侵略者在天津日租界策劃指揮"便衣隊暴亂"，史稱"天津事變"。

卷十三末葉識曰:丙寅五月十三日校。

卷十八第十八葉補錄五行文字,卷末葉識曰:大雨竟日,松雲溼翠,羣峰盡失矣,校畢簷溜猶潺潺也。丙寅五月十七日,沅叔氏。

卷三十末葉識曰:丙寅五月初九日,上海客次校。(書號432)

漢泉漫藁五卷

元曹伯啓撰。商務印書館影印《涵芬樓秘笈》本。鈐"龍龕精舍"、"沅叔手校"印。丙寅年末(1927)據舊鈔本校。《藏園羣書題記》此書跋文,係作者壬申年(1932)又見一全本之後所記,亦追憶當年校勘此殘寫本情景,堪可對讀。

各卷藏園先生識語錄如下:

卷一末葉識曰:丙寅十一月廿六日,沅叔手校。

卷二末葉識曰:十一月廿六日校。

卷三末葉補錄詩一首。

書末葉跋曰:《漢泉漫藁》,曾見汲古閣影寫本,存六至十卷,曰屬趙生照錄一通,又見金迁齋手寫本於涵芬樓,存一至五卷,而殘缺篇幅無由寫補,此石印本是也。湘人王培初攜示舊鈔二帙,曰取以校金本五卷,凡補缺文九葉,詩二十三首,又增佚詩六首。[1]異時當照汲古本行格照寫前五卷,俾舊本復完,亦快事也。丙寅十二月,傅增湘書於長春室。

鈐"沅叔"印。(書號433)

玉井樵唱正續不分卷

元尹廷高撰。李盛鐸木犀軒抄本。鈐"藏園校定羣書"印。

---

[1]　卷四末葉補錄詩多首。

據鮑廷博鈔本校勘，詳參《藏園羣書經眼錄》，因知校勘於庚午年（1930）。

卷末葉藏園識曰：依知不足齋寫本校對，凡三卷中補訂一百六十字，原本即四庫館所據也。藏園居士沅未氏，書於瓊島西麓之蟠青室。

其後過錄《元詩選》作者小傳及考略，并跋曰：文友堂新獲此知不足齋鈔本，鈐翰林院大官印，《四庫》所收即據此本，別有劉燕庭藏印四方。取校此帙，鮑本分上中下三卷，次第略有不同，改訂多至百許字，勝此新鈔遠矣。新本為李椒微師所貽，亦從舊本出，第未知此正續集視三卷本孰為古耳？十一月朔，宿蟠青書屋記。

鈐"增""湘"印。（書號434）

續軒渠集十卷補遺一卷附錄一卷

元洪希文撰。清光緒六年槐清堂刊本。辛酉年（1921）據山陰祁氏澹生堂寫本校勘并補錄詩文。卷七之末補錄詩多首。卷九之末補錄詩多首。《附錄》之末補錄文一則。參見《藏園訂補邵亭知見傳本書目》。

各卷藏園先生識語錄如下：

卷一末葉識曰：辛酉七月七日，據澹生堂寫本校。

卷二末葉識曰：辛酉七月廿四日，游蕭齋寺歸，坐雙峰草堂松陰校竟一卷。

卷三末葉識曰：七月二十四日申刻校。

卷四末葉識曰：廿四日薄暮校畢。

卷五末葉識曰：辛酉十月初二日校。是日始見雪飛花如掌。

卷六末葉識曰：十月初三日校。（書號435）

知非堂稿十一卷

元何中撰。清抄本。鈐“小學樓”、“二十年中萬卷書”印。甲戌年（1934）據北平圖書館藏鈔本校勘。《藏園羣書題記》中有跋文二則關於此鈔本和北平圖書館之鈔本。如《題記》所云，書末附藏園“長春室寫本”紙錄輯自《永樂大典》何中文章二則。

各卷藏園先生跋識錄如下：

卷一末葉識曰：甲戌十月二十九日，假北平館藏曹倦圃鈔本校。藏園老人記。

鈐“沅叔手校”印。

卷二末葉識曰：甲戌十一月初十日，雪窗校讀終卷。

卷三末葉識曰：甲戌十一月二十四日，大雪飛灑，竟日夕不止。沅未記。

卷四末葉識曰：甲戌十一月二十七日，冒雪游昆明湖，宿永壽齋中，移燈校畢此卷。藏園老人記。

卷五末葉識曰：十一月廿八日，校定於頤和園。

卷六末葉識曰：甲戌十一月晦日，據檇李曹氏鈔本校詩集六卷畢。藏園老人手記。（書號436）

中庵集二十卷目錄二卷

元劉敏中撰。傅氏藏園抄本。戊辰年（1928）據四庫館鈔本校勘，《藏園羣書題記》有跋文記兩次以舊寫本校勘，又以元刊本校勘過程。

書末葉識曰：據法梧門藏四庫館初錄本傳寫，并手校一過，惜舛失彌望，不能悉正也。戊辰三月二十二日，沅叔記於藏園。（書號437）

馬石田文集十五卷附錄一卷

　　元馬祖常撰。1922 年上海古書流通處影印《元四家集》本。癸亥年(1923)據張允亮藏元刊本校勘。參閱《藏園羣書經眼錄》。

　　首有藏園跋文一則,曰:《石田先生文集》,各收藏家所稱為元本者,寔皆明弘治刻本也。溓陽張氏藏元刊本,大板心,半葉十行行十八字,為汪閬源家物。大字精美,在元刊中為上駟。余從庚樓同年假得,留案頭數月,取此新印校誦一過,改正不可勝計。其中增"瘦馬圖詩"一首、"石田山房記"一首、"通濟渠龍祠碑銘"一首,皆別錄之。惜元本缺第二、三、十四、十五共四卷,無從補鈔,為可歎耳。癸亥九月十六日,傅增湘記。

　　各卷藏園先生跋識錄如下:

　　目錄卷末葉識曰:癸亥六月中旬,校於藏園池北書堂。

　　卷一末葉識曰:癸亥六月十四日晨起,雷雨初收,坐池北虛廊,研朱校畢。沅叔記於藏園。

　　卷四末葉識曰:今日擬逭暑秘魔崖東,約知好,皆以事累不果行。早起坐園中校此卷,時日晷未午,已揮汗如雨矣。藏園居士記。六月十五日。

　　卷五末葉識曰:癸亥六月既望,雨後坐池北書堂校畢。沅叔記。

　　卷六末葉識曰:六月十八日,坐雨藏園校竟。

　　卷七末葉識曰:六月十八日,校元刻本。

　　卷八末葉補錄"石田山房記"一則,并識曰:六月十八日薄暮,勌極,強自支屬,校畢一卷。

　　卷九末葉識曰:六月二十日校定。昨宵大雨達旦,曉起陰霧未廓,坐園中猶御夾衣。

卷十末葉補錄文一則，并識曰：六月二十一日校定。

卷十一末葉識曰：六月二十一日，夜午校畢。

卷十三末葉識曰：癸亥八月朔校定。時方自包頭鎮游陰山觀黃河而歸，塵鞅甫卸，鉛槧乍親，如逢故友焉。沅叔記。（書號438）

雍虞先生道園類稿五十卷

元虞集撰。元刊本（卷十七至二十為抄配），半葉九行行二十字，黑口，四周雙邊。耿文光、傅增湘跋，鈐印見諸以下跋文及《藏園羣書經眼錄》記載。

藏園以彩箋紙另葉跋曰：此書余購自文德堂韓大頭①，缺第十七至二十，凡四卷，據北平館藏元刻殘本照鈔補完。各卷鈐有濮易李廷相書屋記、梁清遠印、述之、梁允植印、西村書隱、字奮脩號牧夫、耿文光印、星垣各印。頃見董授經所藏，紙墨視此為精，乃有蕉林梁氏印。此刻極罕秘，而昆仲聚於一門，亦足異矣。藏園記，乙亥二月。（書號11414）

道園遺藁六卷

元虞集撰。虆氏鈔本。鈐"藏園校定羣書"印。壬子年（1912）臨翁方綱校本，癸丑年（1913）又據元刊本、元刊《鳴鶴餘音》校勘。《藏園羣書題記》有為覆刻此書所寫跋文。

卷末藏園過錄朱存理"跋鳴鶴餘音後"一則，過錄翁方綱題識一行，其後有長跋，曰：壬子夏，在廠市借得舊抄本，屬宜賓虆生頌

---

①　韓逢源，字左泉。頗識版本。據說其人身長頭大，故有此稱。參見孫殿起《琉璃廠小志》。

笙為照抄此册。旋又覓得覃溪手校鈔本,以朱筆照臨,其中改正及
補填各字頗多。頃在李木師所見元刊本,為金孝祥命其子鏐手書
付刻者,字躰仿松雪,略兼小唐碑意,精雅絶倫,與年來所見宋璲寫
刻《吳淵穎集》、方正學等寫刻《濂溪文粹》此藏莫楚生家,殆堪鼎
足。因乞得校勘一遍,除所補各字外,如第三卷"寄楊友直"詩脱
末一行,"寄陳眾仲"詩脱前三行,"次韻陳礥山"脱第二首;卷五脱
"晚過金山"、"趙承旨躑躅畫眉"、"宣和馬圖"、"王朋梅東涼亭
圖"、"方壺臨善元山水"、"息齋竹"二首,共脱詩七首,皆賴元刻本
補入。惟元本第三卷"重贈復見心游浙"詩後空白七行,而抄本則
有"賦文子方家簀簹亭竹影"七律二首,殊不可解。至第六卷《鳴
鶴餘音》缺馮尊師二十首,則鈔本金天瑞跋語固已言之,蓋此本之
刻在至正十四年,而馮尊師所作併刻於後,則在至正二十四年也。

　　元本半葉十一行行二十字,傳錄之本正與此同,蓋亦從元本出
也。

　　覃溪校改各字,多有鈔本原與元本合,而反改之者,疑覃溪固
未見元本,但據舊鈔本或以意改正也。

　　朱存理跋《鳴鶴餘音》謂金鏐嘗刊《遺稿》及此詞,皆鏐手書,
別有巾箱小板之刻,與此無異。今木師所藏即巾箱本也,其大字
《鳴鶴餘音》辛亥十月曾見之津門,以匆遽南行不及收買,殊為可
惜。癸丑二月望校畢,率記於後。增湘。

　　元刊大字本《鳴鶴餘音》後歸吳印臣兄,旋假得,取此本對勘,
改正數十字。小字元本無馮師真詞,得此補之,亦一快也。大字本
半葉十行行十七八九字不等,黑口,雙邊,前有伯生序,及五祖七真
眾仙誕日、封號、姓名、目錄,題全真宗服方外玄言。

　　鈐"傅"" 沅叔"印。(書號439)

楊仲弘集八卷

元楊載撰。清嘉慶十七年祝昌泰留香室刊《浦城遺書》本。鈐"沅叔手校"、"萊娛室"印。丁卯年（1927）據元刊本校勘。《藏園羣書經眼錄》著錄元刊殘本。

各卷藏園先生跋識錄如下：

卷一末葉識曰：丁卯七月二十日校元刊本。

卷二末葉識曰：七月二十一日校。

卷三末葉識曰：七月二十一日校。

卷四末葉識曰：七月二十二日校。

卷五末葉識曰：七月二十二日校。

卷六末葉識曰：七月廿二日校。

卷七末葉識曰：七月二十三日。

卷八末葉補錄楊載原跋，并又跋曰：余舊藏元刊《仲弘集》，體兼行草，致為精雅，惜秖存前四卷。嗣友人彥明允得元刊全帙，亟以此刻補校，并錄原跋六行於卷尾，凡訂正一百十九字。丁卯七月二十三日，沅叔雨窗記。元刊本十二行行二十字，黑口，四周雙邊，余藏殘本，絳雲餘燼也。（書號440）

揭曼碩詩集三卷

元揭傒斯撰。元至元六年日新堂刊本，半葉十行行十九字，黑口，四周雙邊。己卯年（1939）藏園鈔補缺葉并跋。鈐"傅沅叔藏書記"、"雙鑑樓"、"江安傅沅叔攷藏善本"印。

卷末附仿元刊本款式行格紙，補抄詩廿餘首，并識曰：己卯七月二十有七日補寫訖。藏園傅增湘識。

鈐"藏園"、"傅增湘"印。

其後藏園長跋,其文字、內容均與《藏園羣書題記》之"元刻揭曼碩詩集跋"略有別,故贅錄於此:《曼碩詩集》以元至元本為最古,然徧檢諸家藏目,皆屬舊鈔,如錢氏《讀書敏求記》、張氏《愛日精廬》所藏,皆從元刻傳錄者,張芙川家所藏則從元刻校勘者,惟葉文莊《水東日記》言其家有元時坊刻三卷本,意即此本耳。昔於南中,見芙川家明寫本有李兆洛、黃廷鑑、季錫疇諸人手跋,相與嘆賞,詫為珍祕,則元刻之罕覯益可知矣。甲子歲,余游廠市,偶獲此本,半葉十行行十九字,黑口,四周雙闌,字體婉秀有松雪意,間有補板,則殊為拙滯。題"門生前進士燮理溥化校錄",目錄前有"至元庚辰季春日新堂印行"一行,諸家題識以為在目後者,皆誤也。惜卷三末缺失七番,適余有影元鈔本,遂手寫完之。自元代至元庚辰,至今歲己卯,凡歷三朝,十周甲子,正六百年,而余以垂暮之齡,幸目力未衰,得弄其柔翰以奏媧皇煉石之功,斯亦有數存耶?後之得吾書者,鑒此炳燭之明,差免抱殘之憾,勤勤護守,俾毋壞失,則余之露鈔雪纂,庶不為徒勞也乎!歲在己卯中秋節,江安傅增湘識。

鈐"傅""沅叔"、"雙鑑樓藏書印"。(書號2180)

揭文安公文粹一卷

元揭傒斯撰。明天順五年沈琮廣州府學刻,半葉十一行行二十字,黑口,四周雙邊。鈐"公度"、"譚公"、"寶綸閣藏書記"、"任邱王文進字晉卿藏"、"周暹"、"沅叔借觀"印。何焯批校並跋。

書末附紙,有藏園先生甲申年(1944)立春前日書跋一則,內容基本同441號之跋,文字略有別,其與《題記》不同處亦存。(書號8518)

揭文安公文粹六卷

元揭傒斯撰。清同治十一年安徽藩署敬義齋刊本。鈐“藏園題識”、“企驪軒”、“藏園點勘羣書”、“沅叔校定”印。自壬午年末（1943）至甲申年初（1944）假周叔弢藏明刊本校勘并錄何焯跋識。據《藏園校書錄》記，此為藏園老人手校羣書最後一種，字體依舊秀整端嚴。

卷首附紙印藏園先生七十畫像，並長跋一則，此跋已刊諸《藏園羣書題記》，然首段文字關於明刊本之判斷，與《題記》頗不同，是知現通行本《題記》係後來又經審訂，如傅熹年“整理説明”中所言。現將此段文字仍錄于此，以便讀者分析體會，首段文字稱此明刊本不是天順刊本，或為成化刊本，《題記》則肯定為天順刊本。其曰：壬午仲冬，余至津沽，叔弢以新收《揭文安文粹》相示，明本，半葉十一行行二十字，黑口，四周雙闌，不分卷。凡錄文五十七首，卷中朱筆評校審為何義門筆。惟失去前序，未知為何時所刊。惟攷同治覆天順本，前有詩一卷，則是本非天順刊可知。余以鐫工觀之，或成化間覆梓乎？

各卷藏園跋識錄如下：

卷一末葉識曰：明刊《文粹》本無詩，此卷以元刊詩集校正。壬午十二月八日，沅叔記。

鈐“傅印增湘”、“戊戌翰林”印。

卷二末葉識曰：癸未冬至後一日，依成化本校。

鈐“沅叔”印。

卷三末葉識曰：癸未十二月，依明黑口本校。

鈐“增湘私印”、“史館編修”印。

卷四末葉識曰：癸未十二月十八日，自頤和園回校此。

鈐"傅增湘"、"沅叔"印。

卷五末葉識曰：甲申人日，企驎軒校。

鈐"傅增湘"、"藏園"印。

卷六末葉過錄何焯題識，并識曰：此義門先生評語，錄坿卷末。沅未手誌。甲申正月八日校畢。

鈐"傅""沅叔"印。（書號441）

揭文安公詩集八卷續集一卷
文集九卷補遺一卷校勘記一卷

元揭傒斯撰。民國南昌《豫章叢書》編刻局刊《豫章叢書》本。甲子年（1924）據元刊本及舊鈔本校勘，戊辰年（1928）再據揆敘鈔本校勘，庚午年（1930）又據鮑廷博校本校勘。甲申年（1944）為此數校書跋，見諸《藏園羣書題記》。

《詩集》卷首《四庫全書總目》提要之末識曰：甲子十二月，用元刊本及舊鈔本校勘一通，其"明皇出游圖"、"白翎雀"、"題武寬則湖山堂"三首，此刊本所無，錄之卷末。元刊本袛三卷，鈔本三卷，外又有《補遺》二卷。蘇東坡生日，沅叔手記。

《續集》卷末葉補錄詩五首，并識曰：沅叔手錄，甲子坡公生日。

《文集》各卷藏園跋識錄如下：

卷一末葉識曰：戊辰二月，校謙牧堂鈔本。

卷二末葉識曰：二月廿二夕校。

卷三末葉識曰：庚午六月，依鮑淥飲校本重勘。

卷四末葉識曰：庚午六月小暑後日校。（書號442）

翠寒集一卷

元宋無撰。明末毛氏汲古閣刊《元人十種詩》本，半葉九行行十九字，白口，左右雙邊。鈐"曾藏汪閬源家"、"沉叔校定"、"沉叔手校"印。辛巳年（1941）據明刊本校勘，《藏園羣書題記》為該書明刊本之跋。卷首以藏園"仿書棚本行格"補錄鄧光薦序言一則。

卷末葉識曰：辛巳嘉平月十四日，依明黑口本校定。藏園老人記。

鈐"二十年中萬卷書"、"沉叔手校"印。（書號 2023）

柳待制文集二十卷

元柳貫撰。清順治十一年范養民等刊本康熙年傅旭元等重修本。據《藏園校書錄》，該書以明刊本及明鈔本校勘。此明初刊本及明寫本均見諸《藏園羣書經眼錄》。

各卷藏園先生跋識錄如下：

卷一末葉識曰：戊午三月十九日校畢，沉叔。

卷二末葉識曰：戊午立夏後日。

卷三末葉識曰：戊午三月初八日。

卷五末葉識曰：四月十五日校。

卷六末葉識曰：四月十五日校。（書號 443）

順齋先生閒居叢藁二十六卷附錄一卷

元蒲道源撰。清退寄齋鈔本。鈐"張印月霄"、"愛日精廬藏書"印。辛巳年（1941）據元刊本校勘。《藏園羣書經眼錄》著錄。

書末葉識曰：辛巳嘉平月，從王晉卿假元刊本對勘，補闕譌甚多。其書舊為張雋所藏，真祕籍也。藏園老人識。（書號 444）

所安遺集一卷附錄一卷

元陳泰撰。清光緒六年譚鍾麟刊本。鈐"沅叔手校"印。癸亥年(1923)據陸心源手校本校勘。參閱《藏園訂補邵亭知見傳本書目》。

卷末以藏園"仿紹興本通鑑行格"紙補抄詩文多首,末葉藏園跋曰:《所安遺集》一卷,迺陸存齋手校本,光緒戊子捐送國子監南學者。南學裁併,藏書斥賣,此書為蔣君孟蘋所得,余從孟蘋借校,補正極多,溢出各首屬寫官錄附如左。古書舊刻固可貴,而初印尤為足珍。淥飲所見及金亦陶所寫涵芬樓所藏皆從成化本出,而懸絕乃如是,亦大可歎也。癸亥十二月朔,後學傅增湘記。

鈐"傅""沅叔"印。(書號445)

吳正傳先生文集二十卷附錄一卷

元吳師道撰。明藍格鈔本。杜楚、偶影居士、傅增湘、姚華題跋。參見《藏園訂補邵亭知見傳本書目》。

藏園識曰:庚午秋,取新刊本校勘一過,補賦一首,改定脫訛凡數百字,洵可謂傳世善本矣,後之得者其珍惜之。藏園居士傅增湘記。(臺灣中央圖書館10951)

積齋集五卷

元程端學撰。藏園鈔本。鈐"藏園校定羣書"、"沅叔手校"、"池北書堂"印。辛未年(1931)據清四庫館鈔本校。參閱《藏園訂補邵亭知見傳本書目》。

各卷藏園跋識錄如下:

卷一末葉跋曰:此集前歲得法梧門所藏四庫館寫本,錄出未及細勘其得失也。頃北平館中新自南中收得館中原稿本宋元集十餘種，曰假出攜入山中。今日自鳳窩墓次拜謁還，燒燭展卷，頃刻遂畢。此卷凡改正五十八字，其"九日"七律詩有館臣考證原籤，亦備錄之。就此集以觀，當日自《大典》輯出之始，館中一鈔再鈔，其文字舛失已如此，則古來典籍流傳緣寫刻而沿誤失真者，正不知凡幾也，可不慨哉？辛未九月廿七日，藏園居士記於暘台清水院。

卷二末葉識曰：晴暄如昨，游就松亭、蓮花寺，歸校此。廿八日，沉叔。此卷訂正五十一字。

卷三末葉識曰：就鳳窩丙舍晴窗校竟一卷，訂正殊尠。是日同來者蔭北、秪盦、慎齋三君，六弟午後亦至。沉叔記。訂正二十四字。

卷四末葉識曰：訂正二十有九字。十月朔日，具牲酒祭鳳窩先塋，回憶乙丑奉安，訖今七年矣。門祚日衰，余以垂老，今日獨拜墓下，淒感百端。適此卷校畢，聊記紙尾，以示後人。增湘。

卷五末葉識語三則，一曰：戊辰十一月，屬趙生依法梧門藏閣本傳寫，何生小葛為覆校一過。冬至後日曰逐卷改定誤字，頃刻而畢。沉未記。

鈐"沉叔手校"印。

二曰：辛未十月朔，依四庫館原藁再校畢。沉叔鳳窩丙舍記，此卷訂正三十三字。

三曰：兩次校勘，凡增改訂正得一百九十五字。辛未十月初一日，歸清水院燈下記。

鈐"清泉吟社"印。（書號446）

杏庭摘稿一卷

元洪焱祖撰。清洪氏揖石山房刊本。戊辰年（1928）據涵芬樓藏舊鈔本校勘。參見《藏園訂補郘亭知見傳本書目》。

卷末葉跋曰：舊寫本，八行二十字，有郁元禮印，涵芬樓所庋也。從菊公假得以勘此刻，其“漁浦晚歸圖”七古，原空二十字，賴以補完，為之忻抃不已。時戊辰閏月，自青島來滬，卸裝甫二日也。藏園居士志。（書號447）

薩天錫詩集□卷（存卷三至六）

元薩都剌撰。明末山陰祁氏澹生堂鈔本，竹紙藍格，半葉十行十八字，四周單闌。鈐“江安傅沅叔考藏善本”、“傅印增湘”、“沅叔”、“傅增湘讀書”、“傅沅叔藏書記”印。《藏園訂補郘亭知見傳本書目》著錄乙卯年（1915）元宵節收藏。

書衣題款曰：薩天錫詩集，第三卷，明祁氏澹生堂鈔本，殘帙。文友堂主人魏升甫惠贈。乙亥冬至，藏園老人手識。

鈐“沅叔長壽”、“藏園六十後作”印。

卷首跋曰：此祁氏澹生堂鈔殘本，存卷三至六，凡四卷。取毛氏刻本校，其次第殊有異。卷三為七律前有缺頁，少詩七首，毛本列卷中之後半。卷四為五律，毛本列卷中之前半。卷五為七絕，毛本列卷下之後。卷六為五絕，毛本刊卷下之前。蓋此本以詩體為次，其前二卷自是為五七古矣。余疑編次較毛本為古，其文字當有勝異，暇時當手校以證其得失焉。余平生見澹生堂寫本，取校時刻，往往多異，以所據多擇善本也。此雖殘帙，寧可忽視哉？庚申四月之杪，病起檢書及此，因誌之。藏園老人。

鈐“傅增湘”、“書潛”印。（北京大學圖書館 SB/811.159.4445）

陳眾仲文集十三卷（存四卷：卷一，二，三，四）

元陳旅撰。元至正刻明修本，半葉十行行二十字，黑口，左右雙欄。沈麟跋并補錄本傳，黃丕烈致吳騫手札，吳騫、傅增湘跋，葉昌熾題款。吳騫跋語及黃丕烈手札見諸《藏園羣書經眼錄》。鈐"徐印嘉炎"、"華爰收藏書畫"、"拜經樓吳氏藏書印"、"吳兔牀書籍印"、"擿燕緒字翼夫"、"家在蘇州望信橋"、"周暹"、"曾在周叔弢處"諸印。

卷首序言之末有沈麟跋語。

卷二末葉葉昌熾題款曰：光緒乙酉，長洲葉昌熾觀。

鈐"頌魯"印。

其後為藏園跋語，曰：歲在甲子，江安傅增湘從周叔弢兄假觀，留藏園者數月。取黃蕘圃所藏鈔本詩三卷對勘一過，蕘圃手校正從茲刊出。兩書離析已四百十年，一旦復合，置几案間，亦一段因緣也。還瓻之日，爰喜而誌之。（書號8526）

安雅堂文集十三卷

元陳旅撰。藏園抄本。丁卯年（1927）據黃丕烈校元刊本校勘。黃丕烈校勘之跋見諸《藏園羣書經眼錄》。

各卷藏園先生識語錄如下：

卷一末葉補錄詩一首，并識曰：丁卯六月二十九日校，沅叔記。

卷二末葉識曰：六月二十九日校定。

卷三末葉識曰：連日酷暑如焚，為燕都二十年來所未有，亟校此詩三卷以自遣。原本為黃蕘圃手校元刊本也。丁卯七月十六日，沅叔記。

又識曰：六月三十日，雨窗弄筆，輕涼襲人，與昨日炎蒸，殆如天壤。

　　卷四末葉識語二則,一曰:六月三十日,藏園校竟。雨滴松竹,蕭然秋聲矣,異哉!

　　二曰:丁卯八月,假叔弢周氏藏元刊本補校此卷,沅叔記。

　　卷五末葉識曰:六月三十夜校。

　　卷六末葉識曰:七月初二日,夜三鼓校畢。疏雨蕭然,殆有秋意。

　　卷七末葉識曰:七月初三日校。

　　卷八末葉識曰:七月初四日校。

　　卷九末葉識曰:七月初六日校。

　　卷十末葉識曰:七月初七日校。

　　卷十一末葉識曰:七月初七日夜校。

　　卷十二末葉識曰:七月初八日校於池北書堂。

　　卷十三末葉識曰:丁卯七月初八日校完。沅叔記。(書號448)

傅與礪詩集八卷文集十一卷綠窗遺藁一卷附錄一卷

　　元傅若金撰。吳興劉氏嘉業堂刊本。丙子年(1936)據周叔弢藏明洪武傅若川刊本校勘。參見《藏園訂補邵亭知見傳本書目》。

　　各卷藏園先生識語錄如下:

　　《文集》卷一末葉識曰:丙子十一月十二日,據洪武本校定。藏園老人識。

　　卷二末葉識曰:十一月十二夜,再校畢此卷,沅未。

　　卷三末葉識曰:十一月十四日,坐長春室中,校畢此卷。藏園老人記。

卷四末葉識曰：十一月十七日校畢。時患臂痛，不能久握管也。沅叔漫志。

卷五末葉識曰：十一月二十日校，改訂二十有五字。（書號449）

滋溪文稿三十卷

元蘇天爵撰。東海徐氏刊本。癸酉年（1934年初）據李盛鐸藏明鈔本校。此書別有長跋在《藏園羣書題記》。

卷首序言、像贊之末葉識曰：卷首校正九字。

各卷藏園跋識錄如下：

卷一末葉識曰：依李木齋師藏明鈔本，校正十有二字。癸酉十一月十四日，藏園記於來青軒。

卷二末葉識曰：癸酉十一月十四日，校於香山來青軒。改正二十有四字。

卷三末葉識曰：十一月十五日，游翠微山歸校此。改正二十字。

卷四末葉識曰：十一月二十有七日，為德化李氏題主①。犯嚴寒來津，仍寓昔年舊樓。夜靜客散，遂研朱勘完此卷，凡改訂三十字。清泉逸叟記。

卷五末葉識曰：十一月二十八日，校於津門舊廬，改訂四十九字。

卷六末葉識曰：此卷改正二十三字。前夕校及半，以事中輟，今宵齋中無客，至乃展卷勘畢，計全書得五之一矣。藏園記。

今日有對我出語無狀者，十餘年來提攜教導之苦心，至此不覺

---

① 1934年初，李盛鐸卒於天津寓所。

廢,然自反愧憤之餘,又自傷也,德不足以刑家,誠不足以感眾,余其有懟德乎?此後當惕厲以自克耳。

卷七末葉識曰:十二月初五日校,訂正三十三字。

卷八末葉識曰:十二月初七日,麟孫周晬,席散校此,訂正四十三字。

卷九末葉識曰:十二月初十日校畢,改訂三十有五字。

卷十末葉識曰:十二月初十日鐙右校完,改正四十有七字。

卷十一末葉識曰:十二日,驅車挾書入香山,感寒偃臥,未及展卷。今日小愈,歸自山中,鐙下校完。此卷改正二十有三字。

卷十二末葉識曰:十二月望校畢,訂正二十七字。

卷十三末葉識曰:十二月十六夜月食,校此卷,改訂三十六字。

卷十四末葉識曰:十七日校,訂正四十三字。

卷十五末葉識曰:十二月十七日校畢,已子初矣。改訂六十七字。是夕大雪霏天,園林淨寂,仲郊適來清話逾晷。藏園老人書。

卷十六末葉識曰:癸酉立春日校,改訂四十字。

卷十七末葉識曰:同日校,訂正十九字。

卷十八末葉識曰:夜向闌矣,又盡此卷,訂正十有　字。

卷十九末葉識曰:是卷訂正八十八字。十二月廿四日,自暘臺山迂道,宿靜宜園來青軒,燈右校畢。

卷二十末葉識曰:十二月二十六日校畢。是夕定郎以疾劇移入德國醫院。此卷改訂十九字。

卷二十一末葉識曰:癸酉小除夕校畢。改訂十有六字。

卷二十二末葉識曰:甲戌正月初五日校畢,訂正二十有三字。

卷二十三末葉識曰:甲戌正月初五日校,改訂三十八字。

卷二十四末葉識曰:此卷訂正凡三十有九字。初五三鼓記。

又記曰:今日為忠郎三十歲生日,族戚多來走賀,曰治酒款之。

回憶津門三陽里呱呱墮地,殆如昨日事,而國家之遷革,親知之零落,真有不堪回首者矣。所幸夫婦和諧,兒女成育,老懷差足自慰。第序卿、貴男竟不能親見此日膝前之歡笑,深宵顧影,不覺愴然。藏園老人記。

卷二十五末葉識曰:甲戌人日校,訂正九字。

卷二十六末葉識曰:正月初七日校,訂正三十六字。

卷二十七末葉識曰:正月初八日校,訂正三十字。清泉逸叟。

卷二十八末葉識曰:正月初八日鐙右校畢,夜漏三轉矣。訂正凡得二十字。

卷二十九末葉識曰:此卷訂正十九字。十一日晨。

卷三十末葉識曰:正月十一日早起校,訂正二十一字。自癸酉十一月十三日開校,訖於甲戌正月十一日校完,前後幾及六十日,凡訂正九百八十字。沅未手記。(書號450)

余忠宣青陽山房集五卷附錄一卷
青陽先生忠節附錄二卷

元余闕撰。清刊本。鈐"藏園"、"增湘"、"沅叔手校"印。甲子年(1924)據明正統十年高誠刊本校勘。卷首以藏園"仿書棚本行格"紙補錄序言四則,記文一則,卷末補錄正統刊本《附錄》部分。此莫氏藏明高誠刊本見諸《藏園羣書經眼錄》。

各卷藏園先生跋識錄如下:

目錄末葉跋曰:《青陽先生文集》九卷《附錄》二卷,明正統十年刻本,有高穀序,半葉十二行行二十二字,黑口,四周雙闌。余假之獨山莫氏,取此刻校勘一通,"與劉彥昺書"竟補脫文一百三十九字,此外單詞賸句改正亦逾百字,心目為之一快。後有表章忠義者,可取此而更定之。《附錄》二卷,為此刻所遺,別錄一冊,附訂於後。序記五首,則冠之卷首焉。甲子夏至後二日,傅增湘記於藏園。

鈐"沅叔手校"印。

卷一末葉識曰:甲子二月十二日校。凡題上未標次第者,皆正統本所無也。

卷三末葉識曰:甲子四月初五日,宿暘台清泉吟社。

卷四末葉識曰:甲子三月廿三日,宿暘台山下。

卷五末葉識曰:四月初七日校。(書號451)

近光集三卷扈從詩一卷

元周伯琦撰。清抄本。鈐"伯兮所藏金石書籍記"、"藏園校定羣書"印。庚午年(1930)據謙牧堂藏舊寫本校勘。《藏園羣書題記》別有長跋。

各卷藏園先生跋識錄如下:

卷一末葉識曰:據謙牧堂藏舊寫本校訂,凡改正一百九字。庚午九月二十七日,書潛記。

卷二末葉識曰:九月二十八日校,改訂一百十六字。

卷三末葉識曰:庚午九月晦日校,改正八十六字,又補缺詩九首。

末葉錄殘詩句若干,並識曰:按,此四詩鈔本在卷三"題右丞相親寫墨竹"後,中多缺字,閣本遂悉行刪去,茲補錄於後,竢訪舊本補正之。

《扈從詩》卷末葉跋曰:頃於廠市見舊寫本一帙,半葉九行十八字,語涉元帝,提行空格,當從元刊傳錄者。余前月以《伯溫集》世無刊本,方從文津閣假寫一部,閱之陶陰烏焉,彌望皆是,苦無由是正。既得此舊鈔,重其為謙牧堂藏書,曰研朱校讀,訂訛正誤,凡得五百一字，又補卷三脫詩九首。蓋“詔行錢幣”四首，中多缺文，四庫館臣曰莫從訂正，遂逕刊削之。其“春闈紀事”詩第三首以下，則緣脫失卷末兩葉，竟付闕如矣。嗚呼！道衰文敝，古籍淪亡，昔賢遺著，其湮沒於灰燼者不知凡幾，其幸而得傳，而缺簡殘文無人為之刊訂者，又不可勝計，寧不重可喟嘆哉？庚午十月朔，藏園居士傅增湘記。（書號452）

夢觀集三卷

元釋大珪撰。藏園抄本。鈐“沅叔手校”印。戊辰年（1928）據舊寫本抄錄。

書衣題簽：夢觀集　元釋大珪　依舊鈔傳錄　藏園記。

各卷藏園先生跋識錄如下：

卷一末葉識曰：戊辰四月十八日校。

卷三末葉跋曰：文友堂見此集傳鈔本，九行十八字，分體不標卷次，標題大字占雙行，款式頗古，知從舊逐寫者。然訛誤滿唇，苦無別本可勘，姑以意改正其顯然者，他時擬登文淵閣，取著錄本重校定焉。戊辰四月十八日，藏園記。

鈐“沅叔”印。（書號453）

栲栳山人詩集三卷

元岑安卿撰。清乾隆五十四年岑振祖刊本。鈐“鏡西珍賞”印。甲子年（1924）曾據張宗樀藏舊鈔本校勘，壬申年（1932）再據金侃鈔本校。可參閱《藏園訂補邵亭知見傳本書目》。

宋濂序言之末葉，藏園識曰：甲子正月，據舊鈔本校。原本為涉園張氏竹素山房吾氏所藏。江安傅增湘記。

又跋曰：北平館中新收寫本，有“翁標林表”、“翁氏家藏”、“林

汲山房藏書"各印,亦分三卷,復勘一過,與涉園張氏本大略相同,
亦有數字出涉園本之外者。惟"三哀詩"所缺一行,竟未能補,殊
以為憾耳。壬申二月初七日,沅叔記。

各卷藏園先生跋識錄如下:

卷一末葉識語二則,一曰:甲子正月初九,據涉園張氏舊鈔本
校定。

其二曰:壬申二月初四日,林汲山房鈔本覆勘。

卷二末葉識曰:壬申二月初七日校。(書號 454)

貢尚書玩齋集十卷

元貢師泰撰。清乾隆四十年南湖書塾刊本。鈐"小桃源朱氏
家藏"印。己巳年(1929)據范氏野趣軒鈔本校勘。卷二末附紙補
錄詩十首。卷十之末附紙錄文二十一篇。《藏園羣書題記》有長
跋。

第二冊書衣藏園跋曰:海鹽范邢村鈔本,七古內有"姑蘇臺"、
"章華臺"、"朝陽臺"、"黄金臺"、"戲馬臺"、"歌風臺"、"望思
臺"、"銅雀臺"、"鳳皇臺"、"凌敲臺"各篇,此本失載,別鈔斯入。
己巳三月,藏園居士記。(書號 455)

不繫舟漁集十六卷補遺一卷

元陳高撰。1925 年黄羣刊《敬鄉樓叢書》本。乙亥至丙子年
(1935－1936)據徐時棟藏鈔本校勘,詳參《藏園羣書經眼錄》。

各卷藏園跋識錄如下:

卷一末葉識曰:乙亥五月二十四日,依徐柳泉鈔本校。沅叔。

卷二末葉識曰:五月二十四日夜午校完。

卷三末葉識曰:此卷改正四十七字。沅叔記。丙子二月,宿於

頤和園宿雲簷下。（書號456）

僑吳集十二卷附錄一卷

元鄭元祐撰。清抄本。鈐"荘谷"、"孔繼涵印"、"石瓶菴"
印。己巳年（1929）據清四庫館底本及明弘治書牘紙印本校勘。
參見《藏園訂補郘亭知見傳本書目》。

各卷藏園跋識錄如下：

卷一末葉識曰：己巳正月二十九日，以葬凌夫人入山，宿大覺
寺南堂，校得此卷。

卷二末葉識曰：己巳二月朔，宿大覺寺校完。沅未。

卷六末葉識曰：二月初二日，校於清水院。

《附錄》卷末葉識曰：己巳二月，假李佑忱藏弘治本，校於暘台
松岡。（書號457）

元鹿皮子集四卷

元陳樵撰。清康熙董肇勳寓樓書室刊本。朱霞跋。丙寅年
（1926）傅增湘據北京圖書館藏勞格舊藏寫本校勘。卷二之首附
藏園"仿書棚本行格"紙鈔錄樂府五首。參見《藏園訂補郘亭知見
傳本書目》。

卷首以藏園"仿書棚本行格"紙鈔錄周旋序言一則。

目錄末葉藏園跋曰：前日從徐森玉假得京館舊寫本，為丹鉛精
舍所藏，亦影寫正德盧聯刊本。然卷二首多樂府五首，前有正德戊
寅慈谿周旋序，各卷題目多所補正，夾注一作云云，視此刻為詳。
知董氏雖同出盧本，而適有脫葉漫字，遂致此參差也。丙寅十月二
十三日，曰旋京乘車不及，仍折回越弟宅中，校竟此帙，略志數言。
增湘津門書。（書號458）

聞過齋集八卷遺詩二卷

元吳海撰。民國劉承幹刊《嘉業堂叢書》本。辛酉年（1921）據家藏明鈔舊鈔配本校勘。詳見《藏園羣書經眼錄》。

各卷藏園跋識錄如下：

卷一末葉識曰：辛酉清明後一日校畢。時寓大覺寺四宜堂。

卷二末葉識曰：辛酉二月二十九日，校於四宜堂玉蘭花下。

卷三末葉識曰：三月初二日，偕叔魯、玉潛、栗齋游劉瑾墓[1]，看杏花。午刻回寺，炊黍未熟，曰乘暇校此。花光竹影，交暎筆硯間，亦人生之至樂也。沅叔記。

卷四末葉識曰：三月初八日，校於藏園。

卷五末葉識曰：三月初九日校。園中鶯枝怒開，海棠初綻，而竟日大風簸塵，未免光艷頓減，為之悵惜不已。

卷六末葉識曰：初九日，風甚厲，不出門，而賓客沓至，紛擾不已，客去乃校畢此卷。

卷七末葉識曰：十一日飯後校畢。

卷八末葉識曰：辛酉三月十一日校畢。

又跋曰：余舊藏鈔本此集卷一至三，為國初鈔本，宋蘭揮物也，卷四至八，為明人所寫，皆頻年所搜殘書配合而成帙者，亦既敝篋置之矣。二月南游，南潯劉翰怡兄召飲，席間以此新刻相貽。北還，遂取藏本對讀，添改殆及千言，不覺欣喜過望。劉刻以鮑、朱二氏寫本取證，亦云詳慎，而此本鈔手在前，乃竟遠勝，足知鈔本以舊為愈貴，余之無意獲之，尤足幸也。傅增湘記。（書號459）

---

① 玉潛，疑即馮祥光，字玉潛，清廣東番禺人。舉人。曾赴德國留學，回國後，歷任閩浙總督及兩江總督署文案，考察憲政大臣參贊。

玉笥集十卷

元張憲撰。清道光三十年伍崇曜粵雅堂刊本。己巳年（1929）據舊鈔本校。卷末補錄跋文四則。參見《藏園羣書經眼錄》。

序言之末葉藏園跋曰：鈔本十二行二十字，歷藏朱竹君、劉燕庭二家。卷中校籤甚多，疑是何小山筆。余自己巳歲從文友堂假來，手勘終卷，并補寫黃琜、王琮、侯日永、徐惟起各跋，而失記其原委，茲重檢一過，追憶所及，聊補志之。辛未六月十八夜，大雨傾瀉，煩暑盡滌，坐瑯嬛妙境書。藏園居士。

各卷藏園跋識錄如下：

卷二末葉識曰：己巳二月廿九日，宿清泉吟社校。

卷四末葉識曰：二月晦日，山風狂怒，不得出游，扃戶校竟二卷。（書號460）

丁孝子詩集三卷

元丁鶴年撰。清嘉慶吳省蘭聽彝堂刊《藝海珠塵》本。己巳年臘月（1930年初）據金侃手鈔本校，此書有專跋刊諸《藏園羣書題記》。卷二末葉補錄詩三首。（書號461）

鶴年集四卷附錄一卷校譌一卷續校一卷

元丁鶴年撰。清咸豐三年仁和胡氏木活字排印《琳琅秘室叢書》本。壬戌年（1922）據傳鈔明正統刊本《海巢集》校。書末別紙錄《海巢集》目錄，補錄詩多首。并有陳垣"論琳琅秘室叢書本《丁鶴年集》二則"文，抄錄在"勵耘書屋"紙上。可參閱《藏園訂補邵亭知見傳本書目》。

　　卷四末葉識曰：壬戌正月二十五日，據陳西畇鈔校本勘讀。沅叔。（書號462）

江月松風集十二卷補一卷

　　元錢惟善撰。清康熙二十五年翁杕抄本。翁杕校并跋，黃丕烈、傅增湘跋。鈐"洞庭翁杕之張"、"翁之張"、"杕"、"南陔"、"復翁"、"黃印丕烈"、"名山樓"、"金元功藏書記"、"楊廷"、"周暹"印。參《藏園羣書經眼錄》。

　　卷首即為黃丕烈跋，繼為湖山風月主人題識。全書末為翁杕跋文，敍錢惟善思復手稿流傳始末，其後為藏園長跋，曰：此冊為翁又張所寫，即從思復手藁傳錄者，據又張跋，原本遞藏錢罄室、曹秋岳家，後歸其兄駕澂，曰就寫成副本。攷《石渠寶笈》，曾著錄思復手書原藁，是翁氏得之未幾，即上歸天府矣。余前歲領秘閣事，檢庫簿所載，並無此物，意歸入法書類歟。此帙流傳敞肆，昔時曾得寓目，後為翼庵所獲①。頃以清秋過訪，於案頭復見之，曰乞假讀，取光緒壬午錢氏清風室刊本細校一過，通計訂正得一百九十四字，其次第及首數一一皆同，惟"江樓觀潮"一首，原藁在卷十之末，刊本則入之《補遺》內，又《補遺》各詩與此本合者祇四首，此本有而錢本失載者九首，是錢氏刊書時未曾見此本也。丁氏《武林遺書》亦刊茲集，翁氏《補遺》各詩咸在焉，更增輯至四十八首，甄采可云閎富矣。第檢卷十末"雨後登吳山"以下四首，卷十一末"得月樓"一詩，卷十二末"題碧梧翠竹堂"以下十詩，皆非思復原藁所有，不知何所據依而漫然闌入各卷耶？又"題錢舜舉弁山雪望圖"詩題下有"時丙戌十月九日"七字，武林本乃取"丙戌十月"四字加之下

---

　　①　1936年，此本以四百元從朱文鈞處轉為周叔弢藏。

篇“題宋徽宗畫”題之首，不知所記歲月，緣與畫意詩情相應也。
錢氏刊此集，一循原本，故尚無大失，至丁氏則增益龎亂，頗出私
意，遂頓失舊觀。大抵校讀故書，必循流泝源，上求祖本，方足取
信，若展轉沿訛，輕改舊式，未有不疵額百出，遺譏方雅者。嗚呼，
天祿石渠之秘，世人無由得觀，幸留此副錄，使余得藉此以正俗本
之疏失，寧非至可珍耶？又張所謂古人手筆，當仍其舊，不可妄以
己意增損，良有以也。翼庵嗜書成癖，名鈔妙跡，尤具真賞，還瓶之
日，聊述梗概。翼庵觀之，得毋莫逆於心，相視而笑乎？歲在庚午
八月既望，藏園居士傅增湘識。

　　鈐“傅”、“沅叔”印。（書號8541）

江月松風集十二卷續集一卷
補遺一卷附文一卷附錄一卷

　　元錢惟善撰。清光緒八年錢保塘刊《清風室叢書》本。鈐“沅
叔手校”、“萊娛室”印。庚午年（1930）據朱文鈞藏翁栻手寫本校
勘，丁丑年（1937）又據故宮藏元鈔本校勘。

　　卷首過錄翁栻跋文。藏園并有長跋錄於“津寄廬鈔書”紙。
此跋與前跋內容相同，文字稍異，共錄於此，請讀者比較。文曰：
《江月松風集》十二卷，為翁又張手寫本，今為蕭山朱幼平所藏。
據又張跋，思復手書原藥遞藏錢罄室、曹秋岳家，後為其兄駕澂所
得，曰就之錄副。然考《石渠寶笈》，曾著錄思復原藥，是歸翁氏未
久即上歸天府矣。余前年領秘閣事，庫籍中未見此物，意歸入法書
類歟。此帙流入敵肆，曩時曾一寓目，後知為翼盦所收。頃以清秋
過訪，於案頭復見之，曰乞假讀。取光緒壬午錢保塘清風校刊本，
細校一過，通計十二卷，訂正凡一百九十四字，其次第及首數一一
皆合，惟“江樓觀潮”一首，原稿在卷十之末，刊本則入之《補遺》，

又《補遺》各詩與翁鈔合者只四首，翁本有而錢本失載九首，是錢氏刊書時未曾見此翁本也。丁氏《武林遺書》亦刊玆集，翁氏《補遺》各詩咸在焉，更增輯至四十八首，甄采可謂閎富矣。第檢卷十末“雨後登吳山”以下四詩，卷十一“得月樓”錢本作失題，卷十二末“碧梧翠竹堂”以下十詩，皆非思復原稿所有，不知何所據依而漫然闌入各卷耶？又“題錢舜舉弁山雪望圖詩”題下有“時丙戌十月九日”七字，武林本乃取“丙戌十月”四字，加之下篇宋徽宗畫題之首，不知所記歲月，緣與畫意詩情相應也。錢氏刊此集，一循原本，故尚無大失，至丁氏則增增屢亂，頗出私意，遂頓失舊觀。大抵校讀故書，必循流泝源，上求祖本，方足取信，若展轉傳鈔，輕改舊式，未有不疵纇百出，貽譏方雅者。嗚呼！天祿石渠之秘，既非世人所能窺，留此副錄，使余得以正俗本之疏失，寧非幸耶？又張所謂古人手筆，當仍其舊，不可妄以己意增損，良有以也。翼庵嗜書成病，名鈔妙蹟，尤具真賞，還瓻之日，聊述梗概，翼庵得毋莫逆於心，相視而笑乎？庚午八月二十一日，藏園傅增湘記。

鈐“沅叔”印。

《附錄》之末葉藏園過錄黃丕烈、翁杙題跋各一則，其後又跋曰：庚午八月，假朱幼平藏翁又張手寫本校勘，原本十行二十字，前有黃蕘夫跋、湖山風月主人跋，錄之左方，又張跋錄於卷尾。余別撰題記，以另紙寫之，亦就題翁本後。收藏有“金元功藏書記”、“楊庭”、“名山樓”、“韓履卿藏”各印，又，翁又張印四方，黃蕘圃印四方，不具錄。藏園居士記。

鈐“傅”“沅叔”印。

各卷藏園先生跋識錄如下：

卷一末葉識語二則，一曰：庚午七月二十八日，據翁又張手鈔本校，改正二十四字。

　　二曰：丁丑秋，據故宮藏元鈔本校訂，與翁本同者即加標誌於旁，與《四庫》異者亦坿誌焉。藏園手記。

　　卷二末葉識曰：八月初三日校，改定四字。

　　卷三末葉識曰：庚午八月十一日，宿香山周氏松雲別墅，校此卷畢，訂正十六字。

　　卷四末葉識曰：八月十四日校，訂正十七字，錄又張跋五行。

　　卷五末葉識曰：庚午中秋節校，訂正十九字。

　　卷六末葉識曰：中秋夕再盡此卷，改訂十字。

　　卷七末葉識曰：庚午中秋校，訂正七字。

　　卷八末葉識曰：八月十六日校，改定五字。

　　卷九末葉識曰：八月十六夕校，改訂九字。

　　卷十末葉識曰：此卷改訂六十五字。十六夜，月光清皎，瀉地如銀。

　　卷十一末葉識曰：此卷訂正十一字。十六夜午。

　　卷十二末葉補錄詩二首，并識曰：庚午八月十六夜校畢。此卷改訂七字。

　　鈐“沅叔”印。

　　元鈔本《補遺》內有五首詩為錢刻本所無，藏園於《補遺》卷末錄其目。（書號463）

江月松風集十二卷補遺一卷文錄一卷附錄一卷

　　元錢惟善撰。清光緒二十二年丁丙刊《武林往哲遺書》本。據舊鈔本校卷一至五。參見《藏園訂補郘亭知見傳本書目》。校而無跋。（書號464）

龜巢藁十卷補遺一卷

元謝應芳撰。清道光二十一年謝蘭生刊本。丁卯至戊辰年間（1927－1928）據舊鈔本校一至六卷，前五卷校改甚多。參見《藏園訂補郘亭知見傳本書目》。

各卷藏園先生跋識錄如下：

卷一末葉識曰：依四明抱經樓盧氏藏本校勘。戊辰七月廿五日。

卷五第二十八葉書眉識曰：卷十五終，丁卯八月十二日校完。鈐“沅叔”印。（書號465）

石初集十卷附錄一卷

元周霆震撰。民國南昌《豫章叢書》編刻集刊《豫章叢書》本。丙寅年（1926）據傳鈔明成化刊本校勘，該鈔本曾為徐坊藏書，參見《藏園羣書經眼錄》。

各卷藏園先生跋識錄如下：

目錄末葉補錄王士禛、彭芸楣跋文各一則，並識曰：丙寅三月廿三日，校十卷完，并錄彭王二跋。

卷一末葉識曰：丙寅三月二十二日校。訂廿一字。

卷二末葉識曰：三月廿二日，早游南城崇效、長椿二寺，午游中央公園，薄暮游三貝子園，可謂一日看遍長安花矣。訂正二十九字。

卷三末葉識曰：二十二夜校，訂十七字。

卷四末葉識曰：三月二十三日，訂正九字。

卷五末葉識曰：三月二十三日午刻，訂正十字。

卷六末葉識曰：三月二十三日，訂正八字。

卷七末葉識曰：三月二十三日校，訂正十五字。

卷八末葉識曰：三月二十三日校，訂正十四字。

卷九末葉識曰：三月廿三夜，訂正十字。

卷十末葉識曰：丙寅三月二十三日二鼓校畢，訂正二字。

《附錄》部分補錄銘文八十餘字。（書號466）

山窗餘稿一卷

元甘復撰。民國南昌《豫章叢書》編刻集刊《豫章叢書》本。鈐"沅叔手校"印。庚午年（1930）據繆荃孫曾藏影寫明成化刊本校勘。參見《藏園羣書經眼錄》。

卷末葉識曰：全書訂正凡八十有六字。

跋文末葉識曰：庚午八月二十五日，訪周息庵於松雲別墅，雨夜清談，剪燭校畢。沅叔記。

鈐"沅叔"印。（書號467）

梧溪集七卷補遺一卷

元王逢撰。清同治十三年思補樓刊本。鈐"藏園校定羣書"印。庚午年（1930）據傳鈔明刊本校勘。

元至正周伯琦序言末葉藏園跋曰：頃於廠市見舊鈔本，半葉九行二十字，後有景泰七年丙子南康知府錢唐陳敏政跋，是仍從明刊本出也。卷中偶有脫葉闕字，取校此本，小有異同，均改訂於行間。各卷有"寒香閣"、"午厓書屋"、"鄧汝謙持"各印，審其筆跡，當為乾隆以前寫本，必在知不足齋刻本以前，可斷言也。余昨歲在靜嘉堂文庫見元刊本，十三行二十二字，為汲古閣舊藏，後有景泰補版跋①。是此本雖出於景泰,而原板仍屬元刊,寔同為一源,第鈔時行款業經改易矣,惜遠在海外,不得攜帙就校其異同耳。庚午十月二十八日,藏園傅增湘記。

鈐"增""湘"印。

各卷藏園先生跋識錄如下:

卷一末葉識曰:庚午十月十三日校。

卷二末葉識曰:庚午十月十五日校。

卷三末葉識曰:庚午十月十六日校。

卷四上末葉識曰:庚午十月十七日校。

卷四下末葉識曰:庚午十月十七日校。

卷五末葉識曰:庚午十月十九日校。(書號468)

吾吾類稿三卷

元吳皋撰。民國南昌《豫章叢書》編刻集刊《豫章叢書》本。鈐"沅叔手校"印。甲子年(1924)據愛日精廬殘鈔本校勘,丁卯年(1927)又據法式善藏《四庫》鈔本校勘。參見《藏園訂補郘亭知見傳本書目》著錄。

卷首《四庫提要》末葉識曰:此篇據《四庫》原本改訂。沅叔注。

鈐"沅叔"印。

目錄之前以藏園"仿書棚本行格"紙補錄序言二則。

各卷藏園跋識錄如下:

卷一末葉識曰:丁卯五月初六日校。

卷二末葉識曰:丁卯五月初七日校。

卷三首葉書眉補錄詩一首,并識曰:詩龕藏本不載此詩。

---

① 係1929年在日本靜嘉堂所見,《藏園羣書經眼錄》著錄為明刊本。

卷三末葉識語二則,一曰:頃在廠市見舊鈔本,為愛日精廬所藏,惜只存第三卷,持歸,校此新刻,補詩九首,增訂又五十餘字。此集從《大典》輯出,輾轉傳鈔,遂爾舛誤百出,可慨也。甲子六月二十一日,藏園居士記。

鈐"沅叔手校"印。

二曰:丁卯五月初七日,假得法梧門藏舊鈔本,補校前兩卷,增改一百二十五字。沅未記。

鈐"沅叔"印。書末附藏園"仿書棚本行格"紙補錄詩八首。(書號469)

瀼京雜詠二卷

元楊允孚撰。清嘉慶鮑廷博刊《知不足齋叢書》本。甲子年(1924)據曹寅藏舊鈔本校勘。參見《藏園羣書經眼錄》。

卷末葉藏園識曰:廠市見曹楝亭藏鈔本,通為一卷,回檢此刻校讀,略改數字,亦無關閎旨也。甲子正月初四日夜三鼓記,藏園主人。(書號470)

李雲陽集四卷

元李祁撰。清康熙三十八年釋大汕懷古樓刊本。鈐"蕭山汪氏環碧山房珍藏"印。丁卯年(1927)據明弘治刊本校勘。詳參《藏園訂補邵亭知見傳本書目》著錄。

卷二末葉藏園識曰:丁卯八月十二日校。(書號471)

栖碧先生黃楊集三卷補遺一卷附錄一卷

元華幼武撰。清嘉慶元年華宏源刊同治十三年重修本。鈐"傅印增湘"、"藏園"、"沅叔手校"印。據北平圖書館藏明祁氏澹生堂鈔本校勘。

　　卷首有丙寅年藏園先生以其“仿紹興本通鑑行格”紙書長跋一則,可見諸《藏園羣書題記》,雖文字頗有異,然意同,不贅錄。

　　卷下補錄詩三首。書末附紙錄序言一則,補鈔詩多首,鈐“江安傅沅叔藏書記”、“傅印增湘”、“沅叔”印。(書號478)

吳興沈夢麟先生花谿集三卷

　　元沈夢麟撰。清乾隆間鈔本。傅增湘題跋。參見《藏園訂補邵亭知見傳本書目》著錄。

　　藏園跋曰:此集沈子敦司寇刻入《枕碧樓叢書》中,取此本勘之,卷一“西湖房中”詩尾補詩一聯,卷二“李判簿璉寺相見”詩“如聆鸞鳳音”下補詩二聯,卷三“和邵山人”詩“中年鄉國”下補詩二句又三字,此外改訂凡二百二十一字,視沈氏所據日本傳鈔高出萬萬,至可珍也,得者慎勿以無諸家藏印等閑視之。審其字跡,要是乾隆時人所錄也。戊辰九月,傅增湘藏園校畢記。(臺灣中央圖書館11071)

趙徵君東山先生存稿七卷附錄一卷

　　元趙汸撰。清康熙二十年趙吉士刊本。丁卯年(1924)據自藏明寫本校勘。參見《藏園訂補邵亭知見傳本書目》著錄。

　　卷六首葉藏園識曰:丁卯中秋夕校。

　　卷六末葉補錄“行狀”,並識曰:十三行。(書號472)

鐵崖先生古樂府十卷補六卷
復古詩集六卷麗則遺音四卷附錄一卷

　　元楊維禎撰。明末毛氏汲古閣刊本,半葉八行行十九字,小字雙行同,白口,左右雙邊。乙丑年(1925)據金俊明校本校,參見《藏園訂補郘亭知見傳本書目》著錄。

《麗則遺音》卷四末葉識曰:依明印溪草堂寫本校,原本金孝章所手勘也。乙丑十二月初八日,沉叔志。(書號473)

鐵崖先生詩集十卷

元楊維禎撰。民國十一年董康誦芬室刊本。乙丑年(1925)據徐坊舊藏鈔本校勘。跋文中所云董康藏書和徐坊藏書均見諸《藏園羣書經眼錄》。

目錄末葉跋曰:同年董綬金大理得《鐵崖先生十干集》,舊寫本,為劉喜海方伯藏書,屬吳伯宛、沈無夢粗校一過,舉以付刊,實無別本可以參証也。頃徐梧生司業家書散出,廠賈持來鈔本十六卷,為金俊明所手校。取此本勘讀,乃知訛誤百出,遂為逐卷點定,增改殆數百字,溢出詩四十九首。鐵崖詩流傳本最多,授金同時亦得一本題"東維子詩集",尚未付梓,疑溢出之詩多在其中,遂不更錄,留此校本,異時為改正之資可也。乙丑臘八日,沉叔手記。

甲集末葉識曰:乙丑十一月廿八日,據金俊明校明寫本勘誦一過。沉叔。(書號474)

東維子文集三十卷附錄一卷

元楊維禎撰。涵芬樓借江南圖書館藏鳴野山房舊鈔本影印本。鈐"沉叔"、"傅印增湘"、"藏園"、"企驥軒"、"二十年中萬卷書"、"雙鑑樓"、"沉叔手校"印。甲子年(1924)據明初刊本校勘,翌年又據明抄本補校,此明刊本及明鈔本俱見諸《藏園訂補郘亭知見傳本書目》。1929年商務印書館曾影印此校勘本,收入重印《四部叢刊初編》。

各卷藏園先生跋識錄如下：

卷一末葉識曰：甲子六月晦，游秘魔崖歸，假朱翼庵明刻本校讀。

鈐“傅”“沅叔”印。

卷二末葉識曰：七月初一夜雨，熱甚，校此以遣煩。

鈐“藏園”印。

卷三末葉識曰：七月初四日校。

鈐“沅叔”印。

卷四末葉識曰：七月初六日，晴熱不能寐。

鈐“傅”印。

卷五末葉識曰：久雨初晴，欝蒸特甚，夜已半，猶揮汗如雨，曰讀此卷以自遣。沅叔，初六日記。

鈐“沅叔”印。

卷六末葉識曰：七月二十日，病小愈，強自支屬以畢此卷。

鈐“書潛”印。

卷七末葉識曰：甲子七月廿二日校。

鈐“沅叔”印。

卷八末葉識曰：七月廿四日校。

鈐“藏園”印。

卷九末葉識曰：八月十六日校。

鈐“書潛”印。

卷十末葉識曰：八月十七日校。

鈐“沅叔”印。

卷十一末葉識曰：八月十七日夜三鼓。

鈐“沅叔”、“沅叔手蹟”印。

卷十二補錄甚多，末葉識曰：甲子十月初六日校。

鈐“書潛”印。

卷十三末葉識曰：十月初七日校。

鈐“沅叔手踐”印。

卷十四末葉識曰：十月初八日校。

鈐“沅叔”印。

卷十五末葉識曰：甲子十月初十日校。

鈐“傅”印。

卷十六末葉識曰：十月初十日校。

鈐“沅叔手校”、“沅叔”、“傅印增湘”印。

卷十七末葉識曰：十月十一日校。

鈐“書潛”印。

卷十八末葉識曰：十月十一日校。

鈐“藏園”印。

卷十九末葉識曰：十月十二日三鼓校畢。

鈐“沅叔”印。

卷二十末葉識曰：十月十四日校。

鈐“傅”印。

卷二十一末葉識曰：十月十五日校。

鈐“沅叔校勘”、“藏園”印。

卷二十二末葉識曰：十月十六日校。

鈐“傅”印。

卷二十三末葉據明鈔本補錄一則，其後識曰：十月十七日，校於龍龕精舍。

鈐“沅叔”、“藏園”、“傅印增湘”印。

卷二十四末葉識曰：十月十七日。故人田奐庭死，今日接三，往哭之，舊交零落殆盡矣。

鈐"傅""沅叔"印。

卷二十五末葉識曰：十月十七日校。

鈐"沅叔校勘"、"藏園"印。

卷二十六末葉識曰：十月十九日校。

鈐"書潛"印。

卷二十七末葉識曰：十月十九日校。

鈐"傅"印。

卷二十八末葉識曰：十月二十日，六弟自津來省老人。

補錄文一則，再識曰：乙丑十月初二日，依明鈔本補錄。距伯兄之逝，已越旬矣，傷哉。增湘記。

卷二十九末葉識曰：十月二十一日校。

乙丑十月朔，依明鈔本校。

鈐"傅印增湘"、"沅叔"印。

卷三十末葉識曰：十月二十一日下午六鐘。

鈐"書潛"印。

并跋曰：《東維子詩集》，明初刊本，半葉十二行，每行二十四字，大黑口，四周雙闌。舊為董綬金同年藏書，今歸蕭山朱幼平。春間假來，偶以此本對勘，中間人事紛迮，又從事他書，因循入冬，迺得藏事。此本傳鈔似亦出於明刊，而脫略訛舛，至不可以數計。書經三寫，便有掃葉之歎，若非得此是正，不幾於謬種流傳乎！鐵崖文字好為奇詭，又徇俗之作太多，殊有盛名難副之誚。然力矯纖靡之習，氣息差近古人，覽此亦足覘一時之風會也。甲子十月二十日，藏園主人記。

時馮軍返戈已越兼旬，國是紛然，尚無定論，視鎮史倘佯五峰三泖間，殆如天上。書此為之憮然。

鈐"傅"、"沅叔"、"藏園"印。（書號1996）

庸菴集十四卷

元宋禧撰。清嘉慶十三年餘姚宋氏刊本。鈐"沅叔校勘"印。丁卯年末（1928年初）據《四庫》寫本校勘。參閱《藏園訂補邵亭知見傳本書目》。

目錄末葉藏園識曰:詩盦舊藏四庫館寫本,茲集秖存十一卷,竭半日之力勘畢。凡訂正一百二十五字。丁卯十二月初十日,藏園主人沅叔記。

鈐"傅增湘"印。

各卷藏園跋識錄如下:

卷一末葉識曰:十二月初十日校。

卷二末葉識曰:十二月初十日晨起校。

卷三末葉識曰:初十日校。

卷四末葉識曰:初十日校。

卷五末葉識曰:初十午刻。

卷六末葉識曰:十二月初十日校。

卷七末葉識曰:十二月初十日校。

卷八末葉識曰:初十夜三更。

卷九末葉識曰:初十夜三鼓。

卷十三末葉識曰:丁卯十二月初九日校。

卷十四末葉識曰:丁卯十二月初十日校。（書號475）

新喻梁石門先生集十卷

元梁寅撰。清乾隆十五年暨其用刊本。癸亥年（1923）據吳重憙家藏舊鈔本校勘。書末以"藏園鈔書"稿紙補錄傅鷃跋文。

卷首藏園跋曰:鈔本《石門集》十五卷,出吳仲懌侍郎家。前有嘉靖壬子新喻知縣李先芳序，後有石山傅鶚跋，蓋從嘉靖本出也。而經說史論及策略闕焉，即晏序所稱裒集散佚，所增入非明刻之舊矣。今取此刻本對勘，改定如干字，增五言絕句一首，其詩文刻本有而鈔本無者，亦乾隆刻時所增。孟敬文字平易，詩詞較為矜鍊，以元人集傳世不多，故竭三日之力，粗為點勘，所謂披沙揀金，往往得寶也。歲在癸亥十一月初七日，藏園居士傅增湘記。傅鶚跋此本失載，錄附卷末。

卷五末葉識曰：癸亥十一月初二日校定。藏園。（書號 476）

新喻梁石門先生集十卷

元梁寅撰。清光緒十五年鍾體志刊本。戊辰年（1928）據周永年曾藏舊鈔本校勘，參見《藏園羣書經眼錄》。

目錄末葉識曰：假周叔弢所藏藉書園周氏舊鈔本《石門先生集》十五卷，每卷所錄視今本不及半，疑當時別錄簡本，非全帙也。竭二日之力校畢，字句小有不同，回略志於此。戊辰二月二十八日，書潛記。（書號 477）

（八）明別集類

覆瓿集二十四卷（存十卷：卷一至十）

明劉基撰。明宣德五年劉貊刊本，半葉十二行行二十四字，黑口，左右雙邊。鈐“雙鑑樓”、“江安傅沅叔攷藏善本”、“雙鑑樓藏書印”、“佩德齋珍藏印”、“忠謨繼鑑”、“書潛”印。傅增湘跋。《藏園訂補邵亭知見傳本書目》著錄。

卷首為藏園長跋“題《覆瓿集》殘本”，曰：此劉文成詩集，皆元季所作也。余先得殘本六卷，昨歲門下士劉文興以家藏一帙見貽①，適彌所缺，先後合訂爲十卷，然其下所佚尚多也。此本半葉十二行，每行二十有四字，黑口，左右雙闌，中板心密行細字，筆致婉秀，雕工精雅，猶具元代風範，當爲洪武刊本。卷一賦騷，卷二至五古樂府卷五末坿五古十一首，卷六至九五言古詩，卷十七言古詩，計所缺者五七言近體詩，而七古亦似未完。玟公行狀及碑誌，皆載《覆瓿集》二十四卷，《四庫提要》謂爲十卷，而丁氏《善本書志》引永樂刻本，謂爲十四卷，且文成集自隆慶壬申陳烈重編刊行後，其各集單行之本，世不經見，於是卷數歧出，莫可考尋。以余觀之，誌狀所記，必不致誤，近見李椒微師藏書有《覆瓿集》殘本，至卷十九爲止，則初刻之本爲二十四卷，固信而有徵矣，至十卷十四卷之本，當由後來重刻併省卷第所致也。嘗取茲本與隆慶本參校，如卷十七言古詩中"題鍾馗役鬼移家圖"一首，隆慶本乃失載。知彙編各集時不免有所遺佚矣。丁志謂文成遺著永樂分編本，今不可見，然則茲帙雖殘失不完，寧不足貴耶？文成詩筆健才雄，尤工於樂府歌行，聲實並茂，足與季迪齊驅並駕。徐子元言青田鈞天廣樂，聲容不凡，可謂開國宗工，良非溢美。而劉定之序王麟原集，乃深致譏彈，謂其佐石抹幕府唱和時，其氣將製碧海弋蒼旻，後攀龍附鳳，捫舌騂顔，曩昔之氣漸滅無餘矣。余平心論之，文成之詩，其《梨眉集》視《覆瓿集》稍遜，前人早有定評，至以出處之事責之，則持論已苛。文成雖生於元季，曾參戎幕，然觀其憫亂諸作，憂時傷民，情見乎辭，至弔諸葛公祖、豫州岳武穆諸賦，悲憤激越，誦之使人興起，其志氣奮發，固已可見，昔游潛《夢蕉詩話》嘗辯論之，呆齋之

---

① 劉文興，字詩孫，係江蘇寶應人。其高祖爲劉臺拱，曾祖爲劉寶楠，俱爲清代著名經學家。

言未為篤論也。歲在庚辰十月下澣，藏園老人識於長春室。

跋文鈐"雙鑑樓藏書印"、"傅增湘"、"藏園"印。（書號2183）

危太樸雲林集二卷補遺一卷續補一卷
文集十卷續集十卷附錄二卷

明危素撰。民國劉承幹刊《嘉業堂叢書》本。壬戌年（1922）依文瑞樓鈔本和朱文鈞舊藏校勘，戊辰年（1928）據清初寫本校勘，庚午年（1930）又據精鈔本校勘。鈐"沅叔手校"、"萊娛室"印。後二寫本參見《藏園羣書經眼錄》。

書衣題識曰：此集據李鹿山舊藏精鈔本校定，原本楷法古秀，當為名筆，其根源似較長塘鮑氏本所出為舊，故訂正至多也。庚午三月二十二日，宴集恭王故園歸記之，藏園居士。

《雲林集》卷一末葉識曰：庚午三月二十日，依李鹿山藏鈔本校。

卷二末葉識曰：庚午三月二十日，游公園，翫丁香鸎枝。曰覓靜室校此二卷，凡改訂三十四字。沅叔記。

《文集》目錄末葉識曰：頃於文友堂覯舊寫本，板心有"檇李曹氏倦圃藏書"等字，經馬衎齋秦敦夫收藏，惜只存三冊，至"世學樓記"為止。就此刻校勘，又改正數十字，為之一快。戊辰五月初八日，沅叔手志。

卷一末葉識曰：壬戌七月十一日校。

卷二末葉識曰：七月二十一日校。時在天津大來客邸。

戊辰五月初七日，依曹倦圃鈔本再校。

卷三末葉識曰：七月二十二日晨起校。

戊辰五月初七夜校。

卷四末葉識曰：壬戌七月二十六日校。

卷五末葉識曰：七月二十八日亥刻校。

卷六末葉識曰：壬戌七月二十九日校。

鈐“沅叔手校”印。

卷七末葉識曰：七月二十九日晨起，頭目稍清，振筆讀竟。

卷八末葉識曰：八月初二日校。

卷九末葉識曰：八月初二日鐙下校畢。

鈐“沅叔手校”印。

卷十末葉跋曰：舊寫本《危太樸文集》不分卷，遞藏林氏鹿原、鄭氏注韓居，今歸朱君翼庵許。前月既得舊寫本《續集》校畢，今翼庵此本正為《說學齋集》，曰竭半月之力，勘讀一周，糾正如干字。太樸高年博學，曾預脩史之役，其文敍述詳贍，聞見賅洽，於元代文獻固多所裨益也。壬戌秋分前夕，記於藏園之萊娛室，增湘。

鈐“沅叔手校”印。

《續集》目錄末葉跋曰：舊寫本《說學齋集》，半葉十四行行二十六字，文瑞樓所藏，語涉元帝，均空一格，是從元本影鈔無疑。惟首葉自“麗陽神廟碑”起，無序記各篇，亦非完本也。曰書友索值奇昂，乃就此勘誦一通。“司天王公壽藏碑”慎起居以下乃奪至一行，其餘補正之字亦不尠。此刻前集只有賦頌記序各篇，似應合之《續集》為一集。幸朱翼庵別有林鹿原藏鈔本，它日更合校之，此集庶可稱完善矣。壬戌七夕，傅沅叔記。

鈐“沅叔手校”印。（書號479）

密庵藁五卷文藁五卷

明謝肅撰。明洪武三十一年劉翼南刊本，半葉十二行行二十二字，黑口，四周雙邊。鈐“雙鑑樓藏書印”、“傅增湘讀書”、“雙鑑樓”、“傅”、“沅叔”、“龍龕精舍”、“傅沅叔藏書記”、“雙鑑樓藏書

記"、"書潛"、"傅增湘"、"藏園"、"江安傅沅叔攷藏善本"印。汪
鏞跋,傅增湘校并跋,且別有長跋見諸《藏園羣書題記》。

正文殘缺處多有藏園手書補填缺字。甲卷末葉識曰:己巳七
月二十四日,宿暘台山麓古清水院,用天啓重刊本對勘。書潛記。

戊卷末葉識曰:假夏閏枝前輩天啓刻本,補填闕字。己巳八月
二十一日,書潛記。時入祕魔崖已五日矣。

庚卷末葉識曰:己巳九月初五校。(書號 11428)

青丘高季迪先生詩集十八卷卷首一卷
遺詩一卷扣舷集一卷附錄一卷鳧藻集五卷

明高啟撰。清乾隆刻本。丁丑年(1937)傅增湘題跋。鈐"嘉
興忻寶華字虞卿號澹盦所得金石文字印"、"增湘"等印。

詩集序之前藏園題跋曰:此書三十年前李寶泉為購於嘉興忻
虞卿家①,卷中朱墨筆評點,極為精審。惟前後咸無題識,不審何
人之筆。以余觀之,殆張叔未也②。叔未評此集葉奐彬家有臨本。
忻氏藏書累世,與叔未為同里,或從之移錄耳。丁丑冬仲藏園老人
識。(文津街分館普通古籍 22910)

姑蘇雜詠一卷

明高啟撰,殷鎧補輯。明成化殷氏刊本,半葉十行行二十字,
黑口,四周雙邊。袁克文跋,傅增湘題詩。

卷首先是袁克文跋曰:此弓青丘自刊,與《大全集》頗有異同,

---

① 忻寶華,字虞卿,以字行。嘉興近代學者、藏書家。曾編有《檇李文系》。
② 張廷濟(1768–1835),字叔未,嘉興人。金石學家,收藏甚富。

流傳絕罕。沅叔肅政得延令藏本①，視此楮墨稍遜，惟多前序及三十五、四十一兩葉。因假歸，屬梅真影寫補完，庶無憾焉。乙卯初秋，寒雲。

鈐"袁克文"印。

其後為藏園題詩，曰：洪武初雕墨瀋香，正嘉校補出殷輊。樵風詞客勤搜討，不識寒村是鄭梁小山前輩考《大石志》，為正嘉時人所作。鳳臺江館久飄零，百首新詩託汗青。賴有王希重入木，尚留自注發幽馨季迪詩單行者有《吹臺》、《江館》、《婁江》、《鳳臺》等集，今皆不存。《姑蘇雜詠》有國初王希刊本，然亦不多見。寫韻風流羨采鸞，閒揮墨鈔補叢殘。玉臺逸事差堪比，紙尾親題席佩蘭余藏此本，鈐印極多，有姚芙初、方若蘅、姚晼真女士諸印，末有道華席佩蘭跋語。寒雲得此本，屬梅真夫人手鈔四葉補之，景樸之精，汲古不逮，閨中清韻，先後輝映。拜經遺籍化雲烟，海內何人覿此篇。我與君家剖雙璧，今情古艷鬥嬋娟此書自拜經題跋外，各家皆不著錄，今忽得飛本，與寒雲所寶其一，亦今書林佳話也。

寒雲主人屬題此集，為賦四章，即希粲正。乙卯十月，傅增湘識。（陳氏郋齋舊藏）

高季迪姑蘇雜詠二卷

明高啓撰。明刊本，半葉九行行十八字，白口，左右雙邊。鈐"誦德里人家"、"禮南"、"多戇名在魯諸生"、"傅印炳璋"、"藏園校定羣書"印。乙丑年（1925）據明洪武刊本校勘。參閱《藏園訂補郘亭知見傳本書目》。

---

① 傅藏有季振宜題款此書，今藏國家圖書館（書號11424），即下文題詩中云"鈐印極多"之本。

各卷藏園跋識錄如下：

上卷末葉識曰：乙丑三月清明後三日，用洪武本覆勘於清泉吟社。

下卷末葉識曰：乙丑三月十七日校完，沅叔氏。

鈐"增""湘"印。并錄洪武本有而此本失載者，凡五題。（書號480）

重刻張來儀靜居集四卷補遺一卷
附錄一卷校勘記一卷續記一卷

明張羽撰。民國南昌《豫章叢書》編刻局刊《豫章叢書》本。丁卯年（1927）據家藏明弘治四年張習刊本校勘。此次校勘別有跋文見諸《藏園羣書題記》。

各卷藏園跋識錄如下：

卷一末葉識曰：丁卯十月廿八日，依弘治本校。訂補五十七字。

卷二末葉識曰：初八日校。

卷三末葉識曰：丁卯冬至長前□校。

卷四末葉識曰：改正三十二字。（書號481）

西菴集十卷

明孫蕡撰。明弘治十六年金蘭館銅活字印本，半葉十行行二十一字，白口，左右雙邊。鈐"古司馬氏"、"天一閣"、"董康暨侍姬玉奴珍藏書籍記"、"毗陵董康審定"、"毗陵董康鑑定金石書籍之印"、"小名弄玉小字瓊奴"、"瑩如"、"姜沁玉"、"一廛十駕"、"藏園藉觀"、"沅叔審定"、"趙鈁珍藏"、"華好月圓人壽"、"枝書沁玉之章"、"趙氏元方"、"無悔藏書"諸印。書末有藏園先生庚辰年(1940)所撰長跋,跋文尚稱書在董康家,可見諸《藏園羣書題記》,文字微有異同,不贅錄。

卷六末葉有藏園致趙鈁手札一通,曰:示來三書均檢奉,但未及題識耳。聞 兄校《曹子建集》①,可否見假? 近校活字本須作小跋,以攷其異同。手此奉復,即候元方仁世兄文安。弟增湘拜啓。(書號5862)

蚓竅集十卷

明管時敏撰。藏園抄本。壬申年(1932)據北平圖書館藏明永樂元年刊本校勘。

卷首有跋文,見諸《藏園羣書題記》,文字雖有異,而意同,不贅錄,此本文末落款為"壬申正月二十日,江安傅增湘識於藏園之長春室",《題記》無。

各卷藏園跋識錄如下:

卷一末葉識曰:改定一字。

卷二末葉識曰:據永樂本改訂十四字。

卷三末葉識曰:此卷改定十五字。

卷四末葉識曰:壬申正月十八日校,改定十八字。

卷五末葉識曰:壬申燕九節,偕小葛、仲舉游白雲觀,順道入天寧寺,觀隋塔而歸。書潛記。改定五十字。

卷六末葉識曰:正月十九日校,改定六十五字。

卷七末葉識曰:壬申正月二十日校,改定四字。

卷八末葉識曰:此卷改定三十七字。

卷九末葉識曰:改定二字。

---

① 癸未年(1943)藏園先生曾依明活字本校勘《曹子建集》,此札或當彼時。

卷十末葉識曰：壬申正月二十日校畢。（書號482）

翰林學士耐軒王先生天游雜藁十卷

明王達撰。明正統六年胡濱刻本，半葉十三行行二十字，四周雙邊。鈐“蕭山朱氏所藏善本”、“翼盦鑑藏”、“暉民藏書”印。傅增湘跋。

卷二末葉藏園跋曰：此集有道光辛丑其十五世孫芝林刻本，傳世甚稀，余偶得之於廠市，遂從翼庵兄假此正統本對勘。各卷編次既各不同，一卷之中先後亦或互易，凡卷中墨釘皆添補完善，通計改訂六百餘字，補錄記跋文八首，釋忌禁篇後脫葉約四百字①。使數百年來遺帙頓還舊觀，為之愉快無已。還書之日，用志始末，以拜翼庵通假之誼。乙丑天中節，傅增湘謹記。（書號0687）

重刻天游集十卷碎金一卷

明王達撰。清道光二十一年王芝林養和堂刊本。鈐“二十年中萬卷書”、“雙鑑樓”、“沅叔手校”、“校書亦已勤”、“書潛”印。乙丑年（1925）據朱文鈞藏明正統刊本校勘。參閱《藏園訂補邵亭知見傳本書目》。

書衣題簽：假蕭山朱氏正統刊本校定。乙丑端四日 藏園主人記。

鈐“乙丑”印。

卷首藏園跋曰：蕭山朱翼庵藏正統刊本，十三行二十字，墨口，四周雙闌，有“曾在李鹿山處”朱文方印。余久欲傳校而刊本難得，甲子歲在文英閣書坊收得之，囙假來勘讀一過。凡正統本所有

---

① 正文中篇名作“禁忌釋”。

而茲刻佚去者,計八篇,屬内姪壻王麟伯工鈔補入,而"禁忌釋"後幅脱文約四百言,更手書一葉坿焉,此外奪訛訂正者又五百餘字,使數百年來古人遺著一旦煥然,頓還舊觀,愉快殆不可言。年來世亂益亟,時有不可聽聞之事,惟閉門却埽,日與古人為緣,差足以自遣。異時當遯入深巖邃谷,中抱盡簡,以盡餘年,未知彼蒼其許我否? 乙丑五月五日,藏園主人沅叔氏識。

鈐"增湘"、"藏園"、"雙鑑樓"印。

各卷藏園跋識錄如下:

卷一末葉識曰:乙丑三月二十日,大風怒發,晨閒不出,校完此卷。

卷二第七葉手書脱文一葉。

卷三末葉識曰:乙丑三月廿日,大覺禪寺校。

卷四末葉以藏園"仿書棚本行格"紙補錄文四則。

卷五末葉識曰:乙丑三月廿一日,坐盤青閣校完。

鈐"增湘之印"、"沅叔"印。

卷六末葉補錄文四則,並識曰:三月廿三日校定。

卷七末葉識曰:乙丑四月朔,自山中入城,藏園羣芳怒發,未免感時濺淚。

卷八末葉識曰:四月初三日,藏園校。

卷九末葉識曰:四月初四日校過。(書號485)

半軒集十二卷(存六卷:卷一至三,十至十二)

明王行撰。抄本,半葉九行行二十一字。鈐"稷堂"、"吳印省蘭"、"宗之"、"廣平之印"、"紫垣"、"范氏毓瑞"、"雪廬"、"峋樓書藏"等印。此本未著錄於《藏園羣書經眼錄》。

卷二末葉識曰:丙子十月三十日,依洪武本校正。時寓曲阜城內吳蘊山宅中①。此卷及上卷,洪武本為卷第十,不知何人乃離析紊雜,任意變改如是也。藏園老人校畢記。

卷三末葉識曰:十月三十日夜,又校完此卷。沅叔記。(北京大學圖書館□810.61/1021)

海叟詩集四卷集外詩一卷附錄一卷

明袁凱撰。清康熙六十一年曹炳曾城書室刊本。鈐“經鋤堂藏書”、“家在元沙之上”印。癸酉年(1933)據明正統刊本校勘。《藏園羣書題記》有該書校勘長跋。

各卷藏園跋識錄如下:

卷一末葉識曰:癸酉二月十八日校。

卷三末葉識曰:癸酉二月二十五日校。

卷四末葉識曰:癸酉二月二十五日,校正統刊本畢。藏園老人記。(書號483)

海叟詩集四卷集外詩一卷附錄一卷

明袁凱撰。清宣統三年石印本。鈐“傅增湘讀書”、“二十年中萬卷書”、“雙鑑樓”、“沅叔手校”印。甲子年(1924)據汪氏屧硯齋鈔本校并錄汪文柏題識。參閱《藏園羣書經眼錄》。

目錄末葉跋曰:頃在海上見屧硯齋寫本,題“在野集”,分五古、七古、五律、七律、五絕、六絕、七絕各躰,而不分卷,有汪柯庭跋語別錄于後,舊為四明盧氏抱經樓藏書。取此曹刻本對勘,無棐操、樂府、四言各門,即諸體中詩亦不盡完備,然五古多“四皓圖”

---

① 吳廷玉(1882－1942),字蘊山,曲阜人。曾為中醫,後投靠張勛,繼而進入奉軍系統。

一首,七古多"蚊"一首,七絕多"李息齋竹卷"一首,今各錄於本卷後。卷中異字可取者甚夥,亦改注其側。《在野集》為天順時朱應祥等所校刻,姚宏緒譏其多所更竄,《四庫提要》亦從而詆之,然其足資補正者如是,是殆未可厚非也。甲子二月廿五日,校畢曰記。沅叔。

鈐"傅""沅叔"印。

各卷藏園先生跋識錄如下:

卷二末葉補錄詩二首,其後跋曰:甲子二月二十五日,游龍井寺,越九溪十八澗,入理安山法雨寺,登松巔閣,探煙霞、水樂、石屋諸洞而返,張燈續校茲集,並手寫逸詩三章,汪柯庭跋一則,已夜盡三鼓矣。藏園居士記,時居安巢第三日。

鈐"增湘"、"藏園"印。

卷三末葉識曰:甲子二月二十五日,校於西湖許氏安吟樓。沅叔。

卷四末葉補錄詩一首,跋文一則。鈐"傅印增湘"、"沅叔"印。

(書號484)

逃虛類藁五卷

明姚廣孝撰。清初抄本。鈐"芝蘭室誌"、"謙牧堂藏書記"、"兼牧堂書畫記"、"玉雨堂印"、"韓氏藏書"、"聞興"、"黃印時起"、"雙鑑樓"、"藏園"、"沅叔審定"、"傅印增湘"、"萊娛室印"、"佩德齋"、"佩德齋珍藏印"、"晉生心賞"印。甲戌年(1934)傅增湘跋。《藏園羣書題記》之跋即為此本所書,然與下文不同。

卷首藏園先生有跋,其文曰:廣孝,僧名道衍,字斯道,居相城紗智庵。嘗從靈應觀道士席應真學道,兼通兵家,言盡得其學,深自退藏。友人王行獨深知之,曰:他日必當有所遇也。後以靖難功居第一,復姓賜今名,蓋以擬於元之劉秉忠也。病革,文皇幸其第,問以後事,曰:出家人復何所戀? 旋官其養子姚繼為尚寶少卿。著有《道餘錄》,專詆程朱。其友張洪嘗云:少師於我厚,今死矣,無以報之,但見《道餘錄》輒為焚棄。今卷首所載序文,實即《道餘錄》序,非為《逃虛類稿》作也。甲戌八月初三日,藏園老人書。(書號11430)

亭林詩集五卷

明顧炎武撰。光緒年蓬瀛閣刊《顧亭林遺書》本。傅增湘校。前三卷頗有校改和眉批,然無跋識。(書號486)

(九)清別集類

默菴遺稿八卷

清馮舒撰。清康熙世㝌堂刊本。鈐"傅印增湘"、"藏園"、"雙鑑樓藏書記"、"增湘私印"、"江安傅氏藏園鑑定書籍之記"、"忠謨讀書"印。《藏園訂補郘亭知見傳本書目》著錄。

書衣傅增湘題曰:此馮已蒼詩集,傳本絕稀,昔年得此於繆藝風遺書中,卷尾缺詩,乃老人所補錄者。甲戌八月,藏園居士書。

鈐印"增湘"。(書號2578)

宋荔裳入蜀詩一卷

清宋琬撰。清抄本(書衣題:鴟尾山房鈔本)。鈐"鐵琴銅劍樓"、"古虞瞿氏"印。清王士禎批點并跋,瞿秉淵、季錫疇、裕仁、張文虎、傅增湘跋,陳倬、潘介繁、趙金燦、莫友芝、錢寶琛、繆星遹題詩,唐仁壽、戴望、李善蘭、高心夔、潘樹辰、管慶祺題款。參閱

《藏園羣書經眼録》。

藏園癸酉年（1933）題跋曰：歲在癸酉初夏，游金華洞歸，冒雨就鳳起寓樓觀書，獲覩此冊，距舒萩先生題誌時更越六十有六年矣。關山烽火，北望心驚，緬想諸公書局點勘之樂①，寧可得哉？江安傅增湘記，後日將北旋故都矣。

鈐"沅叔"印。（書號6658）

敬業堂詩集五十四卷補遺一卷餘波詞一卷補遺一卷附録一卷

清查慎行撰。卷一至四十八為清康熙五十八年刊本，卷四十九起為許昂霄補鈔。鈐"古鹽張氏"、"宗櫺之印"、"一字思嵒"、"守白齋珍藏"、"張元濟印"、"元濟"印。許昂霄、傅增湘、張元濟跋。

卷四十九卷首為張元濟跋文，張跋見諸《張元濟古籍書目序跋彙編》下冊，落款為"一九五五年乙未三月二十一日，六世從孫元濟謹識"。次為藏園丙辰年（1916）長跋，曰：秋七月，余在京師，有貢姓者持竹汀先生批校《困學紀聞》來②，余因适闚先生手校書，遂斥重金收之。貢姓言尚有宋、元、批校各書，余未之信也。既而徐君森玉展轉鈔得其目，始知前說非妄，目中宋本十餘種，以百衲本《通鑒》為之冠③，校本中《敬業堂集》，有古鹽張氏印，蓋菊翁前輩家藏舊籍也，別有藍印本《萬曆縉紳》亦稱罕覯，顧余均未見其書也。九月南游，為朋輩道及，徐君積餘聞而見訪，謂《縉紳》是其

---

① 李善蘭、戴望、張文虎題款於金陵冶城山書局，高心夔、潘樹辰、管慶祺題款於姑蘇書局。

② 《藏園羣書題記》有該書跋文。

③ 《題記》有該書跋文，且藏園先生於《陸宣公奏議》一書校勘跋語中指出，此書出於端方家。

舊藏，為端忠敏假閱，失之謫，屬以重新贖回，而菊翁亦以《敬業堂集》見屬。時余方謀得衲《鑑》，遂函告張君庚樓加入二書。其後余與菊翁游雁蕩、天台，復時時通書京師，議終不就。會余游興闌而咳疾作，扶病北歸，偃臥一月有餘，疾幸小瘥，購書議亦定。余竟舉巨債以得衲《鑑》，與先祖所得興文署本同庋，以雙鑑名吾樓。久之二書亦至，《縉紳》有鮑毓東跋，積餘藏印宛然，閱後遂以歸之。余獨喜查集評點有法，留閱數日，見鈔補詩二卷中赤字皆缺末筆，固心已異之，及細檢卷末方靈臯撰墓誌後，有“乾隆庚申季春月下弦夕，武原後學張宗橚錄”一行，乃知為思嵒先生所手鈔，因復取全集觀之，凡上方朱、綠二色評語，皆思嵒先生親筆，不覺為之狂喜。蓋余初意蘄為菊翁收藏籍耳，不意乃獲先德手批之書，更益以工書盈寸之巨冊，寶玉大弓復歸於魯，可為菊翁敬賀矣。嗟夫！精誠所至，金石為開，況奇書秘笈，為前輩精力所聚，在在處處，有神物護持，又得賢裔之篤志訪求，而氣機感召，吾輩南北奔馳，若陰為之驅策焉。且余思獲宋本《通鑒》舊矣，始謂不過姑存此想，今乃竟成吾家雙鑑之名，以完先世之志。而菊翁及積餘，皆各償所願，且咸出於一時一人之手，雖曰人力，又何其相值之耶？謂非冥漠中有默召焉？吾不信也。昔葉緣裴前輩刻《藏書紀事詩》時方刻葉石君一首，得菊翁書告以涉園世系，遂得改纂。謂為先哲有靈，有以牖之，余之志此，亦猶是爾。明日將寄書，因述其原委，質諸菊翁，且竊用自幸焉。歲在丙辰十一月冬至前五日，後學江安傅增湘識。

　　鈐“沅叔”朱長印。再次為清許昂霄跋文。（上海圖書館綫善T50840－50）

釀川讀書記不分卷

清許尚質撰。稿本,傅增湘跋。鈐"許印尚質"、"釀川居士"、"許氏藏書"、"鳴野山房"、"傅印增湘"、"沅叔"、"藏園"、"雙鑑樓藏書印"、"傅沅叔藏書記"、"江安傅忠謨晉生珍藏"、"傅忠謨"印。

卷首藏園題跋:許尚質,字又文,山陰人。著《釀川集》十三卷,見四庫存目。尚質喜飲,指邑中所謂沈釀川者,因以自號。提要稱其文頗有法律,詞亦修整,惟歌詩稍嫌放縱,或不入律云。此書得自紹興鳴野山房,後附"臆記"一卷,皆許氏原稿,世無刻本,可貴也。

鈐"藏園居士"印。(書號19599)

恩餘堂輯稿四卷

清彭元瑞撰。道光七年刻本。該書封面有傅增湘壬申年(1932)跋語。參見《藏園訂補郘亭知見傳本書目》著錄。

其跋曰:此為道光丁亥公孫邦疇所輯刻者,文二卷詩四卷。文集中有"補通志堂經解序"、"刻櫄載之集序"、"贈蘇州刻工穆大展序"、"知聖道齋書目序"、"藏書銘";詩集中有"張侍御贈藏書書課"四律、"題劉叔剛刻禮記"諸首,皆有關書籍版刻者,宜別寫存之。此書極罕見,魏慎甫得之廠市,持以授余,其意至足感也,並坿及之。壬申七月二十七日,藏園老人記。(文津街分館普通古籍25589)

鄭柴翁詩稿一卷

　　清鄭珍撰。稿本。卷軸裝。是稿乃鄭珍詩作贈于伯英者①，藍綾裝裱，卷軸外封題署"鄭柴翁詩卷 紫江朱啟鈐藏 許寶蘅題"。卷首許寶蘅題簽："柴翁詩卷"，鈐"紫江朱氏存素堂所藏圖書"、"朱印啟鈐"、"紫江朱氏"、"存素堂藏"印。卷末依次為于伯英和莫友芝詩三首，朱啟鈐題識，傅增湘、邢端跋，章士釗題詩。

　　朱啟鈐題識曰②：柴翁詩卷得之于伯英太守家。此一箋則為太守所作，坿裝卷次。朱啟鈐謹識，時年八十有二③。

　　鈐"朱印啟鈐"。

　　其後藏園跋曰：黔中碩儒，近代以莫、鄭并稱，然邵亭翰墨流傳，所在多有，獨柴翁遺蹟，為世人所罕覯，以邵亭入湘鄉幕府後久居吳中，交友徧東南，柴翁則自甲辰禮部試報罷後，家居不復遠出也。余數十年來南北訪尋，訖不可得。己未歲客維揚，見其榲帖於莫小農家④，因模刻以歸，今懸之藏園水榭，所謂獨行不愧影，夜坐當惜鐙是也。日前桂辛先生過訪，出此卷相示，并屬為題識。展頌一過，欣慰無似。卷中之詩，皆寫致伯英太守者。考伯英于姓，名

---

　　① 于伯英身世可詳參邢端《于鍾岳別傳》，1943 年《黔南叢書別集》刊本。
　　② 朱啟鈐(1872－1964)，字桂辛，晚號蠖公，貴州紫江人。曾與傅增湘同在北洋政府任職。研究古代建築，成立營造學社，研究古代絲繡工藝，又搜集鄉邦文獻。藏書可見《存素堂入藏圖書河渠之部目錄》等。
　　③ 朱啟鈐於 1943 年輯于鍾岳遺稿，編為《西笑山房詩鈔》，其"伯英遺稿跋"曰："余既無意中得此，摩挲永日，幾忘寢食，顧淩亂殘蝕不可爬梳，而手稿之塗乙潦草，首尾不完者，彌難卒讀。就中惟鄭子尹先生手寫贈伯英太守長歌一首，及所寄詩箋皆字墨完好，人知寶重，遂先付裝池，乞傅沅叔宗伯、邢冕之太史為長跋，述其來歷，于公遺烈，遂得彰聞於都人耳目。……民國三十有二年十月，紫江朱啟鈐書，時七十有三。"
　　④ 莫友芝之孫。

鍾岳，天津人，久宦黔省，積功擢至觀察使。其宰遵義時，與翁為文字交，酬倡往還不絕。嗣歿於任所，後裔流滯未歸。此詩舊付其侍妾藏之，于逝後其妾依女適許者以居，久之隨許北還，庋敝篋叢牘中，久不省理。邇歲許族既微，妾亦旋歿，遺篋遂散落廠肆。桂公比歲閒居，以網羅鄉邦文獻為任，乃於無意中獲之，夙緣冥契，殆非偶然矣。

按，諸詩皆作於同治初年，“贈伯英”一首，見陳刻《遺詩》篇中，有堯母姬公之語，當在元年夏秋之際，其時伯英正兼攝遵、綏、桐三縣事。“閏八紀事百韻”及“家餉至”二詩，見新編年譜中，餘皆佚詩也，“移家啟秀書院”詩亦同時作，是年翁方主湘川書院，以院屋敝壞，乃假啟秀書院居之，伯英因就加脩飾，故翁作記以誌其事。惟邵亭屬題三律，為時或差早耳。余緣桂公鄭重相屬，故為推考大略，附綴卷末。至翁詩詞旨深摯，筆力老橫，兼有杜陵詩史、香山諷喻之長，前輩早有定評，勿庸鯫生之管窺蠡測矣。歲在辛巳十一月，後學傅增湘識於企驎軒。

鈐“雙鑑樓”、“三十年前舊史官”、“傅增湘”、“癸卯館元”、“萊娛室印”。

繼為邢端跋曰：右詩為鄭徵君佚稿，寫贈于伯英觀察者。卷尾題泰山殘刻及龍友畫詩，疑為于作。蓋莫邵亭以泰山十字刻本贈黎柏容，有詩兩律，此詩即次其韻，又稱邵亭為五兄，與柴翁弟視邵亭者迥異，詩字亦均不類柴翁。然于自著《西笑山房集》中亦不錄，以詩集先刻之綏陽，此則宰遵義時作也。

于為襄勤裔孫，漢軍正紅旗人，從父崇璟宦黔。璟官普安知縣，到官數月，膺寇變殉節，妻女皆從死，臨難賦絕命詩。當事亟時，先命子鍾岳、鍾毓如鄰境乞師，師未至而城陷。鍾岳兄弟卒假援軍團勇之力，復城殲敵，收忠骸以歸。未幾，鍾毓以勞瘁卒，鍾岳乃從張春潭太守及巴揚阿總戎諸軍，往來轉戰，躬冒鋒鏑，積功官至道員。鍾岳故名家子，忠義文章根於天性，軍旅中不廢吟詠，其官遵義時，柴翁方主講湘川書院，故唱和獨多，使天假以年，其成就詎在岑襄勤、曾文誠下！乃騏驥之材，蹶於中道，甫逾壯年竟以孤軍陷賊，捐軀報國。十年之內，父子死綏，且身後廉貧，無人嗣續，煢煢妻女，轉徙異鄉，微張文襄公在鄂為之佽助，即歸骨亦恐無日。覽其塵牘，為之悲歎。桂丈方蒐其遺詩，暨其祖若父及其姑修儒之作，編為集外詩，復詳考生平，著之別傳，以慰忠魂。此區區詩卷，匪第補巢經巢集之闕佚，尤足見當時賢吏名儒，氣誼相孚若針芥也。展讀數四，爰誌其顛末如此。壬午夏至，貴陽後學邢端謹識。

鈐"邢端長壽"、"思這齋"印。

章士釗題詩曰：牂牁二士聳中興，吾道西南盛得用。何止禮堂規定本，況兼藝事擅多能。枉搜丹穴同膠柱近在西南搜尋鄭公遺著迄未得，忽接瓆章勝飲冰。後輩嘆今頭并白，同光風味益蒪薹。庚寅夏，為蟫公社長兄題，長沙章士釗。

鈐"章印士釗"、"行嚴"印。（書號 14953）

（十）總集類

漢魏六朝諸家文集二十二種一百二十九卷

明汪士賢編。明萬曆刻本，半葉九行行二十字，白口，左右雙邊。鈐"傅增湘讀書"、"雙鑑樓藏書印"印。

諸文集藏園先生跋識錄如下：

《董仲舒集》目錄葉末識曰：乙丑十月用《漢書》、《古文苑》校各文一過。沅叔。

《東方先生集》校而無跋。

《蔡中郎集》行間校改甚多而無跋。

《陶靖節集》卷一末葉識曰：乙丑十月初六日校宋刊本。

卷二末葉識曰：乙丑十月初七日校。《箋注陶淵明集》十卷，宋刊巾箱本。

卷三末葉識曰：十月初八日校。

卷四末葉識曰：十月十一日，是日送伯兄殯於長椿寺，適誦淵明挽詞，輒為悲咽。沅叔。

卷五末葉識曰：十月十三日校。

卷六末葉識曰：十月十三日校。

卷七末葉識曰：十三日午刻。

卷八末葉識曰：十月十四日校。

卷九末葉識曰：十月十四日校。

《曹子建集》卷一末葉識曰：癸未九月二十九日，依明活字本校①。

其後再識曰：癸未十月初八日，據宋大字本校。

卷二末葉識曰：九月廿九日燈下，再校此卷。沅叔。

其後再識曰：十月初九日校宋本訖。

卷三末葉識曰：九月廿九夜校畢。企驥軒。

其後再識曰：十月初十日，校於昆明湖上雲巖山館。

卷四末葉識曰：癸未十月十二日校於甕山西麓宿雲簷下。藏園老人識。

卷五末葉識曰：癸未十月朔校，沅叔誌於企驥軒。

其後再識曰：十月十三日校，是日移硯於排雲殿西清華軒。

卷六末葉識曰：十月初二日校。

---

① 參見《西菴集》藏園手札。

其後再識曰：十月十五日校宋本訖。企驎軒記。

卷七末葉識曰：十月初三日校。

其後再識曰：十月十六日校。

卷八末葉識曰：十月初四日校。藏園記。

其後再識曰：癸未十月十六日校宋本訖。

卷九末葉識曰：十月初八日校。

其後再識曰：十月十八日校宋本訖。

卷十末葉識曰：癸未十月初八日校活字本畢。

其後再識曰：十月十八日校宋刊本畢。

《陸士龍文集》係據宋慶元刊本校，卷一末葉錄宋刊銜名。卷三末葉識曰：初九日燈下又校。

卷六書眉識曰：結一廬藏宋本《陸士龍集》，半頁十一行，每行二十字，十九字及二十一字者偶亦有之。

卷十末葉補錄元大德都穆跋文，又過錄陸貽典跋語三則，其一曰：丁未二月十日辰刻寒雨中，毛鬴季宋刻本再校訖，常熟陸貽典識。

其二曰：凡宋板書未嘗無脫誤，然佳處正得之八九，有謂宋刻一字無誤者可為一粲也。敕先校畢二俊集偶書。

其三曰：丁未孟陬十有四日，從何子道林乞得此本，鬴季出示宋刻。既與鬴季校一本，隨又校得此本，凡皆校過兩次。宋本譌字亦俱勘入，其餘當亦無遺，惜宋本殘缺，不能無恨耳。貽典再識。

其後識曰：丙辰殘臘，文友堂持校本《二俊集》來，謂是陸敕先手校。細審寔是陳仲魚所傳錄，曰臨寫《士龍集》於此本，其《士衡集》則移錄正德本上。其原底本固正德本也。丁巳上元日，沅叔識。

其後羅振常再識：癸酉秋七月，從南海潘氏借得結一廬舊藏宋本陸士龍集,補校第六至第十共五卷訖。蟫隱識。

鈐"振常手校"印。

《潘黃門集》中幾乎每篇注出校本。目錄末葉識曰:《安仁集》無專刻本,取《文選》、《藝文類聚》、《太平御覽》合校,卷中譌奪得以正定,此集差可誦矣。戊寅九月初七夜,藏園老人記。

卷二末葉識曰:此卷自"悼亡"外,皆據六朝卷子本《文選》校正。

卷三"射雉賦"篇題處識曰:此篇朱筆,用唐卷子本文選校。

《謝康樂集》卷三"雜詩"篇題下識曰:以下詩四十六首,依宋本《三謝詩》校勘,題上加朱識以別之。戊寅八月二十二日,藏園識。

《謝宣城集》蕭子顯撰"謝朓傳"之末識曰:癸丑正月,假椒微師汲古閣影宋本校於吳兔床刻本上,今以養痾來山中,迴移錄於此。洪佽跋已見吳刻,不備錄。癸亥八月,增湘書于清泉吟社。

卷一末葉識曰:癸亥八月二十日,據影宋本校,時方養痾於是暘台山清泉吟社。沅叔記。

卷二末葉識曰:八月廿二日,避居清水院,校定此卷。

卷三首葉識曰:癸亥八月二十三日,宿清水院校訖。

卷四末葉識曰:八月廿四日,訪鍾秋岩於澗上草堂,歸已近夕,匆匆校畢。

《昭明太子集》之梁簡文帝序末脫一葉,藏園手錄補之。

卷三末葉識曰:丁卯正月十三日,據影宋本校,燈右共畢三卷。

卷四末葉識曰:丁卯正月十四夜校。

卷五末葉過錄張紹仁識語①,并識曰:丁卯正月十五日校完。

---

① 該識語見諸《藏園羣書經眼錄》卷十二。

其後又識曰：乙亥五月二十二日，少微世兄寄示此本，曰臨校之，當夕三鼓遂得終卷。時方病足，兀坐一室，不得出也。藏園。

《江文通文集》目錄之末識曰：據馮已蒼校元鈔本過臨一通，癸酉三月二十五日，藏園。

卷一末葉識曰：癸亥九月十四日，據明翻宋本校讀於暘台山下清泉吟社。藏園居士記。

卷四末葉識曰：癸酉三月二十五日，校於昆明湖畔延清賞樓周氏之居。

卷七末葉識曰：偕息菴步入後山，一攬林巒之美，歸來又校此三卷。

《陶貞白集》卷一末葉過錄文嘉跋語，全書末葉過錄明史臣紀跋文[1]，並跋曰：周世兄叔弢得此本於福山王文敏家，與余前借李木師本乃同出紹興本[2]，彼為葉林宗、李涵仲、奚靜宜三人從文休承本摹出，此則史叔載所手寫也。同時名鈔，並得寓目，甯非書福古緣耶？曰就汪本手校，其汪本所缺各文，則屬姨侄壻王生麟伯影補之[3]，以存其真云。癸亥上元，藏園居士記。

《庾開府集》卷二首葉識曰：凡題上未記篇次者，皆明本所無也。

卷二末葉識曰：此卷據《樂府詩集》校，惟"楊柳歌"一首，《樂府》無之。沅叔。

明刊《庾開府集》二卷，在六朝詩集中，今以校集中各詩而記其次第於上，其第七卷郊廟歌辭，曰宋本《樂府》對勘，不更取明本

---

① 明史臣紀跋識見諸《藏園羣書經眼錄》卷十二。
② 參見《陶貞白集》另外二部（書號分別是 258 和 8375）之跋識。
③ 補鈔部分在此跋之後。

覆校也。壬戌伏日，藏園主人記。

卷七末葉識曰：壬戌大暑節，據北宋本《樂府詩集》校定。藏園居士。（書號259）

十家宮詞十二卷

清倪燦編。清康熙二十八年胡介祉貞曜堂刊乾隆八年史開基重修本。鈐"天都鮑氏困學齋圖籍"、"歙鮑氏知不足齋藏書"等印。有勞氏手錄別本存宮詞及鮑廷博跋語。庚午年（1930）據周叔弢藏宋書棚本校勘，此校本、底本均見諸《藏園羣書題記》，分別有跋文。書衣題署：十家宮詞　道光乙巳五月購於知不足齋，丹鉛精舍主人記。

各卷藏園先生跋識錄如下：

宋徽宗《宮詞》卷一末葉識曰：庚午五月初九日，依宋刊本校定，改正七字。

卷二末葉識曰：五月初九日校，訂正七字。

卷三末葉識曰：沅叔五月初九日燈右校宋本，訂正十字。

張公庠《宮詞》卷末葉識曰：五月初十日校，訂正五字。

王仲修《宮詞》卷末葉識曰：此卷訂正十一字。

周彥質《宮詞》卷末葉識曰：庚午五月初十日，依宋刊本校訖，訂正十五字。（書號493）

三家宮詞三卷

明毛晉編。明末毛氏綠君亭刻本，半葉八行行十八字，無欄綫，白口，單邊。鈐"沅叔"、"傅印增湘"、"雙鑑樓"、"沅叔手校"、"藏園"、"增湘"、"二十年中萬卷書"、"藏園老人六十以後手校"印。癸酉至甲戌年（1933－1934）間校勘，《藏園羣書題記》於此有專跋。

目錄之末藏園跋曰：此王建《宮詞》百首，綠君亭刊本。余既據朱竹垞翻刻宋本讎對一過，編次既有參差，詞句復多違異，咸悉識之卷中矣。嗣又取家藏明萬曆吳氏雲栖館本覆勘之，文字出入異同，與宋本不盡符合，而其中與花蕊、王珪二家屬雜尤多，知彼所據與宋刻非出一源，頗難為之訂正。頃者趙君斐雲以明人寫本相貽，曰更從事校勘，次第與各本皆不同，而篇中異字較之宋本，轉為佳勝。雖寥寥祇十數番，而珍奇祕異乃逾於十朋，良友之惠我良多矣。原本棉紙藍格，半葉九行行十八字，版心有"江村別墅"四字，紙幅頗有破損，字跡間多剝蝕，審其冊式，當為天一閣遺籍。卷末數番載有"小游仙詩"四十六首，未知為何人之作，竢更攷之。甲戌立冬次日，藏園老人書於鐙右。

鈐"增""湘"印。

全書末葉又跋曰：此萬曆本，余得之近十年矣，偶取毛刻校之，三家乃互相混雜，未知孰為是非，毛刻所無者二首，萬曆本所無者十一首，此其犖犖大者，至於詞句，則雲栖佳勝頗多，竢更取　氏翻宋本勘之[1]。癸酉上巳，沅叔記。

鈐"沅叔"、"增湘之印"印。（書號492）

前唐十二家詩二十四卷

明許自昌撰。明萬曆卅一年霏玉軒刊本，半葉九行行十九字，白口，左右雙邊。

各集藏園先生跋識錄如下：

《楊炯集》卷末葉識曰：明初活字本，九行十七字，編次與此本

---

[1]　據卷首跋文，此處當指朱氏（朱彝尊）刊翻宋本。

同。甲寅二月初一日校訖，沅叔。

《盧照鄰集》卷末葉識曰：甲寅春二月，校明活字本，並補鈔詩二首於右，蓋此許刻本所無也。沅叔。

《駱賓王集》校而無跋。

《陳子昂集》鈐“藏園校定羣書”印。卷末葉識曰：甲寅花朝校明活字本訖。沅叔。

鈐“增湘”、“藏園”印。

《杜審言集》末葉識曰：對勘明活字本，校改數字，分卷同此本，惟下卷以五言排体耳。甲寅十月初六日，沅叔手記。

此處過錄明代任慶雲跋文一則，其曰：右必簡詩三卷，對山康子刻之關中，予每喜誦之。既官襄陽，知其詩無傳也，士生其地，而使其詩無傳，玆非後人之責哉？及論其世，必簡在嗣聖間，甫在天寶間，才美如此，而不世用，雖用弗終，其忠憤之氣，皆于詩焉泄之。故予之刻而傳也，不止在“風光新柳報”與“星霜玄鳥變”之相侶而已矣。嘉靖戊子夏四月望商，任慶雲志。

其後藏園又跋曰：此嘉靖任氏刻本，分三卷，九行十五字。前有楊萬里序，每卷目錄連正文。趙萬里新自南方收來，亦天一閣之物也[1]。取校此本，訂正三十有二字，以視予前校活字本為佳勝也。辛未東坡生日，藏園記。

鈐“傅”“沅叔”印。

《沈佺期集》卷末葉識曰：明活字本分四卷，次第分躰與此略同，惟五排在七律前耳。此本“七夕曝衣”篇活字本無之，當失載耳。甲寅十月初九日，沅叔記。

《高常侍集》卷末葉識曰：取明初活字本與此本對勘，雖分卷

---

[1]　關於趙萬里所收嘉靖任氏刊本，《題記》有跋文，可以參閱。

不同此分上下卷,活字本分八卷,然次第都合,惟七律在五言排律之後,與此本異耳。五律溢出"淇上別業"一首,錄之上方。沅叔。

《岑嘉州集》卷末葉識語二則,其一曰:明活字本次第與此本同,字句微有異,要無關宏旨耳。甲寅九月下浣,天陰欲雪,十指如椎,圍爐校竟此卷,沅叔。

其二曰:翁笈夫前輩藏舊鈔本《岑嘉州集》八卷本,取校一過,較此本增出詩四首,銘二首,別紙錄後。其題下十注及行間一作某,亦此本所無,悉照添改。岑詩當以此為最善本矣。笈夫跋語並附於下方。甲寅十月初五日,沅叔又記①。(書號 314)

唐四家詩八卷

清康熙卅四年汪立名刻本。鈐"曾經趙宧光校讀"、"近仁"、"恕行楊印"印。

各集藏園先生跋識錄如下:

《王右丞詩集》卷末葉跋曰:明活字本,九行十七字,分六卷,與元刊卷第合,然"送梓州李使君"仍作"山中一夜雨",則亦未為善本也。此本五古中"送康太守"、"送權二"、"早入滎陽界"、"鄭霍二山人"四首,活字本編入五排,"崔錄事"、"成文學"二首編入五律。又七絕活字本多"盧象"等酬詩四首錄之左方,而脱"游春詞"等八首凡不記卷第者是也,則兩本非同出一源可知。然改正誤字數十處,活字本寔多勝處。竢日後得涵芬樓所藏之元本再參校之。甲寅九月望日,沅叔手記②。

---

　　①　識語之後為補抄詩與銘,以及黃丕烈跋文。《藏園羣書經眼錄》著錄翁斌孫藏舊鈔本。

　　②　跋文之後在護葉補錄詩四首。

《孟襄陽詩集》卷末葉跋曰：癸丑正月二十五日，假保山吳佩伯所藏明活字本校勘一過。此本半葉九行行十八字，前有王士源、韋滔序，分為三卷，卷一五言古詩六十一首、七言古詩五首，卷二五言律詩一百二十九首，卷三五言排律三十六首、七言律詩四首、五言絕句十八首、七言絕句七首。卷三多"初秋"七言絕句一首，抄於末，卷一少五言古詩二首，一為"齒坐呈山南諸隱"，一為"洗然弟竹亭"也。卷中次第不同，各注數目於題上。沅叔傅增湘謹識①。

《韋蘇州詩集》卷上第五十五葉書眉識曰：殘宋本存第六卷兩葉，原書存午門圖書館。半葉十行行十八字，字大如錢，著錄家所未見也。壬戌四月，沅叔記。

卷下末葉識曰：乙卯七月二十二日，以明活字本校過。

《柳河東詩集》卷末跋曰：宋刊本《增廣註釋音辨唐柳先生集》，半葉十二行行二十一字，線口，左右雙邊，與元刊本板式相類而行格不同。余久聞此書流滬上，追求之不獲，嗣知為寒雲主人所得，乃取詩二卷校於此本上，改正之字不下百餘。惟"海上朱櫻"一絕為宋本所無，不知汪氏采之何本也。宋本於"和劉夢得"各詩皆附刊原詩，茲亦不備錄，行將移校於席刻本，庶幾百家唐詩校本之數得此慶成功矣。丙辰十月，游台蕩歸，臥病上海，雨窗書此，聊用自遣。增湘並識。（書號315）

唐四家詩集二十八卷

清光緒十年上海同文書局石印本。

各集藏園先生跋識錄如下：

---

① 補錄之詩在此跋語之前。吳慈培藏本不見於《藏園羣書經眼錄》著錄。

《王摩詰集》鈐“沅叔手校”印。卷二末葉補錄詩一首。

卷六末葉識曰：校明活字本，次第大略相同有數首前後互易者別記之，少詩數首，記於題上，“資聖寺送甘二”五古一首，為此本所無，補書於卷二之末。甲寅十二月初三日，沅叔記。

鈐“增湘之印”、“沅未”印。

《孟浩然集》鈐“藏園老人六十以後手校”印。校而無跋。

《高常侍集》鈐“沅叔手校”印。卷六末葉補錄詩一首。

卷十末葉跋曰：明寫本《常侍集》存一至五卷，棉紙，墨格，半葉十一行行十八字。目錄次行題“散騎常侍渤海高適達夫一字仲武撰”，首卷亦同，猶是舊本之式，朱翼庵新獲之敞市①。取校此刻，編次不同，題下多小注，句下有一作某，得異字甚多，致可喜也。同獲者尚有王建、吳融二集，亦均校於別本。翼庵惠我良多矣。辛酉六月二十五日，沅叔記於藏園食字齋。

鈐“沅叔”印。

《岑嘉州集》鈐“沅叔手校”印。

卷八末葉跋曰：椒微師藏明初黑口本，分七卷，卷各一體，半葉十行十七字②。取校此本，五古少一首，七古少二首，五律少一百十二首，五言排律少六首，七律少一首，五絕少九首，七絕少二十一首；多五七律各一首，則薿夫鈔本所有也。卷中異字及增注各處，亦不能出薿本之外。以其刻本至為罕見，日盡一日夕之力錄存之。又此本卷數次第行格均與正德邊貢本同，疑同出一源而節去少半耳。甲寅臘八日，沅叔記黑口本所無者，題上乙出以別之。

----

① 朱文鈞藏本著錄於《藏園羣書經眼錄》。

② 《藏園羣書題記》中有二跋關於《岑嘉州集》，而未及此明初黑口本。關於邊貢刊本，可參閱《藏園羣書經眼錄》。

鈐"傅""沅叔"印。(書號318)

韓柳文一百卷

唐韓愈、柳宗元撰。日本天保十年初刊嘉永、安政年間重刊《韓柳文》本。自辛未至壬申年(1931－1932)據宋刊祝充音注本校勘韓愈文集,乙亥年(1935)據宋刊本校勘柳宗元文集。關於祝氏音註宋刊本和柳文之宋刊九行本,《藏園羣書題記》均有長跋,《經眼錄》亦著錄。

各卷藏園先生識語錄如下:

《韓文》卷一末葉識曰:依宋刊祝氏音註本校。辛未十一月二十二日,沅叔記。

卷二末葉識曰:辛未十一月二十二日,校宋刊祝氏音註本。

卷三末葉識曰:十一月二十三日校。

卷四末葉識曰:十一月二十三日校。

卷五末葉識曰:十一月二十四日校。新歷之元旦也,是日南京政府諸公就職,錦州兵敗不守,告急矣。

卷六末葉識曰:十一月二十四日校。

卷七末葉識曰:十一月二十五日,坐文友堂書坊校畢。

卷八末葉識曰:二十五日夜校畢此卷,大風怒作。沅未。

卷九末葉識曰:十一月二十六日,校於中央公園。

卷十末葉識曰:辛未十一月二十六日,校宋祝氏本。

卷十一末葉識曰:辛未十一月二十七日,校宋本訖。書潛。

卷十二末葉識曰:辛未十二月初二日校。沅未記。

卷十三末葉識曰:十二月初三日校。

卷十四末葉識曰:十二月初五日早起校。

卷十五末葉識曰:辛未臘八日,自津沽歸校畢。

卷十六末葉識曰：十二月初九日，惠文女兒偕李壻自川中來，為之忻慰。薑菴坿志。

卷十七末葉識曰：十二月十一日校。

卷十八末葉識曰：十二月十一日校。

卷十九末葉識曰：十二月十二日校畢。是夕陳援庵來談。

卷二十末葉識曰：辛未十二月十四日校。

卷二十一末葉識曰：東坡生日校。

卷二十二末葉識曰：十二月二十三夜，祀竈畢校此卷。

卷二十三末葉識曰：此卷歲暮屬筆，人事紛雜，訖未竟功。開歲又五日矣，今夕乃得避客坐斗室中，研朱弄翰，遂畢茲卷，亦可愧也。壬申正月初五日，沅未記。

卷二十四末葉識曰：壬申正月十一日，校於宣南許季湘齋中。

卷二十五末葉識曰：壬申上元節校。

卷二十六末葉識曰：壬申正月二十四日，校於王槐清宅中①。

卷二十七末葉識曰：正月二十四日校。

卷二十八末葉識曰：壬申春分節校。

卷二十九末葉識曰：壬申二月十八日校。

卷三十末葉識曰：壬申清明日，宿暘臺山清水院，午後步至杏園掃墓，回寺就西窗校畢此卷。藏園居士記。

卷三十一末葉識曰：壬申上巳日，率家人徧拜鳳阿、杏園、松岡各塋。薄暮行過周家墳，杏林絢爛，春色已至十分，而城中知好尚遲遲未至，引領以企，惜韶華之不久待也。坿書卷尾以志之，鳳窩山人識。

---

① 王槐卿大約即是王治昌（1876－1956），字槐青，出生於天津。留學日本，曾任教於天津北洋女子師範學校，後在北洋政府代理農商總長。20年代後期賦閒居北京。

　　卷三十二末葉識曰:今日風和景麗,萬樹齊放,艷若紫霞。城中友人探芳者麕至,陳弢菴、林貽書、楊蔭北,皆高年遠出,林子有自海道千里而來①,可謂逸興颷舉矣。予偕越弟重游管家嶺而回,客去校畢此卷,因埘書之,以志一時雅會云。壬申三月初四日,藏園老人識。游騎方歸,氛埃怒作,諸公雅游,正逢風日清淑,可喜也。

　　卷三十三末葉識曰:壬申三月穀雨後一日,校於津門英租界王親家宅中。此予十餘年前舊居也,往夢重溫,巢痕未掃,思之惘然。

　　卷三十四末葉識曰:壬申三月二十七日,坐昆明湖畔石丈亭校畢。是日治薌、季馥②、仁先同游,皆先歸,惟立之獨留相伴耳。藏園老人記。

　　卷三十五末葉識曰:壬申七月十九日,謁鳳窩先塋,即就丙舍南榮校畢此卷。今夏游太華歸,久輟丹鉛,不理此書已百餘日矣。

　　卷三十六末葉識曰:坐鳳窩丙舍再校竟此卷。七月十九日,藏園記。

　　卷三十七末葉識曰:七月二十一日校畢,時居清水院已五日矣。

　　卷三十八末葉識曰:七月二十八日校。

　　卷三十九末葉識曰:壬申七月二十九日,午後雷雨一陣,旋雲淨日晶,清麗之氣照映林亭,胸次曰之豁朗。長春室主人記。

　　卷四十末葉識曰:壬申八月朔,校於池北書堂。

---

　　①　林葆恒,字子有,號訒庵,福建閩侯人。林則徐侄孫。詞學造詣深厚。多次與藏園先生雅游山水。

　　②　易孺(1874－1941),字季復、季馥,南社社員,原名廷熹,號大廠,別署孺齋等。廣東鶴山人。廣雅書院肄業,中年遊學日本,曾任孫中山秘書及北京、暨南、上海各大學教授。著有《古今聲律異同考略》、《中國金石史》、《韋齋曲譜》等。

《韓文外集》卷一末葉識曰：八月朔日。

卷二末葉識曰：八月初一日校。

卷四末葉識曰：八月初五日，校於藏園之石齋。

卷五末葉補錄文一則，並識曰：八月初八日校。

卷八末葉識曰：八月初九日校。

卷九末葉識曰：八月初九日校。

卷十末葉識曰：八月初九日校畢。

其後補錄卷十二目錄，過錄祝氏《音註》本上呂夏卿後序。再識曰：壬申八月十日，依祝氏音註宋刊本校完，並鈔第十二卷目如右。傅增湘記。

《柳文》卷八鈐“二十年中萬卷書”印，末葉識曰：乙亥六月望，校於萬壽山邵窩。

鈐“沅叔手校”印。

卷九末葉識曰：六月十五日，移硯邵窩，又校此卷。

鈐“沅叔手校”印。

卷十末葉識曰：六月十八日校完。

卷十一末葉識曰：六月十八日游瓊島，歸校此卷。

鈐“沅叔”印。

卷十二末葉識曰：乙亥六月十八夜校。

鈐“藏園居士”印。

卷十三末葉識曰：乙亥六月十八日夜雨，坐園中校畢。

鈐“沅叔手校”印。

卷二十三鈐“沅叔手校”印，卷二十四鈐“藏園”印。

卷二十五末葉識曰：乙亥六月初七日，依宋刊九行本校。藏園老人。

鈐“藏園”印。

卷二十九末葉識曰：乙亥六月初七日，依宋刊本校。

鈐“沅叔手校”印。

卷三十末葉識曰：乙亥六月初七日，校宋大字本。

鈐“藏園”印。

卷三十五末葉識曰：六月八日校宋本。

鈐“沅叔手校”印。

卷三十六末葉識曰：七月初八日校。

鈐“沅叔手校”印。

卷三十七末葉識曰：六月初九日，偕孫錫三游暘臺清水院①，訪慎齋夫婦於清泉吟社。午刻策蹇至杏園，省六弟新塋，感愴不已。回寺少息，研朱手勘，遂竟此卷。藏園老人記。

鈐“藏園”印。

卷三十八末葉識曰：六月初十日校。

鈐“沅叔”印。

卷三十九末葉識曰：六月初十日雨窗校。

鈐“沅叔手校”印。

卷四十二書眉校補頗多，末葉識曰：乙亥六月十一日校。

鈐“沅叔手校”。（書號284）

三唐人文集三十四卷

明毛晉編。明末毛氏汲古閣刊本，半葉九行行十九字，白口，左右雙邊。鈐“何焯私印”、“屺瞻”、“何人最狂吾”、“旌孝義門孫子”、“語古”、“不薄今人愛古人”“汪士鐘曾讀”、“雙漚居士六十歲後收藏圖籍”、“謙齋”、“章鈺皮善”印。何焯批校并跋，章鈺、鄧

---

① 孫晉方，字錫三，安徽壽州人。孫多森之侄。

邦述、傅增湘跋。

書衣章鈺題識曰：長洲何屺瞻先生手校《三唐人集》三十四卷，鄧氏羣碧樓藏此書，與《三體唐詩選評》本均係真蹟，至可寶貴。壬子徂暑，邑後學章鈺審定轉錄題記。

鈐“茗理題記”印。

《皇甫持正集》卷末為何焯跋語。

《孫可之集》卷末既有何焯題識，又有鄧邦述跋語，最後為藏園題跋①。

鄧跋曰：汲古刻《三唐人集》，所據非善本，義門手校乃用《英華》、《文粹》正之，其蹐駁紕繆之處已不可枚舉。毛氏景寫宋本，獨冠千古，刻本則往往不逮後賢，乃知義門、澗薲、仲魚、抱經、淥飲、兔牀諸君子，覃精讐勘，真讀書者之藏書也。此書經人裱護，而裱手惡劣，頗為闕損，稍可惜，幸校筆尚未漫漶耳。正闇。

傅跋曰：何校三集，除取之《文粹》、《英華》外，又各據一舊刻本，不知究為何本也。余從孝先同年假得，取近時馮刻本迻寫一過，馮刻《李集》據舊刻及嘉靖、日本兩本，《孫集》據黃蕘夫、顧千里校宋本，又顧千里校王濟之本，《皇甫集》據叢書堂校宋本，及錢遵王校閩本。凡義門所校大率俱已改正，視毛本固已遠勝，以此知刻本視其所自出，即新刻亦未可輕視也。癸丑夏五校畢因記，沅叔。（書號15054）

三唐人集三十七卷

明毛晉編。清光緒二年馮焌光讀有用書齋刊《三唐人集》本。

---

① 何焯、鄧邦述、傅增湘跋均可見諸《寒瘦山房鬻存善本書目》，鄧跋文字稍有異。

書眉行間校改頗多。《李文公集》校而無跋識。

各集藏園先生跋識錄如下：

《皇甫持正文集》卷三末葉識曰：四月晦日校竟此卷。

卷末藏園過錄何焯等人題識。

《孫可之集》卷四末葉識曰：癸丑端午日校。

卷五末葉識曰："寂寞"以下十一行，據合州新出宋人書石本校。石拓本乃張石卿自蜀來持以見貽者①。壬戌九月十六日，沅叔書於藏園。

卷八末葉識曰：五月初七日校。

卷十末葉跋曰：孝先同年纍碧樓中藏義門手校《三唐人集》，癸丑夏初移寫一過②。何校底本為汲古刻，此乃近時馮刻本，與毛刻異者頗多，且何校改各字，此本半皆照改，蓋當時亦據舊本重刻也。此本與毛本異者，加按語注於上方，以別於何校云。沅叔記。

孫可之集第二三卷，與毛刻互倒，不知所據何本。

李文公集第五卷"答開元寺僧書"，此本不入補遺，亦不可解嗣見嘉靖本序，此書乃黃景夔增入也。

汲古本除卷首摠目外，每卷無目，此本則每卷目在文前。附記於此。（書號319）

唐人百家詩三百二十六卷

清席啟寓編。清康熙席氏琴川書屋刊《唐詩百名家全集》本。鈐"耽書是宿緣"、"校書亦已勤"、"藏園"、"藏園老人"、"傅增湘"、"藏園校定纍書"印。是書吳慈培、章鈺、朱文鈞亦參與校勘。

---

① 張森楷（1858－1942），字元翰，號石卿，合川人，四川著名史學家。
② 此跋文之後，過錄何焯校勘跋識。

各集藏園先生跋識錄如下：

《劉隨州詩集》補遺卷末葉識曰：據明活字本校改。沅叔。

《錢考功詩集》卷十末葉跋曰：明初活字本，亦分十卷，但編次殊不同，異字亦不少，尤異者卷九中"早夏"七律，改為"早朝"一首，不知所據何本也。前七卷以涵芬樓藏本校，後三卷則吳佩伯昔年假正文所得活字本過校者，曰從之轉錄以成完帙。後三卷未記卷數次第，今仍之。沅叔，二月初十日，是日大風雪，擁爐書此。

鈐"增湘"、"沅叔"印。

《包刑侍詩集》卷末葉識曰：明初活字本，九行十七字，莫楚生所藏。癸丑三月校，沅叔。

鈐"沅未"印。

另有章鈺識曰：據明抄本校，次第與此刻同，無補遺一首。乙卯八月，鈺記。

鈐"式之"印。

《包祕監詩集》卷末葉識曰：明初活字本，九行十七字。癸丑三月從莫氏借校一過。"再過金陵"七絕一首，明活字本所無。

鈐"沅叔"印。

其後為章鈺識曰：據明抄本校，次第與此刻同，無"再過金陵"及補遺一首。乙卯八月，鈺記。

鈐"式之"印。

《臺閣集》卷末葉識曰：假蔣孟蘋藏明活字本對勘，改定甚多。惟席本附錄"寶拾遺"七律一首，活字本無之。甲寅八月杪，沅叔記，時雨後甚寒。

鈐"增湘之印"印。

《韓君平詩集》卷末葉識曰：癸丑三月，借獨山莫氏藏明活字本校一過。原本分三卷，次第亦不同，各標記於每首上。此本"送客還江東”七律一首，明本無之。沅叔。

　　鈐“增湘之印”、“沅叔”印。

　　《補遺》卷末葉吳慈培朱筆跋曰：沅叔丈囑用活字本覆勘，得異字十餘。君平為大曆十子之一，七律尤多雅音，“誦江城”、“五馬楚雲邊”、“幾回奏事”、“建章宮”等篇，覺開寶諸公去人不遠。《書錄解題》載集五卷，活字本三卷，未知所出之源。較之席刻，統為一卷，編次無倫，則似勝也。三月廿五日，保山吳慈培。中卷“送李明府赴連州”第五句“春服橦花細”，按《文選》左思“蜀都賦”：“布有橦華”，張楫曰橦花柔脆，可績為布，蓋連州亦產橦也。此刻誤橦作種，成何語耶？越日又記，偶能。

　　藏園再以藍筆跋曰：海源閣藏舊鈔本，為葉石君所錄，其前後數葉錄《唐詩紀事》及補入《英華》各詩，審為石君親筆所書。石君用錢氏本以朱筆校，黃蕘夫依明劉成德刊本以墨筆校，其底本與此席刻不同，頗難移寫，曰擇兩家異字錄於行間，亦知於校例殊乖，第年老嬾於重校，聊擷其佳勝以便諷誦耳。庚午十月十四日，沅叔記於藏園之長春室。

　　鈐“沅叔”印。

　　《張祠部詩集》卷末葉識曰：乙卯十月二十一日，假羣碧樓藏舊鈔本校過。原本末朱筆記云：照中晚《唐詩紀》添二十三首。知席刻所多者，正與《詩紀》之數合也。沅叔。

　　鈐“增”“湘”印。

　　《皇甫補闕詩集》卷下末葉識曰：明活字本缺上卷，取校此本，異處殊少，編次不同，則通例如此。二詩為此本所無者，錄之左方，別一首錄於上方。沅叔，甲寅上元。

　　再識曰：甲寅七月二十九日，借蔣孟平藏活字本補校上卷，各溢出詩一首，照錄於後。

又識曰：翌日校《皇甫曾集》，則右方所補三首俱在曾集中，席刻亦列曾集尾，並注云：此三首諸本俱在皇甫冉詩。惟此活字本則兩集皆互見，但標題微差異耳。

鈐“沅叔”印。

章鈺又識曰：據明抄本校，次序稍有不同，缺篇則明活字本有之，惟送序一首為活字本所無耳。乙卯八月廿三夕，長洲章鈺記。

鈐“式之”印。

《皇甫御史詩集》卷末葉識曰：甲寅七月杪，借蔣孟蘋藏明活字本校訖，沅叔。

鈐“沅叔”印

其後章鈺識曰：乙卯八月，據明抄本校，長洲章鈺記。

鈐“式之”印。

《毘陵集》卷末葉識曰：校季鈔本一過，此本有賦，季本無之。季本有“游爛柯山”四首，云見《唐音統籤》列李幼卿詩後，未知是獨孤詩否，俟考定再補入。乙卯十二月二十日校畢記，增湘。

《韋蘇州集》鈐“沅叔手校”、“藏園校定羣書”、“沅未”、“傅印增湘”印。

卷二末葉手書補錄詩四首，并識曰：丁巳正月十八日校，並補錄四詩。

卷三末葉手書補錄五首詩，並識曰：丁巳正月二十日校。

卷四末葉識曰：丁巳正月二十一日校。

卷五末葉識曰：丁巳正月二十二日校。

鈐“沅叔手校”印。

卷六末葉識曰：丁巳正月二十三日校。

卷七末葉識曰：正月二十三日再畢此卷。

卷八末葉識曰：同日校。

其後手書補錄一詩,並再識曰:甲子元月下浣,據大字宋本校,沉叔。

卷九末葉手書補錄長詩一首,并識曰:甲子正月廿三日校。

卷十末葉識曰:甲子正月廿三日。

拾遺卷末葉藏園手錄德祐初年劉辰翁校點記及明代張習刊記,爾後為跋識三則,其一曰:蘇州楊馥堂寄《韋蘇州集》十卷,謂是元刊,旋寄末帙來,則實是明初張習刻本也。原本十二行行二十字,字躰秀麗可翫,補板則拙劣矣。取校此本,補詩十一首,各附鈔於本卷末。此本有而張本無者,亦四首,皆注之本詩下。張本不見著錄,其字句往往有勝宋本者,蓋張刻出於劉須溪評本,則亦源於宋本矣。舊本已自足珍,況溢出詩至十餘首之多耶。值昂不及收,曰校寫於此本而歸之。丁巳二月初二日,增湘記①。

鈐"增湘之印"、"沉朩"印。

其二曰:江南圖書館有元刻《韋集》半部,與《孟集》合刊者,半葉十行行十六字,正題須溪校本,疑即此本所出,但行款已易矣。沉叔又記。

其三曰:頃得德祐刊本,正須溪校點,與江南館所藏行款同。取校一過,其異字多與張習本合,惟八卷以後次第不合,蓋張刻增入詩十一首於此三卷中,已非德祐本之舊矣。戊午五月十四日校畢記之,增湘。

鈐"增""湘"、"沉叔手校"印。

全書末葉識曰:戊午端午日披閱一過。

鈐"藏園"印。

---

① 甲子歲所見宋刊本及以往所見之元刊本、張習刊本均著錄於《藏園羣書經眼錄》。

其後識曰：宋刻本十行十八字，字大如錢，蓋紹興刻也，存八、九、十三卷及後序等篇。叔弢收之，余假來校勘一過，與此席刻異同殊少，蓋原本亦依宋刊出也。傅增湘記。

鈐"增湘"、"沅叔"印。

《郎刺史詩集》鈐"藏園校定羣書"印。

卷末葉識曰：癸丑三月，以明活字本校過，字句都無異同，惟五言絕句二首明本無之，當偶脫去耳。沅叔。

鈐"增湘之印"、"沅叔"印。

再識曰：乙卯九月，校明鈔本一過。沅叔。

又有吳慈培題識：沅叔丈命覆勘一過。士元亦列大曆十子，集共詩六十三首，五律踰其半，雋雅溫醇，幾於篇篇可誦，非元和以後諸家所可及也。癸丑三月廿七日，保山吳慈培識。

《秦公緒詩集》卷末有三則跋識，其一曰：癸丑三月，借莫氏藏明活字本校訖，此本多"章野人山居"及"雲門山"七律二首。沅叔記。

鈐"增""湘"印。

其二為吳慈培識語，曰：活字版唐人集校席刻數種，此集是正最多，覆勘一過，不勝欣幸。三月廿六日，慈培。

其三曰：瞿世兄鳳起出示景宋本《秦隱君詩》，行格類書棚本，有稽瑞樓印，或亦汲古所寫也。亟取此刻詳勘，次第不同，題下多小注，增改至百許字，為之欣快。前有呂惠卿序，後有張端跋，為各本所無，曰補錄坿於茲刻之後①。癸酉浴佛節，清泉逸叟記於上海範園孫氏之居。

---

① 卷首卷末分別附"藏園傅氏寫本"稿紙，藏園先生手書呂夏卿序文和張端跋文。可與《秦隱君集》（書號3777）互讀。

钤“增湘之印”、“沉叔”印。

《嚴正文詩集》卷末識曰:甲寅九月初二日燈下,校明活字本。陸包山跋見正德百家本,席刻又重繙之,故雖出宋本,猶有訛字,得此正之,殊自憙也。沉叔附記。

钤“傅”“沉叔”印。

《顧逋翁詩集》卷四末葉跋識三則,其一曰:同年鄧正闇藏舊寫本,己未十一月十五日借校一過,十八日畢。次第相同,但通作一卷耳。董莽記。

钤“沉叔手校”印。

其二曰:從莫楚生丈假明活字本校勘一過,詩較此本不及半,編次亦不同,卷末短歌行“何處春風吹曉幕”一首,與“遠思曲”中二聯複,然此本於此二聯固別為一首也。沉末,癸丑莫春記。

钤“增湘之印”、“沉未”印。

其三乃吳慈培跋語,曰:沉叔丈囑覆勘一過,得異字九。“弋陽溪中望仙人城”首句“何草乏靈姿”,此本乏字作芝,可謂失之豪釐,謬以千里。《四庫》著錄乃明萬曆間況裔孫名端裒其詩文成三卷,題《華陽集》,卷數雖與活字本合,未知篇數次序同否。《書錄解題》況集五卷,此本四卷,亦非宋以來之舊矣。吳慈培識。

《耿拾遺詩集》钤“藏園校定羣書”印。卷末識曰:明活字本《耿湋集》分三卷,此本為一卷。校讀一過,改正十許字。此本有而活字本無者五律二首贈張將軍、廢慶寶寺,五排二首酬張少尹、春日書情,聯句三首。活字本溢出者為“涼州詞”一首,則《補遺》已收之矣。甲寅正月八日,沉叔記。

钤“增”“湘”印。

《李君虞詩集》卷末識曰:借湖州蔣氏藏明活字本一校,“從軍詩序”及聯句五首,席刻所有而活字本則不載,“天津橋”一首活字本則逕作益詩,不著聯句人名,此其大異者也。甲寅七月三十日,沅叔手記,時宿雨方霽,天氣驟寒,可御棉衣。

鈐"沅叔手校"印。

《盧戶部詩集》鈐"藏園校定羣書"、"藏園"、"沅叔手校"印。目錄葉識曰:壬申八月,據明正德劉成德刻本校,補錄詩十一首。藏園老人。

鈐"傅""沅叔"印。

卷十末葉識曰:甲辰春日,校莫氏藏明活字本。增湘活字本分六卷,與此異①。

鈐"藏園"、"增湘"印。

《臨淮詩集》鈐"藏園校定羣書"印。卷末識曰:甲寅正月四日,以明活字本唐人集對勘,此本有而活字本無者五律一首、七律一首、五言排律二首、五絕一首、七絕十首,共十五首。然篇中所得佳字殊不尠,則活字本所出殆亦善本也。沅叔。

鈐"增湘之印"、"沅末"印。

《楊凝詩集》卷末識曰:乙卯初冬,校季鈔本訖。沅叔。

鈐"藏園"印。

《羊士諤詩集》卷末跋識二則,其一曰:假莫氏藏明活字本校過,脫"巴土冬濕"一首、"泛後溪"一首,其"寄裴校書"一首,則此本所無者,錄之右方。沅叔記。

其二乃吳慈培識語,曰:沅叔年丈囑覆勘一過,得異字十餘,標次誤者,輒為正之。活字本"寧辭舊路駕朱軿"一首,適盡半葉,後半葉闕,不知是否盡於此詩。《書錄解題》士諤集一卷,活字本二

---

① 此處附"長春室寫本"稿紙,藏園手書補錄詩十一首,鈐"藏園校定羣書"印。字跡嚴整。

卷,當為後人所分耳。三月廿六日,保山吳慈培識。

《戎昱詩集》鈐"沅叔手校"、"清泉唫社"印。目錄葉跋曰:羣碧樓藏舊鈔本,傳為東澗所校者,取校此刻,集中多"塞下曲"四首、"苦哉行"四首、"苦辛行"一首,《集外》多"九日賈明府見訪"一首、"開元陪杜大夫觀樂中"一首、"中秋夜望月"一首,錄之別紙,其餘異字亦不可勝舉。勘畢,為之愉快無已。乙卯十月二十一日,沅未燈右書。

鈐"書潛"印。

卷末附紙手錄上述各詩,並識曰:右詩十二首,據羣碧樓藏舊鈔本補入。乙卯十月二十三日,傅增湘。

鈐"沅未手校"、"藏園校定羣書"印。

《劉虞部詩集》鈐"藏園校定羣書"印。卷末附紙手書補遺部分,並識曰:據季鈔本校過,《補遺》詩錄於別紙。沅叔。

鈐"沅未手校"、"增湘長壽"印。

《戴叔倫詩集》卷下末葉識曰:明活字本與此次第同,蓋同出一源,取校一過,無大異處。上卷脫五律九首,疑其脫葉,以其適在上卷末,而末葉板心又適無篇數記號,故無可考也。甲寅正月九日,沅叔記。

鈐"沅未手校"印。

同年秋又識曰:頃借得蔣孟蘋活字本,則上卷末九首不脫,校勘初無異字,附記於此。甲寅九月初二日,沅叔又志。

鈐"增""湘"印。

《唐司空文明詩集》鈐"沅未手校"、"書潛"、"藏園"、"增湘"、"二十年中萬卷書"印。目錄葉過錄何焯識語一則,並又有跋識二則,其一曰:乙亥十月二十二日,宿暘臺清水院,校臨義門先生校宋本畢。原書為湘人王培初所藏也。藏園老人記。

鈐"增湘之印"、"沅尗"印。

其二曰：何校原本為《唐音丁籤》，分四卷，其詩為此本所無者甚多，然義門跋語不詳，未知方、毛兩本之詩視胡籤所收若何。以愚意測之，胡籤多雜採他書篇中之詩，出本集外者必多，姑記其各體於後，異時取《全唐詩》核之，可了然矣。

胡籤有而此本不載者記數於左：

五古二首、七古一首、五律十四首、五言長律四首、七律二首、五絕五首、七絕三首，共增三十一首。

酬衛長林歲日見呈　雜詠：地煖雪花催，天春斗柄回。朱泥一丸藥，栢葉萬年杯。旅雁辭人去，繁霜滿鏡來。今朝彩盤上，神燕不須雷。

此詩為義門手錄補入，采自《歲時雜詠》者。藏園又記。

鈐"增""湘"印。

卷下末葉有藏園識語二則，其一曰：明活字本分二卷，以詩體為次，此本乃三卷，不分躰。取校一過，無大異同，然佳字勝此本者，亦往往而有也。沅叔。

其二曰：乙亥十月廿二日，臨義門校本於清泉吟社。

鈐"藏園"印。

此後為吳慈培識語二則，其一曰：沅叔年丈囑覆勘一過，《書錄解題》司空文明集三卷，活字本卷數與之合，所出之善可知矣。癸丑三月廿五日，保山吳慈培識。

其二曰：此集自元明以來，藏書家絕少著錄，活字本蓋流傳之僅有者。沅叔丈報莫君當倍珍視之。廿八日又識。

《陳羽詩集》目錄葉識曰：取延令舊鈔唐詩本校此集，增詩四首，錄之別紙，其餘改定亦至多，知席氏刻此殊草草也。乙卯十月廿七日，沅叔。

卷末別紙手錄補遺詩，並識曰：乙卯秋日校季鈔本訖。沅叔。

鈐"增湘之印"、"沅未"印。

《昌黎先生詩集》鈐"藏園校定羣書"、"沅叔手校"印。

卷一末葉識曰：六月十三日校宋本訖。

鈐"沅叔"印。

卷二末葉識曰：十四日校。

鈐"湘"印。

卷三末葉識曰：六月十五日校訖。

鈐"沅未"印。

卷四末葉識曰：十五日早起竟此卷。

鈐"增湘之印"印。

卷五末葉識曰：六月十七日校。

鈐"增湘之印"印。

卷六末葉識曰：六月十八日校。

鈐"沅未"印。

卷七末葉識曰：六月十八日校。

鈐"增""湘"印。

卷八末葉識曰：六月十八日校。

鈐"沅叔"印。

卷九末葉識曰：六月十九日校。

鈐"增湘"印。

卷十末葉識曰：六月十九日校。

鈐"沅未手校"印。並跋曰：《新刊五百家注音辯昌黎先生集》宋刻宋印本，藏江南圖書館，余亦曾就觀焉[1]。上海涵芬樓主人用

---

① 江南圖書館藏本著錄於《藏園羣書經眼錄》。

影印行世,寄贈一部,余校席刻唐詩,正苦無善本可勘,乃取前十卷對勘一過,次第都合,改正異同至多,計七日而畢。暇日當取東雅堂及元刻十三行本覆勘之,或者當溢出於此本之外也。丙辰六月十九,傅增湘揮汗記。

鈐“傅”“沅叔”印。

《柳河東先生詩集》鈐“藏園校定羣書”、“沅叔校勘”、“沅叔手校”印。目錄葉識曰:癸亥四月十二日,據宋刻世綵本校定。藏園居士記。

鈐“癸卯館元”、“增湘長壽”印。

《張司業詩集》書衣題:校宋本《張司業集》,沅叔先生屬校。朱文鈞。

目錄葉鈐“沅叔校勘”、“校書亦已勤”印。目錄第十一葉書眉朱文鈞識曰:以上凡有點者,皆予藏宋四卷本所無。

卷七末葉有朱文鈞跋文一則,曰:以宋蜀刻四卷本對勘之,詩凡二百九十九首,字句間有異同處,無大出入也。其次序不符者以數記之,凡未校未記之詩,皆為宋蜀本所無。癸亥二月上澣,翼厂。

卷末錢牧齋後跋中,據司業寄白使君詩:登第早年同座主,題詩今日是州民,知司業為吳人。然蜀本作“題書今日異州人”,與此本不同,意象迥別,且唐時太宗諱世民,當時文字凡遇民字多易作人,以此論之,當以蜀本為長。易以州民,附會司業為吳人者,不足為據,質之沅叔先生,以為何如? 翼厂又識。

《孟東野詩集》目錄葉識曰:弘治己未楊一清商州刻本,黑口,四周雙線,十行十八字,與棚本同。取勘此本,卷數次第悉合,蓋同出一源,然改正亦不少,句下一作某亦往往不同。書經重刻,不無刪改失繆,自明以來皆然矣。增湘,丙辰六月。

卷一末葉識曰:丙辰祀竈日校,沅叔。

卷二末葉識曰:丙辰六月十九日校。

卷五末葉識曰:丙辰六月十九日校。

卷六末葉識曰:六月二十一日校。

十年後再識曰:乙丑二月二十六日,臨何義門評校本。

卷七末葉識曰:六月二十一日。

十年後再識曰:乙丑二月二十七日校。

卷八末葉識曰:乙丑二月二十八日微雨,晨起校此卷。

卷九末葉識曰:乙丑二月晦日。

卷十末葉藏園過錄何焯、姚世鈺、朱良育跋識,並識曰:此冊李木師得於上海,託攜入都裝脩,庋置笥中,久已忘却。頃師北來,見索,乃移寫於茲刻,凡六日而畢。藏園居士沅叔氏。原校底本乃秦禾刻,間與此本字句有不同者,加按字以別之①。

《王建詩集》卷五末葉過錄屋守居士識語。

《權文公詩集》目錄末葉識曰:洪憲元年一月廿七日,校季鈔本畢,增詩十二首,屬內姪壻王麟伯補鈔別紙,延令跋語附之卷尾②。增湘。鈔本所無者"夏至日作"一首,"春祀禮部閣老"以下八首。

《于鵠詩集》卷末葉識曰:假羣碧樓唐詩舊鈔本一校,篇中所注一作某者大抵薈萃各選本而為之。"襄陽寒食"一首則鈔本所無也。乙卯十月二十五日,沅叔記。

《楊少尹詩集》卷末葉識曰:假鄧孝先同年所藏季滄葦唐詩鈔本校勘一過。乙卯十月,沅叔記。

《歐陽助教詩集》目錄末葉識曰:乙卯十月,校季滄葦唐詩鈔

---

① 此明弘治刊本與秦禾刊本《藏園羣書經眼錄》均已著錄。

② 所過錄季滄葦識語在卷末,並附紙別錄增補詩。

本一過。“東風”二章、“過福先寺宣上人房”一首,季本所無,然“新都行”一首刻本亦不載,爰錄於卷尾。至卷中改正之字,殆不可勝數,知席氏所據決非善本也。沅叔手記。

《鮑溶詩集》卷一末葉識曰:丙辰正月廿四日歸津寓,燈下校竟此卷。

卷二末葉識曰:正月廿四日校。

卷三末葉識曰:正月二十四夜。

卷四末葉識曰:正月廿四夜校。

卷五末葉識曰:正月廿五日早起校此。

卷六末葉識曰:正月二十五日校。

《補遺》卷末附紙錄詩,并識曰:假鄧正闇同年藏延令鈔本,補詩若干首,錄如別紙。《補遺》卷内有“薦冰”及“白日麗江皋”二首,為鈔本所無,當是漏收,非有疑義也。丙辰正月廿五日,沅叔記。

《呂衡州詩集》鈐“沅叔手校”印。卷二末葉識曰:前日游吳門,收殘本《呂衡州集》四卷,為陸耳山、姚春木舊藏。半葉八行行十五字,取前三卷賦詩校此刻,異字乃多可取,疑與秦刻為同出一源也。戊辰閏月下浣,藏園居士記於清泉吟社。

《補遺》部分卷末補錄詩一首,並識曰:校季鈔本,補詩一首,此刻有賦,鈔本無之,其餘異字,亦多可采。乙卯十二月二十二日,傅增湘記。

《張祜詩集》鈐“沅叔手校”印。卷一末葉過錄前人跋文,並識曰:按,此跋似是吳壽暘筆。沅叔記。

卷二末葉識曰:乙卯十二月初三日,校季鈔本訖。增湘。

其後跋曰:鈔本《唐張處士詩集》六卷,卷一五言雜詩七十三首,卷二五言雜題四十四首,卷三五言雜題四十七首,卷四七言雜題五十首,卷五七言雜題四十七首,卷六五七言雜題八十九首,與此本分兩卷者次第迥然不同。鈔本有而此本無者一首,卷二"溪行寄京城友人"五律是也,補錄於卷端。此本有而鈔本無者,"病宮人"等七首,亦標志於題上。複見者"江西行"等七題,為逐題注明,以便觀覽。原本十行十八字,為拜經樓吳氏舊藏,余得之文英閣,曰校錄於此本,其中異字頗視此本為長,原有跋尾數行,認為吳壽暘虞臣筆,亦照錄焉。甲子夏至後一日,藏園居士記。

鈐"增湘"印

《李衛公詩集》校而無跋,卷末別紙手錄補遺詩一首。

《追昔遊詩集》目錄末葉識曰:明鈔本,九行二十字,楊惺吾遺書也,訛奪甚多,然佳處亦時有,"翡翠塢"乃多一句,語氣方完足。此舊本之可貴,非深於校勘者不知也。乙卯九月,沅叔記。

卷上末葉識曰:丙辰正月初十日校。

卷中末葉識曰:丙辰正月十三日,校於中華大學西園。

卷下末葉識曰:丙辰正月十五日,用季滄葦鈔本校訖。增湘。

《朱慶餘詩集》卷末附紙錄詩,並識曰:乙卯十一月十二日,校季滄葦鈔本,補詩十二首,附別紙。江安傅增湘記。

《姚少監詩集》卷五末葉識曰:辛未三月三日,叚得海源閣舊藏黃蕘圃手校宋蜀刻本,移錄一過,竟夕而畢。原本秖存五卷,今在海虞瞿氏,余二月初旬游南中曾得寓目,蓋余所藏《司空表聖集》同一板式也。藏園老人記。

卷八末葉識曰:乙卯除夕校至此卷。沅叔。

卷九末葉識曰:丙辰元日,晴暖無風,盆梅怒放,研朱校竟此卷,覺心怡神王,滿腔春意已盎然矣。增湘。

卷十末葉附紙錄詩,并識曰:丙辰元日,校季滄葦鈔本訖。補詩二十三首,錄之別紙。江安傅增湘記。

《樊川集》鈐"藏園校定羣書"印。卷一末葉識曰:七月初三日
校畢。

十五年後再識曰:庚午九月二十二日,依明鈔本校,史吉甫同
年所藏也。

卷三末葉識曰:庚午十二月初二日校。

卷四末葉識曰:丙辰立秋日校畢此卷。

十五年後再識曰:庚午十二月初二夕校。

卷五末葉識曰:史太史吉甫藏明寫本唐人集二十餘家,假來校
勘一過。《樊川集》未見宋刊,惟明代有翻宋本,此鈔本所出似與
之同一源也。庚午大寒節,藏園居士記。

鈐"沅叔"印。

《補遺》卷末葉為丙辰年(1916)書跋,曰:用明翻宋本校勘此
刻,四卷以前為《本集》,五卷為《外集》,六卷前半為《別集》。所
有異字多與席刻"一作"同。"五湖館"以下之詩,則翻宋本無之,
而《外集》"春日途中"七絕一首,又為席刻所無,則此兩本殆各出
一源,不能強合也。七月十六日,雨窗漫記,沅叔。

《李商隱詩集》卷上末葉識曰:丙辰六月二十二日校。

翌日再識曰:二十三日校。

卷中末葉識曰:六月二十二日校。

隔日再識曰:六月二十四日校。

卷下末葉識曰:丙辰六月二十三日,以蒙叟鈔本對勘訖,所據
亦一宋本也。沅叔記。

數日後再識曰:據季滄葦鈔本再校。六月廿六日,沅叔。

《溫庭筠詩集》卷一末葉識曰:六月廿日再校。

全集末葉章鈺過錄馮武識語,並識曰:馮鈔宋本行格與此本
同,中縫作"溫詩幾"及"溫別集",歸安姚氏藏書,宣統己酉入京師

圖書館。癸丑六月,沅叔屬校,長洲章鈺記。

　　鈐"章式之"印。

　　《李遠詩集》卷末葉補錄詩二首,並識曰:校延令鈔本,增補詩二首。乙卯十一月廿四日,沅叔。

　　《丁卯詩集》鈐"沅叔手校"、"萊娛室"印。卷首附紙為藏園跋文,曰:鈔本《丁卯集》六卷,每卷前行題"唐雲陽用晦許渾著"、"元信安祝得甫摯乾"兩行。半葉九行行十八字,前有元貞丁未孟夏金華王瑓序,序文錄如後。各卷首數亦記如左:卷上七言律三十三首、五言則十六首,卷下五言則六十五首,《續集》卷上七言詩六十六首、卷下五言句七十八首,《續補集》七言則五十八首,《外遺》詩七言則三十六首內七律十一首、七絕二十五首、五言則三十九首內五絕五首、散骹詩一首。通計詩　首。以席刻本勘讀一過,雖分類相同,然其《續集》、《續補集》外各卷其詩大都在《丁卯集》上下卷內見《續集》者一首、見《續補》者一首,其餘席刻之《續集》及《拾遺》、《續補集》、《外遺》詩共九十九首,皆元本所無,然則遵王所謂元本多於宋本者,殆不足信耶? 抑所見又一元本耶不可知矣。卷中惟外集"初春雨中"及"題慧山寺"二首為席刻所無,茲照於本卷上,至各卷次第則分注於每首上,其異字與宋本同者則加圈,識於旁,不別改云。甲寅三月二十五日校畢記,傅增湘[1]。

　　卷上目錄末葉朱筆識曰:李木齋師藏宋本《丁卯集》,半葉十行行十八字,黑口,單邊,蓋亦宋末坊本也。取校一過,異字往往而有,與席刻所稱宋本亦多不同,蓋席所見乃棚本,此乃單行本,故首數亦較多,蕘翁跋錄之卷尾。甲寅上元,沅叔記[2]。

---

①　此跋之後藏園手錄王瑓序文。
②　黃丕烈識語過錄在卷下末葉。正文以藍、綠、朱諸色筆校勘。

卷下目錄末葉藍筆跋曰：景宋本十行十八字，原出棚本，上卷詩一百九十三首，下卷詩一百十首，較木齋師所藏宋本，首數既少，次第亦異，其篇中異字與席刻所稱宋本作某者，只六七合，不知席所見宋本究為何本也。此書舊藏蘇州顧鶴逸家①，日本人島田載以東渡，董授經同年收之，假得對勘一過，與前校宋元兩本字句同者，圈識其旁，以清眉目，兩本所無則逕改之。甲寅七月二十六日，沅叔識。

《渭南詩集》卷一末葉識曰：乙卯十一月廿八日校。

卷二末葉補錄詩一首，並識曰：校季鈔本，異字殊尠。時雪壓園林，手僵腕凍，至不能拈筆。乙卯十一月廿九日，沅叔。

《會昌進士詩集》卷末葉補錄詩二首，補遺末葉識曰：洪憲元年正月初四日，校季鈔本訖。增湘。鈔本校此刻，少詩十四首，其"校獵曲"、"蠻家"二首又刻本所無，錄之左方。

《喻凫詩集》卷末附紙錄詩，并識曰：季滄葦鈔本合喻坦之為一集，然端臨《通考》兩人各有集，《英華》亦分載，不得以《唐詩品彙》為據也，茲校仍將坦之詩剔除。計補詩十首，錄如別紙。洪憲元年正月二日校竟曰記，增湘。

《唐姚鵠詩集》卷末附紙錄詩，并識曰：校季滄葦鈔本，補詩三首，改定若干。洪憲元年一月一日觀賀歸記此，增湘。

《梨岳集》卷末附紙手書補錄各詩，并識曰：乙卯十一月十五日，校季鈔本訖，並補詩三首。增湘。

《項斯詩集》卷末補錄詩二首，並識曰：乙卯十一月十日，校季本，補詩二首。沅叔記。

《段成式詩》卷末葉識曰：乙卯十一月望日，校季滄葦鈔本訖。

---

①　顧鶴逸所藏著錄於《藏園羣書經眼錄》，此跋文之末，藏園先生又錄該本藏印。

增湘。

《顧非熊詩集》鈐"常秋厓之圖記"印。卷末葉識曰：乙卯八月初八日，校明鈔本，目錄繁簡不同，卷中亦間有異字。沉叔。

《唐鄭嵎詩》卷末葉識曰：以滄葦鈔本唐詩校勘，改訂補入百有餘字，席刻號稱精本，而脫誤如此之多，可知刻書非參校數本，不可入木也。乙卯十一月初四日，積雪滿庭，圍爐校畢，因記數語，沉叔。

《唐隱居詩》卷末葉識曰：乙卯十一月初四日，天寒欲雪，十指如椎，偶取延令鈔本，校竟此卷。沉叔。

《李羣玉詩集》卷上末葉過錄黃丕烈跋文①。

《曹祠部詩集》鈐"沉叔手校"印。卷二末葉識曰：乙卯八月初六日，校明鈔本。沉叔。

鈐"增湘私印"印。

同年再校，并識曰：乙卯十一月廿三日，校季鈔本訖。沉叔。補詩四首寫之別紙②。

鈐"傅""沉叔"印。

《儲嗣宗詩集》鈐"校書亦已勤"印。卷末葉識曰：乙卯十一月二十日，校季滄葦鈔本訖。增湘。

鈐"沉叔"印。

《司馬扎先輩詩集》鈐"沉叔校勘"印。卷末葉識曰：乙卯十一月二十日，校延令鈔本訖。增湘。

《鹿門詩集》鈐"校書亦已勤"印。序言末葉跋曰：吳君佩伯新得鈔本《鹿門集》，乃張德榮手錄古歡堂本，其源出於金孝章。余

①　關於黃氏校宋書棚本，見諸《藏園羣書經眼錄》。
②　《補遺》之末附紙錄詩。

臨勘一過,前三卷次第都合,得異字二十八,其《拾遺》與《續補》編次皆與此本異,且溢出詩十二首《拾遺》四首、《續補》八首,附錄一篇,因手鈔附此本後①。據吳氏跋,謂《續補遺》一卷乃其手輯。當時席刻本已盛行,吳氏豈不見及,曰校戊籤而得之耶?殊難索解矣。乙卯八月初五日,祀孔子糾儀歸,沅叔附記。

　　鈐"增湘私印"印。

　　《賈浪仙長江集》卷首附紙為丁國鈞跋文,其曰:余藏明初奉新縣刊七卷本《浪仙集》,明葉子寅以宋本手校者,有黃蕘圃跋。乙卯九秋,沅叔先生來虞,見而賞之,為加長跋先生謂:自孟協律止是葉氏原校,以下則張訒庵借蕘圃景宋本續校者。所考致確。入都後郵寄此本,屬與奉新本對勘。按,奉新本實遜此本之善,然亦間有一得可取,茲以雌黃悉標于書眉,至葉校所據宋刻,殷、貞、禎、朗各字皆缺筆②。又如"寄孟協律不泣向路岐"、"送陳商新岐路交橫"、"送康秀才行岐逢塞雨",三岐字皆作歧。"寄令狐相公",題無絢字及小注五字。餘若"即事高崖燒漏多"句,缺燒字,"送李餘歸蜀津濟逢清夜"句缺濟字此類尚多,皆與何校本不同,似又別據一宋本,非鈍吟所云柳大中家本矣。爰用藍筆識其異處,其何校同者不再標舉云。乙卯季冬,常熟丁鈞秉衡記③。

　　九霞野逸為龔文照別字。龔,常洲人,藏書舊家也。慈培氏跋語未詳,坿及之。鈞又記。

　　鈐"丁氏秉衡"印。

---

　　① 《續補》之末附紙錄詩並吳翌鳳跋文及張德榮識語,鈐"藏園校定羣書"印。
　　② 所書寫各字缺末筆。
　　③ 丁鈞即丁國鈞(?－1919),字秉衡,江蘇常熟人。治樸學,有《荷香館瑣言》、《晉書校證》傳世。丁氏所藏葉、黃校《賈浪仙長江集》,此跋記載較詳。關於乙卯年(1915)常熟訪書於丁國鈞,尚可參閱《藏園羣書題記》"影宋本舊聞證誤書後"一文。

卷十之後墨制葉空白處，藏園手錄馮班識語。全書末葉又手
錄何焯跋文。附紙為吳慈培過錄識語一則曰：道光癸未秋九月，假
陳子雅藏本校定於崿溪寓館之敦好齋。九霞野逸文照記。

其後吳慈培書校勘跋文，曰：九霞野逸不知何許人，陳子雅藏
本亦不著云何本。其所校則明嘉靖間刻《中唐十二家詩集》本，京
師圖書館藏。沅叔三丈借歸，囑余對勘。彼所是正，太半鈍吟老人
已有，無特異處，然如第五卷“彬公房”，馮改彬作斌，彼校云宋本
及毛俱作彬；第七卷“平戎策”，馮改策作計，彼校云宋本毛本作
策；第八卷“鄰才”，馮改鄰作鄠，彼校云宋本毛本作鄰；又“湘川”，
馮改川作州，彼校云宋本毛本作川，其餘雖不標宋本而雌黃類此相
反者不可枚舉，當是所據各一宋本也。癸丑六月十八日，慈培識。

《陳嵩伯詩集》鈐“常秋厓之圖記”印。卷末附紙錄詩於題跋
之後，其跋曰：校季氏鈔本，增詩九首，其“續古”二首，“泉州刺桐
花”一首，即補寫於本題上方。“胡無人行”六首，以別紙錄之。今
日校唐集三首，獨此改訂為多。園林雪霽，日射硯池，研朱記此，為
忻愉無已。乙卯冬月廿九日，沅叔。今日為十二月朔，下筆時竟誤
書，附此更正。

《李昌符詩集》卷末葉識曰：乙卯冬月廿九日大雪，校季鈔本
訖。指直如椎，腕僵似鐵，幸卷中改正頗多，轉忘寒凍之苦。沅叔。

《張喬集》卷四末附紙錄詩於題識之後。其識曰：洪憲元年一
月初六日，校季鈔本訖，補詩三十八首。增湘。

《羅鄴詩集》卷末附紙錄詩於題識之後，其識曰：校延令鈔本，
補詩十八首，錄如別紙。增湘。乙卯十二月初二日。

《元英先生詩集》鈐“常秋厓之圖記”印。目錄末葉識曰：據明
抄本校抄本，卷數同此刻，而篇次先後大異，注明當篇目上，刻本計

溢出詩二十篇。乙卯八月,章鈺記①。

鈐"式之"印。

《甲乙集》鈐"常秋匡之圖記"印。目錄末葉識曰:丙辰正月初九日,校延令鈔本,補詩十一首,鈔附卷尾。此刻所有而鈔本無之者四首:大梁從事居氾水、崑崙水色、早行、詠白菊也。前後校此集計八日,人事作輟不常,兼以故鄉烽火,警耗頻聞,意緒惘然,何心鉛槧,擲筆為之悢悢不已。增湘。

卷一末葉識曰:丙辰正月初二日。

卷四末葉識曰:丙辰正月初三日。

卷五末葉識曰:丙辰正月初三日,再竟此卷。

卷七末葉識曰:丙辰正月穀日,天津厲齋校。

卷八末葉識曰:是夜入都,再畢此卷。沅叔。

《補遺》卷末附紙錄詩於此題識之後,其識曰:丙辰正月初九日校畢。

《于鄴詩集》鈐"常秋匡之圖記"印。卷末附紙錄詩於題識之後,其識語曰:取季滄葦鈔本校此集,溢出詩二十一首,錄之別紙,其餘異字亦不可勝計,第不知原出何本耳。乙卯十一月初四日,沅叔記於京師勺園厲齋。

十年後再校,并識曰:乙丑二月十四日,據明刊十子詩本校完。沅叔。

《于濆詩集》卷末葉識曰:去臘校延令鈔本,曰刻本缺葉未畢,今屬胥生鈔齊,補校訖。時丙辰二月十二日也,沅叔。

《文化集》卷末藏園手錄詩三首,並識曰:校季鈔本,補詩三首。乙卯冬至日,傅增湘記。

---

①　卷末以"藏園傅氏寫本"稿紙工筆補錄文三篇。

《曹從事詩集》卷末葉識語二則，其一曰：校季滄葦鈔本，次第相同，朱筆補四聯，錄於左方。乙卯十一月十八日，增湘記。

此後補錄四聯。辛酉年（1921）再識曰：涵芬樓藏影宋本《曹堯賓集》三卷，陸時化舊物也。辛酉七月既望校讀一過，增湘記。

《李山甫詩集》卷末葉識曰：乙卯八月初八日，校明鈔本，稍有異字，別注於旁。卷中所缺各字，鈔本乃一一與之合，知原本殘失久矣。傅增湘記。

《許琳詩集》卷末葉識曰：明鈔藍格本，楊惺吾所藏，九行二十字。昨夜校伍喬、曹鄴二集，無一異字，殊為悵然，今此集詩僅二十首，得異字二十餘，次第亦不同，信乎舊鈔之可貴也，為之忻慰不已。乙卯八月初七日，沅叔。

《邵謁詩集》卷末葉識曰：乙卯冬至後一日，校延令鈔本訖。傅增湘。

《周見素詩集》卷末附紙錄詩於題識之後，其識語曰：乙卯冬至後日，校季鈔本，補詩二首，錄之別紙。此刻塞上行一首，亦鈔本所無也。增湘記。

《司空表聖詩》鈐“常秋厓之圖記”印。卷三末葉識曰：乙卯十二月初三日校竟，次第都合，異字亦少，蓋同出一源也。增湘。

《章碣詩集》卷末葉識曰：乙卯八月初七日，以鄰蘇老人明鈔本校過。沅叔。

《秦韜玉詩集》卷末葉識曰：校延令鈔本訖，時乙卯歲十一月二十五日，乃新曆之除夕也，沅叔。

《雲臺編》卷首鄭谷序末葉藏園手錄何焯題識。

卷中末葉補錄詩一首。

卷下末葉跋曰：明藍格鈔本《雲臺編》三卷，何義門手批校，金冬心題籤。壬子三月杪得之上海書賈陳韞山①，是日余已買舟將發，韞山自甯來，強余至旅舍觀書，曰檢得此種，抱書疾行回埠，而舟已發矣，後四日乃得成行。甲寅十月校竟，聊記於此，以見余嗜書之癖，殆有不自解者矣。沅叔②。

《李才江詩集》卷末附紙錄詩於題識之後，其識語曰：乙卯十一月二十五日，校季鈔本，補詩七首。增湘。

《韓内翰香奩集》鈐"章鈺校讀"印。目錄末葉章鈺識曰：癸丑十一月，據分體本校。分體係寫本，題"玉山樵人集"，無翰林集名，《香籢集》題"玉山樵人香奩集"，各自為集，《香奩》列後，前坿傳略。《玉山樵人集》有四詩為此本所無，均照錄出，以備考證兩集。

卷末葉識曰：校延令鈔本訖，增"鞦韆"一首、"長信宮"二首，補書上方。丙辰正月二十四日校起，至二月初十日乃畢，因小兒病遲延者半月餘矣。沅叔手記。

《韓翰林詩集》卷末葉章鈺補錄詩四首，藏園識曰：據季延令鈔本校過，補詩四首，即右方所書玉樵各首也。丙辰二月初十日記，沅叔。

《唐英歌詩》鈐"常秋厓之圖記"印。卷上末葉識語二則，其一曰：丙辰正月十九日校。

其二曰：辛未十月初四日，依明寫本校過，此卷改定凡六十有八字。沅叔記。

卷中末葉補錄詩四首，并識曰：入夜戒嚴，客無到門者，曰得續校此卷，改定凡三十字。藏園老人初五夕記。

---

① 《藏園羣書題記》"顧千里校嘉祐集跋"稱陳韞山為"揚州書估"。

② 二十年後又專為之跋文，見諸《題記》。

卷下末葉識語二則，其一曰：丙辰正月二十日，校季鈔本，補詩四首。時大雪怒飛，軒窻積玉寸許，圍爐書此，以消永夕。沅叔。

其二曰：十月初六日校畢，訂正七十九字。全書改正凡一百七十有七字。沅叟記。

《杜荀鶴文集》卷上末葉補錄詩二首。

卷下末葉空白處手錄七絕四首，并識曰：校季鈔本訖，補詩六首，七絕四首，錄於左方；五律二首，附之上卷末。其餘增改字句亦至多，惟"春宮怨"一首，在彥之為佳篇，而鈔本轉不載入，殊不可解。俟詳考之。丙辰正月廿一日，沅叔。

十六年後再校識曰：辛未十月初四日，依明鈔本校訖。

《韋莊浣花集》鈐"常秋厓之圖記"印。目錄末葉空白處補錄朱承爵小記，並識曰：鈔本失去序目，缺字無從補正，可惜。沅叔記。

卷十末葉跋曰：明鈔藍格《浣花集》十卷，杭州書友楊耀松寄來，半葉十行行十六字，卷末有朱子儋記，闌外有"江陰朱氏文房"六字，疑即朱氏鈔本。開卷郡望題作杜陵，即與通行本異，卷中增改數十字，往往出季鈔外，知其所出根源較古，惟《補遺》卷內只"彩牋歌"、"詠白牡丹"二首，當是正德以前相傳之本。如此，今席刻所增必由後人補輯也。卷首有"覃碤"及"嘉興方氏子怡珍藏"二印，卷末有"元祺監古"、"季白真賞"二印，不知為何人存，以竢考。丁巳十二月初七日校畢，曰記之。增湘①。

據跋，則朱氏曾刻是集，然流傳乃絕少，何也？明人即據刻本重鈔，是當時亦稀見矣。前跋疏失，附志於此。沅叔。

_____

① 己未年藏園先生復書跋於明正德刊本《浣花集》，亦語及此明藍格寫本，書號2233。

　　《補遺》卷末葉補錄詩，并識曰：校季鈔本一過，次第都同《補遺》則否，惟分為六卷耳。《補遺》多“楊氏妓”一首，錄之左方。乙卯十二月初四日，增湘。

　　《徐寅詩集》鈐“常秋厓之圖記”印。卷一末葉識曰：癸酉四月十一日校。

　　卷三末葉識語二則，其一曰：洪憲元年元日，校季鈔本，次第都合，第分作四卷為異耳。增湘漫記。

　　其二曰：也是園鈔本《釣磯文集》，自卷六至卷十皆詩也。從瞿氏假得，以席刻校之，其字句略有異。惜篋中未攜有全集，以致前半文集無從校定也。癸酉四月，沅叔記。

　　《張蠙詩集》卷末附紙補錄詩二十首，并識語三則，其一曰：假瞿氏明寫本覆勘一通，原本經金耿菴、何義門、黃蕘圃諸家校定，其原則出於書棚本也。癸酉四月初十日，清泉逸叟記於孫氏小墨妙亭①。

　　其二曰：乙卯八月初七日，校明鈔本，改定十餘字。沅叔。

　　其三曰：以季滄葦鈔本再校。乙卯十一月初十日，沅叔。

　　《翁拾遺詩集》卷末葉空白處手錄詩一首，并識曰：校季鈔本，增詩一首，錄於左方，並改其顯然謬誤者數字。乙卯十一月五日，沅叔。

　　《唐任藩詩小集》卷末補錄詩五首，並識曰：校季鈔本，補詩五首，寫於右方。乙卯十一月初九日，傅增湘記。

　　《孟一之詩集》卷末葉識曰：乙卯十一月初六夜，校季滄葦鈔本訖。沅叔。

　　《唐李推官披沙集》卷首序言末葉跋曰：壬子十一月，購得楊

---

　　①　小墨妙亭係壽春孫多壒北京住所書齋名，孫氏曾在此影刻宋淳祐本《四書》。

惺吾所藏南宋書棚本《李推官披沙集》，初印精善，其直銀幣弍百圓，旋以絀於資，遂讓歸張菊生，置之涵芬樓中。北還時，廠賈適以景宋本相寄，即從惺吾本出者，曰以賤直留之。取席刻對勘，可以校正訛謬甚多，且有出惺吾所校外，以此知宋本之可貴，而余之失彼得此，差足自慰也。十二月初七日，沅叔記。

癸丑年（1913）再跋曰：是集既藏之涵芬樓矣，嗣與同年鄧孝先談及，孝先堅欲得之，余為之作緣，商之菊生，竟以歸之。孝先初得書棚本《羣玉》、《碧雲》兩集，遂名藏書之所曰羣碧樓，及得此集，復刻一印，曰"三李盦"，歷世數百，一旦合併，亦藝林佳話也①。余頻年搜采，獲此秘冊，乃以輾轉讓人，亦殊自失，然篋中藏有四寶，欲持以與三李相抗，未知孝先其許我否耶？癸丑十月，菊生自海上寄《披沙集》來，取此本再校並記顛末。沅叔。

《黃滔詩集》卷末葉識曰：以延令鈔本對勘，次第微有不同，增入詩三首，別紙書之。乙卯冬月，雪後嚴寒，沅叔記。

《林寬詩集》卷末葉識曰：乙卯十一月十六日，校季鈔本訖。增湘。

《曹松詩集》卷二末葉識曰：乙卯十一月二十三日，校季鈔本，次第皆同，異字亦少，惟無此下補遺四首耳。增湘記。

《李丞相詩集》目錄部分末葉識曰：瞿良士家藏書棚本，付諸影印，見貽一帙。取校此刻，字句都同，唯"敬愛寺"及"宿山房"二首次第稍異耳。戊午四月三十日，增湘記。

卷下末葉空白處手錄詩二首，并識曰：延令鈔本對勘，次第悉

---

① 《藏園羣書題記》有"影宋本披沙集跋"一文，亦記此事，可對讀。又，《題記》跋文尚敍觀海堂藏書及羣碧樓藏書大概去向。羣碧樓藏書今多在臺灣中央研究院傅斯年圖書館，數見鈐"三李盦"印記。

合,補詩二首錄如左。乙卯十月初六日,增湘記。

《碧雲集》卷中末葉補錄詩一首。

卷下末葉識語二則,其一曰:壬子十二月十八日,借鄧孝先藏宋本校訖。

其二曰:沈子封前輩藏鈔本,末有崇禎甲申幽吉堂主人題識,蓋錢求赤所校閱。取勘一過,頗有數處出宋本之外者,因以綠筆臨之,與宋本同者加圈識於旁,異者記於上方以別之。甲寅十月大雪節後一日,沅叔記。

《伍喬詩集》卷末葉識語二則,其一曰:乙卯八月初六日,校明鈔本,竟無一異字。沅叔。

卷末空白處手錄詩一首,再識曰:乙卯冬月初五日,校季滄葦鈔本,得異字二十餘字,補詩一首,錄於左方。沅叔。

《王周詩集》卷末葉識曰:乙卯十一月初四日,取延令鈔唐詩校此卷,得異字十餘,皆絕佳。卷中多詠川峽景物,讀之悅憶戊戌庚子間,在瞿唐灔澦中,聞三老長年呼嗓聲也。沅叔記。(書號317)

唐人選唐詩八種二十三卷

明毛晉編。明崇禎元年毛氏汲古閣刊本,半葉八行行十九字,白口,左右雙邊。鈐"洞庭孫氏珍藏"、"蘿邨蔣氏手校藏書"、"沅叔校勘"、"沅叔手校"、"校書亦已勤"印。臨何焯批校。此八種《藏園羣書題記》分別有跋,并錄何焯跋識,可參閱。

各集藏園先生跋識錄如下:

《國秀集》卷上末葉識曰:丙辰正月廿七日校。

卷中末葉識曰:丙辰正月廿七日。

卷下末葉鈐"志雅堂蔣國祥手校藏本"、"沅叔"印。識語曰:此集疑亦後人偽託。丙辰正月廿八日早起錄訖,原本義門平點,椒微師所藏也。增湘記。

《篋中集》序言之末識曰：校《唐詩紀事》一過，據楊惺吾所藏日本森立之校本也。

過錄何焯跋識，并識曰：丙辰正月二十七日，借椒微師所藏義門批校本迻寫一過，距校鄰蘇老人本已一年有半矣。增湘記。

《御覽詩》鈐"蘿邨蔣氏手校藏書"、"沅叔手校"印，并過錄何焯跋識。目錄末葉識曰：李木齋師藏義門手批校本，雨窗無事，對臨竟日而畢，黃朱二色，一仍其舊，以便識別。甲寅閏月十六日，沅叔記於京師勺園。

《河岳英靈集》鈐"沅叔校勘"印。序言部分補錄"集論"一則。卷上末葉識曰：丙辰正月晦日錄完。

卷下末葉過錄何焯丁丑年批語，并識曰：丙辰正月借木師所藏義門批本，移寫三日而畢。原本間有紫筆，是丁丑所閱，加注以別之。沅叔記。

《中興間氣集》鈐"沅叔手校"印。書眉行間批點頗詳。卷末過錄何焯識語二則，徐亮直之兄壬寅年識語一則。

《搜玉小集》卷末葉識曰：甲寅閏月十四日，假李椒微師藏義門評本，迻寫一過，當日而畢。沅叔。

鈐"校書亦已勤"印。

《才調集》首葉鈐"洞庭孫氏珍藏"、"校書亦已勤"印。卷一末葉識曰：十二月二十四日再校。沅叔。

卷二末葉識曰：十二月二十五日再校一過。

卷三末葉識曰：壬子十一月二十九日校，時移居新宅已一旬矣。十二月二十五日再校。

卷四末葉識曰：十二月二十六日重校。

卷五末葉識曰：十二月二十七日重校此卷畢。

卷六末葉識曰：十二月二十七日再校。

卷七末葉識曰：壬子十二月朔校，時已三鼓，忠兒在燈下學書，能輟筆代我對校，可喜也。

卷十末葉識曰：十二月初二日校畢。連日沈陰沍寒，今晨乃見朝旭，晴窗研朱，手柔心靜，其樂可知。壬子除夕再校畢。沅叔。（書號497）

三宋人集四十八卷

清方功惠編。清光緒六年碧琳琅館刊本。

各集藏園跋識錄如下：

《河東集》卷首陳澧序言之末跋曰：前月詣津門，訪徐君芷叔①，以新得寫本《柳先生集》十五卷，審為吳兔床、唐鷦安、吳仲懌遞藏之本。曰求假一校，竭日夜之力，三日而竣，異字皆改正於行間。兔床跋已刻入《拜經樓題跋》，不更錄之，唐跋亦無觀閱旨，故從略焉。錄其贊於左：“柳州耳孫，好為大言，理駁詞支，妄推太玄。漁洋卓識，名論探源，有物有恒，庶幾璵璠。偶校《河東集》，竊以為推與過情，爰作為贊，不欲阿所好也。五湖長。”歲在癸亥九月二十八日，藏園居士傅增湘錄。

卷首過錄唐鷦安跋文②，並識曰：辛未正月，芷叔復以相示，曰補錄唐跋於此。此跋昔年所未及也。藏園老人記。

卷一末葉識曰：癸亥九月二十五日，依吳兔床藏舊鈔本校定。

卷二末葉識曰：夜過三鼓，大風嚴寒，就老人臥室地爐取煖，遂

---

① 徐沅，字芷升。光緒年間進士。曾任職袁世凱政府。有《清秘述聞再續》傳世。

② 此跋文見諸《藏園羣書經眼錄》。

校畢此卷。萊娛室主人記,九月二十五日。

卷三末葉識曰:九月二十六日晨起,就南榮校字。

卷四末葉識曰:九月二十六日午刻。

卷五末葉識曰:九月二十六日午後校完。

卷六末葉識曰:九月二十六日,盛寒雪作,圍爐炙硯校竟。

卷七末葉識曰:九月二十六日,炳燭校訖,漏盡三刻矣。

卷八末葉識曰:曉雨淒寒,庭柯彫謝,偎爐呵筆,勘畢此卷。九月廿七日。

卷九末葉識曰:九月二十七日午後勘誦畢。

卷十末葉識曰:陰雨竟日,庭院清寒。出訪叔魯、壽遐、滌菴,歸已薄暮。張燈點筆,遂終兹帙。九月廿七日七鐘。

卷十一末葉識曰:九月二十七夜。

卷十二末葉識曰:九月廿七燈下校。

卷十三末葉識曰:同夕校。

卷十四末葉識曰:九月二十七日,夜二鼓校訖。

卷十五末葉識曰:九月二十八日早起校完。

《穆參軍集》有細小楷書過錄朱彝尊校勘,據《藏園訂補郘亭知見傳本書目》著錄,過錄者當為徐森玉先生。

《河南先生文集》范仲淹序言之末有跋曰:己未十月下浣,小病初愈,偶過帶經堂書肆,得見此書舊鈔本,為朱竹君、劉燕庭遞藏,曰假歸校於新刻本上,四日而畢,其改正所得別為記以詳之。十一月初四日,傅增湘記於藏園萊娛室。

卷一末葉識曰:己未十月二十五日,校於藏園之萊娛室。

六年後再校識曰:甲子上巳後四日,暘台探杏回,校畢一卷。

卷二末葉識曰:己未十月二十五日校。

六年後再校識曰:初七日午刻,游雙峰草堂回寺校此卷。是早越凡弟偕毛伯宗世兄旋都。

卷三末葉識曰:十月二十五日校。

六年後再校識曰:初七日午餐後竟此卷。

卷四末葉識曰:十月三十日校。

卷五末葉識曰:十月晦日校。

卷六末葉識曰:十月三十日午窗校。

卷七末葉識曰:十月三十日燈下校。

卷八末葉識曰:十月三十日燈右校。

卷九末葉識曰:十月三十日校。

卷十末葉識曰:十一月初二日,自津回,燈右校此。

卷十一末葉識曰:十一月初二日校。

卷十二末葉識曰:十一月初二日校。

卷十三末葉識曰:十一月初三日乃冬至後日也,早起校此。

卷十四末葉識曰:十月初三日校。

卷十五末葉識曰:十一月初三日校。

卷十六末葉識曰:十月初三日校。

卷十七末葉識曰:十一月初三日校。

卷十八末葉識曰:十一月初四日早窗校。

卷十九末葉識曰:十一月初四日校。

卷二十末葉識曰:十一月初四日校。

卷二十一末葉識曰:十一月初四日早起校。時天氣沉陰,霧淞滿樹。

卷二十二末葉識曰:十一月初四日校。

卷二十三末葉識曰:初四日午刻校。

卷二十四末葉識曰:十一月初四日校,是時微雪。

卷二十五末葉識曰:己未十一月初四日校。

六年後再校識曰：甲子三月初七日校。

卷二十六末葉識曰：十一月初三日校。

六年後再校識曰：甲子三月初七日校。

卷二十七末葉識曰：十一月初三日校。

六年後再校識曰：甲子三月初七夜，坐清泉吟社校畢。

《附錄》卷末葉識曰：己未十一月初四日校畢。

書末葉跋曰：余前得朱竹君藏鈔本，校於此刻上，匆匆已六年矣。二月訪周叔弢於津門，偶見此蕘圃校本①，係臨吳枚菴、錢竹汀二家者，又有周季貺參校各條，甚為細密，惜只存卷一至三、卷二十五至二十七，共六卷。曰假歸用墨筆校改於卷中。原本為明人寫本，時有脫簡，蕘翁以細筆補書於眉。今此刻固不脫，第取其異字一二耳。甲子三月初七日，沅叔手記。昨日翼庵、無夢、庚樓旋京，今晨越凡弟及毛伯宗亦去，惟余與蘭姬在此共晨夕耳。今日天氣融和，萬杏怒開，溫香紺雪，怡魂蕩目，諸君乃不及小待，寧不惜哉？清泉吟社記。（書號416）

宋人集五十六種二百七十三卷

李之鼎編。民國年間李之鼎宜秋館刊本。

各集藏園跋識錄如下：

《金氏文集》鈐“沅叔手校”印。卷上末葉鈐“沅叔”印，并識曰：丁卯九月初七日，校正三十八字。

卷下末葉鈐“沅叔”印，并識曰：丁卯九月十三日，依法梧門藏館鈔本校訖。訂正二十五字。

《蘭皋集》卷首方回序言之末，藏園補錄宋咸淳年間宇文十朋

---

①　此處過錄尤袤跋語一則，黃丕烈跋語二則，黃跋見諸《藏園羣書經眼錄》。

文一則,其後識曰:《新安文獻志》卷五十四有"對燈詠感"七律一首,補錄於後。沉叔記。

卷上末葉跋曰:文友堂得影寫元本,八行十六字,分卷次第與此刻正同。卷首呂午、方岳、程鳴鳳、王應麟、方回、宇文十朋、羅椅各序跋皆照原蹟摹寫,印記亦模仿絕精,然文字絕無異處,秪宇文、羅二序玆本失載,補錄之卷中,俾後來有攷焉。沉叔書于藏園。戊辰八月廿一日校。

卷下末葉補錄宋咸淳年間羅椅序言,其後識曰:戊辰八月二十一日,書潛手錄。

其後再跋曰:影宋寫本①,八行行十六字,前有呂午、方岳、程鳴鳳、王應麟、方回、宇文十朋、羅椅諸家序,楮墨明湛,摹槧精麗,當是國初藏書家所為。收藏圖記有:侯登岸、穆止瘦鶴藏書、冰香樓、古愚西河毛氏藏書之印。戊辰歲曾假自文友堂書肆,取此刻勘過,今日偶過肆,又見及之,曰攜回詳誌於卷尾。丁丑九月初十日,藏園老人識。

《秋堂集》卷首陸心源《宋史翼》本傳之末,過錄戴光曾題跋數則,以藏園"仿書棚本行格"稿紙抄錄柴望別集序兩篇,并識曰:癸未五月十二日,從趙世兄元方假閱,以新刻本手校一過,并錄戴松門跋四則於卷首。江安傅增湘誌於頤和園宿雲簷下,時年七十有二。

卷一末葉補錄文一則,并識曰:癸未五月十三日,藏園老人錄於罋山西麓。

卷二末葉補錄文一則,并識曰:癸未五月十三日,藏園老人燈右錄,時寓萬壽山之雲巖山館。

---

① 《藏園羣書經眼錄》稱"似從宋末元初本影寫者"。

卷三末葉補錄文一則。

《古梅吟稿》卷首藏園跋曰：昔年在廠市得舊鈔本，乃傳寫明代吳惟時較刻者，曰屬纍頌生錄副一通。頃閱李氏叢刻，曰取以校勘，改定凡七十六字，補五言律一首。李刻亦同出吳本，而奪誤乃若是，殊不可解。李君刻《宋人集》甲乙丙丁四集，得五十餘家，其志可嘉，惜其聞見狹陋，意識膚淺，不足語於文章之事也。丙寅清明節，傅增湘記。

四年後再校識曰：己巳四月，以范氏邢村《宋人小集》本校過①，補"重陽客中"五律一首，改定百許字。沇叔手記"重陽"詩丙寅已校補矣。

卷一末葉補錄五言詩一首，并識曰：丙寅二月十九日，據傳鈔本校。

卷二末葉識曰：二月二十日校。

卷三末葉識曰：丙寅清明前日校。

卷四末葉識曰：丙寅清明節，畏兵不敢出城，惟楗戶校書以自遣。

卷五末葉識曰：清明節。

卷六末葉識曰：清明節校。

《鐵牛翁遺稿》卷末葉識曰：丙寅上巳，以蘭泉藏鈔本校讀，改定數字。藏園。

《待清軒遺稿》卷末葉識曰：丁卯三月初九日，據知不足齋寫本校定，凡改正八十四字，補詩六首。沇叔識。

書末跋曰：《待清軒遺稿》，知不足齋鈔校本，題"宋處士待清先生潘音撰，東崖居士徐雲卿錄"。雲卿得於外伯父潘味澹，原帙

---

① 據《藏園羣書經眼錄》著錄，當是清康熙年間寫本《宋元小集》，徐坊遺書。

殘損,錄其可讀者,得詩數十篇,蓋味澹乃音之五世孫也。檢此刻對勘,開卷"采芝歌"即脫三首之下半與四首之上半,使兩首誤綴為一。五律脫"石佛寺"一首,五絕脫"社日"四首、"感詠"一首,皆錄如別紙。後有永樂辛卯天台戴沈傳撰傳一首、湖廣道御使蔡用強像贊一首、嘉靖己亥裔孫日升刻《遺稿》跋一首、七世孫壻徐雲卿序一首,亦併錄焉。緣稿錄於雲卿,至嘉靖時日升乃得刊行也。此外有"讀書錄"一卷,不備錄。李氏刊此集時,所得為金陵朱氏本,展轉鈔寫,缺失遂多,其不及鮑氏直從嘉靖本出遠矣。丁卯三月初十日,鳳邁丙舍記,沅叔。

《雁山吟》卷末葉識曰:用張芷齋《宋人小集》本校勘,訂正二十一字,後坿裔孫繼梗跋,別錄於後。書湑偶志,時己巳三月。

《說劍吟》卷末葉識曰:依張芷齋舊藏鈔本《宋人小集》校讀,凡補訂十七字。末有裔孫繼梗跋一則,錄之別幅,可以考見仲安之本末也。己巳三月二十二日,傅增湘記。

《晏元獻集》一卷《補編》三卷,《補編》卷一末葉補錄銘一則。

卷二末葉補錄詩三首,并跋曰:海鹽范邢村寫本《宋人小集》錄同叔詩十五首,今校此本,以朱記於題上,"葵花"、"水晶宮"、"種竹"三首則輯本失載,校畢囙寫坿於此,第范氏未著明采自何書耳。四月初二日,游百花陀歸校畢記。沅叔書。

《慶湖遺老詩集》九卷《坿錄》、《補遺》各一卷,卷一末葉識曰:癸亥十月初四日校。

《馮安岳集》書名葉識曰:甲子五月十七日,依舊鈔本校於暘台清泉吟社。

卷一末葉識曰:甲子五月十七日,循澗看種松,回校此。

卷三末葉識曰:五月十七日,午睡初足,弄筆遂完一卷。

卷四末葉識曰:五月十七日正午。

卷五末葉識曰：十七日午刻。

卷六末葉識曰：十七日午後。

卷七末葉識曰：十七日。

卷八末葉識曰：十七日。

卷九末葉識曰：十七日未刻，小憩片時又校。

卷十末葉識曰：甲子五月十六日雨後，宿清泉吟社校讀。

卷十一末葉識曰：是夕再頌此卷，皓月已出松陰矣。沅叔，十六日。

卷十二末葉識曰：十七日未刻。

又跋曰：前年自陳立炎店中假得舊寫本，半葉十一行行二十四字，為盛百二、蔣香孫所藏。頃將檢寄還之，曰取此本攜來山中，校讀一日而畢，異時刻入《蜀賢羣籍》，可就此改正也。藏園主人記。

《無為集》卷一末葉識曰：癸亥十一月朔校。

卷二末葉識曰：十一月朔日。

卷三末葉識曰：十一月朔。

卷四末葉識曰：十一月朔。

卷五末葉識曰：十一月朔。

卷七末葉識曰：同日燈右勘畢。

卷八末葉識曰：夜二鼓，東城訪徐星署世兄歸校訖。

卷九末葉識曰：是夜亥刻校畢。

卷十四末葉識曰：十一月初一日夜四鼓校。

《月洞吟》卷首補錄三則序文。

卷末葉識語二則，一曰：己巳三月，用范氏也趣軒《宋人小集》本校訂，其題上未加朱者，范本所無也。書潛志於藏園。

二曰：頃得嘉慶癸酉王楠刊本，核對乃知，此本所錄祇上卷，尚缺卷末詩十二首，其下卷詩共一百四十六首，併別鈔坿後，以成完帙焉。己巳五月,沅叔再志①。

《北遊集》卷末補錄文一則,詩六首,無跋識。

《洛陽九老祖龍學文集》卷一末葉識曰:丙寅十一月十四日,據李南澗寫本校。

卷二末葉識曰:二十一日校。

卷三末葉識曰:十一月廿五日。

卷四末葉識曰:廿五夜。

卷五末葉識曰:廿五夜校。

卷六末葉識曰:廿五夜校。

卷七末葉識曰:十一月二十五日亥刻。

卷八末葉識曰:十一月二十六日校。

卷九末葉識曰:二十六日校。

卷十末葉識曰:丙寅十一月二十日校。

卷十一末葉識曰:二十六日校。

卷十二末葉識曰:廿七日校。

卷十三末葉識曰:廿七日校。

卷十四末葉識曰:此卷《西齋話記》可抉出別刻之。② 藏園。十一月廿七日。

卷十五末葉識曰:十一月二十七日校。

卷十六末葉識曰:丙寅十一月廿七日校畢。

其後藏園補抄乾隆李文藻跋文一則③,并跋曰:徐梧生司業遺書散出,宋元人集多舊鈔。此《祖龍學集》其一也,翰文齋送閱,留

---

① 此處附紙補錄詩及明清跋文三首。

② 李文藻跋文見諸《藏園羣書經眼錄》。

③ 係一部雜記。

之案頭數日，就新刻斠正一過，粗有改訂。蓋新刻出徐積餘藏本，余曾覯之，亦自宋槧出也。丙寅新曆除夕，沅叔手記。

《敝帚稿略》卷一末葉識曰：丁卯五月十四日，校於津門寓齋。

卷二末葉識曰：丁卯五月十八日校。

卷三末葉識曰：五月十八日校。

卷四末葉識曰：五月二十日校。

卷五末葉識曰：五月廿三日入山，宿清水院校此。

卷六末葉識曰：宿清泉吟社，夜雨忽作，煩襟滌盡矣。丁卯夏至。

卷七末葉識曰：丁卯夏至後日，校於盤青閣。

卷八末葉鈐“萊娛室”、“沅叔手校”印，并識曰：丁卯五月廿四日，依法梧門藏《四庫》寫本校畢。時逭暑於暘臺清水院之盤青閣。藏園居士沅叔氏記。

《倪石陵書》卷首“提要”之後跋曰：正月十三日，翼庵初度，余往賀之。酒闌，出此書鈔本見示，乃安樂堂、明善堂、宣城李氏所遞藏者，係照麻城毛鳳韶刊本傳錄，首毛序，次目錄。本書中首傳，次書辯跋，終以後序，與閣本編次微異。取此刻校“上高宗書”，中補文兩段，皆以嫌忌刪去者。“上周侍書”則脫去一行廿二字，其餘改訂殆不下百許字，甚矣，官本之不足據，而愈以見舊鈔之彌足珍矣。是夕校起，翌晨而畢，因書其大略如此。藏園居士傅增湘記。

《勿齋集》卷上末葉識曰：丁卯三月二十九日，依《道藏》本校。

卷下末葉識曰：據正統《道藏》本校，凡增改一百八十五字，其中出館臣誤改者，蓋十之三四也。丁卯四月初二日，書於大覺禪寺之清泉吟社。藏園居士。

《骳稿》卷末葉識曰：丁卯三月下浣，以羣碧樓影宋本校畢。藏園居士。

《宋九僧詩》卷末葉過錄吳翌鳳跋文一則,并識曰:丁卯三月,沅叔重錄。

李之鼎刊記之末再識曰:丁卯清明後六日,依舊鈔本校於鳳阿丙舍。沅叔識。

《寒松閣集》卷三末葉識曰:鈔本尚有宋時饒魯、李士英二跋,又嘉靖周怡、汪以湘、吳儀欽、吳景明四跋,別紙錄之。丁卯七月十九日,雨窗校畢。原本朱竹垞所藏,假之涵芬樓者也。沅叔志①。(書號417)

文選注六十卷考異十卷

唐李善注。清同治八年湖北崇文書局翻胡克家刊本。鈐"藏園校定羣書"、"雙鑑樓"、"校書亦已勤"、"藏園"、"沅叔手校"、"藏園秘笈"、"沅叔校勘"印。據《藏園訂補邵亭知見傳本書目》記載,曾用卷子本校勘,再據日本古鈔集注本校勘,又據北宋天聖明道本殘卷校勘。

各卷藏園先生跋識錄如下:

卷二末葉識曰:甲寅十一月初九日校畢。

六年後再校識曰:庚申七月二十六日校北宋殘本訖。

卷四末葉識曰:庚申八月初九日校。

卷五末葉識曰:庚申八月十一日校。

卷八末葉識曰:庚申中秋日校。

卷十末葉識曰:甲寅十月二十三日校。十一月十一日再校。

卷十一末葉識曰:甲寅十月二十四日校。十一月十一日再校。

卷十二末葉識曰:甲寅十月二十四日校。十一月十一日再校。

---

① 此處附藏園"仿書棚本行格"稿紙抄錄六跋。

卷十四末葉識曰：十一月十二日再校。

翌年再校識曰：乙卯十月，以楊惺老所藏古鈔卷子再校。沅叔。

卷十六末葉識曰：甲寅十月二十五日校。十一月十三日再校。

卷十八末葉識曰：甲寅十月二十六日校。十一月十四日重校。

卷二十末葉識曰：甲寅十月二十七日。十一月十五日再校。是日為新除夕，自稊園宴歸，皓月流天，萬象澄澈。

卷二十九末葉識曰：甲寅十月二十七日再盡此卷。十一月十六日再校。是日赴津。

卷三十末葉識曰：甲寅十月二十七日校。

卷三十二末葉識曰：甲寅十月二十八日校。

卷三十四末葉識曰：乙卯四月廿一日。

卷三十八末葉識曰：甲寅十月二十八日校。十一月二十日再校。

卷四十末葉識曰：甲寅十月二十九日校。十一月二十四日再校。

卷四十一末葉識曰：甲寅十月二十九日校。十一月二十五日再校。

卷四十二末葉識曰：甲寅十月二十九日校。十一月二十五日再校。

卷四十三末葉識曰：甲寅十月三十日校。

卷四十四末葉識曰：甲寅十月三十日校。十一月二十五日再校此卷訖，聞楊惺吾先生於昨日逝世，遺稿未畢，楹書誰付？為之泫然。

翌年再校識曰：乙卯四月廿九日校。

卷四十六末葉識曰：甲寅十一月朔校。十一月二十六日再校。

卷四十七末葉識曰：十一月初二日校。是夜再校。

卷四十八末葉識曰：甲寅十一月初三日校。廿七日再校。大風嚴寒，是日回都。

卷五十末葉識曰：甲寅十一月初四日校。二十七日再校。

卷五十一末葉識曰：乙卯四月卅日。

卷五十二末葉識曰：十一月初四日校。二十八日再校。

卷五十四末葉識曰：甲寅十一月初五日校。二十八日再校。

卷五十六末葉識曰：甲寅十一月初七日校，是日長至節。二十九日再校。

卷五十七末葉識曰：甲寅十一月初八日校。

卷五十八末葉識曰：甲寅十一月初八日校。二十九日再校。

翌年再校識曰：乙卯五月初一日校。

卷六十末葉鈐“傅”、“沅叔”、“藏園”印，并識曰：甲寅十一月初八日校訖。十二月朔校訖。（書號487）

文苑英華一千卷

宋李昉等輯。明隆慶元年胡維新、戚繼光刊本，半葉十一行行二十二字，白口，四周單邊。鈐“馮氏辨齋藏書”、“熹谿畊餘樓”、“含英咀華”、“藏園日課”、“藏園老人六十以後手校”、“雙鑑樓”、“增湘”、“藏園”、“二十年中萬卷書”、“沅叔手校”、“沅叔”、“傅印增湘”、“藏園居士”印。本書校勘所用諸部宋刊本及范坦臨葉樹廉校本，可見於《藏園羣書題記》之長跋。國家圖書館另存傅增湘《文苑英華校記》謄清本，全書以竪排表格逐卷指出異文及其所在葉、行，該謄清本鈐有“雙鑑樓珍藏印”、“沅叔校定”、“忠謨繼鑒”印，末有己卯（1939）七月藏園跋語，“此書自丙子九月鈔開校，中間作輟不常……葉石君校本一部，皆餘家舊藏也。己卯七月，傅增湘識"①。北京圖書館出版社 2006 年影印該《文苑英華校記》。

各卷藏園跋識錄如下：

卷一末葉識曰：此卷訂正四十有八字。丙子九月三十日，依明鈔本校。藏園。

卷二末葉識曰：丙子十月初二日校。

卷三末葉識曰：初三日校，改正四十四字。沉未記。

卷四末葉識曰：十月初三日校，改正六十二字。

卷五末葉鈐"含英咀華"、"藏園日課"印，并識曰：丙子十月初四日校，正定六十一字。藏園記。

卷六末葉識曰：十月初五日校，改正六十三字。沉叔記。

卷七末葉識曰：十月初六日校，訂正八十八字。

卷八末葉識曰：丙子十月初八日校，訂正六十三字。

卷九末葉識曰：十月二十八日校，訂正三十九字。

卷十末葉識曰：丙子十一月初六日校，改訂五十八字。

卷十一末葉識曰：丙子十一月十三日校，訂正二十有七字。

卷十二末葉識曰：丙子十一月十三日校，訂正二十字。

卷十三末葉識曰：冬月十四日校，訂正四十五字。是夕息庵、無夢來訪，坐長春室鬯譚，更漏三轉始去。沉叔記。

卷十四末葉識曰：丙子十一月十五夜校，改正四十有五字。藏園記。

卷十五末葉識曰：十一月十七日校，改正二十有一字。

卷十六末葉識曰：丁丑上巳，校於暘臺山清水院，凡改訂三十有六字。

卷十七末葉識曰：丁丑三月初七日，宿於萬壽山宿雲簷下，校

①　該跋文亦見於此本校勘之末。

定此卷,改正二十有四字。藏園手識。

　　卷十八末葉識曰:三月初七日,與息菴夜譚,又校完此卷,訂正二十一字。藏園老人記。

　　卷十九末葉識曰:丁丑十月十九日校。

　　卷二十末葉識曰:丁丑十月二十日校。

　　卷二十一末葉識曰:丁丑十月二十一日,依明鈔本校,改正二十四字。

　　卷二十二末葉識曰:丁丑十月小雪節校,改正四十三字。

　　卷二十三末葉識曰:丁丑十月廿三日校,訂正二十三字。

　　卷二十四末葉識曰:丁丑十月二十三日校,改正三十一字。

　　卷二十五末葉識曰:丁丑十月二十三日校,訂正五十字。

　　卷二十六末葉識曰:丁丑十月二十四日校,訂正三十字。

　　鈐“沅叔”印。

　　卷二十七末葉識曰:丁丑十月二十五日校,增改六十二字。

　　鈐“沅叔”印。

　　卷二十八末葉識曰:丁丑十月二十六日校,訂正五十九字。

　　鈐“藏園”印。

　　卷二十九末葉識曰:丁丑十月二十七日校,改訂三十七字。

　　鈐“沅叔”、“藏園”印。

　　卷三十末葉識曰:丁丑十月二十八日校,訂正二十九字。

　　卷三十一末葉識曰:丁丑十月二十九日校,改訂十八字。

　　鈐“藏園”印。

　　卷三十二末葉識曰:丁丑十月三十日校,訂正三十四字。

　　鈐“沅叔”印。

　　卷三十三末葉識曰:丁丑十一月朔,校正四十二字。

　　鈐“藏園”印。

卷三十四末葉識曰：丁丑十一月初二日，校正四十一字。

鈐"沅叔手校"印。

卷三十五末葉識曰：丁丑十一月初二日，校正三十六字。

鈐"沅叔手校"印。

卷三十六末葉識曰：丁丑十一月初四日，校正四十一字。

鈐"沅叔手校"印。

卷三十七末葉識曰：丁丑十一月初五日，校正四十八字。藏園記。

鈐"藏園"印。

卷三十八末葉識曰：丁丑十一月初六日，校正四十七字。

鈐"增湘"印。

卷三十九末葉識曰：丁丑十一月初八日，校正三十九字。

鈐"沅叔手校"印。

卷四十末葉識曰：丁丑十一月初九日，校正六十二字。

鈐"沅叔手校"印。

卷四十一末葉識曰：丁丑十一月十一日，校正四十三字。

卷四十二末葉識曰：丁丑十一月望，校正三十一字。

卷四十三末葉識曰：丁丑十一月十七日，校正二十七字。

卷四十四末葉識曰：丁丑十一月十八日，校正四十三字。

卷四十五末葉識曰：丁丑十一月十九日，校正三十五字。

卷四十六末葉識曰：丁丑十一月二十一日，校正四十五字。

鈐"沅叔手校"印。

卷四十七末葉識曰：丁丑十一月二十二日，校正五十七字。

鈐"沅叔手校"印。

卷四十八末葉識曰：丁丑十一月二十五日，校正三十五字。

鈐"藏園"印。

卷四十九末葉識曰：丁丑十一月二十六日，校正三十五字。
鈐“沉叔手校”印。

卷五十末葉識曰：丁丑十一月二七日，校正三十八字。
鈐“沉叔”印。

卷五十一末葉識曰：丁丑十一月二十八日，校正一百五字。

卷五十二末葉識曰：丁丑十一月三十日，校正一百六十二字。

卷五十三末葉識曰：丁丑十二月初六日，校正八十二字。藏園
老人。

卷五十四末葉識曰：丁丑十二月十五日，校定一百十六字。沉
叔記。

卷五十五末葉識曰：丁丑十二月十六日，校正四十八字。

卷五十六末葉識曰：丁丑嘉平月十八日，校正三十四字。沉
叔。

卷五十七末葉識曰：戊寅正月十七日，校定五十一字。

卷五十九末葉識曰：此卷校正五十二字。正月十七日，沉未。

卷六十末葉鈐“沉叔手校”、“二十年中萬卷書”印，并識曰：戊
寅正月十七日，校正四十一字。書潛記。

卷六十一末葉識曰：此卷訂正四十三字。戊寅正月十九日，書
潛記。

卷六十二末葉識曰：此卷校正四十三字。戊寅正月二十日。

卷六十三末葉識曰：此卷校正四十字。戊寅正月二十九日。

卷六十四末葉識曰：戊寅二月初六日，自津門旋京，校此卷，改
正三十字。藏園老人記。

卷六十五末葉鈐“沉叔手校”、“藏園六十以後所校”印，并識
曰：此卷定正四十八字。二月初六夜校畢記。

卷六十六末葉識曰：此卷改正四十八字。戊寅二月初七日，沉

叔記。

卷六十七末葉識曰：初七夜，校改三十五字。藏園老人。

卷六十八末葉識曰：校明鈔本，訂正三十二字。二月初八日記。

卷六十九末葉識曰：此卷校正二十八字。二月初十日，藏園記。

卷七十末葉識曰：據明鈔本校讀終卷，改正四十三字。戊寅二月初十日，藏園老人記。

卷七十一末葉識曰：此卷校正五十九字。戊寅二月十一日，沅叔記。

卷七十二末葉識曰：二月十一夜午，又校此卷，改正六十字。藏園老人。

卷七十三末葉識曰：此卷校正八十二字。二月十二日，沅叔志。

卷七十四末葉識曰：此卷校正八十八字。戊寅二月十三日記。

卷七十五末葉識曰：夜靜又校此卷，改訂九十七字。二月十三日，沅叔記。

卷七十六末葉識曰：此卷校正五十七字。戊寅二月十四日，沅叔誌。

卷七十七末葉識曰：此卷校正五十八字。二月十四日燈右志。

卷七十八末葉識曰：此卷校正六十七字。二月十五日，藏園誌。

卷七十九末葉識曰：校正一百四字。十五日燈下記。

卷八十末葉識曰：此卷依明鈔本校正八十二字。戊寅二月十六日，沅叔誌。

卷八十一末葉識曰：戊寅二月十六日，校正五十一字。藏園老人。

卷八十二末葉識曰:二月十七日,校明鈔本,改訂六十五字。

卷八十三末葉識曰:此卷校定五十六字。二月十七日。

卷八十四末葉識曰:此卷校正六十一字。二月十八日,沅未記。

卷八十五末葉識曰:此卷十四篇乃潘炎所作"瑞應賦"也。取明鈔本校讀,改定三十三字。戊寅二月十八日,藏園記。

卷八十六末葉識曰:二月十九日,校正四十七字。

鈐"沅叔手校"印。

卷八十七末葉識曰:二月二十一日,校正五十四字。

鈐"沅叔手校"印。

卷八十八末葉識曰:此卷校正三十一字。二月二十一日,沅叔記。

鈐"增湘"印。

卷八十九末葉識曰:此卷校定五十一字。戊寅二月二十三日。

鈐"沅叔手校"印。

卷九十末葉跋曰:昨歲殘臘患頸瘍,延哈銳川診治①,至今日始封肌告痊,前後歷三月。蓋衰年血虧,兼逢喪亂,心緒拂鬱所致,記此自警。據明鈔本校正三十有二字。戊寅二月二十二日,藏園老人。

鈐"藏園"印。

卷九十一末葉識曰:依明鈔本校正四十二字。戊寅二月二十三日,藏園老人。

卷九十二末葉識曰:此卷校正五十二字。二月二十四日,藏

---

①　哈成惠(1891－1949),字銳川,河間人。民國年間名醫,擅長外科。

園。

卷九十三末葉識曰：此卷校正六十一字。二月二十五日，沅叔記。

卷九十四末葉識曰：此卷校正三十二字。二十五日，書潛再誌。

卷九十五末葉識曰：此卷校正五十八字。二月二十六日，沅叔記。是日春雨霏微，園林清潤，雜花含蕚，細柳抽芽，頗憶江南杏花時節也。

卷九十六末葉識曰：此卷校正二十七字。藏園記。是日午後雨作，始聞雷聲，然雨中雜雹如蠶豆，亦災異也。

卷九十七末葉識曰：王無功"北山賦"宜別鈔，存其清迥閒適之趣，頗足怡情。注中詳於文中子事，亦可供考證。此卷校正一百四字。二十七日校畢，夜漏三轉，神昏目眵矣。

卷九十八末葉識曰：此卷校正七十四字。二月二十八日，藏園記。

卷九十九末葉識曰：此卷校訂二百六十一字，可謂夥矣。皇甫氏"大隱賦"最愜夙心，使人神往，宜選入悅心編，以資諷誦。廿八夜，沅叔記。

卷一百末葉跋曰：丙子夏得此本於邃雅齋，見其紙墨精湛，遂動校勘之興。自九月杪開校，作輟不恒，秪得十餘卷。昨歲十月，以株守嚴城，佪定為日課，藉以自遣。歷四月有餘，始完此百卷，若每日三卷為率，竢至歲暮，庶可竟此鴻功也。爰識此以自勵。沅叔手記。

此卷校正三十八字。二月二十九日，藏園老人誌。

卷一百一末葉識曰：改定三十六字。二月二十九日。

鈐"沅叔"印。

卷一百二末葉識曰：戊寅二月二十九日校畢，改訂二十九字。沅叔。

鈐“藏園”印。

卷一百三末葉識曰：此卷校定五十三字。二月三十日，沅叔志。

鈐“增湘”印。

卷一百四末葉識曰：此卷校正二十九字。三月朔，沅叔記。

鈐“藏園”印。

卷一百五末葉識曰：此卷校正二十四字。三月朔，藏園記。

鈐“書潛”印。

卷一百六末葉識曰：此卷校正四十四字。三月朔記，是日共校三卷。

鈐“藏園”印。

卷一百七末葉識曰：三月初二日校畢，改正五十九字。是日赴宴，大醉而歸，故僅能勘此一卷，書以自警。藏園老人。

卷一百八末葉識曰：三月三日，游昆明湖泛舟，向夕而返。展卷校此，凡勘正五十有三字。藏園老人記。

卷一百九末葉識曰：此卷增改一百五字。沅叔禊日記。

卷一百十末葉識曰：三月三日，就燈右更校此卷，訂正三十字。書潛。

卷一百十一末葉識曰：此卷校正六十一字。三月初四日。

卷一百十二末葉識曰：三月初五日，校正二十九字。是日清明節。

卷一百十三末葉識曰：是夕又校此卷，改正四十六字。沅叔。

卷一百十四末葉識曰：夜漏三下，更畢茲卷，改正四十五字。沅未記。

卷一百十五末葉識曰：戊寅三月初六日，午前游稷園看花，坐茶坊中校此，改正三十有二字。藏園老人。

卷一百十六末葉識曰：此卷改定六十三字。三月初六日。

卷一百十七末葉識曰：同日校畢，改定三十四字。書潛。

卷一百十八末葉識曰：此卷校正三十八字。同日又記。

卷一百十九末葉識曰：此卷校正五十四字。初六日記。

卷一百二十末葉識曰：鐙下校畢此卷，改正五十七字。今日校至六卷，為力可謂勤矣，長此鍥爾不舍，今歲庶可蔵功。沅尗手識。

卷一百二十一末葉識曰：此卷校正四十六字。戊寅三月初八日。

卷一百二十二末葉識曰：同日校此，訂正五十三字。別有校記四行，誤書於下卷。沅叔附記。

卷一百二十三末葉識曰：補校記一百零七字。夜靜，更校此卷，改定九十三字。藏園記。

卷一百二十四末葉識曰：此卷校正三十九字。三月初八日。

卷一百二十五末葉識曰：此卷校正八十四字。三月初八日。

卷一百二十六末葉識曰：兩賦通改正一百四十九字，可謂多矣。今日共校三卷。戊寅三月初八日，藏園記。

卷一百二十七末葉識曰：三月初九日，校定八十五字。沅尗記。

卷一百二十八末葉識曰：此卷校正三十七字。初九日，沅叔志。

卷一百二十九末葉識曰：此卷校正八十七字。初九日。

其後手書校記八行，并識曰：右補校記凡二百二十八字。三月十二日補錄。

卷一百三十末葉識曰：此卷校正六十五字。初十日。

卷一百三十一末葉識曰：此卷校正六十字。戊寅三月初十日。

卷一百三十二末葉識曰：此卷校正六十五字。三月初十日。

卷一百三十三末葉識曰：三月十二日校畢，訂正五十四字。昨日以事冗輟課，今日又祇校此一卷，記之以自警勵。沅叔手識。

卷一百三十四末葉識曰：此卷校正五十二字。三月十三日。

卷一百三十五末葉手書校記五行，并識曰：三月十四日校，改定一百二十五字。

卷一百三十六末葉識曰：三月十四日，校正六十字。藏園記。

卷一百三十七末葉識曰：戊寅三月望，《蓬山話舊》五集同署十八人，宴於藏園。戌刻席散，校勘此卷，以完日課，共得八十字。沅叔手識。

卷一百三十八末葉識曰：三月十六日，校正九十二字。

卷一百三十九末葉識曰：此卷校正九十一字。沅未記，十六夜。

卷一百四十末葉識曰：此卷刊正八十字。連日人事紛冗，每夕祇校一卷，殊以自愧，他時當補足之。三月十七日，沅未記。

卷一百四十一末葉手書三行校記，并識曰：三月十八日，校正三十九字，補校記七十字。清泉逸叟。

卷一百四十二末葉識曰：此卷校正四十八字。三月十九日，沅叔手記。

卷一百四十三末葉識曰：此卷校正六十六字，補錄校記六行二百十四字。三月十九夜。

卷一百四十四末葉識曰：此卷改正差失凡七十字。三月十九日。

卷一百四十五末葉識曰：此卷校定五十二字。三月二十日記。

卷一百四十六末葉識曰：此卷校正五十四字，補校記八十七字。三月二十一日。

卷一百四十七末葉識曰：三月廿一日，校正七十三字，補校記一百六十五字。

卷一百四十八末葉識曰：此卷改訂七十九字，補校記八十四字。藏園老人。

卷一百四十九末葉識曰：此卷校正五十三字。三月廿二日。

卷一百五十末葉識曰：此卷校正五十七字。三月二十二日，沅叔記。校附錄又改正四十字。

卷一百五十一末葉識曰：三月二十三日校終卷，訂正八十三字。藏園老人。

卷一百五十二末葉識曰：此卷校正九十七字。三月廿三日，沅叔。

卷一百五十三末葉識曰：此卷校正一百四十字。三月二十四日。

卷一百五十四末葉識曰：此卷校正一百五十字。三月廿四日。補錄校記四十三字。

卷一百五十五末葉識曰：此卷校正一百四十八字。三月二十五日。

卷一百五十六末葉識曰：此卷校正一百二十四字。戊寅三月二十六日。

卷一百五十七末葉識曰：此卷校正二百十七字。二十六夜，沅叔記。

卷一百五十八末葉識曰：此卷校正三百字，補詩一首。三月二十七日。

卷一百五十九末葉識曰：此卷校正一百四十六字。

卷一百六十末葉識曰：此卷校正一百五十九字，補校記八十一字。戊寅三月二十八日,藏園記。

卷一百六十一末葉識曰:此卷增改二百二十三字。戊寅三月
二十九日。

鈐"沅叔手校"印。

卷一百六十二末葉識曰:此卷改增三百六十一字,補校記六十
三字。三月二十九日,藏園老人記。

鈐"藏園"、"增湘"印。

卷一百六十三末葉識曰:此卷校正三百十一字,又補注文一百
字,可謂夥矣。戊寅四月初一日,沅叔記。

鈐"沅叔手校"印。

卷一百六十四末葉識曰:此卷改定三百八十字。四月初二日。

鈐"傅""沅叔"印。

卷一百六十五末葉識曰:此卷校正三百九十五字。四月初二
日。

鈐"沅叔"、"傅氏增湘藏書"印。

卷一百六十六末葉識曰:四月初三日校畢,改正四百三十九
字,補校記五十六字。藏園老人識。

鈐"藏園"印。

卷一百六十七末葉識曰:此卷校正四百一十六字。今日游故
宮,得觀虞永興臨禊帖、柳誠懸書蘭亭詩,皆劇蹟也。四月四日,沅
末記。

鈐"沅叔手校"印。

卷一百六十八末葉識曰:此卷增改三百二十七字,補校記四十
九字。四月初五日。

鈐"增湘"印。

卷一百六十九末葉識曰:此卷校正三百九十一字。四月初五

日。

鈐"沅叔手校"印。

卷一百七十末葉識曰:此卷校正三百七十四字。四月初六日記。五卷中通計改增一千九百五十二字,可謂多矣。沅叔坿志。

鈐"沅叔手校"印。

卷一百七十一末葉識曰:此卷校正九十三字。四月初七日,藏園老人誌。

卷一百七十二末葉識曰:此卷校正一百四十五字。四月初七日。

卷一百七十三末葉識曰:此卷校正一百十七字。四月初八日,陰雨竟日。

卷一百七十四末葉識曰:此卷校正一百十四字,補校記五十七字。戊寅浴佛日,藏園老人記。

卷一百七十五末葉識曰:凡校正一百七十四字。四月初九日。

卷一百七十六末葉識曰:此卷校正一百四十二字。四月初九日。

卷一百七十七末葉識曰:此卷校正一百三十四字。今日竟校得三卷,半月以來所未有也。四月初九日,藏園記。

卷一百七十八末葉識曰:是卷校正一百九十一字。四月初十日,沅叔記。

卷一百七十九末葉識曰:此卷校訂一百九十五字。四月十一日。

卷一百八十末葉識曰:此卷改定二百八十九字。今日至瓊島北岸,埽除抱素書屋,移置几案,安排筆硯,為長夏讀書之地,向夕始返。四月十一日,沅叔手記。

卷一百八十一末葉識曰:改定八十六字。四月十二日,清泉。

卷一百八十二末葉識曰:此卷校正二十有九字。戊寅四月十二日記。

卷一百八十三末葉識曰:校正二十七字。四月十三日。

卷一百八十四末葉識曰:此卷秖校改七字。十三日,藏園記。

卷一百八十五末葉識曰:此卷改定二十六字。四月十三日,沅叔誌。

卷一百八十六末葉識曰:四月十四日,校正十四字。

鈐"沅叔"、"增湘之印"印。

卷一百八十七末葉跋曰:四月十五日校此卷,改正十三字。是日約楊芷晴①、夏閏庵、李柳溪三前輩,孟玉雙同年②,及同館邵伯絅、陳紫綸、高松荃③、張卿五④、郭筱麓、邢冕之諸君,宴於藏園,商榷續修《詞林典故》,粗定條目,分任纂輯,夜九時乃散。江安傅增湘坿記。

鈐"藏園"、"增湘"印。

卷一百八十八末葉識曰:此卷校正二十字。同日記。

鈐"傅"、"沅叔"印。

卷一百八十九末葉識曰:此卷校正三十五字。四月十五日。

鈐"沅叔手校"印。

卷一百九十末葉識曰:校正二十六字,補校記四十二字。戊寅四月望記。是日共校四卷。

---

① 楊鍾羲(1865－1940)字子勤,號子琴、梓勤、芷晴等,隸滿洲正黃旗。光緒十五年進士,翰林院庶吉士,散館授編修。與端方、盛昱關係密切。有《雪橋詩話》傳世。

② 孟錫玨(1874－?),字玉雙,宛平(今屬北京)人。與藏園先生同年進士,且為二甲第七名。翰林,散館授編修,後曾任奉天提學使。

③ 高毓彤,字淞荃,號潛卿,靜海(今屬天津)人。光緒二十九年進士,翰林,散館授編修。

④ 張書雲,字慰農,號卿五,臨桂(今桂林)人。光緒二十九年進士,翰林。

钤"沅叔手校"印。

卷一百九十一末葉識曰：四月十六夜，客散校此，改定七十三字。今日横風猛雨，兼降冰雹，初夏所罕見也。

钤"沅叔手校"印。

卷一百九十二末葉識曰：夜静又竟一卷，校正七十字。十六日，沅叔志。

钤"沅叔手校"印。

卷一百九十三末葉識曰：此卷校正一百五十三字。四月十七日。

钤"沅叔手校"印。

卷一百九十四末葉識曰：此卷校正七十一字。四月十七夜，藏園記。

钤"沅叔手校"印。

卷一百九十五末葉識曰：此卷校正六十二字。四月十八日。

钤"沅叔手校"、"藏園六十以後所校"印。

卷一百九十六末葉識曰：此卷校正二百二十五字。四月十八日。

卷一百九十七末葉識曰：此卷校正一百七十二字。四月十九日。

卷一百九十八末葉識曰：此卷校正八十八字，補脱詩三首。四月十九日，藏園。

卷一百九十九末葉識曰：此卷校正八十八字。四月二十日。

卷二百末葉識曰：此卷校正一百七字。四月二十日。

卷二百一末葉識曰：依宋本校定一百零三字。沅叔記，正月十八日。

钤"沅叔手校"印。

卷二百二末葉識曰:戊寅正月十八日校宋本,正定四十二字。

鈐“沅叔手校”印。

卷二百三末葉識曰:此卷據宋本校正四十一字。戊寅正月十八日記。

鈐“沅叔手校”印。

卷二百四末葉識曰:依宋本校正一百單三字。正月十八日,沅朱記。

鈐“沅叔手校”印。

卷二百五末葉識曰:戊寅正月十八日校宋刊本,改訂四十三字。

鈐“沅叔手校”、“二十年中萬卷書”印。

卷二百六末葉識曰:戊寅正月二十日校宋本,訂正一百七十四字。藏園。

鈐“沅叔手校”印。

卷二百七末葉識曰:此卷以宋本對勘,訂正六十六字。正月二十一日。

卷首三葉半,宋本原缺,以明鈔本補校,改正一百單三字。正月二十四日,藏園老人記。

鈐“沅叔手校”印。

卷二百八末葉識曰:戊寅正月二十一日校宋本,增改一百十六字。沅叔記。是日為三孫嵩年彌月,賀客散後,抽暇校此。

鈐“沅叔手校”印。

卷二百九末葉識曰:此卷訂正七十四字。廿一日三鼓。

鈐“沅叔手校”印。

卷二百十末葉識曰:此卷據宋本勘正一百一字。戊寅正月二十一日,藏園老人記。

鈐"沅叔手校"、"藏園"、"藏園六十以後所校"印。

卷二百十一末葉識曰:此卷改正六十字。四月二十一日。

卷二百十二末葉識曰:此卷校正六十八字。四月二十二日記。

卷二百十三末葉識曰:此卷校正六十二字,補詩一首。四月二十二日。

卷二百十四末葉識曰:此卷校正一百字。四月二十二日雨窗記。

卷二百十五末葉識曰:此卷校正九十八字。四月二十二夜記。

卷二百十六末葉識曰:此卷校正六十二字。四月二十三日。

卷二百十七末葉識曰:此卷校正一百二十八字。四月二十三日。

卷二百十八末葉識曰:此卷校正三十六字。四月二十三日。

卷二百十九末葉識曰:此卷校正四十九字。四月二十三日,沅朱記。

卷二百二十末葉跋曰:自二百十一卷至二百二十,凡十卷,家藏明鈔兩本,皆缺,假東方館藏本校之,乃奪訛滿幅,殊不足據。因以范履卿臨葉石君校本,移錄於上,竢異時訪得精善之本,再為補勘也,藏園老人識。此卷校正六十六字。四月二十四日。

卷二百二十一末葉識曰:此卷校正九十七字。四月二十六日。

卷二百二十二末葉識曰:此卷校正一百四字,補校記三十字。四月二十八日。

卷二百二十三末葉識曰:此卷校正一百二十五字。四月二十八日。

卷二百二十四末葉識曰:校正一百二十字。四月二十九日。

卷二百二十五末葉識曰:此卷校正七十四字。四月二十九日,沅叔記。

卷二百二十六末葉識曰：校正九十三字。戊寅五月朔。

卷二百二十七末葉識曰：此卷校正九十八字。五月初一夜，沅叔記。

卷二百二十八末葉識曰：此卷校正八十七字。五月初二日。

卷二百二十九末葉識曰：校正一百單一字。五月初二夜，大雨傾注，氣候如伏暑，異矣。

卷二百三十末葉識曰：此卷校正一百四十字，補校記十七字。五月初二夜，校畢已四更，簷溜猶未息也。

卷二百三十一末葉識曰：戊寅正月初八日，校宋本，訂正八十二字。

卷二百三十二末葉識曰：依宋本校正六十五字。正月初十日。

卷二百三十三末葉識曰：據宋刊本校正五十一字。戊寅正月十日，藏園老人病起記。

卷二百三十四末葉識曰：戊寅正月十日，依宋本校訂三十九字。藏園老人記。

卷二百三十五末葉識曰：據宋刊校正二十七字。正月初十日夜，藏園記。

鈐“沅叔手校”印。

卷二百三十六末葉識曰：戊寅正月十一日，依宋本校正三十七字。

卷二百三十七末葉識曰：用宋本校過，訂正四十六字。戊寅正月十二日，書潛記。

卷二百三十八末葉識曰：戊寅正月十四日，以宋本校改四十五字。

卷二百三十九末葉識曰：戊寅元宵，校宋本，改訂五十字。

卷二百四十末葉識曰：自卷二百三十一至二百四十，皆宋刊本,藏建德周叔弢家。戊寅正月十六日校宋本,改定一百四十二字。

　　钤"沅叔手校"、"藏园居士"、"藏园老人六十以後手校"印。

　　卷二百四十一末葉識曰:此卷校正四十五字。五月初三日。

　　卷二百四十二末葉識曰:此卷改正七十三字。五月初三日。

　　卷二百四十三末葉識曰:此卷校正四十五字。今日共校三卷矣,五月初三日。

　　卷二百四十四末葉識曰:此卷校正六十一字。五月初四日。

　　卷二百四十五末葉識曰:此卷校正九十五字。戊寅端四日記。

　　卷二百四十六末葉識曰:此卷校正三十七字。五月初六日。

　　卷二百四十七末葉識曰:此卷校正三十八字。五月初六日。

　　卷二百四十八末葉識曰:校正十二字。五月初七日,沅叔記。

　　卷二百四十九末葉識曰:校正四十有六字。五月初七日。

　　卷二百五十末葉識曰:五月初七夜校畢,改正二十九字。今日幸校三卷,差足補重五之曠課矣。藏園老人記。今日過滌庵家看曇花,纖麗鮮妍,殆仙品也。

　　卷二百五十一末葉識曰:丁丑祀竈夕,依宋本校正,改訂三十四字。藏園老人誌。

　　卷二百五十二末葉識曰:丁丑十二月廿五日校,改訂五十六字。

　　卷二百五十三末葉識曰:丁丑十二月二十五日校,訂正九十二字。

　　卷二百五十四末葉識曰:丁丑除夕,校正一百四字。

　　卷二百五十五末葉識曰:戊寅正月初四校,訂正七十字。

　　钤"沅叔手校"、"二十年中萬卷書"印。

　　卷二百五十六末葉識曰:戊寅正月初六日校,訂正四十九字。

初七日覆校,又改正十三字。

鈐"沅叔手校"印。

卷二百五十七末葉識曰:戊寅正月人日校宋本,訂正四十九字。

鈐"沅叔手校"印。

卷二百五十八末葉識曰:戊寅正月初八日校宋本,訂正六十三字。

鈐"沅叔手校"印。

卷二百五十九末葉識曰:戊寅正月初八日校宋本,改訂四十二字。

鈐"沅叔手校"印。

卷二百六十末葉識曰:以上十卷宋刊本今歸藏園。戊寅正月初八日校宋本,改訂五十二字。

鈐"沅叔手校"、"二十年中萬卷書"印。

卷二百六十一末葉識曰:此卷校正九十字。五月初九日記。昨日以事冗,竟一卷未校,書此以志吾惰。沅叔。

卷二百六十二末葉識曰:此卷校正八十四字。五月初十日。

卷二百六十三末葉識曰:校正一百十三字,補校記三十五字。五月初十日。

卷二百六十四末葉識曰:此卷校正一百六字。五月初十日,下午又大雷雨。

卷二百六十五末葉識曰:此卷校正一百十一字。戊寅五月十一日。

卷二百六十六末葉識曰:此卷校正一百五十二字。五月十二日。

卷二百六十七末葉識曰:此卷校正一百二十四字。五月十二日。

卷二百六十八末葉識曰：此卷校正一百五十四字。五月十三日，沅叔記。

卷二百六十九末葉識曰：校正一百單三字，補校記四十五字。五月十三日。

卷二百七十末葉識曰：此卷校正一百三十五字，補校記十一字，補佚詩一首。五月十三日，沅叔記。

卷二百七十一末葉識曰：校正六十三字。五月十四日。

翌年再識曰：己卯十一月，以宋本重校，又改十字。

卷二百七十二末葉識曰：校正一百二十四字。戊寅五月十四日雨窗記。

翌年再識曰：己卯十一月七日再校，補正四字。

卷二百七十三末葉識曰：此卷校正一百五十二字。五月十四日記。

翌年再識曰：己卯十一月再校，補正四字，補首行標題六字。

卷二百七十四末葉識曰：校正五十九字。五月十六日。

翌年再識曰：己卯冬月，以宋本重校，增改十字，改正前校誤字五。

卷二百七十五末葉識曰：校正一百零五字。五月十六日。

翌年再識曰：己卯十一月，校宋本，又訂正七字，改前誤校一字。沅末。

卷二百七十六末葉識曰：校正一百二十三字。五月十六日。

翌年再識曰：己卯冬月，以宋本再校，補正十四字，改誤正一字。

卷二百七十七末葉識曰：此卷校正一百字。兩日以來人事紛冗，廑乘暇粗完一卷，殊自愧也。五月十八日，沅叔。

翌年再識曰:己卯冬至,依宋本重校,又補正十三字。藏園記。

卷二百七十八末葉識曰:校定九十三字。十八日入夜,又強校一卷。

翌年再識曰:己卯冬至日,依宋本重校,又訂正九字。

卷二百七十九末葉識曰:此卷校正一百二十字。五月十九日。

翌年再識曰:己卯冬至後日,依宋本重校,又補正十三字。

卷二百八十末葉識曰:校正一百二十八字。五月十九日校。

翌年再識曰:己卯冬至後一日,依宋本再校,又改正二十四字。

卷二百八十一末葉識曰:此卷校改五十三字。五月十九日。

卷二百八十二末葉識曰:校改六十一字。五月十九日。

卷二百八十三末葉識曰:校正四十二字,補校記二十九字。五月二十日。

卷二百八十四末葉識曰:校正八十五字,補校記六十五字。五月二十日,沅未記。

卷二百八十五末葉識曰:校正八十九字。五月二十一日早起。

卷二百八十六末葉識曰:校正五十九字。五月二十一日。

卷二百八十七末葉識曰:校正一百四十七字。五月廿三日。

卷二百八十八末葉識曰:五月二十四日,校於抱素書屋,改正九十五字。

卷二百八十九末葉識曰:校正一百二十四字。五月二十四日。

卷二百九十末葉識曰:校正一百八十七字。五月二十四日,沅叔記。

卷二百九十一末葉識曰:戊寅正月二十二日,以宋本校正,凡得一百二十六字。

卷二百九十二末葉識曰:據宋本校正一百二十三字。戊寅正月廿三日,沅叔記。

卷二百九十三末葉識曰：戊寅正月二十七日，以宋本校正一百九十二字。藏園老人記。

卷二百九十四末葉識曰：宋本校正一百四十二字。戊寅正月二十八日，藏園。

卷二百九十五末葉識曰：此卷據宋本改定一百四十七字。正月廿八日。

鈐“沅叔手校”、“二十年中萬卷書”印。

卷二百九十六末葉識曰：戊寅正月三十日，依宋本校定九十七字。

卷二百九十七末葉識曰：據宋刊校正一百九字。戊寅二月朔，雨夜記。

卷二百九十八末葉識曰：戊寅二月三日校宋本，增改一百九十五字。藏園老人記，時寓天津王氏書齋。

卷二百九十九末葉識曰：二月初四日，依宋本校正七十四字。沅朱津門寓齋記。

卷三百末葉識曰：此卷增改一百二十五字。戊寅二月初五日，沅叔津門記。宋刊一帙，凡十卷，共增改一千三百三十字。

鈐“沅叔手校”、“二十年中萬卷書”、“校書亦已勤”印。

卷三百一末葉跋曰：戊寅五月廿五日，校於廣濟寺，改正四十有一字。今日為亡室凌夫人十周年之忌，歲月遷流，倏逾一紀，自傷頹老，更值亂離，四顧茫茫，百憂交集矣。藏園識。

卷三百二末葉識曰：五月二十五日，校正七十二字。是日為夏至節。

卷三百三末葉識曰：校正一百十七字。五月二十六日，沅叔誌。

卷三百四末葉識曰：此卷校正七十五字。五月二十六日。

　　卷三百五末葉識曰：五月二十七日，校於瓊島抱素書屋，改正一百卅七字。

　　卷三百六末葉識曰：二十七日，坐抱素書屋再竟此卷，改正八十九字。

　　卷三百七末葉識曰：校正一百三十六字。五月二十八日，抱素書屋記。

　　卷三百八末葉識曰：五月二十八日，坐抱素書屋，校正八十三字。

　　卷三百九末葉識曰：校正七十一字。五月二十八日。

　　卷三百十末葉識曰：校正一百零九字。五月二十八日。

　　卷三百十一末葉識曰：校正九十六字。五月二十九日，游頤和園回校訖。

　　卷三百十二末葉識曰：校正一百十字。五月三十日，抱素書屋記。

　　卷三百十三末葉識曰：校定七十三字，補詩二聯。六月朔，早起坐水廊閱。

　　卷三百十四末葉識曰：校正一百十六字。六月朔。

　　卷三百十五末葉識曰：六月朔，校於抱素書屋，訂正一百十三字。

　　卷三百十六末葉識曰：校正七十八字。六月朔。

　　卷三百十七末葉識曰：校正九十六字。六月初二日。

　　卷三百十八末葉識曰：戊寅六月初二日，依明鈔本補寫此葉，凡校記一百四十字。江安傅增湘識於抱素書屋。

　　卷三百十九末葉識曰：校正七十六字。六月初三日。

　　卷三百二十末葉識曰：此卷訂正九十一字。戊寅六月三日，校於抱素書屋。

卷三百二十一末葉識曰：校正七十三字。六月初四日。

卷三百二十二末葉識曰：校正六十二字。六月初四日。

卷三百二十三末葉識曰：校正五十三字。六月初四日，沅叔記。

卷三百二十四末葉識曰：校正七十六字。六月初五日。

卷三百二十五末葉識曰：校正九十三字。六月初五日。

卷三百二十六末葉識曰：校正七十四字，補校記二十七字。六月初六日，記於抱素書屋。

卷三百二十七末葉識曰：校正四十有八字。六月初七日。

卷三百二十八末葉識曰：校定六十九字。六月初八日。

卷三百二十九末葉識曰：校正一百一字。六月初八日。

卷三百三十末葉識曰：校正一百五十八字。六月八日，抱素書屋記。

卷三百三十一末葉識曰：六月初九日，校正五十一字。

卷三百三十二末葉識曰：校正五十六字。

卷三百三十三末葉識曰：校正七十四字。六月初九日，藏園記。

卷三百三十四末葉識曰：六月初十日，校於抱素書屋，改訂三十一字。

卷三百三十五末葉識曰：校正八十字。六月十日。

卷三百三十六末葉識曰：校正六十六字。

卷三百三十七末葉識曰：校正五十五字。六月十一日。

卷三百三十八末葉識曰：校正九十四字。六月十二日。

卷三百三十九末葉識曰：校正八十有一字。

卷三百四十末葉識曰：校正八十字。六月十二日，沅叔識。

卷三百四十一末葉識曰：校正五十九字。六月十三日。

卷三百四十二末葉識曰:校正四十二字。六月十三日。

卷三百四十三末葉識曰:校正四十八字。六月十三日。

卷三百四十四末葉識曰:校正二十一字。

卷三百四十五末葉識曰:校正二十四字。六月十三日,共校五卷。

卷三百四十六末葉識曰:校正五十有六字。六月十四日。

卷三百四十七末葉識曰:校正二十有八字。六月十四夜。

卷三百四十八末葉識曰:校正八十四字。六月十五日,抱素書屋記。

卷三百四十九末葉識曰:校正五十一字,補校記三十五字。六月望。

卷三百五十末葉識曰:此卷校正四十字。自開校以來,已歷半年,塵塵校完賦、詩二類,共得三百五十卷,可謂艱矣。書此自勖。六月望,沅叔記。

卷三百五十一末葉識曰:此卷校正九十七字。十五日。

卷三百五十二末葉識曰:六月十六日,校於抱素書屋,改正一百二十字。

卷三百五十三末葉識曰:改正二百六字。六月十六日。

卷三百五十四末葉識曰:校正九十七字。六月十六日。

卷三百五十五末葉識曰:六月十七日,校正八十九字。

卷三百五十六末葉識曰:校正一百字,補校記二十字。六月十七字。

卷三百五十七末葉識曰:六月二十日,扶病起,校此卷,改定二十八字。

卷三百五十八末葉識曰:今日強誦此卷,改正一百八十四字,精力憊矣。六月二十日。

卷三百五十九末葉識曰:校正一百十五字。六月二十一日。

卷三百六十末葉識曰:此卷校正一百八十一字。自十七日由北海抱疾歸,迄今小瘳,然五日之中,祇校此五卷,曠廢可歎。廿一日記。

卷三百六十一末葉識曰:六月二十二日,校正十九字。

卷三百六十二末葉識曰:校正三十九字。今日將夕大雨,煩暑頓消。廿二日記。

卷三百六十三末葉識曰:此卷改正四十一字。今日幸校三卷,病良已矣。廿二日,沅叔。

卷三百六十四末葉識曰:校正十六字。六月二十三日。

卷三百六十五末葉識曰:校正十一字。六月二十四日。

卷三百六十六末葉識曰:校正十九字。六月二十四日。

卷三百六十七末葉識曰:校正十五字。六月廿四日。

卷三百六十八末葉識曰:校正九十二字。六月二十四日記。大雨連三日不止,簷霤奔注,宛如飛瀑,園池暴漲,水已平橋。京師二十年所無,可謂淫霖矣。

卷三百六十九末葉識曰:校正六字。六月廿四日。

卷三百七十末葉識曰:校正八十七字。六月二十四日。

卷三百七十一末葉識曰:校正四十七字。六月二十五日。

卷三百七十二末葉識曰:校正五十三字。六月二十五日,藏園誌。

卷三百七十三末葉識曰:六月二十五日,校正二十三字。

卷三百七十四末葉識曰:校正三十七字。六月廿六日。

卷三百七十五末葉識曰:校正二十九字。六月二十六日。

卷三百七十六末葉識曰:校正二十五字。六月二十八日。

卷三百七十七末葉識曰:校正六十三字。二十九日,抱素書屋記。

卷三百七十八末葉識曰：校正三十一字。廿九日。

卷三百七十九末葉識曰：校正一百二十四字。

卷三百八十末葉識曰：校正五十一字。

卷三百八十一末葉識曰：校正三十三字。七月初一日。

卷三百八十二末葉識曰：校正三十字。

卷三百八十三末葉識曰：校正二十字。

卷三百八十四末葉識曰：校正二十八字。

卷三百八十五末葉識曰：校正二十一字。今日以畏暑不出，遂校竟五卷，為之忻然。七月朔，藏園記。

卷三百八十六末葉識曰：校正十八字。

卷三百八十七末葉識曰：校正二十三字。七月初二日。

卷三百八十八末葉識曰：校正三十字。七月初二日。

卷三百八十九末葉識曰：校正二十字。

卷三百九十末葉識曰：校正二十八字。今日竟校閱五卷，差自慰矣。七月初二日記。

卷三百九十一末葉識曰：校正十六字。七月初三日。

卷三百九十二末葉識曰：校正二十八字。七月初三日。

卷三百九十三末葉識曰：校正二十四字。七月初三日。

卷三百九十四末葉識曰：校正二十三字。初三日。

卷三百九十五末葉跋曰：校正十六字。今日晨起，汎舟於瓊島，旋入抱素書屋倦臥，逾午而歸。歸而賓客絡繹，不克展卷，而夜中竟校得五卷，可喜也。戊寅七月初三日，沉叔記。

卷三百九十六末葉識曰：七月初四日，校正二十四字。

卷三百九十七末葉識曰：校正二十二字。七月初四日。

卷三百九十八末葉識曰：校正二十二字。七月初四日。

卷三百九十九末葉識曰:校正二十字。七月初四日。

卷四百末葉識曰:校正十九字。今日亦校完五卷矣。初四日,藏園記。

卷四百一末葉識曰:校正十九字。七月初五日。

卷四百二末葉識曰:校正二十一字。七月初五日。

卷四百三末葉識曰:七月初五日,校於抱素屋,改定四十七字。藏園記。

卷四百四末葉識曰:校正三十九字。初五日。

卷四百五末葉識曰:校正二十五字。七月初五日,共校五卷。

卷四百六末葉識曰:校正四十四字。今日人事紛擾,僅校得此卷。初六日。

卷四百七末葉識曰:七月七日,校於瓊島,秖改正六字。

卷四百八末葉識曰:校正十七字。七夕。

卷四百九末葉識曰:校正三十字。七夕又校,今日酷暑不可耐,盡此一卷,汗流浹背矣。沅未書。

卷四百十末葉識曰:校正二十二字。今夕伯駒約放舟瓊島,以酬佳節,歸來仍校竟兩卷。戊寅七夕,藏園手識。

卷四百十一末葉識曰:校正八十九字。七月八日。

卷四百十二末葉識曰:校正九十六字。七月初八日。

卷四百十三末葉識曰:七月初八日,坐松下校閱此卷,改正八十三字。

卷四百十四末葉識曰:校正五十一字。初八日。

卷四百十五末葉識曰:此卷訂正六十四字。今酷暑日甚,午後不出,共校得五卷,聊以靜心慮,避炎威而已。七月八日,藏園記。

卷四百十六末葉識曰:七月初九日,瓊島聽雨,校畢此卷,訂正四十二字。

卷四百十七末葉識曰：校正二十一字。七月初九日。

卷四百十八末葉識曰：校正二十八字。七月初九日。

卷四百十九末葉識曰：校正三十五字。初九日。

卷四百二十末葉識曰：此卷校正一百十八字。七月初九日。此十卷通訂正六百二十六字。

卷四百二十一末葉識曰：七月初十日，校正五十八字。

卷四百二十二末葉識曰：七月十二日，校正四十二字，別據《唐詔令》補文三葉。沅叔。

卷四百二十三末葉識曰：七月十二日，校正五十三字。

卷四百二十四末葉識曰：中元日校於鏡清齋中，改正三十一字。近以人事紛冗，又撰《蓬山話舊圖記》，輟課二日，稍暇當補足之，誌此以自勖。沅叔。

卷四百二十五末葉識曰：中元夜又校完此卷，訂正五十二字。藏園老人。

卷四百二十六末葉識曰：七月十六日校正六十字。

卷四百二十七末葉識曰：是日楊蔭北、翰西昆仲來訪，同泛舟太液池，抵暮乃歸。七月十八日，校正四十四字。

卷四百二十八末葉識曰：七月十九日，校正六十八字。

卷四百二十九末葉識曰：七月十九日，校正五十四字。

卷四百三十末葉識曰：七月二十日，校正四十九字。近以人事紛集，偶輟丹鉛，此十卷至十日乃畢，可歎也。

卷四百三十一末葉識曰：戊寅七月二十二日，校正三十七字。

卷四百三十二末葉識曰：七月二十二日，校訂三十字，其第三、四、五葉內文字前後屢亂，亦加糺正。沅未記於抱素書屋。

卷四百三十三末葉識曰：七月二十二日校，訂正五十八字。薑庵記。

卷四百三十四末葉識曰：七月二十五日，校正六十字。

卷四百三十五末葉識曰：校定五十字。七月二十五日。

卷四百三十六末葉識曰：校正三十六字。

卷四百三十七末葉識曰：七月二十二日校。

卷四百三十八末葉識曰：七月二十七日，校正八十四字。

卷四百三十九末葉識曰：七月二十八日，校正九十五字。

卷四百四十末葉識曰：此卷訂正六十六字。今日陰雨淒清，饒有秋意，竟日不出，然僅校完兩卷，深可愧歎。七月廿八日，藏園老人記。

卷四百四十一末葉識曰：校正一百三十二字。七月二十九日，抱素書屋記。

卷四百四十二末葉識曰：校正一百二十四字。七月二十九日，沅叔記。

卷四百四十三末葉識曰：校正九十字。昨雨後有秋，今忽炎蒸如伏日，何耶？七月廿九日。

卷四百四十四末葉識曰：此卷校正一百六十七字。閏月朔，午後疏雨生涼。沅叔。

卷四百四十五末葉識曰：校正四十二字。閏月朔，涼宵靜室，閱畢此卷。

卷四百四十六末葉識曰：校正七十五字，補文一首，一百七十五字。閏月二日。

此文於己卯七月二十八日補錄。沅未手誌。

卷四百四十七末葉識曰：校正五十二字。陰雨驟涼，已易裌衣矣。閏月三日記。

卷四百四十八末葉識曰：校正六十七字。閏月初三日。

卷四百四十九末葉識曰：校正九十六字。閏月初四日。

卷四百五十末葉識曰：校正一百三十三字。閏月四日。

卷四百五十一末葉識曰：校正五十四字。閏月五日。

卷四百五十二末葉識曰：校正四十九字。閏月初五日。

卷四百五十三末葉識曰：閏月初六日，校正三十八字。

卷四百五十四末葉識曰：校正一百單四字。閏月初七日。
鈐“沅叔手校”印。

卷四百五十五末葉識曰：校正七十字。閏月七日。

卷四百五十六末葉識曰：校正五十六字。閏月初八日。

卷四百五十七末葉識曰：校正四十三字。閏月初九日。

卷四百五十八末葉識曰：校正五十字，補注二十九字。閏月初十日。

卷四百五十九末葉識曰：校正四十六字。閏月初十日。

卷四百六十末葉識曰：校正三十二字。閏月十一日，抱素書屋記。

卷四百六十一末葉識曰：校正六十字。十一日，抱素書屋閱記。

卷四百六十二末葉識曰：校正一百三十八字。閏月十日。

卷四百六十三末葉識曰：校正八十二字。閏月十二日。

卷四百六十四末葉識曰：校正八十字。閏月七月十二日。

卷四百六十五末葉識曰：閏月十二日，抱素書屋閱竟，校正三十七字。沅沐記。

卷四百六十六末葉識曰：校正三十七字。閏月十三日。

卷四百六十七末葉識曰：校正五十八字。十三日向夕，就松蔭批閱。

卷四百六十八末葉識曰：閏月十三日，校於池北書堂，訂正三十七字。

卷四百六十九末葉識曰：校正三十五字。閏月十三日，共校四卷。

卷四百七十末葉識曰：校正五十六字。閏月十四日。

卷四百七十一末葉識曰：校正四十有三字。閏月十四日，抱素書屋記。

卷四百七十二末葉識曰：校正五十六字。十四日。

卷四百七十三末葉識曰：校正八十三字。

卷四百七十四末葉跋曰：此卷白居易策問第二道，英華本止云：斯豈辱身者乎？斯豈屈己者乎？極為允當。而印行集本却於"辱身"、"屈己"之上各添一不字，但欲與不齊不約相應，而忘其淺陋，今明言之，以見印本經後人添改，大率類此，益知舊書之可信。校正六十三字。閏中元節校，又補校記八十七字。

卷四百七十五末葉識曰：閏月望日，校於瓊島北岸抱素書屋，改正二十五字。

卷四百七十六末葉識曰：校正五十字。是夕，都人於北海闡福寺諷經，追薦黃河災民死亡者，放舟湖心，鐃鉢競作。余亦藉此蕩漿賞月，繞瓊島一周而歸。十五夜，沅叔記。

卷四百七十七末葉識曰：校正四十九字。閏月十六日。

卷四百七十八末葉識曰：校正四十三字。十六日。

卷四百七十九末葉識曰：校正一百三十字。今日秋風振厲，天宇清肅。十六日記。

卷四百八十末葉識曰：校正六十五字。閏月十七日。

卷四百八十一首葉識曰：校正八十三字。閏月十八日。

卷四百八十二末葉識曰：校正七十九字。閏月十八日。

卷四百八十三末葉識曰：校正九十五字。閏月十八日。

卷四百八十四末葉識曰：校正七十四字。閏月十九日。

卷四百八十五末葉識曰:校定八十一字。閏月十九日。

卷四百八十六末葉識曰:校正一百十字。十九日。

卷四百八十七末葉識曰:校正一百八十字。閏月二十日。次篇韋處厚策,鈔本奪誤甚多,不可盡據。沅未記。

卷四百八十八末葉識曰:校正一百四十三字。閏月廿二日記,昨輟課一日。

卷四百八十九末葉識曰:校正二百二十五字。此卷兩日乃校畢,可歎。閏月廿四日。羅讓策文詞晦澀,且多奪訛,校讀殊艱。

卷四百九十末葉識曰:校正二百二十七字。閏月二十五日,沅叔記。

卷四百九十一末葉識曰:校正四十八字。閏月二十六日。

卷四百九十二末葉識曰:校正一百十一字。閏月三十日,為撰徐捻兵傳,輟課三日矣。

卷四百九十三末葉識曰:此卷凡改正五百七十字,異同可謂多矣。自薄暮至夜子刻乃畢。劉蕡策忠憤懇摯,為有唐一代諸策之冠,真不負此科矣。閏月三十日,藏園記。

卷四百九十四末葉識曰:校正九十一字。八月朔。

卷四百九十五末葉識曰:八月朔夜半,又校此卷,改正一百十七字。藏園老人。

卷四百九十六末葉識曰:校正六十四字。八月初二日。

卷四百九十七末葉識曰:校正三十九字。八月初四日。

卷四百九十八末葉識曰:校正三十一字。八月初五日。

卷四百九十九末葉識曰:校正二十八字。八月初五日。

卷五百末葉跋曰:昨歲自盧溝變作,情緒悽惶,中懷鬱結,不可終日。曰思校勘古來鉅編,藉可遣日,以夙嗜文詞,故選定此書。篋中舊有明鈔一部,周君叔弢聞之,又以所藏照宋寫本相貽。自殘臘為始,期以今歲務完其功,乃俗冗紛擾,作輟不常,迄於今,茲始竟五百卷,然耗時已八閱月矣。此後將以全力纂定《綏遠通志》①,不復能專意於此書,然有隙即校,縱不克如願以償,亦聊可計日以待,譬行千里之程,今已至半塗,苟剗而不舍,自可日近一日矣。特記此以自屬。沅叔。

戊寅八月初五日校畢,訂正二十二字。藏園記。

卷五百一末葉識曰:校正九十三字。八月初六日。

卷五百二末葉識曰:校正一百五十三字。八月初六日。

卷五百三末葉識曰:校正四十一字。八月二十日。月初以事冗輟校,忽忽已半月矣。

卷五百四末葉識曰:校正六十四字。二十夜。

卷五百五末葉識曰:八月二十夜,校正二十字。

卷五百六末葉識曰:八月二十日,校正十字。

卷五百七末葉識曰:八月二十一日,校正五十九字。沅叔。

卷五百八末葉識曰:八月廿一日,校正七十二字。

卷五百九末葉識曰:校正三十九字。

卷五百十末葉識曰:校正四十七字。八月二十一日,藏園記。

卷五百十一末葉識曰:校正三十六字。八月二十二字。

卷五百十二末葉識曰:八月二十六日,校於抱素書屋,改正二十四字。

卷五百十三末葉識曰:校正三十四字。八月二十六日。

卷五百十四末葉識曰:校正十六字。八月二十七日。

卷五百十五末葉識曰:孔子聖誕,攜麟孫謁廟歸,校此卷,改正

---

①　該書藏園先生主持纂修定稿之後,屢經周折,2007 年由內蒙古人民出版社出版,卷首為藏園手書序言一則。

二十六字。

卷五百十六末葉識曰：八月二十八日，校正七十五字。

卷五百十七末葉識曰：同日又校，改正六十四字。

卷五百十八末葉識曰：校正五十八字。八月二十九日。

卷五百十九末葉識曰：校正七十五字。八月杪，沅叔記。

卷五百二十末葉識曰：校定九十字。今日得完三卷，兼旬未有也。八月廿九日記。

卷五百二十一末葉識曰：今日游香山退谷歸，燈下校此，改正九十六字。戊寅九月初一日，藏園記。

卷五百二十二末葉識曰：校正八十三字。九月初六日。電傳廣州忽又失陷。自昨歲啓畔以來，省垣失守者已十行省矣。傷哉！

卷五百二十三末葉識曰：校正七十七字。九月二日。

卷五百二十四末葉識曰：校正六十一字。九月初三日。

卷五百二十五末葉識曰：校正九十六字。九月初三日。

卷五百二十六末葉識曰：今日聞武昌漢口相繼失陷，生靈塗炭，可痛也。校正四十六字。九月初四日。

卷五百二十七末葉識曰：校正四十一字。九月初四日。

卷五百二十八末葉識曰：校正八十字。九月初四日，沅叔記。

卷五百二十九末葉識曰：校正三十九字。九月初五日。

卷五百三十末葉識曰：校正三十有九字。九月初五日，藏園老人記。

卷五百三十一末葉識曰：校正十八字。九月初六日。

卷五百三十二末葉識曰：校正三十九字。九月初六日。

卷五百三十三末葉識曰：校正三十六字。九月初七日。

卷五百三十四末葉識曰：酒罷再閱此卷，改定十七字。初七夜。

卷五百三十五末葉識曰:九月初八日,余初度之辰也,夜午客散,得校此卷。改正三十九字。藏園老人識。

卷五百三十六末葉識曰:校正三十八字。九月初八日。

卷五百三十七末葉識曰:校定三十字。九月初九日。

卷五百三十八末葉識曰:校定五十三字。九月初九日。

卷五百三十九末葉識曰:校正三十九字。重陽節。

卷五百四十末葉識曰:重陽登景山,泛北海。入夜援庵來談,去後再校此卷,改定三十三字。藏園老人記。

卷五百四十一末葉識曰:校正二十四字。

卷五百四十二末葉識曰:校正二十字。九月十一日。

卷五百四十三末葉識曰:校正十五字。九月十二日。

卷五百四十四末葉識曰:校正二十七字。九月十二日,藏園記。

卷五百四十五末葉識曰:校正二十七字。九月十二日。

卷五百四十六末葉識曰:九月十三日校,改正五十字。

卷五百四十七末葉識曰:校正四十一字。九月十三日。

卷五百四十八末葉識曰:校正三十三字。九月十三日。

卷五百四十九末葉識曰:校正九十九字。九月十三日。

卷五百五十末葉識曰:校正四十一字。九月十三日,藏園老人記。

卷五百五十一末葉識曰:校正十八字。戊寅九月十三日。

卷五百五十二末葉跋曰:九月十三日校,改正三十字。判詞凡五十卷,率皆當試帖,絕少佳章,耗兼旬之力,乃得藏事,深以為幸。藏園記。今日訪誦芬,觀新收活字本《諸臣奏議》,直三千金,可詫也。

卷五百五十三末葉識曰:校正二十三字。九月望,抱素書室記。

卷五百五十四末葉識曰:校正十九字。九月十五日,藏園記。

卷五百五十五末葉識曰:校正一百九字。九月十七日,沅叔記。

卷五百五十六末葉識曰:九月十七日,校正五十八字。藏園。

卷五百五十七末葉識曰:校正五十二字。九月十七日。

卷五百五十八末葉識曰:校正六十四字。九月十七日。

卷五百五十九末葉識曰:校正三十二字。九月十八日。

卷五百六十末葉識曰:校正二十四字。九月十八日,藏園老人記。

卷五百六十一末葉識曰:校正一百三十六字。九月十九日。

卷五百六十二末葉識曰:此卷《英華》所編不依年代先後,今正之。校正一百十二字。九月十九日。

卷五百六十三末葉識曰:校正七十字。九月二十日。

卷五百六十四末葉識曰:校正七十一字。九月二十一日。

卷五百六十五末葉識曰:校正三十八字。九月二十一日,藏園老人。

卷五百六十六末葉識曰:校正五十三字。九月二十二日。

卷五百六十七末葉識曰:校正六十二字。九月二十一日,書潛志。

卷五百六十八末葉識曰:校正一百十五字。九月二十二日,抱素書屋記。

卷五百六十九末葉識曰:校正一百七十八字。九月二十三日,長春室記。

卷五百七十末葉識曰:校正一百一十字。九月二十三日,長春室燈右記。

卷五百七十一末葉識曰:校正四十四字。九月二十四日。

卷五百七十二末葉識曰:校正五十七字。九月廿四日,聞長沙昨又陷落矣。

卷五百七十三末葉識曰:校正四十二字。九月二十五日。

卷五百七十四末葉識曰:校定四十二字。九月二十五日。

卷五百七十五末葉識曰:校正四十四字。九月二十六日。

卷五百七十六末葉識曰:校正五十八字,補校記三十七字。戊寅九月二十七日,藏園老人。

卷五百七十七末葉識曰:邵說二表,詞意真摯,文氣亦茂。校正七十二字。九月二十七日,書潛。

卷五百七十八末葉識曰:校正四十一字。九月二十八日。

卷五百七十九末葉識曰:校正七十二字。九月二十八日。

卷五百八十末葉識曰:校正三十四字,補題目及坿記四行。戊寅九月二十八日,藏園老人識。

卷五百八十一末葉識曰:校正一百一十字。九月二十九日。

卷五百八十二末葉識曰:校正一百三十二字。九月二十九日,書潛記。

卷五百八十三末葉識曰:校定六十五字。九月三十日。

卷五百八十四末葉識曰:校正九十七字。九月三十日。

卷五百八十五末葉識曰:校正一百五字。十月初一日。

卷五百八十六末葉識曰:校正六十二字。十月初二日。

卷五百八十七末葉識曰:校正五十字。十月初二日,沅叔手記。

卷五百八十八末葉識曰:校正八十五字。十月初三日。

卷五百八十九末葉識曰:校正五十九字。十月初三日。

卷五百九十末葉識曰:校正二十字。十月初三日。

卷五百九十一末葉識曰：校正五十六字。十月初四日。

卷五百九十二末葉識曰：校正二十二字。十月初四日，藏園記。

卷五百九十三末葉識曰：校正四十一字。十月初五日。

卷五百九十四末葉識曰：校正五十五字。十月初五夜，龍友來譚，去後乃畢此卷。沅叔手記。

卷五百九十五末葉識曰：訂正四十一字。十月初六日，校於北海抱素書屋。

卷五百九十六末葉識曰：訂正四十六字。十月初六日，校於長春室。

卷五百九十七末葉識曰：校正六十有七字。十月初六日。

卷五百九十八末葉識曰：十月初六日，自北海回校畢，改正二十九字。今日閉戶謝客，遂閱竟四卷。月餘以來，未嘗有也。藏園老人書。

卷五百九十九末葉識曰：十月初七日，校正二十一字。是日以園中宴客，客散夜深，秖校此一卷。沅未記。

卷六百末葉識曰：校正三十六字。十月初八日。

卷六百一末葉識曰：校宋刊本，增改七十一字。戊寅二月十六日，藏園老人記。

卷六百二末葉識曰：據宋本校正一百九字。二月十九日，藏園記。

卷六百三末葉識曰：據宋本校定二十四字。二月十九日。

卷六百四末葉識曰：此卷校正五十二字，咸依宋刊本。戊寅四月二十一日。

卷六百五末葉識曰：戊寅十月初八日，據宋刊本校正，凡增改八十字。沅未記。

卷六百六末葉識曰：依宋刊本校正二百七十字。十月初十日。

卷六百七末葉識曰：依宋刊本校正三十六字。十月十一日。

卷六百八末葉識曰：校宋刊本，改正二十七字。十月十一日。

卷六百九末葉識曰：校正二十九字。十月十一日。

卷六百十末葉識曰：校正三十二字。戊寅十月十一日，重錄校宋本。

卷六百十一末葉識曰：據宋本校正四十一字。十月十二日。

卷六百十二末葉識曰：校正七十二字。十月十二日。

卷六百十三末葉識曰：訂正八十八字。十月十二日校宋刊訖，夜已三鼓矣。沅未記。

卷六百十四末葉識曰：校正三十字。十月十三日，抱素書屋閱。

卷六百十五末葉識曰：校正五十八字。十月十三日。

卷六百十六末葉識曰：校正四十四字。十月十三日。

卷六百十七末葉識曰：校正四十三字。十月望之夕。

卷六百十八末葉識曰：校正二十四字。十月十五夜。

卷六百十九末葉識曰：校正二十二字。十月十六日。

卷六百二十末葉識曰：校正三十七字。十月十六日。

卷六百二十一末葉識曰：校正五十七字。十月十六日。

卷六百二十二末葉識曰：校正一百四十三字。十月十七日。

卷六百二十三末葉識曰：校正八十二字。十月十七日。

卷六百二十四末葉識曰：校宋本訂正七十四字。十月十八日。

卷六百二十五末葉識曰：校正五十七字。十月十九日。

卷六百二十六末葉識曰：校正五十四字。十月十九日。

卷六百二十七末葉識曰：校正六十字。十月十九日。

卷六百二十八末葉識曰：校正十六字。十月十九日。

卷六百二十九末葉識曰：校正二十九字。十月二十日。

卷六百三十末葉識曰：校正五十二字。十月二十日。

卷六百三十一末葉識曰：校正三十字。十月二十日。

卷六百三十二末葉識曰：校正三十五字。十月二十一日。

卷六百三十三末葉識曰：校正三十八字。十月二十二日。

卷六百三十四末葉識曰：校正四十六字。十月廿二日。

卷六百三十五末葉識曰：校正十九字。十月二十二日。

卷六百三十六末葉識曰：校正三十三字。十月二十四日。

卷六百三十七末葉識曰：校正四十三字。十月二十四日。

卷六百三十八末葉識曰：校正二十九字。十月二十四日。

卷六百三十九末葉識曰：校定四十一字。十月廿四日雪夜。

卷六百四十末葉識曰：校正三十三字。十月二十四日雪夜。

卷六百四十一末葉識曰：校正三十二字。十月二十八日。

卷六百四十二末葉識曰：校正三十九字。十月二十八日。

卷六百四十三末葉識曰：校正五十二字。廿八日。

卷六百四十四末葉識曰：校正四十字，補校記三十三字。十月二十九日。

卷六百四十五末葉識曰：校正一百三十七字。十月三十日。

卷六百四十六末葉識曰：校正一百六十字。十月杪，藏園老人。

卷六百四十七末葉識曰：戊寅十一月朔冬至節，大雪竟日，呵凍校此卷，改正凡一百七十有一字。藏園老人記。

卷六百四十八末葉識曰：冬月二日，詣北海賞雪，於抱素書屋校閱此卷，凡改正一百四十一字。沅叔記。

卷六百四十九末葉識曰：校正八十四字。十一月初二日。

卷六百五十末葉識曰：校正七十九字。十一月初二日，藏園記。

卷六百五十一末葉識曰：十一月初三日校，改正二十四字。

卷六百五十二末葉識曰：校正二十一字。十一月初三日。

卷六百五十三末葉識曰：校正三十三字。十一月初四日。

卷六百五十四末葉識曰：十一月四日，校正二十二字。

卷六百五十五末葉識曰：同日校定七十二字。

卷六百五十六末葉識曰：校正五十七字。十一月初五日。

卷六百五十七末葉識曰：校正六十一字。十一月初五日。

卷六百五十八末葉識曰：校正六十六字。十一月初六日。

卷六百五十九末葉識曰：校正七十九字。十一月初七日。

卷六百六十末葉識曰：校正五十五字。十一月初七日。牧之求官四啓，真摰沈痛，讀之淒然，使人生鴒原之感。

卷六百六十一末葉識曰：冬月初九日，校正八十九字。

卷六百六十二末葉識曰：校正一百字。十一月初九日。

卷六百六十三末葉識曰：校正四十九字。十一月十一日。

卷六百六十四末葉識曰：校正七十三字。十一月十一日。

卷六百六十五末葉識曰：校正六十一字。是日新厤元旦，共校得三卷。

卷六百六十六末葉識曰：校正四十六字。十一月十三日。

卷六百六十七末葉識曰：脫文二葉，宋刊本有之，命遹謨姪影寫，附於卷末。沅叔手誌。校正八十七字，補奪葉二番。十一月十四日。

卷六百六十八末葉識曰：校正一百二十二字。十一月十七日。

卷六百六十九末葉識曰：校正一百十字。十一月十八日，閲於抱素書屋。

卷六百七十末葉識曰：十一月十八日，校正一百十七字。藏園老人。

　　卷六百七十一末葉識曰：正月二十八日，校於北海抱素書屋，改正四十九字。

　　卷六百七十二末葉識曰：十一月十九夜，依宋本校一過。

　　己卯正月二十九日，據明鈔本再校，共改定六十三字。

　　卷六百七十三末葉識曰：己卯正月二十九日，校正三十一字。

　　卷六百七十四末葉識曰：二月朔，校正三十一字。

　　卷六百七十五末葉識曰：二十日，依宋本校得三卷。

　　己卯二月朔，依明鈔本再校，改正八十四字。藏園老人。

　　卷六百七十六末葉識曰：此卷校正八十三字。十二月朔，依宋本校改。

　　己卯正月二十六日，據明鈔本校，輟課蓋月餘矣。

　　卷六百七十七末葉識曰：己卯正月二十六日，校正七十九字。

　　卷六百七十八末葉識曰：正月二十七日，合校宋刻、明鈔二本，改定六十八字。

　　卷六百七十九末葉識曰：校正一百單一字。己卯正月廿七日。

　　卷六百八十末葉識曰：己卯正月二十八日，校正九十三字。

　　卷六百八十一末葉識曰：此卷校正八十三字。二月二日，沅未記。

　　卷六百八十二末葉識曰：校正四十六字。二月初二日。

　　卷六百八十三末葉識曰：校正五十二字。二月初三日。

　　卷六百八十四末葉識曰：校正五十八字。二月初三日。

　　卷六百八十五末葉識曰：校正六十一字。二月初三日。

　　卷六百八十六末葉識曰：此卷校正五十六字，增補校記二十二字。己卯二月十三日。

　　卷六百八十七首葉粘一簽條，曰：張九齡“答嚴給事書”，情意真摯,文辭雅贍,可以選讀。

卷末葉識曰:校正五十八字。二月十四日。

卷六百八十八末葉識曰:二月十五日為兒童節,攜壽孫來公園賽會。余坐事務中勘誦此卷,校正一百九十字。藏園老人記。

卷六百八十九末葉識曰:校正八十五字。二月十五日。

卷六百九十末葉識曰:校正一百六十八字。二月十五日,長春室記。

卷六百九十一末葉識曰:校定一百一十字。二月十六日。

卷六百九十二末葉識曰:校正五十六字。二月十六日。

卷六百九十三末葉識曰:校正九十七字。二月十八日。

卷六百九十四末葉識曰:校正一百十四字。二月十九日。

卷六百九十五末葉識曰:己卯清明節,據校宋本迻錄畢。此卷增改二百九十六字,可謂勞矣。二月十九日,藏園老人識。

卷六百九十六末葉識曰:二月二十日,校於抱素書屋,共改正二百五十四字。

二十四日據宋本重校,又增訂十七字。

卷六百九十七末葉識曰:二月二十三日,攜家人游頤和園。暮歸,校此卷,改正奪失凡二百七十二字。翊日重校宋本,又補正二十字。

卷六百九十八末葉識曰:校正九十字。二月二十四日,重校宋本,補正十三字。

卷六百九十九末葉識曰:校定四十八字。二月二十四日。重校宋本,補正八字。

卷七百末葉識曰:校正四十六字。二月二十四日,共校三卷。

卷七百一末葉識曰:校正二十有八字。二月二十五日。

卷七百二末葉識曰:校正三十六字。二月二十五日。

卷七百三末葉識曰：己卯二月二十五日校畢，訂正二十六字。沅叔記。

卷七百四末葉識曰：凡校正四十三字。二月二十七字。

卷七百五末葉識曰：己卯二月二十七日，校於北海抱素書屋，訂正五十二字。藏園老人。

卷七百六末葉識曰：校正七十二字。二月二十七日。

卷七百七末葉識曰：二月二十八日，坐園中海棠下校此卷，凡訂正二十二字。

卷七百八末葉識曰：校正五十五字。二月二十八日。

卷七百九末葉識曰：今日偕滌庵、鑄生游秘魔崖[1]，不入山中已二年矣。夜半抽暇對校此卷，訂正八十六字，補脫文一行二十二字。二月二十九日，沅叔記。

卷七百十末葉識曰：校正七十三字。三月初一日。

卷七百十一末葉識曰：校正四十三字。三月初一日。

卷七百十二末葉識曰：三月朔校，訂正三十七字。

卷七百十三末葉識曰：校正二十三字。三月初一日。

卷七百十四末葉識曰：校正三十字，補校記五十二字。三月初二日。

卷七百十五末葉識曰：校正五十一字。三月三日。

卷七百十六末葉識曰：己卯三月三日，脩襖於北海鏡清齋，一時賢俊咸集，自夏閏庵前輩以次，凡四十六人，景斜始散。夜間又於園中設宴，酒罷研朱校此，共訂正四十一字。

卷七百十七末葉識曰：校正四十二字。初四日。

---

① 洪鎔(1877－1968)，字鑄生、竹孫，蕪湖人。曾留學日本，攻讀工科。光緒末年翰林，宣統元年授編修。五四運動時，積極支持蔡元培各項主張。

卷七百十八末葉識曰:校正四十七字。三月初四日,園中牡丹始放。

卷七百十九末葉識曰:校正五十九字。三月初四日。

卷七百二十末葉識曰:校正二十五字。三月初五日。

卷七百二十一末葉識曰:校正十八字。三月初五日。

卷七月二十二末葉識曰:校正五十五字。三月初五日。

卷七百二十三末葉識曰:校正二十六字,補校記二十五字。三月初六日。

卷七百二十四末葉識曰:校正二十字。三月初六日。

卷七百二十五末葉識曰:此卷校正秖得八字,在各卷中奪譌最少矣。初六日記。

卷七百二十六末葉識曰:校正二十八字。三月初七日。

卷七百二十七末葉識曰:校正廿四字。初八日。

卷七百二十八末葉識曰:校正三十三字。三月初八日。

卷七百二十九末葉識曰:校正三十五字,補校記五十字。三月初九日。

卷七百三十末葉識曰:校正四十三字,補校記二十三字。三月初九日。

卷七百三十一末葉識曰:校正十四字,補校記七十字。三月十日,游北海賞牡丹,入抱素書屋校完此卷。

卷七百三十二末葉識曰:校正九字,補校記七十九字。三月初十日。

卷七百三十三末葉識曰:校正二十一字,補校記八十一字。三月初十日。

卷七百三十四末葉識曰:校正三十字,補校記四十一字。三月十一日。

卷七百三十五末葉識曰:校正六十字。三月十一日。

卷七百三十六末葉識曰:三月十二日校閱,改正三十一字。

卷七百三十七末葉識曰:三月十二日,游極樂、覺生二寺,歸校此,訂正六十字。藏園老人。

卷七百三十八末葉識曰:十二日,夜深客去,又校此卷,凡改訂四十有二字。

卷七百三十九末葉識曰:校正四十六字,補校記四十六字。三月十三日。

卷七百四十末葉跋曰:自七百三十一至四十卷,此十卷家藏兩鈔本皆缺,茲從范校本移錄,竢訪得善本,更勘正之。藏園。校正四十六字。三月十三日。

卷七百四十一末葉識曰:校正三十六字。三月十四日,是夜月食。

卷七百四十二末葉識曰:校正三十一字,補校記二十五字。三月二十日。近以撰述文字,輟課七日矣。

卷七百四十三末葉識曰:校正三十字,補校記十六字。三月二十二日。

卷七百四十四末葉識曰:校正三十三字,補校記三十八字。三月二十二日,藏園記。

卷七百四十五末葉識曰:校正二十六字,補校記十一字。三月二十三字。

卷七百四十六末葉識曰:校正卅一字。

卷七百四十七末葉識曰:改正十一字,補脫文四十三字,補校記十三字。昨雨竟夜,今日驟涼,可衣重棉。三月廿四日。

卷七百四十八末葉識曰:校正二十七字。三月二十四日。

卷七百四十九末葉識曰:校正三十七字。三月廿五日,閱於抱素書屋。

卷七百五十末葉識曰:校正四十六字。三月二十五日。

卷七百五十一末葉識曰:校正三十六字。三月二十六日,閱於稷園。

卷七百五十二末葉識曰:校正五十一字。三月二十六日。

卷七百五十三末葉識曰:三月二十七日閱,校正八十八字,補校記十六字。

卷七百五十四末葉識曰:校正八十四字。三月二十七日。

卷七百五十五末葉識曰:校正六十三字。三月二十八日。

卷七百五十六末葉識曰:校正四十字。三月二十九日。

卷七百五十七末葉識曰:校正一百十字。三月廿九日。

卷七百五十八末葉識曰:校正一百二字。四月初一日。

卷七百五十九末葉識曰:校正五十七字。四月朔。

卷七百六十末葉識曰:校正四十五字。四月初二日。

卷七百六十一末葉識曰:校正七十七字。

卷七百六十二末葉識曰:校正一百六十字。

卷七百六十三末葉識曰:校正一百十三字。四月初六日。

卷七百六十四末葉識曰:校正一百四十五字,補校八十八字。四月初六日。

卷七百六十五末葉識曰:校正一百四字。四月初六日,沅叔記。

卷七百六十六末葉識曰:校正六十四字。己卯四月初九日。

卷七百六十七末葉識曰:校正七十三字。四月初十日。

卷七百六十八末葉識曰:校正七十五字。己卯四月十一日。

卷七百六十九末葉識曰:校正八十一字。四月十二日。

卷七百七十末葉識曰:校正三十七字。四月十二日,藏園。

卷七百七十一末葉識曰:校正二十有八字。四月十二日。

卷七百七十二末葉識曰:校正九十二字。四月十三日。

卷七百七十三末葉識曰:校正九十四字,補校記二十五字。四月十五日。

卷七百七十四末葉識曰:校正一百四十二字。四月十五日。

卷七百七十五末葉跋曰:校正一百三十字。連日以補撰《綏遠通志·凡例》,每日乘暇,僅得校畢一卷,可歎也。己卯四月十六日,藏園老人。

卷七百七十六末葉識曰:校正七十六字。四月十八日。

卷七百七十七末葉識曰:校正六十二字。四月十八日。

卷七百七十八末葉識曰:校正一百一十字。四月二十一日。

卷七百七十九末葉識曰:校正七十四字。四月二十一日。

卷七百八十末葉識曰:校正五十一字。四月二十一日。

卷七百八十一末葉識曰:校正六十七字。己卯四月二十二日。

卷七百八十二末葉識曰:校正五十一字。四月二十二日。

卷七百八十三末葉識曰:校正五十一字。四月二十三字。

卷七百八十四末葉識曰:校止五十四字。四月二十三字。

卷七百八十五末葉識曰:校正五十八字。己卯四月二十三日。近以世紛,丹鉛頻輟,今日乃能畢三卷,滋足喜也。書潛記。

卷七百八十六末葉識曰:校正二十五字。四月二十四日,抱素書屋記。

卷七百八十七末葉識曰:校定七十一字。四月二十四日。

卷七百八十八末葉識曰:校正七十五字。四月二十四日。

卷七百八十九末葉識曰:校正二十六字。四月二十五日。

卷七百九十末葉識曰:己卯四月二十五日校。

卷七百九十一末葉識曰:校正三十六字。四月二十九日。

卷七百九十二末葉識曰：校正五十二字。四月二十九日。

卷七百九十三末葉識曰：校正一百五字，補校記三十六字。五月朔，揮汗讀訖。

卷七百九十四末葉識曰：校正一百五十八字。五月初一日。

卷七百九十五末葉識曰：校正一百十八字，補校記十二字。己卯五月二日，抱素書屋。

卷七百九十六末葉跋曰：校正二百五十有五字，補校記一百四十九字。己卯五月初二日，揮汗燈下寫訖，忘其疲苦矣。沅叔誌。

卷七百九十七末葉識曰：校正一百二十一字。五月初四日。

卷七百九十八末葉識曰：校正一百四十三字。己卯五月初四日，雨後清涼可喜。

卷七百九十九末葉識曰：校正八十三字。五月初四日。

卷八百末葉跋曰：自丁丑臘月校起，迄今已一年有半，始完八百卷。此後努力從事，期以中秋之日完此大功，誌此以自勵。沅叔書。校正四十八字。己卯端陽節，藏園老人。

卷八百一末葉識曰：校正三十三字。五月初六日。

卷八百二末葉識曰：校正四十八字。五月初七日。

卷八百三末葉識曰：校正八十三字。五月十一日。

卷八百四末葉識曰：校正五十字。五月十一日。

卷八百五末葉識曰：校正一百四十六字。五月十一日。

卷八百六末葉識曰：校正六十七字。五月十二日。

卷八百七末葉識曰：校正三十七字。

卷八百八末葉識曰：校正四十六字。五月十二日。

卷八百九末葉識曰：校正四十字。五月十二日。

卷八百一十末葉識曰：校正六十八字。五月十二日。

卷八百十一末葉識曰：校正三十一字。

卷八百十二末葉識曰:校正七十八字。五月十四日。

卷八百十三末葉識曰:校正二十有八字。五月十四日。

卷八百十四末葉識曰:校正六十四字。五月十四日。

卷八百十五末葉識曰:校正四十二字。五月十四日。

卷八百十六末葉識曰:校正二十七字。五月十五日,沅叔記。

卷八百十七末葉識曰:校正四十三字。五月十六日,抱素書屋記。

卷八百十八末葉識曰:校正二十七字,補校記四十九字。五月十六日,沅叔記。

卷八百十九末葉識曰:校正四十二字。五月十六日。

卷八百二十末葉識曰:校正五十五字。五月十六日。

卷八百二十一末葉識曰:校正四十六字。五月十七日。

卷八百二十二末葉識曰:校正四十六字。是日,集同館諸人,公祭東海公於瓊島畫舫齋①,禮畢,入抱素書屋閲此。五月十七日。

卷八百二十三末葉識曰:校正八十三字。五月十八日,雨竟日,不出門。

卷八百二十四末葉識曰:校正五十七字。十八夜,雨窻。

卷八百二十五末葉識曰:是卷凡校正七十六字。己卯五月十八日,藏園老人閲於石齋之東簃。

卷八百二十六末葉識曰:校正四十五字。五月十八日。

卷八百二十七末葉識曰:校正五十三字。五月十九日。

卷八百二十八末葉識曰:校正三十九字。五月十九日。

---

① 東海公,即徐世昌(1855-1939),字卜五,號東海、弢齋,天津人。光緒十二年進士,翰林院編修。民國年間曾任大總統。晚年主持編輯《晚晴簃詩匯》。家富藏書。

卷八百二十九末葉識曰：校正三十有六字。五月十九日。

卷八百三十末葉識曰：校正七十五字。己卯五月十九日，沅叔記。

卷八百三十一末葉識曰：校正二十九字，補題一行。五月十九日。

卷八百三十二末葉識曰：校正三十有一字。五月十九日。

卷八百三十三末葉識曰：校定三十一字。五月十九日。

卷八百三十四末葉識曰：校正四十二字。五月十九日。

卷八百三十五末葉識曰：校正七十字。五月二十一日。

卷八百三十六末葉識曰：校正七十二字。五月二十一日。

卷八百三十七末葉識曰：校正五十八字。五月二十一日。

卷八百三十八末葉識曰：校正六十七字。五月廿一日，沅叔記。

卷八百三十九末葉識曰：校定七十一字。五月二十二日。

卷八百四十末葉識曰：校正一百二十三字。五月二十二日。

卷八百四十一末葉識曰：校正十九字。五月二十三日。

卷八百四十二末葉識曰：校正四十四字。二十三日，自北海歸，閱此卷。是日為渠妾忌辰，溯丙子仲夏溘逝之期，迄今正三年矣。丁兹亂世，更迫衰齡，追亡顧存，憂傷無已。書潛志。

卷八百四十三末葉識曰：校正三十六字。五月二十三日，雨窗夜半閱竟。

卷八百四十四末葉識曰：校正三十四字。五月二十四日。

卷八百四十五末葉識曰：校正七十有九字。五月二十四日，藏園老人誌。

卷八百四十六末葉識曰：校正三十四字。五月二十五日。

卷八百四十七末葉識曰：校正三十四字。五月二十五日，雨窗閱畢。

卷八百四十八末葉識曰:校正二十八字。五月二十五日夜雨。

卷八百四十九末葉識曰:校定五十六字。五月廿五夜。

卷八百五十末葉識曰:校正四十二字。五月二十六日。

卷八百五十一末葉識曰:改正一百十有八字。五月二十六日校。

卷八百五十二末葉識曰:改定一百五十三字。五月二十六日,夜雨不止。

卷八百五十三末葉識曰:校正一百二十四字。五月二十七日。

卷八百五十四末葉識曰:增改一百八十二字。己卯五月二十八日,藏園校。

卷八百五十五末葉識曰:是日祀顧亭林祠,歸校此卷。訂正一百二十七字。五月二十八日。

卷八百五十六末葉識曰:校正一百零三字。六月朔,連日冗雜,輟兩日矣。

卷八百五十七末葉識曰:校正一百一十字。六月初二日。又取石刻多寶塔碑對勘,增改九十四字。

卷八百五十八末葉識曰:校正六十九字。六月初二日。

卷八百五十九末葉識曰:校正八十字。六月初二日。

卷八百六十末葉識曰:校正七十六字。

卷八百六十一末葉識曰:校正一百零九字。六月初三日。

卷八百六十二末葉識曰:校正一百三十八字。六月初三日。

卷八百六十三末葉識曰:是日挈家人游十刹海,飲於會賢堂,紅荷正開。校正九十字。六月初三日。

卷八百六十四末葉識曰:校正一百字。六月初四日。

卷八百六十五末葉識曰:校正六十三字。六月初四日。

卷八百六十六末葉識曰:校正一百四十三字。六月初四日,夜窗聽雨。

卷八百六十七末葉識曰:校定九十三字。六月初五日。

卷八百六十八末葉識曰:校定一百字。六月初五日。

卷八百六十九末葉識曰:改訂二百一十四字。六月初五日,沅叔志。

卷八百七十末葉識曰:校定三十四字。六月初五日。

卷八百七十一末葉識曰:校正三十五字。六月初七日,抱素書屋。

卷八百七十二末葉識曰:校正四十六字。六月初八日。

卷八百七十三末葉識曰:校正四十字。六月初八日。

卷八百七十四末葉識曰:校正三十四字。六月八日,夜雨微涼生。

卷八百七十五末葉識曰:校正四十一字。六月初九日。是夜猛雨傾注,將達旦未止,近畿將有水災矣,可歎。

卷八百七十六末葉識曰:校正三十字。六月初十日,夜雨。

卷八百七十七末葉識曰:校正二十字。六月初十日,大雨徹宵。

卷八百七十八末葉識曰:校正八十二字。六月十一日。

卷八百七十九末葉識曰:校正二十三字。六月十一日。

卷八百八十末葉識曰:校正三十八字。六月十一夜,又大雨。

卷八百八十一末葉識曰:校正六十四字。六月十二日。

卷八百八十二末葉識曰:校正八十三字。六月十三日。

卷八百八十三末葉識曰:校正六十九字。六月十四日酷暑,揮汗校此。

卷八百八十四末葉識曰:校正八十九字。六月十四日,閱於抱素書屋。

卷八百八十五末葉識曰:校正六十四字。六月十四日。

卷八百八十六末葉識曰:校正九十八字。六月十四日。

卷八百八十七末葉識曰:校正三十二字。天氣盛暑,避於池北書堂,十五日記。

卷八百八十八末葉識曰:校正五十字。六月十五日。

卷八百八十九末葉識曰:校正五十七字。六月十五日。

卷八百九十末葉識曰:校正二十七字。六月十六日。

卷八百九十一末葉識曰:校正四十六字。六月十六日。

鈐“沅叔手校”、“藏園”印。

卷八百九十二末葉識曰:校定五十九字。六月十六日。

卷八百九十三末葉識曰:校正七十四字。六月十六日。

鈐“沅叔手校”印。

卷八百九十四末葉識曰:校定八十八字。是日冒暑閱竟五卷,可謂勞矣。六月十六日記。

鈐“傅增湘”印。

卷八百九十五末葉識曰:校正九十七字。六月十七夜,揮汗校畢。

卷八百九十六末葉識曰:訂正五十二字。六月十七夜。

卷八百九十七末葉識曰:校正四十八字。六月十八日。

卷八百九十八末葉識曰:校正四十一字。六月十八日。

卷八百九十九末葉識曰:校正七十八字。六月十八日。

卷九百末葉識曰:校正九十一字。今日畏熱不出,奮志勘得四卷,然已眼瞱生花,汗出如瀋矣。六月十八日,沅叔記。

卷九百一末葉識曰:校正四十五字。六月十九日。

卷九百二末葉識曰:校正四十七字。六月十九日。

卷九百三末葉識曰:校正三十一字。六月十九日。

卷九百四末葉識曰:校正四十八字。六月十九日。

卷九百五末葉識曰:校正九十四字。六月十九日。今日以盛暑不出,竟校完五卷。暮雨微洒,煩熇亦解矣。

卷九百六末葉識曰:校正一百十八字。六月二十日。

卷九百七末葉識曰:校正七十字。今日以來客耗時,只校二卷,可歎。二十日。

卷九百八末葉識曰:校正七十四字。六月二十一日。

卷九百九末葉識曰:校正七十字。六月廿一日。

卷九百十末葉識曰:校正一百二字。六月廿一日。今日聞同年鄧孝先逝世,生平講學之友,又少一人矣。

卷九百十一末葉識曰:訂正九十三字。六月廿一日校。

卷九百十二末葉識曰:校正六十八字。六月二十二日。

卷九百十三末葉識曰:校正一百二字。六月二十二日。

卷九百十四末葉識曰:校正九十八字。六月二十二日。

卷九百十五末葉識曰:校正四十四字。六月二十三日立秋節。

卷九百十六末葉識曰:校正四十二字。六月二十三日。

卷九百十七末葉識曰:校正六十四字。六月廿二日,立秋酷暑不減。

卷九百十八末葉識曰:校正三十字。六月二十四日。

卷九百十九末葉識曰:校正八十三字。六月二十四日。

卷九百二十末葉識曰:校正八十有七字。六月二十四日,藏園手記。

卷九百二十一末葉識曰:校正七十二字。六月二十六日。

卷九百二十二末葉識曰:校正六十二字。六月二十六日。

卷九百二十三末葉識曰:訂正一百七字。六月廿五日。

卷九百二十四末葉識曰：校正一百六十一字。六月二十六日。

卷九百二十五末葉識曰：校正一百二十二字。六月二十六日。

卷九百二十六末葉識曰：校正一百八十字。今夕暑退涼生矣。六月廿六日。

卷九百二十七末葉識曰：校正七十四字。六月二十七日。

卷九百二十八末葉識曰：校正四十二字。六月二十七日，微雨生涼。

卷九百二十九末葉識曰：校正一百四字。六月二十七日。

卷九百三十末葉識曰：校正一百九字。六月二十八日。

卷九百三十一末葉識曰：校正九十一字。六月廿八日，雨窗展卷。

卷九百三十二末葉識曰：校正七十四字。六月二十八日。

卷九百三十三末葉識曰：六月廿八日，校正一百二十六字。

卷九百三十四末葉識曰：校正九十三字。六月二十九日，自圓廣寺歸閱此。

卷九百三十五末葉識曰：校正九十七字。六月二十九日。

卷九百三十六末葉識曰：訂正八十　字。六月二十九日校。

卷九百三十七末葉識曰：校正九十五字。七月朔。

卷九百三十八末葉識曰：校正一百四十七字。七月朔。

卷九百三十九末葉識曰：校正一百七十四字。七月初一日。

卷九百四十末葉識曰：訂正五十有八字。七月初一，夜涼如秋。沅未記。

卷九百四十一末葉識曰：校正一百三十字。七月初二日，大雨數時，迫暮始止。

卷九百四十二末葉識曰：校正一百字。七月初二日。

卷九百四十三末葉識曰：校定六十九字。七月初三日。

卷九百四十四末葉識曰：校正一百八字。七月初三日。

卷九百四十五末葉識曰：校正一百五字。七月初三日，夜雨輕涼，可御袂衣。

卷九百四十六末葉識曰：校正七十八字。七月初三日。

卷九百四十七末葉識曰：校正一百三字。七月初四日。

卷九百四十八末葉識曰：校正七十三字。七月初四日。

卷九百四十九末葉識曰：校正四十一字。七月五日，游碧雲寺及退谷，歸勘此卷。

卷九百五十末葉識曰：校正四十一字。是日游山歸，倦極，強閱畢此卷。七月初五日。

卷九百五十一末葉識曰：七月初六日，聽雨於抱素書屋，校完此卷，改訂凡五十字。沅叔記。

卷九百五十二末葉識曰：校正三十四字。閱畢二卷，大雨猶未止也。七月初六日。

卷九百五十三末葉識曰：校正二十有八字。七月初六日。

卷九百五十四末葉識曰：校正三十四字。七月初七日。

卷九百五十五末葉識曰：校正二十字。七月初七日。

卷九百五十六末葉識曰：校正三十八字。七月初七日。

卷九百五十七末葉識曰：校定三十二字。七月七日。

卷九百五十八末葉識曰：校正十五字。七月初八日。

卷九百五十九末葉識曰：校正二十有五字。七月初八日。

卷九百六十末葉識曰：校正四十一字。七月初八日。

卷九百六十一末葉識曰：校正二十九字。七月初九日。

卷九百六十二末葉識曰：校正三十六字。七月初九日。

卷九百六十三末葉識曰：校正三十六字。七月初九日。

卷九百六十四末葉識曰：訂正三十一字。七月初九日，共校四卷。

卷九百六十五末葉識曰:校正三十六字。七月初十日。

卷九百六十六末葉識曰:校正四十六字。七月初十日。

卷九百六十七末葉識曰:校正五十五字。七月初十日,移硯池書堂。

卷九百六十八末葉識曰:校正四十四字。七月十一日。

卷九百六十九末葉識曰:校定六十八字。七月十一日,今日雨不作。

卷九百七十末葉識曰:校定八十字。七月十一日。

卷九百七十一末葉識曰:校正七十九字。七月十二日。

卷九百七十二末葉識曰:校正七十字。七月十二日。

卷九百七十三末葉識曰:訂正六十五字。七月十二日校。

卷九百七十四末葉識曰:校正八十四字。七月十三日。

卷九百七十五末葉識曰:校正八十二字。七月十三日。

卷九百七十六末葉識曰:校正一百十八字。七月十四日。

卷九百七十七末葉識曰:校正六十九字。七月十四日。

卷九百七十八末葉識曰:校正五十七字。七月十四日。

卷九百七十九末葉識曰:校正五十九字。七月十四日。

卷九百八十末葉識曰:校正一百十七字。七月十五日。

卷九百八十一末葉識曰:校正二十五字。七月十五日。

卷九百八十二末葉識曰:校定六十五字。七月十五日。

卷九百八十三末葉識曰:校正三十六字。中元節,閱於瓊島北涯。

卷九百八十四末葉識曰:訂正四十四字。七月十六日。

卷九百八十五末葉識曰:校正四十三字。七月十六日。

卷九百八十六末葉識曰:訂正七十七字。七月十六日校。

卷九百八十七末葉識曰：校定五十八字。七月十七日。

卷九百八十八末葉識曰：校正五十二字。七月十七日。

卷九百八十九末葉識曰：校正四十七字。七月十七日。

卷九百九十末葉識曰：校正四十八字。己卯七月十七日。

卷九百九十一末葉識曰：校正六十一字。七月十七日。

卷九百九十二末葉識曰：校正六十字。七月十七日。

卷九百九十三末葉識曰：校正八十一字。七月十八日。

卷九百九十四末葉識曰：校正五十九字。七月十八日。

卷九百九十五末葉識曰：校正八十三字。七月十八日。

卷九百九十六末葉識曰：校正二百零一字。七百十八字。

卷九百九十七末葉識曰：校正六十字。七月十九日。

卷九百九十八末葉識曰：校正一百四十五字。七月十九日。

卷九百九十九末葉識曰：校正一百二十八字。七月十九日。

卷一千末葉跋曰：此書自丙子九月杪開校，中間作輟不常，迄於丁丑十二月杪，衹校得五十六卷。嗣自戊寅正月十七日起，始定為日課，至年終校得六百十四卷。今歲自正月廿八日續校，至七月十九日，又閱定三百八十五卷，而全部乃幸訖功。噫！可謂艱矣。其中以宋本對勘者凡一百四十卷，餘則所據為明寫本二部，葉石君校本一部，皆余家舊藏也。己卯七月，傅增湘識。

校正九十三字。己卯七月十九日，藏園老人記。

其後又補錄宋本刊記：吉州致政周少傅府，昨於嘉泰元年春月，選委成忠郎新差充筠州臨江軍巡轄馬遞鋪權本府使臣王思恭，專一手抄《文苑英華》，并校正重複，提督雕匠，今已成書，計一千卷。其紙札工墨等費，並係本州印匠承攬，本府并無干預，今聲說照會。四年八月一日，權幹辦府張時舉具。（書號489）

文苑英華一千卷

宋李昉等輯。明隆慶元年胡維新、戚繼光刊萬曆遞修本,半葉十一行行二十二字,白口,四周單邊。鈐"周氏渙農"印。此本自庚申年(1920)、己巳年(1929)、庚午年(1930)、辛未年(1931)、壬申年(1932)、癸酉年(1933)、甲戌年(1934)、乙亥年(1935)、丁丑年(1937)諸年分別借校各部宋刊殘本,該書宋刊存者僅一百四十卷,盡校於此。又據部分明寫本校勘。

各卷藏園先生跋識錄如下:

卷一末葉識曰:甲戌正月二十二日開始校勘,藏園老人記。

卷二末葉識曰:正月二十二夜校。

卷三末葉識曰:正月二十有二日校。

卷四末葉識曰:正月二十三日校。

卷五末葉識曰:甲戌正月二十三日校。

卷六末葉識曰:正月二十三日校定,藏園記。

卷七末葉識曰:正月二十四日校。

卷十末葉識曰:正月二十五日校。

卷十一末葉識曰:正月二十五日校。

卷十三末葉識曰:正月二十六日校。

卷十四末葉識曰:正月二十六日校。

卷十五末葉識曰:正月二十七日校。

卷十六末葉識曰:正月二十七日校。

卷十七末葉識曰:正月二十八日。

卷十八末葉識曰:正月二十九日校。

卷十九末葉識曰:正月二十九日校。

卷二十末葉識曰:正月二十九日校。

卷二十四末葉識曰:正月二十八日校。

卷二十五末葉識曰:二月朔校。

并記曰:是日,鄉人張君大千暨其兄子旭明自南中來,適鄧君宇安六十誕辰①,亦在茲日,迺就園中設宴款之。與會者:陳君幼挈、涂君厚盦、陳君劍秋、羅君超凡、楊君歠谷、巫君紹脩、岳君辟畺、馬君秉心、劉君玉書②,凡十人。向君仲堅自津門來,亦與焉。藏園老人記。

卷二十六末葉識曰:二月初二日校。

卷二十七末葉識曰:二月初三日校。

卷二十八末葉識曰:二月初三日校。

卷二十九末葉識曰:二月初四日校。

卷三十末葉識曰:二月初四日校。

卷三十一末葉識曰:二月初四日校。

卷四十末葉識曰:甲戌二月十一日校定,凡竟九卷。

卷四十一末葉識曰:甲戌三月初七日,與周七丈息菴宿昆明湖西畔小齋,炳燭校畢此卷。藏園老人記。

卷四十二末葉識曰:甲戌三月初九日,坐頤和園石丈亭校。

卷四十三末葉識曰:初九日晨,坐石丈亭校。

卷四十四末葉識曰:初九日晨,校於昆明湖畔石丈亭。

卷四十五末葉識曰:三月初九日,石丈亭校。

卷四十六末葉識曰:三月初九日,校於香山來青軒。藏園。

卷四十七末葉識曰:三月九日,靜宜園校。

卷四十八末葉識曰:三月初九夜,宿來青軒校。

①　鄧宇安,曾為北洋政府時期溥益銀號董事。

②　劉玉書,曾任職北洋政府,抗戰期間,任偽北平市長兼教育局長。

卷五十末葉識曰:靜宜園聽雨,宵桥初動,又校得二卷。初九夜,沅未記。

卷五十一末葉識曰:甲戌二月十三日校。

卷五十二末葉識曰:乙亥正月初三日校。翌日又以明鈔本校。

卷六十一末葉識曰:甲戌三月初七日,校于鳳窩丙舍。

卷六十二末葉識曰:三月七夜,校於清水院。

卷一百四十九末葉識曰:癸酉十一月二十日,校於長春室。

卷一百五十末葉識曰:癸酉十一月二十日,藏園據明鈔本校。

卷二百一卷末葉識曰:庚午二月十二日,校宋本訖,改正九十八字。沅叔。

卷二百二末葉識曰:庚午二月十三日校,正四十字。

卷二百三末葉識曰:是卷訂正凡四十四字。

卷二百四末葉識曰:是卷訂正一百單三字。沅叔手記,十三夜。

卷二百五末葉識曰:此卷是正四十有三字。沅未記。

卷二百六末葉識曰:此卷是正一百七十二字。今日客座人多,耗廢光陰,可惜。銳意丹鉛,只得竟此五卷,良足喟也。二月十三夜,沅叔記。

卷二百七末葉識曰:是卷是正六十六字。十四日校。

卷二百八末葉識曰:此卷是正一百一十六字。十四日,沅叔記。

卷二百九末葉識曰:此卷訂正七十四字。十四日,沅叔。

卷二百十末葉識曰:此卷訂正一百零一字,今日共校四卷。沅叔十四日記。

卷二百三十末葉識曰:依明宜祿堂寫本校,是正一百零七字。庚午二月十四日,沅叔記。

卷二百三十一末葉識曰：己巳十二月十九日東坡生日，公祭於蜀館，歸而校此。沅未記。訂正七十有一字。補校得十字。

卷二百三十二末葉識曰：訂正五十四字。二十日校。補校得十字。

卷二百三十三末葉識曰：十二月二十一日校宋本，訂正四十三字。補校得五字。

卷二百三十四末葉識曰：訂正二十九字。十二月廿一日，書潛記。補校得五字。

卷二百三十五末葉識曰：訂正十七字。補校得八字。

卷二百三十六末葉識曰：是卷訂正二十八字。沅叔手記。補校得七字。

卷二百三十七末葉識曰：是卷訂正三十四字。十二月廿六日，沅叔記。補校得六字。

卷二百三十八末葉識曰：訂正三十有九字。沅叔同夕校。補校得十字。

卷二百三十九末葉識曰：此卷訂正三十七字。己巳十二月二十六日校完。補校得四字。

卷二百四十末葉識曰：訂正一百十九字，補校得十八字。通計十卷改訂之字，凡五百五十五。己巳十二月十九日，假周叔弢藏宋刊本校。

卷二百五十一末葉識曰：庚午六月初五日校，改訂十四字。

四年後再校識曰：癸酉十一月十九日覆校，又改正三字。

卷二百五十二末葉識曰：庚午六月初五日，校宋刊本，訂正三十有七字。沅叔記。

四年後再校識曰：癸酉十一月十九日覆校，改正七字。

卷二百五十三末葉識曰：庚午六月初六日晨起，坐園中水榭校此卷。訂正十九字。

四年後再校識曰:癸酉冬補校,改正十三字。

五年後又校識曰:丁丑殘臘重校,又補正七字。

卷二百五十四末葉識曰:訂正八十八字。庚午六月六日校。

四年後再校識曰:覆校改正六字。癸酉冬月記。

卷二百五十五末葉識曰:早坐廊下,又畢一卷,訂正五十五字。初六日記。

四年後再校識曰:癸酉冬覆校,補改九字。

卷二百五十六末葉識曰:六月初六日燈右校,訂正四十有六字。沅叔。

再校識曰:覆校補得十三字。

卷二百五十七末葉識曰:此卷訂正二十七字。初七夜,沅叔校畢坿記。

再校識曰:補校訂正十三字。

卷二百五十八末葉識曰:此卷改訂四十二字。六月初六日,沅叔校記。

冉校識曰:補校改三字。

卷二百五十九末葉識曰:此卷校正二十有七字。沅叔初八日燈右記。

再校識曰:補校又改六字。

卷二百六十末葉識曰:庚午六月初八日校畢,此卷改訂四十七字。沅叔記。

四年後再校識曰:癸酉十一月,見乾隆時范坦臨葉石君校本,曰取宋刊覆勘,通十卷中又補出八十字,得此可知余前此之疏失矣。

又校識曰:覆校改訂七字。

卷二百九十一末葉識曰:辛未四月二十日,校宋刊本,改定一百二十六字。

卷二百九十二末葉識曰:此卷校正一百二十三字。辛未四月二十一日,書潛記。

卷二百九十三末葉識曰:此卷凡增改一百九十三字。四月二十九日校畢記。

卷二百九十四末葉識曰:此卷訂正一百四十二字。四月廿九夕,沅叔記。

卷二百九十五末葉識曰:此卷增改一百四十七字。四月晦日,藏園。

卷二百九十六末葉識曰:五月朔校,訂正九十有七字。

卷二百九十七末葉識曰:辛未端午,校宋本,改定一百單九字。書潛記。

卷二百九十八末葉識曰:辛未端午日校,增改一百九十五字。

卷二百九十九末葉識曰:五月初八日校,訂正七十四字。

卷三百末葉識曰:是卷增改一百二十五字。五月初八夜畢。通計一帙十卷,增改凡一千三百三十字。書潛記。

卷四百二十一末葉識曰:庚申七月十四日校。

卷四百二十二末葉識曰:庚申七月十四日校。

卷四百二十三末葉識曰:庚申七月十六日校。

卷六百八十一卷首鈐“藏園”、“增湘”印,卷末葉識曰:庚午八月十三日,子厚、鳳韶、冕之來園夜話,余就客座校畢此卷。原本係明鈔,周叔弢所藏也。是卷訂正凡九十字。

鈐“沅叔手校”印。

卷六百八十二末葉識曰:庚午八月二十七日,宿戒壇寺校此,改訂二十九字。

卷六百八十三末葉識曰：庚午九月朔校，改正二十字。

卷六百八十四末葉識曰：庚午九月初二夜，宿戒壇寺校。

卷六百八十五末葉識曰：辛未十一月二十日，據明鈔本校。沅叔記。

鈐“傅”“沅叔”印。

卷七百七十一末葉識曰：壬申正月初二日，依明鈔本校定。藏園居士記。改訂二十九字。

卷七百七十二末葉識曰：壬申九月十六日，依明鈔本校。沅叔。

鈐“傅增湘”印。（書號490）

文苑英華一千卷（存七十卷：卷六百二十一至六百四十，六百五十至七百）

宋李昉等輯。明隆慶元年胡維新、戚繼光刊萬曆遞修本，半葉十一行行二十二字，白口，四周單邊。書衣鈐“藏園校定羣書”印。正文鈐“顯親王府圖書之印”、“沅叔手校”、“雙鑑樓”、“增湘”、“藏園”、“書潛”、“藏園居士”、“傅增湘”印。據北平圖書館藏宋刊本校。

首冊扉葉夾浮簽，曰：卷六百二十六至三十校宋本，廿一廿二未校畢。

各卷藏園先生跋識錄如下：

卷六百四十末葉識曰：六月三十日校。

卷六百六十末葉識曰：丙辰立秋日，校訖十卷。

鈐“沅叔”印。

卷六百七十末葉識曰：七月十二日校畢。

卷六百七十八末葉識曰：七月十二日校。

卷六百八十末葉識曰：七月十三日校。

卷六百八十六末葉識曰：丙辰七月十三日校。

卷六百九十四末葉識曰：七月十四日。

卷七百末葉識曰：七月十五日校畢。

鈐"雙鑑樓"印。（書號491）

樂府詩集一百卷

宋郭茂倩彙編。宋刊本（卷十九至二十六、九十六至一百配元至正元年集慶路儒學刊本，卷二十七至三十四配清抄本），半葉十三行行二十三字，白口，左右雙闌。鈐"習古"、"季振宜字詵兮號滄葦"、"健菴"、"乾學之印"、"東吳葉裕祖仁藏書"、"宋少保石林公二十一世孫裕"、"獲墅堂"、"藏園祕籍孤本"、"傅印增湘"、"沅叔審定"、"雙鑑樓藏書印"印。

卷首為辛巳二月傅增湘手書長跋。其文主體見諸《藏園羣書題記》，文末記該書幸逃文友堂火災事，忻忻然又生感觸，此感觸未收《題記》中，故移錄於此，曰：此書幸逃浩劫，（笙甫）并為詳語委曲，聞之欣出望外，始信物之成毀，數歸前定。黎光下照，長恩有靈，使垂毀之物，竟得完璧而歸。昔人謂世間祕寶，在在處處，有神物護持，歸震川亦云：書之所聚，當有如金寶之氣，卿雲輪囷，覆護其上。若此書者，世推為天壤之孤籍，余視為鎮庫之奇珍，顧火烈崑岡，寧論玉石趨避之術，既非人力所預謀，晷刻之差，似有神靈之來，詔其免於難也，微鬼神呵護之力，寧有是哉？從此馨香百拜，什襲珍藏，託庇神庥，永離灾厄。爰詳述原委，坿誌卷末，尚冀後世子子孫孫，知此書訪求典守，備歷艱虞，相與慎固葆藏，罔敢失墜，以無忝老人諄勤付託之意焉。

跋文鈐"雙鑑樓"、"傅""沅叔"印。（書號7905）

樂府詩集一百卷

宋郭茂倩編。元至正元年刊明初修補本。莫棠跋,丙辰年(1916)傅增湘過錄清陸貽典校跋并跋。

藏園識曰:丙辰四月二十八日校畢。增湘。

其後跋曰:昨歲見寒雲主人收得陸校此本,良為忻慕,然苦無元本可臨,悵惘而已。二月至南中,於蘇州見此本,喜其元刻無一補板,以重價收之。從主人假原本移錄,十許日而畢。原本用朱、青、墨三色筆,茲一仍之,缺葉手自鈔錄,亦間屬內姪凌渭清補之。然亦有陸本鈔補,而此本完善者,則摹印在前,洵如莫楚生丈所云也。丙辰五月朔,江安傅增湘識。(臺灣中央圖書館 13642)

文粹一百卷

宋姚鉉纂。清光緒十六年杭州許增榆園刊本。庚午年(1930)據徐坊藏宋紹興九年臨安府刊本校。參見《藏園羣書經眼錄》。

各卷藏園先生跋識錄如下:

卷一末葉識曰:庚午五月十三日校。

卷八末葉識曰:庚午五月十四日早起,臨校得八卷。沅叔。

卷十四下末葉識曰:早起校至此卷倦極,思臥矣。十四日。

卷十八末葉識曰:久旱蒸欝,熱不可耐,過錄數卷,聊以逭暑耳。庚午五月十四日校。

卷二十四末葉識曰:今日酷暑,臨校此書,竟得二十四卷,月餘來無此鴻功也,記此自憙。十四日。

卷三十一末葉識曰:五月十六日校。

卷四十末葉識曰:竭三日之力,照錄校字,得四十卷,餘卷當攜入清水院畢之。沅末，十六日記。

卷四十三末葉識曰：五月十七日，冒雨入山，宿清水院校此卷。

卷四十八末葉識曰：夜雨益密，灑松竹作聲，與流泉相和，此境清絕，京雒塵氛，蕩滌盡矣。十七夜，清水院僧寮書。

卷五十一末葉識曰：一夜校得一十卷。沅叔記。

卷五十五下末葉識曰：十八日早起校。

卷七十末葉識曰：自卷五十六至此，移硯西峰草堂校畢。同行者：毛宗伯、何小葛，二人皆年家子也。五月十八日，書潛記。（書號495）

松陵集十卷

唐皮日休、陸龜蒙撰。明末毛氏汲古閣刊本，半葉八行行十九字，白口，左右雙邊。鈐“遇讀者善”、“知聖道齋藏書”、“南昌彭氏”、“唐栖朱氏結一廬圖書記”、“仁龢朱氏珍藏”印。《藏園羣書題記》中有二跋關於《松陵集》，未及此校本，然言及汲古閣刊本。

卷三末葉跋曰：《分門纂類唐歌詩》卷第二十，全收皮、陸倡和“太湖詩”四十首，今早李少微世兄持來，囘留之案頭，以毛刻校讀一過。序中“干者十數侯”，今本干誤作師，則屬之上句，殊難索解矣。宋本不可見，見此影宋本，亦殊快慰平生。原本半葉十行行十八字，為汲古閣就宋刊殘本精摹者，卷尾有斧季跋，言其戚嚴拱侯緣訪此書，匍匐訟庭，探手油鍋事，至堪發噱，亦書林異聞也。己巳四月二十五日，傅增湘記於藏園。（書號498）

唐僧弘秀集十卷

宋李龏輯。明末毛氏汲古閣刊本，半葉八行行十九字，白口，左右雙邊。鈐“嵩庭”印。癸亥年末（1924）據李盛鐸藏宋臨安書籍鋪本校,又據文友堂藏宋臨安書籍鋪本校。《藏園羣書題記》有專跋。

各卷藏園先生跋識錄如下:

卷四末葉識曰:癸亥十二月初八日校。

卷八末葉識曰:十二月初九日校完。

卷十之末附紙,過錄黃丕烈跋文四則,并錄李盛鐸跋文,其後藏園先生二跋。李、傅之跋可見於《藏園羣書題記》,故不贅錄。黃氏跋文見諸《蕘圃跋識》一書。(書號499)

唐詩紀一百七十卷(存十卷:卷二十一至三十)

吳琯彙編。明刊本,半葉九行行十九字,小字雙行同,白口,四周雙邊。鈐"沅叔手校"印。天頭地腳行間批校甚多。庚申年(1920)臨何焯評點并校。

各卷藏園先生跋識錄如下:

卷二十三末葉識曰:庚申七月初一日臨校。

卷二十四末葉識曰:庚申七月初二日早起校。

卷二十五末葉識曰:庚申七月初六日。

卷二十六末葉識曰:庚申七夕校。

卷二十七末葉識曰:庚申七月初八日校。

卷二十八末葉補錄詩一首,並識曰:庚申七月初八日校。

卷三十末葉補錄詩一首,並跋曰:庚申正月游吳門,寓麒麟巷莫楚生世丈許,案頭見義門手校《唐詩紀》殘帙,其中適有陳伯玉詩,曰動校勘之念。瀕行攜之北來,取此本臨之。四月游黃山,亦攜入行篋,入秋乃畢事。原本尚有卷十六至二十,曰手中無此殘帙,又皆初唐小家,遂割棄之。長至後日,付書肆裝治訖,紀其顛末。江安傅增湘。

鈐"增湘"、"藏園"印。（書號496）

西崑酬唱集二卷

宋楊億編。清光緒間徐幹刊《邵武徐氏叢書》。鈐"沅叔校勘"印。參見《藏園羣書經眼錄》及《藝風藏書記》。

書名葉藏園題署：據影鈔嘉靖本校定。壬戌二月，沅叔志於暘臺山大覺寺。

鈐"藏園校定羣書"印。其後手錄西崑唱和詩人姓氏及官職。《四庫全書簡明目錄》提要之末葉補錄嘉靖年張綖序一則。

各卷藏園先生跋識錄如下：

卷上末葉識曰：壬戌二月十一日，於清泉吟社校讀此卷。

卷下末葉識曰：壬戌二月十一日校畢。

其後有跋文，曰：藝風藏舊寫本，前有嘉靖丁酉張綖序，蓋自明刻出也。取校此本，款式不同，字句亦微有異。舊刻序云毛西河得鈔本，徐健刻之，是明刻國初亦稀見也。鈔本序後有倡和詩人姓氏一葉，此本脫去。明本既不易求，此舊鈔亦殊可貴也。近日習靜山中，夜間校讀既竟，松濤習習，與瓶笙相應和，清宵冷趣，索解人正不得異哉？藏園居士誌於清泉吟社。

昨歲在南中，見張綖刻此書於秦氏綬青齋中，商價未諧，異日終當致之。沅叔附記。

鈐"藏園"、"沅叔"印。（書號501）

校正重刊官板宋朝文鑑一百五十卷目錄三卷

宋呂祖謙編次。明五經堂刊本，半葉十行行二十字，白口，四周單邊。己未年（1919）據北平圖書館藏宋本校勘，丁卯年（1927）據瞿氏鐵琴銅劍樓藏宋刊本補校，參見《藏園羣書經眼錄》。

各卷藏園先生跋識錄如下：

卷一末葉識曰：丁卯六月十六日補校，此卷乃照宋鈔本。

卷二末葉識曰：二月二十九日校。

卷三末葉識曰：二月二十九日，游西山歸，燈右校竟。

卷五末葉識曰：三月初一日校。

卷六末葉識曰：三月初二日校。

卷七末葉識曰：三月三日校。是日自南海瀛臺修禊回。

卷八末葉識曰：三月初四日校。

卷九末葉識曰：三月初四日校。

卷十四末葉識曰：清明後二日，校於北山秀峰寺。時山花怒發，櫻桃紅杏錯雜於蒼松翠柏間，真一幅天然畫圖也。沅叔。

卷十六末葉識曰：己未十月十三日校。

卷十七末葉識曰：丁卯六月十七日晨起校，此卷瞿氏藏本補。

卷三十九末葉識曰：己未二月二十七日校。

卷四十末葉識曰：己未二月二十八日校。

卷四十一末葉識曰：己未二月二十八日校。

卷七十一首葉識曰：己未九月二十日校。

卷七十二末葉識曰：己未九月二十一日校。

卷七十三末葉識曰：己未九月廿二日，沅叔校。

卷八十七末葉識曰：己未九月二十八日校。

卷八十八末葉識曰：己未九月二十八日校。菫莽。

卷八十九末葉識曰：己未九月二十八日燈下校完。

卷九十末葉識曰：己未九月二十九日校。藏園主人。

卷九十一末葉識曰：己未九月二十九日校。藏園主人。

卷九十二末葉識曰：己未十月朔校。藏園主人。

卷九十三末葉識曰：己未十月初四日，病起校此卷。

卷九十八末葉識曰:己未十月初四日,扶病再校此卷。

卷九十九末葉識曰:己未十月初五日校。

卷一百末葉識曰:己未十月初六日校。

卷一百一末葉識曰:己未十月初六日校。

卷一百二末葉識曰:十月初七日校。

卷一百三末葉識曰:己未十月初八日校。

卷一百四末葉識曰:十月初八日校。

卷一百五末葉識曰:十月初八日校。

卷一百八末葉識曰:己未十月初九日校。

卷一百九末葉識曰:己未十月初九日校。

卷一百十末葉識曰:己未十月初九日校。

卷一百十一末葉識曰:十月初九日校。

卷一百十二末葉識曰:己未十月初九日校。

卷一百十六末葉識曰:己未十月初十日校。

卷一百十七末葉識曰:己未十月初十日校。

卷一百十八末葉識曰:己未十月初十日校。

卷一百十九末葉識曰:己未十月初十日校。

卷一百三十四末葉識曰:己未十月十一日校。

卷一百三十五末葉識曰:十月十一日校。

卷一百三十六末葉識曰:十月十一日校。沅叔。

卷一百三十七末葉識曰:十月十一日校。

卷一百三十八末葉識曰:己未十月十二日校。

卷一百三十九末葉識曰:十月十二日校。

卷一百四十末葉識曰:十月十二日校。

卷一百四十一末葉識曰:己未十月十二日校。

卷一百四十二末葉識曰:己未十月十二日校。

卷一百四十三末葉識曰:己未十月十二日校。

卷一百四十六末葉識曰:十月十二日校。

卷一百四十七末葉識曰:己未十月十二日校。

卷一百四十八末葉識曰:己未十月十二日校,宋本殘卷止此,蕘庵病起書。(書號518)

聖宋名賢五百家播芳大全文粹(存卷一至四)

宋魏齊賢、葉棻編。朝鮮活字本,半葉九行行十七字,小字雙行同,上下黑口,四周單邊。鈐"宣賜之記"、"沉叔借觀"等印。參見《藏園羣書經眼錄》。

卷一下末葉識曰:此書余曾見宋刊一百卷,雕鐫甚精,然亦殘本耳。自明以來,未聞有覆刻者,今忽見此朝鮮活字本,洵可謂罕秘矣。藏園傅增湘假觀記之。

鈐"藏園題識"印。(北京大學圖書館□3580)

聖宋名賢五百家播芳大全文粹一百十卷

宋魏齊賢、葉棻編。清孔廣陶嶽雪樓影鈔本。鈐"沉叔手校"、"沉叔手校宋本"印。校勘自戊辰(1928)至辛未年(1931),《藏園羣書題記》存此書跋文兩則,頗詳。

卷首藏園跋文一則,不見於《藏園羣書題記》,但與《題記》跋文頗呼應。其曰:此書自戊辰九月校起,至辛未十一月十五日校畢。宋刊本存一百卷,餘以明鈔本及蕭山王氏宗炎影宋鈔本補校,各卷缺文一律補完,惟第四十九卷上,兩鈔本咸缺佚,聞燕京大學藏有劉燕庭影宋本,擬更假覆勘,以竟全功。嗚呼,百卷鉅編,三年之中,徧搜眾本,僅乃斷手,可謂艱矣,後之覽者,其鑑予苦心乎!

各卷藏園先生跋識錄如下:

卷一上第三葉書眉識曰：凡卷中諸篇用明鈔本補校者，以△標於題下以別之。

卷末葉識曰：宋本所缺諸文依明鈔本補校。辛未冬至前日，增湘記。

卷一中末葉識曰：此卷用明鈔補校。十一月十四日早起，大雪怒飛，日晷移午，厚積八寸許，曰邀邢、涂二君游香山，馳車經萬壽寺，濃霧四塞，迷途不得前，始信清游亦有前定也。宵燈輟翰，聊記於此。書潛氏。

卷一下末葉識曰：雪霽月出，清冷之趣，祇宜於青燈黃卷中領取之。十四日夜半，校明鈔本訖垎誌，沅叔。

卷二上末葉識曰：早起偕涂厚菴游香山，歷見心齋、芙蓉屏、玉華山莊、雙清別墅諸勝，松枝綴雪，柏葉鏤冰。昇騰絕頂，朗朗如玉山上行，羣峰皓耀，極銀海浩渺之觀。題名於闓風亭，以志鴻爪。時十一月望日，正冬至也。歸來日尚未夕，偶尔弄筆，遂畢此卷，仍以明鈔本對勘。藏園手記。

卷二中末葉識曰：戊辰九月二十三日，校宋刊本，沅叔記。

卷二下末葉識曰：辛未冬至，飲於鍾迺安將軍家，酒罷，更取兩鈔本合校此卷。藏園居士記。

卷三上末葉識曰：戊辰立冬前日，攜宋刊本宿鳳窩丙舍，凡訂正一百字。書潛記。

卷三中末葉識曰：九月三十日，自水甸視塋地回，秉燭校此。

卷三下末葉識曰：戊辰九月晦日，校宋刊本。

卷四上末葉識曰：早起四山積雪，晶潔如玉海，奇景不多覯也。十月初三日記。

卷四中末葉識曰：午後游清水院，約傅監寫水甸永租契，曰攜筆硯就校此卷，所逸各篇別紙錄之。書潛記。十月四日。

卷四下末葉識曰：十月初六日校於鳳窩。是日遷葬雙親及七弟與豫兒、嘉兒五棺，冒寒將事，淒感百端。沆朱垍志。

卷五上末葉識曰：己巳二月朔，校于清泉吟社。

卷五中末葉識曰：己巳二月二日，校於清水院。是日風霾橫天，閉戶不出。

卷五下末葉識曰：己巳二月初二日校畢，已亥既矣。沆叔記。

卷六上末葉識曰：十月初八日，校於鳳阿。

卷六下末葉識曰：十月初九日校。

卷七上末葉識曰：戊辰十月初十日，游翠山坨回校此。書潛記。

卷七中末葉識曰：十月初十日，月色清皎，徘徊松石間，使人有依戀不去之意。

卷七下末葉識曰：十月初十夜校畢。明晨將下山入都矣。

卷八末葉識曰：戊辰十月十九日校。

卷九末葉識曰：己巳二月初六日，葬凌夫人於暘台之松岡，宵中無事，攜此卷於田舍校畢。沆朱記。

卷十末葉識曰：是日將中止通電，辭國府主席、行政院長。辛未十一月初七日，藏園居士依明鈔本補校。

卷十一末葉識曰：辛未九月晦日，依明鈔本校定。時寓清水院僧寮。增改得一百字。

卷十二末葉識曰：九月晦日，攜卷就顧氏精廬小坐，日向夕校完此卷。書潛氏記。訂正五十九字，依明鈔本校。

卷十三末葉識曰：辛未十月初八日，依明鈔本校。

卷十四末葉識曰：辛未十一月初六日校訖。藏園據明鈔本閱。

卷十五末葉識曰：此卷依明鈔本校定。辛未十一月初八日。

卷十六末葉識曰：辛未十一月初九日，校明鈔本。

卷十七末葉識曰：辛未十一月初九夜，依明鈔本補校，時已三鼓矣。薑庵。

卷十八末葉識曰：二月初八日，松岡葬事既畢，移回大覺寺，校畢此卷。

卷十九末葉識曰：二月初七日，宿松岡草舍，校此卷畢。午後題詩於垣外青桐及塔腰敗甊各一首。

卷二十一末葉識曰：二月初七日，校於松岡草舍。書潛記。

卷二十二末葉識曰：己巳二月初九日，校於靈泉古寺。

卷二十三末葉識曰：初九夜校於清水院。

卷二十四末葉識曰：二月杪，入山探杏，小住清泉，校得一卷。

卷二十五末葉識曰：二月晦日戌刻校完，風聲尚壯也。

卷二十六末葉識曰：二月三十日亥刻校畢。

卷二十七末葉識曰：己巳三月初一日校畢。

卷二十八末葉識曰：戊辰五月十二日，校宋刊本。沅叔手記。卷中錯簡咸為糾正，其乙出各篇，宋本此卷所不載，或從他卷闌入也。

卷二十九末葉識曰：戊辰六月十二日，校宋刊本訖。藏園居士。

卷三十末葉識曰：戊辰五月十四日，校宋刊本，改定八十一字。鈐“沅叔”印。

卷三十一末葉識曰：此卷訂正凡八十字。戊辰六月十六日，校宋本訖。敝藏只此四卷也。默念余妻之逝，倏已兼旬，閣筆為之淒絕。沅叔記。

鈐“沅叔”印。

卷三十二末葉識曰：三月初一日風定，而杏花飄落過半。沈盦前輩適來①,相與歎息而已。沉未偶志。午後撰唐貞觀寫本《鶡冠子》卷子跋語,前日攜之入山,連宵張燈校畢者也。

　　卷三十三末葉識曰:三月朔,鐙右校畢已四鐘矣。山居亦不得早息,奈何?

　　卷三十四末葉識曰:三月初二夜,大風振林,味雲②、栗齋、有道同宿社中。

　　卷三十五末葉識曰:己巳三月十三日,校於中央公園。

　　卷三十六末葉識曰:己巳三月十四日,宿湯山行宮,雙燭校此。同游者:忠郎、惠女及蘭姬也。

　　卷三十七末葉識曰:己巳八月十八日,宿秘魔崖,校畢此卷,已月上東峰矣。書潛手記。

　　卷三十八末葉識曰:辛未十一月初十日,校明鈔本訖。

　　卷三十九末葉識曰:辛未十一月初十日,據明寫本校定。藏園。

　　卷四十末葉識曰:此卷據明鈔本補校。辛未十一月十一日,沉叔記。

　　卷四十一末葉識曰:十一月十一日,依明鈔本校止一過。

　　卷四十二末葉識曰:辛未十一月十二日,依明鈔本校。

　　卷四十三末葉識曰:辛未十一月十二日,夜閱明鈔本校訖。

　　卷四十四末葉識曰:辛未十月朔,謁鳳窩先塋,兼及松岡杏圃各墓,向夕回寺,燃燭校竟此卷。萊娛室主人志。改定一百單二

　　① 寶熙(1871-1931?),字瑞臣,號沈盦,滿族正藍旗人。光緒十八年進士。曾任職國子監祭酒、山西學政等職。後追隨溥儀小朝廷。能書善詩,有《沈盦詩文稿》。

　　② 楊壽枏(1868-1948),字味雲,號苓泉居士,江蘇無錫人。晚清跟隨徐世昌、端方辦理洋務,民國後曾入北洋政府辦理鹽務,以後經營實業。雅好吟詠,有《秋草唱和集》等流傳於世。

字。

卷四十五末葉識曰：用明鈔本勘誦一過，竟日秖畢兩卷，可愧。十二日三更，沅未記。

卷四十六末葉識曰：早起研朱，取明寫本勘誦，逾午甫畢。十一月十三日，薑庵。

卷四十七末葉識曰：辛未十一月十三日，自邢宅夜宴歸，檢明鈔本手校此卷。薑庵附志。

卷四十八末葉識曰：午後忠兒自城中來，曰步登西嶺，歷三山庵、大悲庵、龍王堂、香界寺、寶珠洞，東越數峰，取道洪光寺而歸。八月二十一日，沅叔記。

卷四十九下末葉識曰：二十二日，游福壽嶺歸校畢，明早將出山矣。沅叔，己巳八月記。

卷五十末葉識曰：戊辰十月二十一日，大風振林，寒氣淒厲。子安、文藪深夜過談，余就燈右校畢此卷。沅叔記。

卷五十一末葉識曰：十月二十二日，夜三鼓校。

鈐“沅叔手校”印。

卷五十二末葉識曰：十月二十五日，校宋刊本。

鈐“沅叔手校”印。

卷五十三末葉識曰：十月廿八日，校於瓊島西麓。

卷五十四末葉識曰：戊辰冬至前日校。

鈐“沅叔手校”印。

卷五十六末葉識曰：己巳十一月初九日，扶病校畢此卷。書潛記。

卷五十七末葉識曰：今日腹疾小愈，然客座酬接頻煩，未皇搦管，竟日秖畢此一卷，“曰病得閑殊不惡”，坡詩洵有味哉！沅叔，初十日記。

卷五十九末葉識曰:庚午三月初五日,小住清泉吟社,簑燈校畢。

卷六十末葉識曰:庚午三月初五日,校於大覺寺之清泉吟社。沅未記。

卷六十一末葉識曰:庚午寒食節,至西菴精舍小憩,因就南榮校讀此卷。墻外紅杏初花,絳珠紫玉,萬顆星繁,目為之眩。春色釀郁,飲人如醉,惜無人來此共賞耳,冕之適來。沅叔。

卷六十二末葉識曰:庚午清明節,校於暘台清水院。

卷六十三末葉識曰:聽泉破睡,弄筆復了一卷。沅未,清明日記。

卷六十四末葉識曰:庚午三月初十日,據宋刊本坐西峰草堂校畢。

卷六十五末葉識曰:三月初十日,風暄日美,早步至西峰草堂觀杏花。午後研朱,不覺遂竟二卷。聞城中有客來寺,當走,款之不得,再展讀矣。沅叔偶記。

卷六十六末葉識曰:回大覺寺,則弢菴太傅已游龍泉寺返城中矣。坿記於卷尾,以志疏慢。藏園,二月十日。

卷六十七末葉識曰:天陰欲雨,設席於西峰杏花深處。點勘終卷,忽城中走僕來告,後房為袪篋者盜取衣服十餘事,意興為之大沮。十一日記。

卷六十八末葉識曰:夜返大覺禪院校此。十一日記。

卷六十九末葉識曰:勘了此卷,夜過午矣,四山沈寂,惟泉聲清泠耳。三月十一日,藏園志。

卷七十末葉識曰:今日風作,杏花飄落,可念,游興漸闌,亦欲緩緩歸矣。入山九日,攜書二十許卷,皆已校畢。殊可喜也。庚午三月十二日,沅叔手記。

卷七十一末葉識曰:庚午三月二十七日校。

卷七十二末葉識曰:辛未冬至前一日,大雪怒飛,園林皓潔,坐石齋校明鈔本訖。

卷七十三末葉識曰:四月初三日校。

卷七十四末葉識曰:庚午五月十一日,校於清水院。

卷七十五末葉識曰:庚午五月十四日,早起坐水榭校此。

卷七十六末葉識曰:四月十五日校。

卷七十七末葉識曰:四月十五日,游北海蟬青書屋校畢。

卷七十八末葉識曰:四月十六日,校於東表背胡同水塙家。

卷七十九末葉識曰:四月十六日,夜雨飄蕭,籬燈點筆,又竟一卷。

卷八十末葉識曰:四月十八日校。

卷八十一末葉識曰:庚午四月十八日校。是晨游公園,觀金帶圍芍藥。沅叔記。

卷八十二末葉識曰:庚午四月十九日,園中芍藥雨後盡放,穠冶悅人。

卷八十三末葉識曰:四月二十日,觀陳石頭演劇歸①,校畢此卷。

卷八十四末葉識曰:四月二十二日校。

卷八十五末葉識曰:庚午五月二十二日,坐蟬青閣逭暑校畢。沅未附記。

卷八十六末葉識曰:庚午八月二十七日,同息菴游戒壇寺,即就宿東軒。夜間微醉,校竟一卷。

卷八十七末葉識曰:庚午十二月祀竈日,校於津門。

---

①　陳石頭,即著名老輩京劇青衣陳德霖先生。

卷八十八末葉識曰：辛未六月二十二日校。輟筆已半載矣。

卷八十九末葉識曰：辛未六月二十四日校。

卷九十末葉識曰：辛未六月二十四日校畢。連日欝蒸，為溽暑所侵，小有不適，神思倦怠，作輟不常，入夜乃得訖事，殊足愧歎。

卷九十一末葉識曰：辛未六月二十六日立秋後日校。

卷九十二末葉識曰：六月二十六日校。

卷九十三末葉識曰：六月二十七日校，是日酷暑煩蒸，疏雨間作，不能解也。

卷九十四末葉識曰：連日酷暑，憚於伏案，今夕揮汗如雨，僅了此卷，可歎也。六月廿九日。

卷九十五末葉識曰：七月初一日校。

卷九十六末葉識曰：辛未七月初三日校。

卷九十九末葉識曰：七月初四日校。補文一首，佚文兩段。書潛記。

卷一百末葉識曰：此卷脫失獨多，疑鈔胥疏失，非原本如是也。七月初五日校記。

卷一百二末葉識曰：七月初六日校。天氣漸涼，有秋意矣。書潛志。

卷一百三末葉識曰：辛未雙七節校畢。書潛。

卷一百五末葉識曰：辛未七月初十日校。

卷一百六末葉識曰：辛未七月十二日，訪周止菴於頤和園養雲軒，曰留宿一宵。張燈校畢此卷，起視皓月已蕩漾湖心矣。沅叔。

卷一百七末葉識曰：七月十二夜，校於昆明湖畔養雲軒。沅叔記。

卷一百八末葉識曰：借邢贊庭藏明鈔本，校“養浩堂銘”以下諸篇。辛未冬至，沅叔手記。

卷一百九末葉識曰：七月十五日校。

卷一百十末葉識曰：辛未七月十八日校畢。沅未氏志。（書號500）

三劉先生家集不分卷

宋劉渙、劉恕、劉羲仲撰，劉元高輯。清抄本。鈐“樂意軒吳氏藏書”、“雙鑑樓藏書印”、“江安傅增湘字沅叔別號藏園”印。

書衣藏園題跋曰：《三劉先生家集》，照元刻鈔本 三劉者，渙字凝之，恕字道原，羲仲字壯輿，祖父子三代也。首遺文一卷，次諸家文集，次三劉遺事。舊藏樂意軒吳氏。丙寅五月上海冷肆所收。藏園居士記。（書號2938）

清江三孔集三十四卷校勘記一卷

宋孔文仲及其弟武仲、平仲撰。南昌《豫章叢書》編刻局《豫章叢書》本。壬戌年（1922）據呂氏講習堂寫本，戊辰年（1928）又據徐坊藏明代朱氏舊鈔本校勘。《藏園羣書題記》之跋文與此有關，當對讀。

卷首《四庫全書總目》提要之末有長跋一則，曰：《三孔先生清江文集》三十卷，南陽呂氏講習堂寫本，半葉九行行二十字，卷中留、學、啓三字，咸缺末筆，蓋呂葆中避其家諱也。前年自獨山莫氏流出，在海上見之，囑假以歸。適胡氏新有此刻本，遂竭十日之力，對勘一過。卷六《常父集》“移花詩”，補脫詩四句。十一卷《常父集》“慰太皇太后表”，補脫文後半，“慰皇太后表”，補脫文前半，蓋卷中脫簡，正誤合兩表為一也。十三卷《常父集》“小啓”，補脫文一行，“代罷郡謝鄰郡表”補脫文四十九字，“代罷郡謝本路監司”補題目一行，及啓首脫文二十一字此亦誤合兩首為一。卷二十九《毅父集》"罷散御筵謝太皇太后表"，補脫文二十字，又補"謝皇帝表"一篇。其餘字句之訛，改正殆難數計。惜胡氏付刊不及見此本也。鈔本卷五《常父集》脫詩數首，《毅父集》後四卷亦無之，胡氏蓋從八千卷樓本鈔出補此四卷，為通行本所無，然亦訛字滿目，恨無他本可以校正，且毅父文亦尚不止此也。壬戌三月晦日，校畢曰記。時近畿數百里間三帥陳兵，殆逾十萬，禍變炎炎，且晚可慮，而吾輩蟄居危城，為此蟲魚之學，寧非痴絕？ 增湘。

各卷藏園先生跋識錄如下：

《舍人集》卷一末葉識曰：壬戌三月二十日，將游暘台清水院，倚裝校此。沅叔。

卷二末葉識曰：三先生舉業，頗多集不盡載。壬戌三月二十一日，校於清泉吟社。

《宗伯集》卷一末葉識曰：三月二十二日，游玄同塔回校此。

卷二末葉識曰：三月二十三日，游周家墓，看海棠，歸校此。凡題上加點者，皆鈔本所無。

卷三末葉識曰：壬戌穀雨節校。

卷四木葉識曰：二月二十五日校。是日穀雨節也。

卷六末葉識曰：壬戌三月二十五日校。沅叔。

卷七末葉識曰：三月二十五夜校定。

卷八末葉識曰：三月二十六日雨後，晨起坐水廊校誦。

卷九末葉識曰：三月廿六日早校。

卷十末葉識曰：春雨微寒，鶯枝初謝，倚亭校讀，不覺向暮。廿六日，沅未。

卷十一末葉識曰：三月廿六日，藏園聽雨勘畢。

卷十二末葉識曰：昨夕校此，倦極，不得終卷，今晨乃足成之。廿七日記。

卷十三末葉識曰：壬戌三月二十七日勘過。雨後餘寒，早坐亭下，尚御重棉。沅未記。

卷十四末葉識曰：三月二十八日校。

卷十五末葉識曰：說棨後鈔本有“書離騷後”、“讀杜子美哀江頭後”二首。三月二十九日校。

卷十六末葉識曰：壬戌三月廿八夜校訖。

卷十七末葉識曰：三月二十九日校。是日為先母忌日，棄養已十年矣，傷哉。增湘志。

《朝散集》卷一末葉識曰：壬戌三月二十九日校定。沅叔。

卷二末葉識曰：三月二十九日校。是日驟暖，御單衣矣。

卷三末葉識曰：三月二十九日校。

卷四末葉識曰：三月二十九日鐙下校。

卷五末葉識曰：三月二十九日燈下又盡此卷。藏園居士。

卷六末葉識曰：壬戌三月三十日校。

卷七末葉識曰：三月三十日校完。

卷八末葉識曰：壬戌春盡日，池北書堂校誦一過。

卷九末葉識曰：壬戌春盡，沅叔校於藏園。

卷十末葉識曰：三月晦日校，補文一首。

卷十一末葉識曰：壬戌春盡日，沅叔校於藏園池北書堂，今日共盡七卷矣。

越七歲，戊辰十一月初七日，依明鈔本重校，又訂正數字。

卷十二末葉跋曰：壬戌春，曾得石門呂氏寫本《三孔集》，秖存三十卷，《毅父集》十二卷以後即缺佚。頃史吉甫攜來徐梧生遺書，適有《三孔集》，然核之，寔只《毅父》一集也，後十卷均完全，囙得補校後四卷，其餘六卷則別寫坿之。沅叔記。

用華亭朱氏明鈔本校勘，補佚文二篇。訂正三十九字。書潛坿記,時戊辰仲冬。

卷十三末葉識曰:十一月初五夜校,訂正三十四字。

卷十四末葉識曰:此卷依明寫本補校。戊辰十一月初六日,沅叔。

卷十五末葉識曰:戊辰十一月初七日校,補脫文十行。

書末附藏園"仿書棚本行格"紙補錄《毅父集》卷十六至二十一,及慶元五年王蓬刊記之文,并跋曰:昔年胡肅堂侍御刊《三孔集》,缺平仲文六卷,遍訪南北藏書家及《四庫》本,均不可得。頃來徐司業遺書散出,中有明華亭朱氏舊鈔本,廑存《平仲集》二十二卷,凡《雜説》二卷,《文集》二十卷,其三十五卷以下此通計三孔為卷第胡氏所謂訪求不獲者,赫然具存。曰留齋頭五日,取前時石門呂氏本所缺之四卷自三十一至三十四校勘一過,改訂數百字,補佚文二首,奪文十行,其三十五至四十各卷,則屬趙生連夜錄得副本,坿於豫章新本之後,俾後來重刊者有所取資焉。第書賈索還殊急,不及讎校,未免有亥豕之訛耳。戊辰立春三日,沅叔手記①。

鈐"增湘"、"沅叔"印。(書號415)

三蘇全集一百二十卷

宋蘇洵、蘇軾、蘇轍撰。清道光壬辰年眉州三蘇祠堂刊本。據《二百家名賢文粹》校勘《嘉祐集》。壬戌年(1922)據宋刊本《皇宋名賢五百家播芳大全文粹》,自癸丑年(1913)至庚申年(1920)據各部宋刊《蘇文定公集》殘卷校勘《欒城集》。諸宋本參閲《藏園

① 北京大學圖書館存清抄本《三孔先生清江文集》一部,亦有藏園手跋。可參閲沈乃文"藏園落英在北大"一文(《版本目錄學研究》第二輯,國家圖書館出版社,2010)。

羣書經眼錄》。

各集藏園先生跋識語錄如下：

《嘉祐集》二十卷，卷十六第六葉末補錄文一則，並識曰：此文在第十一卷末，為刻本所無，補錄於此。增湘，三月十八日燈右。

《欒城集》"潁濱先生本傳"末葉識曰：壬戌仲冬，以宋刊《播芳文粹》中所選潁濱文校於此本，加黑圈於每篇題上以別之。

此後又跋曰：《蘇文定公集》，宋刊本，半葉九行行十五字，字仿魯公躰，極古茂。各家著錄所不見，舊藏內閣大庫，宣統三年乃取置京師圖書館，計存四十七卷。余癸丑長夏僦居廣化寺，乃得就校於此本上。此外，又假沈乙盦所藏廿四、五兩卷，鄧孝先所藏一至三、十六至十八共六卷補校焉，蓋已得泰半矣。其中佚文異字不可殫述，行將別為札記，附刊於《蜀賢叢刊》之末。丙辰正月初十日，後學傅增湘記。

《欒城集》：目上卷、一至六、十至十八、廿四五、廿六、卅五六、卅九至四十二，後集七至十三、十八至廿一，三集六至十。《應詔集》十二卷全。

目錄上第三葉書眉識曰：此半葉在紅本袋中檢得，補校過。庚申八月，沅叔記。

卷三末葉識曰：殘宋本止此。以上三卷為同年鄧孝先所藏。壬子十月記。

卷十三末葉識曰：癸丑六月初九日。

卷十六末葉識曰：此卷及下十七、八卷為鄧孝先所藏，蓋與圖書館本同自大庫流出者也。壬子十月，沅叔記。

卷十八末葉書眉識曰：校宋本止此。壬子十月十七日，沅叔。原本為鄧孝先所藏。

卷二十四首葉書眉識曰：此兩半葉由紅本袋中檢出補校。庚申八月，沅叔志。

第二葉書眉識曰：宋本二十五、六兩卷皆不完，從沈乙盦假校其廿六卷後，乃與京師圖書館所藏正相銜接也。

卷二十五末葉識曰：八月初四日再校。

卷二十六末葉識曰：八月初四日再校。

卷三十五末葉補錄文一則。

卷四十一首葉補錄文一則。

《欒城後集》卷四第三葉書眉識曰：宋本存第四卷殘葉自此起。劉翰臣見貽。

卷末葉識曰：庚申七月二十六日，據家藏宋本校。

卷五末葉識曰：庚申七月廿六日燈下校。

卷六末葉識曰：庚申八月朔日，校宋本二十葉。

卷七第九葉書眉識曰：以下一葉從紅本袋中檢得校定。沅叔記。

卷十二第十一葉書眉補錄“潁濱遺老傳”脫文三百九十字。

卷十三末葉識曰：癸丑六月初八日校。是日大雨，寒甚，可御重棉。

卷十四末葉識曰：癸酉四月初十日，依瞿氏宋刊本校訖。

卷十九末葉補錄“汝州謝雨文”後跋一段。

《應詔集》卷五第七葉識曰：六月十一日校訖。

《斜川集》據宋刊《二百家名賢文粹》校勘部分篇章。卷三末葉據《播芳大全》第六十八卷補錄“請平老開堂疏”一首。（書號349）

中州集十卷樂府一卷

金元好問輯。元至大三年曹氏進德齋刻遞修本，半葉十五行行二十八字，白口，四周雙邊。

卷首傅增湘長跋一首，見諸《藏園羣書題記》，文字雖有異，大意同，不贅錄。文末錄藏印，《題記》未載，《經眼錄》不及此詳，迻錄於此，其曰：各卷鈐印列左：傳是樓、健庵收藏圖書、徐乾學印、黄金滿籯不如一經，以上皆徐氏印記。茂苑香生蔣鳳藻秦漢十印齋祕篋圖書。繆氏未鈐藏印，其書載《蕘風堂藏書續記》中。藏園坿記。（書號11441）

谷音二卷

元杜本輯。明末毛氏汲古閣刊詩詞雜俎本，半葉八行行十九字，白口，左右雙邊。鈐“羣玉山房”、“野夫所藏”、“龔印文照”、“紫筠”、“長洲龔氏紫筠堂藏”印。辛巳年（1941）據李盛鐸藏本移錄何焯批校題識。

卷上末葉識曰：辛巳六月十四日，移居萬壽山宿雲簷下校畢。

卷下末葉識曰：辛巳六月望，假椒微師舊藏本臨校畢。藏園老人記。（書號503）

谷音二卷

元杜本輯。明末毛氏汲古閣刊詩詞雜俎本，半葉八行行十九字，白口，左右雙邊。何焯手校并跋，傅增湘題識。何氏跋語可見諸《藏園羣書經眼錄》。

卷下藏園識曰：辛巳六月望，移錄一過。時居甕山宿雲簷下。藏園傅增湘記。

鈐“增湘”、“藏園”印。（北京大學圖書館□1）

圭塘欵乃集一卷

元許有壬等纂輯。清嘉慶吳省蘭刊《藝海珠塵》本。丙寅年（1926）據鮑廷博手校本校勘。可參閱《藏園訂補郘亭知見傳本書目》。卷末附藏園"仿書棚本行格"稿紙，錄吳城跋語及鮑廷博題記三則。

卷末末葉識曰：丙寅三月二十八日，據鮑淥飲手校本對勘一過，原載吳甌亭跋語及淥飲題記三則，錄之別幅。藏園主人沅叔氏識。（書號504）

金蘭集三卷續集一卷耕漁軒遺書一卷

元徐達左類編。清乾隆二十四年徐堅澔溪草堂刊本。戊辰年（1928）據明朱之赤藏鈔本校勘。鈐"雙鑑樓藏書印"、"雙鑑樓"印。

書末附"藏園傅氏寫本"稿紙，書"校《金蘭集》跋"，此跋與《藏園羣書題記》之跋首段大意略同，文字稍異，然《題記》之跋撰寫於抗口戰爭初起，心境與此本之跋大不同，讀者可比較，且此本又錄藏印，故移錄於此，曰：舊鈔本《金蘭集》四卷坿補錄，十行二十一字。前有介休王行序至正二十二年，古汴沙門道衍序至正二十五年。歷藏朱臥菴、汪閬源、黃蕘圃、沈韻初諸家。臥菴、蕘圃各有跋，取乾隆庚辰裔孫受益刊本校之，次第大不相符，字句訂正處極夥，篇中撰人鈔本皆上列鄉貫，下注其字，刊本咸不備著。然刊本所有而鈔本所無者，文凡九首，詩一百四十六首，刊本存續集中，其詩見於抄本者只九首，疑此為松雲所初輯，而刊本則重輯者，故詩文增益至一百餘篇也。今出於鈔本所有者，以朱筆識別之，其字句差異則迳改於行間，審其文義，要以鈔本為長。朱跋二則，錄之卷

尾,黃跋則見於繆刻題識中,不復贅錄。戊辰十月十七日,藏園主
人記。

收藏有"休寧朱之赤珍藏圖書"、"臥菴七十老翁何所求"、"朱
之赤印"朱文印,"道行仙"、"寒士精神"、"臥菴居士"、"汪士鐘
藏"、"韻初審定"白文印。(書號505)

吳都文粹十卷

宋鄭虎臣集。清活字印本。鈐"盱眙王氏十四閒書樓藏書
印"、"盱眙王錫元蘭生收藏經籍金石文字印"、"藏園"、"增湘"、
"雙鑑樓"、"校書亦已勤"、"沅叔手校"印。乙丑年(1925)過錄章
鈺校錄本,己巳年(1929)又用黃丕烈校本校卷一至卷三。參閱
《藏園訂補郘亭知見傳本書目》。

卷首施天騏序言之末藏園過錄清錢枚、錢大昕、李希聖三跋。

目錄卷末葉藏園識曰:甲子十一月初九日校。

又跋文二則,一曰:章君式之手錄校本,春間假得,秖臨朱筆一
通,遂爾南游,溽暑苦雨,疲濕不堪。曰臨藍筆校錄一通,數日而
畢。藍筆為趙次侯據宋蔚如過錄,又經李玉舟、鄧孝先輾轉迻寫者
也。朱筆為校錄王鶴溪寫本。乙丑六月初九日校畢記,時雷雨大
作,陰黑欲燒燭矣。江安傅增湘書於藏園之北軒。

鈐"增""湘"印。

二曰:頃閱鳳禹門遺書,中有黃蕘圃手校《吳都文粹》,曰假歸
互勘,其異字有為前校本所無者,爰隨卷改正,而以朱圍識別之。
黃校自卷一至卷三"龍堂記"止,以下未經著筆,殊為可惜。己巳五
月二十七日,藏園記。

鈐"傅""沅叔"印。

各卷藏園先生跋識錄如下:

卷一末葉識曰:乙丑三月十九日,清泉吟社校。乙丑六月初四日,藏園雨窓勘讀。

卷二末葉識曰:乙丑三月十八日,清泉吟社曉起校完。乙丑六月初六日,藏園雨窓。

卷三末葉識曰:乙丑三月十九日,山寺早起校畢,藏園。六月初六日,陰雨淒然。

卷四末葉識曰:乙丑三月十九日,看山前紅杏回合校此。乙丑六月初七日,積雨五日,庭生綠蓆矣。

卷五末葉識曰:入山已七日,今日紅杏乍放,而大風怒作,不能出游。閉斗室中,校完此帙。藏園主人,乙丑六月初七日。午後開霽,夜始見星。

卷六末葉識曰:乙丑四月十七日校。乙丑六月初八日,坐池旁小榭校此卷。七月十二日日明鈔本。

卷七末葉識曰:四月十八日,校於米市宅。六月初八日,久雨初霽,坐水閣閱畢。乙丑七月二十四日,據明鈔本校訖。

卷八末葉識曰:四月十八日校。六月初八日,鬱蒸特甚,頭目為昏,校此極草。乙丑八月十三日,校明鈔本。

其後跋曰:明鈔本殘冊,存卷六至八,廑得三卷,為文氏竺塢藏書。余得於書估張建三手,取校一過,其字異同往往為各本所無,甚矣,搜羅之不可不廣也。乙丑中秋,沅叔手志。

卷九末葉識曰:乙丑六月初八日,秖厂①、仲郊來夜談。

卷十末葉識曰:乙丑四月十九日,將游南中,倚裝校此。沅叔。乙丑六月初八日,夜漏三刻校畢。

鈐"沅叔"、"增湘"印。（書號506）

---

① 秖厂即秖庵,楊熊祥也。

全蜀藝文志六十四卷

明楊慎輯。明萬曆刻本，半葉九行行二十字小字雙行同，白口，四周單邊。鈐“雙鑑樓藏書印”、“江安傅增湘沅叔珍藏”、“江安傅氏藏園鑑定書籍之記”、“增湘私印”、“長春室主”、“江安傅沅叔攷藏善本”印。壬午年（1942）依明嘉靖刊本校勘。參見《藏園羣書經眼錄》。

“全蜀藝文志編校姓氏”之末，識曰：戊辰十二月，用銀幣四十圓得於北京廠西門述古堂。沅叔手記。

鈐“藏園居士”印。

各卷藏園先生跋識錄如下：

卷五十六之十三葉“牋紙譜”書眉識曰：此編及下“錦譜”皆依嘉靖刊本校讀一過。壬午中秋夜，沅幵志。

卷五十八“崴華紀麗譜”末葉識曰：壬午中秋之夜，自北海泛舟玩月回，檢嘉靖小字本校完此卷。今則兵氣彌天，恐青羊宮花市亦非舊觀矣，思之黯然。藏園老人記。（書號2960）

全蜀藝文志六十四卷（缺六卷：卷二十七至三十二）

明楊慎輯。明萬曆刻本，半葉九行行二十字小字雙行同，白口，四周單邊。

藏園跋曰：缺二十七至三十二卷。此殘本得之杭州修本堂何長兒手。考嘉慶丁丑犍為張汝照小書樓重刊時，只得鈔本上板，此萬曆殘帙，又經葉石君所藏，甯不足珍乎。癸亥人日，藏園居士記。（書號t3719）

樵川二家詩四卷

宋嚴羽,元黃鎮成撰,清朱霞輯。清康熙六十一年朱霞刊本。
丙寅年(1926)據《四庫》底本校勘黃鎮成《秋聲集》。

卷四末葉識曰:丙寅正月十二日,據舊鈔本校訖。原本冊首鈐
"翰林院"大官印,中有分校劉景岳黏簽,蓋四庫館底本也。藏園主
人沅叔識。(書號494)

(十一)詩文評類

文心雕龍十卷

梁劉勰撰。明嘉靖二十二年佘誨刊本,半葉十行行二十字,白
口,左右雙邊。鈐"彝尊"、"舒運昌印"、"乘荍"印。辛巳年
(1941)據徐燉校本校勘,請參見《藏園羣書題記》之跋。

卷四末葉識曰:辛巳五月十八日,臨徐興公校本。

卷十末葉識曰:辛巳五月十九日校畢。沅叔記。(書號507)

楊升菴先生批點文心雕龍音注十卷

明梅慶生撰。明萬曆三十七年梅慶生刊天啓二年重修本,半
葉九行行十八字,小字雙行同,白口,左右雙邊。癸亥年(1923)據
英藏敦煌卷子影印本校勘。

序言之末葉跋曰:誦芬室主人自英京影印唐人寫本《文心雕
龍》一卷,自"徵聖"至"雜文"凡十三篇,取此本校勘,增改殆數百
字,均視楊、朱、梅諸人所校為勝,惜"隱秀"篇不存,無以發前人之
覆耳。癸亥立夏後三日,藏園居士傅增湘記。(書號508)

樂府古題要解二卷

　　唐吳兢撰。明抄本，半葉十行，行二十字，白口，四周雙邊。鈐
"季振宜藏書"、"雙鑑樓"、"江安傅沅叔攷藏善本"、"增湘"、"藏
園"、"三十年前舊史官"、"二十年中萬卷書"、"雙鑑樓藏書印"、
"晉生心賞"、"佩德齋"印。書衣係藏園先生題簽。傅增湘跋，傅
增湘、吳昌綬題詩。

　　卷首為戊寅年三月藏園長跋，已刊入《藏園羣書題記》，雖有
異文，大意同，不贅。跋文之末，有和詩一首，曰：唐賢名著少，讐勘
喜更番。秘閣方疑偽，遺編待訟冤。流傳梁陸舊，什襲宋元尊。苦
憶松鄰叟，扶衰和五言。三月之望，和柳大中韻　藏園老人。

　　鈐"傅印增湘"、"沅叔"印。

　　全書末葉為吳昌綬題詩并小序：沅叔攜示新收明鈔《樂府古
題要解》，有柳大中詩跋。昌綬方在病中，同此結習，輒依前帖屬
和一篇：吾羨布衣好，鈔書日幾番。遺名今尚識，慧業本非冤。斗
室黃綿襖，家田白糯尊。後君四百載，身世更難言正德乙亥距今四百
三年。丁巳十一月，仁和吳昌綬。

　　鈐"松鄰"印。

　　其後為鄧邦述題款：戊午元夕，羣碧樓借校一過。

　　附錄柳僉詩跋：正德乙亥七月二十二日，錄訖唐史臣吳諱見前
《樂府古題要解》一小帙，值區區感寒受鬱，亦樂於鈔寫，以詩寄與
云：偶病不粒食，鈔書二十番。娛生無此癖，等死亦為冤。把筆頭
敧帽，衣綿酒能尊。時名付流水，此外復何言。布衣柳僉謹誌。
（書號2569）

後山居士詩話一卷

　　明萬曆年間商濬刊《稗海》本，半葉九行行二十字，白口，四周單邊。丁卯年（1927）據明刊《百川學海》本校勘。

　　卷末葉識曰：丁卯六月初八日，依弘治本《百川學海》本校。沅叔。（書號512）

優古堂詩話一卷

　　宋吳开撰。清嘉慶四年桐川顧氏《讀畫齋叢書》本。甲寅年（1914）據明洪熙鈔本校勘，壬戌年又據嘉靖袁表鈔本校勘。鈐"沅叔手校"印。下文所及諸人跋識，見於《藏園羣書經眼錄》。

　　卷首《四庫全書提要》末葉藏園跋曰：蕭山朱幼平藏明嘉靖袁氏寫本，壬戌盛夏，假校一過。前年得洪熙鈔本半部，即讀畫所據之底，覆核乃無一異字。今忽得此本，改正字句不少，入夏來第一快心之事也。閏月十八日，坐廊下聽雨書此，藏園主人。

　　鈐"沅叔"印。

　　卷末某為几年前之跋义，曰：頃杭估奇來此書明鈔本，蓋茲刻底本也，存十八葉，前半不知流失何所，可惜也。然卷尾有程恩澤、顧蒓、萬經、楊希鈺、陶廷杰、蔣因培、錢天樹、張爾旦各跋，又茝夫跋一，一如詩一首，皆刻板後所增益，別晷錄之，足備書林故實。流轉又百餘年，源流猶可考見，雖斷帙殘卷，彌足珍矣。甲寅八月中秋後一日，沅叔記，時客津門。

　　鈐"沅叔"印。（書號513）

增修詩話總龜四十八卷後集五十卷

　　宋阮閱輯。明嘉靖二十四年宗室月窻道人刊本，半葉十一行行二十二字,白口,四周單邊。鈐"陳守吾經眼記"、"陳寶晉字康甫"、"守吾平生珍賞"、"鬻及藉人為不孝"、"藏園校定羣書"印。辛未年(1931)及庚辰年(1940)以家藏明鈔本校勘。關於此明刊本,《藏園羣書題記》別有跋文。

各卷藏園先生跋識錄如下:

《前集》卷一末葉識曰:辛未四月二十六日,依明鈔本校。

鈐"傅""沅叔"印。

卷二末葉識曰:四月二十七日校。

卷三末葉識曰:辛未十一月十六日校。

卷四末葉跋曰:庚辰七月初二日,依明抄本校於頤和園之清華軒中,陰雨連朝,今日雨更盛,淒冷如深秋,可御棉衣,亦異候也。

此書自辛未冬校勘數卷,以他事輟筆,忽忽已八九年,上月檢篋出之,已校得後集十卷。今仍取前集接校,日以二三卷為課,藉以吟諷自怡,亦銷夏之玅法也。

昔年董授經同年曾假明寫本校過,言月窗本奪譌極多,脫全條者,指不勝屈,前集鈔本多二卷,校時擬逐卷補錄於後。藏園老人記。

卷五末葉識曰:七月初四日校。

卷六末葉識曰:七月十三日,校於昆明湖上。

卷七末葉識曰:七月二十七日,校於清華軒。

卷八末葉識曰:八月初十日,校於清華軒。

卷九末葉識曰:八月十一日,校於清華軒。

卷十末葉識曰:七月十八日,清華軒雨窗校畢。沅叔記。

卷十一末葉識曰:七月十九日校。

卷十二末葉識曰:七月二十日,校於萬壽山後松林中。

卷十三末葉識曰:八月十六日,校於清華軒。

卷十五末葉識曰：庚辰八月十七夜，校於昆明湖畔，輟筆搴簾，月影已滿中庭矣。藏園老人記。

卷十六末葉識曰：庚辰九月十三日，校於清華軒。

卷十七末葉識曰：庚辰九月十三日，校於昆明湖上。清泉。

卷十八末葉識曰：九月十四日，校於清華軒。

卷十九末葉識曰：九月十四日，清華燈下校。

卷二十末葉識曰：庚辰九月十六日校。

卷二十一末葉識曰：九月十六日校。

卷二十二末葉識曰：九月十七日校。

卷二十三末葉識曰：九月十八日校。

卷二十四末葉識曰：九月廿三日，香山玩霜葉回，入園張燈校此。

卷二十五末葉識曰：大風振林，夜漏將半，又竟此卷。廿三夜記。

卷二十六末葉識曰：九月二十四日，坐石丈亭負暄校完此卷。明鈔尚有"寄贈門"中下二卷，刊本佚之。

卷二十七末葉識曰：九月二十四日，校於清華軒。

《後集》卷一末葉識曰：據明鈔校定，庚辰六月望，沆叔識於頤和園。

卷二末葉識曰：六月十五夕，燈下又校此卷。

卷三末葉識曰：六月十八日薄暮，坐魚藻軒校畢，補脫文一則。

卷四末葉識曰：六月十八日校，補脫文一則。

卷五末葉識曰：六月二十一日校，補脫文六條。書潛記。

卷六末葉識曰：庚辰六月二十八日校，補脫文八條。

卷七末葉識曰：六月二十九日校。

卷八末葉識曰：六月二十九日校。

卷十末葉識曰：七月初二日雨窗校，補缺文二條。（書號511）

苕溪漁隱叢話前集六十卷（存卷一至五十）

宋胡仔輯。元翠巖精舍刊本，半葉十三行行二十一字，黑口，左右雙欄。《藏園羣書題記》有此書之跋。

書末藏園題識曰：此刻余生平未見第二本，即近時諸藏家書目亦未著錄，可云罕秘矣。惟末十卷缺佚，惜哉。四月朔①，沅叔再誌。（北京大學圖書館 LSB/9081）

漁隱叢話前集六十卷後集四十卷

宋胡仔輯。清乾隆五至六年楊佑啓耘經樓刊本。鈐"海豐吳重熹印"、"石蓮闇所藏書"、"昔我叔姪立志錄書今誰共讀傷心何如"印。壬午年（1942）據宋刊本校勘後集，繼而癸未年（1943）據元刊本校勘前集，宋刊本和元刊本概況、庋藏流傳，以及校勘始末，可見諸《藏園羣書題記》。

各卷藏園先生跋識錄如下：

《前集》卷一末葉識曰：癸未二月二十八日，依翠巖精舍本校正，改訂二十有五字。時居昆明湖上清華軒，藏園老人記。

卷二末葉識曰：二月二十八日燈下，又校此卷，改正三字。沅叔志。

卷三末葉識曰：癸未三月朔清明節校竟，改正十二字。企驥軒識。

卷四末葉識曰：三月三日，自瓊島畫舫齋脩禊歸，校此卷，改正

---

① 依《藏園羣書經眼錄》著錄，此書收得於己未年（1919）冬，故此題識當寫於庚申年（1920）四月。

五字。薑菴記。

卷五末葉識曰：三月初四日校，改三字。石齋記。

卷六末葉識曰：三月初七日校。

卷七末葉識曰：三月初八日，移硯昆明湖上，夜校此卷，改三字。

卷八末葉識曰：三月初八夜，校於清華軒，改三字。

卷九末葉識曰：同日復校竟此卷，改正六字。燕超記。

卷十末葉識曰：三月初九日，校於清華軒，改正四字。抱蜀主人。

鈐印“石蓮涉獵”。

卷十一末葉識曰：三月初九日，取道石丈亭，過宿雲簷，循後山路，經須彌靈境，入諧趣園。緣山桃杏盡放，間以梨李紅白爭妍，流覜良久，迫暮乃返。張燈更校此卷，改正八字。薑菴。

卷十二末葉識曰：同日又校此卷，改正十字。沅未記。

卷十三末葉識曰：三月初十日校，改正七字。

卷十四末葉識曰：三月初十日校此卷，訂正七字。清泉逸叟。

卷十五末葉識曰：三月十一日校讀訖。沅未。

卷十六末葉識曰：三月十一日校誦一過。藏園。

卷十七末葉識曰：同日至夜漏數轉，又校竟此卷。霜紅亭主人記。

卷十八末葉識曰：十一日夜三鼓，又畢此卷，改正四字。藏園居士。

卷十九末葉識曰：三月十二日，校於清華軒。

卷二十末葉識曰：三月十二日校訖。

鈐印“石蓮涉獵”。

卷二十一末葉識曰：三月十四日校畢，殊少差異。藏園記。

　　卷二十二末葉識曰：三月十五日，游燕京舊園，歸校此卷，未有改訂。沅未記。

　　卷二十三末葉識曰：十五日又校此卷，改正四字。

　　卷二十四末葉識曰：望夜步月長廊，返而校此，異同極少。企驎翁。

　　卷二十五末葉識曰：三月十六日自園歸，校此卷。

　　卷二十六末葉識曰：三月十六日校訖，字句初無差異。

　　卷二十七末葉識曰：三月十七日，自西苑頤年堂看海棠回校此。藏園老人。

　　卷二十八末葉識曰：三月十七日校畢，夜漏三下矣。

　　卷二十九末葉識曰：三月十八日校。

　　卷三十末葉識曰：三月十八日校畢。沅未記。

　　鈐印“石蓮涉獵”。

　　卷三十一末葉識曰：三月二十二日校。

　　卷三十二末葉識曰：三月二十二日校。

　　卷三十三末葉識曰：三月二十二日校。今日園中牡丹已放矣。

　　卷三十四末葉識曰：三月二十三日校，今日牡丹大開，至三十餘朵，可謂盛矣。

　　卷三十五末葉識曰：三月二十四日校。

　　卷三十六末葉識曰：三月二十四日校。今日蓬山話舊第十集宴於園中，至者十三人，吳子和同年為首座①，年八十四矣，胡晴初

---

　　①　吳煦（1861－1944），字子和，雲南保山人。光緒十六年進士，翰林。吳慈培堂叔父。入民國後，曾任職北京政府平議院。工書法。

自新京來①,朱聘三自香港來②,其會合尤可喜也。企驎軒記。

　　卷三十七末葉識曰:三月二十五日校。

　　卷三十八末葉識曰:三月二十五日校。是日宴客園中,牡丹開至百朵,姚黃二株亦放,花事之盛,近年罕有,良可喜也。

　　卷三十九末葉識曰:三月二十六日校。

　　卷四十末葉識曰:三月二十六日校。

　　鈐印"石蓮涉獵"。

　　卷四十一末葉識曰:三月二十七日校。

　　卷四十二末葉識曰:三月二十七日校。

　　卷四十三末葉識曰:三月二十八日校。

　　卷四十四末葉識曰:三月二十八日校。大雨竟日夕,可喜也。

　　卷四十五末葉識曰:三月二十九日,游極樂寺,牡丹盡放,文官將謝矣。歸後校此卷。

　　卷四十六末葉識曰:三月二十九日校。

　　卷四十七末葉識曰:四月初一日校。是日祝竺樓邀飲③,御花園賞花。

　　卷四十八末葉識曰:四月朔校。

　　卷四十九末葉識曰:四月初一日校。

　　卷五十末葉識曰:四月初一日校畢,以下十卷翠巖本缺佚。藏園老人記。

---

　　① 胡嗣瑗(? -1945),字晴初,亦字琴初,貴州開州(今開陽)人。光緒二十九年進士。馮國璋督府秘書長,積極反對袁世凱稱帝。後隨溥儀到東北,任偽滿洲國秘書長。工詩詞書法。

　　② 朱汝珍(1870-1943),字玉堂,號聘三,廣東清遠人。光緒三十年榜眼。擅長書法,亦工詩文,有《詞林輯略》。

　　③ 祝書元(1882-?),字讀樓,號竺樓,大興人。京師同文館畢業。工書善詩文。曾任湖北高等學堂監督,抗戰期間日偽政權任命為故宮博物院臨時代理院長。

钤印"石蓮涉獵"。

《後集》钤"手澤存焉"印。

目錄末葉識曰:序目共改正十五字。

卷一末葉識曰:壬午坡公生日,依宋刊本訂正一百二十四字。藏園老人。

卷二末葉識曰:二十日校畢,改正凡五十字。

卷五末葉識曰:據宋刻本校,訂正六十一字。十二月廿一日。

卷六末葉識曰:十二月二十二日,依宋刊本校,凡訂正五十一字。沅未記於企驪軒。

卷七末葉識曰:十二月二十四日,校正一百二十字。

卷八末葉識曰:十二月廿五日校,改正八十三字。

卷九末葉識曰:十二月二十七日校,凡改正八十五字。

卷十末葉識曰:十二月二十七日校畢,訂正八十五字。藏園居士。

钤印"石蓮涉獵"。

卷十一末葉識曰:壬午除夕,據宋本校訖,訂正一百零六字。藏園老人。

卷十二末葉識曰:癸未元日,據宋刊本校正五十九字。藏園老人。

卷十三末葉識曰:正月初二日,校正五十四字。沅叔。

卷十四末葉識曰:正月初三日校宋本,訂正六十六字。沅叔識於企驪軒。

卷十五末葉識曰:正月初四日,依宋本校正五十二字。

卷十六末葉識曰:正月初四日,游厰甸歸校此卷,改正三十五字。書潛誌。

卷十七末葉識曰:正月初五日,校正四十字。企驪軒主人。今日閱報,北京市長蘇體仁移長教育①,歲杪就任,新正忽遷,真五日京兆矣。

　　卷十八末葉識曰:夜坐又校竟此卷,訂正二十七字。書潛記。

　　卷十九末葉識曰:正月初六日,校正四十四字。

　　卷二十末葉識曰:正月初六日,依宋刊本校訖,訂正六十字,補脫文一段四十四字,又補一行二十二字,此兩處明鈔數本皆奪失,可知宋本之足貴也。沉叔誌於長春室。

　　鈐印"石蓮涉獵"。

　　卷二十一末葉識曰:據宋刊本校正五十字。壬午人日,薑盦記。

　　卷二十二末葉識曰:正月穀日,據宋刊校正八十五字,《邵氏聞見錄》宋刊不載。長春室主人記。

　　卷二十三末葉識曰:據宋刻本對核,訂正三十有六字。清泉逸叟記,正月初九日。

　　卷二十四末葉識曰:正月初十日,校正十九字。

　　卷二十五末葉識曰:正月十一日校宋刊本,改正三十三字。龍龕精舍記。

　　卷二十六末葉識曰:正月十二日,以宋本對勘,共校正九十字。是日竟日沈陰有雪意。書潛記。

　　卷二十七末葉識曰:正月十三日,據宋本校正五十三字。此卷有脫文三處,似宋刻之誤,不足據也。沉未誌。

　　卷二十八末葉識曰:正月十四夜校,改定四十一字。

　　卷二十九末葉識曰:據宋刊本校正,刪改至一百七十字,此卷

---

　　① 蘇體仁,字象乾,山西朔州人。日本東京高等工業學校畢業。抗日戰爭之前,曾任山西省政府參事等職。抗戰期間,他在京任偽職多項。

文字多有刪節，殊不可解。癸未元宵節，藏園記。

卷三十末葉識曰：正月十六日，游白雲觀歸校此卷，補正六十五字。霜紅亭主人。

鈐印"石蓮涉獵"。

卷三十一末葉識曰：正月十七日，校宋本訖，改正六十九字。沅未企驎軒誌。

卷三十二末葉識曰：正月十八日校，改正二十五字。薑庵。

卷三十三末葉識曰：此卷校正一百二十字，正月十九日。

卷三十四末葉識曰：此卷改正六十一字。燕九節，藏園記。

卷三十五末葉識曰：據宋刊本校正五十三字。正月二十日，書潨記。

卷三十六末葉識曰：此卷改正六十五字。正月二十一日。

卷三十七末葉識曰：依宋刊對勘，改正七十三字。正月廿二日，清泉逸叟誌。

卷三十八末葉識曰：此卷校正八十字，正月二十三日，沅叔記。

卷三十九末葉識曰：此卷校正六十三字。正月二十四日，書潨記。

卷四十末葉過錄宋本校勘銜名，并識曰：正月二十五日校宋本訖，此卷改正四十九字。藏園老人。（書號509）

漁隱叢話前集六十卷後集四十卷

宋胡仔輯。清乾隆五至六年楊佑啓耘經樓刊本。己未年（1919）據元刊本校勘，戊辰年（1928）據明鈔殘本校勘，己巳年（1929）春得見宋犖舊藏與徐坊舊藏，俱據之以校，庚午年（1930）據故宮藏明抄本校勘。參見《藏園訂補郘亭知見傳本書目》。

各卷藏園先生跋識錄如下：

　　胡仔序言之末，識曰：庚午歲據內府明鈔本校。前集卷六至三十五、卷四十一至五十五，後集卷六至三十五，共校七十五卷。沅叔記。

　　《前集》卷一末葉補錄六一堂刊書牌記，并識曰：己未十一月初五日，用元翠巖精舍本校於藏園之長春室。

　　戊辰五月，以舊藏殘鈔本補校，用墨筆別之，與元本同者，於字側記之。

　　卷二末葉識曰：十一月初五日校，翌晨乃畢。

　　戊辰端陽日校。

　　卷三末葉識曰：十一月初六日，晨起校此卷。時大雪方霽，園亭清曠，寒林凍鵲，正與此冷淡生活相稱。此等趣味，秖足自怡，人海中能領取者殊尠耳。薑庵。

　　戊辰端午日，以鈔本再校。

　　卷四末葉識曰：同日午刻校。

　　酷熱入夜不解，鐙右研朱，又盡此卷。戊辰重五。

　　卷五末葉識曰：同日午刻校。

　　景陽宮所藏明鈔本，缺前集五卷，余舊有寫本，筆法頗類錢叔寶，正存此數卷，曰取以補之。沅叔校畢記。

　　庚午正月初五日，校舊鈔本。

　　卷六末葉識曰：十一月初七日校。

　　戊辰三月十六日，依明鈔殘本校。書潛。

　　卷七末葉識曰：十一月初七日燈下校。

　　戊辰三月二十五日再校。

　　卷八末葉識曰：十一月初八日早起校。

　　四月二十六日校。

　　卷九末葉識曰：十一月初八日校。

四月二十六日，再依明寫本校，補注四則。

卷十末葉識曰：十一月初八日校。

四月二十六日，據明寫本再勘一過。

卷十一末葉識曰：十一月初八日校。

戊辰四月廿六日，依明鈔本校。

卷十二末葉識曰：十一月初八日校。

戊辰四月廿六日再校。

卷十三末葉識曰：十一月初八日校。

戊辰四月二十六日校。

卷十四末葉識曰：十一月初八日鐙右校。

戊辰四月廿六日再勘。

卷十五末葉識曰：同日鐙右校。

戊辰四月廿六日校。

卷十六末葉識曰：戊辰五月初三日校。

卷十七末葉識曰：十一月初八夜校。

戊辰四月廿六夜校明鈔本。

卷十八末葉識曰：十一月初八日燈下校。

戊辰四月二十七日再校。

卷十九末葉識曰：同日校。

戊辰四月廿七日，據明鈔本補佚文一則。

卷二十末葉識曰：初八夜校。

戊辰四月廿七日再校。

卷二十一末葉識曰：十一月初九日早起校。

四月二十八日校，戊辰。

卷二十二末葉識曰：十一月初九日校。

戊辰四月廿八日再校。

卷二十三末葉識曰:十一月初九日校。

四月廿八日校,戊辰,補錄一條。

卷二十四末葉識曰:十一月初九日校。

戊辰四月廿八日勘過。

卷二十五末葉識曰:初九日巳刻校。

四月廿八夜校,戊辰。

卷二十六末葉識曰:己未十一月初九日,校於食字齋。

戊辰四月廿八日,依明鈔本校此卷,改訂特多,何耶? 凡增訂八十六字。

卷二十七末葉識曰:十一月初九日校。

戊辰四月二十八日校。

卷二十八末葉識曰:十一月初十日校。

戊辰四月二十八日校。

卷二十九末葉識曰:十一月初十日校。

戊辰四月廿九日校。

卷三十末葉識曰:初十日午刻校。

四月廿九日再校。

卷三十一末葉識曰:十一月初十日校。

戊辰四月廿九日,校於內府壽安宮。

卷三十二末葉識曰:十一月初十日校。

戊辰四月廿九日校。

卷三十三末葉識曰:十一月初十日新曆除夕校。

四月廿九日校。

卷三十四末葉識曰:十一月十一日早起校,是日新曆九年之元旦也。

廿九日再校。

卷三十五末葉識曰：十一月十一日校

戊辰四月二十九日校。

卷三十六末葉識曰：十一月十一日校。

庚午人日，以内府寫本再校。

卷三十七末葉識曰：十一月十一日校。

庚午人日再校。

卷三十八末葉識曰：十一月十一日校。

庚午正月初九日校。

卷三十九末葉識曰：庚午正月初九日校。

卷四十末葉識曰：十一月十一日校。

庚午正月初十日校。

卷四十一末葉識曰：十一月十二日校。

四月三十日校。

庚午正月初十日，據内府本校。

卷四十二末葉識曰：十二日午刻校。

四月晦日再校。

卷四十三末葉識曰：十一月十二日校。

四月晦校。

卷四十四末葉識曰：十一月十二日校。

四月卅日校。

卷四十五末葉識曰：十一月十二日，將往津門，倚裝校此卷。

四月三十日校。

卷四十六末葉識曰：十一月十三日早起校，時寓津門。

戊辰四月晦再校。

卷四十七末葉識曰：十一月十四日校。

戊辰四月晦日校。

卷四十八末葉識曰:十一月十四日校。

五月初二日校。

卷四十九末葉識曰:十一月十四日校。

戊辰五月初二日校。

卷五十末葉識曰:十一月十四日校。薑荄。

戊辰五月初二日校。

庚午正月十一日再校。

卷五十一末葉識曰:三月十九日校。

庚午正月十一日,依內府本校。

卷五十二末葉補錄二條,并識曰:戊辰三月十六日,依明寫本校定。沅叔。

庚午正月十一日,依內府本校。沅叔記。

卷五十三末葉識曰:戊辰立夏日校。沅叔。

庚午正月十二日校。書潛。

卷五十四末葉識曰:三月十九日校。

庚午正月再校。

卷五十五末葉識曰:三月十九日校。

庚午正月十二日,依內府本校。

卷五十六末葉識曰:己巳三月十八日,借徐司業家藏明鈔本補校。

庚午正月,依內府本校,又改訂數字。

卷五十七末葉識曰:庚午正月十三日,據內府本再校。

卷五十八末葉識曰:脫文十行,借徐梧生藏紅格明鈔本校補。

庚午正月十三夜,以內府本再校。

卷五十九末葉識曰:庚午正月十四日校。

卷六十末葉識曰:庚午正月十四日,依內府本校。

《後集》卷一末葉識曰：己巳二月二十四日，病少差，依宋牧仲家明鈔殘本校。

卷三末葉識曰：清明前二日校，沅叔，依明鈔本。

卷四末葉識曰：己巳二月廿四日校。

卷五末葉識曰：己巳二月廿四日，依明鈔殘本補校此五卷。沅叔。

卷六末葉識曰：四月十七日校。

卷七末葉識曰：四月十九日，校於北海一房山。

卷八末葉識曰：四月十九日，約文藪、鳳韶、槐青、季馥來蟠青室茗話，湖山清寂，頗有蕭然物外之意，頓忘環城尚有帶甲十萬也。

卷九末葉識曰：四月十九日，坐一房山更斠此卷。沅叔。

卷十末葉識曰：四月初五日校。

卷十一末葉識曰：三月二十三日，寄宿北京飯店，校此卷。

卷十二末葉識曰：三月二十七日校。

卷十三末葉識曰：四月十六日校。

卷十四末葉識曰：四月初七日校。

卷十五末葉識曰：戊辰四月十六日早起校。昨宵張作霖出都。

卷十六末葉識曰：四月二十二日校。昨日晉軍入都者七千人，市肆不驚，可慶也。

卷十七末葉識曰：四月廿二夜校完。

卷十八末葉識曰：四月二十三日早起校。

卷十九末葉識曰：四月二十三日校。

此處夾浮簽二，其一識曰：庚午用內府藏舊鈔本校各卷：卷五、卷三十六、三十七、三十八、三十九、四十、四十一，五十至六十。共校十八卷。

其二為故宮博物院便簽，識曰：苕溪漁隱叢話七十五卷，明抄藍格本，七行十八字，卷末有"按察司吏唐天桂謄寫"一行，版心有"石林書屋"四字。存前集六至三十五，又四十一至五十五，後集六至三十五。

卷二十末葉識曰：四月二十三夜校。雨餘意境清逸，偶爾拈筆，不復思臥矣。

卷二十一末葉識曰：四月二十四日校。

卷二十二末葉識曰：四月廿四日侵晨起，坐水閣校此。

卷二十三末葉識曰：同日校此，書潭記。

卷二十四末葉識曰：校此卷畢，方卯正也。廿四日記。

卷二十六末葉識曰：午後校完。

卷二十七末葉識曰：四月二十四日校。

卷二十八末葉識曰：廿四日燈下校。

卷二十九末葉識曰：四月廿四日，今午閻錫山自保定來都。

卷三十末葉識曰：廿四夜亥刻校定。

卷三十一末葉識曰：四月二十四日校。今日共得十一卷，可謂不負矣。沅未記。

卷三十二末葉識曰：四月二十五日校。

卷三十三末葉識曰：四月二十五日，校於北海一房山。

卷三十四末葉補錄賀方回二則，并識曰：四月二十五日校。

卷三十五末葉識曰：四月二十五日校，是日人事牽率，共得四卷耳。

卷三十六末葉識曰：頃假得宋牧仲藏明鈔殘本補校。沅叔，己巳二月廿一日記。

卷三十七末葉識曰：己巳清明前三日，天氣陰寒，臥病已四日，薄暮差健，扶疾校畢，然已目昏手軟，余其衰乎！聊志之以自勵。對校者仍用宋牧仲藏明鈔殘本。沅未漫記。

卷三十八末葉識曰：二月念三日，校明鈔殘本。沅叔記。

卷三十九末葉識曰：午後病漸輕減，入夜又畢此一卷，甚矣，錮習之難忘也。廿三日，沅叔志。

卷四十末葉識曰：二月廿四日晨起校此。

甲戌正月燕九節，依嘉靖七年徐梁鈔本校。（書號510）

懷古錄三卷

宋陳模撰。清抄本。丁卯年末（1928）據明寫本校勘。參見《藏園訂補邵亭知見傳本書目》。

卷首以藏園寫本稿紙補錄宋寶祐年曾原一序言一則。

卷上末葉識曰：丁卯十二月十三日校。

卷下末葉識曰：丁卯十二月十八日，依明寫本校畢。沅叔記。（書號517）

浩然齋雅談三卷

宋周密撰。清乾隆《武英殿聚珍版叢書》本。癸未年（1943）錄盧文弨批校并題識。鈐“嘉惠堂丁氏藏書之印”、“四庫著錄”印。參見《藏園訂補邵亭知見傳本書目》。

卷下末葉藏園題識曰：據抱經先生校本移錄一過。癸未五月十四日，沅叔，雲巖山館記。（書號11709）

對牀夜話五卷

宋范晞撰。清道光十一年六安晁氏活字印《學海類編》本。庚午年（1930）臨海源閣藏黃丕烈校本。鈐“藏園校定羣書”印。

卷首藏園先生作長跋，并過錄祁曠園、趙玄度、黃丕烈跋文，均可見諸《藏園羣書題記》，不贅錄。

各卷藏園先生跋識錄如下：

卷一末葉識曰：庚午九月二十六日，臨黃蕘夫校本。

卷二末葉識曰：庚午九月二十九日校。

卷五末葉識曰：庚午十月初二日，假海源閣藏本臨校畢。原本係舊鈔，黃蕘翁以鈔本手校，有跋二則別錄之，檢鮑刻比較，此勝之多矣。藏園居士記於長春室。（書號514）

梅磵詩話三卷

宋韋居安撰。清嘉慶四年桐川顧氏《讀畫齋叢書》本。戊午年（1918）據屬鶚鈔本校勘。鈐"藏園"、"增湘"印。參見《藏園羣書經眼錄》。

書名葉藏園先生跋曰：《梅磵詩話》三卷，舊鈔本，半葉九行行二十字，乃樊榭老人鈔自天一閣者，後歸梧門祭酒詩龕中。當時刻本未出，流傳絕少，故前輩互相珍重如此，後阮氏鈔以進呈，乃稍稍傳播。茲取對勘一遍，改正數十字，蘇齋、樊榭、述庵、鐵夫各跋錄於別紙，以見此書流傳有緒云。增湘，戊午冬至。

鈐"增湘"、"沅叔"印。

卷下末葉識曰：戊午十一月二十二日校畢，沅叔。

另紙過錄屬鶚、何道生題跋及翁方綱跋文二則。（書號515）

梅磵詩話三卷

宋韋居安撰。清嘉慶四年桐川顧氏《讀畫齋叢書》本。癸酉年（1933）周叔弢據明嘉靖袁表鈔本校勘并題識，傅增湘跋。參見《藏園羣書經眼錄》。

卷首藏園先生跋曰：松江韓氏藏書散出，叔弢斥四百金收得《梅磵詩話》一帙，乃明嘉靖戊申袁表家寫本也。前日偶至津沽，得以寓目，因寄讀畫齋刻本，浼爲代勘。越二日郵還，凡訂正一百六十餘事，此書庶幾可誦矣。昔年曾假得朱佑平所藏明鈔吳正仲《優古堂詩話》，亦汝南袁表所錄藏，其自跋爲嘉靖戊申六月，與此書爲同時所寫，第此冊乃早一月耳。豈意三百八十六年後，有人得以會合兩本，并羅陳几案，以攷較其得失耶①？古籍聚散，殆有數存，聊志諸卷，以誌欣幸。藏園翁記。

卷下末葉周叔弢先生過錄顧飛卿、袁表題識，其後識曰：癸酉十二月，沅未三丈囑校。臘八日，未弢記於自莊嚴堪。

鈐"未弢"印。（書號516）

（十二）詩餘類

宋元名家詞十五種十六卷（存五種六卷）

清江標編。光緒二十一年江標刊本。癸亥年（1923）、甲子年（1924）、丁卯年（1927）、庚午年（1930）分別據數種舊抄本校勘。諸抄本可見於《藏園訂補邵亭知見傳本書目》。

各集藏園先生跋識語錄如下：

《信齋詞》卷末葉識曰：癸亥十二月廿一日，據明鈔本校改畢。沅叔。

《樂齋詞》卷首葉識曰：癸亥十二月二十二日，據毛斧季校明鈔本勘讀。沅叔津門客邸記。

卷末葉過錄毛扆識語一則。

《和清真詞》鈐"沅叔手校"印，目錄末葉跋曰：端匋齋遺書散出已十年，日前蟫青室見舊鈔詞一帙，詢知亦爲散帙之一，有黃蕘

---

① 參見《優古堂詩話》（書號513）校勘跋語。

囿、包子莊藏印,取兹刻校讀,改定四十八字,補蝶戀花詞一闋,刪去衍文四行。舊鈔之足珍,良有以也,惜今世藏家專收精槧綿㕱者,未足知此耳。丁卯八月二十二日,藏園主人記。

鈐"沅叔"印。

卷末葉識曰:丁卯八月既望,沅叔校竟。

鈐"萊娛室"印。

《雲林詞》卷末葉識曰:甲子五月初八日,依明鈔本校。

《演山詞》卷二末葉識跋曰:《演山先生文集》舊鈔本六十卷,為曹潔躬、朱竹垞所遞藏。其卷二十一二則詞也,取此刻校,訂正三十餘字,亦足自慰矣。庚午十月十二日,偶患腹瀉泄,竟日未出,因檢此帙以遣悶。沅叔手記。(書號520)

彊村叢書一百一十九種二百二十六卷

朱孝臧編輯。1922年朱祖謀刊本。校勘所據校本多見諸《藏園羣書經眼錄》。

各集藏園先生跋識語錄如下:

《苕溪樂章》卷末葉識曰:甲子四月十三日,依汲古閣藏本校。

《王周士詞》卷末葉識曰:趙梅泉手寫宋詞十家,并以朱筆校定,取周士詞勘讀一過,略改數字,無大異處也。藏園居士記。

《龍洲詞》目錄葉識曰:癸亥八月初五日,以明鈔本校讀,原本為吳敦復所藏,其異字有出校記外者,他時當就橱邨前輩商榷之。增湘記於暘台山下清泉吟社。

《文簡公詞》卷末葉識曰:庚申立夏,據勞氏丹鉛精舍寫本勘讀。沅叔。

《東澤綺語》卷末葉過錄勞氏補輯詞四首,并識曰:庚申三月十八日早起,據勞鈔典雅詞校定。沅叔即。

《清江漁譜》卷末葉識曰：庚申立夏日，游萬壽山回，取勞鈔本校定。沅叔。

《後村長短句》書衣識曰：據宋刊殘本第二十卷校過。

《蘋洲漁笛譜》卷末葉跋曰：通學齋新自南中收得舊鈔本十數種，中有宋人詞一帙，為《碧山樂府》、《蘋洲漁笛譜》、《日湖漁唱》三家。偶取校此刻《蘋洲》一種，鈔本秖三十五闋，而校以此刻，改訂字句極多，視王本《草窗》亦多勝異，未知其源出何本。然審其鈔帙，字體極舊，當為康雍間人手跡，殊足珍也。壬午二月十二日，藏園老人記。

《磻溪詞》卷末葉識曰：甲子五月初四日校畢，所據者金刊《磻溪集》本也。藏園居士。

《漢泉樂府》卷末葉識曰：癸亥大寒後二日，用汲古閣影寫元本校讀。藏園居士傅增湘記。

《順齋樂府》卷末葉識曰：舊藏明人影寫元本，取其詞對勘一通。甲子四月廿一日，沅叔補記。

辛巳十二月，得元刊本重校，又改訂數字。藏園老人。

《道園樂府》卷末葉識曰：樂府自“燭影搖紅”以下用元刻《遺稿》校正，《鳴鶴遺音》以元刻大字本校正。《遺稿》假之椒微師，《鳴鶴遺音》則印丞所藏也。戊午五月十五日，沅叔。（書號523）

四印齋所刻詞二十一種六十六卷（存十九種六十卷）

清王鵬運輯。光緒十四年臨桂王氏家塾刊本。鈐“抱存藏書”。以下所提及二種鈔本可參見《藏園訂補郘亭知見傳本書目》。

《東坡樂府》卷末葉藏園識曰：甲子四月二十一日，依明鈔本校。

《天籟集》卷末葉藏園跋曰：徐司業遺書中有鈔本《天籟集》一卷，半葉十二行行二十四字，有曹楝亭及長白敷槎氏藏印。取勘此本，於訛逸多所補正。前有不知名序一首，後坿遺山劄記一首，象贊三首，世系圖一幅，又雜考數條，當別錄坿於後。丁卯十一月初四日，藏園記。（書號521）

宋元三十一家詞三十一卷

清王鵬運輯。光緒十四年臨桂王氏家塾四印齋刊本。庚申年（1920）據勞權手鈔本《典雅詞》十種校勘，又於己巳年（1929）據《星鳳閣手鈔宋詞十種唐詞一卷》校勘，二鈔本詳參《藏園羣書經眼錄》。

各集藏園先生跋識語錄如下：

《綺川詞》卷末葉識曰：據星鳳閣鈔本校讀一過，略得佳字，亦不虛費此片刻光陰也。己巳四月，沅叔記。

《燕喜詞》卷末葉識曰：庚申四月初七日，據丹鉛精舍鈔本校。沅叔。

《拙庵詞》卷末葉識曰：據丹鉛精舍寫本勘讀，庚申四月初七日，沅叔。

《宣卿詞》卷末葉識曰：庚申三月十七日，據勞巽卿手寫本校正。沅叔。

《碎錦詞》卷末葉識曰：庚申四月，沅叔從勞巽卿寫本校讀一過。

《撫掌詞》卷末葉識曰：庚申三月十七日，據勞巽卿手寫《典雅詞》勘讀。沅叔。

己巳四月二十五日，依趙梅泉手鈔本又改數字。（書號522）

梅苑十卷

宋黄大輿編。清刊本。甲戌年（1934）據影宋本校。鈐"耽書是宿緣"、"校書亦已勤"、"沅叔校勘"、"雙鑑樓藏書印"、"沅叔手校"、"江安傅增湘字沅叔別號藏園"印。全書末傅熹年先生手錄藏園老人"梅苑跋"一文，該文見諸《藏園羣書題記》。

各卷藏園先生跋識錄如下：

卷一末葉識曰：甲戌九月二十一日，依影宋本校。

鈐"沅叔"印。

卷八末葉識曰：十月十二日，校於清水院。

卷九末葉識曰：十月十三日，宿清水院，玩月聽泉，風味清絕。

鈐"沅叔"印。

卷十末葉識曰：十月十三日夜校畢。

鈐"傅增湘"、"沅叔"印。

碧雞漫志五卷

宋王灼撰。清嘉慶年鮑廷博刊《知不足齋叢書》本。甲子年（1924）據明吳寬叢書堂抄說郛本校勘。參見《藏園訂補邵亭知見傳本書目》。

卷五末葉識曰：甲子十月廿九日，據叢書堂寫本校過。沅叔。
（書號519）

附　錄^①

廣韻五卷（存三卷：卷一，二，四）

宋陳彭年等撰。宋紹興刻本，半葉十行行二十字，小字雙行行二十六或二十七字，白口，左右雙邊。沈曾植題詩。該書見諸《藏園羣書經眼錄》。其藏印除已經著錄者，尚有"藏園祕籍"、"沈叔審定"、"江安傅增湘沈叔珍藏"、"傅印增湘"、"沈朲"、"雙鑑樓珍藏印"、"雙鑑樓藏書印"、"佩德齋"、"晉生心賞"、"忠謨繼鑑"諸印。

沈曾植詩曰：旱暑如恢，飾內待盡。沈叔自北來，以此書見示，真北宋本，小學家絕無僅有珍籍也。歡喜讚歎，承題短句。

銀鉤歐體石徑餘，想見先唐字學書。

九百年過揩老眼，崇文院里敕雕初。

絕學書傳賴澤存，古音切韻幾專門。

寧知後海先河溯，尚有重源在閬崐。

紙繙程式刻王珍，面目祥符始識真。

論定不須矝吾輩，卷懷從此傲鯤人張黎祖刻皆覆雕此本者。

飛行絕跡傳鵽舺，朝發燕郊暮聖湖。

---

① 此部分所錄題詩、題跋、題識，均出自他人之手，然與藏園藏書、校勘頗有關。

凉土唉戍皇甫雁，雲中爭詫任公驢①。

乙叟。

鈐"遜齋居士"印。（書號11277）

羣經音辨七卷

宋賈昌朝撰。宋紹興十二年汀州寧化縣學刊本，半葉八行行十四至十五字，小字雙行行約二十字，黑口，左右雙邊。曾爲汲古閣藏書，後進入內府，所以有"五福五代"諸印，除《藏園羣書經眼錄》記載之外，尚鈐有"雙鑑樓"、"雙鑑樓主人"、"書潛"、"藏園祕笈"、"增湘私印"、"長春室主"、"雙鑑樓收藏宋本"、"周暹"諸印。李盛鐸、袁克文跋。《藏園羣書題記》附錄有該書題詠。

諸跋題於卷四末葉，李跋見諸《藏園羣書經眼錄》，袁跋共二則，《經眼錄》未錄，其一與藏園相關，迻錄於此，曰：沅叔假去校張氏刊本②，脫誤者凡得七十餘字，正文脫字三處，可知宋本之精，不獨在楮墨間也。丙辰中秋，余將攜無塵、文雲南游，沅叔來別，且持還此冊，遂攜至舟中，以破岑寂。中秋後三日，識於之罘。（書號12354）

芻詢錄（存二卷：存徵上下）

清初劉思敬輯。清康熙六年周亮工刻本。夏仁虎跋。鈐"江安傅氏洗心室藏"、"長春室圖書記"印。《藏園羣書經眼錄》著錄。

書末有夏仁虎長跋，其中涉及藏園部分迻錄於此，曰：頃在舊

---

① 錢仲聯校注《沈曾植集》（中華書局，2001年）卷六有此詩，但無小序，詩句文字亦有異。

② 藏園先生校勘題跋見諸經部小學類此書，書號22。

京,江安傅沅叔知余方蒐輯金陵文獻,出此見示,殆孤本矣。亟請沅叔代覓寫手錄一通藏之,將俟他日更刻以廣其傳。……（書號2584）

東家雜記二卷

　　宋孔傳撰。清初毛氏汲古閣影宋抄本。席鑑、勞健跋。鈐"席氏玉照"、"席鑑之印"、"虞山席鑑玉照氏收藏"、"墨妙筆精"、"釀華草堂"、"沅叔藏書"、"書潛"、"雙鑑樓"、"龍龕精舍"、"雙鑑樓藏書印"、"藏園居士"、"沅叔審定"、"長春室主"、"增湘私印"、"萊娛室"、"江安傅沅叔攷藏善本"、"雙鑑樓藏書記"、"周暹"印。《藏園訂補郘亭知見傳本書目》著錄。

　　卷末席鑑跋,其後為勞健跋文,因其敍説該書流傳過程,涉及藏園,故迻錄于此,曰:《東家雜記》,毛氏景宋鈔本,江安傅氏舊藏。癸酉歲,叔弢得之日本文求堂,重其有席氏手跋也。頃出以見示,卷上闕第三十六葉,叔弢所蓄藝風堂景宋咸淳本此葉適完,因屬余據以鈔補之。此書流傳甚罕,自胡氏琳琅秘室用活字本印行,始顯於世。胡氏所據,為愛日精廬景宋鈔本,小闕此葉。胡氏未察,既改易行款,連接寫之,雖文義不相屬,而人無從知其有缺佚矣。按《愛日精廬藏書志》,張氏所藏景宋鈔本,出於錢氏述古堂,今與毛本所闕相同,是出一源之證。黃蕘圃昔嘗致疑,此二鈔本其源是一是二,不意數百年後得此佳證以決,良足快意也。戊寅二月,桐鄉勞健篤文記。

　　鈐"勞篤文"、"思宜居士"印。（書號8055）

東觀餘論不分卷

　　宋黃伯思撰。宋刻本（缺葉配明抄本）,半葉十行行二十字,白口,左右雙邊。癸酉年(1933)二月周叔弢購自日本文求堂。錢謙益校,勞權、周叔弢、勞健跋。鈐"真賞"、"華夏"、"簡易齋"、"季印振宜"、"滄葦"、"季振宜藏書"、"丹鉛精舍"、"雙鑑樓藏書印"、"沅叔藏宋本"、"傅印增湘"、"沅叔"、"藏園祕笈"、"藏園居士"、"沅叔審定"、"萊娱室"、"長春室主"、"周暹"印。勞權之跋敘述宋版刊刻始末及明清流傳與校勘。藏園壬子年(1912)曾得此書,勞權跋文見諸《藏園羣書經眼錄》。

卷首爲周叔弢跋及勞健跋,併爲勞健筆錄,其後爲勞權工楷題跋。

周叔弢跋曰:癸酉正月,獲見日本文求堂書目,著錄宋元明本凡百餘種,其中多沅丈舊藏,余嘗於雙鑑樓中得摩挲者,尤以北宋本《通典》、紹興本《東觀餘論》爲最罕祕,蓋海内孤本也。《通典》索價一萬五千圓,余力不能贖,乃以日金一千圓購此書歸國,聊慰我抱殘守闕之心。獨念今者邊氛益亟,日蹙地奚止百里,當國者且漠然視之,而無動於中,余乃惜此故紙,不使淪於異域,書生之見亦淺矣,恐人將笑我癡絶而無以自解也。噫!二月十二日,弢翁記。

勞健跋曰:叔弢購此書歸,曾寫一跋於舊函,頃易製新櫝成,適余來天津,屬爲迻錄卷端。書中有"番陽章甫印",攷章甫字冠之,號易足居士,都陽人,徙居真州,少從張于湖游,豪放不羈,所著有《自鳴集》,見《文淵閣書目》,不傳於世。《四庫》著錄乃《永樂大典》輯本,中有與陸放翁、韓無咎、呂伯恭唱和之作,其往還者固多當時知名之士。又書中"簡易齋"朱記,疑亦章氏印也。癸酉浴佛日,桐鄉勞健附識。(書號8245)

家世舊聞二卷

宋陸游撰。明穴研齋鈔本,半葉十二行行二十一字,白口,四周單邊。版心下方題"穴研齋繕寫"數字。參見《藏園羣書經眼錄》。卷首鄧邦述四則題跋，攷述該書內容、穴研齋本事等等，第四則與藏園有關，迻錄如下。

鄧跋曰：此書與《老學庵筆記》同時得之，《老學庵筆記》亦穴研齋物。沅未曾假校，亦云勝於刻本。穴研為明珠太傅子揆敘齋名，當時貴公子文采風流，非後世紈綺兒可比。明太傅人不足取，然得容若、愷功二子已不朽矣。羣碧樓記。（書號15051）

校正元聖武親征錄一卷附錄一卷

清何秋濤撰。清光緒小漚巢刻本。王國維校并跋。鈐"王國維"、"靜安"印。書眉校批極多。

卷末觀堂先生跋曰：乙丑十月，用蒙文《秘史》補校一過。觀堂。

《元史・察罕傳》仁宗命譯脫必察顏名曰聖武開天記及紀年纂要、太宗平金始末等書，俱付史館。考明《文淵閣書目》六有《聖武開天記》一部一本闕，疑即此書也。閣本至萬曆間已亡，內閣藏書目錄已不載。此書錢、翁兩家之本不知出於何所，數年前在東軒老人座中①，見坊賈攜明人所鈔宋元雜史小說數十種，題為《雲麓漫鈔》非今之漫鈔者，中有《親征錄》一種，老人曾手校於此本上。今明鈔本不識歸何處，而老人手校本亦不得見。明鈔足以是正此本之處必多，不知何時再得遇之。次日又記。

---

① 沈曾植別號甚多，東軒為其中之一。

又案,後詢之傅沅叔①,知東軒老人曾借沅叔所藏明抄《說郛》本校,非《雲麓漫鈔》本也。前跋失之,復正於此。

丙寅新正三日,從傅沅叔借明宏治鈔《說郛》本校勘一過。觀翁。

上燈日,在天津復借武進陶氏萬曆抄《說郛》本改數字。(書號 A02232)

新刊淮南鴻烈解二十一卷

漢劉安撰,許慎、高誘注。宋元間茶陵譚氏刊本,半葉十行行十八字,黑口,左右雙邊。有繆荃孫觀款,傅嶽芬跋,傅增湘題詩。傅增湘辛未年(1931)收得該書,癸未年末(1944)題詩,傅嶽芬癸酉年(1933)書跋。傅之題詩見諸《藏園羣書題記》。

傅嶽芬跋曰:《淮南》宋刊本傳世者極希,楊氏海源閣所藏乃棟亭故物,後歸黃氏士禮居者,夙稱瑰寶,近聞已流入東瀛。此外唯茶陵譚氏本,曾見藝風堂跋,嗣歸貴池劉蔥石家,雖文字微有裁省,而弓弟無改,且所存古字頗多,祇題許註,尤可資參證。海源藏本既流落海外,此本當縣乙而推甲矣。宋代茶陵刻書,自《文選》外,此為廑見。藏園主人以重直得之,劉氏寫刻精雅,帋墨俱古,际海源之坊本小字破體,相厺何啻宵壤。各家著皆未之及,亦可謂海內孤本,後之挐者慎勿以為節本而忽之。　癸酉九月晦,傅嶽芬識。

鈐"嶽芬"印。(臺灣故宮博物院圖書館)

---

①　藏園先生據明鈔本校勘《元聖武親征錄》,今藏日本京都大學,參見本書《史部·雜史類》。

薛濤詩一卷

　　唐薛濤撰。明萬曆三十七年洗墨池刊本。鈐“顧曾壽”、“彥沖”、“袁又愷藏書”、“袁廷壽讀過”、“茉青”、“拳石山房”、“紙西竹屋”、“泊然靜如”、“巽齋所藏”、“海日樓”、“傅增湘”、“雙鑑樓”、“雙鑑樓藏書記”、“藏園”、“抱蜀廬”、“增湘”、“雙鑑樓藏書印”、“雙鑑樓珍藏印”、“江安傅氏藏園鑑定書籍之記”、“江安傅忠謨晉生珍藏”、“晉生心賞”印。樊增祥題識并詩，又有沈兆奎題跋，夏孫桐填詞、蕭方駬題詩。

　　卷首為樊增祥應沈曾植之請題識并詩，該詩見諸《藏園羣書題記》跋文之末。

　　卷末沈兆奎題跋曰：鳳孫、書衡、授經、伯宛、孝先、闓聲、森玉、庾樓諸君集沉叔先生齋，為戊午除夕祭書之會，徧觀善本。書此以志。吳江沈兆奎。

　　夏孫桐填詞一首，曰：春灩錦江。想雲研、斷牋詩幅。對節府香蓮，名侶唱酬倦續。槧鉛送老，翠袖冷，終虛金屋。比斷腸集賸，細與然脂編賸。　　洗墨池荒，精刊傳祕，古蠹猶馥，便增色琅環。緗錦艷題舊目，蛾眉遭際。到今感觸，看等閒，紅粉告身盈握。

　　沉叔先生以明刊《薛濤詩》屬題，念其埽眉才調，慳於一命，可謂生不逢時，率倚蕙蘭芳引，用博一笑。　　庚午冬至，江陰夏孫桐，年七十有四。

　　鈐“悔生”印。

　　蕭方駬題詩曰：箏琶響細亦唐音，落葉衰蟬怨慕深。二十詩人十一鎮，唱酬誰識女郎心。茗椀花牋千載香，道州聯語自堂堂薛濤井在成都江樓下，何道州題聯云：花牋茗椀香千載，雲影波光活一樓。頗為人所稱誦。卅年故國尋春夢，廻盡江頭九曲腸。錢塘蘇小是鄉親用隨園話,難怪臧園鑑別真。胝沫一編三歎服,世間那有浪傳人。

臧園年丈以明刊《薛濤詩》命題,排在樊、夏之後,真難屬詞也。　乙亥東坡生日,蕭方駬紫超呵凍。(書號11378)

唐柳先生外集一卷

唐柳宗元撰。宋乾道元年永州零陵郡庠刊本,半葉九行行十八字,白口,左右雙邊。莫繩孫跋,張允亮題款。鈐"棟亭曹氏藏書"、"影山草堂"、"莫氏祕笈之印"、"莫繩孫字仲武號省教"、"莫經農字筱農"、"莫俊農字德保"、"藏園秘籍孤本"、"沅叔審定"、"忠謨繼鑑"印。《藏園羣書題記》有長跋,并迻錄莫氏跋。

卷末張允亮題款曰:膠州柯劭忞、汾陽王式通、武進董康、仁和鄧邦述、海寧張宗祥、歸安徐鴻寶、吳江沈兆奎、豐潤張允亮,戊午除日同集沅叔先生太平湖寓齋,祭書獲觀并記。允亮書。(書號5238)

東坡先生後集二十卷外制集三卷
(存五卷:後集十至十一,外制集全)

宋蘇軾撰。宋刻遞修本,行款見吳昌綬跋文。鈐"寒雲秘笈珍藏之印"、"與身俱存亡"、"後百宋一廛"、"佞宋"、"寒雲鑒賞之璽"、"周暹"諸印。吳昌綬、袁克文跋。

《後集》卷首袁克文跋曰:《東坡先生後集》殘本二十三葉,起二十五迄四十二,凡十八葉,為弓十後半;其十八至二十二五葉,乃另一弓,版心雖已剝殘,十一二字尚可彷彿辨識,則應是弓十一也。繆藝風曾得數弓,觀者皆不審為何地所刊,予得此弓邊版心上端有"黃州"兩字,故斷為黃州刊本。木師、印丞、沅叔、森玉皆深韙此言,惜未能假繆氏所藏一較證耳。寒雲。

鈐"克文之壐"。

《後集》末葉吳昌綬跋曰：寒雲主人新收宋槧《東坡後集》卷十殘本，半葉十行行十六字，自十八至四十二，中缺廿三、四，凡存二十三葉。中縫題"庚子重刊"者十一葉，題"乙卯刊"者六葉，惟廿八、九葉魚尾上有"黃州"二字，皆庚子刊。庚子、乙卯相距十五年，乙卯版新於庚子，云重刊者，蓋原刻遠在庚子以前也。繆氏藝風堂亦有殘本數卷，未詳為黃州刻，此說實自主人發之，為著錄家增一掌故。乙卯十月，仁和吳昌綬謹志。

鈐"伯宛"印。（書號8452）

攻媿集一百十二卷

宋樓鑰撰。《四部叢刊》影印清《武英殿聚珍版叢書》本。鈐"藏園"、"雙鑑樓"、"書潛"、"沅叔"、"傅印增湘"印。徐鴻寶等據宋刊本校勘。參見《藏園訂補郘亭知見傳本書目》及集部本書之校勘。

卷十三首葉補錄挽詞一則及部分脫文，書眉及卷末葉亦有補錄脫文。卷十四末葉補錄甚多。卷六十六至六十八校勘，無跋。

徐森玉先生題識如下：

卷七十四首葉補錄脫文，并識曰：此卷當宋本卷第七十二，宋本闕首二葉，"跋沈智父所藏東坡帖"前尚有跋文四行，補錄如右。

卷七十五首葉識曰：此卷當宋本卷第七十三。

卷七十六首葉識曰：此卷當宋本卷第七十四。

卷七十七首葉識曰：此卷當宋本卷第七十五。

卷七十八首葉識曰：此卷當宋本卷第七十六。

卷八十二首葉識曰：此卷當宋本卷第八十三。

卷末葉補錄文三則。

卷八十三首葉識曰：此卷當宋本卷第八十四。

卷八十四首葉識曰:此卷當宋本卷第八十五。

卷八十五第二葉書眉識曰:自此至卷末為宋本卷第八十八。

卷八十六首葉識曰:此卷當宋本卷第八十九。

卷八十七首葉識曰:此卷當宋本卷第九十。

卷八十八首葉識曰:此卷當宋本卷第九十一。

卷八十九首葉識曰:此卷當宋本卷第九十二。

卷九十首葉識曰:卷第九十三。

卷九十三首葉識曰:此卷當宋本卷第九十八。(書號 1995)

許白雲先生文集四卷

元許謙撰。明正德十三年陳綱刻本,半葉十行行二十字,黑口,四周雙邊。鄧邦述、許寶蘅跋。鈐印除《藏園羣書經眼錄》提及部分,還有"羣碧樓"、"雙鑑樓珍藏印"、"江安傅沅叔攷藏善本"、"江安傅忠謨晉生珍藏"印,說明該書在盛昱之後遞藏狀態。

全書末有鄧邦述、許寶蘅跋文,許跋關乎藏園,移錄於此,文曰:藏園祭書十稘未間。主人自謂今歲所得僅十餘種,遜於往年,然如宋本左氏《百川學海》、司空表聖《一鳴集》、元本《華嚴經》、明成化本《許白雲集》、正德本劉秉忠《藏春集》、日本活字本《史記》,并屬稀見,而左氏叢書,諸家藏目止見殘本,茲之剏獲,足對多許。主人偶緣道阻,遂輟南游,精力所專,校讎益富,都其卷帙,六百有奇。以宋本校者,則《通典》、《論語筆解》、《秦淮海集》、《張南軒集》,金本則《磻溪集》,元本則《佩韋齋集》、《楊仲弘集》,餘書見於自記,不復徧舉。與會者:汾陽王志盦、仁和許夬廬、長白彥明允、蕭山朱翼厂、吳興徐森玉、吳江沈無夢、豐潤張庚樓、通州張仲郊。期而不至者:柯蓼園、竇沈盦、楊袛庵也。丁卯除夕前一日,許寶蘅記。(書號 2548)

姑蘇雜詠一卷

明高啟撰，殷鎧補輯。明成化二十二年張習刻殷鎧重修本，半葉十行行二十字，黑口，四周雙邊。黃廷鑑、繆荃孫、鄧邦述、袁勵準、袁克文跋，吳昌綬題識、陳士廉題詩。鈐印甚多，如“紅藥山房收藏之印”、“振宜珍藏”、“稽瑞樓”、“琬芳女士”、“貽典”、“在處有神物護持”、“琴六”等等。《文祿堂訪書記》著錄。

卷首諸題跋、識語、題詩依次錄如下：

袁寒雲曰：《姑蘇雜詠》，青丘自刊詩，與《大全集》頗有異同。予所藏本，楮墨佳於此冊，惟缺前序二葉及三十五、四十一兩葉。因假於沅叔，屬梅真影寫補完。乙卯初秋，寒雲記。

心青居士曰：道光丙戌長至前三日，芙川攜來，快讀一過。心青居士。

袁勵準曰：歲庚午十月九日，真賞社第二集，無錫楊壽樞、武進趙椿年、番禺陳慶龢、南海譚祖任、宛平袁勵準、新會陳垣、吳江沈兆奎、豐潤張恂、丹徒尹文、豐潤張允亮、長白溥忻，會於藏園，主人則江安傅增湘也。主人藏書冠海內，琳琅滿目，如入宛委山中，又出所蓄楊廉夫真境庵募疏卷，沈無夢亦以宋搨本十七帖來。因記於此。勵準書。

目錄之末題款三則，依次為：

癸丑九月，仁和吳蕊圓讀。

道光甲午中秋後十日，蔣因培假觀。

道光乙巳清和月下浣，魏亨達讀三復誌。

卷末鈐印遍佈。跋文、題款依次錄如下：

季振宜手書：泰興季氏珍藏。

繆荃孫題款：壬子冬至前三日，焚香同讀。炎之。

席佩蘭題款：乾隆乙卯中秋，道華席佩蘭讀。

黃廷鑑跋曰：是書洪武年間有二本，一刻于四年辛亥，再刻于末年戊寅，然四年本出公手定，尤為祖刻足貴。迨後景泰中《大全》本盛行，而此單刻寖微。國朝康熙間雖有周氏、金氏兩家重錄，然衹據流傳俗本，未獲見初刻付梓，是以錯亂訛脫，皆無足觀。今秋芙川參軍出是本屬題，古香盈紙，字跡圓整，洵與元槧無二。舊為吾鄉陸敕先暨泰興季滄葦藏書，輾轉流傳，卷之首尾圖記重重。以今視洪武初刻，已閱五百年，當與宋槧同珍矣。第此本初刻而非初印，卷首題撰人及校刊姓氏兩行，係出補刊，其殷鎣未詳在何時，玩其字刻，與全書迥異，似屬景泰後成、宏間人，明眼人當一覽而知，不為所惑也。道光辛丑冬十有一月，長至後五日，八十拙叟廷鑑呵凍書。

鈐"黃印廷鑑"、"琴六"印。

繆荃孫跋曰：此書罕見，琴川黃先生跋語至詳至確。殷鎣補二詩，云出《大石志》。按，大石湯山支峰湧出，山腰如蓮花。志明中葉人所撰俟攷人名。既見此志，則非明初人矣。然《大全集》以前單刻本無不絕佳，況遞為名家收藏，望而知為環寶。藝風。

鈐"荃孫"、"鏡涵"、"吾在楚騷中"印。

吳昌綬題詩曰：少小住吳中，故事依稀能說。迴想泰娘橋畔，負羈辰幨夕。親栽弱柳早飛緜，絲鬢更誰惜。未到綠陰吟望，又滄桑一瞥。　　西子舊家湖，白傅當年行跡。容我駕橈載玉，接吳波柔碧。兒時遊釣，更關情，滄浪占漁席。安得篍簑歸去，補扣舷新集。

沅叔先生於南中獲此舊本《姑蘇雜詠》見示，意有根觸，率題二詞卷尾。同人有為我繼聲者乎？甘遯志。

鈐"昌綬"印。

吳昌綬題識曰：此癸丑舊題，後五年除日祭書重觀。仁和吳昌綬。

鄧邦述題跋曰：舊刻《姑蘇雜詠》，名人藏印至夥，洵所希覯。甘遯有詞二章，余本姑蘇人，惜不能和，謹書此以志眼福。戊午小除，沅未祭書之夕，正闇寫記。

李浩題款曰：嘉慶庚辰暮春下澣，滇南李浩讀。

鈐“李浩之印”。

長尾甲題款曰：癸酉中秋後二日，國分高胤、長尾甲同觀。甲記。

陶廷杰題款曰：道光十五年乙未閏六月朔，合江陶廷杰借觀。

鈐“臣印廷杰”、“蓮生”印。

陳士廉題詩曰：吹臺江館久塵荒，片羽流傳重吉光。五百年來幾興廢，閒從卷裏話滄桑。愁吟擁鼻未能豪，雲極南天入目蒿。會擬扁舟五湖去，垂虹橋畔訪三高。　沅叔師出觀明刻本《姑蘇雜詠》，敬題二絕。門下士陳士廉[①]。

鈐“翼牟”印。

陳曾壽跋曰：《青邱集》當時行世者，有《吹臺集》、《江館集》、《鳳臺集》、《婁江集》、《姑蘇雜詠》等編。自景泰初，徐用理薈萃各編，刊為《大全集》，凡一十七白七十餘首，稱為完備。然自《大全》出，而單行諸編遂渺不可得見。茲獲睹此帙，猶是洪武原刻筆法，鐫工猶具元代規範，至可珍玩。況校之後來刊本，字句迴不相侔，題下小注，亦景泰以後本所無。秘笈孤本，雖與宋元珍槧等量齊觀可也。頃來都門，訪沅叔先生於藏園長春室中，出此相示，展觀移晷，粗攷源委，題於卷首，以志眼福。同觀者：楊熊祥、徐仁釗。庚午十月，陳曾壽書。

鈐“陳曾壽”印。（書號11424）

---

① 陳士廉，字翼牟，湘鄉人，光緒年間舉人。能詩。

文選注六十卷(存廿四卷：三至五，九至十一，十五至十七，廿一至廿三，廿七至三十五，四十五至四十七)

唐李善、呂延濟、劉良、張銑、呂向、李周翰撰。宋紹興明州刊遞修本。行款、刊工、避諱、鈐印、流傳等情形《藏園羣書經眼錄》著錄甚詳。沈曾植題詩，邵繼全、楊潤六跋。鈐"晉府書畫之印"、"敬惪室圖書印"、"子子孫孫永寶用"等印。

卷首即邵、楊二跋，皆關乎藏園祭書會，故移錄之。邵繼全跋曰：辛酉小除夕，武進董授金、嘉定徐星署、仁和王叔魯、長白彥明允、侯官邵幼實、海寧張閬聲、蕭山朱幼平、吳江沈羹梅、豐潤張孟嘉，集藏園為祭書之會。沅叔列是歲所得北宋本《文中子》十卷，明州本《文選》二十五卷，紹興本《唐六典》二卷，《東坡前後集》十九卷，宋本《太玄經》一卷、《甲申雜記》一卷、《聞見近錄》一卷、《分類集注杜詩》三卷、《臨川先生集》一百卷，汲古閣影宋本《東家雜記》二卷，述古堂鈔本《弔伐錄》二卷，元本《順齋先生閑居叢稿》十三卷。星署以宋本《陸宣公奏議》、幼平以紹興本《漢官儀》來會。沅叔更出楊鉄崖真境庵募緣疏、年雙峰廷試卷及孟嘉所贈黎二樵隸書楹帖侑祭，松鄰走書致鮮鯽一雙、蜜橘十五餉客。宗室沈盒宮保、徐森玉、張庚樓不至。侯官邵繼全記①。

其後為沈曾植題詩，《經眼錄》已錄，不贅②。

楊潤六跋曰：沅叔師以藏書名海內，雙鑑樓所儲宋刻書至二千卷，晼瑾等久列門墻，未窺美富，今者藏園宴集，特出《史記》、《通

---

① 邵繼全(1878－1933)，字伯完，號幼實，福建侯官(今福州)人。張允亮之表親。

② 尚可參閱錢仲聯《沈曾植集校注》卷十二，中華書局，2001年。

鑑》、《文選》及歐、蘇、黃、陸諸集相眎，皆人間孤本，古香馣藹，目所未見，他日絳帷請益，將丹鉛以從事，師其許之乎？癸亥正月十三日，女弟子無錫潘吳畹瑾，嘉興陸董文英，南海王吳玉清，山陰吳單秉仁，無錫諸鄒筠英，閩侯翁陳翠琬，無錫賴曹敏、王吳震、劉楊潤六，仁和邵吳振炎，南溪陳趙懋雲，滄縣楊鍾英，青縣劉海鵬，天津王董潔如，山陰關陸紹馨，震澤陳凌薝芳，嘉定王襄，嘉興黃沈景英，屏山趙蟲靚儀同觀。潤六書。（書號 11435）

後　記

　　藏園校書，世所周知。倫明《辛亥以來藏書紀事詩》曾曰："手校宋元八千卷，書魂永不散藏園。"①是其概況。《藏園羣書題記》②余嘉錫序曰："暇時輒取新舊刻本躬自校讎，丹黄不去手，矻矻窮日夜不休。凡所校都一萬數千餘卷。"傅熹年在《題記》"整理說明"中曰："先祖父藏園先生研究目錄、版本、校勘之學近五十年。生平藏書二十萬卷，其中經過用善本手自校勘的約一萬六千卷。每校勘一書，都在卷尾綴寫小記，說明此書的學術淵源、版刻源流和校勘的所得。"1947 年，傅增湘將手校羣書贈北平圖書館。書上跋識小記，至今為六十餘年來首次全面整理。

　　在整理過程中，我得到多人幫助。首先，傅熹年先生不僅提供未曾發表之《藏園校書錄》，并標注部分國圖書號，又對我已錄出部分多次審訂，提出修改意見，還將藏園交遊諸君名、字、號對照給我，以便註釋，深得教益。北京大學圖書館沈乃文先生積極幫助我申請資助項目，為我閱讀北大藏品儘可能提供方便，特別是北大圖書館於 2009 年 10 月 20 日舉辦藏園先生逝世六十周年紀念展覽，不僅展示北大圖書館珍藏，而且將日本東京大學、京都大學與藏園有關古籍畢集於一，惠我良多。2007 年初冬，曾經與《文獻》季刊張燕嬰女史在上海圖書館抄錄傅氏跋文，自上午 10 點至下午 4

①　北京燕山出版社，1999 年，第 55 頁。
②　上海古籍出版社，1989 年。

點，水米未進，之後輕鬆行走在徐匯區繁華街道上，其熱鬧與清冷之對比，至今難忘。以後燕嬰又一次幫助我在滬抄錄傅氏跋文。美國國會圖書館居蜜博士亦將該館所藏傅氏題跋悉數複製贈我。上海博物館柳向春博士將所見到臺灣傳易樓藏書中傅氏題跋複印寄來，又告知該館藏文獻中之傅氏題跋。復旦大學吳格教授將所見藏園題跋信息不斷告知，以豐富本書。到上海圖書館訪書期間，受到陳先行先生熱情款待。中山大學圖書館程煥文館長及其古籍部倪莉主任將該館藏書中傅氏題跋拍照贈我，劉麗女士查找館史資料，說明其藏書來源。天津圖書館古籍部李國慶主任亦贈我該館藏珍本資料。中國社會科學院文學所張劍博士幫助複製該館藏品。清華大學圖書館劉薔博士在研究天祿琳琅藏書時，經常與我同在善本閱覽室，每見到藏園題跋，必來告知，其溫暖常存心間。本館張廷銀和謝冬榮、陳紅彥、陳為諸同仁將所見傅氏題跋抄錄轉我；趙前、史睿二位時常關心本書進展，為我徵集相關資料，幫我釋讀印文，得到頗多鼓勵；謝冬榮和賈貴榮又幫助我核對分館藏藏園抄本題跋；善本部許多同仁都幫助我，關心我，感念之情難以一一。中華書局馮惠民先生在行文體例方面多次給我以指導。還要特別感謝全國高等院校古籍整理與研究工作委員會給我以項目支持，使我得以到上海、重慶等地調查訪書。書稿將完成之際，身患重疾，北醫三院閆天生教授精心施治，使我重回讀書生活，此書之成，由衷感激閆教授。

　　本館館長任繼愈先生曾經在工作學習方面給予我很多鼓勵，他晚年時需要一個助手，有人推薦可由我擔任，但是任先生希望我做更大的事情，堅持學術研究，不願耽誤我的時間。其厚望於我，感念永遠，每思及此，便熱淚沾襟。僅以此書遙祭先生。

　　附記：關於藏園校勘題跋意義，數年間，曾撰小文略加揭示，列目於下。

　　一、《藏園校書所用敦煌遺書、吐魯番文書》，《中國典籍與文化》，2008 年第 4 期。

　　二、《周叔弢傅增湘藏書校書合璧舉隅》，《文獻》2009 年第 3 期。

　　三、《藏園校勘子書叢錄》，《中國典籍與文化》，2010 年第 1 期。

　　四、《藏書家李盛鐸卒年辨正》，《文獻》2010 年第 4 期。

　　五、《感受"於青燈黃卷中"——藏園羣書校勘跋識之文獻意義芻議》，《版本目錄學研究》第二輯，國家圖書館出版社，2011。

　　　　　　　　　2011 年 11 月，王菡書於紫竹廬。

書名索引①

---

① 本索引編例參照《北京圖書館古籍善本書目·索引》。

九畫

十七畫